第1部·盛世浮华 上

良婿

意千重 著

重庆出版集团
重庆出版社

图书在版编目（CIP）数据

良婿. 第1部 / 意千重著. – 重庆：重庆出版社,2013.8
ISBN 978-7-229-06736-6

Ⅰ.①良… Ⅱ.①意… Ⅲ.①言情小说–中国–当代 Ⅳ.①I247.5

中国版本图书馆CIP数据核字(2013)第137266号

良婿·第1部
LIANGXU

意千重 著

出 版 人：罗小卫
责任编辑：刘 嘉 李 梅
责任校对：郑小石
封面插图：狐狸cdj
装帧设计：一亩幻想

重庆出版集团
重庆出版社 出版

重庆长江二路205号 邮政编码：400016 网址：www.cqph.com
重庆市国丰印务有限公司印刷
重庆出版集团图书发行有限公司发行
EMAIL:fxchu@cqph.com 邮购电话：02368809452
重庆出版社天猫旗舰店
cqcbs.tmall.com

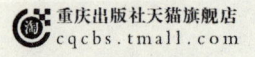

全国新华书店经销
开本：710mm×1000mm 1/16 印张：45 字数：760千
2013年8月第1版 2013年8月第1版第1次印刷
ISBN 978-7-229-06736-6
定价：58.00元

如有印装质量问题，请向本集团图书发行公司调换：02368706683

版权所有 侵权必究

目录

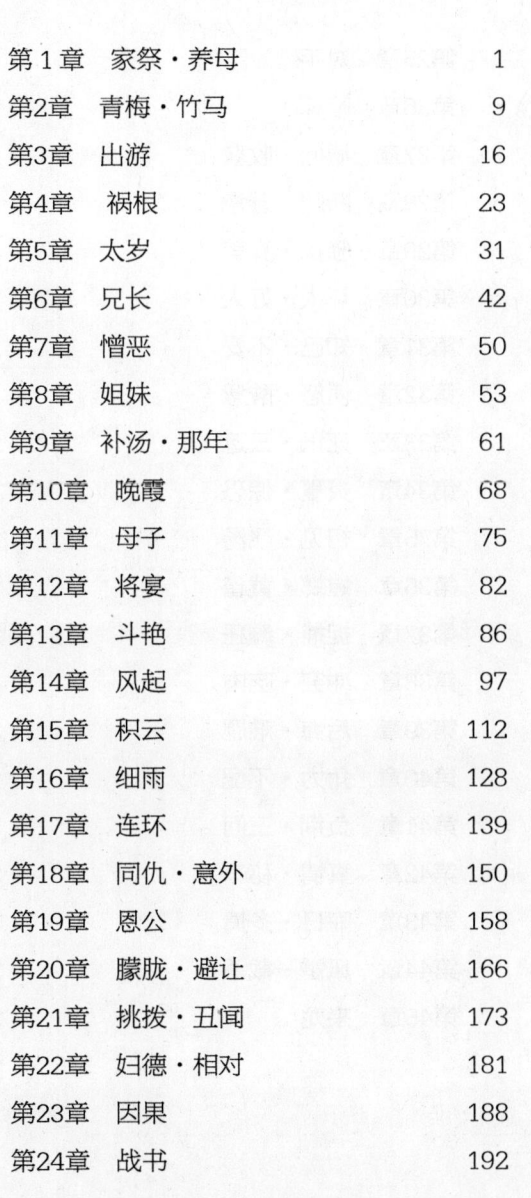

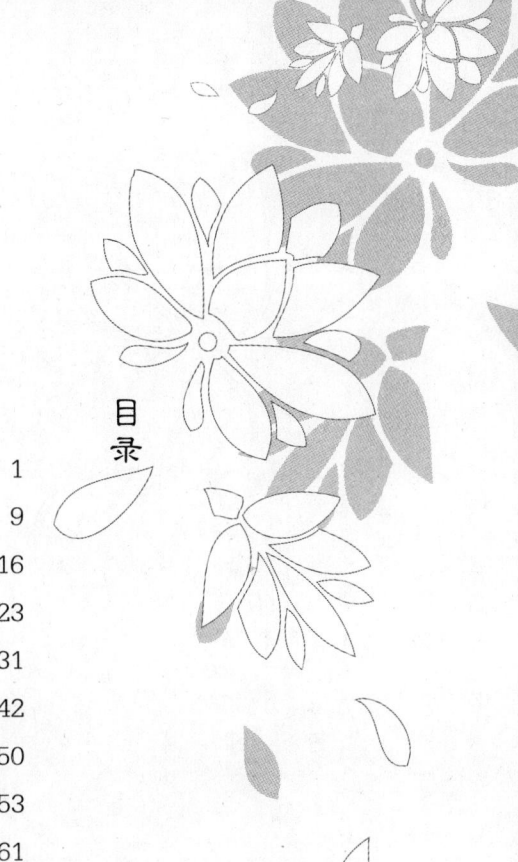

第1章	家祭·养母	1
第2章	青梅·竹马	9
第3章	出游	16
第4章	祸根	23
第5章	太岁	31
第6章	兄长	42
第7章	憎恶	50
第8章	姐妹	53
第9章	补汤·那年	61
第10章	晚霞	68
第11章	母子	75
第12章	将宴	82
第13章	斗艳	86
第14章	风起	97
第15章	积云	112
第16章	细雨	128
第17章	连环	139
第18章	同仇·意外	150
第19章	恩公	158
第20章	朦胧·避让	166
第21章	挑拨·丑闻	173
第22章	妇德·相对	181
第23章	因果	188
第24章	战书	192

第25章	对手	199
第26章	暗算	207
第27章	质问·收获	214
第28章	断腿·善意	222
第29章	骚扰·真美	229
第30章	坏人·好人	237
第31章	知己·不安	244
第32章	愤怒·酸意	252
第33章	死讯·云遮	260
第34章	炎夏·惊恐	267
第35章	初见·飞汤	275
第36章	螳螂·黄雀	283
第37章	捉捕·癫狂	290
第38章	冲突·吃肉	298
第39章	后悔·难题	306
第40章	角力·不配	314
第41章	负荆·三问	321
第42章	真情·秘辛	329
第43章	晦日·多情	337
第44章	风雷·截杀	344
第45章	来龙	351

第1章　家祭·养母

清晨，第一声鸟鸣刚响起，许樱哥便已穿戴停当，走到院子里认认真真打了一套五禽戏。这是她从小坚持的习惯，除了病着的时候从没一日落下过。一旁伺候的丫头婆子早就见惯不怪，待她活动完毕，便上前递帕子热水禀告这一天里要做的事情："二娘子，夫人吩咐过，今早不用去她那边问安，先用了早饭直接去采萍阁。下午郭太医会过来给您扶脉。"

许樱哥应了，洗脸梳头换上一身素淡的月白色细布衣裙，不施脂粉，不戴头花，只插了两支避嫌用的素银簪子，想想又戴了对简单的耳环。寄人篱下，养父母兄再好再体贴，该注意的也是要注意的。

一旁掌管脂粉首饰衣裳的大丫头紫霭见状，忙拿了一朵头花递过去，劝道："二娘子，您这身太素了些，这花最配您这身衣裙。"管人事钱财的大丫头青玉不露声色地插过去："二娘子，早饭摆好了。"

"唔。"许樱哥也就趁势起身坐到外间用饭。青玉对紫霭摆了摆手，紫霭也就放了头花，自去收拾妆台衣橱不提。

少顷饭毕，许樱哥漱口洗手，看着天色差不多了，便起身往外边散步边消食。已是暮春时节，院子里那几株老樱桃树花儿早已落尽，指尖大小、微带了黄色的幼果挂满了枝头，许樱哥拽住最矮的那一枝随手疏了几颗果子，吩咐道："这樱桃结太多了，让人疏一下，省得全都长不大浪费了。"

众人齐声应了，众星捧月一般将她送出了门。

许家的府邸整治得极为精致，她一路行去，道旁怪石巍峨，野菊盎然，花木与亭台楼阁相映成趣，自有一种风流幽雅之态。采萍阁三面环水，只一条青竹小道可行，她沿道而行，忽有微风吹过，吹得廊檐下的铜铃"叮当"作响，便侧耳细听片刻，含笑道："真好听。"

有人踏着雾霭从她身后赶上来，唇角带笑，低声嗟叹："一转眼，便是十年了。"却是许家的偏支子弟许扶，他同样一身素到了极点的衣袍，只在腰间挂了块青玉佩，身材瘦削挺拔，眼神坚定，容貌十分清秀，与许樱哥眉眼间有三分相似，只可惜年纪轻轻鬓边就已生了白发。

许樱哥回头望着许扶粲然一笑，行礼下去："五哥，许久不见。"言罢示意青玉："我忘了将给父亲做的那双鞋带过来，你去拿来。"

待得青玉去了，许扶踏前一步，关怀地压低了声音："纹纹，你可大好了？我一直挂着你，只是不好经常来看你。"

许樱哥甜甜一笑，转了个圈给他看："哥哥莫担心，我早好了。今早还打了一套拳。"

许扶看她一张脸粉生生的，眼亮唇红，小下巴上也长了些肉，便放下心来，亲昵地道："你那什么怪模怪样的拳，休要说出来笑死人。"

许樱哥低声嚷嚷："只要能强身健体不就挺好？"

许扶难得看见亲妹，满心欢喜，舍不得她不高兴，便只道："刚给你带了些头钗首饰衣料，让人送过去了，你看看可喜欢。"

许樱哥笑道："只要哥哥给的我都喜欢。"又开玩笑，"你也给我未来嫂子存一点，别全都便宜了我。"

"姨母那里也有，你看着若是她不喜欢的记得和我说。"许扶看了她一眼又一眼，满怀内疚说不出来。那件事总是他对不起她，可是萧家上下十几条人命的血海深仇不能不报，只能是日后再设法给她寻门好亲补偿她罢了。

说话间二人走到了采萍阁前，许樱哥正要去掀帘子，青竹帘子就被人从里掀起，许家大爷许执稳步走出，带了几分亲热道："还不快进来？等你们许久了。父亲刚还在问五弟是否到了呢。"

许家家主许衡乃是当世名儒，前大裕朝哀帝奉之为帝师，今大华今上尊之为大学士，皇子师。因许衡嫌今上篡位自立，是为乱臣贼子，并不乐意出仕，但为了一家老小又只能受了这头衔，还得出谋划策尽几分力，再违心做上几桩事情以保全家。怎奈心中委实憋屈，连带着身体也就不好，经常告病，却是为了他兄妹二人殚精竭虑。

许扶的神色立时变得严肃起来，将衣服整了又整方才走入房中。许执自往前去，将通往采萍阁的唯一一条道路把守得严严实实，不许人靠近。

采萍阁厅房正中设了个香案，上面供了大大小小十来个灵牌，许家家主许衡与夫人姚氏着了素服分别立在案前，见他们进去，许衡神色肃穆地道："都过来，今日是你们父母兄弟姐妹们的十周年祭，形势所迫，不能公开祭奠你爹娘，只能草草设了这么个香案，实在是委屈他们了。你兄妹且将这萧字牢牢记在心中，待得有朝一日总能重新替你爹娘他们修坟造祠！"

姚氏抹了抹眼泪："等了这多年大仇终于得报，姐姐和姐夫他们总算可以安息了。"

许扶的眼泪喷涌而出，并不先去拜自家父母亲的灵位，而是与许樱哥一道向着许衡夫妇重重拜了下去："多谢姨父、姨母大恩！若无姨父、姨母，我兄妹二人早已成了路边的白骨！"

许衡夫妇忙上前分别扶起他兄妹二人："不说这些！咱们是一家人，不说两家话！"

姚氏替许樱哥拭泪，含笑道："可不是，樱哥就是我亲生女儿呢。"

许樱哥立时抱住姚氏的胳膊，将头亲昵地靠了上去，低低切切地喊了一声："娘。生我是娘亲，救我养我教我是您。"

姚氏听得她这话，想起她这十年来的体贴讨喜可爱处，不由得欣慰地拥紧了她，摸摸她的脸颊，怜爱地道："再没有比你更体贴懂事可心的孩子了。"

一旁的许衡见状，面上也流露出几分慈爱之情来，想起什么，便又冷了面色严肃之极地对许扶道："我知道你不高兴当日我将崔家一干妇孺放过，但你需知，若由着你将崔家一门尽数灭了，你的行为与崔家老贼又有何差别！如今叫他们跌落到尘埃里，将不该得的都还回去也就罢了，就算是为了你和樱哥积阴德，你也不该再追究！"

"侄儿不敢的。这半年来我并无动过崔家的人。"许扶连连解释，哽咽不能语。改朝换代，他和许樱哥都是被灭了满门的遗孤，若无不过是表亲的许衡夫妇仗义相助，将许樱哥充了早夭的二女亲自教养在身边，又将他安排为许家旁支子弟悉心照料，这乱世哪里还能有他兄妹的存身之处？更不要说替萧家十几口人报仇雪恨，将那无耻的罪魁祸首砍头了。他知恩亦感恩，绝不会轻易拂了许衡的意。

许衡见他诚意十足，便点点头放缓了神色："你什么都好，就是偏激固执了些，要改，不然对你日后不好。来，祭奠你父母双亲罢。"

许樱哥与许扶拜谢过许衡夫妇的养育扶助之恩，跪倒在父母兄姐灵前，诚心诚意祭奠祷祝。

忽听得外头有人娇声道："这不是大爷么？你怎地独自在这里？"许樱哥

侧耳细听，来的却是许家三房的正房娘子冒氏。

果听许执不急不缓地道："侄儿见过三婶娘，是爹和娘在里面有事要同二妹妹说。"

冒氏道："我也正有事要寻你母亲，也是为了樱哥的事。"

许衡从窗格里看出去，但见冒氏娉娉婷婷地只管朝着这边走过来，许执怕是拦不住，心想不好叫冒氏见着许扶和这些牌位，便皱了眉头道："樱哥，你扶你母亲先出去。我还有话要同你五哥说。"

"是，爹爹。"许樱哥收了泪，起身扶着姚氏走将出去。

冒氏不过是二十七八的年纪，出身前朝名门，自幼饱读诗书，长得清秀端雅，又会装扮，看上去不过是二十出头，兼了少妇的风情，正如一颗熟透了的水蜜桃。她立在那里，带了个丫头，姿容端庄地直往前走，逼得年纪与她差不了多少的许执涨红了脸，硬是不敢拦，只是急急忙忙地倒退着恳请："三婶娘，请您稍候，侄儿替您禀告如何？"

"你母亲想必是在宽慰樱哥吧？大爷你放心，樱哥最听我的话，我帮你母亲好生宽慰宽慰她。这孩子怪可怜的，这都过去这许久了，早该忘了崔家那事啦。"冒氏只是微笑，挺着胸脯只往前走，逼得许执苦不堪言。

见这熟透了的水蜜桃吓着端方君子许执了，许樱哥看向姚氏，见姚氏虽然面上没做出来，眼神已是极其不悦，便放开姚氏的手臂，快步走上前去巧妙地插在了许执和冒氏之间，手牢牢抓住了冒氏丰腴的胳膊，笑得甜美可人："三婶娘，还是您疼我。"

冒氏被她捏得生疼，嗔怪地一巴掌打在她手上，道："你这丫头不知怎么生的，好大的力气！我疼你，挂着你，怕你想不开，特地过来看你，你却这样捏得我生疼？"一边说，一边仔细打量许樱哥的眼睛。

"疼么？对不住三婶娘，我给您吹吹？"许樱哥才刚哭过，眼睛自是红的，却也不怕她看，只朝一旁拭汗的许执使了个眼色，许执便退到了姚氏身后，噘着个嘴，垮着个脸默默表示对冒氏的不满。

"算了，谁要你个口花花的小油嘴儿吹？"冒氏看看板着脸的姚氏，再看看许樱哥红肿的眼，素淡的装扮，捏了樱哥那可爱的小下巴，满脸关怀地柔声道："你这丫头，伤心就伤心，婶娘不是外人，何必强作笑颜？"

许樱哥便掏出帕子擦了擦眼睛,一边死死拽着冒氏往前走,一边低声道:"好婶娘,快莫要再提那事了。"

"可怜的。"冒氏不肯离开,眼睛只往采萍阁里瞟:"这里风大,我们进去慢慢说?"

姚氏板了脸上前挡住冒氏的目光,冷笑一声:"有什么好说的?崔家是乱臣贼子,以后谁也不许再提!樱哥,你若懂事孝顺,就该听你爹爹的话从此忘了那些事,再不要让我和你爹爹挂怀!"

冒氏唇角还带着笑,眼神却是倏忽变了几遭:"大嫂,女儿家心软,又没经过事,您虽是为了她好,可也还要细心安慰才是。"边说边抱了许樱哥道:"我若是有这样一个女儿,是要放在心尖尖上疼的,绝对舍不得她受半点委屈。"

"三婶娘啊,还是您最疼我哇……"许樱哥便顺势抱紧了冒氏,将眼泪鼻涕涂了她一衣领,还揩了点在她的脖子上,冒氏恶心得张开手脚,七不是八不是,只管把许樱哥往外推:"莫哭,莫哭,快,快把二娘子扶下去洗脸匀面……"

许樱哥泪眼朦胧地朝姚氏和许执挤了挤眼,许执忍住笑,默默转身背开,姚氏看着她只是叹气,却也不曾阻止。只因萧家这事儿是轻易不能让人知道的,一不小心就是抄家灭门之祸。

许樱哥才不管那么多,牢牢抱紧冒氏,又拿冒氏身上那件漂亮的新衣服擦了擦眼泪和鼻涕方才松开她,将帕子捂住脸抱歉地道:"对不住,三婶娘,都是我不好,弄脏了您的新衣服,我改日赔您一件罢。"

冒氏侧着脖子,不自在地扯了扯衣领,强忍住恶心道:"算了,算了,一件衣服也要你赔?我是想着你养了这么久也差不多了,难得你小五弟今日不缠人,便趁空来劝劝你,却是越说越让你伤心,得,我还是回去罢。"又朝姚氏苦口婆心地道:"大嫂,孩子还小,碰上这种事已经够可怜的了,有事好好和她说,别吓着她。"

"多谢三弟妹挂心。"姚氏正色道,"她这般大的年纪了还没个样子,我教她那些都白教了!罚她给你做件衣服!"

冒氏道:"有事做着也好,省得胡思乱想。那樱哥我就等着你的新衣服了,我先走了啊。"言罢急匆匆地揪着衣领快步走了,走不多远,又忙忙地塞了个帕子隔了领子。

许樱哥擦了擦眼角,抬眼看向姚氏,姚氏指着她,嘴唇动了几动,最终不过是叹了口气,轻声道:"你三婶娘也是个可怜人,莫要和她太计较。她本是好心,只是难免好奇了点。"

冒氏不是可怜,而是太闲了,多半是听人说许扶大清早的又来了,十分好奇许扶这个和自己有几分相似的旁支子弟怎会就那么得到许衡夫妇的关注,还与她关系貌似很好,特意来打听消息的。许樱哥如此想,却不做出来,只乖巧地低头受教:"是,女儿不会往心里去的。"

姚氏便示意许执继续看好门户,方便许衡和许扶说话,自己牵了许樱哥的手往前走,愁道:"你呀,什么都好就是这个装疯卖傻的脾气改不掉,我们是不嫌你,可外人却不一定,将来你可怎么好?"

许樱哥唇角弯弯带笑,轻描淡写地道:"他们若嫌我,我便守在父母亲身边一辈子,一直孝敬你们得了。"

"傻话!哪有女子不嫁人的?"姚氏嗔了两句,压低了声音:"听说你五哥又使人送东西来了,你和他说,我与你父亲养你这样一个女儿还养得起,他无须到处奔波为你筹嫁妆了,他也老大不小的啦,让他先把自己的前程定下来。"

许扶大她八岁,今年实岁已然满二十四,却尚未成家,除去那个首饰铺子外一事无成,确实是到了该替他打算的时候了。许樱哥郑重同姚氏施了一礼,拜托她:"娘,早前他总说家仇未报,我尚未长大,不敢他想。如今确实是到了拖不得的时候,但五哥自来固执,我说的话只当成是小孩子的傻话,从来不放在心上。故而这事儿还要靠您和爹爹替他操心。"

姚氏点点头:"我和你爹一直都放在心上的,此刻你爹便是同他说这事儿,你改个时候也同他说一说,你们是嫡亲兄妹,你说的他始终要听得进去些。"

姚氏见许樱哥虽然一副快活样,神色却是有些怏怏的,心知她大抵是又想起了崔成那件事,便亲自将其送回她住的安雅居,打发走下人,牵了许樱哥坐下,低声道:"好孩子,做人子女的本分,实不怪你,忘了他罢。"她当初是极不赞成许扶这计策的,为了接近崔家,不叫崔家生疑,让樱哥与崔家的小孩子们一处玩耍倒也罢了,竟敢将樱哥许给仇人之子,虽是假意,但若是后头计谋不成，岂不是要误了樱哥一生？可到底这是萧家的血海深仇，自己虽疼樱哥，始终也不好插手太深。幸亏得是大事成了，便不必再提旧事，只为将来好生打算便罢。

"不想他，再不想他。"许樱哥埋头趴在姚氏的怀里赖着不肯起来，低声撒娇："娘啊，我想姐姐了。她好多天没来看我了，我这一向都关在家里，真是闲得发霉了。"

姚氏见她顾左右而言他，便也换了张笑脸道："你姐姐嫁了人，哪里那么容易出得门来？你若想她了，待我明日寻个由头去武家将她接回来。但我先说好，你们姐妹俩可不能胡闹，每次都闹得我头疼……"

许樱哥闻着姚氏怀里那熟悉的沉香味儿，咂巴着嘴，将姚氏的大腿又抱得紧了些："还不都是您惯的。"

姚氏看着养女那自在舒坦的模样，想起十年前许扶牵着她的手站在自己面前，她那完全不同于许扶的沉默倔犟冷硬，满脸谄媚讨好却又小心翼翼，惊慌却又沉稳的小模样儿，忍不住笑了。虽然是表姐家的骨肉，却是自己养了十年的孩子，从陌生试探到彼此熟悉信任贴心，实在是太不容易。便将手轻轻摸着樱哥的脸庞盼咐："我早前使人同香积寺的住持说好了，过几日做场法事，到时带你出去散心。"

这法事自不必说也是为了萧家人做的，姚氏与许衡真是再周到不过，许樱哥眉梢眼角都绽放出光彩来："娘啊，知我者莫如您。"又压低了声音，"谢谢。"

姚氏见她毫不掩饰的欢喜，心中也欢喜受用，轻声道："又傻了吧，说这些做什么？"

送鞋回来的青玉在外间轻轻喊了声："夫人。"

姚氏便道："何事？"

青玉进来，脸上带了些许笑容："夫人，是大娘子使了人来。"

姚氏听说是长女杏哥使人回来，忙道："看么，说不得，一说就来了。"又问来的是谁。

青玉笑道："是蓝玉。"

蓝玉是许家的家生子，许杏哥的陪嫁心腹丫头，许杏哥与许执都知道樱哥与许扶的身份，姚氏便知长女是选在这个特殊的日子特意使人来探望宽慰樱哥的，便笑道："我懒得动弹，她也不是外人，便让她到这里头来回话。"

许家的丫鬟使女却不似寻常富贵人家那般多有容颜娇妍者，而是首重仪态端方者。故而许樱哥身边的青玉、紫霭也好，许杏哥身边的蓝玉、暖橙也好，都是行止大方，容貌端庄却平常之辈。

那蓝玉目不斜视地走进来，先替许杏哥给姚氏磕了头，又行主仆礼，然后才起身说话："大娘子早起就安排想过来寻二娘子说话，但因着康王府的三爷突然又跑不见了，康王妃气急攻心迷了痰，一直不曾醒来，吓坏了一干人等。夫人听说便命大娘子跟着一道去瞧，故而今日是不能来了。大娘子让婢子同二娘子说，天气正好，改日她设宴请您过去散心。"

许樱哥起身谢了，复又在姚氏身边坐下。

许杏哥的婆婆武夫人与今上第四子康王正妃乃是关系亲密的堂姐妹，那边出了这种事，许杏哥跟去探望也是极应该的。虽然许衡不耐烦这些事，可自己这个做妻子的却要替他圆融这些人情面，若是康王妃有个三长两短，自家这边也少不得要去探望随礼，姚氏便道："那康王妃与三爷如今情形如何了？"

蓝玉道："回夫人的话，人还在找，王妃却是醒过来了。只是觉着伤心担心，说是还道他去岁逃过大难，懂事知事了，谁知又故态重萌，全不知轻重。又怕他是被外头的那些人给掳去了，怕得很。"

康王府这位三爷是个名声极响亮之人。他是康王嫡出幼子，小时候以容貌好看，性格乖巧聪慧而极得今上后，康王夫妇喜爱，小小年纪便封了国公，待大了却不是以这个闻名的，而是以会玩会吃会赌而闻名。去年秋天他突然生了一场大病，太医院首狄太医都说医不成了的，那边棺椁都准备好了，谁知他竟又突然间活了过来。那之后很是沉寂了一段日子，人人见到他都说他似是变了个人，哪想才半年的光景，他刚复原了身子便又复了原样。

"外头的那些人哪里那么容易就能进到这上京里头来掳人？多半是他顽皮了。"姚氏叹道，"儿女都是父母的债，这位三爷真是叫康王妃操碎了心的。"

许樱哥暗想，也不尽然，崔成才是替他父亲还债来的。

第2章　青梅·竹马

蓝玉并不久留，传完话拿了许家给许杏哥的东西便告辞离去，许樱哥送走她，又送了姚氏出去，听说许扶已然回去了，便回房翻看许扶送来给她的那些发簪首饰布匹。其他几样不过都是些时下流行的花样，唯有一条纯银镶嵌红宝石的项链极为得她青眼，用的花丝镶嵌工艺，滴水状的红宝石红得极正，晶莹剔透。许樱哥对着镜子比了半晌，微微有些遗憾，这里的花丝镶嵌工艺实是粗糙了许多，便谋算着闲了要做几件精巧的送人。

紫霭在一旁将布料抱过来给许樱哥看，笑道："真好看，二娘子，您今年又长高了，正好与您做几身衣裙，过些日子打扮得美美的出门，心情也就跟着好啦。"

自去年秋天崔家父子被当街问斩以来，许樱哥大病一场，关在家中长达半年之久，就连上门拜访的客人都很少见，更不要说是出门。如今时日久长，那事已然被人淡忘，天气正好，气温宜人，她又病愈初好，正是该出去露露面，重新谋求一门好亲的时候。不管是许扶送来的衣料首饰也好，姚氏安排的香积寺法事也好，还是许杏哥要安排的春宴也好，无一不是为了这事操心谋算。

许樱哥自然也是明白的，含笑受了紫霭的好意，又吩咐："把那匹绯红色的绞罗留着，去把三夫人的衣裳尺寸要过来，先替她做一件赔她。再把这匹淡青色的送过去给二夫人，银红色的送去给大奶奶，茜色的送二奶奶，湘色的给三娘子。就说是我托人买的，多谢她们这些日子来照顾我安慰我。"

紫霭应了，与许樱哥商量过衣服款式，自收拾了去寻冒氏身边的丫头问尺寸，四处送衣料不提。

青玉便张罗着安排许樱哥午睡："五爷辛苦为您寻来的，您一下子就送出去这么多，您穿什么？"

许樱哥舒舒服服地往床上躺了，笑道："不是还有好些么？母亲平日为我做的也不少，还放着几套新衣不曾穿过呢，我一个人高兴不如大家都高兴。"她在许家过得极好，除去许家人本性善良温厚外，也离不开许扶自强自立，她小心经营。所以许家年纪大些，隐约知道点情况的人从来都不为难她和许扶，就是人闲事多、不知情而生了疑心的冒氏基本也是相安无事，表面上极其亲热的。

青玉打小就跟在许樱哥身边，比紫霭跟的时日还长些，虽则许樱哥兄妹的往事她并不知晓，可她人极其聪明，长期下来也隐隐猜到许扶与许樱哥同许家其他人是有那么一点点不同，却聪明地从来不说不问，只管埋头做事。见许樱哥如此说，也就一笑而过，不再多话。

许樱哥小睡了半个时辰便自动醒过来，见青玉和紫霭在帘下裁衣，便笑了："这就裁上了？看过日子了么？"这里的人都讲究，便是裁件衣服也要看日子的，她自来这时空足足十六年有余，每次看到同样的事情也还总忍不住想笑。

紫霭话多，笑道："二娘子醒啦？睡得可好？早看过啦，日子正好，日头也好，先裁了再细细地做。"

青玉和她二人都松不得手，便叫外头一个叫铃铛的小丫头进来服侍许樱哥收拾。

许樱哥一边洗脸一边问紫霭："三夫人怎么说？"

紫霭抿嘴一笑，露出两个浅浅的梨涡："婢子闲着也是闲着，就把那匹衣料带过去给她瞧了，她虽然说不碍事，也不在意，是逗您玩的，但婢子瞧着她是极欢喜的，刚才她身边的云霞还送了衣裳样式过来。"又一一向许樱哥汇报了各房的女眷们都给了些什么回礼。

许樱哥含笑听了，就坐在帘下看她二人裁衣。忽然听得外头一阵脚步声响，那脚步声极沉重，是个抬了重物的声音，不由得奇道："铃铛去看看是怎么回事？"

铃铛跑出去片刻，笑眯眯地回来道："娘子，是章婆婆她们搬了一大盆牡丹进来哩！两个色的，海碗口这么大！"

许樱哥奇怪地起身出去看："这花又费钱又难伺候，是谁送来的？"但见一盆紫粉双色二乔在春日下娇艳明媚得晃花了人眼，抬花的章婆子笑道："二娘子，是门房那边才使人抬到二门处的，道是赵家小娘子给您送来的。"

赵窈娘？莫名其妙送自己什么牡丹？也从没听说过她喜欢牡丹。许樱哥忙道："可有口信？"

章婆子摇头："不曾。但老奴适才听说赵四爷正在拜望老爷，花便是他带过来的，兴许是他忘了传话？不然老奴使人去问问？"

10

许樱哥呆了呆,摇头道:"不必了。"叫铃铛赏了章婆子等人几个小钱,打发她们出去,自坐在廊下盯着那盆二乔看。

什么赵小娘子,必是赵四爷,这边家里还在为二娘子的婚事操心呢那里就来了人。赵璀是许衡的得意门生,年纪轻轻就已经做了正七品殿中侍御史,家世人品良好,与死去的崔成一样都是和许樱哥青梅竹马一起长大的人,彼此知根知底,若是他,那倒是极好的婚事。青玉和紫霭在里头隔窗看了片刻,互相使了个眼色,尽都微笑起来。

却见窗外的许樱哥看了那二乔片刻便起了身,吩咐婆子道:"往那边挪挪,这花金贵,可要照顾好了。什么时辰了,郭太医快来了罢?还不赶紧收拾安排?"语气平淡得很,脸上一如既往地带着笑,并看不出什么来。

青玉和紫霭拿不定她的想法,便都收了脸上的笑容,一一自去安排做事。

到得傍晚时分,许樱哥算着姚氏有空了,便去她跟前凑趣伺候。姚氏正在安排人收拾东西,见她进来,忙叫她过去叮嘱道:"郭太医说你的病已是大好了的,只是平日还要注意养生,什么冰冷寒物都尽数少吃。"

许樱哥早听过一遍医嘱,含笑应了,又道:"娘这是收拾什么?"

姚氏笑道:"我不是要带你去香积寺么?听赵璀说那寺院附近住了好几家前朝留下来的孤寡,俱都是名门之后,如今日子过得颇不如意,我便想着将我这些穿用不着的简单素淡的衣物和布匹收拾了带过去,若是她们不嫌,也算是做善事。你也看看有没有合适的,让紫霭收拾收拾。"

许樱哥笑道:"有的。我们哪天去?"

姚氏见她模样娇俏可爱,说话时那双眼睛流光溢彩的,微翘的小下巴更是可爱得很,活脱脱一个甜蜜蜜的美人坯子,忍不住也学着冒氏的模样捏了捏她的小下巴,打发走下人,低声问她:"听说今日赵家的窈娘送了你一盆牡丹?"

许樱哥低了头道:"我就是来同娘说这个事的,是盆二乔,我看极名贵,这丫头却连句话都没有留,很有些莫名。"

这便是她的聪明之处,从不隐瞒弄巧,姚氏默了片刻,道:"赵璀今日过来拜见你父亲了,又特意到后头来给我行礼,说是他母亲过些日子想上门拜访,问我什么时候有空。"

许樱哥的心突地一跳,垂了眼睛,睫毛乱颤。果然与她猜测的差不离。

姚氏细细看着她的神情，低声道："他和你也是从小一起长大的玩伴，又是你父亲的学生，你哥哥的好友，彼此知根知底，年貌相当，家世匹配，如果……那也极不错的。"赵璀不但是许樱哥从小的玩伴，是许扶的好友，也是崔成的"好友"，更是许扶报仇、灭了崔家父子的好帮手。若是赵璀果然有这份心，只要他开口，这亲事不好拒绝，也轻易拒绝不得，想必许扶那边也不会拒绝，就看许樱哥肯不肯了。

许樱哥笑了一声，眨眨眼睛，快快活活地将纨扇扇了扇，懒洋洋地往姚氏身上一靠，道："但凭父母兄长做主。我就是个混吃等死，不想操心的懒人。"

姚氏见她这模样，晓得她是不会反对的，便想如此这般也好。可是赵璀那古板母亲也不知肯不肯，嫌不嫌许樱哥从前与崔成有过婚约，想不想避这嫌？便又想，不成也就不成罢了，怕什么？许家的女儿可不愁嫁，有她和许杏哥在，总也要为许樱哥好生寻门亲事，于是欢欢喜喜地轻轻捶了许樱哥一拳："起来！全没个坐像！被你父亲看到又要骂你！到时候你又要找我哼哼。"

许樱哥装作没听见，赖着不起来："我伺候娘吃晚饭。"

姚氏也就罢了。

许樱哥趁机打蛇随杆上："我要吃好吃的，比如说鲫鱼。"

她这娇撒得恰到好处，鲫鱼味美，却不是什么稀罕珍贵难得的，姚氏瞪了她一眼："饿着你了？成日就知道吃！"口里抱怨着，却也吩咐心腹苏嬷嬷："让人做些她喜欢吃的来，你看她那馋猫样。"

"人生在世吃穿二字，能吃便要吃点好吃的才对得起自己。"许樱哥笑。可不是饿着她了么？她运气不好，生在这个乱七八糟的世道，那一年萧家遭难，她强大苍老的心无法指挥年方五岁、孱弱年幼的身体，更没法儿发挥穿越女的主角光环作用救下萧家满门，只能眼睁睁地看着疼爱她的萧家人横死在她面前，她前世梦寐以求的独立花园楼房被烧掉，再由着惊慌失措的少年许扶背着她狂奔躲藏逃命，饥一顿饱一顿，担惊受怕，受尽苦楚，饿疯了的时候树皮草根也不是没吃过，偷蒙拐骗也干过。她半夜饿醒了就流着口水发誓，将来哪怕不穿好衣服也一定要顾着这张嘴。

至于赵璀，她没啥大意见，这可不是由着她挑对象，想嫁就嫁，不想嫁就剩一辈子的时代。反正他不会反对她吃好吃的,他也不敢惹许扶,不然瘦硬得像杆铁枪、内里更是冷硬得像花岗石的许扶能让他白刀子进红刀子出。

门口传来小孩子奶声奶气的说话声,许樱哥笑嘻嘻地冲到门边,将许执那个胖嘟嘟的小儿子昀郎高高抱起来:"小胖子,想姑姑了没?"

小胖子搂住她的脖子涂了她一脸口水,大声笑道:"想,我想吃姑姑做的素包子!"

许执的妻子傅氏轻轻掐了掐小胖子的脸颊,笑骂道:"这话怎么说的?谁教的?"她六岁的长女娴雅大声道:"跟二姑姑学的。"

傅氏怒道:"没规矩!"

"别骂她。"许樱哥一手牵了娴雅,一手抱着小胖子往外走,爽朗地道,"就是跟我学的呗,都只记着吃了。爱吃好啊,能吃有吃是福气。想吃我就带你们去做。"又柔声道:"你们可以这样和姑姑说,和别人可不能这样说,不然人家要笑你们没规矩。"

他姑侄自来亲厚,许樱哥是个名副其实的孩子王,细致又耐烦,傅氏放心得很,也不管他们,走到姚氏面前去行礼问安。她在姚氏面前虽有些束手束脚的,却也不失亲热:"娘,外头传话进来,父亲要留赵家五爷和几个学生用饭,您看这席面安排得如何?"

"极好。"姚氏看过了,轻描淡写地道,"把二门上的蒋婆子给我打发了。让她最迟明早就走,除了身上穿的,什么都不许带走。"

傅氏吃了一惊:"她做什么啦?"

姚氏见她紧张,忙笑道:"不干你的事,是你三婶娘那边。你公爹想见许扶,早上许扶才刚进了门,你三婶娘后脚就跟了来。这种事以后不许再有。"

这里要说一下许家各房之间的情形:许家老爷子、老夫人是早就离世了的,许衡三兄弟却没有分家,原因与这乱世分不开。二房的许徽早早病逝,留下寡妻并一双未成年的儿女,三房的许徕则是在乱世中瘸了一条腿,性子就变得有些孤僻沉默,前几年才娶着了因为乱世家破人亡耽搁了青春年华的冒氏,子嗣却又艰难,至今膝下才有一个比昀郎大不了多少的儿子。许衡权衡再三,便不肯分家,也是个照顾兄弟侄儿的意思。他家是诗书传家,二房的人极其守礼懂规矩,从来不添乱,三房的许徕虽然性情有些孤僻沉默,但也是端方君子,冒氏大面上还过得去,就是太过争强,私底下爱耍些小动作,爱玩小聪明。人多事杂，要管好这一大家子人，保证大家能平安度日就坚决不容许发生这种事。

傅氏虽是在许樱哥来了之后才嫁过来的，有些事情并不知情，但她打理家务，各色人等接触得不少，也难保不知道些什么，虽不能明说，却也要处理好，不然一家人离德离心那可不是什么好兆头。姚氏想了想，低声吩咐："新朝初立，四处还有强敌环伺，求生不易，平安不易，你公爹也不得不委曲求全，一家人过日子应以小心谨慎为上。"

这些情形傅氏也是知晓的，她猜着这蒋婆子必然是与冒氏有勾连才会被惩罚。而婆婆这话，明显就是告诫她，不该问的就别问了，知道多了并不见得就是好事。傅氏牢牢记在心上，后来做事也越发谨慎小心。

却说许樱哥带了两个侄儿侄女一道往厨房去，一路上陪着两个侄儿侄女胡乱说话，天上的星星，地上的蛤蟆都被她翻出来胡说八道了一通，可两个孩子偏偏吃她这一套，一左一右拉着她的衣角问个不休。

"蛤蟆不会下坡，如果把它放在陡坡顶上，它便只有活活晒死了。"许樱哥正说得高兴，忽听得不远处紫藤架下有人低笑了一声，道："你试过？"

许樱哥吃了一惊，站住脚看过去，但见紫藤花架下走出一个穿淡青色素袍，年约二十的青年男子来。他身量中等，一双狭长微微上挑的眼睛里充满了笑意，鼻梁高挺，儒雅和气，不是赵璀又是谁？他分明是借故躲在这里碰运气等她的。

想到日间的事情，许樱哥就有些不自在，生恐给人看到，让许衡和姚氏轻看了自己和许扶，便给青玉使了个眼色，也不行礼，将牵着两个孩子的两只手亮给赵璀看，笑道："赵四哥怎会在这里？我不方便，带着孩子呢，就不与你多言了。"

赵璀却也体贴，站得离她老远，眼神在她身上眷念地来回绕了几圈，低声道："先生留我吃饭，我偶然走到这里，也不好久留。只是自去年秋天别过后许久不曾见到你，听说你病了，就一直想看看你好不好。还好，长胖长高了些。"不知是不是错觉，半年不见，他竟觉得她眉眼间的青涩似已蜕化成了一种说不出的风韵，洁白细腻如羊奶一般的肌肤衬着那个小小微翘的可爱下巴，引得他好生想捏一捏。赵璀只是想想便已呼吸困难，不敢看却又舍不得挪开眼去。

许樱哥似是不曾发现他的眼神和表情,兀自笑得没心没肺的:"那是,你都看见了,我挺好的。请赵四哥替我谢过窈娘的牡丹,让她费心了。"

赵璀温柔一笑:"喜欢么?"

别人送她东西,只要是不能退回去的,她自来都是喜欢的,许樱哥笑道:"喜欢啊,很好,好极了。"

从小到大,赵璀最是喜欢她这种欢欢喜喜,万事不忧的宽怀可爱模样,不由得也被她感染了那份欢喜,抿着唇笑了一回,极低声地道:"过几日我也会让我母亲去香积寺,你多保重,仔细些。"言罢不敢再看许樱哥的表情,急匆匆地转身往另一个方向去:"我先走了。"

是想要她在他妈面前好好表现一番罢?看来赵璀也不是很吃得定他家那位古板老太太。许樱哥笑笑,转身继续高高兴兴地领着两个孩子胡说八道,这回扯到了吃食上:"什么最好吃?天上的斑鸠,地上的竹䶛,啧啧……"说得两个孩子口水滴答,她才坏心眼地笑着住了口。

因着她爱吃,厨房是经常会去的,厨房里的婆子丫头们见着她带了两个孩子来,便都笑:"二娘子今日是要做什么好吃的?"

许樱哥却是个只动口不动手的,选个通风透亮处舒舒服服地在管事婆子搬来的椅子上坐了,将两个孩子拥在怀里指使厨房里的人做事:"做素包子,冬菇馅的,春笋馅的,豆腐馅的,把材料弄好,我来配馅。"她所谓的配馅,就是拿着勺子分配各式配料比例,其他统统不做。饶是如此,她经手的素包子味美鲜香仍然是出名的,灶上的几个婆子千方百计偷师学艺也弄不出她那个味道来。

第一笼素包子新鲜出笼,整个厨房里都弥漫着鲜香,俩孩子口水滴答的。"看你们那馋样儿。"许樱哥笑着给俩孩子留了两个,余下的先送到许衡待客处,看着两个孩子吃了,才让把后面出笼的装了食盒分送到各房各院去。

姑侄几人说说笑笑,自提了整整一食盒素馅包子又去了姚氏的屋子。还不曾进门,就已经听得里头热闹起来了,女人孩子说说笑笑,偶尔才听得姚氏说一句话,语气温和轻柔,正是一副和睦兴盛的景象。

许樱哥笑嘻嘻地牵了两个孩子进去,逐一问安说笑,姚氏与傅氏自不必说,要招呼的还有二嫂黄氏与黄氏所出的女儿娴卉和傅氏那刚下学的长子明郎。许家人都是性情和爽的,加上许樱哥那个爱笑的性子,热腾腾,香喷喷的素包子一端出来，大人笑，孩子闹，屋子里的欢乐轻松气氛又增加了许多。

人上了年纪，最爱的就是一家人团团圆圆，和和气气地坐在一起好好吃顿饭，说说话。姚氏坐在上首，看着儿媳孙子养女说说笑笑，心里十分受用舒坦，却不忘将已经上学的明郎叫到面前来细问几句学业上的事。

说笑了一阵，傅氏与黄氏领着人布置餐桌，许樱哥的任务就是领着几个孩子洗手洗脸，顺便平息他们之间的小纷争。须臾，万事停当，正要坐下吃饭，就听得丫头红玉在外头扬声笑道："三夫人，什么风把您给吹过来了？"

只听得冒氏笑道："五郎闹着要吃素包子，我没得法子，只好领他过来蹭饭。"

姚氏等人就都探询地看向许樱哥，许樱哥扶额叹息了一声："早就送过去了的。"

不知道又有什么幺蛾子。姚氏就和傅氏互相交换了一个眼色，傅氏含笑迎出去，把冒氏和她儿子许择接了进来。

第3章　出游

冒氏是个自来熟，不等招呼就把三岁的许择扔给许樱哥照管，自己在姚氏下手坐了下来，笑道："这五郎，手多，看他二姐姐着人送了素包子过去，欢喜得马上就要吃，结果丫头婆子一个没看住，就给他全打翻在地上了，还不饶我呢，非得哭着要，吵得我们三老爷直骂我，我没法子，只好腆着脸带他过大嫂这里来蹭饭吃。"

她的话十句大抵可以信得五六句。姚氏笑笑："随时来都可以，让他和他几个侄儿侄女一处玩，饭也可以多吃些。"言罢招呼众人吃饭。

黄氏捧饭，傅氏布菜，才动得几筷子，就见冒氏梨花带雨地哭了起来。姚氏早有心理准备，却还是做出一副吃惊的模样来："你这是怎么了？"

冒氏将帕子掩住脸："大嫂，我做错事了。"引得一桌子的孩子全都停下手睁大眼睛看着她。

真会挑时候，姚氏心里十分不悦，面上极淡定地道："这是怎么说？来，你和我屋里说，别吓着孩子们。"

冒氏不去，就在那里坐着哭，哽咽着道："我前几日托了二门处的蒋婆子买了点东西，她今早给我送过去，就在我那里坐着说了两句闲话。适才听说她被大侄儿媳妇给赶出去了，想必是我害了她……"

傅氏的脸色顿时变了，又气又愤，还得忍着，只因长辈说话没她这个做媳妇的插嘴的份，哪怕是辩白也不能。姚氏却不打算让冒氏继续说下去，淡淡地打断她的话："是我让她走的。至于你，知道错了就好。一大家人过日子要的还是一个理和顺。"

她在那里摆明了车马，倒叫冒氏发作不出来，更不能借题发挥。冒氏本是觉着面子上过不去，含了一口恶气过来生事的，没成想姚氏半点不留余地，直接就顺着她的话说她错了，半句解释安慰都没有，便十分下不来台，怔怔地绞着帕子默默流泪，心里百般滋味难言。

许樱哥便站起身来含笑领了孩子们出去："走，我们外面支一桌，让长辈说话。"孩子们都听她的，便都跟了她出去，小孩子心宽，一会儿工夫吃开心了也就忘了刚才的事情。

也不知道姚氏怎么和冒氏说的，待得许樱哥盯着孩子们吃饱，自己也吃饱喝足，那边冒氏也出来了。半垂着头，眼睛红红的，就连发髻上垂下的凤衔珠串也死气沉沉地坠着，再无之前的飞扬做作之态。

傅氏和黄氏嫌她爱多事生事，都不耐烦理她。可一处住着，面上情还要，她们不愿做的便让许樱哥来做，于是起来将许择交还给冒氏，默默送她出去。走到门廊下，冒氏问许择："晚饭吃得可好？"

许择小心翼翼地看着她的脸色小声道："吃得好。"求救似的看着许樱哥道："二姐姐喂我的，我吃了好多。"

"有劳你了。"冒氏摸摸许择的头，看着许樱哥低声道："你母亲也太霸道了些。我们虽在一起过日子，可到底是兄弟妯娌，也没谁真靠着谁过日子，我不过就是多关心了你点，嘴碎了一点，性子活了点，她就这样毫不客气地一巴掌打在我脸上。"

许樱哥一脸的吃惊，惶恐至极："三婶娘，您大抵是误会了……"

"是么？你眼里她自然是千好万好的，不然可就是不知恩了。"冒氏意味深长地笑了笑，又细细打量了许樱哥的眉眼一番，自抱着许择慢悠悠地离去，一路念叨："你爹不成器，娘就指望你了。回去咱们就背三字经啊……"

姚氏虽则高压着不许人触及她兄妹的事，但看这模样，天下无不透风的墙，心中有疑虑并想一探究竟的人还是太多，平日若无利害冲突也就罢了，但关键时刻就不一样了。危险因素太多，此处终究不能久留，不然要拖累人了。许樱哥立在廊下看着天边的晚霞发怔，过得片刻却又笑了起来。车到山前必有路，船到桥头自然直，她是死过一次的人，这十多年不过是捡着的，大不了又跟着许扶一起跑呗。继续享福去吧，许樱哥欢欢喜喜地去泡茶刮油挺尸养神去了。

过不得两日，姚氏果然由长子许执陪着，带了樱哥一道去香积寺小住，对外说是为许樱哥病愈还愿，实际上却是准备做法事告慰萧家枉死的十多口人，好让他们往生极乐。

这香积寺乃是上京香火最旺的寺庙之一，它年份极久，历史渊远，早年便是大裕朝皇家供奉的寺庙之一，到得旧朝崩溃，新朝初建，它倒也没忘本，庇佑了无数前朝勋贵人家老少女眷。新皇登基，大开杀戒清除异己，香积寺被围，住持一了大师使徒子徒孙架了薪柴欲自焚于寺前以抗议新帝的暴虐，世人都道百年古寺即将毁于一旦，谁知今上突然下旨，言其年轻落难之时曾得过住持点化照顾，也算是他的福地之一。莫名其妙地香积寺就保留了下来，里面藏着的前朝勋贵人家的老少女眷们也得以保存下来，从那之后香积寺的香火更胜从前。

关于这件事的前因后果，姚氏曾和许樱哥说过，并非是今上真得过一了大师的点化照顾，而是托了他那个贤后朱氏的福。前朝哀帝时期，全国大乱，各地枭雄蜂起，各为其政，连年战火，百姓流离失所，苦不堪言。朱氏便是一位被兵乱弄得家破人亡的大家闺秀，偶遇其时已是一方枭雄的今上，今上一见钟情，隆重聘为正妻。自那后，朱氏便成了今上的贤内助，今上暴虐多疑，狂性一起任何人都不能阻拦，只有朱氏能阻止。所以今上的名声不好，朱氏皇后却是有名的贤后。

香积寺离上京约有几十里路，姚氏不耐颠簸，马车走得极慢，从清早出发到中午时分才到。

香积寺修得彩漆巍峨，气度庄严，寺外田地肥沃，散落着十几户人家，此时正当午，田间地头人来人往，姚氏隔着车窗随便就看到了几张有些眼熟的脸，见其虽然粗衣短褐但眉宇间祥和安宁，忍不住双手合十低喃："香积寺和这些人都是托了皇后娘娘的福德。阿弥陀佛，佛祖保佑皇后娘娘长命百岁。"

许樱哥看着窗外，暗想能活下来的都是有福的。

须臾到得山门前，早有打前站的家人与知客僧领了到早就安排好的清净雅室里住下。稍事休息后，姚氏先带着许樱哥到佛前烧香还了愿，才假作不经意地想起来，要为她早年死在战乱中的亲人们集体做场法事，超度亡灵。

香积寺这种事情做得多了，问都不多问便着人安排下去，只是知客僧有些抱歉："这几日寺里有位客人，也是替人做法事的。他到得早，夫人这里怕是得缓上一缓。"

凡事都有个先来后到，姚氏不是仗势欺人的人，听说了原委，也不为难知客僧，微微一笑便颔首应了。因为闲着，便打算先将带来的衣物和米粮给散了。

这种与人为善的事情大家都乐意做，香积寺的粗使婆子满脸堆笑地问姚氏："许大夫人，您和二娘子的这些衣物米粮是要亲手散出去呢，还是由着小的们去替您散？"

若是亲手散出去，少不得要叫那些个前朝遗孤们上门来领取，这样倒显得不尊重人；若是要她亲自送上门去，这些东西似又值不得这样大张旗鼓；何况姚氏也是有些害怕的，怕有人会借此给许衡找事儿，问他个居心叵测；待要不管全交给这粗使婆子去做，难保不会被其中饱私囊，也就失了意义。姚氏便考校许樱哥："樱哥，你且说要怎办？"

许樱哥笑道："不如叫红玉和绿翡姐姐去做这事罢，虽不是什么好东西却也要做得周到些，本是做好事，休要叫人心里不舒坦。"她们都不必出面，由着底下人去做就是了，红玉和绿翡都是姚氏身边经过事的体面大丫头，分寸拿捏得当，交给她们去做最是妥当不过。

姚氏笑笑，算是同意了她的安排，又郑重叮嘱那粗使婆子："你领着我这两个丫头和底下人去，不必言明是谁家的，也不要他们来谢。办得好了总有你的好处。"

那粗使婆子笑嘻嘻地谢了，自领了红玉和绿翡出去办事不提。许执见她们这里安置妥当，自去寻寺中相熟的僧人说话论禅，许樱哥见姚氏有些乏，便给她倒了热茶，坐到她身边替她拿捏起肩膀四肢来。

许樱哥按摩推拿最是有一套，不多时姚氏便睡了过去。苏嬷嬷见她睡着了，轻轻给她盖了被褥，低声道："二娘子，您也累了，那边软榻上歇歇去罢。"

许樱哥确实也有些累了，但太久不曾出门，稍稍有些兴奋，歪了片刻根本睡不着，便同苏嬷嬷说过，自带了紫霭和青玉一同去精舍外头散步。

这一日的天气半阴半阳，微微有些风，最是宜人不过，香积寺百年古寺，虽比不过私家园林珍珑奇巧，却也收拾得树木葱郁，整整齐齐。许樱哥虽来过这里几次，却也不敢乱走，便只沿着附近的小石子路慢吞吞地往前走。走不多远，见前头矮墙砖花隔窗下放着个有些年头的雕花石缸，石缸雕得精致，外间爬满了青苔，里面种了碗莲并养了红鱼，碗莲不过才冒出几片铜钱大小的叶子，鱼儿却是肥得可爱，仰着头只管在水面"吧唧、吧唧"地吞吐水泡浮萍，煞是可爱。

许樱哥一时兴起，便蹲在墙根下拔了些鲜嫩的青草上前喂鱼。紫霭与青玉在一旁陪着她低声说笑，主仆三人正自欢喜间，忽听得矮墙后发出一声异响，三人抬头看去，只见矮墙后一个年轻男子隔了砖花隔窗正看着这边，一双眼睛牢牢盯着许樱哥，眨也不眨。

紫霭与青玉齐齐唬了一跳，不约而同地上前将许樱哥掩在了身后，斥道："你这人好生不懂规矩，非礼勿视不懂么？"

那人先是露出几分惊讶失措的模样来，接着便换了张倨傲挑衅的嘴脸对着青玉和紫霭翻白眼。

"无须多言，我们回去就是。"许樱哥眼毒，只一眼就把那人的容貌穿着看了个七七八八。那人高高壮壮的，虽只穿了一身素白的粗布袍子，发髻上也只得一根普通木簪，但面目长得极其俊秀，下颌方正有力，眸色更是与常人不同，带着些许浅灰色，眉宇间的气质看着就不是寻常人家的子弟，看似有些愁苦，实际却养尊处优。虽则那人落在她身上的目光让她很不舒坦，但谁又说得清这是个什么人？多一事不如少一事，不过被人隔着窗子看了一眼，又没少块肉。

青玉和紫霭犹自有些不爽，但许樱哥从来是个说一不二的主，她二人不敢违逆，也怕事情闹大，便狠狠瞪了那偷窥的登徒子一眼，一左一右将许樱哥簇拥在中间，扶着她往回走。

不知是否是错觉，许樱哥觉着身后那人一直盯着她，那目光有如实质，竟让她全身上下都生出些不自在来。她极想回头去验证自己的这个感觉是否正确，她也就大胆地那么做了，这一看把她给吓了一小跳。

花砖隔窗后，那张脸脸色惨白得像鬼，眼神幽幽暗暗的，让她极其不舒服。她下意识地飞快转过头去想躲开，再想想，又不甘示弱地回了头，可不过是一瞬间的工夫，那个人就消失不见了，快得不可思议。

青玉和紫霭见她回头张望，忍不住也回头去瞧，却只看到一堵光秃秃的矮墙，一道半阴半明，浸染了青苔绿痕的花砖隔窗，此外什么都没有。

紫霭推测道："这人要不是那些前朝留下来的勋贵子弟便是香客。"

青玉笑她："废话，总不会是和尚。"

紫霭道："说不定是那个正在替人做法事的香客！"

许樱哥突然半点游兴全无，垂了眼懒洋洋地转身往前走："管他是谁呢。回去记得休要在夫人面前乱说。"

姚氏已经起了身，正由着苏嬷嬷替自己梳头匀脸，见许樱哥进来就招手叫她过去，上下打量了一下她的衣装打扮，柔声道："刚才外头来回，赵夫人和赵小娘子，还有赵璀一并来了，就住在隔这里不远的芳兰精舍。你收拾一下，我领你过去拜访赵夫人。"

若是这门亲事真要做就，那便该慎重对待。许樱哥果然认认真真收拾了一回，姚氏同苏嬷嬷都觉得满意了，方一道出了门。

赵家住的芳兰精舍离许家这处不过是隔着个院子而已，走不得片刻工夫两家人便已会了面。赵夫人钟氏生得肥胖威严，年纪比姚氏大了那么几岁，出身前朝清贵人家，最是重礼，也以自身守礼知礼为傲。嫁了个夫婿赵思程，却是个长袖善舞之辈，彼时新朝初立，前朝世家贵勋纷纷倒台，他却不同，不但没有落下任何骂名地保全了一家人和自家的荣华富贵，还不露痕迹地被"强迫"着给聪慧的四子赵璀认了个干娘，这干娘是为今上的嫡长女长乐公主，帝后膝前的得意人之一。小心经营这些年，赵家人在这上京不敢说是呼风唤雨的一等人家，却也是踏踏实实、过着极安稳日子的人家之一。

钟氏一生顺遂，难免对周围的人和事要多挑剔比较上几分。要说许樱哥的样貌出身、行为举止，她自是极满意的，可她对许樱哥有个不满之处，便是许樱哥有过婚约，虽则崔家已倒，崔成已死，但她始终觉得这是许樱哥身上一个擦不去洗不掉的污点，总是白玉微瑕，叫人遗憾。

更何况当初孩子们还小时，许樱哥、赵璀、崔成经常一处玩耍，后来赵璀与崔成还成了好友，这崔成死了，赵璀却要娶许樱哥，总是有些瓜田李下之嫌，难保将来不会被人诟病。只是赵璀入了魔，一门心思非卿不娶，赵思程又特地给她分析过娶许家女儿的各种好处，总是利大于弊，这门亲还是要做，所以她才会往香积寺跑这一趟。

但做母亲的，谁不想为自己儿子娶到天底下最好的女子？就算是得不到最好的也要把女方压低一头，日后才好拿捏。钟氏想到此处，看待许樱哥的形容举止便又更多了几分挑剔，对待许家母女也是客气有余，亲热不足。姚氏同许樱哥是何等样人，自是明白得很，便也只是客气着，疏远着，绝不肯掉了身价。

赵窈娘来前得过赵璀的吩咐，见势头不妙立刻站起身来笑吟吟地去拉许樱哥："樱哥，许久不曾见到你，我有许多话要同你说，等阿娘她们说正事，我同你去外头走走说说知心话？"

钟氏虽然挑剔，却也不是想把这门亲事搞砸了的意思，见姚氏冷淡便已经有些后悔了，此时见女儿来圆场，忙跟着笑道："是，窈娘在家就时常念叨着你，你们去罢，不要被我们给闷着了。"

姚氏摇着扇子，既不说好，也不说不好，平平淡淡的。赵家虽然不错，但赵思程哪里又能同许衡相提并论？！论出身门第，学识人品，什么都比不上。再论旁的，他家赵璀不过是过继给长乐公主的干儿子而已，而她家长女杏哥可嫁得真好，还是今上保的媒。再说儿子，她三个儿子都成器，谁怕谁？许家女儿真的不愁嫁，倘不是有着那一层缘故，赵家三媒六聘也不见得就能答应。她现在若不把钟氏这劲头给压下来，日后许樱哥若真进了赵家的门，还不得低人一头？

许樱哥晓得这两位是别着的，并不跟着添乱，和和气气、笑眯眯地同她们告了别，与赵窈娘一道手牵着手，亲亲热热地走了出去。

赵窈娘比许樱哥小半岁，长得瘦瘦小小，眉目婉约，性情可爱，却是真正喜欢许樱哥，巴不得许樱哥能做了她四嫂。特意带了许樱哥往她临时住的房间里去，将一枚雕镂成亭台楼阁的样式，染做七彩色，既精致又艳丽的彩蛋翻找出来给她看："樱哥，你瞧我亲手做的这玲珑镂鸡子好看么？"

此间寒食节时最是盛行将精心雕镂的彩蛋互相馈赠，比较斗胜。那时许樱哥大病初愈，故而不曾参与这些活动，往年里她却是总要争个前列的，赵窈娘特意带来给她看，无非是个投其所好，想与她交好的意思。许樱哥便诚心诚意地赞道："极好，你手可真巧。"

"我这个做了许久的，花了无数的心思，若是你没病，想必做得更好。"赵窈娘被她夸得有些不好意思，"喜欢么？"

许樱哥拿了那彩蛋对着光上下端详，实实在在地道："喜欢。"

赵窈娘便把那装了彩蛋的锦盒往她手里塞："你既喜欢我便送你玩了。这个本来也是特地为你准备的，只是你病了不好去打扰你。"

"多谢你挂怀。"许樱哥也不推辞，"你前些日子才送了我一盆牡丹，我还不曾回礼呢。说罢，你想要什么？"

"暂且不说回礼。"赵窈娘促狭一笑，"你觉得是那花好，还是这玲珑镂鸡子好？"

许樱哥坦然自若地打个哈哈掩盖过去："都是你送的，都很好。"

赵窈娘促狭地笑了一回，微微有些害羞地小声道："我母亲的性情自来如此，你若是与她处得长久了，便知道她只是面上生冷，心里却是极软和的。"

许樱哥晓得小姑娘是在和自己示好，宽慰自己，却不肯说钟氏半点不是，笑道："是么？我倒觉着她是真性情。"

赵窈娘看不出她是真情还是假意，有心想把她四哥的一番真心说给许樱哥知晓，又开不得口，便含笑拉她出去："这屋里怪闷气的，我们且出去走走。早前我们还不曾来时你都在做些什么？"

许樱哥笑道："在那边矮墙下喂鱼呢。那个缸好，我看有些年头了。"

赵窈娘就道："你是喂鱼还是看缸呢？我听说这寺里种得好芍药，我们两个做伴去看！"

第4章　祸根

许樱哥想起早前矮墙后的那个人来，便为难道："不好吧，听说这寺里还有其他香客在的。我娘也不许我乱走。"

"怕什么？这么多人跟着的。实在不行，让婆子先过去清场。"赵窈娘笑眯眯地拉了她进去问姚氏:"婶娘,我想让樱哥陪我去看芍药,离这里不远,也清净,可以么?"

姚氏摇着扇子但笑不语,许樱哥眼观鼻,鼻观心,一派的端庄娴雅。赵窈娘急了,跑到钟氏面前只管撒娇。她是幺女,平日最是得宠,钟氏虽不喜欢她这般,却不好当着许家母女的面发作,便板着脸不情不愿地道:"多带几个人跟着,不许淘气,不许没规矩,不许惹事。"

赵窈娘就笑:"光天化日之下,一群人围着的,我和樱哥两个小女子能惹什么事?"

姚氏觉得钟氏的话不中听,寸步不让地指派青玉和紫霭:"好生照料着二娘子,千万谨慎,务必寸步不离!"又吩咐许樱哥:"出门在外,第一是端庄娴雅守礼,不许淘气。"

许樱哥乖巧到了极点:"是,谨遵母亲吩咐。"

于是终于成行,一大群丫头婆子簇拥着许樱哥与赵窈娘,热闹非凡。赵窈娘同许樱哥偷笑:"这么多人跟着,也不知是去看花的还是去打老虎的?"

许樱哥心想,她本来可以让许执陪她和姚氏清清静静地去观赏,可因为钟氏太过一本正经,所以才不得不如此行为。但只要姚氏能压下钟氏的傲气去,哪怕真是去打老虎也认了。

不多时到了香积寺的芍药花圃外,果见芍药开得云霞一般的灿烂,姹紫嫣红,争奇斗艳,确实是名不虚传。赵窈娘见许樱哥往芍药旁一站就是幅极美的画,便笑道:"真是好看极了,我是没有我哥哥的本事,不然一定要替你作幅画。"

许樱哥见赵窈娘时时不忘替赵璀打广告,不由得也有几分好笑,便拉她在自己身边站定了,调笑道:"我看是你想要找人替你画幅画罢?"

赵窈娘红了脸啐道:"谁想找人画了?"

许樱哥叹道:"我还说我替你画呢,你既不想,便罢了。"

赵窈娘便又欢喜起来,低声央求:"你不是想回我礼么?就替我画幅小像罢。"许樱哥也不知是从哪里学来的技法,画的画儿总是与旁人有些不同,特别精致传神,只是这个人委实是太过懒惰,难得请动。有她主动开口,赵窈娘自是不能轻易放过这个机会去。

许樱哥心想这几日正是闲得无聊,与赵窈娘躲在这里清静远比陪着赵夫人那个装腔作势的老榆木疙瘩来得舒爽，便笑着应了："现下不急，还是先看花，看花。"才说着，就听有人低声问好："四爷。"二人抬头看过去，但见赵璀缓步从一旁的花径里走了出来，一脸的惊讶："你们怎会在这里？"

　　"我们来看花的。"赵窈娘更是一脸的惊喜，"四哥，你不是去寻许家大哥了么？怎会来这里？"

　　赵璀含笑道："我遍寻不着他，听小和尚说这里花开得好，便过这边来走一趟，不成想竟会遇到你们。"眼角觑着许樱哥粉绿色的裙角和甜美的笑容，满心欢喜，只是顾着礼节，不得不强行挪开了目光。

　　许樱哥把他兄妹的把戏尽数看在眼里，并不戳穿，只含笑落落大方地站在一旁同赵璀行了个礼："赵四哥好。"

　　赵璀点点头，走到二人身边站定，温文尔雅地道："听说你们使了人去给寺外住着的那几户人家送衣物米粮，我们也带了些过来，只是不知怎么做才最妥当。你们是怎么做的？"

　　这便是典型的无话找话说了，许樱哥笑笑："是让我母亲身边的大丫鬟亲自送上门去的。"

　　"这样么？那我们也这样做罢。"赵璀道，"适才听你二人说什么画像，是谁要画像？"

　　赵窈娘道："是樱哥要替我画像。"言罢往那花丛中一站，笑问赵璀，"四哥看我摆个什么姿势最好？"

　　赵璀笑她："全无半点矜持，也不怕樱哥看了笑话。还不出来？"

　　赵窈娘意味深长地看着他二人笑道："她又不是外人，我还怕她笑？"

　　赵璀听出她的弦外之意，突然间满面绯红，看也不敢看许樱哥，眉梢眼角却都透出春意来。

　　许樱哥讪然，上前拉着赵窈娘的胳膊摆了个奇怪的造型："如此甚好。"

　　赵窈娘大笑："你又来捉弄我！刚才在我娘面前的端庄娴雅到哪里去了？你当心了，我是晓得你真面目的。"

　　赵璀生怕一旁的丫头婆子听了去，传到钟氏耳朵里会变了样，忙道："乱说什么？"

　　赵窈娘做个鬼脸，往一旁跑过去了。

　　"这疯丫头！"赵璀连忙指使丫头婆子："还不赶紧追上去伺候？"待得

赵家下人往前赶去，他才回头喜气洋洋地看着许樱哥道："我娘同师母还说得高兴？"

许樱哥不确定："还好吧？"

"还好？"赵璀微微皱了眉头，见她唇角带笑，却是问不出多话来的，他自己也晓得那两位夫人是个什么脾气，只要没吵起来，现在还在谈那便是有八九分成了，于是压低了声音道："将来我也替你画像。"

许樱哥再装不过去，便抬头看着他甜甜一笑。青玉和紫霭见状，往旁边略站得远了些，假意拉着一朵芍药低声讨论起来。

赵璀趁空抓紧时机低声道："我昨日见你五哥了。他明日会来这里看你。"

以他的神情来看，许扶肯定没有反对，明日自是来询问她心意的。知根知底总比盲婚哑嫁的好，最紧要的是她知道他心里有她，许樱哥便点点头："差不多了，你该走了。"

"我马上就走。"大抵是好事将近，赵璀的胆子大了许多，热切地盯着她的眼睛低声道："樱哥，我想听你一句话。"

"以后再说，你该走了。"许樱哥微微皱了眉头。想听什么？目前什么都不是，她不会给他任何承诺，也不会给任何人任何把柄。

赵璀眼里便流露出几分失望和不满来："樱哥，这么多年过去，经过这么多事，你该知道我的真心。"

许樱哥惊觉，恰到好处低了头，露了几分羞怯："快走，快走，你别害我。"

赵璀这才高兴起来，匆匆道："放心，你日后便知道了。"言罢大步离去，衣带生风。

许樱哥镇定地站在芍药花圃边，笑眯眯地同青玉和紫霭道："这大片芍药开得可真不错。"

青玉正要回答，忽听得紫霭急促地尖叫了一声，似避洪水猛兽一般地一个纵步往许樱哥身边奔过去，白嘴白脸地颤抖着指向旁边一棵大树："谁藏在那里？快下来！"

紧接着就见那树上跳下一个人来，白衣青靴，高个子，宽肩长腿，眼珠微微带了点浅灰色，不是早前那个站在花墙后头偷窥她的人又是谁？那人站在那里慢吞吞地整理着袍角，满脸的不屑："鬼叫什么？一惊一乍的，吵得人耳朵嗡嗡响，也不知什么人家才会养出这样的刁奴来！"

"你这个登徒子还敢骂人！竟敢一而再地做这种事，看我不把你揍个半死再送到官府里去！"紫霭看清了人，不由大怒。

那人冷笑，一脸的欠揍："我是登徒子？我怎么谁了？我做什么了？"说着看定了许樱哥，轻蔑地上下逡巡了一番，撇撇嘴："神仙美女，我怎么你了？还是你在做什么见不得人的丑事，不能让人看的？"

"乱说什么？"哪有这样胡乱污人清誉的？青玉也给气着了，不假思索地捡起个石子就朝他的嘴砸过去，怒骂道："不要脸！"

那人轻轻一歪头就将石子让了过去，将眼睛瞥向他处，嘲讽道："不知谁不要脸呢，还装作挺有脸的。可真会装。"

许樱哥听得懂，这话句句都是针对她的。可她想不明白自己怎么就得罪了这个人，正想开口又听那人忿忿地低声道："奸夫淫妇！"声音低不可闻，却刚好叫她听得清清楚楚。

许樱哥不由得也怒了，她今日不塞这莫名其妙的恶徒一嘴烂泥她就不是许樱哥。正在寻思怎么收拾这恶徒，那边赵窈娘等人已听到声响赶过来扬声问道："怎么回事？"一时惊见了那人，赵窈娘匆忙藏到许樱哥背后去，紧紧拽住她的袖子问她："这是谁？我四哥呢？"

"我怎知道？"许樱哥见她来了便喝住紫霭与青玉，抿紧了唇转身就走。这场子是赵家人清的，想必赵家兄妹为了引她过来说话，这场子便清得马虎了，放了个大活人藏在树上没发现也是正常，既如此，这麻烦便交给赵家去处理。又想不知这人把她和赵瑾的话听了多少去，幸亏她谨慎，也亏得赵瑾与她都不曾提起前情，不然可见鬼了。

赵窈娘见她脸色难看，又看那人穿着太普通不过，便随口吩咐婆子："把这不知哪里来的小蟊贼给绑起来先狠狠打一顿再送官！"

那男子勃然变色，怒道："谁是小蟊贼？这寺庙是你家的？就许你来不许旁人来？因为我在这附近赏花所以就要打我，也太不讲道理了吧？"

赵窈娘给他问住了，又不知道他到底怎么许樱哥了，便探询地看向许樱哥，想要许樱哥拿个主意。许樱哥却不看她，只管埋着头往前走，赵窈娘晓得这是怨自己之前的行径，便咬了咬牙，道："给我抓了烂泥糊了嘴使劲打！"

一群丫头婆子果然摩拳擦掌准备围殴，那人终于似是有些急了，大声喊许樱哥："穿绿衣服的女人，我不过是看了你两眼，听得你同旁人说了两句情话，你就用得着灭口么？心肠太恶毒了吧？"

许樱哥猛地回头看着他，眼里杀气腾腾。

那人突然走了神，这一愣神，就给一个婆子一拳砸在脸上，他歪了一歪，站直了身子继续盯着许樱哥，微带了些浅灰色的眼珠衬着云端投下的一缕阳光，华丽如琉璃。

好有特色的一张俊脸，可她不是没见过俊男帅哥的人，想当年，她也曾将俊男帅哥的美照做了桌面经常换着看，早就麻木了。许樱哥表情冷漠，语气极淡："把他的嘴塞了绑起来，叫你四哥立刻带人过来！"

赵窈娘不曾看见过她这样的神色，愣了片刻方鸡啄米似的点头："好好，我马上让人去找！"

那人听得分明，冷笑道："我今日算是知道什么叫作恃强凌弱了！休说是找你什么哥哥过来，就是到了今上面前也定不得我的罪！"言罢却深吸一口气，突然大声道："来人哪！杀人了！有人做了丑事要杀人灭口了！"

随着这声喊，周围便有脚步声和嘈杂声匆匆传过来。那人见众丫头婆子都愣住了，便有恃无恐地指着自己的脸道："怕了？刚才谁打的？有本事当着人面前再来一下？"一边说，一边挑衅地看着许樱哥，仿似那一拳是许樱哥打的一般。

"太可恨了！"赵窈娘何曾见过这样的无赖？恼得直跺脚，指定众丫头婆子："还愣着干什么？还不赶紧给我抓烂泥塞了他那张臭嘴？！"

众人不敢违命，一拥而上。

"不要命的只管上来！"那人却有几把蛮力，更不知从哪里摸出一根棒子舞得呼呼作响，叫人近不得身，得空还恨恨瞪着许樱哥，仿佛和她有深仇大恨一般。

"叫你看！"紫霭大怒，抓起一团烂泥准确无误地砸上了那人的脸，那人将手一抹抹成个大花脸，众人不由得大笑。

许樱哥看得直皱眉头，耳听着脚步声嘈杂声越来越密集，知道此处不可久留，不然越描越黑，便欲转身速速离去，因见赵窈娘还在那里生气，便拉了她一把："快走。留几个人拖着他等到你哥哥他们来处理，他走不掉的。"她声音虽小，却叫那人听了去，那人忙里偷闲，有恃无恐地拧起浓密硬挺的两道眉嘲笑道:"怎地?怕了么?适才与那小白脸眉来眼去的时候怎就不想想丑事败露的时候……"

见他口口声声只是拿着赵璀说事,每句话不忘往她身上泼脏水,要说他心思不恶毒许樱哥真不信,不由得心里涌起一股戾气,低声吩咐匆匆赶过来的许家下人:"给我好好教训教训他,拿马粪给他洗洗嘴。"许家人都是些胆大不怕事的,丝毫不惧那人手中的棒子,拉手的拉手,抱脚的抱脚,夺棒子的夺棒子,青玉与紫霭也跟着扔石头扔泥巴,虽一时不能制服那人,却也叫他狼狈不堪,束手就擒不过是迟早的事。

此时已然有离得近的寺中杂役并和尚赶了过来,许樱哥暗想,这种事通常都是越传越黑,自己的声名必然受损,得先设法把这影响降到最低才是,于是喊了赵窈娘一声便径自快步离去。半途遇到急匆匆赶过来的赵璀,也不言语,板着脸装作没看到自行去了。

赵璀见到她本是满心欢喜,却得了这么一副晚娘嘴脸,不由得快快不乐。却不好追过去问,只得问赵窈娘:"怎么回事?你们都好罢?"

赵窈娘迅速将事情经过说了一遍,怪道:"你怎把她独自一人留在那里?这人嘴里不干不净,也怪不得她生气。"

赵璀默了片刻,眼里露出几分杀气,淡淡地道:"你且先回去哄哄她,其他事情不要管了,我自会给她一个交代!"

赵窈娘胆小怕事,看他神色晓得不会善了,忙提醒他:"樱哥只是说让拿马粪给他洗洗嘴,你可别闹出人命惹祸!"

赵璀不耐烦:"快去,快去,我自有数。你把她哄好就是。"

赵窈娘只好一步三回头地去了。

赵璀低声吩咐长随福安:"打断他两条狗腿,再下了他的狗牙,只要人不死就成了,爷有重赏。"

福安得令,挽起袖子带了几个人冲上前去喊打喊杀。许家众婆子见状,匆忙退开好让他们施展手脚。那狂徒勇武有力,连着伤了两人,可到底双拳难敌四手,一个不仔细就吃人一个绊脚暗算倒地,于是吃了个大亏,他此时却与先前不同,格外硬气,始终不曾求饶半声,只将袖子擦了擦脸,抬起头看着赵璀冷笑不已。

"好硬气的狂徒!且看你能撑到什么时候。"赵璀在远处悠然冷笑,忽见众人突然住了手，接着长随福安快步奔过来，凑在他耳边低声道："四爷，似有不对，小的瞧着此人极为眼熟，就好似是康王府的那位三爷。"

"你看真切了？"赵璀吃了一惊，暗想不会这般巧罢？

福安低声道："不会错。去年春天公主殿下庆生，小的因缘巧合给他牵过马。早前他脸上有泥看不真切，适才却是看明白了的。"

那可真有些不妙。赵璀思虑片刻，缓步走上前去大声呵斥道："你这胆大狂徒可知错了？！"

"错你娘！"那人从泥土碎花瓣中挣扎着慢慢抬起沾满泥土的一张脸来，眼里露出两道凶光，先"呸"地吐出一口掺杂着泥土和血水的唾沫，再摇摇晃晃地站起来，将袖子往脸上使劲一擦，倨傲地对着赵璀冷笑："姓赵的，你竟敢使人打我？爷爷灭你全家满门！"

赵璀这回看清楚了，这张脸虽被打得变了形，他却不会忘记，果然是那康王府的混账三爷张仪正。他同这张仪正虽不曾打过交道却也知道此人混账得很，非但今日之事断难善了，日后只怕也要搅裹不清，又不能灭口……赵璀看向围观的闲杂人等，心回意转间便想了好几个念头。

那张仪正见他阴着一张脸不说话，慢慢将一只手轻轻放在了腰间，眼里杀气四溢。却见赵璀满脸堆笑地快步向着他走了过来："真是康王府的三爷？请莫怪我等，我等眼拙，错把贵人看成了蟊贼登徒子。还请恕罪。"

张仪正冷笑道："姓赵的，你是想瞒混过去么！你敢说你认不得我家人长什么样？你不认我反倒叫人打杀我是何道理？谋害皇嗣，你赵家是要谋反么！"

赵璀一脸的惊色，匆忙行礼赔罪："哎呀！三爷，这玩笑可开不得。还是先随下官去梳洗疗伤罢？"眼看远处知客僧匆匆忙忙地跑过来，便频频朝福安使眼色。

张仪正看在眼里，淡淡地道："你过来我同你说。"

赵璀谨慎跨前半步："三爷有何吩咐？"却见张仪正同时跨前一步，左手牢牢扣住他的右肩，右手将一把寒光闪闪的匕首猛力朝他左胸刺将过去，口里大声喊道："叫你害我！我杀了你！"

变故突起，赵璀措手不及，眼睁睁看着那匕首朝着自己的心口刺来，不由暗道一声吾命休矣。本是待死而已，电光石火间却被福安猛地一撞，那匕首错开心口刚好刺在他肩头上，瞬间冰凉刺骨。张仪正一击不中，再刺，赵璀已然反应过来，协同福安等人将他牢牢按住并夺了凶器。

张仪正咬着牙，红着眼，额头的青筋都鼓了起来，满脸毫不掩饰的恨色。

知客僧匆匆赶到，忙叫身后的大和尚将人给隔开，温言询问："这是何故？"

赵璀死里逃生，惊得满头满身的冷汗，伤处火辣辣地疼，血浸半身，仍是温和敦厚的笑问周围的人："你们都说说是怎么回事？"

众下人生恐被牵连，忙添油加醋地将张仪正的恶行说出来，怎么潜藏在树上偷窥，怎么无赖泼皮，言语调戏欺辱两位娘子，赵璀越听越怒，恨不得将这好色无耻凶蛮之徒大卸八块，好容易忍住了，同那知客僧诉苦："早前谁也不知他是康王府的三爷，待到知晓，误会已然造成……"

"他早前也并未说明他是康王府的三爷，只说是来做法事的客人。"那知客僧听完过程，晓得不管是康王府的人在他这里出了事，还是许、赵两家的女眷在这里被人窥探轻薄他们都逃不了干系，便欲息事宁人："这中间只怕是有什么误会，依贫僧拙见，赵施主与这位施主不如都先疗伤然后再说，如何？"

赵璀按着肩上的伤口委屈地道："若是王府来人，还要请师父做个见证。实是事出有因。"

知客僧明白他的意思，无非是个要寺里替他作证，证明这三爷挨打是活该自找，怪不得人的意思。当下应允道："出家人不打诳语，实事求是。"吩咐在场的香积寺中杂役并和尚不许乱说话，又请张仪正随他去见方丈大师并梳洗疗伤。

张仪正倨傲地将身上的泥土碎花瓣给弄干净了，冷笑着威胁赵璀："你给爷洗干净脖子等着！"言罢一摇三摆地去了。

麻烦大了。赵璀默然无语，顾不得肩上的伤便急匆匆去寻许执拿主意。

第5章 太岁

却说许樱哥出了芍药圃就急匆匆往赵家所居的精舍奔将而去，行到门前见两位夫人都得了消息正收拾着要出门一探究竟，她也不管周围人等，一头朝着姚氏扑将过去，跪倒在姚氏面前把脸埋在姚氏怀里，牢牢抱住姚氏的腰低声抽泣起来。

别看这事儿是赵家兄妹引起来的，她是受害者，可这会儿不把责任认定，日后她就要被钟氏和赵家人笑话挑剔压制一辈子。死贫道不如死道友，还是让赵窈娘和赵瑾挨顿罚罢。

姚氏唬了一跳，疾声道："这是怎么了？"

许樱哥只管哭不管解释。自有青玉与紫霭将事情经过委婉地说了一遍，姚氏与钟氏都是当家的人，当然明白这中间的经过和曲折，更明白谁是谁非——这事儿全是赵家兄妹惹出来的，若非是他们精心设计引了许樱哥去看什么芍药，又不清理干净场子，扔了她一人在那里，哪会有这许多事？

本来这种事情从来都不问谁是谁非，总是女子吃亏就是了，但许樱哥这一哭，这责任就全都认定在赵氏兄妹身上了，就是赵家人理亏狂浪惹出来的事。姚氏正和钟氏比着上下高低呢，又岂会放过这个机会？当下冷冷一笑，将许樱哥扶起来擦泪，安抚道："好女儿莫哭，这可不是你错。爹和娘就算是要生气也要找那罪魁祸首。"言罢回头看着钟氏淡淡地道："赵夫人，你看怎么办吧！"

钟氏气得脸上的肥肉乱抖，可真是半点辩驳不得，只得气道："这两个不省事的混账东西……把四爷和窈娘给我叫来！"

话音未落，就见赵窈娘急匆匆地从后头追上来，口里还喊着："樱哥你莫生我们的气，我们也没想到会这样……"

钟氏正兜着豆子找不到锅炒，看到她这模样气得猛地一拍桌子，厉声喝道："孽畜！给我跪下！"

赵窈娘一抖，膝盖一软就跪倒在钟氏面前认了错："娘，我错了，以后再不敢了的。"钟氏气不过便当着许家母女的面去打赵窈娘，赵窈娘哭喊着围着她绕圈子，连声只是讨饶。钟氏虚张声势，赵窈娘手脚灵活，躲避得当，却是雷声大雨点小。

姚氏不耐烦看，便拉了许樱哥冷声道："我们走，莫要耽误你赵家伯母教导儿女。"

最是守礼挑礼的人偏偏给人看了现行笑话，钟氏气得倒仰，脸都涨成了猪肝色，于是又狠狠拧了赵窈娘两把。

许樱哥见好就收，忙收泪拉住钟氏的袖子劝道："伯母消消气，窈娘也不是有意的。"

赵窈娘忙道："是啊，是啊，我本是好心来着，要怪也怪那不要脸的登徒子。"

钟氏更气，猛地挥开许樱哥，将手拧住了赵窈娘粉嫩的脸颊使劲地掐："你还敢说！你还敢说！老赵家的脸都给你个不成器的东西丢干净了。"赵窈娘吃痛，只管朝许樱哥和姚氏身后躲，正热闹间，突然进来个人道："夫人，事情不好，四爷被那狂徒给刺了一刀！那狂徒又说自己是康王府的三爷！"

"啊……"钟氏忙收了手，与姚氏对视一眼，都从彼此眼里看出些烦躁和担忧来，齐齐道："快去把大爷（四爷）叫来！"

不待她们叫人，赵璀与许执已然赶来了，这时候也顾不得什么男女有别，先把相干的丫头婆子给约束起来不许乱说话，再把不相干的给赶出去，关起门坐下来互相商量。

钟氏看着赵璀肩上草草处理过的伤口，又是心疼又是后怕，还有几分怨气，不由得拭泪道："那可是个太岁，轻易招惹不得，怎就惹上了他？多险啊，差点我就见不着你了。"想想就觉着运气真不好，倘若不是应了赵璀的请求跑来这香积寺见姚氏，也不会遇到这种衰事。再想想就又觉得真烦，连带着看许樱哥那张漂亮的脸蛋也觉得是个麻烦，好似这麻烦就是许樱哥招惹来的，赵璀那伤就是许樱哥害的一般。

许执平静地道："是他来招惹我们，并不是我们招惹他。"总是张仪正失礼讨嫌在前头，谁都打得，难不成许樱哥就该给他调戏羞辱不成？何况他自己早前不肯亮出身份，赵家的下人也给他伤了几个，赵璀也受了伤，算是有个说头。

姚氏把钟氏的神态语气尽都看得分明，淡淡地道："不惹也惹上了，现下还是想想怎么处理这事最妥当的好。"

赵璀虽觉着惹上这太岁确实是件麻烦事，但不惹也惹上了，抱怨后怕没有任何意义。此刻他只担心钟氏会因此迁怒许樱哥，也怕她说出些不中听的话来惹怒了许家的人，便先把责任担了堵她的嘴："总是我不好才害得两位妹妹受了惊。这件事我仔细想过了，也没什么不得了的，正如大哥所述，是他不自重来招惹我们，我们又不晓得他是谁，就不存在故意冒犯一说，何况他如今只是受的皮肉伤，我却是挨了这一刀。如今康王府正到处遍寻他不着，我们且好言好语将他哄着，等他养好了伤再让康王府来认人，不见皮肉伤也就没那么多气，两样相抵，我们这边再请公主出面，师母那边请武夫人出面，这事儿最后总能办好的。"

许执沉思片刻，道："不妥，这事儿再耽误隐瞒不得的。那边康王府找他找得发了疯，王妃也因此病着，他一直不说，或是没人听了去也就罢了，现下已是闹得沸沸扬扬的便不好再瞒，否则只怕那边更怪。这样，赵四弟你过去好言好语，好医好药稳住他，我回上京把康王府那边安置妥当。"

许樱哥暗自点头，赵璀聪明狠厉处有之，端方持重实不如许执。姚氏也是这么个想法，当下问钟氏："不知您的看法如何？"

钟氏心里还犹自不是滋味，可牵扯进去的是她赵家人，赵璀更是绝对逃不掉干系，便打起精神道："我也回去，待我亲自去公主府一趟，有备无患总是好的。"

姚氏便不再言语。钟氏以为她会带了许樱哥同自己一道回去，立即就去寻她亲家武夫人说说想办法，谁知她却稳坐如山，便有些不高兴："这是两家人的事，虽然占着理不怕他，但也要放在心上尽量办周圆了才好……"

难不成要全都跑回去才叫把事情放在心上？姚氏心头有些看她不起，明明白白地道："我们还有法事未做，今日就先不回去了。"

钟氏还要再说，赵璀忙道："上京的事情有大哥去做，师母留在这里最好，我有决断不下的也要师母出面拿主意呢。"

"这是自然。"姚氏起身吩咐许樱哥，"你回房去歇着，我同你赵四哥一同去看那位小三爷。"然后有条不紊地吩咐下去，拿什么吃食，什么药材，什么礼物过来，又要谁跟着她一起去。

钟氏见没她什么事儿，便也低声叮嘱了赵璀一回，张罗着让人收拾东西跟她回去，一转眼看到许樱哥同赵窈娘还在那里交头接耳地说悄悄话，想到她二人就是罪魁祸首，不由得心头的怒火一拱一拱的。但她不能拿许樱哥发脾气，便怒斥赵窈娘："还杵着作甚？还不快去收拾你的东西跟我走？"

赵窈娘晓得她的脾气，无奈地同许樱哥使了个眼色，小声道："总是我不好，你莫怪我四哥和娘就是了。"

小姑娘虽然做事有点不稳妥，但还晓得错，和自己这样不厚道的人比起来更是天真纯善。许樱哥笑道："你不怪我跑回来哭诉害你挨罚就好了。"

这事就算是想瞒也瞒不住,何况也是自己做得不妥才导致的,赵窈娘摇摇头,伸手与许樱哥勾小指:"那我们说好了,谁也不怨谁。"

　　许樱哥含笑与她勾过小指:"好。"

　　那边钟氏又喊了起来,赵窈娘捂住耳朵跑过去:"我走了。以后有机会又聚。"

　　许樱哥朝她挥挥手,转眼看到钟氏眼里一闪而过的不喜和厌恶,想了想,把那厚脸皮绷着,装着什么都看不懂的上前去同钟氏行礼告别:"伯母回去后不要再骂窈娘啦,都是我眼泪浅,沉不住气。我们当时也是吓坏了才乱的阵脚。"又一脸的愧疚:"还有四哥的伤,我那里有上好的金疮药,这就叫人送来……"

　　伸手不打笑脸人,钟氏的脸板了又板,终是胡乱点点头,勉强"大度"地安慰了她两句:"算了,也不算是你的错。"

　　许樱哥得了这话也就知趣地不在她面前晃,乖巧地回了自己的房间。回了房,便换了副自在神情,让青玉和紫霜替她弄热水来洗脸梳头,又把衣服换了,舒舒服服地躺在榻上喝茶润喉吃瓜子歇气。

　　紫霜见她似是万事不放在心上,忍不住道:"二娘子您就不怕?那泼皮可是个狠角儿,他说他要把打他脸的孙婆子全家满门抄斩呢!"

　　"他还说他要灭了赵家全家呢。"许樱哥呵呵一笑,"你觉得他斩得掉?你觉得他想斩,老爷夫人大爷大娘子就任由他去斩?退一万步说,他真的要斩,因为我怕他就不斩了?"可到底真是狠,那么多人跟着赵瑾都能让他差点要了赵瑾的命,若不是有什么深仇大恨便是为人记仇凶狠恶毒轻易招惹不得,日后总要远着点才是。

　　紫霜眨了眨眼,犹豫道:"那……"

　　许樱哥将一粒瓜子抛上空,张嘴接了,道:"你要急,就去那边打听一下消息罢。"

　　紫霜忙去了,一直到天黑时分,去散衣物米粮的红玉并绿翡都回来了方见她回来,进门就道:"二娘子,那泼皮可真难缠!"

　　许樱哥正坐着剥瓜子仁,闻言道:"他又做什么了?"

　　紫霜道:"大爷亲自带了大姑爷并康王府的二爷来,他还在那里瞎闹,不依不饶的,非得要赵四爷给他磕头认错,还要把今日打他的人都抓去给他出气，又要您和赵小娘子去给他赔礼认错，说他不是登徒子，是咱们冤枉了他……"

青玉听得满脸忧色，许樱哥头也不抬地道："然后呢？"

紫霭期期艾艾地道："婢子听到这里就吓得跑回来了，他可是挨了婢子一把烂泥的。"虽然那一下是趁着胡乱丢的，可难保那人没记住。

许樱哥微微一笑："是他自己有错在先，不过占着身份高贵。为了安抚他打卖几个下人出气是有可能的，赵四爷和我们大爷给他作揖赔礼也是可能的，但叫已然受了伤的赵四爷给他磕头，叫我和赵小娘子出去给他赔礼认错，再拿我身边的人去出气却是绝不可能的。"这大华能在众敌环伺中风雨十余年却屹立不倒，总是有它的道理。康王府一向贤名在外，总不至于放任他这般胡为。

紫霭不懂，许樱哥也无意解释，青玉便道："你去了这半日就听了半截回来吊着人，还不如不去呢！待我去瞧。"

"不必了。"姚氏的声音才响起人就已经到了门外。许樱哥忙跳下榻，整整衣裙迎上去把姚氏扶到榻上坐好，亲手奉茶，又叫人把早就热着的素斋饭送上来，待姚氏两口茶下去，歇够气了，方道："娘，那边怎么说了？"

"没什么大碍。"姚氏道，"他名声在外，又是那么副行藏打扮，又始终不曾亮明身份，原也怪不得我们。我早听武夫人说过，康王府不似其他那几府，从王爷到王妃和下头的人都是讲道理的，今日见了果然名不虚传。他才在那里胡搅蛮缠，就被康王府的二爷一巴掌打在了头上，喝令他跪下。他自是不肯，可二爷先就质问他为何不孝要偷跑出府害得王妃担忧生病，阖府找了这许多日他音信全无，又问他隐姓埋名跑这里来是个什么意思，为什么要伤人，又骂他丢了天家的脸面，说康王爷让他马上回去，他就蔫巴了。"

"致歉的反倒是康王府呢，到底是皇后娘娘教导出来的，那气度就不一样。"苏嬷嬷笑道，"二娘子是没看到他那样子，真是解气。他今夜便要回去的，再不怕他出来烦人。"

"解气都是次要的，主要得把事情给一次处置好，不留后患。有时候人都爱做给人看呢。"许樱哥道，"他那性子，日后有机会必要报复的。"

姚氏又喝了口茶："这个倒是不用担心，我们占着理，再有你姐夫他们居中转圜应无大碍。再不然还有你父亲，他若真不管不顾地闹起来旁人也是怕的。"大家都相安无事这事儿也就过去了，非要翻出来辩个是非才是不智。以后又再说以后的话，总不能因为担心以后就一直缩着脑袋做人。

所谓明枪易躲暗箭难防，表面上也许很容易就过去了，但暗地里谁又说得清？真吃了亏再去想法子，那便是补不回来了。许樱哥见姚氏似并不放在心上，也就不再多言，先洗手伺奉姚氏吃饭，吩咐人去看许执等人的晚饭怎么安排，安排好了没有。又当着姚氏的面，大大方方地让人去探赵璀的伤，不管如何，赵璀肯替她出这口气她总是领情的。

不多时许执那边使人进来回话，说是事情稍微有变，张仪正本是要连夜被送回康王府的，但康王府的人怕他那副嘴脸吓着王妃，便由康王府的二爷张仪先回去安抚王妃并撤回在外头寻他的人，留了几个人陪他在这里养好伤又再回去。说不得，这养伤钱便要由赵、许两家来出，许执同赵璀，乃至于许杏哥的夫婿武进都要暂时留在这里陪着。

到了夜里，赵家也使人来传递消息，说是长乐公主那边也打点好了。待赵璀使来报信的人退下，姚氏吩咐苏嬷嬷并青玉等人出去，单留了许樱哥在房里："我有话要同你说。"

许樱哥晓得是为了今日之事，先将早前剥好的瓜子仁端到姚氏面前，再敛了容色正襟危坐："我给家里添麻烦了。我早前也不知他是康王府的。"

以微知著，这孩子看着大大咧咧的，其实再细心不过。姚氏看着那满满一碟子瓜子仁不由得轻轻叹了口气："哪里是为了这个？麻烦要找上门来时是躲不过的，无非是运气罢了。谁会想得到他会躲在这里，又撞上了你？你要是什么都不敢做，唯唯诺诺只由着人欺负那才是丢了许家的脸呢。不必多想，你且把事情经过细细说来。"

许樱哥不敢隐瞒，把从矮墙下遇到张仪正开始再到后头赵璀与她说的话都一一说来。姚氏听得直皱眉头："这么说，第一次是偶遇，第二次却说不清是偶遇还是他有意为之。"

"是说不清。但他起心不良是真的。"许樱哥道，"我是没得罪过他，但他却像是十分憎恶我似的，话说得特别难听。就算是丫头们得罪了他也不至于如此。"她可以发誓，这人之前无论间接还是直接，她都没见过，更没招惹过。

姚氏沉思良久，始终不敢往那一方面想，便道："谁说得清呢，那太岁本来就是以混账出名的。你看他后头宁愿挨打也不肯主动说出自己是谁,一起来就要杀人,若是都能猜着他要做什么,康王妃也不会总是给他气着了。"

"既然弄不清楚,那咱们就不去想,我日后总是更加小心,不碰着他就是了。我觉着这事儿还是该再周圆一下的好,免得他记仇在心,日后使坏。"

姚氏深以为然:"待回京后我会仔细斟酌。"

许樱哥自来是个宽心的,见她应了就把话题转到了其他地方:"赵夫人好似是对我有几分不满。"

按说,似她这样的年轻女子是不该操心自己婚事的,但她这情形和性情与一般女子又有所不同,故而姚氏也没觉得有什么不妥,却不明白告诉她自己与钟氏都是怎么别的,只笑道:"无须担心,赵侍郎是个懂事的,赵璀和窈娘又都向着你,再凭着你那厚脸皮宽心肠,这日子也过得,无非就是耳根要不清静些罢了,可换了户人家也不见得就样样都好。这番么,赵璀受了伤,做母亲的总是要难过些的。"

许樱哥点头称是:"明日五哥要来,想必除了做法事外也是为了这事。"

姚氏道:"你年纪不小了,不好再拖,就听你哥哥的早些定下来吧。这里比家里清静些,你们兄妹可以说说心里话,我来安排。"

许樱哥欢欣鼓舞,抬手扶脚,殷勤安排姚氏歇下。

次日清晨,许樱哥照点起床,晨练完毕,与姚氏吃过早饭便去了外头做法事处。她今日特意又穿戴得素了些,一身浅蓝色的春衫春裙,不施脂粉,鸦黑的发髻上只插戴了一支简单的珠钗并一朵淡黄色的绒花,越发显得肤如凝脂,眼亮出彩。因为好吃好睡,又爱运动,发育得极好极匀称,胸高腰细臀圆腿长,跟着姚氏往大殿里一站,害得一旁诵经的小和尚们差点没咬了舌头。

不多时,姚氏算着许扶应该来了,便去了偏殿喝茶候着。

不过一口热茶下肚,许扶便带着露水走了进来,先同姚氏见过礼,不及叙话就忙忙地道:"昨日究竟是怎么回事?怎地还伤了人?传消息的人又说不清楚,叫我担忧了一宿,今日早早就守在城门前,城门才开就赶了来。"

许樱哥笑道:"没什么大碍,有娘和大哥在五哥还怕我吃亏不成?"

"你跟着家里人我自是放心的,只是多少难免挂怀。"许扶上下打量了她一番,见她人才模样这般出彩,不由又是骄傲欣慰又是担忧顾虑:"以后无事不要随便往外头去,坏心眼的人可多。"实在生怕他这才养大的妹子轻轻就给人拐了去或是吃了大亏。

许樱哥不要他担心，自是乖顺地应了。姚氏见他兄妹说得欢喜，因见许执也走了进来，便叫过许执到一旁询问张仪正那边的情形，让他兄妹二人畅所欲言。

许扶又问昨日发生的事情，许樱哥晓得他有些偏执，并不似同姚氏那般事无巨细地与他说，只轻描淡写地带过，重点形容那太岁的狼狈模样，又特替赵璀说好话："说来这祸事也是赵四哥想为我出气才引起的，他也算有担当。"

就是这般说许扶的脸色也是极其难看，无非是顾虑到她才勉强撑着张笑脸罢了："他敢无担当？这事儿就是他轻浮才引起来的。你放心，我这里见着了他必然要好生骂他一回，叫他检点些不许害了你。"

许樱哥晓得他的脾气，不敢替赵家人说任何好话，却也晓得他有分寸，便只是含笑听着："我有这许多人撑腰真是什么都不怕。"

许扶笑了笑，想想却又气得很："又是那叛臣逆贼家的人！我恨不能……"

"还不赶紧闭嘴！"许樱哥唬了一跳，使劲瞪了他一眼，小跑着到门窗边四处张望了一番，见只有家里的丫头婆子远远伺立在廊下，并无闲杂人等偷听方走回来低声骂许扶："哥哥糊涂了，这种话也是能随便挂在嘴上的？你就算是不为旁人想也请多替许家想想！他们是我们的救命恩人不是仇人，你口无遮拦是要害他们？"

许扶铁青了脸，一张瘦削的脸越发绷得紧，却是没有反驳，只低声道："是我错了。以后再不会了。"嘴里如此说，心里却是恨得要命，张家人改朝换代本与他无关，但不该灭了萧家满门，害得他与樱哥不得不亡命天涯，改头换面寄人篱下，连真姓名也不敢亮出来。如今他家子孙又莫名来调戏羞辱樱哥，如何叫他不恨？

许樱哥看他的神色，知他本来就是个谨慎小心到了极点的人，若非是太过心疼着意自己也不会如此，便放柔了声音笑道："哥哥，我昨日做得不太厚道，只怕赵四哥与窈娘嘴里不说心里却怨我呢。"

"什么？"许扶被她勾起兴趣来，心中的愤怒稍微缓解了些，"你说给我听听，你又做了什么好事？"

许樱哥把自己哭着跑回去告状，姚氏借机踩着钟氏不放，害得赵窈娘挨罚的事儿说了一遍。许扶最是护短，听说她和姚氏借机扳回了一局，心情大好："做得好！臭丫头挨罚是活该，谁让她听她哥哥的话算计你？小算计也无伤大雅，却不该不把事情做漂亮咯。"于是言归正传："赵璀向我提亲了，我觉着他极不错，也是真心，就没拒绝他。但我当初曾允过你，将来这事儿要问过你的意思，如今你怎么看？"说是这样说，眼里却充满了期待和忐忑，只恐她会拒绝。

许樱哥看得分明，笑道："我目前见过的男子中，除了几位哥哥就属他最好最合适了。"天地这么宽，她所见却有限，见过的男人也有限，日子总是要过，似她这样身份的女子没有特殊原因不能不嫁人，那她就挑个最好把握，最合适的，开开心心嫁了，开开心心过完这一生。皆大欢喜，多好。

许扶见她面上半点羞涩憧憬喜悦都不见，全不似女子谈及这方面事情时的娇羞喜悦模样，心里不由有些犹豫："樱哥你若是不愿意……"虽然这门亲不好拒绝，但总有办法。

许樱哥看着许扶鬓边的几丝白发，笑着打断他的话，斩钉截铁地道："哥哥放心，我会把日子过得极好极好的。"

许扶目光沉沉地看了她片刻，突地轻轻抚了抚她的发顶，低声道："哥哥没有本事。总是让你受委屈。"

许樱哥笑得越发灿烂："哥哥说什么啊，我受什么委屈了？没有哥哥我就不能活下来，没有哥哥我就不会有今日的好日子过，哥哥且说，你还要怎样才算有本事？我要怎样才不算受委屈？皇后娘娘也没我逍遥。"

"乱说。"许扶口里嗔怪着，眼里却是终于透出亮光来，叫了许樱哥一同前去听许执描述那太岁张仪正的举止行径。

许执与姚氏描绘着那太岁的可恶处："实是没见过这般能折腾的人，这样的天气偏说热得很，半夜三更非得寻冰。王府里的人拿他没法子就来折腾我们，我们三个半宿没睡尽给他寻冰去了。幸亏打听得离这里二十里路远有家富户有冰，赵璀死活说是他惹的祸，不是他寻来的那太岁必不会善罢甘休，于是带伤去了，待得寻回来已是天近五更，人困马乏。他倒是睡了一觉起来，又说冷了，让把冰给拿走，接着精神抖擞地要赵璀陪他下棋，下到一半又说赵璀言语不敬，泼了赵璀一头一脸的茶水……武进怎么劝也劝不好。也是赵璀忍得，心性实在坚韧。"

姚氏道:"不忍又如何?在人屋檐下怎敢不低头,赵瓘昨日打了他一顿,他无论如何也要出了这口气的。"

许扶皱眉道:"竖子太过可恶!"又问许执:"他怎样大哥了么?"

许执苦笑道:"虽无好脸色但也没怎么我,想必是还没来得及。"

摊上这么号难缠人物,几人再说不怕也还是有些忧愁,姚氏揉揉额头:"过了今日,我还得去请武夫人居中调停一下,让康王府早些把这太岁给接回去,你们都有正事要做,总不能全都告假在这里同他耗着。"

许执赞同:"正是,不然接下来便该折磨我了罢。"

说曹操,曹操到。这里才提到那太岁,苏嬷嬷就来禀告:"夫人,康王府的三爷使人过来说,听说我们这里在做法事,他要过来看看热闹。"

一群人尽都无语,人家做法事他看什么热闹?不等他们想出拒绝的理由来,人便已经到了殿门外。姚氏无奈,只好带着众人出去迎接。

门开处,两个健仆抬着一张白藤肩舆,肩舆上高高坐着那太岁张仪正。他今日的打扮又与昨日不同,穿了件宝蓝色的团花圆领窄袖纱袍,家常青布鞋子,腰间一块羊脂白玉佩,头上的木簪也换成了造型古拙的犀牛角簪。穿着打扮变了也就罢了,难得的是整个人的气质也变了,他高高踞在肩舆上,神色淡漠地俯瞰下来,真有那么几分天家贵胄的威严模样。只是他满脸的青紫和微肿的脸颊不但冲淡了这种威严,还让人有几分想发笑。

他自己兴许是知道的,于是他满脸的蛮横冷傲,大有一副谁敢笑话他,他就和谁拼命的姿态。有他那一刀在前,大家都不敢看他,只垂了眼寒暄问候。许扶与许樱哥本是要避开的,但措手不及间却是不好走了,只好跟在姚氏身后行了个礼。

不知是否因为当着姚氏等人的缘故,张仪正今日的表现还算得体,虽然冷冷淡淡的,但也不曾显出多少蛮横无礼来,只是他一个人横插在那里,眼神冷冷地从这个脸上扫到那个脸上,就让大家都觉得很有些不舒坦不自在。

有句话叫惹不起躲得起。一直躲在姚氏身后的许樱哥见赵瓘并未跟在张仪正身边,便同许扶使了个眼色,打算趁着姚氏并许执同他寒暄的当口溜出去看看赵瓘,表示一下关心。

许扶会意,便先寻了个借口,道是自己还有香火钱要捐给寺里,姚氏并不管他,笑一笑便放他去了。偏张仪正喊住了他:"慢着,这位也是许大学士的儿子么？行几呀？在哪里当值？"

许执道："他是我远房族伯家的，名扶，字济困，行五，还不曾入仕。"

张仪正沉默地仔细打量了许扶片刻，抬眼在许樱哥脸上转了一圈，阴阳怪气地道："远房子侄也这般亲近，难怪人家都说许大学士仁爱，果然。"言罢淡淡地撇开眼神，将目光落在了窗外。

许扶镇定自若地行了个礼，悄悄退了出去。

许樱哥默然立了片刻，也低声同姚氏告辞，张仪正盯着窗外的那株青翠高耸的柏树，似是魂飞天外，可当她走到殿门前时，却听张仪正淡淡地道："许二娘子留步，我有一事请教。"

许樱哥只得站住了，回身一福："不敢，三爷有事只管吩咐。"当着姚氏并许执的面，她就不信这混账能把她怎样。

张仪正仍然盯着窗外，看也不看她："他们都骂我登徒子，说是我轻薄了你。可我真觉得冤枉，今日我便当着令堂并令兄的面问问许二娘子，昨日我可曾轻薄了你？若是，又怎么轻薄的你？"

这话实在无礼并狡诈之极，若说是真的，叫一个女儿家当着这许多人亲口再描述一遍，相当于被再凌辱一遍。若说不是真的，那许樱哥不是相当于自打耳光么？许执变了神色恨声道："三爷！我许家的女儿岂容……"

"哥哥。"许樱哥止住许执的滔天怒火，微微一笑，坦然自若地道，"三爷，公道自在人心，一切不过是误会罢了。"识时务者为俊杰，要论能伸能屈，她从来都做得不错。何况真的理论起来，她也不过是被他多看了两眼，骂了几句，值不得什么，倒是他好生挨了顿打，吃亏是实实在在的。

张仪正猛地回头，指着他被打得青紫肿胀的脸冷笑："误会？说得可真轻巧。"

第6章 兄长

许樱哥自来是个脸皮极厚的，对张仪正摆出来的那副以势压人视而不见，笑得甜美自然地再一福："自是误会。我们女子胆小，遇到事难免惊慌失措，失了分寸的乱喊乱嚷一气。若是有小女子或是家中下仆不是的地方，小女子向您赔礼，望您海涵。"误会最好了，她可不乐意被安上一个被这花花太岁调戏过的名声。既然他不依不饶，她便把姿态做足，赔个礼不会少块肉，逞一时之口利反倒可能少块肉。

姚氏忍怒适时上前调解："还请三爷海涵，她年纪轻，平日又少出门，遇事难免大惊小怪，既是误会，说开就好了。"

张仪正眉毛一扬，正待要开口就听人笑道："好生热闹。"接着一着青绸长衫、黑纱长靴、体壮如塔、举止威严的青年男子含笑缓步走了进来。正是许杏哥的丈夫、镇军将军府的嫡长子、定远将军武进，同众人见过礼后，刻意忽略了殿内的凝重气氛，笑看着张仪正亲密地道："三爷，不过是片刻工夫就找不到你了。"

他与张仪正是姨表兄弟，平日也是走得近的，可昨日张仪正却不给他面子。此时虽赶来阻挡，却也担心张仪正照旧不给面子，幸亏张仪正只沉默了片刻便顺坡下驴，淡笑道："武大哥，你晓得我的性子闲不住。听说许府在做法事超度亡灵，忍不住过来看看热闹。"转瞬间换了张笑脸问姚氏："许夫人，我不太会说话，有得罪之处还请海涵。"不等姚氏回答，又问："不知府上超度的是谁？我适才去看并不见牌位，这样是否有些不妥？"

姚氏给许樱哥使了个眼色，示意她快走，同样笑眯眯地回答道："三爷，说来您也不认识。都是妾身早年丧乱的亲人，人数不少，年月太久，有些人妾身甚至已忘了名字和音容啦。总归是心意罢了，想来他们也不会太计较……"

"许夫人果然如同传闻中那般慈善。"张仪正的目光落在门边——许樱哥带着紫霭并青玉，轻手轻脚地跨过门槛，灵动如兔子，"刷"地一下便闪得不见了影踪。他脸上的笑容便淡了下来，有些烦躁地扯了扯衣领。

此时清风徐来，阳光明媚，梵唱声声，周围人却都察觉到了他突然焦躁起来的情绪，姚氏察言观色，见他长密的睫毛垂下来将一双轮廓微深的眼睛盖得严严实实，并看不清他眼里的真实情绪，便向武进使了个眼色。武进会意，便笑道："三爷从前可来过这香积寺？"

张仪正不答，仿似不曾听见。

许执真心觉着这人太过骄奢，太没教养，太过可恶了。武进却是半点不见异色，耐耐心心地又重复问了一遍。

张仪正这才仿似如从梦中惊醒一般，道："来过的，从前同母妃一同来过。"

武进就道:"想必你那时候心不定,许多有趣的地方不曾去过。今日难得天气不错,寺中也没什么闲杂人等,待我领了你去四处逛逛,回去后同王妃说起她也欢喜。"

张仪正似笑非笑地道:"武大哥,你是怕我在这里给许夫人他们添麻烦吧?"

他直白到故意为难人,武进自不承认:"哪里的话。你若不想去,就在这里同我大舅哥说说话也不错,他饱览群书,极有见识。"

"我不过粗人一个,哪里懂得那些。"张仪正轻轻拍了拍白藤肩舆的扶手,淡淡地吩咐健仆:"走罢。"

所有人都松了口气,姚氏满脸堆笑领着众人欢送。

武进忙跟了去:"往这边走。"

张仪正将手扶着额头道:"武大哥有事请自去忙,我自己随便转转。"

武进不好勉强,只得任由他去,又多了个心眼,叫个得力的心腹之人悄悄跟着,若是看到他有异动就赶紧来报。待得张仪正的肩舆去了,武进方又折回偏殿去同姚氏等人说话。

姚氏便问他:"子谦,他与你向来如何?"

武进道:"虽不近却也不远,还算过得去。"

姚氏就道:"以你所见此人心性如何?此事他是否还会再生波澜?"

武进道:"若是早年,他虽是个有仇必报的但也是个爽利性子,一诺千金,只要他亲口允诺过后便绝不会再生事,也还算给我等面子,更听王妃与王爷的话。但自他大病这一场便与我等疏远了不少,沉默寡言了许多,性情也有些阴晴不定,就是王妃也拿不住他在想些什么。但从王妃那里下手总是最好的,总是至亲骨肉,他多少能听进些去。"

姚氏叹了口气:"我是怕他事后不肯放过二娘子,亦不肯放过赵瓘。昨日那一刀深可见骨,赵瓘道是若非他机警,身边有人,命都怕是要去掉半条。我们如今拟与赵家结亲,还要再多转圜,小心谨慎些才是。"

武进道:"岳母放心,小婿自当竭尽全力。按二姨的说法,指不定是她之前曾在不意间得罪过他,还当去打探清楚因由才是。"

姚氏就托请他:"这事就要烦你去做了。我们刚与他生了罅隙,若再去查他的事情只怕会火上浇油。你与他相熟，更好查些。"

武进爽快应了，自安排人手去做不提。

许樱哥匆匆出了偏殿，沿着道路疾行不多远就看见了一直站在道旁默默等候她的许扶，于是含笑迎上去："五哥等得有些急了罢？"

许扶道："我不急。"见她跑得微喘，忍不住道："跑什么？我又不会去了哪里。"

"五爷不知……"紫霭本要说这是为了躲那太岁，刚开口就被许樱哥一口截过去："五哥不知，我在这寺里住着不敢乱走，动得少了身上不舒坦，乘机动一动。"

许扶嗔道："就你名堂多。你年纪已不小了，还这样风风火火的，让人看见总是不好。"

许樱哥笑道："那我以后没人看见的时候才这样。"

许扶不由得皱眉看向她，见她眼神灵动，神采飞扬，忍不住又笑了："你呀，总是故意来气我。"

"咦？我是气你？你分明笑了。"许樱哥见他心情好了许多，于是也由衷高兴起来，把那太岁的麻烦事给扔到九霄云外去了："我领你去赵四哥住的地方。"

今日因着许家要做法事，寺中又住了张仪正这个贵人，故而香积寺打发走了其他外客，和尚们也得了招呼不得乱走，所以寺里很是清净，没什么闲杂人等，许扶也就由得她去。兄妹二人说笑着朝赵璀住的地方而去，才到精舍前，赵璀便得了消息赶出来，远远看见他兄妹二人，便笑得跟朵花儿似的："五哥，等你许久了。"

许扶见他虽然服饰整洁，言笑晏晏，但唇色苍白，眼眶下更是两个大青影，便想虽然这事儿多少与他行为轻浮有关，但他也吃了个大亏，于是把那点不悦隐去，关切地上前慰问："还伤着，又是一夜没睡，怎不歇着还跑出来？快进去躺着罢。"又吩咐许樱哥先回去。

"算不得什么，我身子骨一向很好。二妹妹送来的金疮药实是好药，才上去就止了血，现下已无大碍了。"赵璀看着许樱哥只觉怎么看也看不够，有心想请她一起进去坐坐，又知于礼不符，毕竟两家已然有意议亲，二人更该避嫌才是。但总归是不舍，面上不由得也带了几分出来。

许扶将赵璀的神色看得分明，心里更多欢喜，只觉这门亲事倒也真不错，可他越到此时越是爱惜自家亲妹的名声，见许樱哥站着不动便板了脸道："还不快去？"

许樱哥朝赵璀笑笑，不言不语地行了个礼慢慢去了。赵璀打起精神笑迎许扶进去，遣散下人，着心腹看好门户，对着许扶长长一揖："五哥，此事我当向你赔罪。"

许扶淡淡地道："过去的事情不必再提，谁还没个孟浪的时候？但只此一次再无下次。你若真想迎娶樱哥，更该诸事都替她想周全了才是，不然是要叫你家人怎么看待她？"

"五哥说得是，是我孟浪了。"赵璀先是端着脸束着手脚认真听训，待听得后头那句话不由得狂喜万分："五哥你这是应了？"

许扶微微一笑："是。但我家的情况你是清楚的，我们需得约法三章，你应了，这事就算得，若是不应，那也怪不得我。我们就做好兄弟罢。"

也不知他要提些什么苛刻条件？与散漫嬉笑的许樱哥不同，许扶阴沉偏执，精明凶狠，杀人不眨眼，实是不好应付。赵璀心头直打鼓，但想到自己为这一日不知做了多少准备，花了多少力气在前头，怎可功亏一篑？再想想许樱哥会成为他人的妻室他也受不住，便咬着牙挺起胸膛道："五哥只管吩咐，小弟若能做到决不推辞。"

许扶看定了赵璀的眼睛缓缓道："其实也简单。一不得纳妾，若要纳妾也要她年满四十生不出儿子才可以纳，又或者要她心甘情愿的同意；二不能让她受气，若有人欺负她你要护住她，不许叫她伤心，当然这是在她没有过错的情况下，若她不对我这个做兄长的也不会放过她；三要忘了从前，不要怀疑她是否还念着那个人。她是个记情懂事的，不是我夸口，你若待她真心真意，她绝不会对不起你，吃糠咽菜她都会跟着你。"言罢一笑，"若你觉得苛刻了，我也不怪你。你不必着急回答我，好生想想再说。"

赵璀低声道："我想了好几年啦，不用再想，我都答应。"

许扶含笑看定了他，似是想从他脸上找出些微犹豫与不悦来，但没有找到，于是愉快地笑起来："只要你能做到这几条，就算是我姨父也会很欢喜。"许家人若非无子绝不纳妾，却不能要求女婿也如此，赵璀若能做到，定能得许衡高看一眼。

赵璀认真道:"我对樱哥是真心的。"

"既然说定,那你回去就看个好日子让人上门提亲罢。"许扶搞定一件大事,心中泰然,转而与他说起另一件事来:"前几日我收到信,道是近来有人暗中接济崔家的人。"

赵璀一拧眉:"是否要顺藤摸瓜,然后……"他扬起手掌狠狠往下一劈。

许扶低声道:"顺藤摸瓜是一定的,总要弄清楚是个什么人,为的什么事才行,总不能事到临头被人打个措手不及。斩草除根么,若无合适的理由契机,姨父那关就过不去,就是樱哥这里让她知道了也不是什么好事。"想到从前的某些事,一时二人尽都沉默了,只管看着窗外馥郁的绿色沉思。

香积寺百年古寺,根基深厚,空灵悠远,就是树木花草也要长得格外灵秀些,让人见之忘俗。许樱哥带着两个丫头漫步其中,听着远处传来的梵唱声,看着蓝天白云,绿叶娇花,恬淡安心自心中幽然而生。

受她感染,青玉与紫霭也极放松,将些轻松的话题小声说与她听,主仆正说得高兴,忽听得不远处传来暴躁的喝骂声:"蠢货,叫你们走快些,没听见么?"

这声音虽隔得还远,却叫三人都听了个分明,明明是那太岁张仪正在发脾气么。许樱哥观察了一番面前的地势,脚下一条青石小道蜿蜒着向前,道旁有几株上百年的青松翠柏并无数的花草,再前头是一间不知做什么用的房子。张仪正的声音便是从那房子后头传来的,想来他是往这个方向来的,目的地应是赵璀住的地方。

许樱哥低声吩咐青玉:"速速跑回去告诉赵四爷,康王府的三爷朝他那里去了。"青玉领命奔去,她自己拉了紫霭转入到一株古柏之后侧身而立,静待张仪正一行人过去。

张仪正坐在白藤肩舆上,身子微微往前倾,一脸的愤怒和暴躁,一副急不可耐的模样。两个抬肩舆的健仆一脸的晦气,做出很急的模样,却不敢走得太快——要是不小心抖着这宝贝疙瘩或是滑一跤,那可比被骂几句严重多了。所以,张仪正虽骂得厉害,那行程却也不见得快了多少。

许樱哥藏在树后看得分明,不由得暗自纳罕,她早前出来时一众人等虽不曾把此人哄得欢喜，但也不见他如此愤怒暴躁，这又是怎么了？姚氏等人断不可能再得罪于他，莫非是想想又突然恼起赵璀来了？如若果是如此，这人简直就是个间歇性狂躁症患者。

想到这个，许樱哥由不得又想起这大裕皇族张氏一族来。今上张深，年少勇武，性情暴戾凶悍多疑，小小年纪便横行乡里，不为乡人所喜。前朝后期宦官当权，民不聊生，各地豪强揭竿而起，全国大乱，他便也趁势拉起自己的一支队伍并很快打出了名气，成为一方枭雄。后得朝廷招安，赐名忠，又封王，再往后把持朝政十余年，杀忠臣灭宗室，废帝登基称帝，断绝了大华近三百年的基业。次年一杯鸩酒便将前朝哀帝送上了西天，虽则外围还有几家拥兵自重的前朝勋贵不认他，但他也算是坐稳了龙椅，自练他的兵，自休养他的生息，大华风雨十年，虽大小战役不断却仍是屹立不倒。

张深此人虽然一世枭雄，但铁血好杀暴戾也是出了名的，几个儿子或多或少都有他这种风格，那么张仪正是个间歇性狂躁症患者其实也不算太奇怪了。许樱哥怕怕地摸摸自己的脖颈，又往树后藏了藏。

不多时青玉遮遮掩掩地跑了回来，道："二娘子，果然是冲着赵四爷那里去的。婢子去报了信，五爷便与赵四爷一同避开，那三爷听说人不在，竟是发了好大一顿脾气，一个劲地追问人往哪里去了，下人说不清，他便留了狠话，让赵四爷马上到他那里去，迟了自己看着办。"

此人委实难缠，但愿这桩祸事早点过去。许樱哥按捺下不安，转身往偏殿行去。

武进早得了下人报信，急匆匆地赶去保赵璀的驾，姚氏皱眉道："这样没完没了不是法子。樱哥，让人收拾东西，你我二人明日便回去。"

许樱哥忙回房收拾东西，因恐赵璀又会被摧残荼毒一番，便着青玉跑去打听。待东西收拾妥当青玉也回来了："二娘子放心，这番见着赵四爷倒不曾辱骂，只把人晾到一旁不理，专请大姑爷、大爷和五爷吃饭，说话也算客气。"

许樱哥倒诧异了，晾着赵璀而对许家人示好，这又是玩的哪一出？想想不放心，又叫青玉："说不定是有什么阴谋诡计，让大爷他们小心些。"譬如在汤饭里下点泻药什么的，众人就算是吃了亏丢了丑也只有受着。

然则这一整天过去，也没听说什么不得了的事情发生，那张仪正只是把赵璀留在他住处不肯放回来，其他也没再做什么不得了的事情。但鉴于此人之前反复无常，喜怒不定的表现，姚氏并不敢轻易改变主意，仍然在次日清晨带许樱哥回京城，许扶一路护卫，香积寺这里则由武进、许执留下来陪同赵璀一起应付张仪正。

诸事安排妥当，许樱哥扶了姚氏上车，屁股刚挨着坐垫就听苏嬷嬷小声道："夫人，康王府的三爷来了。"

姚氏厌憎地道："他又来做什么？"悄悄掀了车帘往外张望，只见张仪正穿了一袭银蓝色的圆领窄袖缺胯袍，胖着那张五彩的肿脸，由四五个人高马大的侍卫拥着立在寺门前同许执说话，眼睛虽然往这边瞟，倒也没有要上来纠缠的意思。便吩咐苏嬷嬷："你去让大爷问他是否有话要带给王府。"

苏嬷嬷忙领命去了，须臾回来道："说是没有，只拜请夫人替他在武夫人面前美言几句他便感激不尽了。"

这话说得真让人牙疼。什么叫在武夫人面前美言几句？他明知道她们是去向武夫人求援好让康王府来收了他的，还要替他美言几句？不就是间接地警告她们不要乱说话么？姚氏晒笑一声，命令马车前行。许扶骑马跟在一旁，跑前跑后，把她母女二人照顾得分外周到。

张仪正眯着眼目送许家的车马离去，回头对着许执一笑："许司业，说来你这位殷勤的族弟反比你这个亲哥更长得像你家二娘子呢。"

许执吓了一跳，不及应对便索性装作没听懂："什么？"

张仪正望着他笑得阴险："难道你不觉得？"

许执茫然摇头。

张仪正又看向赵璀："难道你也没看出来？"

赵璀喉头发紧："不曾注意过。"

武进并不知道这笔冤枉账，虽然经这一提醒果然觉得是有点像，却谨慎地道："我虽不曾看出来，但毕竟是同族兄妹，长得有些相像也不奇怪。"

张仪正的目光在他三人面上溜了一圈，笑眯眯地道："武大哥，你这样一说，我突然想起来了，我大表嫂与许二娘子虽是亲姐妹，长得却半点都不像！"

第7章 憎恶

许执忙道："哪里不像？她们的眉毛就长得一模一样！还有手，长得多像啊！"他这纯属自然反应，从前每每有人发出这样的疑问他便是如此回答，此时也是冲口而出，可说出来后，对上张仪正灿烂的笑容他莫名其妙地就有些后悔。

幸亏武进不悦地咳嗽了一声，板着脸道："大舅哥失言了，除了亲人谁会注意到她们的手像不像？谁敢去看她们的手像不像？"

许执尴尬得很，对着武进作了一揖，便板起脸不肯再搭理张仪正，暗自责怪自己不够机敏，张仪正才开口时就该斥责他不该妄议许樱哥的容貌才是。但话已然出口，想收也收不回来，就有些埋怨自己机变不足。

这边武进如同知道他心中所想一般的，一本正经地同张仪正道："三爷，虽然二娘子得罪了你，但她好歹是你表嫂的亲妹子，你就算是不看谁的面子，也该看在我母亲的面子上不要再折辱人！"

张仪正淡淡一笑："我是个粗人，不过就随口那么一说，可没想那么多。不喜欢就当我没提过。"言罢转身昂首自入了寺院，不再搭理众人。

武进同许执、赵璀低声道："你们且去歇着，这里交给我，待我与他好好分说一番，不管有无作用总要试试才是。"

许执、赵璀便同他深深一揖："有劳。"

武进连忙还礼："客气什么？"含笑从赵璀身上扫过，别有深意地道："日后总要寻个机会与若朴把酒夜谈一番。"

赵璀脸上微热，有些不好意思地道："日后还要武大哥多多指教。"

"好说。"武进拍拍他的肩膀，快步赶上张仪正笑道："三爷走得那么快做什么？男子汉大丈夫，你该不会为了刚才几句话就生气了罢？"

张仪正的脚步慢下来，淡笑道："武大哥开玩笑，我不过是看那许执与赵璀二人看我不顺眼，不乐意与他们假模假样地周旋罢了，哪里又是生你的气？"

"不是就好。"武进语重心长地道，"你虽是天家贵胄，但你我也算是一同长大的情分，我母亲与王妃更是情分不同，你若不嫌弃，且听我一言相劝。"

张仪正道:"你说。"

武进便放低了声音,放柔了姿态,笑道:"这事儿说起来也是误会,左右你也打伤了赵家几个下人,还杀了赵璀一刀,也算是报得仇了。再说许赵两家人赔罪修好的心也诚恳,你便看在我的分上暂且饶了他们这一遭如何?"

张仪正淡淡地道:"许家是大表哥的岳家,我便放了此事也不怎样。可这赵家又与大表哥何干?实话实说,得罪我狠了的就是这赵璀。有仇不报非君子,我若能,便要把他再穿上十几个洞才能解我心头之恨!"

武进见他声音虽然平淡,眉眼间却是杀气横生,半点不似作伪,心头不由一惊,本不想再劝,但又想到姚氏曾说有意与赵家结亲,少不得要更尽一把力,便好声好气地道:"那你要如何才肯饶他?"

张仪正笑了一笑,昂首看向天边的流云,并不回答。

武进等了片刻不得他应答,不由得多了几分失望,正想找个由头把话题转过去,却听张仪正悠悠地道:"大表哥,你这般肯替他出力,莫非是你们要做亲戚了?"

武进不知他到底是个什么主意,但想着这事儿最后也瞒不住的,又猜他表现反常,莫名攀上许樱哥,也不知是否对许樱哥有别样心思,索性试探道:"两家是有这个意向,但不知最后能不能成……"

"嗤……"张仪正冷笑道,"难怪得,我就说呢。"言罢抿唇垂眸看着脚下的青苔,再不发一言。

武进连同他说两句话都不见他搭理自己,又从他脸上看不出什么端倪来,只当他是在故意刁难自己,心中也有些恼了,索性使出从前的手段来:"肯是不肯你就给句准话吧。从前你可没这般婆妈!"

不防张仪正突然回眸盯紧了他,那双微带了浅灰色的眸子凶狠逼人,身形紧绷,仿似随时都可能暴起伤人。

武进只觉自己对上了一对狼眼,心中微凛,可他也是上过战场,刀口舔过血,以军功起身的人,当下盯牢了张仪正的眼睛半点不退让,缓缓道:"我知道,我们都大了,我父亲只是个从二品,你父亲却是亲王皇子,我是个五品小官,三爷却是出身高贵的皇孙,我们本就是天差地别,你瞧不起我也是有的。"根据他的经验,张仪正虽然刁蛮却从不爱听这些,以往只要他一说类似的话,张仪正虽然会大发脾气但往往也会把之前的事情一笔抹杀。过后他们再吃喝一顿，多大的气也就都消散了。

此时张仪正却只是沉默地盯着他，一言不发，一动不动。时间久了，武进也被他看得有些发悚，便闭了闭眼，后退一步，低了姿态："若我适才的话有冒犯之处，还请三爷莫要与我计较。"

"你说得对，我们都大了，再与从前不同，这是事实。你若觉得我是瞧不起你，那也随你。我就厌憎那姓赵的，你要如何？你既然看重你我这份情，便该劝你岳家不要与这种阴险狡诈之人结亲，那便全都不为难了。"张仪正半晌才轻飘飘地扔了这句话，转身自行离去。

武进在原地站了片刻才反应过来，五味掺杂地看着张仪正的背影叹了口气，果然是疏远了，再与从前不同。遗憾着正要转身离去，又见张仪正的一个叫朱贵的侍卫折回来道："武将军，我家三爷要小的带话给您。"

武进打起精神："请讲。"

朱贵道："我们三爷说，请您不必再让人查他这几日都在做什么了，他这几日住在香积寺也是请寺里高僧替他做法事超度亡灵的。他早前在病中多见冤魂，曾祈愿只要他能病好便做一场法事超度他们，这是来还愿的。您若是还想知道什么，只管亲自去问他就是。"

张家除了朱皇后以外竟然还有这样的善人？这样正大光明的理由不拿出来正大光明地说，偏要偷偷跑出来悄悄地做？武进根本不信，但还是一本正经地道："请你转告三爷，我这也是受了二爷之托，非是有意冒犯。"言罢当着朱贵的面喊回了自己的人，再不追查张仪正的事情。

香积寺最好的精舍里，张仪正仰面躺在白藤躺椅上，疲惫地微闭了眼问朱贵："人都撤走了？"

朱贵小心翼翼地道："都撤走了。"

张仪正又道："武进除了说是受二爷之托外还说了什么？"

朱贵摇头："不曾。"

张仪正沉默许久，挥手让他下去。

自这位受宠的三爷病好以来，身边的近人贬的贬走的走，近来已没什么十分受倚重的亲近之人。若要出头，这正是一个绝好的机会，朱贵有心要讨好他，并不依言出去，而是出谋划策："三爷，难不成这事儿就这样算了？待小的们设法替您出了这口气！"

张仪正睁开眼睛沉默地看着朱贵，眸子里闪着晦暗难明的光芒，一直盯到朱贵鼻尖上冒了微汗方露出一个亲切的笑："朱贵，我记得你同皇祖母是一个地方来的？"

今上在迎娶朱后之时已然有了几房妾室，儿子也有了好几个，而这康王真真切切才是朱后所出的嫡长子，是以康王府看待与朱后有关的人是不一样的。听张仪正如此问，朱贵不由得大喜，忐忑不安的心也随之笃定下来，咧嘴笑道："三爷好记性。小的祖上论起来其实与皇后娘娘那一支前几辈还是一家哩。"因见张仪正似笑非笑的，惊觉失言，又吓得跪倒在地磕头不止："小的胡说八道，还请三爷恕罪！"

张仪正淡淡地道："算什么胡说八道？是就是，不是就不是。你若不可靠，父王也不会把你调到我身边近侍。"

朱贵磕头："三爷英明。小的对王爷王妃三爷一片忠心，可比日月。"

张仪正抚着额头懒洋洋地道："知道了，且下去罢。那姓赵的暂且放放……好好当差，日后我自有用得着你的时候，此时就不要给我添乱了。知道了么？"

朱贵欢欢喜喜地倒退着出去："是，谨遵三爷吩咐。"

张仪正将目光落在窗外，一脸茫然地看着天边的流云，良久，冷冷一笑，挥袖将身旁的茶盏茶壶尽数扫落于地。

第8章　姐妹

姚氏与许樱哥回到上京已然是午后，早就候在门前的傅氏与黄氏簇拥着她母女二人进去，一路嘘寒问暖，不住安慰许樱哥。接着因守寡而深居简出的二夫人孙氏并那日才闹过矛盾的三夫人冒氏也亲自赶过来询问情况并表示慰问，个个态度真诚，语言柔软可听。

平日小打小闹不要紧，关键时刻拧成一股绳才是一家人，姚氏心中欢喜，便宽大家的心："都放宽心，不是什么大事，也不是我们二娘子的错，怪不到她头上去。只是人情世故如此，少不得要好生周圆，我这就去拜访亲家，把该做的都做好了，过些日子这事也就算了。"又给在座的打气壮胆："只要我们自己立身正，家里就绝不会委屈了谁。"

当然，万一实在不幸招惹上了不该招惹的人那也没法，可是有这样一个态度，大家都还是觉得无形中胆气壮了许多。许樱哥自不用说，更是觉得最感激最开心的那一个。

姚氏自来是个雷厉风行之人，立即就命人去给将军府递帖子，表示自己要去拜访亲家，问武夫人熊氏什么时候有空，接着就开始梳洗换衣，准备出门。

虽然有许多坎坷，但她与武夫人熊氏还算是意趣相投，相处得不错，故而很快那边就给了消息，该是熊氏自前日知道那事儿开始就一直在家等着她的，随时恭候光临。姚氏听说，不由得微微笑了，吩咐许樱哥："你也同我一道去。"

与许家累世的书香，历年的旧宅不同，将军府位于上京西南角的新贵住宅圈子里。这一片的房子都是将前朝勋贵的老宅翻新的，又宽又深又富丽，多数门口都列着戟，伺候的门房衣着光鲜，访客不绝，一片繁华。姚氏每次来这里都会忍不住想起从前住在这里的旧主人们，想起自己小时候曾经到这家游过园，同东邻的妹妹一起打过秋千，和西舍的姐姐一起踢过毽子，房子还在，里面的人却死的死，散的散，有还继续富贵的，也有贫贱不知所踪的。当真是人生无常，世事难料。

许樱哥见姚氏掀起车帘看着那片高楼朱户发怔，便知她又想起了从前的旧事，遂轻轻替她将车帘子放了下来，低声道："娘，都过去了。"

姚氏扶额一笑："是过去了。如今看你姐姐过得好我也满足了，不然我和你父亲这辈子都愧对于她。"

许樱哥含笑道："又来了！那日姐姐还和我说，不管过得如何她都永远不会怨您和爹爹。你们已经尽力，她也要尽力把日子过好才是。况且和别人比起来她已经足够幸运。"

女儿很懂事很务实，姚氏心里很欣慰。说起来许杏哥的婚事并不是她与许衡做的主。新朝初立，今上亟须巩固政权，除去那些铁了心要和他作对到底的必须杀以外，还有一部分因为各种原因而持观望态度的人需要拉拢交好，要让两个不同的阵营结合在一起，最有效的莫过于联姻。

于是许衡虽日日装病躲在乡下深居简出，低调得不能再低调，还是被拉出来做了出头鸟——今上迫着他把嫡长女许杏哥嫁给了大华的开国功臣、镇军大将军武戴的嫡长子武进。幸亏今上还算有心，武家虽不是什么底蕴深厚的人家，但也是敦厚之人，武进更不是什么花天酒地的纨绔或是粗鲁无礼，不知好歹的武夫。武家的脾性是你敬他一尺他就敬你一丈，许家更不是清高到把眼睛长在头顶上的酸儒。于是彼此试探着，互相尊重着，待许杏哥生了长子如郎后两家人便达成了默契，走动也频繁起来，算是互相满意了。

姚氏想到许杏哥的长子如郎，不由得就甜甜笑了："许久不见如郎，不知他可又长高了些？是否还记得我？"

许樱哥道："莫欺他年幼，他记性可好。上次跟他娘回去，才进我房里就直奔我桌上的花瓷罐，他记得那里面装着桂花糖呢。"

苏嬷嬷就打趣："几个孩子都随二娘子那张嘴。"

许樱哥不依："嬷嬷不许笑话我贪吃。"

姚氏道："嘘，噤声，到了。"

于是众人正襟危坐，静默地进了武家的大门。武家与许家精巧的格局稍有不同，习武带兵之人讲究的是大开大合，进得大门就是一个齐整宽敞的练武场，绕过在太阳下白花花反着光的练武场，穿过一排房舍才又到了二门处。

许杏哥上穿鹅黄色的纱襦，下系着宝蓝色的八幅高腰罗裙，戴一副金镶蓝宝石的头面，打扮得格外富丽娇艳，笑吟吟地亲自扶着姚氏下了车，又分出一只手去牵许樱哥："好久没见着，怪想的，还想着过几日再请你们过来玩，谁想就来了。"

许樱哥看她面色红润，神采飞扬，不由得低笑道："姐姐这身打扮可气派，气色也好。"

"你们还不知道我？"许杏哥左右瞟瞟，俏皮地贴着姚氏并许樱哥的耳朵小声道："他们家都喜欢这样，说是喜庆。我这叫入乡随俗，投其所好。"

姚氏瞪了她一眼："口没遮拦！"

许杏哥嘻嘻笑着，将她二人迎入武夫人熊氏所居的正院。除去丫头们，武家的女眷们包括熊氏在内一色儿穿得富丽堂皇，熊氏本身也是个豪爽爱笑的性子，才在帘下看见人就高声笑了起来："如郎，你外婆并二姨来了，咱们赶紧去迎她们进来。"接着就抱了许杏哥那才满两岁的胖儿子如郎迎出来："亲家，快里面请。"眼睛状似不经意地往许樱哥身上飞速过了一遍，把人给看了个清清楚楚。

许樱哥眼观鼻，鼻观心，唇角带笑，一脸的端庄温柔可亲。武夫人见她低眉顺眼的，神情状似忐忑，正是一个女孩子遇到这种事后的合理表现，就含着笑特意招呼她："这孩子许久不见，越发出落得标致了。"

姚氏观其言察其行，知道她对许樱哥并无恶感，更不似那些迂腐之人，凡是听说这种事先就挑剔怪责上女方几分，于是心中又多了几分好感，微带心酸地道："正是呢，这孩子自来乖巧懂事，就是运气不好。"

许樱哥含笑温柔劝道："娘啊，做您的女儿那就是最好的运气了，还有什么不好的？"

这样好的性情……武夫人看在眼里，暗道一声可惜了，并不留许樱哥在她房里坐，只把如郎交给许杏哥："你日日在我面前念叨樱哥，如今机会来了，且带她下去说说悄悄话罢。"

许杏哥喜不自禁，谢过武夫人并别过姚氏，含笑示意许樱哥："随我来。"姐妹二人携手出了正院，绕过几丛绿树修竹，几多亭台楼阁，便到了许杏哥的居所。

许杏哥的居所一样的富丽堂皇，罗绡帐，波斯毯，云母屏风水晶帘，样样精致样样难得。武进对这个因缘巧合得来的妻子宠得厉害，许樱哥每次来都能发现些新玩意儿，这次也不例外，才进门就看到一块奇石，上头天然形成的花纹乃是月下听涛，写意得很，笑道："这又是姐夫从哪里寻来讨好你的？"

许杏哥笑得甜蜜："谁管他啊。"见如郎在打瞌睡，就把人交给乳娘，招呼许樱哥坐下："休要说他，咱们来说你的事儿，到底怎么回事？难得出趟门就招了灾。"

许樱哥自六岁到了许家，时年十岁的许杏哥已经懂了事，中间虽然有个磨合过程，许樱哥也是着意讨好，小心做人，但许杏哥本性温柔大度善良，二人渐渐地从朋友做到了姐妹，到了今日更是无话不说，互相体贴。故而许樱哥并不隐瞒她，叹道："我只当是运气不好罢了。"

许杏哥听说张仪正刺了赵璀一刀，忍不住吸了口凉气："啧……这张仪正我也认识三四年光景了，虽然混账，但还不曾听说过如此莫名的事。说他是觊觎你美色吧，他那表现却也不像，说他不是吧，怎地莫名其妙就招惹上了你？"越想越觉着这事儿绝不简单，不然好端端的张仪正去招惹许樱哥做什么？

许樱哥一摊手:"谁知道呢,我倒是觉得他一出现就和我八字不对,天生犯冲。"

"不要往心里去,就当被狗咬了一口。"许杏哥有心哄她高兴,拉她起身,翻出一套朱红纱罗做的衣裙往她身上比画:"好看么?这几日不冷不热风光正好,你姐夫要请人去京郊庄子上打马球,我也待趁机做东请些相熟的夫人姑娘们来玩,你就穿这个来,咱们去去霉运。"

得益于整个上京的流行风向,特别是在今上是个绝顶的马球高手并爱好者,公主、皇子、皇孙们都热爱今上并热爱马球,诸大臣与命妇们本着上司的爱好就是自己的爱好,或多或少都会抡那么一两下的情况下,在这样美好的暮春季节举办上那么一次马球赛是件很美好时尚的事情。

性子活泼的人被关得太久就会格外期许公众活动,许樱哥兴致勃勃地将那身衣裙抖开来瞧,但见精工细作,衣料更是光艳亮丽好似一团火一般,不由得笑道:"这太耀眼了,弄件素淡些的罢。"崔家的事情毕竟才过去半年,她便如此高调,那是自己找事啊。

"多好看啊!最适合你穿了。"许杏哥遗憾地叹了口气,"我本是想事情已经过去了,你终究是要露面见人的,总不能一直藏着忍着……"

许樱哥夺过衣服往她身上披:"你才适合呢,你是主人,武夫人又喜欢你穿得喜庆,不是正好?我虽不惧人言,却也要防着有人攻讦父亲,还要为三妹妹想一想。"

许杏哥便不再客气:"本是特意为你准备的,现下倒是便宜了我。"又翻箱倒柜替许樱哥找衣服:"按你刚才的话说来,与赵家这门亲事算是做得准了?"

许樱哥点点头:"除非是发生大的变故,不然是不会变了。"

许杏哥停下手里的动作,默默看了她一回,欲言又止,终是忍不住低声道:"你老实告诉我,你心里可欢喜?"

许樱哥微微一笑:"他会对我很好的,我也会和你一样好好过日子的。"

许杏哥就皱了眉头:"你和我可不同,我后来是真觉得你姐夫挺不错,很难得,我是真心想同他好好过日子的。可你……还是不曾忘了他罢?"

"也不是。"许樱哥道,"只想到他那时也不过八岁。"

许杏哥低声道:"其实我以为这便是最好的结果了。他若活下来,难道他又会放过你们？"许衡虽然留下了崔家的老弱妇孺，可那都是些没有希望的人，被送到没有希望的地方，两辈人中算是休想出头报仇了。

许樱哥抬眼看着窗外那株随风摇曳的芭蕉沉默片刻，突地换了副笑脸："斩草不除根，春风吹又生，杀过来杀过去的也真烦。"

"你呀。又何必总说这种话？"许杏哥捏捏她那可爱的小下巴，"嫁人是一辈子的事，不乐意就和我说，我替你同母亲说，另外挑家好的。"

许樱哥毫不犹豫地拒绝："不啦，就这样挺好的。"旁的不说，其他男人有几个会如赵璀那般轻易答应许扶那三个苛刻的条件？来的时日越久，她越明白这世间的不公，她自问魅力没那么大，家世没那么好。

她越是不当回事，许杏哥越是忐忑，犹豫许久，终是道："我始终觉得赵璀的心思太过深沉。"赵璀本与崔、萧两家的仇怨毫无关系，不过是因为做了许衡的学生，因缘巧合才与萧家兄妹做了朋友。可他不但牵扯进这桩事里来，还牵扯得颇深，与崔成做着好友的同时与许家人联手，面不改色心不跳地谋算了崔成，事后又不遗余力地求娶许樱哥。究竟是为了正义，还是为了许樱哥？

许杏哥仔细打量着许樱哥，许樱哥今年实岁十六，虚岁十七，已经出落得极其美丽，假以时日长开了更是难得。她忍不住想，赵璀究竟是贪图许樱哥的美色还是真的喜欢许樱哥这个人？

许樱哥知她所想，坦然笑道："姐姐不要替我操心了，思来想去，他对我们的事情知根知底，也晓得我究竟是谁。他家世不错，本身也出色，我并无什么可给他贪图的，反倒可能拖累他，若他只是贪图美色，大把的钱撒下去，什么美人得不到？"

见她已然拿定了主意，许杏哥也就不好再劝，便唤进守在外头的大丫头蓝玉来："看看夫人那边是否说好了，我娘可要留下来一起用晚饭？"

须臾蓝玉回来，道："亲家夫人要走了，请奶奶领着二娘子往前头去呢，大爷回来了。"

许杏哥大为诧异："怎地大爷就回来了？"武进不是在香积寺守着张仪正的么，现在就回来莫非是发生了什么变故不成？

蓝玉道："婢子不知，只知大爷回来后就一直同两位夫人说话。"

许杏哥忙叫上许樱哥匆匆赶往正院。到了正院，恰逢武夫人与武进一同送姚氏出来，姚氏的脸色颇有几分不好看，许樱哥心中忐忑，却不好当着武家人问。上了马车姚氏方道:"你姐夫临时有军务,再留不得,所以先回来了。"

许樱哥念着她适才的神色不好看,猜她有事瞒着自己,便试探道:"那哥哥他们留在那里是否有危险?"

"暂时应该不至于。"姚氏默了默,扬起笑脸安抚她:"武夫人已然答应了,明日她便过去探康王妃。不是多大的事情,你就安安心心的。"

许樱哥便不再问,只默默依偎在她身边,替她捏捏胳膊捏捏腿。姚氏舒服地闭了眼养神,回想着武进带回来的话,心中颇不是滋味。得罪了皇室子弟,要说不担心那是假的。但若只因一个无聊纨绔的一句威胁之语,许家就不敢与赵家结亲,弃了赵璀,那日后许衡还有何脸面撑起这两朝大儒的名头?如何担当清流的领袖?许家如何在这上京立足?所以这门亲事不到万不得已是要坚持到底的。

待回了家,姚氏便抛了在车上时的烦恼神情,一派的云淡风轻,该过问的家务照旧过问,该同孙子亲热的照旧亲热。

各房各院虽有多种猜测,都不敢去捋她的虎须,便把目光都投向许樱哥。许樱哥更是个百无大事的模样,兵来将挡水来土掩,只字不露,只欢欢喜喜地同两个丫头裁衣服做衣服。待把一群好奇人都给打发了后,她便扔了针线外靠在窗前的软榻上闭目养神想心事。

论起这大裕和刚亡的大华,并不同于她认知里的任何一个朝代,民风尚算开放,男女大防是有的,但男子尚武,女子不裹足,也不需裹得严严实实的,还穿着襦裙纱衣抹胸,虽不能随意抛头露面,但女子骑马上街什么的也不算是什么罪大恶极、骇人听闻的事情,女子不强求守寡,寡妇改嫁并不是什么大不了的事情。马球还是上流社会男女们热爱的刺激冒险运动,亦是军中经常开展的活动之一。观察其衣着风俗民情,似有些像是五代一般的光景。可要说是五代吧,却又不是,许多风俗称谓物件家具都有变化,高足家具垂足坐都已流行许多年,出现的风云人物也不同,也不知道到底是从哪里开始歪的。

她刚来的时候很是茫然了一阵,绞尽脑汁也没能定位自己究竟位于何方,更不能预测将来会发生些什么,好借风上位。除了一颗强大而略有些苍老的心,一脑子与时代不符的想法,一肚子花样百出的吃法、玩法和多认得些与这个时代无关的八卦外,她这个"穿越女猪脚"竟然是半点优势都没有,王霸之气也仅仅只能震住身边的小侍女,不巧还投生在个乱世,必须非常努力才能生存下去。

可既来之则安之,她又不想轰轰烈烈地改变历史做什么大人物,安安分分地随波逐流过好小日子就是了。何况能不裹足,偶尔还能看看男人们打马球,感兴趣机遇好的时候还能参加一下可算是幸事一桩,她知足了。许樱哥心情很好地翻了个身,叮嘱铃铛:"去和二夫人、三娘子说,过几日大姐姐要在京郊庄子上办宴会,会请许多客人,让三娘子先准备一下衣物。"

待铃铛去了后,紫霭道:"也不知二夫人可许三娘子去?"

许家二老爷许徽死得早,二夫人孙氏青年寡居,无意再嫁,只把一门心思都扑在一双儿女上,但她性情太过严厉自持,管教儿女时难免严苛了些。十七岁的儿子许抒还好,平日多在国子学里上学,闲时也常同家中伯父、叔父、兄长们接触,性情虽不活泼却也绝不木讷。但周岁才十三的女儿梨哥难免就被压得有些木讷,孙氏为防止她搅入家中女眷的是非中,不经允许不许她串门。可女孩子大了总要学着交际,故而姚氏、许杏哥、许樱哥都会刻意找机会领梨哥出来玩,但孙氏也不是次次都允许的。

许樱哥懒洋洋地一笑:"一定会许的。"

青玉想哄她欢喜,便道:"二娘子又不是能掐会算的活神仙,怎么就知道二夫人一定会许?"

因为梨哥也到了该说亲的年纪,将军府里出入的全是些不错的结亲对象,孙氏虽然严谨小心,却不是蠢笨无知,这好意当然领会得到。所以不但会答应梨哥去,还会高高兴兴地答应,尽心尽力地替梨哥收拾打扮。但这些事情也不该她一个才十六岁的姑娘说出来,故而许樱哥只是顺着青玉的意思神秘兮兮地笑:"左右我就知道,不信咱们赌一把?"

第9章 补汤·那年

青玉道:"才不和您赌,十次总要输九次,再来一次脂粉钱都没了。"

许樱哥趴在榻上将手撑了下颌,眨巴着眼睛道:"你不赌就算了,紫霭你赌不赌?我出一百个钱,你可以只拿十个钱和我赌。这么好的机会可只有一次。"

"有这等好事？"紫霭欢呼一声，"二娘子有命，婢子敢有不从？"

青玉忙道："我也要赌。"

紫霭一歪屁股将她拱开："去，刚才你不是说没钱赌的么。"

青玉先就从荷包里掏出十枚钱放在许樱哥面前，半点不惭愧地道："就是因为没钱了所以才要赌一把！二娘子是吧？"

紫霭不甘示弱，忙也取了十枚钱放在许樱哥面前："这是我的！"

许樱哥嬉笑着将二十枚铜钱小心收在一个青绿织锦的荷包里，掂了又掂："都是我的了。"

两个丫头对视一眼，齐声道："不算！铃铛还没回来呢。二娘子快把您的两百个钱拿出来！"

"十个铜钱就想换一百个，你们怪想得出来，这种傻事像是我这种人会做的吗？亏你们跟我这么多年了也没些长进。"许樱哥仰面往榻上一躺，掂着荷包笑道："就是我的了。"

"您怎能这样？可真忍心。"两个丫头一起指责她，外间传来管事妈妈古婆子诧异的声音："这是怎么了？闹什么呢？"

三人同时噤声，齐齐笑道："没什么，闹着玩呢。"她们可不敢给人知道竟然拿这种事来赌，不然只怕传到二房耳朵里孙氏会多想，姚氏也不会饶她们。

"夫人常说，姑娘大了要有样子，要笑不露齿，可好，笑声都要把房顶给掀翻了⋯⋯"古婆子在外头嘀咕了一句也就自去了。

三人对视大笑，青玉往窗外瞟了一眼，道："铃铛回来了！"紫霭忙朝铃铛招手："铃铛快来！二夫人答应了么？"

许樱哥道："还用问？肯定答应了呗。"

果然铃铛欢欢喜喜地走进来道："答应了。二夫人很欢喜，让二娘子这边决定了穿什么颜色的衣服再去告诉三娘子一声。还赏了我一把钱。"

许樱哥得意扬扬地朝两个丫头笑："如何？输得口服心服吧？"

紫霭哭丧着脸道："婢子本来是不赌的⋯⋯"

青玉也道："我也是⋯⋯"都是许樱哥引诱的她们。

许樱哥丢了个白眼过去："愿赌服输！别找闲话说！一个月拿着两吊钱的月例，竟然舍不得这十枚钱，没出息！"回头笑着把那沉甸甸的钱袋子并一张纸扔给铃铛："去同厨房说，让她们收拾好食材，我明早起来便要炖汤。"

有口福了。几个丫头同时亮了眼睛："二娘子是亲自动手么？"

许樱哥轻笑："来伺候姑娘我换衣服吃饭，高兴了便赏你们好汤喝。"

几个丫头嬉笑着上前帮她梳理换衣，许樱哥照旧去上房陪着姚氏并傅氏等人吃饭，饭后陪着孩子们玩闹一气方回房舒舒服服泡了个热水澡，一头扎在香喷喷的软床上一觉睡到大天光，竟是连梦都没做一个。

待得晨练请安完毕，许樱哥便神清气爽地去了厨房。厨房管事的李婆子见她来了，匆忙将她引到一旁专供女主人们心血来潮想净手做羹汤时的小厨房里，把几只按许樱哥的要求宰杀洗净的乌鸡、剥净的板栗、上好的红枣、枸杞等物交给铃铛，叫了往日经常帮许樱哥打下手的年轻媳妇顺嫂子进来，赔笑道："二娘子有什么只管吩咐她，老奴就在外头伺候着。"

许樱哥晓得她要管一家人的伙食，也是个忙人，便含笑道："妈妈只管去忙，不必管我。有顺嫂子帮忙就够了。"

李婆子也不多言，体贴地命人送了一碟瓜子并一壶茶水进来。许樱哥此番却不只是坐着指挥人了，先命顺嫂子将那几只乌鸡纵向从背部一切为二，放在冷水锅里，等到水开后捞出来沥干，再把腿骨等砸碎备用。随即她亲自动手分别在几只砂锅中放了半锅热水，放入乌鸡并姜片，大火烧开转小火慢炖。趁这工夫用温水把红枣和枸杞浸泡好，算着时辰，待得两刻钟后加入板栗，再两刻钟，加入红枣和枸杞，盖了盖子再慢炖上两刻钟，加盐灭火。

汤成，满屋飘香，诱得厨房的婆子丫头纷纷打听二娘子又做什么好吃的了，都用了些什么，怎么做的。

许樱哥也不管她们怎么议论，自将几锅汤分了去处。这乌鸡栗子滋补汤适合体虚血亏、肝肾不足、脾胃不健的人食用，所以一锅要亲自送去给辛苦的姚氏和许衡吃，一锅则要送到香积寺去给操心的许执并慰问受伤的赵璀，她自己留一锅安慰她房里丫头婆子的嘴和胃，至于另外几锅则要分给两位嫂嫂并几个侄儿女以及二房、三房。人人都不能落下这口汤，非是这口汤有多了不得，为的就是一个和睦周到。

姚氏正同两个儿媳商量家事，见许樱哥带人提了食盒进来，再看天色已近午时，腹中也有些饥饿了，不由得笑道："早前就听你大嫂说你在做好吃的，便一直等你呢，哎呦，真香，是什么？"

"是乌鸡栗子滋补汤，适合体虚血亏、肝肾不足、脾胃不健的人食用，我想着这些日子大家都辛苦了，正好补补，对小孩子们的脾胃也有好处。"许樱哥笑眯眯地亲手盛了汤递给姚氏并两个嫂嫂，"孩子们那边我也着人送去了的。"

　　傅氏和黄氏接了碗在手并不立即就喝，待得姚氏喝了才敢尝，都道味道鲜美，姚氏就问："你父亲也爱喝你炖的汤，给他送了么？"

　　许樱哥忙道："都送了的。各房各院都送了，就是二哥、三哥和四弟处也都留了。"略顿了顿，低声道："不知今日可要使人去寺里打听消息？正好给大哥送些去，他这两日也辛苦了。"

　　寺庙中忌荤腥，许执虽是劳心劳力，那也不至于就要喝鸡汤，这汤主要还是给受伤的赵璀用。赵璀虽说是自找的，但总归也算是为许樱哥受的伤，许樱哥此举体贴温软，并不算逾矩，姚氏看许樱哥一眼，终是没说她："正要使人去呢，趁便就把汤一起带了去，再带些上好的伤药去。"接着安排苏嬷嬷："你去安排。"

　　傅氏的大丫头素素走进来在傅氏耳边低声说了两句话，傅氏就嗔怪道："你这丫头，怎地还要你出钱请我们喝汤？"

　　许樱哥不以为意地笑道："是我自己嘴馋么，当然要自己拿钱出来。"这却是体贴傅氏的意思，这么大一个家，不想吃公中提供的伙食就得自己拿钱出来，不然人人都点菜可不乱了套？旁的人也就不说了，光是冒氏就够傅氏应付。

　　傅氏感她好意，默默记在心头。

　　饭后许樱哥陪姚氏坐着等候将军府的消息，一直等到未初都不见回信，姚氏有些困了，便赶许樱哥去午睡："都午睡去罢，有消息了我使人去喊你。"

　　许樱哥便起身回了房，才要躺下就听铃铛进来道："三夫人来了。"接着就听见冒氏在外头笑道："还没睡呢吧？你着人送去的那汤委实好喝，你五弟爱得很，我带他过来谢谢你，也顺便问问你做法，以后好给他做。"

　　许樱哥只得打起精神将冒氏和许择迎进来，先递了两粒糖并一个布偶给许择，又亲手给冒氏上茶："简单得很，无非就是花点心思和时辰，我这就让铃铛把配方给三婶娘。"

　　冒氏盯着那配方看了片刻，笑道："这上头确实简单。"话音一转："但听说那鸡的宰杀方式不一般?"

许樱哥真是不喜欢她这种凡事总往复杂了想,总觉着旁人要对她留一手,想多探究些的脾气,可这不过是一锅汤,并不是什么大事,便坦坦荡荡地道:"是,这鸡是宰杀之后先从肚子上开个小口,把里头的肠肚内脏都掏干净了再用针线缝紧了才烫洗的。这样做来,不会把肠肚里的臭气烫入到肉中去,鸡会更香鲜。"

冒氏笑笑:"这法子倒真新鲜,但也真有那么几分道理在内。还是我们二娘子会过日子,人才又好,不知将来谁家得了去可有福了。"一边说,一边上下打量许樱哥。

许樱哥不知她所来何为,也不乐意和她谈论自己的终身大事,知她喜人吹捧,便转过来吹捧她:"要论会过日子,人才好,谁赶得上三婶娘?谁不知您是玲珑心,见识又广,不论房里的陈设还是穿着打扮都是极雅致出色的。"

"现在算什么!想当年我还做小姑娘的时节真是讲究,那时候家里光景还好……"冒氏先是高兴,随即感叹,再就黯然不甘,望着一旁独自玩耍的许择沉默了片刻,终于转入正题:"我听说过些日子你大姐姐家里要办马球赛?"

这种事情并隐瞒不住也没有隐瞒的必要,许樱哥坦然道:"是有这么一回事。"

冒氏端起茶盏轻轻啜了一口,美丽的容颜半掩在蒸腾的雾气中,语气淡淡的:"日子定了么?都请了谁?"

许樱哥道:"日子还没定,只说是过些时候,客人么,我是不知道,三婶娘若想知道可以待我姐姐来的时候问她。想必她这两日会过来一趟。"

冒氏一笑:"我不过随口那么一问,哪里就到了要去打听这些事的地步?我要真去问,那可不是讨人嫌了,只怕又要笑我多嘴。"

她的话不好接,许樱哥索性不接,转头去逗许择玩:"五弟背三字经给我听。"

许择却是个好性子,让背就背了,背完了就仰头同许樱哥撒娇:"二姐姐,我要吃素包子。"

许樱哥不由得笑着揉了揉他的头发:"好,想吃什么二姐都给你做。"

冒氏却是"啪"的一下打在许择头上:"你这傻孩子,成日就知道吃点素包子,多大的出息!"

许樱哥忙护住许择不许她打:"三婶娘休要打五弟的头,打笨了怎么办?"

冒氏一心就想要许择将来出人头地,听了这话自然不会再打,便抱怨道:"本来就生得拙,打不打都一样。"——就像他父亲许徕一样。她想到自家那个因有腿疾不能出仕,喜静不爱交际,什么都不争的夫君,心里面上就都烦躁了几分,只教养还在,知道这些话不能当着其他人抱怨,想忍却又忍不下去,便隐晦地道:"我想想这日子就没盼头。"

许樱哥微微一笑:"三婶娘若真这般想这日子可就真没盼头了。五弟会长大,谁能说得清他日后的造化?"她虽不曾经过婚姻,但两世累加起来经历的事情不少,自是知道冒氏在想什么,抱怨什么。她的看法与冒氏并不一样,许徕人长得周正,温柔安静,懂理有学问,体贴和善,更无什么怪癖和坏习惯,连通房都没一个,实在是好丈夫一个。虽然瘸了腿,但这家里又不需要他去做体力活养家,冒氏要不然早前就别答应这门亲事,现在婚都结了又来后悔抱怨做什么?

冒氏便沉默下来,许樱哥等了一歇不见她说话也不见她动弹,就是许择发困她也只是将许择抱在怀里并无要走的意思。许樱哥便有些不耐烦,忍不住侧开脸捂着嘴轻轻打了个呵欠,冒氏的贴身丫头鸣鹿见状便悄悄戳了冒氏一下,冒氏这才回了神,含笑道:"打扰你午睡了,可别嫌我们娘俩烦。"

许樱哥与冒氏互打太极:"哪里会,三婶娘可是请都请不来的贵客。"她不嫌许择烦,但真是有些嫌冒氏烦。

"我也该回去了。"冒氏还是知道分寸的,笑着起身把许择递给一旁的鸣鹿抱着,自己抚平衣裙上的褶皱,又风情万种地抚了抚鬓角,道:"早就听说将军府的马球赛格外精彩,你五弟自出生以后还不曾见过这样大的热闹场面呢。"说完这话也不等许樱哥回答,自带了鸣鹿等人飘飘然去了。

许樱哥恍然大悟,原来冒氏是因为自己昨日只通知二房的梨哥准备衣物等待赴宴而不曾通知三房,所以认为将军府没把三房放在心上而恼了,特意来通过自己提醒许杏哥不要忘了三房的。

青玉和紫霜也弄明白冒氏是来干什么的了,紫霜不由得低声道:"三夫人也真是多心……"难不成将军府光请家里其他人就独不请她?什么时候落下过她?听说早年她们家在前朝也是一等一的公卿人家,怎地就这样小见。

许樱哥斥道："莫多嘴找打，都做事去。"冒氏本就是个掐尖好强的人，早年又是高高在上的贵女，家族落败生计不成才不得已嫁给许徕，先就认为许徕不争气不如人憋了一肚子怨气，导致十分敏感，然后又闲又有力气争，便认为大房事事都压着她，越是认为大房压着她，她越是嫌许徕不争气就越敏感，往往一点小事就会引起她很多想法，想不透便折腾个没完。这就是个恶性循环，而且是自找的。

欲望永无止境，没饭吃的时候想吃饱，吃饱了就想吃更好的，吃着好的了就想吃稀罕的，吃到稀罕的了就想吃传说中那些没有的，吃来吃去找不到可吃的生活就没了意义。还是悠着点的好，知足常乐，许樱哥翻了个身，很快进入梦乡。

她的生物钟很有规律，睡着不过半个时辰就自动睁了眼睛，却不想起来，赖在床上懒洋洋地问青玉："夫人那边可有消息了？"

青玉和紫霭坐在窗下缝衣服，闻言笑道："不知二娘子说的什么消息？若是问香积寺那边却是没那么快的，就是快马来回也得等到天黑才会有回信。"

许樱哥白了她一眼："谁问你们香积寺？我问的是将军府可有人来！"

提到将军府，两个丫头都有些忧虑，紫霭安慰道："还不曾呢。想来是康王妃起得晚了，又或是亲家夫人有急事耽搁了。"

没有消息就是好消息，许樱哥如是想，慢悠悠地起身洗脸梳头，坐到窗前铺起画纸，对着庭院里满枝黄果的樱桃树勾勒起来。不过离开几日的光景，那些早前只是略带了黄色的樱桃便已经又大了许多并黄了许多，向阳的地方甚至已经露出了几丝娇艳的嫣红。

时光容易把人抛，红了樱桃绿了芭蕉。许樱哥感叹着，突然想起那一年初夏，有个十三岁的少年坐在樱桃树上悠然自得地晃着腿，将吐出的樱桃籽往她身上扔，亮着一双黑晶晶的眼睛，龇着两颗大白门牙坏笑："樱哥，樱哥，我在吃樱桃，你看见没有，我吃樱桃的肉，再吐了樱桃的籽……樱桃很甜啊……给不给我吃？什么，不给？吃坏我的肚子？你个恶婆娘，小心将来没人要！哎呦……救命啊！"

那年，她十一岁，刚和他定亲，他小小年纪却已经学会调戏她了，那么暧昧的话也不知他是怎么学来的。许樱哥的唇角微微上翘，默然片刻便放了笔，走出去立在樱桃树下抬眼看着满树发黄泛红的樱桃，突然很想再把当年那个小流氓从树上拖下来再暴打一顿。

屋里紫霭半天没听见动静，随口道："咦，二娘子好一歇不见动静了。"

青玉便放了针线起身去瞧，因见许樱哥站在樱桃树下看着满树的果子，脸上的神情似是欢喜又似是感慨，眉眼间还带着几分怀念，心里不由一动，拦住要出声招呼的紫霭："由得她去。"却见另一边姚氏房里的大丫头绿翡笑眯眯地立在院门前，于是赶紧迎了出去："绿翡姐姐来啦？"

绿翡笑看着立在树下的许樱哥施了一礼："二娘子这是在看什么呢？老远就瞧见您站在这里仰着头看。"

许樱哥俏皮一笑："在看樱桃什么时候熟！"

绿翡也就不再多问，笑道："将军府派人过来说，大娘子马上就会来家里，夫人让您过去候着。"

许樱哥赶紧跟了她去，问道："可有什么消息传过来？"

绿翡道："那时婢子不曾在夫人跟前，并不知晓呢。"又宽慰她，"二娘子莫要担心，婢子领命时瞧着夫人的神色应是无碍的。"

许樱哥见着姚氏，还不及问话，外边就进来传话："大娘子回来了。"紧接着许杏哥便走了进来，略略寒暄便拉了姚氏说话："我婆母还在康王府陪着王妃说话，怕你们着急，使我先来同你们知会一声。此时王府的四爷已经在去接人的路上了，想来最多明日哥哥们便可以归家。"

姚氏忙道："康王妃的态度如何？病可好转了？"

许杏哥道："王妃的病是早就好转了的，这两日不过将养着而已。她之前并不知晓此事，只知道人找着了，还要耽搁两日才回来，所以听我婆母说起此事时虽然生气但也还算平和，也没说要怎样，只说是活该，打得好，就该让他长长记性才是。但到底是亲骨肉，再生气也是心疼的，体面也还是要的。我出来时听说长乐公主晚间也要过去探王妃的病，想来也是为了这事。"

第10章 晚霞

不用说得多细，姚氏并许樱哥都明白这里头暗含的各种信息，康王府本就不是一般人家，再讲理也是高高在上惯了的，如今却挨打到不敢见人，康王妃心里不舒服是肯定的，但能不发怒照常处理已经不错了，不要再想康王府还真的跑来赔礼致歉并安慰受害人。想来这中间武夫人也费了不少心思，姚氏便道："替我向你婆婆道谢，委实给她添麻烦了。改日我再亲自登门道谢。"

许杏哥道："我一定把话带到。王府这边应是到此为止，不会再找麻烦，但要王妃管束着那太岁不许他胡来，只怕还要再过些日子他有动静了才好提起，现下并不是机会。我同子谦商量过了，冤家宜解不宜结，等过些日子那太岁的伤好可以见人了再多邀请他出来玩几次，慢慢转圜，他服人尊敬那就最好，若不服人尊敬非要报复，也给他个机会让他尽早发作出来以便应对。"

"也只能如此了。"姚氏也没其他什么好办法，只能静观其变而已，因见许杏哥似是还有话要同自己说，便吩咐许樱哥："不是做了鸡汤么，也让你姐姐尝尝。"

许樱哥得令，忙道："姐姐留下来吃晚饭么？小五弟要吃素包子，我正好多做些给你带回去。我记得如郎也是喜欢的。"

姚氏便皱了眉："她又去找你麻烦了？"虽说小孩子馋是正常的，许樱哥的手艺也真好，但冒氏怎能隔三差五就指使许樱哥替她做吃的？又不是她家养的丫头！太不知足！

许樱哥笑道："不是，三婶娘是听说将军府要办马球赛，想带五弟去长长见识，练练胆子。这素包子却是五弟背了三字经给我听，我自己答应做给他吃的。"

许杏哥也就明白她的意思了，叹道："还是这样的性子，也罢，稍后我亲自去邀请她和二婶娘并三妹妹。"

许樱哥把该提醒的提醒到，便不再久留自去了厨房。

姚氏便打发了身边所有人，问许杏哥："想说什么就说罢。"

许杏哥低声道："娘啊，这和赵家的亲事非得结么？现下知道这事儿的人并不多罢，您和父亲也还不曾亲口答应过，不如再想想？"她后头听武进说了张仪正那句不要与赵家结亲，绝不放过赵璀的狠话，虽然一直在忙着寻人转圜，心里始终觉得不踏实。

姚氏沉默片刻，轻轻道："那不然能怎样？先不说赵璀的家世品貌，就说那件事吧，他陷得太深，绝不好轻易打发，这是其一；其二，他并无大过可以给人揪错，你父亲好歹也薄有声望，岂能因为这种事向一个不知稼穑的膏粱纨绔莫名低头？"轻轻叹了一口气，叹道，"更何况许扶已然亲口允婚，樱哥也没说不乐意，我们总不好硬往中间横插一杠子。"

"有什么不好的？总是为了樱哥好。"许杏哥对许樱哥却是有信心的，"樱哥是太懂事了，不过就是顺着你们的心意而已，哪里又是她的真心！我去同她说，她知道我们是为她好的。"不然就算这亲勉强结成了，嫁人的是许樱哥，将来赵璀倒霉还不是她受着？许家并无大碍的。

姚氏叹道："正是因为她太懂事了，所以我才不愿意反复地去压她。且先放放看看形势又再说，反正现下赵家也不可能来提亲。你也不要再拿这件事去问她了，徒然给她增添烦恼。"

许杏哥叹息："她是运气真不好……"

姚氏接上去道："运气是不太好，但却不见得没福气。"不拘有福没福，总是一个美好的祝愿，许杏哥赞同道："是很有福气啊，每次都能绝处逢生，这次想来也是一样的。我先去看看二婶娘并三妹妹，母亲可要陪我一起去？"

姚氏也就起身同她一起出门："你三妹妹年纪不小了，你二婶娘前些日子还同我说起，想打听一下有没有合适的人家，你可多着意些，多请几个合适的人来看看。一定要记在心上，你二叔父就这么一个女儿……"

许杏哥微微不耐烦，嗔道："知道了，我又不是小孩子啦。"

姚氏道："你们在我眼里永远都是要操心的小孩子。"

许樱哥自是不知姚氏母女关于她与赵璀这桩婚事的想法与思量，但她却能真切地感受到她们的好意与体贴，所以她决定不去多想，只安安心心，高高兴兴地充分享受这份关爱与体贴。晚饭是一大家子人一起吃的，包括二房、三房都聚齐了，冒氏得了许杏哥的亲口邀请，面上虽作出不以为然的模样来，行为举止却明明白白地柔软了许多，席间没有人提起不高兴的事情，这顿团圆饭吃得十分和谐轻松。

饭后许杏哥辞去，许樱哥见姚氏的肌肤略有些干燥，想着正是换季的时节，便安排她在窗前的软榻上躺下，调了自制的蜂蜜面膜与她做。此时霞光灿烂，银河乍现，晚风习习，正是一日里最美好悠闲的时候，姚氏躺在榻上看着许樱哥忙来忙去，心中突然生出一股柔情来，便示意许樱哥在身边躺下，吩咐绿翡："也给二娘子敷上，我们娘俩说说悄悄话。"

许樱哥感受得到她的疼惜之意，却不肯失了分寸，只笑嘻嘻地挨着她坐了，打发绿翡："我昨日才做过。"

姚氏也不勉强她，只与她说些体贴话。娘俩正互相体贴着，许衡就进来了，突然间看到榻上躺着个白面女人，不由得唬了一跳："这又是做什么！"

许樱哥当着他的面不敢造次，赶紧起身立在一旁行礼，唇角却是控制不住地往上翘。姚氏面上也有些过不去，慢吞吞地坐起来，嗔道："又不是没见过。"

许衡微微尴尬，咳嗽一声，道："外面还有事，我去了。"

这位养父，从来奉行的都是不到夜晚或是没事儿绝不回后宅，这时候来寻姚氏必然是有事。许樱哥忙拦住他："忙了一整日，父亲也累了，不如歇歇罢。女儿这就要回去了。"说着给许衡上了茶水，行礼告辞退了出去。走到帘下，隐隐听得许衡道："年纪一大把，还学着小姑娘弄这些东西……"

姚氏道："女为悦己者容……"

许樱哥不由得微笑起来，只觉得这一天的晚风格外轻柔，晚霞格外璀璨，星星也特别明亮。行到院门外，因算着时辰差不多了，便打发紫霭道："你去外头问问，今日往香积寺送东西的人回来没有，若是回来了，详细问问那边的情形如何，大爷有没有受到委屈，还需要些什么。"

紫霭领命而去，许樱哥也不回房，慢悠悠地去了二房所居的院落。进门就见梨哥百无聊赖地坐在廊下托着腮发呆，不由得笑道："在想什么？"

梨哥匆忙给她让座，稚气的脸上由衷露出甜蜜的笑容："二姐姐怎么有空过来？快过来坐。"

许樱哥挨着她坐了，含笑道："过来看看你是怎么准备的，可需要我帮忙。"梨哥本就年幼，平日很少出门，孙氏更是极少露面，要参加将军府这样热闹的场面却是需要准备得周全些。她只恐这母女爱面子太过小心谨慎怕给人添麻烦，就算是有难处也不肯开口。

"多谢二姐姐，没什么。"梨哥抿唇一笑，小脸上浮起一层红晕，"只是娘说给我做新衣裳，却不知道该做什么款式的好。耿妈妈说要用霞样纱做千褶裙，我娘说那个太过奢侈浪费，不适合我的年龄和家境，用红黄两色的罗做条六幅的间色裙也就行了。耿妈妈却说最近的富贵人家女眷就流行那个，我即便不能越过旁人但也不能被人比下去，三哥也赞同耿妈妈的话。现下却是有些拿不定主意,二姐姐若是有什么好主意和我娘说说,省得她操心。"

她虽没细说,但许樱哥知道必是起了争执闹了不愉快。霞样纱乃是这两年里最流行,公认最好的衣料,流光灿灿如天边的彩霞,最是名贵美丽,作为小姑娘第一次在公开场合露面穿着的衣裳其实也不为过,孙氏是太小心谨慎了些。若是许徽还活着,又或是许抒已经出仕自己有了不错的收入,二房不必依靠长房生活,想来孙氏也不会舍不得给唯一的女儿用。自己那里有匹霞样纱,却是再没有机会做了穿,与其留着放陈了还不如成全梨哥,让她做桩好亲。许樱哥心里打定了主意却不说出来,只笑道:"二婶娘呢?"

梨哥朝左边屋里努努嘴,小声道:"在问三哥的学业呢,没有小半个时辰说不完的。"吐吐舌头,俏皮地道,"三哥又挨骂了,我都替他难过。"

许家男丁的学业许樱哥是不敢轻易多嘴的,再则许抒也是十七八岁的人了,当着堂妹的面挨骂总是有些害羞,此时不宜久留。许樱哥便又略陪梨哥说了几句闲话便告辞离去。才进安雅居,紫霭就迎出来,满脸的气恼之色:"二娘子,那泼皮太可恶了!竟把您送去的鸡汤给砸了!"

许樱哥不由得大奇:"我送的汤又如何会落到他手里?"

紫霭气愤得很:"送东西去的是苏嬷嬷的儿了苏大祥,他亲自将汤和药送到大爷面前的。大爷揭开瓦罐看过后,就笑着让人把伤药分别送去给那太岁和赵四爷,再请赵四爷过来。因是荤腥,恐打扰了佛门清净地,大爷便同四爷一起去的后山。可赵四爷才端起碗呢,那太岁就来了,先说是闻到了鸡汤香,然后指责大爷不厚道,竟然忘了他也是伤者,也需要进补的。

大爷也就请他坐下喝汤,他倒好,半点不客气的抢先喝了半碗,称赞说很鲜香,问是谁做的。大爷不想惹事就说是家里厨娘做的,他便缠着大爷非得买这熬鸡汤的厨娘,说要孝敬康王爷并王妃。大爷没法子只好说是您做的,他虽不再多话却接着就把赵四爷面前那碗汤给打泼了,弄得赵四爷一身的鸡汤,赵四爷还没说话呢,他便借着由头把一罐子汤都给砸了,谁都没喝成。大爷气得够呛,他却说,有什么稀罕的,不过是一锅汤而已,大爷若是舍不得,他改日赔大爷十锅汤。"

许樱哥哑口无言。泼汤是假,发泄她和赵璀才是真。这可真是倒霉,莫名其妙就招惹上这种人,果然是出奇的难缠。到底是她得罪了这人呢,还是赵璀曾得罪过这人?想不通啊想不通。

青玉见她沉默不语，便朝兀自喋喋不休抱怨个不停的紫霭使了个眼色，拉她出去："好了，你不过才十六七岁，怎地就同七老八十的老妈子一样的说起来就没完没了！"

紫霭这才惊觉自己失言，忙笑道："二娘子您莫烦恼，这种人自有天收他！现下不过是时候未到而已。"说完赶紧跟着青玉要溜出去。

许樱哥回过神来，笑道："跑什么跑？去把我那匹霞样纱翻出来。"

紫霭一下子兴奋起来："您终于想通啦？早就想试试手脚了，让婢子做罢，一准儿做得好。"也怪不得她兴奋，这霞样纱十分不易得，并不是大华所产，而是与大华对立、至今不肯承认大华的前大裕朝节度使，如今割据一方，自封晋王的黄密膝下那位据说文治武功不世出，风流多才的世子黄克敌为他母妃的生辰而特意研制出来的。

用最好最上等的春蚕丝，由正当壮年，经验最丰富，手最稳的织工细细织就，再用秘制的染料经过七七四十九道工序精染而成，做成的衣裙光华璀璨，犹如天边的流霞一般美不可言。这样的东西本不该轻易流出来，但不知何故，晋王妃寿辰过后半年不到的光景就流到了上京，成为上京贵妇骄女们竞相追捧的稀罕之物。如今虽不似从前那般千金难求，但也还是贵重之物。紫霭是个手巧且迷醉于女红的，早就想着拿那霞样纱试一试，怎奈一直都没有机会，如今倒好，许樱哥总算想通了。

青玉要稳重心细些，猜着大抵与早前三娘子说的那话有关系。想起这霞样纱的来历和许樱哥这半年来的遭遇，她不由得暗自叹息了一声，再看许樱哥，却不见许樱哥有半分愁绪，而是在笑吟吟地挑逗紫霭："真的就那么想做？"

紫霭什么都没察觉到，欢欢喜喜地道："当然，二娘子就许了婢子吧。"

许樱哥慢吞吞地道："这衣料不比旁的，若是剪坏了你怎么办？拿什么来赔？"

紫霭一下子给唬住了，睁大一双不大的丹凤眼盯着许樱哥看，讪讪然找不到话可说。想说拿自己的月钱来赔，再想想自己都是人家的，哪里够赔？可若是不给她做，那手又实在是痒痒。

许樱哥哈哈大笑起来，笑够了方道："你若实在想做，我是不拦你，但要看看旁人可给你做。"

紫霭的眼珠子转了转:"二娘子这是什么意思?莫非这衣裙并不是给您做的……"说到这里突然明白过来,脸上光彩尽褪,笑容尽收,只黯然看着许樱哥不再说话。这么好的衣料,明明与许樱哥最衬,偏生要便宜了旁人。

许樱哥近来实在厌烦旁人用这种眼神看她,便只当作没看到,坦然笑道:"这衣料我此生大概都穿不成了,与其放陈了还不如成全人。"

说话间,青玉已然默默从柜子最深处将那匹流光溢彩的霞样纱翻了出来。霞样纱分七色,赤橙黄绿青蓝紫,色色不同,却又相通,似许樱哥面前这匹橙色的,便是由浅到深渐渐过渡,艳丽却又十分协调。活力四射,许樱哥每每一看到这匹纱就会想起这个已经很久不曾使用过的词。

不得不说,崔成的眼光是极好的,这色彩十分适合她,怎奈她终究是没有机会穿。许樱哥纤长白皙的手指在纱上轻轻抚过,终是用力一按,把包袱皮重重地裹上打了个结。

次日清晨,紫霭抱着包袱跟在许樱哥身后进了姚氏的院子。许家人俱都是早起惯了的,除了小孩子外,男人们都已经出门做事的出门做事,读书的读书,傅氏则已然同黄氏一道在姚氏跟前请安并秉呈家事了。婆媳三人见许樱哥笑嘻嘻地走进来,忙招呼她过去:"大清早就笑嘻嘻的,这是遇到什么好事了呢?"

许樱哥笑着行了礼:"看到娘和二位嫂嫂气色好,几个侄儿侄女讨喜,心里也跟着瞎乐和呗。"一边说,一边和旁边几个还没进学的孩子碰额头拉手的,引得几个孩子齐声大喊,整个房间里一时充满了孩子们的尖叫声和笑闹声。

姚氏痛苦地捂住耳朵:"她一来这耳朵就别想清静。"

傅氏忙制止孩子们:"别闹,吵着祖母了。"

姚氏却又拦住她:"别管他们,小孩子么,也就自在这几年,且随他们去,又不是什么坏规矩的事情。"

傅氏微微一笑便让在一旁。黄氏不是长媳,无须端着架子,何况她本身也要稍活泼些,便轻轻捏捏许樱哥的小翘下巴,笑道:"我们娴卉平日一个人在屋里我就嫌她太过安静了,有二妹妹在才见她活泼些。"

又说道了几句,傅氏和黄氏都看出许樱哥有话要同姚氏说,便不顾孩子们的闹嚷将孩子们领了下去。

许樱哥方将梨哥要做衣裙的事说了一遍，道："我没机会穿用了，有心想给三妹妹，却又担心二婶娘不要。放着怪可惜的，交由母亲处置，给用得着的人罢。"

姚氏看到这匹纱也有些怅然，这纱本是去年春天崔成特意为许樱哥寻的，光明正大地通过她送到了许樱哥手里。当时崔家已经入局，许扶本着不耐烦多占他家银钱上便宜的想法，还了一份极厚的礼，说只当是买的，便是后来退婚退定礼时，这匹纱也不曾一并退回。怅然归怅然，想想也不过是因果循环，这纱果然是当自家花钱买的，也用得。姚氏很快收了心思，道："既是你的东西，便由你送去罢。你三妹妹的十三周岁生辰也快到了，我也要给她准备礼的。你二婶娘再讲究，也不至于不许我们给你三妹妹过生辰。"

许樱哥道："家里长辈想来都要给三妹妹准备的，女儿不敢越过其他长辈们去。"有姚氏在，哪里轮得到她来做这种人情？再说万一冒氏和两个嫂嫂都只想送些小东西，这样一来倒叫她置旁人于何地？

姚氏立刻就明白过来："也是，那就放下吧。我还没问你呢，都准备得如何了？你也要好好收拾收拾才是。"

许樱哥笑得欢快："大姐姐给了一套衣裙，衣料做工都是极佳的，还有早前娘给做的新衣还不曾穿过，这两天丫头们也在裁制新衣，一日换四套都行！"

姚氏见她笑得欢实，倒是喜欢她这个想得开的性子，便随口道："你哥哥他们下午就回来了。"

许樱哥松了口气。虽不是最终结果，但总算是告一段落，只要许执、赵璀不用与那太岁在一处，能回自家，便意味着安全了几分，少了几分再生事端的可能性。

第11章　母子

傍晚时分，一行车马慢吞吞地踏着斜阳进入上京，路上行人先是看到一群彪悍的穿甲卫士，再看到居中打头那辆马车上有康王府的印记，便都悄没声息地让了开去，留出宽宽一条路来，以免挡了贵人的道。

许执和赵璀沉默地骑马跟在一旁，脸色虽不至于不好看，却也绝对不好看。康王四子张仪端弯着一双笑眼打马过来，双手抱拳虚虚一拱："许司业，赵副端，就送到此吧。"

许执和赵璀还礼，都看向张仪正的马车，犹豫着是否要同他告别。张仪端猜他二人是恐被张仪正当众落面子，便做了好人："我三哥适才睡着了。"

许执和赵璀乐得避开那太岁，便告辞离去，不知不觉中对张仪端的语气也亲近了一二分。

张仪端目送他二人离去，拨马回到张仪正的马车前，俯身掀起帘子笑道："三哥，你不怪弟弟我自作主张罢？"

张仪正轻衣缓袍，舒适地歪靠在宝蓝织锦靠枕上，身下垫着厚厚的锦缎绣褥，手里还拿了一颗早上的鲜红樱桃，闻言懒洋洋地扫了他一眼，淡淡地道："怪你作甚，你们总都是为了我好，为了康王府好罢。"

他如此直白，倒令得张仪端满口劝说解释的话一句都说不出来，于是讪讪一笑，道："三哥，来日方长，全不必与这些酸儒争一时之长短。"

张仪正如琉璃般的眸子静静地瞥了他一眼，又静静地转了回去，落在指尖那粒嫣红如珊瑚，晶莹如玛瑙的樱桃上，看得十二分的认真，并无半点多余的情绪并一个多余的字。

不过是投了个好胎而已！张仪端心里暗生恼意，却也奈何他不得。晚风吹起车窗上的纱帘，一缕日光投射在张仪正指尖那粒樱桃上，照得那樱桃更是晶莹嫣红了几分，好不爱人。张仪端默默看在眼里，再看看张仪正的表情，眼里露出几分兴味来，微笑着轻轻放了帘子，回身命令众人："回府。车马稳些慢些，休要惊了行人。"

张仪正两根指尖缓缓用力，那粒嫣红晶莹的樱桃被他捏得变了形，嫩薄的果皮须臾裂了开来，好似立即便要血肉模糊。他却突然住了手，慢慢将那粒樱桃喂入口中，上牙磨着下牙，连着果核一起用力咽了下去。

康王府位于宫城西面的长康坊，与另几家王府、公主府一样是依托前朝皇亲王族的宅邸依制修缮扩建而成，富丽堂皇还兼着雅致幽静。除去康王居所外便以康王妃熊氏所居的宣乐堂最为精致，乃是出自名家之手，移步易景，光是立在窗前便可赏遍一年四季之景。

康王妃四十多岁的人了，生得白净雍容，眉目温善，平日也是温厚之人，时常带笑，便是对下人也没高声的时候。但此时她那张脸上却丝毫不见喜意，只管病恹恹地斜斜靠在檀木榻上，看着梁上垂下来的茉莉香球发怔。

三十多岁，美艳依旧的侧妃宣氏斜坐一旁，软声软气地宽慰她："王妃不必忧愁，想是这其中有什么误会。不然大家伙都看着的，三爷这半年来可是换了个人似的，他可不是不明白的人……"

康王妃不耐烦听，面上却不显，只淡淡地道："不拘有无误会，总是他不对。"不等宣氏开口，又吩咐一旁的大丫头秋璇："秋璇你去看看，怎地人还没到？"

宣侧妃便识相地住了口，垂眸把玩手腕上的玉镯。

须臾，秋璇进来禀告："禀王妃，三爷并四爷立刻就往这里来了。"说话间，便听到脚步声并问安声在廊下响起，康王妃立时翻了个身，背面向里。

进门来的张仪正并张仪端一看这模样，就知道康王妃这是发作了。张仪端正要开口给嫡母问安交差，就见他生母宣侧妃站起身来朝他使了个眼色，于是垂下眼低声道："想来母妃怕吵，儿子就不在跟前相扰了。"又十分尽责地叮嘱张仪正："三哥，母妃就交给你啦。"

张仪正心不在焉地胡乱点了点头。

康王妃总是疼儿子的，再生气也不过是小惩，可怕的是王爷那里，脱不掉一顿鞭子。宣侧妃幸灾乐祸地看着张仪正那张被打成五彩的猪头脸，温柔可亲地道："三爷不要意气，好生认个错，王妃可算是为您操了不少心。"言罢拉着亲生儿子走了出去，不掺和这事。

待得屋里没了外人，只余下康王妃的心腹曲嬷嬷一人，张仪正这才走到康王妃榻前跪下，沙哑着嗓子低声道："儿子不孝，又给母亲添乱了。"

康王妃不理，只作不曾听到。

张仪正又重复了一遍，见她还是不理，便呆呆地跪着不动，亦不再言语。

康王妃等了一会不见他有动静，忍不住伤心地抽泣起来："从小我便把你放在心尖上疼，可你近二十岁的人了，却一事无成，整日胡混，去年我本来当你死了的，虽然比割了我的心肝还要让人疼些，但命运如此，不得不受着。可你又活了过来，还收敛了从前的狂态，我只当上天垂怜，把我的儿子又还了我，一心想着你能从此改邪归正，好好做个人。不说给你父兄多大的助力，不要给他们添乱也是好的。可是你，悄没声息就跑了出去，还做下这等丑事……

这是嫌我和你父王的脸面丢得不够么？嫌你父兄的处境还不够艰难？"说到后头已然是哽咽不能语。

张仪正抬眼看去，但见她的肩膀一抖一抖的，哭声虽低不可闻，却是真正伤心。他眼里闪过一丝复杂的情绪，突然间使劲往地上磕了个响头，低声道："娘，儿子以后再不犯浑了。"

康王妃并不肯信他："这话我听过无数次了。再不信你。"

屋子里的气氛沉寂下来，张仪正半垂着头，目视着膝前厚重柔软的蜀锦地毯上的精致花纹，抿紧了唇，一动不动，一言不发。

康王妃听不到他进一步的表示，不由得怒了。还有理了？再不能惯下去，不然可要翻天了，迟早有一日他会把小命给送了，还要拖累家里其他人。于是冷哼了一声，也不回头，冷冷地道："不是我羞臊你，你且看看你四弟，比你小，可是已经给你父王办了好几件重要的差事了。你呢，我想替你说门正经好亲人家都嫌弃！"

张仪正还是垂眸一言不发，那脖子眼看着却梗了起来。

曲嬷嬷一看这不是事儿，便使劲给张仪正使眼色，劝道："三爷，您不打招呼就出了府，王妃和王爷为你焦急伤心得整夜没睡。王妃这还吃着药呢，快服个软，休要伤了王妃的心。"

张仪正便抬起头来看着曲嬷嬷。曲嬷嬷知趣地轻轻拍了拍头，自言自语道："嗳，还给王妃炖着汤的。"言罢轻手轻脚地走了出去。

张仪正膝行至康王妃榻前，犹豫着，别扭地慢慢将头抵在康王妃身上，低声道："娘亲……孩儿错了，日后再不会如此了。"说着却忍不住赤红了双眼，几滴豆大的泪"吧嗒"落下来，将康王妃身上那件雪青色的罗衣洇湿了一大片。

康王妃惊觉不对，慢慢侧头回身，细看之下不由大得吃一惊。幼子脸上五彩缤纷或是肿胀她都有心理准备，但那悲伤绝望、似是忧愤委屈到了极点的神色却是她从未看到过的，那泪水更是很多年不曾见他流过了。如此的亲近依赖之态，更是自他去岁秋天病好以后再不见的，于是一颗慈母心顷刻化作一摊春水，喊着张仪正的小名道："三儿，你这是怎么了？谁给你气受了，说给我听。"

张仪正只管将头埋在她怀里，一动不动，沉默不语。

康王妃又急又无奈，只当他是受了府里或是府外什么人的闲气，便只管轻轻抚着他的发顶并背脊，低声叹道："儿大不由娘，你不肯说，我也就不问。但不拘为了何种缘故你都不该偷跑出去。你可知道，你的这种行为会给你父王带来多大的麻烦！宫中已然有人相询了。"自去岁郴王叛乱以来，今上疑心越重，又迟迟不肯立储，诸王表面上还一团和气，兄友弟恭，实则内里已然风云诡谲，外面还有强敌环伺，眼看着离乱不远了。

张仪正慢慢抬起头来，眼神清亮，声音越发低哑："他们不就是嫉妒我有个好祖母，大嫂有个好娘家么？"

康王虽然行四，却是实实在在的嫡长子，但也是唯一的嫡子。虽则今上十分敬重朱后，看重康王，但到底其独自一人在一群凶横年长的兄长与表面带笑、实则暗里窥伺的幼弟之间显得太过势单力薄。说起即将待产的长媳李氏来，康王妃心中又有另外一层忧虑。

大华立朝不过十余年，还有许多拥兵自重的前朝勋贵不肯承认大华张氏，犹自虚奉着前朝已经差不多死绝了的皇室黄氏。其中最有实力的莫过于晋王黄密，再就是同为前朝节度使出身，被封为梁王的李通。李通虽然承认了大华，受了大华的册封，也把嫡长女嫁入康王府做了世子妃，但实际上其所辖的西北一片却宛若国中之国，军政税收均独立于大华之外，李通就是个名副其实的土皇帝，骄横得很。

这样的亲家，是莫大的助力，却也是莫大的祸根。康王妃揉揉眉头，低声道："你既然都懂，就不要再犯浑。"

张仪正默然片刻，决然道："您放心，再不会犯这种浑了。"

此时看起来他又似是回到了前些日子的懂事知礼，怎地前头他偏就会犯那种浑？康王妃盯牢了他，低声道："此时没有外人，你且同我说说，你何故要对那女子如此无礼？可是许家得罪过你？"

张仪正不语，只眼皮剧烈地跳了两跳。

康王妃又道："还是赵璀得罪了你？"

张仪正抬头看着她一笑："可不是他们得罪我了么？我不过是看那女子生得还算好看，就多看了两眼，本也不曾说过一句不该说的话，更不曾有什么失礼的举动。可恨许家养的刁奴，一口一个登徒子，一口一个小贼。那女子……"

他顿了顿,讽刺一笑:"也不是什么好东西。她和崔家订婚多年,生怕牵连而退婚,人不过才死半年,便和那赵璀私下会面,谈婚论嫁,转过头来还一副三贞九烈的模样,我看不过就多说了两句。谁知他家就要喊打喊杀的,可恨那赵璀,明明认得我,偏生要躲到一旁让人打我,打够了才假模假样地走出来说是误会。我如何能忍下这口气?"

康王妃不由得皱起了眉头。她虽不曾见过许樱哥,却是见过许杏哥并姚氏的,尤其是与许杏哥接触得最多,那母女都是端方有礼之人,她并不敢信许家会教导出这样的女儿。再说那赵璀,她虽不曾见过人,却知道是永乐公主的义子,许衡的得意门生,两家又是故旧,想来孩子们见了面多说几句话也是有的。张仪正口口声声说人家行为不端,却又说不出个实际的所以然来……

她狐疑地看了张仪正一眼,见他满脸的痛恨怨愤,咬牙切齿的,仿佛那就是他杀父仇人一般的,不过是遭了白眼和挨了几句骂,就算是当时生气,过后也不至于如此。要说是为了挨打的事情,就凭着赵家那长袖善舞的模样,她可以肯定赵璀绝对不会明知道是皇孙还敢动手打人……她能想到,张仪正不可能想不到。左思右想,不由得心中就有些明了,便轻声道:"小三儿,你早前虽然不肖,但我只当你是聪明的。这件事你却是糊涂了。休说是退了婚,人还死了,便是死了丈夫要改嫁又如何?干你何事?"

张仪正垂眸不语。

康王妃又语重心长地道:"我们虽然富贵,却也不能想要什么就要什么。你不能如此纵情任性,拖你父兄的后腿。你可知此番你突然不见,你父兄和我有多担忧?只当你又是被那些人给……"

张仪正沉默许久,郁闷地把头别开,缓缓吐出一口气:"儿子记在心头了。"

差不多也就只能说到这份上了。康王妃看看天时,便出声唤人:"去问问王爷回来没有。"

曲嬷嬷仿似她肚子里的虫一般,这里才开口,就在外头帘下回道:"回王妃的话,王爷回来已有半盏茶工夫了。"

康王妃就道:"且先去寻你父亲认错。"

想起当着外人一团和气,当着他却从来面无表情,一双眼睛凌厉得似要把人看穿的康王张友训来，张仪正脸上顿时露出几分不情愿。

康王妃看得真切，忍不住嘲讽道："这时候知道怕了？早先何故就不知道怕呢？你父亲一直想着要寻机结交许衡，你却无端羞辱他的女儿，这不是找抽么？去，一顿鞭子无论如何都是少不了的，自己去还略轻些，被人拖去的可保不齐一鞭子下去就开了花。"

张仪正忍不住腹诽，有儿子挨打还这样幸灾乐祸，不停恐吓儿子的母亲么？但他不敢说出来，也怕那鞭子抽在身上的滋味，那滋味，尝过便再没兴趣品尝的。便做了可怜模样："娘亲救我。"

"我救不得你。自己做下的自己承担。你父王待你虽然严厉，却是真心疼你，总不能要了你的命。"康王妃硬着心肠把他赶出去，又怕他会中途逃走，吩咐大丫头秋实并秋蓉二人："好生跟着，三爷若是走错了路，记得提醒他。"

看来果真是劣迹斑斑，就连亲娘也不信这人品。张仪正无声地苦笑，转身往外。才行不多远，就遇到了他二嫂王氏带着几个丫头婆子，提着个雕花朱漆食盒走过来，猜着是来侍奉康王妃的，便做出一副恭恭敬敬的模样含笑在道旁立了，作了个揖问了声好。

王氏含笑还礼，不经意间已把他这副模样给看了个清清楚楚，却也不多言，只柔声提醒道："适才王爷召了崔先生说话，又吩咐厨房准备酒菜。三弟若要去见王爷可得趁早，不然后头议起事来不知要等多久。"

也就是说康王此时心情还算不错，赶紧抓住时机去认错。张仪正认真谢过王氏，待王氏去了，板了脸呵斥跟在身后的两个丫头："回去伺奉王妃！我一个大男人，你们这样紧紧跟着我算什么？没得让人笑话！"

秋实与秋蓉对视一眼，齐齐行礼下去："三爷饶了婢子的命罢！"

张仪正不耐烦，一脸凶相地指定她二人："再敢跟着我来看我笑话我就把你们扔到池子里头去！信也不信？"

两个丫头就似是见着洪水猛兽一般地，苍白着脸齐齐往后退了一步，互相扶持着可怜巴巴地看着张仪正，想哭又不敢哭，只结结巴巴地求饶："三爷饶了婢子的命！"

张仪正仿似不曾听见，仰头自去了。两个丫头差事在身，不敢回去，又不敢紧紧跟着他，便战战兢兢地远远吊着，眼瞅着他立在康王书房外头请传了方留了一个在外头候着，一个回去交差。

康王妃正同二儿媳王氏并曲嬷嬷诉苦："我怎么就生了这样一个混账东西？老了才叫人看我笑话。"她指的不单是各府的王妃，还包括府里那位连着生了两儿一女，日渐风光的宣侧妃。

王氏只是笑："谁没个犯糊涂的时候？三爷近年来看着是在懂事了。"

康王妃只是叹息："你早前可曾听老二说起香积寺那事真相究竟如何？"二儿子是刻意瞒着她，她堂妹武夫人虽然委婉提过些，却不曾说得仔细，有许多细节她是不知道。赵家请托了永乐公主来说情，永乐公主更是个滑不留手的，只说是误会和替赵家赔礼认错，其他一概不曾提。

王氏面上就露出些为难之色来。这是同婆婆说小叔子的劣迹呢，这小叔子再混账也自来是公婆的心头肉。既然大家都不提，她也不乐意做这恶人。

见她犹豫，康王妃不由得怒了："怎地个个都当我眼瞎耳聋了么！你也别推说你不知道，装那贤良妇人，两不得罪。"

王氏吓了一跳，赶紧跪倒在地磕头认错："媳妇不过是怕您听了生气而已。"

康王妃道："不说给我知晓我才生气！"

王氏无奈，只得委婉地把从丈夫那边听来的实情说给康王妃知晓。这样说来确是自己的儿子无事生非，康王妃听得头痛，沉思许久，道："有谁见过许家的二娘子？此人品性如何？"

许夫人若无事是轻易不来的，也从未带过这位二娘子上门，康王府门第高贵，也不是无事四处串门子的人家，哪里晓得这许多？王氏低声道："要说谁最知道，当属三姨母和武家大奶奶了。"

康王妃沉吟片刻，道："可人家也是亲戚，就不要为难人了。二媳妇，你且着人去打听打听，我要听真话。"

王氏应了，照料康王妃进药。秋实走进来把适才的事情禀告了一遍："三爷不要婢子们跟着，自己去了王爷的书房请见。现下秋蓉在那边候着的。"

才说着，就见秋蓉急匆匆地跑进来道："王妃，王爷命人把三爷绑了，关了门要拿鞭子抽呢！"

康王妃站起来，又坐了下去，慢慢饮完药才又稳稳当当地往外头去。

第12章 将宴

却说这一边，许执到了街口就与赵璀分开，随即匆匆回府，一进门就直奔许衡的书房，父子俩关在一处密谈许久，倒叫一家子女眷都好生紧张，胡乱猜测不知又出了什么变故。许樱哥心里虽然挂着，却不好去追着打听，便只静静等待，一直到傍晚时分才有姚氏房里的大丫头红玉过来请她去说话。

姚氏是个爽利性子，并不拐弯抹角，打发走下人便开门见山地道："知道你一直挂着这事儿，所以说给你听。"

康王府派去接张仪正的乃是他同父异母的弟弟，行四的张仪端，此人乃是侧妃宣氏所出，与张仪正不过是差了半岁，行事却端正许多，不敢说十分得宠，但在康王面前也是得脸的。他到了香积寺后，言谈中多有周圆息事之意，不但一直劝着张仪正，私底下也一直宽慰安定许执和赵璀，明明白白地表示，康王府不会就此事如何。

姚氏总结道："这位四爷既是幼弟也不是嫡子，但这样反而更能显出那两位的意思来。想来不会再闹大了。"

"如此甚好。"许樱哥刚把心定下，又见姚氏欲言又止的模样，不由又把一颗心悬起来，小心道："娘为何事忧愁？"姚氏握定了许樱哥的手，温言道："也不是什么大不了的，你哥哥早前说，那日我们走后那太岁紧着追问，与你哥哥相较，你是否更肖似你五哥……"

不及她说完，许樱哥便明白了，当下微微一笑："小时候还好，这两年来我也是觉着我和五哥眉眼间越来越似了，再则我们也大了，虽则名义上是同宗兄妹，到底不好太过亲近，以免引起不必要的闲话。幸亏是大事已了，也没多少要事需得随时面见相商的。"

她虽然明理懂事，这也是形势所迫，但到底是阻拦人家嫡亲兄妹见面，并不是善事。姚氏不过意地叹息了一声："我和你父亲……"

话未说完，就被许樱哥轻轻掩住了口，许樱哥的声音低沉却悦耳，语气轻柔却不容置疑："父母亲总是为了我们大家伙儿好，皮之不存毛将焉附？"

"果然是懂事明理的好姑娘！"许衡从外头大步走进来，满脸都是赞赏："并不是不许你们兄妹见面，而是要更加谨慎小心。"

"女儿见过父亲。"许樱哥忙给他见礼，"我们兄妹给父母亲招了太多麻烦！这辈子也不知可否有机会……"

姚氏也正色道："我们不是要你们报恩，你既把我们当亲爹娘，我们又如何舍得自己的女儿吃苦？"

许衡也道："要说当年，我们也曾欠下你父母双亲好大一个人情！你父亲曾说哪有亲人之间彼此谢过来谢过去，谈什么报恩不报恩的？如今我也把这话说与你听！"

许樱哥不由得红了双眼，默默抱定姚氏的胳膊，将头靠在姚氏的肩膀上，翘起唇角低声道："我觉着我真是好命。"

想起早前夭折在自己怀里的幼女，再看看面前如花似玉的樱哥，姚氏微笑起来，温柔地轻抚着许樱哥滑嫩白皙的脸颊道："我也好命，本来以为只能有梨哥一个女儿，结果上天垂怜，叫我又多了一个女儿。"

上京的春末夏初，深秋初雪最是美丽。每当此时，也总是上京的权贵豪族们竞相设宴冶游的时候，将军府的马球赛便设在杨花飘飞的季节。

清晨，朝阳染红了天边的雾霭，也染红了安雅居里的樱桃。

许樱哥着了鹅黄色的薄绸短襦，系着柳绿的八幅曳地罗裙，搭着宝蓝色烫金细纱披帛，石榴红的绒花衬得乌发如云，耳旁莹润的明珠映得一双眼睛水波微漾，正是二八佳人的水嫩袅娜模样。这样的佳人本该是拿了精巧的团扇立在花下水边成就一幅素雅淡然的仕女图，无论人前人后三百六十度无死角的，然则许樱哥却是个人前装得，人后耍得的。

梨哥穿了新赶制出来的霞样纱衣裙，满心雀跃地赶过来给她二姐姐看，进门就看到这婷婷袅袅的二八佳人立在樱桃树下，使劲拽着一枝坠满了樱桃的树枝，五指如飞，樱桃小口利索得紧，边吃边笑，好不开心，也不见多么粗鲁，那红彤彤的樱桃却是变戏法似的成了樱桃籽儿。

梨哥自幼被孙氏教养得极其严格，虽则知道这位二姐姐生性活泼多怪，可也从不曾见过她这种豪爽的吃法，不由微微皱了眉头道："二姐姐！"

许樱哥笑着回头，待看清楚了人，便夸张地睁大眼睛，一脸的惊叹："哎呦，这是谁家的小姑娘？这么美，晃得我眼睛都睁不开了。"

众丫头婆子都笑起来，纷纷夸赞梨哥好看。

梨哥到底年幼脸薄不禁夸，立时羞红了脸，低头揪着披帛小声道："不许笑话我。"

"谁笑话你来着？妹妹长大了，一表人才，姐姐我欢喜着呢，怎舍得笑你？"许樱哥笑着将她拉过去，指指那满树的樱桃："吃么？好甜的。比昨日我让人送去的还要甜！"

梨哥这才想起自己刚才想提醒她不要这般吃法，实在不雅。可是挨她一顿好夸赞，那话又有些说不出来，但不说又觉着自己姐妹，该提醒的。便微微蹙着小眉头，拉住许樱哥的手，带了几分为难小声道："二姐姐，再甜也不该这样吃！"

这样的人家吃相都讲究一个斯文雅致，这樱桃得洗净了装在水晶盘里，慢悠悠地一粒一粒的吃，或是拌了乳酪用勺子慢慢舀着吃，不疾不徐，略略吃上几十粒便要罢手，那才叫讲究，似她这样的吃法便是饕餮一般的。许樱哥心知肚明，却偏装作不明白，探手从枝头摘了最大最红的一颗樱桃下来，笑问她："那该如何呢？"

梨哥小心翼翼又十分委婉地道："这樱桃长在树上，尘土什么的积了好多，不干净，站在风口里吃对肠胃也不好，二姐姐该让婆子们摘下来洗净了坐着慢慢吃。"话音未落，就被许樱哥一粒樱桃塞入口，于是吐也不是，不吐也不是，便只微微张着口看着许樱哥。

许樱哥威胁她："吃了，不许吐出来！"

梨哥只得委委屈屈地吃了，吃着吃着，那小眉头就情不自禁地松了开来。许樱哥大笑："如何？甜吧？可吃着灰尘气了？"想当年，她入园吃樱桃，直接站在树上吃个肚儿圆，那才叫过瘾爽快，哪里又生过什么病！小丫头年纪小小，规矩多多，老了可不得成个不招人喜欢的老古板。

梨哥小心地看了周围的下人一眼，不肯说出违心的话，低不可闻地道："甜。"

许樱哥见她不自在，故意道："一粒一粒吃不够甜，一大把尽数喂进口里更甜，要不要试试？"

梨哥涨红了小脸："多谢二姐姐好意，妹妹不饿。"

青玉低低咳嗽了一声，许樱哥眼角瞥到孙氏身边最亲近的耿妈妈走了过来，便不再调戏梨哥，摆出一副端庄温柔的模样轻轻替梨哥整理一下衣裙，笑道："耿妈妈过来了，想是催促我们该出门了。"

果然耿妈妈笑道:"夫人们催了,二位小娘子该出门啦。"

因是休沐日,又是至亲请客,故而不但府里的女眷全都出行,便是许执哥四个也要去,一家子打扮得整整齐齐的,全都面带笑容,真有几分热闹松快。

冒氏今日着的是石榴红千褶裙,黄色牡丹花抹胸,梳抛家髻,赤金流苏钗,打扮得格外娇媚,许樱哥少不得夸她两句:"三婶娘可真好看。"

"我算得什么?老啦。还是你和梨哥好看。果然人要衣装,这稀罕的霞样纱,说来梨哥还是咱们府里第一个有福气穿的。"冒氏看着梨哥身上新制成的霞样纱衣裙,心里突地一跳,不由得生了几分烦躁之意。

许樱哥见她酸溜溜的,恐她说出什么不好听的话引得大家不高兴,便去逗她身边穿了大红小袄的许择:"小五弟才真正好看呢。"

许择听到她夸,不好意思地将一双胖乎乎的小手捂住了脸,从指缝里偷看着许樱哥,"咯咯"发笑。

樱哥和梨哥见他可爱,都忍不住蹲下去逗他说话。

冒氏这才注意到只有自己一个人带了孩子,此外不管是傅氏还是黄氏都不曾带着孩子去,便道:"怎地一家子都去了,偏不见娴雅、昀郎他们姐弟几个?"

傅氏笑答道:"客人太多,怕招呼不过来。"

就自己一人不怕么?冒氏有些不高兴,觉着傅氏和黄氏就似是商量好了故意孤立她一样。咬牙想了一回,许择乃是小叔叔,不和侄儿、侄女一样也是正常的,她带去也是正理。再想到倘若那个人真的去了,她再抓住那个机会,这处处受制,处处低人一等的命运兴许可以改变也不一定。

第13章 斗艳

春夏交替的时节,漫天杨絮飞扬。出了城门,上了官道后更是犹如下了雪一般的,风将车帘吹起,几缕顽皮的杨絮趁隙飞入车中,粘在了梨哥的脸上,许樱哥忙替她摘去,笑道:"豆蔻年华的小娘子成了白胡子老爷爷啦。"

梨哥含笑轻轻打了她一下,夺过她手里的杨絮要往她唇上粘。

樱哥哪里肯让她得逞,仗着自己强健,捏了她手腕轻轻就将她压在了马车垫子上:"小丫头讨饶不?"

梨哥自是不依,却恐挣扎时坏了发型衣饰,便低声告饶:"二姐姐放过我么……"

风将车帘吹起,有行人从旁经过,听到里面隐隐约约传出的笑声,忍不住多看了两眼,跟着心情也好了几分。

将军府的这场宴并不似寻常人家那般武将多与武将交往,文臣多与文臣往来,却是一锅大杂烩——有与将军府多年交好的亲友,也有与武进要好的年轻人,还有早些时候请过将军府宴游、需要还情的寻常客人,更有武夫人与许杏哥交好的女客。

许家人到后,男客被引至前园,女客则被引至后园。且不必说熟人见熟人那许多的寒暄,初次见面之人被引见时的小心打量,却是很多人都注意到了许家这对娇艳可爱的姐妹花。

到底是自那件事后第一次这样堂而皇之地出现在众人面前,各种揣测与议论都是少不得的,但总不能因此就躲了起来。姚氏不动声色地打量着众人的神色,示意许樱哥给相熟的各府女眷问好。

许樱哥牵了梨哥的手,含了笑规规矩矩地行礼问安,坦然接受来自四面八方、各式各样的打量与询问,行止大方,丝毫不见局促之态。姚氏早前还担心她年轻脸皮薄受不住,可见她浑然还是平时那副没心没肺的笑模样,也就放下心来,领了孙氏与相熟的女眷们闲扯去了。

梨哥还是初次参加这样热闹的聚会,又被好几家夫人"不经意"地格外关注,少不得有些束手束脚的,十分不自在。樱哥见她害羞,待与众人相见完毕便引了她往一旁去看景致:"听说今日是先泛舟游玩,再登楼看姐夫他们打马球。"

"若是感兴趣想下场的,还可以步打来着。"几个穿戴华丽的少女笑嘻嘻地自一旁款款行来,当先一个穿了红色霞样纱千褶裙的垂髫少女热情地同许樱哥姐妹俩打招呼:"许久不见你们姐妹俩,刚还和阿筠她们说起你们来呢。"这少女长得丰盈,杏核眼里满是笑意,声音特别甜脆,正是许樱哥早前最为要好的小姐妹,太常寺卿家的四娘子唐嫒。

许樱哥也是很久不曾见着她,心中亦十分欢喜,便牵了梨哥的手迎上去笑道："阿嫒，我也想你了。"

"真的么？"唐嫒握了她的手上下打量了一番，与身旁的同伴调侃道："我是一进门就打听她来不来，她肯定不曾问过我们任何一人。"

这倒是真的。许樱哥不好意思地笑了笑，兴许是实际年龄大了的缘故，她要关注的东西太多，虽然也牵挂着唐嫒，但因为知道唐嫒过得好，所以并不像小时候那般恨不得时刻都和小伙伴黏在一起。

另外几个女孩子与许樱哥也是相熟的，见她只是微笑不语，便都道："咦，这还变了个人，斯文了呢。说，你这一向怎地都不见？我们约着去瞧你，也多说你是病中不便见客的。"

立在一旁的武进妹子武玉玉是主人，见她们又去扯许樱哥早前生病的事情，怕再扯出些令人尴尬的话来，便转移她们的注意力："等下你们真想步打么？如果真想，我便去求我嫂子安排。"

"当然是真的，我们衣裳都带来了。"唐嫒满怀期待地看着许樱哥："樱哥，你打么？若是想打，我便去凑人来。"她与其他几个女孩子不同，与许樱哥是知心好友，当然知道许樱哥为什么会生病，不出门不见客。

在屋子里关了半年的工夫，许樱哥的手脚也有些痒痒，可看到身边拘束的梨哥和远处几位夫人时不时落在她姐妹身上的那种打量，便又改了主意，笑道："我没带衣服。"

唐嫒见她不是直接拒绝，便道："咳！一套衣服而已，你的身量和大姐姐差不多，问她要一套就是，至于梨哥，就由玉玉去想法子啦。"

武玉玉一口应承："那没问题，包在我身上。"

梨哥慌忙摆手："我不会。"她平日被拘束得紧，不过偶尔看过一两场球赛，哪里敢去丢丑？

另几个女孩子便都七嘴八舌地说起来，这个道："不许扫兴！下场打上那么一两回就会了。"那个则说："怕什么，姐姐教你。"剩下一个也道："不答应就是看不起我们。"

梨哥平日里相熟的同龄姐妹也就是家里的两个姐姐和舅舅家的表姐妹，何曾见过这样的仗势？她又是个文静害羞嘴拙的，既怕失礼又怕得罪人，便羞窘地紧紧抓住樱哥的手，央求地看着她。

樱哥握紧妹妹的手，扬了扬眉，皮笑肉不笑地道："怎么，这是欺负我小妹妹面嫩害羞呢。今日不是时候，果真想打，过几天约了打，看我不收拾你们。"她是真想痛痛快快地动上一场，可今天不行。这世道对女子再宽松也宽松不到哪里去，便是在众人眼里崔家父子当诛，早年她与崔成那门亲事也是倒霉催的，但也是对她苛求多多。她若表现得太过哀伤，心怀不轨的会寻机构陷许衡，若是表现得百无大事，人家又要说她薄情无义，许家的家教怎么怎么样。今日她若真敢当众打上这么一场球，只怕什么话都会传出来，牵连影响了小梨哥的姻缘，那可不是罪过？

唐媛听她的口气，晓得今日是不会打了，也不勉强："也罢，念你病刚好，且饶了你。但你不许走，须得在一旁看我们玩耍。"

这个却是小意思，许樱哥怎会不许？便含笑应了，又将那几个人一一介绍给梨哥认识，拜托她们日后多关照梨哥。上京的风俗，女孩子略长大些，总要跟着母亲出门做上那么几次客的，长长见识，学学人际交往，也可以让旁人看看自己的人才好处，为找婆家做准备。小姑娘们看着梨哥那腼腆样儿，心里明白是怎么回事，便都豪爽地应下了，温和地拉着梨哥说话，逗她玩儿。

梨哥渐渐放松下来，虽不至于立刻就和她们有说有笑的，但也是有问有答的。客人络绎不绝地来，需要武玉玉去招呼，武玉玉便建议："你们不如先去画舫上玩耍，我让人给你们送些吃的喝的来，等我招呼好其他客人，就去寻嫂嫂说情，让我大哥他们早点散场离开，也让我们玩玩。"

唐媛便带了几分希翼："那你一定要办成这个事。"

武玉玉含笑应了，使人将她们几个引到湖上一艘画舫上安置妥当，自去招呼其他客人不提。

梨哥到底也是官宦人家，书香门第的女儿，气度和见识以及该有的教养都是有的，性子也不是什么孤僻的，很快便能和同伴说上话了。唐媛见状，便叫了樱哥到往一旁去说悄悄话："我知道你难受，但我不是外人，怎地连我也不肯见？"

许樱哥小声道："我当然也是想找个人说话的，但我若见你却不肯见其他人，那不是叫人尴尬么？可叫我人人都见，我又委实没有那个心情。"

唐媛见她低垂着眸子幽幽说出这一席话来，再想想从前自己也是认识崔成的，不由得心生许多感慨，拉住樱哥的手笑道："否极泰来！我说句不当说的话，崔家叛逆，罪当伏诛，你总不能还替他守着。"

许樱哥笑笑，反握住她的手："你好事将近了罢？"

唐媛双颊飞红，甩开她的手："不要和我说这个！"言罢拉了许樱哥过去："好了，和她们生分这许久，总要补起来。别光顾着我们俩说话，又冷落了她们，过后又有话说。"

众人见她二人过来，便都笑："悄悄话说完了？"

唐媛理直气壮地道："哪里是说什么悄悄话，我是在替咱们大伙儿骂她！"

众人笑闹几句，又把刚才的话头重新捡起来说："听说今日公主府和王府都有人来，也不晓得来的是哪个府里的。"

鸿胪寺少卿家的姑娘安谧笑道："我是听说长乐公主会来，也不知真假。"

唐媛道："管他什么人来呢，还不是一样的章程？"

众人正在议论间，就见武玉玉又领了一群花样年华的女孩子过来。那群女孩子与她们这边的女孩子却又不同些，穿着打扮华丽耀眼更上一层，神色更加倨傲，见了许樱哥这群人也不打招呼，自上了另一艘画舫。

唐媛冷笑了一声，微微不屑地道："什么东西！真把自己当盘菜了呢。眼睛都长在头顶上去了。"

安谧嗑了一粒瓜子，微笑着，甜甜地道："阿媛你这话可说得不好，眼睛长在头顶上去了谁还敢要？"

其他几个女孩子就肆无忌惮地大笑起来。笑声传到另一艘画舫上，那群女孩子面上多少都有些愠色，为首一个穿玉色罗裙，意态颇有几分风流的女子低声同武玉玉说了几句。武玉玉尴尬地看了唐媛等人一眼，又回头笑着同那几个女子说了几句话，虽听不清内容，但也知道是在说好话。

"瞧瞧，冯宝儿那样儿，怕是公主娘娘都没她得意……"唐媛还要再说，许樱哥便阻止了她："咱们是来做客的，别给玉玉找麻烦。"

唐媛恨恨地把手里的瓜子咬成了渣渣："不是，樱哥，你说有些人怎么长得让人看着就想掐她两下才舒坦呢？"

许樱哥心说道，那就是传说中的犯长相罪了呗，但这话却是不能接，便道："不是要打球么？指不定她们还会找你们打的，不商量商量怎么打赢她们还有空闲扯。"

安谧发狠道:"上次咱们不小心输给她们,这次可不能再输!"

梨哥是初次见识到这种事情,不由得有些好奇,便趁着唐媛等人热火朝天地商量该怎么打败对手的空隙,悄声问樱哥:"二姐姐,这是怎么回事?"

许樱哥也正想找机会和她说明白这里头的弯弯绕绕,便耐心地一一说来:"你看,那个穿玉色罗裙的女孩子是右卫上将军冯彰的嫡长孙女冯宝儿,她姨母是康王府的宣侧妃。她和我们这边的人不大一样,你以后遇到她和她身边那些人,最好离远些……"

新来的这群女孩子乃是大华新贵家里的女儿,这些新贵多从民间来,三教九流都有,并不似她身边这群女孩子都出身前朝旧臣。但这些新贵有拥戴之功,早在今上未曾发迹之前就从龙的,故而在今上面前远比这些前朝旧臣得脸受宠,前朝旧臣们多数是累世书香,不然就是世代簪缨之属,心里多少有些看不起这些人,这些人呢,自然也就更看不起这些贰臣。两下里经常较劲是常有的事情,但大人们面上好歹还能维持和气,小一辈的年轻人却未必有那个喜怒不形于色的本事,互相看不顺眼,打擂台都是常有的事情。

许樱哥并不乐意掺和到这种事情里去,但有时候一个人的出身地位早就注定了她该属于哪个阵营。她是许衡的女儿,那就该和唐媛等人是一伙的,即便是平日功夫做得好,两不得罪,也是和唐媛等人在一起的多,遇到互相较劲的时候,她也自然属于这个阵营。便是逢人带笑、处事圆滑的武玉玉,看似与她们十分亲热,也是和那边亲近往来的多。

梨哥听得十分忧愁:"她们经常见面都是这样的么?"若每次见面都是斗鸡般的,她不小心搅进去了怎么办?她可不想惹麻烦,还不如少出门的好。

"咱们这样的人家,哪里逃得脱人情往来?现下有家中长辈撑着,你爱如何都行,将来自己当家做主了,总关在家里是行不通的。"梨哥将来的婆家少不得也是官宦之家,怎能躲在内宅闷声不出?许樱哥看透了小姑娘的心思,将手按着她的肩膀,轻声笑道:"记着逢人多带几分笑脸,凡事不轻易出头,遇事不胆怯,处事多多思量便可以了。我在,自会护着你,我若是不在,你只管找唐家姐姐就是了。再不然,能躲就躲,躲不过就先服个软过后再把场子找回来,咱不吃眼前亏。"

梨哥似懂非懂地点点头,正要就心中几个疑问再问问姐姐,就见武玉玉满脸堆笑地走了过来，小声道："她们说邀请你们过去坐坐。"

唐媛爽利中带着几分泼辣，平时在这群人中无论做什么总是她出头的，和冯宝儿正是死对头，当下就俏生生地脆笑了一声，傲然道："樱哥病才好呢，走不动，请她们过来坐。"

武玉玉虽然不得已过来传话，但也早知道会是这么个结局。她也不是傻子，虽作为主人是不希望两边吵起来，但为了调和两边把自己赔进去就更不划算了，于是含笑道："不管谁去谁来，总都是要吃喝的，我看你们这里吃喝得也差不多了，我再去张罗来。"说着便退了出去。

"这滑头！"唐媛笑骂了一声后也就不再管她。

武玉玉下了画舫，回头盼咐身边跟着的丫头锦绣道："你过去把话传给冯家大娘子听，推说我被夫人叫到前头待客去了，然后也找个由头只管走开，休要与她们多言。"

锦绣领命上了另一艘画舫，含笑同众人见礼告罪毕，把这边唐媛的话传到后便也寻了个由头走开。待她走了，坐在左舷将杯中茶水去泼嫩荷叶的兵部侍郎千金阮珠娘首先便出了声："玉玉如今越发滑溜了。她这是怕得罪那边呢。"

其他几个女孩子虽心里也多少有些不痛快，却不是冲着平日人缘极好的武玉玉去，而是看对面画舫里的前朝旧臣的女儿们不顺眼，便都只笑不语。

阮珠娘见没人搭话，微微有些着恼："今日可不是我们招惹她们，难不成就被她们白白笑了？"

众人这才把目光投向坐在舫首，体态风流，意态娴雅的冯宝儿："宝儿，你怎么说？"

冯宝儿理了理玉色罗纱做就的千褶裙，将手里花开富贵的象牙柄纨扇轻轻摇了摇，笑吟吟地道："少说两句吧，玉玉今日可是主人，况且许家姐妹也是她嫂子的亲妹子，总不能叫她平白得罪嫂子再挨长辈斥责。"说话间，她发间垂下的金流苏在日光下流转生辉，耳垂上指尖大小、红得滴血般的宝石坠子折射出璀璨光芒，越发衬得她唇红齿白。

立刻就有兵部员外郎家的女儿章淑夸赞她："宝儿你近来越发出落得好了。人家都说许樱哥生得好，其实那是没敢和你比。"

周围几人虽然口里跟着夸赞，眼里却也露出几分不自在来——大家都是官宦人家的女子，这样赤裸裸的讨好难免落了下乘，实是有损颜面。

冯宝儿并不把女伴的恭维放在心上，只将纨扇轻轻摇了摇，状似不经意地把目光落在了对面画舫上，许樱哥却是背对着她们的，远远只能看到她梳成垂髻的头发又黑又丰厚，耳边坠着的两粒明珠微微闪着莹光，背影更是纤浓合度，窈窕动人。

冯宝儿心里就有一种说不清道不明的滋味儿，这许樱哥，以往她也打过几次交道，更是一起打过球的，只记得这许家二娘子最是爱笑爽利的一个人，样子又好，看着十分讨喜，在球场上却最是生猛不过，技术很不错。偏偏又有眼色，即便是双方对立着，她们这群人也少有恨极她的。

因着这些缘故，她与许樱哥偶尔也能说上几句话。但今日她却是真的有些不舒服，每每想到前些日子她陪同她母亲一起去探康王妃时，姨母宣侧妃私底下当作笑话讲给她母亲听的香积寺轶事，再想想自己多磨的婚事和那个人如今看向自己的眼神，心里就堵得发慌。

此时许樱哥正好侧头，冯宝儿看到她线条柔美的侧脸和那个十分有特色的小翘下巴，便想起曾听人评述过许樱哥，说她不是惊艳，却能令人过目不忘，更是越看越好看。冯宝儿心中不由得一阵难以言喻的郁躁，使劲地扇了扇扇子，含笑道："快休要这么说，没得让人笑话我。我前些日子还听人说，这上京的待嫁女儿中，就属许家的二娘子模样美，性子好。"

在座的都是十四五六的小姑娘，虽不见得人人都是美人，但多少都有些傲气不服输的，当下便都不服气起来。阮珠娘最是刻薄："当然了，运道也最好，心也最宽。退婚之人，那家犯的还是谋逆大罪，你们看她笑得多欢实，这等好，在座的谁能及？"

众人就都笑了起来。

冯宝儿皱了皱眉："这话说得太过了些。都是女儿家，谁想遇到这种事情？"

阮珠娘便有些讪讪的，面子上抹不下来，强撑着道："我不过是看不惯她们那目下无尘的模样。要说门第，在座的谁家门第又差了？要真是书香门第，世代簪缨，便更该知荣知耻，不事二夫，不做贰臣……"

有些话可以在心里想，却不能说出来，冯宝儿这回是真的有些恼了，当下把纨扇重重一拍，板了脸道："瞎说什么！祸从口出不知道？"

众敌环伺，今上尚且极力安抚这些旧臣呢，这话说来倒是说今上用的都是奸臣了，那岂不是用人不明？若是心情好的时候，自不会把这女孩子间随口说出的一句话当回事，但若是心情不好，认真追究起来，那也是祸事一桩。阮珠娘吃了一惊，灰白了脸，匆忙起身行礼告罪讨饶："好宝儿，我糊涂不知事，说错了话，还望宝儿包涵我。"

冯宝儿忙扶住她，温言道："咱们做女子的，虽不能替父兄分忧，却也不能拖他们的后腿。"又郑重告诫周围的几个女孩子："我们姐妹自小一处玩耍，也算是亲姐妹一样的，想来没有谁会把珠娘一句无心之语传出去。"

众人自是纷纷表态，都保证自己不会乱说，阮珠娘自是对冯宝儿感激不尽。冯宝儿轻描淡写一句话把事情别过去："今日机会难得，你们不找她们打球？往日许樱哥在时，我们可没赢过。上次唐媛输了，不是还说等许樱哥好了再收拾我们么？总得争口气。"

那边画舫上已然看到她们这边的乱象，唐媛将扇子掩了半边脸，小声道："你们瞧瞧，那边又是板脸拍扇子，又是行礼告罪的，是在做什么？"

许樱哥闻言，也侧头看过去，正好与同是侧脸看过来的冯宝儿对上。冯宝儿微微吃了一惊，随即朝她甜甜一笑，十分欢喜地扬声道："许二姐姐，许久不见，听说你病了，可大好啦？"

许樱哥虽不记得自己什么时候和这美人儿这么要好了，但来而不往非礼也，当下笑得更甜："宝儿啊，我很好！"

冯宝儿托着丫鬟的手站起身来："那就好。适才姐妹们还商议着，难得遇上，不知可否一战？"

她递了战书，唐媛等人自然不会拒绝，当下唐媛扬声道："只要主人家不嫌麻烦，我等自然奉陪到底！"

"还是阿媛爽快。"冯宝儿摇扇微笑，说不出的娴雅。

许樱哥提醒唐媛："她们人数比我们多，你得问问她要怎么打，倘使人数不够，还得赶紧凑人。不曾来赴宴的还得及早使人去请。"

正说着，就听冯宝儿道："今日不比在城里时，难得凑齐人，我们这边恰有6人，你们那边也有6人，就我们几个对打，如何？"

唐媛断然拒绝："不成，樱哥的病才好，梨哥是个从没下过场的小姑娘，怎么都是你们占便宜。你们就算想赢,也不能如此理所当然。"

冯宝儿眼波流转,掩口笑道:"阿媛,看你这急模样儿。胜败乃兵家常事,输球可不是什么见不得人的事,你还记着上次的事么?适才我刚问过许二姐姐,她是个实诚人,她既说很好,那便是真的好,姐妹们很久不曾一处玩耍,怎能托辞扫兴呢?"言罢眼睛瞟向阮珠娘。

阮珠娘才得她一个人情,立即便接了下手,略带讥刺地道:"许二姐姐不肯和我们一处玩耍,莫非是真应了外头的传言?"

许樱哥知道她后头肯定没好话,只含笑听着,并不去问她什么传言,唐媛沉不住气,抢先道:"什么传言?"

阮珠娘眨眨眼,笑道:"人家都说,许二姐姐出身名门,累世书香,看不起我们这些粗人,不耐烦和我们一处玩。"

"什么粗的细的?"许樱哥一笑,"这是谁吃多了满口胡扯?有人还说你们眼红我们呢。你们眼红不眼红啊?"

这一开口就不见什么书香气息,阮珠娘忿忿道:"你们有什么可给我们眼红的?"

许樱哥笑着摇了摇扇子,语重心长地道:"那就是了。珠娘,谣言止于智者,传谣信谣要不得。"

"我想着许二姐姐也不是那样的人。"章淑瞧瞧冯宝儿的表情,插话道:"既不是瞧不起我等,那便是伤心了。许二姐姐,姐妹们都知你不幸,知你伤心,但独自闭门伤心实不好,正该和我们一起玩耍发散一下才好。"

骂人不揭短,打人不打脸,梨哥气得涨红了脸,很替樱哥打抱不平,想辩白两句,又不知该说什么好。

这边唐媛已然高声笑问伙伴:"蟑头鼠脑!是这么说的吧?"

"可不是么?"安谧几人都笑将起来,夸张地拿了扇子猛扇:"这是什么啊,怎么这么臭,臭不可闻!"

章淑气得小脸惨白,颤抖着嘴唇道:"我今日算是开了眼界,这就是你们这些所谓书香门第的教养?"

许樱哥没笑也没气,只挑了眉梢讶异地问章淑:"阿淑为什么要生气骂人?"

哪有这样睁眼装瞎子的?章淑气得眼圈都红了:"你们欺人太甚!"

唐媛等人笑得越发厉害，丝毫不将她放在眼里。冯宝儿见没能讨了好，许樱哥也不曾被激得暴跳如雷或是梨花带雨，暗道一声此女脸皮还真是厚得可以。乃低声呵斥章淑："阿淑你闭嘴！还不快给许家二姐姐赔礼道歉？"

章淑气得不行，可长期以来都是唯冯宝儿马首是瞻，不得不心不甘情不愿地福了下去。

冯宝儿笑得甜蜜："许二姐姐，阿淑不懂事，你可莫与她一般见识。"

"我当然不会与她一般见识。"许樱哥笑道，"今日我要照顾幼妹，不便与你们玩耍，若是真想一较高低，改日自当奉陪。"虽不知今日这群人何故看她不顺眼，但欺上门来的可没有躲开的道理，别人打了她一耳光，她便是不能扇回去，也要砸一拳才解气。

冯宝儿见她态度坚决，便道："听说许二姐姐骑术不错。"

许樱哥看着她纤细的体型，微微沉吟："是要骑驴对打么？"虽说宫中每年都有盛大的公开的宫人马球赛，女子骑马打球并不稀罕，但因着安全的缘故，寻常女子多是步打，再不然就是骑驴打球。骑马打球除去要求骑手技艺高超外，还得有充足的体力，看冯宝儿这细皮嫩肉，风一吹就会倒似的纤瘦模样，不是个能骑马打球的。

冯宝儿打量着许樱哥明显比自己丰满许多的身体，脸上却没有什么担忧的神色，微微笑道："妹妹我虽然生得孱弱，却自来只喜欢高头大马。还请二姐姐不吝赐教。"她出身将门，从祖父到父兄个个都是能征善战的，她虽然长得纤细文秀，却不是没有力气，她的球技兴许比不过许樱哥，骑术却是祖父亲自调教出来的，若骑马打，许樱哥这酸儒家庭教养出来的娇娇女儿不见得是她对手。

许樱哥点头："那是要玩单球门赛了。"冯宝儿这是冲着她来的，那便是她和冯宝儿两人的事情。这单球门赛与分两组对抗的双球门赛不同，乃是争夺个人优胜的多局赛，上场不拘人数，只认谁能最先将球击入球门。

唐媛却是知道冯宝儿底细的，匆忙阻止："樱哥，你才病好……"

冯宝儿生恐许樱哥会拒绝，抢先阻断她的退路："多谢许二姐姐成全！"

许樱哥默默打量冯宝儿片刻，微笑颔首，两颗亮白的门牙在阳光下闪着微光。

少时，武玉玉又带着几个女孩子过来，提醒道："夫人们要过来了。"两边的少女们便都收了脸上的戾色，端出一副笑脸，个个儿娴静贞淑，温柔可亲，虽不至于表现得十分亲热，但看着却也甚是和睦。

将军府别院外西南角是一片望不到头的麦地，冬小麦即将成熟，沉甸甸的麦穗金黄耀眼，不知名的蓝色野花开得极其灿烂。风将许扶身上那件宽大的素蓝儒袍吹得微微作响，把他那本就消瘦的身形衬得越发消瘦，他面无表情地看着远方连绵的地平线，淡淡地问身后的人："你看清楚了，果真是进了武家的庄子么？"

他身后是个长相普通，带几分木讷，仆役打扮，身形微微有些佝偻的年老男子，听见他问，轻声却十分坚定地道："小的看得很清楚。那人是前日到的上京，这两日天天都在城里乱串，今日却是起了个大早，直接就往这里来了。将军府这边没有我们的人，不好进去。"

其实许家人都在里头，真要混进去并不是什么难事，但却不想再把许樱哥等人牵扯进去了。许扶略一沉吟，转身朝着武家庄子行去。

将军府庄子前。

"母亲慢些。"赵璀小心翼翼地将钟氏扶下马车，钟氏瞪了一旁的两个儿媳一眼，淡淡地道："还养着伤呢，既是不得不出门应酬，你不随你父亲去，往我这里凑什么？"

两个儿媳晓得这是怨自己没伺候到位，忙含笑过来自赵璀手中接过了人，纷纷道："四弟且去，婆婆这里有我们呢。"

赵璀忧虑地看着钟氏沁着黑色的脸庞，对着长嫂深深一揖："拜托大嫂了。"

他大嫂龚氏晓得是拜托自己看着钟氏，别让得罪许家的人，便笑道："瞧四弟说的，孝敬是本分。"

赵璀笑笑，目送钟氏等人入了内园，只觉着心头沉甸甸地压着一块石头，让人喘不过气来。却听长随福安轻声道："四爷，许五爷使了个人来传话。"

赵璀顺着福安所指的方向看过去，只见一个佝偻着腰的年老仆役立在阴影里望着他谦卑讨好地笑。

第14章 风起

微风习习，柳丝轻拂，波光粼粼，几艘画舫悠闲自在地荡漾在湖面上，打扮得花团锦簇的女眷们或是下棋说笑，或是品茗听曲儿，十分惬意，姚氏与几位相熟的女眷说得格外欢畅，其中有位祠部员外郎的夫人许樱哥却是第一次见到。

许杏哥得空过来，示意许樱哥看那祠部员外郎夫人身旁的绿衣少女："那是卢员外郎的侄女儿卢清娘。她母亲没了，这才出孝呢。"

那姑娘年纪看着稍比同行的其他姑娘要大些，穿着打扮很普通，长得端正清秀，十分文静温和稳重的模样，许樱哥心中一动，探询地看向许杏哥。

许杏哥微笑着低声道："这姑娘的父亲虽只是个小官，弟弟却少有才名。家境虽不宽裕，也没了母亲，但无论父族、母族都是名门大族，人也是个好姑娘，早年她母亲常年卧病，家中老父弟妹的衣食住行都是她一人操持，闲时还要教导幼妹。可笑世人嫌她丧母家贫嫁资微薄，她父亲却又舍不得她吃苦受人白眼，所以至今没有人家。母亲是想说给五哥。"

却是适合许扶。许扶名义上只是许家旁支子弟，养父也不过是个不入流的小官，家境虽宽裕无拖累，但许扶自己却还没有功名且年纪委实不小了。养父母到底隔了一层，不似亲父母般好说话，正需要这样一个本分能干体贴的女子打理家务。虽说有丧母长女不娶一说，但其母丧时，卢清娘已经大了，并无影响。且这姑娘无论父族、母族都是名门大族，族人在朝中为官的不少，许扶到底是失了家族庇佑的孤儿，多一门这样的亲戚真是不错，还不打眼。只到底是帮人相看，姚氏也不知许扶兄妹怎么个想法，也怕好心办坏事，便央了这姑娘的伯母今日带人出来游玩，让许杏哥帮着自己观察其行止，也给许樱哥一看——虽无妹子去管兄长婚事的道理，但到底是至亲骨肉，总要她也觉着不错才好。

虽说以许衡的身份，许扶想要补个功名差事并非难事，但他如今的位置却真是不上不下的，显赫的人家巴不上，品貌俱佳的女子大概也瞧不上他，再往下，大抵许扶又看不上了。姚氏自来是个妥当谨慎之人，她既动了心，想必这卢清娘是真不错。至于嫁资又算得什么？许扶自己有担当，原本也不指望新媳妇来养家。年纪么，这年代再大又能大到哪里去？最多不过是十八九岁的年纪罢了,许樱哥十分欢喜地道:"这样好,晓得好歹呢。"

许杏哥见她觉着好便也跟着高兴,只等姚氏回去后便同许扶和他养父母说道此事。

许樱哥把目光投向另一艘画舫上的赵家婆媳几人。赵家两个儿媳都是笑眯眯的模样,正随和地同周围人说笑打招呼,钟氏虽然也在和同座的几个夫人说话,但明显看得出心情不太好,时不时地总不忘朝她们这艘画舫上瞄一眼,偶尔目光落到许樱哥身上,都是十分挑剔严厉的。许樱哥有些郁闷。

杏哥随着妹妹的目光看过去,笑道:"莫要睬她,不服人尊敬,冷冷便好了。"本来她是安排赵家婆媳与姚氏等人一艘画舫的,但钟氏摆出一副刻意避嫌的模样,便也没勉强。

正说着,就听姚氏招呼她:"樱哥来见过你两位婶娘。"

许樱哥回头,只见同姚氏说笑的又换了一拨人,却是两个笑得十分灿烂的夫人,她在那二人眼里分明看到了买东西时的挑选眼神。这样的宴会冶游活动,除去夫人联谊外还是相亲宴,刚姚氏相了人家,现在也轮到她给人家相了。许樱哥虽头皮发麻,却也只能含笑走过去,彬彬有礼地行礼问安。

那边钟氏看得分明,心中不由十分来气。姚氏母女身边的那两位夫人她也是认识的,乃是前朝老臣家中的女眷,也是她的故旧,这两人家中都有未曾婚配的适龄子弟,门第却是般配。这样的作态,不用说肯定是有那联姻的心思在里面。

真是过分,这算什么书香门第?自家的儿子为了许樱哥的缘故身上还带着伤,不及养好伤便要赶来这里给人赔不是,连带着自己都要跟了来讨好人赔小心,许家却就另外拨拉上其他人了。又感慨世风日下,人心不古,只要家中风光,便是定过亲,退过婚的女子也还是香饽饽一样的……钟氏越想越气,愤慨不已,暗骂许家不讲信义,那些人势利。却不想想,是她自己拒绝与许家母女一艘船,不愿与人亲近的。

赵家长媳龚氏不动声色地把这一切都看在眼里,记起公公的吩咐与小叔子的拜托,不由得又好笑又叹气。钟氏不坏,却最是挑剔难伺候,还有些自以为是的小心眼。要说这联姻,哪里还有赵、许两家最合适的?她常听丈夫说起,许衡虽然经常托病,却最晓得分寸,最识时务。每每今上用得着他时,他总要使十二分力气,力求今上满意的,自大华建国以来,他很是立过几件利国利民、深得帝心的大功劳。所以他那些小毛病，在今上眼里不过是文人的酸腐和做作而已，并不与他计较。

　　大家都是前朝故旧，互有渊源，赵璀与许衡有师生之谊，许家长女又是与新贵联姻的，这样的亲事都不好，什么亲事才好？总不能尚公主，郡主罢？龚氏想到这里，便小声道："婆婆，公主殿下肯定是要来的，不知康王府来的又是哪位贵人？"

　　钟氏正需要一个发泄处，便拧起眉毛十分不悦地道："我这个做客的如何知晓？"

　　龚氏好脾气地笑着递了杯茶水过去。

　　钟氏看看周围，见无人注意自己这边，方忿忿地瞪着许家母女道："你看她们，百无大事，笑得可欢。难不成就是咱们家自己的事情？我真不明白你公爹为何非要做这门亲！难不成我们小四说不了其他好亲么？"想起姚氏上次在香积寺总别着劲儿地压自己，今日也是全然不把自己看在眼里，丝毫不重视这门亲事的模样，不由得更气。

　　龚氏知道她这是泛酸了，却不好明劝，只柔声道："听说公主府的老封君有意为四弟做媒。"

　　钟氏唬了一跳，震惊莫名："你听谁说的，怎地我不知道？怎么不早说？"这公主府的老封君，指的便是长乐公主的婆婆。早年长乐公主出嫁之时，今上虽已是一方枭雄，却不似后头的风光，儿女亲家多以当地富户，或是军中骁勇善战者为主。这长乐公主驸马是员猛将，出身却是一般得紧。这老封君更是大字不识，早年只知在土地坷垃里刨生活，吵起架来嗓门能把房顶掀了抡着锄头就敢往人身上招呼的农妇，虽然后头富贵了，但那积年的习惯和见识可一下子变不了，平日与人说话满口乡音村话，又爱随地吐痰，偏爱吃杂粮窝窝头，偶尔还要亲自动手种种菜，泼泼粪。

　　钟氏往日就视陪这老封君说话为苦差事，她娘家的侄孙女儿，哪里能符合钟氏的要求？许樱哥进了门还能斥责，这老封君的侄孙女儿进了门，顾忌更多，不小心就得罪了公主府。况且听说这老封君的娘家侄儿早年还是游走四方吆喝叫卖的货郎，想到此，钟氏的脸已然黑了。

　　龚氏见计成，心中暗笑，面上半点不显，带了几分惶恐模样："是前几日媳妇陪着婆婆去公主府，偶然听得公主府的人说起的。因不是正经说，只当是说笑，所以不敢说。"

钟氏便默默盘算起来，早前她还想再吊一吊许家，打压打压许家母女的气焰，好让许樱哥知道自己的身份地位，免得娶进门去惹事不听话。现下却是不得不折中一下了，许家好似不是非赵璀不可，公主府那边又难应付。少不得，只能委屈委屈自己了，不与姚氏置这闲气！拿定主意，便雄赳赳地挺起胸脯只管盯着那两个拉着许樱哥说笑的夫人瞅，便如人家抢了她东西一般，恨不能插翅飞过那艘画舫去护住食才好。

且不论这边女人们各怀心思，前边赵璀也是半点不得闲。同他父亲一样，他的人缘也颇不错，今日来的客人中十之五六他都认得，团团寒暄一回下来已是汗湿里衣，觉得疲倦了。到底是没养好，这元气还不曾恢复，想起莫名惹上的这场官司，他不由得苦笑了一下，再想想自己适才领进来的人，多少也有些不安心，便去寻了个安静的地方歇息。不过才刚缓过来，就见武进步履匆匆地赶过来，大声道："若朴！"

赵璀见他来得匆忙，忙迎上去道："武大哥。"

武进示意他赶紧跟着自己走："康王府来人了。你随我去把人迎进来。"

康王府此番来的女客只有一个，便是康王二子张仪先之妻王氏。因世子妃李氏即将临产不便出门，康王妃则是进宫去了，但将军府这边却是不能缺席，所以王氏便奉命来给将军夫人捧场。既是捧场，便不能砸场，马车才停稳王氏便叫侍女："去请三爷并四爷过来。"

少时，张仪正并张仪端两兄弟快步走了过来，垂手立在车前道："二嫂有何吩咐？"

王氏掀了车帘，看张仪正，笑道："也没什么，只是想着稍后这球赛，两位小叔玩时还当小心谨慎些，不要伤了自个儿也莫要伤了旁人。"

张仪端是自来不惹事的，也晓得这话其实是专说给张仪正听的，便爽爽快快地应了："知道了。"

张仪正淡淡一笑，道："二嫂放心，不是早就说好了的么？何况我身上鞭伤未愈，哪里敢放肆？"

"你武家大表哥来了。"鞭伤是未愈，但一肚子的坏主意可没见少，王氏点到为止，笑着挥手让他二人去同迎上来的武进打招呼，自己也下车含笑扶住了快步赶上来的许杏哥的手:"府中有事耽搁了,倒是来迟了。"

她虽然亲热,到底身份地位在那里摆着,许杏哥不敢怠慢,含笑行礼道完辛苦,一一问询康王妃、世子妃的身体可否安康。

王氏逐一答来,眼睛看向一旁,只见武进身后的年轻男子正同张仪正兄弟行礼,张仪端一如既往的和煦,张仪正却是似笑非笑地弯了唇角,表情不太好看。

王氏不由得问道:"这是?"

许杏哥看着张仪正那讨人嫌的模样,微微有些烦躁,仍好言好语答道:"这是家父的学生赵璀,现任殿中侍御史。"

今日武家请客还不是为了这事儿,婆婆既然让她领着张仪正兄弟来了,便是要让此事消停的意思。可这小叔子委实不让人省心,王氏暗叹了口气,正要吩咐自己身边的侍女去传话,却见那边的张仪正已然朝赵璀摆了摆手,笑道:"无须多礼。看你这模样是好多了,那我便放心了。"

终是不曾当众给人难堪。王氏并许杏哥都松了口气。

内园里,女眷们早已经下了画舫,三三两两地散在树荫下的席上吃果子点心喝茶说笑,钟氏气鼓鼓地坐在姚氏身边,倒叫那些想与姚氏说笑的夫人们退避三舍,自觉地让了开去。

姚氏并不知何处又得罪了她,但知道她心眼自来就小,看她这样子也觉得有些好笑,却也不当回事,慢悠悠地喝了半盏茶,方不经意地道:"这天怪热的。"

钟氏板着脸道:"没觉得,我倒觉得有些凉。"

许二夫人孙氏有心打个圆场,便笑道:"夫人是心静自然凉。"

钟氏不冷不热地道:"妹子,我可比不得你大嫂心静,我心里想着正事呢,急都要急死了,哪里有什么闲心去想热还是不热?"

姚氏摇摇扇子,含笑道:"夫人急的什么?"

钟氏满怀怨念,却没有指责她的余地,便抱怨道:"还不是为了孩子们的事情!都说孩子是前世的债,果不其然!真真折腾死人了,这些日子我头发都白了许多。"

"这种事是急不来的。"姚氏见已说到这份上,心想好歹日后还要做亲家,也就见好就收,温言劝慰了她几句。

几个小的在一旁小心凑趣，总算是叫钟氏笑了，复又和好如初。冒氏看得分明，就私下同赵家二奶奶道："看来你我要亲上加亲了。"

赵二奶奶也姓冒，乃是冒氏的同宗，恰恰小着冒氏一辈的，二人年岁相差不多，早年也有来往，这情分也不算差，便不瞒她，笑道："可不是？我们夫人其实对这亲事也是很满意的。所顾虑的无非是高娶了……"这上京的风俗自来都是门当户对，高嫁低娶，争的无非就是女儿有个好前途，儿子不受气。可这许赵两家联姻，却是倒过来了。

许择嚷嚷口渴，冒氏喂了儿子小半杯水，笑道："不是我夸自个儿的侄女，樱哥最是周到不过，在家里就没有不喜欢她的，便是我们五郎，有什么好的也还记着要分他二姐姐一份。"

赵二奶奶把目光投向不远处的许樱哥。这未来的妯娌倒是好手段，退婚之人，出门就惹了这么大的祸事，不但让窈娘为她吃家法禁足至今，赵瑾为她挨了一刀子，还搅得阖家鸡飞狗跳的。若是旁人家，这亲事怎么也做不成了，偏到了这里，亲事还要继续。

冒氏随着她的目光看过去，轻轻叹息了一声："好命。"

赵二奶奶笑而不语。

正当此时，一个体面的仆妇进来请众人外头去瞧球赛。众人隐隐约约地听说来了贵客，少不得打听一二，那仆妇含笑承认："是长乐公主殿下、康王府的二奶奶，还有两位王府的小王爷。"

听说是这几个人，众人也不觉得奇怪，长乐公主是个爱宴游爱马球的，到处都能见着她的影子，康王府则是与武家有亲，两家长期互有来往，很是亲密，竟是谁都没往其他地方想。

少顷众人入座。因着军中常有打马球以练骑术并配合作战的传统，故而将军府这马球场修得极好，场地用的牛油并罗筛筛成的细土筑成，纤尘不起，两端有球门，球场三面筑墙防止小球滚出，留出一面建了"讲武榭"为看台。

场上已是一片热闹景象，红旗随风飘扬，场上参赛的二十人皆着窄袖袍，戴幞头，穿黑靴，胯下骏马鞍鞯华丽，马尾缚结，皆勒马立于讲武榭前听长乐公主击鼓下令开赛。

长乐公主虽上了年纪，却是朱后所出唯一一个嫡公主，乃是康王一母同胞的亲姐，但她却并不只与康王府亲近，几个王府公主府的宴席上皆能看见她的芳踪，帝后面前更是常见，乃是宗室贵女中最爱玩闹不过的一个名人，击鼓开赛这种事她做得多了，今日也不过是手到擒来。

鼓声响起，众骑手挥动球杖，竞相击球，左边的男宾，右面的女客，个个儿都看得兴高采烈。许杏哥却不能闲着，先趁隙将姚氏并钟氏引到长乐公主并王氏面前，由婆婆熊氏引见说话，又把几家与长乐公主并康王府往日有交情的女眷也领过去入座，一一照顾周到。

许樱哥也没闲着，她抱病不出许久，好些人和事都生疏了，需得借着这机会慢慢捡起来，至于场上的球赛，她并不怎么关注。梨哥却是最忙的，又想看球，又想向姐姐多学点东西，这个也好奇，那个也新鲜，一双眼睛来回不得闲。

小姑娘们欢喜，冒氏却是百种滋味在心头，想起早年大裕还不曾覆灭，娘家还风光之时，自己也大抵就是这个年纪，每每也是打扮得漂漂亮亮的，无忧无虑地随着母亲嫂子们一起出门做客看球赛，谁不夸赞奉承几句？再看看自己现如今的模样，想想家里腿脚不便，轻易不出门的丈夫，她不由觉得凄凉万分，又有几分不甘之意。

正自感叹，就听身旁的孙氏郑重叮嘱樱哥和梨哥："到了贵人面前不得无礼，千万谨慎，记着规矩。"

冒氏忙打起精神，笑道："怎么了？这是要去哪里？"

这是在想些什么？怎地什么都不知道？孙氏诧异地看了她一眼，道："那边使人来唤，道是公主殿下要见见她们两姐妹呢。"

冒氏忙解释道："好久不曾出门，这场上太吵太热闹了些，择儿吵着，我竟是没注意……"

许择到底是小孩子，虽然兴奋，闹腾这许久却是没什么精神了，快快地趴在冒氏怀里，眼看着上眼皮就要和下眼皮合到一处。孙氏不赞同地道："弟妹，孩子还是小了些，你不该带他来。"

"不是想着他没见过世面，怕他养成他父亲的孤僻性子么。"冒氏悄悄将手放在许择的腋窝下搔了搔，许择痒痒，就笑了出来。冒氏证明似的道："看么，他精神着呢。"

孙氏叹了口气，没再言语，只担心梨哥会在长乐公主等人面前失礼，又恐贵人召见樱哥会徒生事端。

不用说，梨哥心里也是颇有些不安的，一双手里汗津津的全是冷汗，步子也有些迈不开，有心想向姐姐求安慰，又恐给前头传话的人听了去笑话。

樱哥见状，牵了她的手示意她跟着自己走，小声宽慰道："莫怕，问什么答什么就是了。"又赞她："我妹妹人生得好，规矩也是挑不出错的，谁都喜欢。"

梨哥给她夸得不好意思，那紧张略去了几分，待行至前头，见主位前坐了好些个衣饰华丽的夫人都在打量自己，便又全身僵硬并红了脸。

其实长乐公主等人真正想见的是她，梨哥不过是掩人耳目的陪衬罢了，倒叫小姑娘受罪。樱哥正自思忖间，已听座首的中年贵妇笑出了声："好一对姐妹花。"

许樱哥很想看看这长乐公主是个什么模样，却不敢造次，眼观鼻鼻观心地领着梨哥行礼拜见。

长乐公主广结善缘，自是不会为难她们姐妹，还让人分别赐了一串香珠，说了几句称赞的话。

见过长乐公主，少不得还要见一见王氏，王氏早把这对姐妹花打量清楚，不由得叹息，许家女儿是真长得不错，还一副好生养的模样，最难得虽然美丽却看着端庄可亲，不见妖娆之态。正要叫人送上见面礼，就听人道："三爷要过来拜见姑母。"接着就见张仪正已经含笑走了过来。

这般巴巴儿地跑来，又是为何？王氏看看下头站着的许樱哥，再看看兴头十足的张仪正，只觉得太阳穴一跳一跳地疼，接着就觉得仿佛右眼皮也跟着跳了起来。

一应女眷全都起身垂首，都是眼观鼻，鼻观心。

"姑母，侄儿给您请安了。"张仪正满脸堆笑，风度翩翩地径直走向座首的长乐公主，瞧也不瞧座中其他人等。

长乐公主一脸欢喜："难为你有这个孝心，快来姑母这边坐。"许杏哥早指使人在长乐公主身旁给张仪正安放了一个座位，张仪正却不坐，先给武夫人问了好，亲亲热热地道："有些日子不见，姨母的气色看着越发见好。"

人上了年纪，就喜欢人家夸自己气色好，何况他在人前对自己这个长辈十分有礼。武夫人忍不住微笑，慈爱地问了几句吃食可满意，下人可招待得周到就忙着招呼张仪正坐下。

"都坐下，都坐下，别看他长得高大，还是小孩子呢。"长乐公主和煦地招呼座中各位夫人坐下，又问张仪正："怎地就是你一人来了？我听你二嫂说小四也是来了的。"

张仪正微微前倾，安静地听她说话，待她说完了，方脸上带笑地道："姑母适才没认出来么？四弟他在场中打球呢。"言罢指指场中正在厮杀的两队人马中一个骑白马的："那不是？来前他就说了，今日他势必要拔得头筹。"

长乐公主爽朗地笑起来："好啊，有志气！"又环顾四周，朗声道："传我的话，今日拔得头筹者，除去将军府的彩头外，我这里还有赏！"

早有侍从女官下去安排，场中竞争越发激烈，少顷，便有人击鼓呐喊，道是入球了。长乐公主忙使人去问："是不是小四？"

待得问了果然是康王四子张仪端拔得头筹，最先入球，长乐公主抚掌大笑："我张家的儿郎就是勇猛！"她这话虽然说得意满，倒也不虚，今上是马背上得来的天下，早年便以勇猛拼命闻名，膝下几个亲生的儿子、收养的义子，但凡是上了些年纪的，谁不是领兵打仗立过军功的虎将？便是年纪大些的皇孙们，熟谙军事的也不是少数。

众人便都纷纷说些凑趣的好听话，一时之间热闹非凡，却是没人太去注意这突如其来挤进来，就在这里坐着不挪窝的张仪正了。

别人可以不注意，康王府的二奶奶王氏却不能不注意。她身负康王妃之命，只恐张仪正会突然生出什么幺蛾子来，闹得两下里不好收拾。早前见他派头十足，谁也不看，她尚心存侥幸，但此时却又见他面朝着球场，好似是在看球，眼神却落在了大学士夫人姚氏身后的许樱哥身上。

王氏不由得暗想，莫不是真如王府里这些日子私下里传的那样，小叔子是真看上这许家二姑娘了？再看许樱哥，眼观鼻，鼻观心，直挺挺地立在姚氏身后，规矩得很。

王氏便又把眼神转回来落到张仪正身上，此番却是又有了新的发现。他此时并不看许樱哥了，而是盯着许樱哥身边的小姑娘看。那表情说不好是什么意味，仿佛是有些吃惊，又仿佛是在思索。

王氏吃了一惊，这又是要做什么？这小姑娘年纪尚幼，便是身量也还未长足，难不成，他看上姐姐，又看上妹妹了？所幸张仪正很快收回眼神，淡淡地从许樱哥身上滑过,再看向球场,表情颇有几分阴郁。

王氏实在弄不明白他到底想做什么,但只要他不生事便是谢天谢地。场上又进了球,欢呼声中,张仪正突然站了起来,笑嘻嘻地给长乐公主行礼:"姑母且看着,侄儿要去了。"

长乐公主忙着看球,并不留他,心不在焉地道:"去罢。"

王氏大大地松了一口气,捧起茶来打算润润嗓子,可一口茶才入口,就见张仪正走到钟氏面前,虚虚一揖,笑得格外灿烂:"赵夫人,早前多有得罪,改日定当登门赔罪。"

钟氏实在是大不防,一张老脸涨得通红,站起身来还礼也不是,答话也不是。张仪正也不管她,狠狠地,意味深长地笑看了许樱哥一眼,乐呵呵地去了。

座间突然安静下来,不过片刻,复又热闹如初。但这热闹与先前却是不同了,众人看向钟氏的目光多了许多探究好奇之意,有眼尖的,忍不住也多看了许樱哥两眼。

想到接下来将会面临的各种打探询问,钟氏坐立不安,尴尬万分。一时想起儿子身上的伤,气愤得要死,一时又想起张仪正适才看向许樱哥的眼神,牙关已然咬得死死的。红颜祸水,这话真不假。这亲事无论如何都做不成!不然对儿子的前程不但没有任何好处,将来整个赵家兴许都会沦为大华的笑柄!

钟氏看看对面巍然不动的许家母女,再看看座首乐呵呵的长乐公主,突然间觉得,长乐公主府老封君的娘家侄孙女儿也不是那么可怕了。

姚氏心思缜密,自始至终都在默默关注着张仪正,自是把他那些行径都看在眼里,但她养气功夫好,只作不知,巍然不动,脸上的笑容也无什么变化。梨哥娇憨,根本不曾注意到自己曾被人关注过。

许樱哥立在姚氏身后,虽然面上不露半分,心里却已经是意兴阑珊。都说是无碍了,两下里表示赔罪的礼也送过了,今日由将军府出面请了长乐公主并康王府的人来,无非是女眷这边表示个意思,外面由着武进领了许执、赵瑾等人与张仪正一处说和说和,也就好了,这是之前几家人隐隐然达成的共识。可看张仪正这模样,哪里是肯善罢甘休的样子?更不要说他刚才看她那个眼神,接下来各种风言风语便要出来了。这可真是倒霉催的,莫非流年不利?

武夫人笑得很僵硬,对着亲家还有几分没把事情办好的羞愧,许杏哥的心里亦十分不好受，可也没法儿在这个当口来安慰母亲和妹妹，便只能找些其他事情来转移众人的注意力，又悄悄叫人把许樱哥姐妹俩带了下去。

王氏坐在一旁把几个人的神色尽都看在眼里，也是无可奈何。公婆并不想与许家闹僵，早前家里交代得清清楚楚的，这太岁口口声声都是说好，早前也答应过她不惹事，可现在呢？虽未生事，但也似是挑衅。

唯有长乐公主什么事都没有，兴致勃勃地道："看他们打得欢，我的手脚也痒痒着，你们可有谁乐意陪本宫下场试试手脚的？"

众人闻言，全都敛了心思，摆手推辞："老胳膊老腿儿的，哪有殿下精神？""还是年轻时摸过的球杖……""早年也是步打，最多驴打，马缰也没碰过的。"在座的都是为人妻，为人母的，谁比得这位公主殿下清闲？她身份尊贵，常年伴驾，深得帝后欢心，家中无人束缚，乃是随心所欲，便是骑马打球也是今上一手教导出来的，她打球看球，再养几个马球队，谁敢说她的不是？

长乐公主便笑道："看看你们，刚才个个评起来的时候嘴皮子都利索，这时候却都推不会了，真没意思。罢了，我不勉强你们，瞧瞧外头的小媳妇，小姑娘们可都有会的？"说着便让人往外头去问询。

小姑娘们当然有会的，而且还不少，可那多是闺中之戏，更多也是步打。这与每年公开的宫人马球赛不同，谁乐意自己金贵的女儿抛头露面打球给这些人瞧？上了马背，不小心弄个胳膊折腿断的便是断送了一生，所以即便是会也要说不会，便都推自己女儿笨拙，只能步打，先就把自家择了出来。

姚氏却是不言语，只含笑听着，不推辞也不答话。

长乐公主听众人推完，淡淡一笑："如今的人都金贵，我年轻时只要说想寻人打马球，就没人不应的，不过十余年，便都转了风尚。"

在座的谁还能比公主之尊更金贵？这话实不好听，众人便都不言语。武夫人忙打圆场："还是去年元宵时见过公主府里的人打马球，真真精彩，却是有些眼馋了。"

长乐公主从善如流："算什么，既是想看，那便让她们来，权当是个乐子了。"她府里养的马球队男女都有，球技骑术都是极出彩的，众人少不得又是一番奉承，力图弥补刚才的过失。

钟氏生恐再留下去稍后会有人拉着自己问长问短不好回答，便寻思着要找个由头先躲开去才好。正想着,就见长媳龚氏身边的大丫头菱角由着将军府的下人领了进来,这可真是瞌睡来了便有枕头,钟氏不由得一喜,看着菱角一字一句地提醒道:"是大奶奶那里有事么?"

从菱角口里得到肯定的回答后,钟氏便欢欢喜喜地上前去同长乐公主等人告罪:"孩子们不省事,妾身瞧瞧去。"

长乐公主自是知道这个干亲家不自在,便含笑说了两句亲热话,放了她去。钟氏长出了一口浊气,缓步走出。若非是不能得罪长乐公主,也还巴望着前头赵璀那里能多少有几分转机,她真是想立即就走人。待见了长媳,她脸色也没恢复过来,板着脸道:"什么事?"

龚氏的脸色也不好看,凑到她耳边轻声说了几句话,声音低不可闻。

"可说了是谁让传的话?"钟氏气得浑身颤抖,不想惹事和怕事是一回事,但真被人这样明目张胆地骑在头上随意欺压,那滋味儿却是真正不好受。

龚氏小声道:"没说。"传话之人虽没说明主人是谁,但除了那太岁会说这种话,想来其他人也不敢亦不会明目张胆地说出这样没天理的话来。

什么叫想要赵璀活得好好儿的,便不要与许家结亲?如若不信,尽可试试?钟氏咬牙切齿,真想冲到长乐公主和康王府二奶奶面前把事情嚷嚷出来,可想到那不许外传的威胁之语,再想到自家无凭无据的,终究也只是叹了口气,重重地坐了下去。

按着婆婆的脾气性情,只怕小叔子的这番心意真是要落空了,那许家二姑娘,兴许倒霉还在后头呢。这女人,长得不美说是不好,可长得美了,却也不见得是福气。可说到底,这事儿原也与她没什么大关系,龚氏看向不远处并排坐着的许家姐妹俩,轻轻叹了口气。

梨哥年纪小,家中许多事大人都是瞒着她的,她当然也就不晓得樱哥与张仪正中间那段纠纷,只顾着和樱哥分享她的快乐:"原来公主殿下是那个样子的,一点都不老。听说皇后娘娘是个大美人,是真的吗?"

樱哥笑着逗她:"公主殿下是皇后娘娘的亲生女儿,你说皇后娘娘会是什么样的呢?"

梨哥嗔道:"我哪儿知道?我又没见过。"

樱哥一摊手:"我也没见过。"

"说什么悄悄话呢,这样的欢喜?"冒氏凑过来,满脸的好奇。

这二人便都笑道："在说公主殿下长得好看。"

两个小姑娘都能去见公主，她却不能，冒氏有些羡慕，却不表现出来，只道："那边都在说公主殿下要找人组队打球呢，樱哥你去么？"

许樱哥道："不去。"

梨哥天真烂漫，便问道："三婶娘，你也会么？"

冒氏笑道："当然会。想当年，你三婶娘我在家中，几个哥哥都比不过我。"说着面上露出几分怀念之情来，沉默片刻，复又笑起来，试探地问孙氏、傅氏等人："你们说我若是应了公主殿下之请，下场去试试会如何？"

傅氏妯娌俩也就罢了，只笑不语，孙氏面上却是露出古怪的神情来，看定了她轻声道："不妥吧？这满座的女眷也没几个应的。马蹄子下头可不讲人情，若是伤了可怎么好？"

冒氏眼里掠过一丝失望，又有些羞愤，喃喃道："有什么？每年端午、中秋、元宵，宫中不是都要举行宫人马球赛么？也不见人说什么。便是公主殿下，也经常打球的。"

宫人能与外头的人比？谁又能与公主比？孙氏自来奉行的女子要贞静，要不然也不会把梨哥教导成这般。可她不是喜欢和人争辩的性子，便转而伸手去摸摸许择的额头，道："今儿天真热，困么？想不想睡觉？"

许择小孩子爱玩，明明困了却撑着不想睡："不困。"

冒氏悻悻然，转头同樱哥姐妹俩道："也不见得就是要打给这些人看，必是稍后等男客退场以后再打的。"

樱哥姐妹俩不好回答她，便只是笑着。却听傅氏突然道："咦，怎地赵夫人她们要走了？"

于是众人的注意力都转了过去，回头看向赵家婆媳的座位，果见钟氏板着块脸往前走，两个儿媳跟在后头，眼见着去得远了。

冒氏奇道："她们要走，怎不来与我们打个招呼？"

许樱哥心里微沉，笑道："许是家中有事也不定。"

孙氏微一沉吟，招手叫耿妈妈过来，低声吩咐道："你去问问是怎么回事。"

耿妈妈稍后回来，道："说是家里有事。"

讲武榭另一边。

正值午后，日光最辣之时，即便是有帐幔遮着，赵璀也热得出了细毛汗。他灌了半杯凉茶，四处寻找张仪正的身影。适才武进引着，当着众人的面，张仪正倒也没给他什么眼色看，可才刚落座不过片刻，张仪正便没了影踪。后来听说是去见长乐公主了，他想到在那边的许樱哥，没由来心里就堵得慌。可又想到，那边多是女眷，想来张仪正不会在那边留太久，怎奈这人去了便不见回来，倒叫他越发担忧。

仿佛是为了印证他不祥的预感一般，张仪正还未归来，他家中小童便过来道："四爷，夫人身子不舒坦，已上了马车，让您过去呢。"

赵璀皱眉道："好好儿的，怎地突然不舒坦了？"

小童垂手肃立："小的不知。"

既是母亲病了，这里的事情便是暂时无法顾及了，早前跟着自己进来的那人至今没有音信，却要留个人接应才是。赵璀低声吩咐长随福寿留下来善后，自起身同许执等人告罪，看了讲武榭另一边的坐席一眼，大踏步离去。

转眼间，一场球赛终了。唐媛等人趁空兴致勃勃地赶过来寻许樱哥："樱哥，刚说好了，等他们这里打完喝酒去，天也凉快些了，我们便和冯宝儿她们打一场。你可一定要留下来给我们呐喊助威！"

事情已经起了变故，许樱哥虽不想扫兴，却也要听姚氏的安排，便婉言道："要听我母亲的安排。"

唐媛遗憾之极，拉着她歪缠："这是你姐姐家，又不是外人，多留片刻又会如何？"

冒氏默然看了片刻，笑道："这是正话，你难得出来散心，想必你母亲也不会太拘着你。我也留下来给你们呐喊助威！"

"那敢情好。"唐媛见又一场球赛开始，不好再打扰孙氏等人，便退回了自家坐席。

冒氏便悄声问许樱哥："你这是怎么了？"

"劳烦三婶娘挂心，我没什么。"许樱哥灿然一笑推了开去，忽见许杏哥身旁的大丫头蓝玉走过来道："二娘子，我们奶奶怕您身上乏，让奴婢领您去后头歇息呢。"

想来许杏哥已经知道赵家人离去的消息，担忧她心里不好受却还要应对各色应酬，这是体贴之意，不当随意拒绝。许樱哥站起身来准备跟蓝玉离开，因见许择眼睛都要闭上了，心生不忍，便道："三婶娘，让乳娘抱了五弟随我一同去歇歇如何？"

虽然许择乖巧安静，但到底是个孩子，冒氏正嫌他闹腾，乐得把许择扔开，便笑道："有劳你了。"

梨哥想着要去照顾姐姐："二姐姐，我同你去！"又问孙氏："娘，可以么？"

孙氏上了年纪，经过的事多，至此已经知道事情大抵是发生了变故，心想有梨哥陪着也好，便点头准了。只是有些看不惯冒氏的样子，哪有这样做娘的，把幼年的儿子扔给病愈不久的侄女看着，自己却贪玩躲清闲？

冒氏犹不觉得，津津有味地同两个侄儿媳妇点评场上的球赛："可惜了，这要是一个海底捞月，便能勾起那球来……"

却说赵璀疾步行至将军府别苑前，见自家的马车已经整肃停当，准备出发，自己的马也被人牵出来候着了。心中不由十分犹疑，便上前去问车前立着的婆子："夫人如何了？"

那婆子还未回答，就见车帘掀起来，钟氏在里头道："回去再说，赶紧上马。"

赵璀不知究竟，只直觉不好，便堆了一个笑道："娘，这里离城老远呢，怎么也得颠簸许久。您身子若是不舒坦，不如儿子去同武家说，让他们收拾个房间，让您歇一歇，好些了再走如何？"

钟氏正是心烦意乱，满心怨恨的时候，见他不听话，不由勃然大怒："逆子！什么时候轮到你替我做主了？"

赵璀越发觉得不妙，还要再说，就见他大嫂从后头一辆车上探出头来，面色凝重地朝他摇了摇头。赵璀心中一沉，便不再问，沉默地接过仆役递过来的马缰，翻身上马，跟着马车离去。

幸亏不曾定亲。钟氏仰头靠在坐垫上，轻轻抚着胸口，发狠地想，便是和丈夫大闹一场，她也绝不会让许家那倒霉蛋狐狸精害了她儿子。她也不乐意长乐公主插手赵璀的亲事，想要断了这些人的念想，最简单干脆的莫过于赶紧给赵璀说一门合适的亲事，谁家姑娘合适呢？钟氏微闭了眼，在脑海里过滤着今日见过的姑娘们，要不怕得罪学士府的，又要能让公主府满意的，那便是新贵了。

第15章　积云

将军府别苑的湖不算小，横亘了内外两园，外园这头湖边建了一个水榭。水榭离马球场不远，坐在里面可以清晰地听到马球场里的鼓声和欢呼声。张仪正倚窗而坐，手里执了一个荷叶杯，将荷叶杯中的酒水慢慢倒入酒壶里，又将酒壶里的酒水再注入到荷叶杯中，如此反复，乐此不疲。

马球场突地传来一阵暴风疾雨一般的鼓鸣，吓得他手一抖，那酒水便洒出来浸湿了他身上的素纱袍子。"晦气！"张仪正嫌恶地将酒杯扔开，一旁伺立的小童赶紧上前来替他擦拭袍子。有人在外轻轻叩了叩门，张仪正带着几分烦躁道："进来！"

一名青衣小厮低头束手快步进来，跪倒在他面前。张仪正淡淡地瞥了一旁伺立的小童一眼，小童叉手弯腰，悄无声息地倒退出去，又将门给仔细掩上了。

张仪正淡淡地道："如何了？"

青衣小厮低声道："三爷，赵家人已是全走了，并不曾惊动任何人。"言罢小心翼翼地双手奉上一只荷包。

张仪正待要伸手去接，青衣小厮面上带了几分惊恐并哀求："三爷乃是万金之躯……"

张仪正也就没再坚持，就着他的手小心翼翼地将荷包打开，还未看清里面那只黑色的琉璃瓶子，一股大蒜臭味便扑面而来，熏得他猛地皱眉侧了侧头，收了手坐回去，带了几分不信道："就这东西？有用么？"

那小厮道："屡试不爽。"

"小爷就等着看你表忠心。"张仪正摸摸下巴，一脸的坏笑，"事情可别闹大了，不然可保不住你。"

"三爷放心。"那小厮小心翼翼地收了荷包，带了几分犹豫看向他，似是有什么话要问，终究还是不曾问，安静地退了出去。

房门被轻轻关上，室内的光线骤然暗了下来，张仪正收了笑容，目光沉沉地看向窗外炫白的日光，脸上没有半点欢喜之色。

从马球场往西去，约行盏茶工夫，有一处小院风光与别处不同。院墙廊下四处爬满了绿莹莹的藤萝，此时正值盛花期，花分两色，白色、紫色的花穗密密匝匝地挂满了枝头，十分幽静美丽。房檐下又挂了一排鸟笼，里面各色大小鹦鹉、八哥、画眉、黄鹂或是翘脚侧头梳毛，或是婉转欢唱，或是低头发呆打盹儿。与外头的炎热比起来，此处清幽凉爽，却是人间富贵清净地。

蓝玉将许樱哥姐妹引入其间，见梨哥睁大一双乌溜溜的眼睛好奇地四处张望，便笑道："三娘子，这是我们奶奶最爱的地儿。平日来这庄子里，每每总是在此处歇息的。您若是喜欢这些雀儿，婢子使人拿了粟米来给您喂。"

梨哥喜不自禁："好。"言罢又有些羞愧："二姐姐，我说来照顾你，怎地就光顾着玩了。"

樱哥忍不住微笑："我好好儿的，要怎么照顾？不是还有青玉么？好不容易出来一趟，你自玩你的。"

梨哥欢呼一声，自跑到笼子下头去看鸟，早有专司养鸟的小丫头将琉璃盏装了粟米过来与她喂鸟。许樱哥吩咐她的贴身丫头紫霭："好生照顾三娘子。"言罢让乳娘抱了早已睡着的许择随她一同进屋。

许择被乳娘放到床上，不由得皱着眉头醒了过来，房内众人皆不敢出声，只恐吵醒了他。他翻来覆去两回，到底还是醒了过来，愣怔着眼睛看清面前之人，不由得咧开小嘴笑了起来："二姐姐。"又侧耳去听："咦！有鸟叫！"

许樱哥见他好似越来越精神，忙坐到床边轻拍其背，低声哄道："嘘……咱不说话，睡觉好么？"

许择便又听话地闭上眼睛，渐渐睡得熟了。

乳娘上前替了许樱哥的位置，笑着低声道："二娘子去歇歇罢。"

许樱哥不是娇娇女，刚才的事情虽让人不好受，但也还不至于就击垮了她粗大强健的神经系统。只是今日不曾午睡，习惯使然，觉得很有几分困倦，便同梨哥说了一声，自去隔壁房里歇下不提。

今日客多，蓝玉还要往前头去当差，见她们安置妥当，便低声吩咐院子里的婆子和丫头们好生伺候，自去了前头。

梨哥在廊下瞧了一会儿鸟便失了新鲜，她又是个安静性子，晓得姐姐和弟弟都在歇息不便打扰，便坐在廊下发怔，管事婆子有心讨好，便笑道："三娘子，后头有个秋千架呢。今年三月里才换的绳子，昨日我们二娘子还玩过。"

梨哥平日在家被母亲拘得太紧，就是寻常女儿家的游戏也鲜少有机会玩，总得许樱哥亲自上门说情才能得去。今日无人拘她，少不得要去玩一回。但到底只是独自一人，日头又大，由丫头们推着荡了几十个来回便又失了兴致，眼看着墙下阴凉处摆了几株夏兰，便又去研究那夏兰。

那夏兰却是与春兰不同，喜欢的是通风光亮处，现下被放在这阴凉之处却是长得不好。梨哥受母亲影响，自来便爱莳花弄草，少不得指挥丫头们搬到通风光亮处去，又摆弄了一回。

紫霭见梨哥欢喜，便在一旁静陪，突然间，她闻到一股焦臭味儿，仿似是丝绢被火燎了的味道。她诧异地四处一瞧，却看到梨哥身后那长而华丽的千褶裙摆上静静地燃起一簇火苗来，而在场诸人，无人发觉。

青天白日的，又没人玩火，怎地这裙子竟然就着了火？紫霭既惊且骇，来不及细想，喊了一声便上前去拍那火焰，却是被那火燎得怪叫一声，吃痛不已。转眼瞧到墙边常年备用的水缸并水瓢，大步奔过去舀起一瓢水就泼了上去。

梨哥骇极，就近抱住一个丫头大喊了一声。

许樱哥从梦中惊醒过来，还没弄清楚是怎么回事，就听见隔壁的许择被惊醒，大声哭了起来。许樱哥怔了片刻，辨出声音是从后院传来的，于是飞速从床上纵起，赤着脚奔到窗边，猛地推开窗子看出去。

后院里，空气中弥漫着一股蛋白质被火烧后的怪味儿。几个丫头婆子团团把梨哥围在中间，梨哥脸色惨白，摇摇欲坠地靠在紫霭身上，一脸的惊恐之色，裙子更是湿漉漉的十分狼狈。

谢天谢地，没出大事。许樱哥长出一口气，一边穿鞋一边朗声道："怎么回事？"

听见她的声音，梨哥的眼睛这才缓慢地转了过来，待看清楚了她，委屈而后怕地"哇"的一声哭了起来："二姐姐！"

"我在，别怕！可有伤着哪里？"樱哥快步转入后院，将梨哥搂入怀里轻声抚慰，得到肯定的回答后，严厉地看向周围众人："到底怎么了？"

众人皆是满脸惊恐，支支吾吾的，谁也不敢多言，紫霭战战兢兢地低声道："三娘子的裙子不知怎地突然着火了。"

莫名其妙的，怎会突然着火？许樱哥先也吃了一惊，接着冷静下来，再看众人面上的神情，知道她们迷信，大抵是往神鬼异兆方面去想了，便皱了眉头厉声喝道："莫名其妙的，怎会突然就着了火？分明是有人捣鬼使坏！还不赶紧出去看看附近可都有什么可疑之人？"

那管事婆子也是吓傻了，一是事情太诡异，二是大奶奶的妹子在她这里出了事，怎样她都逃不掉干系。此时见有人出头处理，忙不迭地应了，叫了个丫头一道飞快跑出去瞧。

"别哭了，没伤着就是万幸。和我说说是怎么回事？"许樱哥皱眉看向梨哥的裙子，美丽的霞样纱千褶裙后摆部分已经被烧了个大洞，惨不忍睹，所幸人还是好好儿的。

樱哥的身上有种令人安心的味道，梨哥渐渐平静下来，哽咽着道："我不知道，我停下来歇气，看见那边墙下有几盆兰花，就过去看了一会儿，然后紫霭喊了一声，我回头一瞧，就见后面起了火。"

许樱哥看向紫霭，紫霭也是一脸的不自在："婢子也不知怎么回事，只是闻到一股焦臭味儿，然后就看到三娘子的裙子着了火。"

一旁的青玉想起这霞样纱的来历，瞬间白了脸。

虽则她自己的来历不明白，但这不是什么随时都有魔法和仙鬼妖魔横行的奇幻世界，最大的可能就是有人恶作剧。不知怎地，许樱哥脑海里浮现出张仪正那张似笑非笑的脸来……许家跟来的丫头自是没问题的，但这院子里的人可不一定，许樱哥的目光在剩余两个将军府丫头的脸上扫过去，却只看到两张同样惊恐不安的脸。

她只是客，即便怀疑也不好越俎代庖，要说封了院子等许杏哥来查，刚才也放了两个人出去，做什么都晚了。许樱哥有些懊恼，抱了几分希望低声吩咐紫霭："先下去上药包扎。"又叮嘱青玉几个："在这院子里给我找，一寸一寸地搜，看看都能找到些什么？"

只要是有人使坏，总有蛛丝马迹留下。

青玉几个虽不明所以，还是听许樱哥安排，埋头在地上搜索。许樱哥扶了梨哥往一旁去，柔声安抚道："莫哭了，指不定是有人和你开玩笑。咱先把衣裳换了，洗个脸再说。"

梨哥泪眼朦胧地道："什么玩笑能这样开？"回头看看自己裙子，想起这裙子的来之不易与珍贵之处，不由得又伤心起来："这还是大伯母给的生辰礼，我娘和耿嬷嬷她们几个熬夜缝制出来的……"

"不就是一条裙子么？算得什么？人没事才是最紧要的，谁也舍不得怪你。"许樱哥故作不在意地给她拭了泪，道，"听，小五弟吓得现在还哭呢，咱们换了衣裳瞧瞧他去。"

梨哥抽噎着跟了她回房，衣裳裙子却是带得有多的，并不需要问武家要。待换了衣裙，梨哥看到那被烧毁的霞样纱千褶裙又忍不住一阵心酸。许樱哥忙替她小心收在一旁，亲自给她擦了脸，挽了头，领她到一旁去瞧许择不提。

稍后，看院子的婆子并青玉等人都进来禀告，都道是没有发现任何异常。梨哥脸上就带了几分害怕和惊恐，难道真是鬼神降灾或是凶兆？许樱哥虽然早猜着会是这么个结局，还是不由得隐隐不安。

不多时，许杏哥得了消息匆匆赶过来，不动声色地命人将这院子里伺候的婆子丫头尽数拘了，派人暗里彻查，又将那裙子收了，愧疚地安慰两个妹妹："今日人多事杂，这边院子虽说清净，其实人太少，离前头马球场也不远，那边的人成心要混进来捣乱也不是什么大难事。想必就是有人故意捣乱。"

梨哥道："什么人和我这般过不去？可是我早前惹事得罪人了？"

"不是和你过不去。"杏哥叹口气，字斟句酌地道，"这几年家里得罪了不少人。"许衡为新帝所用，受了新朝的官职爵位，虽不曾做过伤天害理之事并极力收敛，但在有些人眼里已经是失了风骨，是贰臣，有人对许家人心怀不满也是有的。今日来的人虽然都是上京有头脸的人家，但鱼龙混杂，谁又能说得清楚里头都有些什么人？

梨哥虽小，却不是懵懂之辈，沉默片刻，小声道："伯父自来不做恶事，我们家其他人又不轻易出门交际，会得罪什么人？"

杏哥轻抚着她的头顶叹道："你还小，有些事你不知情。这事儿且忘了罢，不要再记在心头。总之不是冲着你来的。"然后又吩咐知情的几个丫头婆子："府里待你们如何，你们自己心里有数，不该多嘴的就不要多嘴，否则休怪我无情。"

众人哪里敢乱说，当下低眉垂眼地慎重应了。

杏哥这才含笑牵了两个妹妹的手，道："歇得也差不多了，咱们该出去啦。"因着事情诡异，今日的客人又多且身份尊贵，一旦处理不当，便会引起有心人揣测乱传，故而只是她单独过来，并未通知姚氏等人。如若是有人有意而为之，想必还有后手，此地却是不宜久留。

梨哥却是心乱如麻，又怕又忐忑："姐姐，我不想出去。紫霭被燎伤了，我陪着她。"

杏哥便哄她："好妹妹，哪里能不出去？你想想，那捉弄你的人便是要看你笑话呢，你若是躲着不出去，那不是趁了他的心么？咱们就是要高高兴兴地出去给他们瞧瞧！装神弄鬼可是吓不着咱们许家女儿的。紫霭那里自然有人照顾她，你还怕姐姐委屈了她么？"

梨哥犹豫再三，到底还是跟了两个姐姐出去。许杏哥若无其事，一路逗着许择玩闹，说说笑笑地领着几个弟妹再次出现在马球场旁。

这时候天气早没之前的炎热，马球场上已经又换了一拨人，却是长乐公主府中的女子马球队。女子不比男子，体力不及，有些动作也做不成，精彩程度远不及先前，但因着是女子的缘故，场上的气氛反倒比之前更热烈几分。

孙氏、冒氏等人见她姐弟几人笑嘻嘻地过来，不由得都笑了："这是捡着元宝了呢？"

冒氏眼尖，看到梨哥换了衣裳，不见紫霭跟着，便探究地道："怎地换了衣裳？紫霭那丫头呢？"

樱哥笑道："她在院子里打秋千，裙摆太宽，弄破了。紫霭被大姐姐使去取东西了。"

冒氏便道："怎不小心些？委实可惜了那裙子。"

孙氏也责怪地看了梨哥一眼，却没有指责她。梨哥见着母亲的神情，不由得又委屈起来，樱哥轻轻拽了她一把，她方定了定神，按着两位姐姐适才的吩咐，乖巧地坐到孙氏身边，依偎着母亲，把眼看向场中。

孙氏见女儿神色有异，只猜她是受了哪家姑娘的委屈，但现下也不是说这个的时候，便轻轻抚抚女儿的头发，以示安慰。

樱哥这才有机会同杏哥说悄悄话："姐姐，是不是瞧瞧适才那人的去向？总要晓得是怎么回事。"她虽未点名，杏哥却晓得是指谁，便低声道："我会使人去瞧。"但到底，倘若真是那人所为，这个亏却是白吃了。

樱哥也晓得这其中的关系，不过是要找个由头罢了，省得被人总往凶兆鬼神身上扯。

杏哥不便久留，匆匆离去。

少一时，公主府的女子马球队表演结束，时辰不早，将军府便张罗着招待男客往前头去吃酒席，女客则往后院入席。唐媛等人则早就摘了钗环，换好打球用的窄袖袍子、长裤并靴子等衣物，摩拳擦掌等在一旁。许樱哥晓得出了早前之事，姚氏肯定要等到席终，等这事儿有些眉目才会走，便应了唐媛等人的要求，拉着梨哥的手坐在一旁看她们步打。

孙氏早就乏了，随大流带了傅氏等人往后，冒氏却是兴致不减，只吩咐乳娘带了许择同孙氏等人去，她自己则说要留下来照看樱哥姐妹俩。

这姐妹俩都是大姑娘了，且樱哥行事自来稳重，这又是在将军府，哪里需要她来照看？分明是贪玩罢了。孙氏有些无语，但也不好端起嫂子的架子去管冒氏，只得再三叮嘱后带了许择去与姚氏会合。

这边唐媛、冯宝儿等人才等男客退场便嘻嘻哈哈地上了场。才要开始，就有人去传话，道是公主殿下要和她们凑个热闹，此时在换衣服，让她们稍等。

这话一传出来，已经走了的女眷们又都折了回来，公主殿下要打球，总不能连喝彩的人都没有吧？

眼看着观众从预想的那么几个变成了这么一大群人，又是和公主殿下一起步打，这是何等的殊荣？几个小姑娘先是吃了一惊，随即都兴奋并忐忑不安地凑到一处商量，既然要打，总要好好打才是，她们人数不够，是不是再凑几个人？

冯宝儿猜着公主肯定是要同自己这边的人组队，便有些得意，光是看公主的面子，她们今日也赢定了。便盘算着要在公主府的女子马球队里挑哪几个球技最好的。

唐媛等人则是想，即便是要让公主拔得头筹，她们这边也不能太过丢人，可是谁不知道长乐公主球技精湛？即便是从公主府的马球队里挑人出来，她们这边得到的也只会是次等的，此番只怕会输得极惨，总得拉个球技好的人来助拳才是，当下便都把目光投向了许樱哥的身上。

唐媛走过去，抱歉地道："樱哥，今日无论如何你都得出一把力，不然日后我们在她们面前就再也抬不起头来了。"

许樱哥真正为难。早前的事情还未了，又出了梨哥裙子莫名被烧毁的事情，她真不适合再跟着闹腾了。却听冒氏自告奋勇地道："樱哥有些不舒坦，姑娘们若是不嫌弃我老笨，便由我来凑这个热闹。"

孙氏等人闻言，俱都诧异地看向冒氏，唐媛等人也是有些惊奇并怀疑，她们与冒氏并不熟悉，哪里敢信她是否有这个能力？

冒氏神态自若，不卑不亢："没有金刚钻不揽瓷器活儿，我既然敢毛遂自荐，便不会丢了自个儿的脸。"

唐媛本就是个爽快的性子，又与樱哥交好，想着许家没有浮夸之辈，冒氏总不能没事找事折了自家脸面，先就信了一大半。只这不是她一个人的事情，还要看伙伴们的意思。

冒氏晓得要叫人另眼相看，少不得要露两手，便走下场去，挽起袖子，抡起球杖，娴熟准确地将球稳稳击入球门之中，含笑回头看向唐媛等人。

此处离球门老远，要一击而中实是不易。唐媛等人哪里还会挑三拣四，只当是寻了个宝，便都欢喜起来，问冒氏可有衣物？冒氏笑笑，道："有。"又似解释一般同孙氏等人道："早就想见识见识将军府的马球场，心想着也许能陪侄女儿动一动，所以准备了。"

事已至此，谁还能管着她？何况此时并无男客旁观，小姑娘们玩得她也玩得。孙氏虽不赞同她的行径，却也没多言。

不多时，冒氏便换了身石榴红的胡服出来，她紧紧束了腰肢，越发显得胸部丰满，臀部浑圆，站在一群还未完全长开的黄毛丫头里面显得很是打眼。

接着长乐公主也换了衣服出来，一眼瞧见冒氏，看出她与其他小姑娘不同，不由好奇地问了身边人两句，待听说是许学士府的三夫人，不由得笑了："还以为学士府的人都文雅严谨得很，没承想还藏着一位精通此艺，人又俊美的。"

姚氏在一旁脸色虽然如常，心里却是半点欢喜不起来。

冒氏提前就准备好了步打所用的衣衫，不顾年幼的儿子，一门心思就想出这个风头。要说她不是处心积虑的，姚氏绝不相信。可这时候还有梨哥裙子莫名被烧毁的事情压在姚氏心头，她也顾不得去探究冒氏到底想做什么，略在一旁看了会儿，便悄悄把樱哥姐妹俩叫了过去。

这回没有隐瞒孙氏，孙氏听得脸色煞白，差点没晕过去，想到其中的凶险处，哆嗦着嘴唇说不出话来，只将梨哥的手拉了，反反复复地来回打量。

梨哥懂事，倒转过来安慰母亲。孙氏定了定神，信赖地看向姚氏："大嫂，这事儿总要寻个说法，不能这样不明不白的，不然传出去太难听。"

姚氏坚定地点头："这是自然。"便是找不出说法，也得安个说法！

樱哥本想着那霞样纱是姚氏送去的，莫名烧了起来，只怕孙氏会有什么想法。看到孙氏虽然后怕，却是一点怪责姚氏的意思都没有，反倒一门心思地倚仗姚氏，也就放了心。心还没落稳，便又想起这纱的来历，忍不住苦笑了，旁人不知，姚氏和青玉等人却是晓得的，这可是崔成寻来的……而那个人，本不该死。若是这事儿没个准，又怎能让人不往那所谓冤魂作祟的方向去想？再不然，真查出与那太岁有关，也是她害了梨哥。

许樱哥抬头看着远处球场上活蹦乱跳，大呼小叫的唐媛等人，突然间有些忧伤了，怎么她就穿在这么个麻烦体上呢？莫非是她前前世作恶太多？许樱哥在心中默念了一声佛，又呸了自己一声。

许杏哥已是把这事儿告知了武进，将军府照旧热闹着，私底下却已经绷紧了弦，得力的管事或是不动声色地关注着客人和客人带来的家奴，或是安安静静地带着人四处查巡，尤其是那开满了藤萝花的小院子被里里外外地翻了三四遍，在场的丫头婆子，包括紫霭在内，也被分开来反反复复地询问当时的情景。而那条被烧坏了的裙子，更是放在了武进和许执面前。

该做的都做了，现在她们能做的只有等而已。姚氏正襟危坐，带着家里的女眷们严肃地观看着场中的球赛。

不得不说，冒氏的球技很精湛，便是与长乐公主府里豢养的那些专司打球的女子相比也不相上下。一场步打结束，虽还是唐媛等人这边输了，但输得并不难看，长乐公主更是对冒氏另眼相看，好生问询了几句，听说她也会骑马打球并不怕坠马，便郑重邀请她改日去公主府里做客打球。

冒氏之前还能保持着得体的风度，得意之色也隐藏得极好。待后来面对着自家人，得到许樱哥并梨哥的交口称赞后，也顾不得姚氏的脸色，欢喜得意之情溢于言表："这还是我生疏了，若是早年更不用说。殿下说了，改日她府上要宴请打球，邀我去呢，到时候我领了你们姐妹俩去见识见识。"

樱哥只是笑笑，梨哥却是欢喜着要应好，孙氏淡淡地一眼看过来，梨哥便也歇了声。

姚氏并不多言，只淡淡地道："以后再说以后的话，适才五郎吵着要娘，大抵是今日热着了不舒坦，你还是赶紧去看看吧。"

冒氏脸上的笑容倏忽不见，低垂了头，生硬地道："谢大嫂关心。"

长辈间的这种不欢喜，几个小的都感受到了，傅氏并黄氏是做儿媳妇的，自然没有多嘴的道理，许樱哥是没有心情，梨哥则是不敢多话，气氛便压抑起来。

孙氏少不得打起精神和稀泥："闲话少说，该入席了，还要赶回去呢。"

再有多少不悦也不能给外人看笑话，众人便都端出一张笑脸入席不提。

少顷席终，客人三三两两地登车散去，许家人则被留下来，由许杏哥陪着冒氏几个，姚氏和孙氏被熊氏请入后堂喝茶。对于这种差别待遇，冒氏十分不忿，她也是与姚氏、孙氏同辈的，怎地后堂奉茶就没有她的份？她倒是沦落到与这小一辈的几个厮混了么？生了一回闷气，想起早前长乐公主的赞赏和邀请，她心里才又好受了些，等以后……谁稀罕！许徕撑不起这个门户，她来撑！

内堂。

武进严肃地道："只墙头上有两片瓦松动了，其他任何痕迹都没留下。那裙子总不能莫名燃了起来，多半还是有人捣鬼，只是这边无人识得，要等回到上京才好找人来瞧。"适才管家查询当时在场的婆子丫头，他也在外听了，那些无知妇人，一口咬定就是鬼神显灵，他是刀口舔过血的人，哪里会轻易相信什么鬼神之说！先就信了是有歹人捣鬼。

只要是有迹可循就好，姚氏听到这里，已经把一多半心放回了肚子里："那就要辛苦子谦了。"

武进忙道："岳母言重，这是本分。"

姚氏看看天色不早，再留下来事情也不可能再有进展，索性起身告辞。武夫人带着儿子、儿媳亲自送亲家上了车又折回去，进了内堂，武夫人喝退下人，支开许杏哥，严肃地问武进："可与康王府有关？"适才当着许家人不好问，不然只恐这两家的仇怨更结得深了，他们夹在中间，更是难熬。

武进不确定地道："许是没有关系？"他早前才听说这事儿，重点查的就是张仪正。可查了一遍，只知张仪正曾在湖边水榭里歇过小半个时辰，身边也只两个小童跟着伺候，他和他身边的人没有随意走动，后来人走的时候还主动和许执兄弟几个打了招呼。以张仪正以往的脾气，心中若有气，想要叫他与人虚与委蛇那是不可能的事情，所以综合下来，竟是找不到什么可疑之处。可是康王府的势力……谁又说得清楚？

武夫人道："你大抵也听你媳妇说了罢？今日在长乐公主面前，小三儿很失礼，不但跑到赵夫人面前赔礼道歉，弄得赵夫人很尴尬，还盯着许家二娘子笑，很多人都看见了。"

武进更是一团糨糊："得罪他的是樱哥，总不能就莫名把气撒到了梨哥一个小姑娘身上。再不然，他真是有那个心，也不至于这样……这恶作剧也太无聊了些，伤不了人，最多惊吓一番罢了，于他更没有好处。"

"那兴许果然不是他。"武夫人沉吟片刻，斩钉截铁地道，"你记住，无论如何这件事都和小三儿没关系。就是你媳妇儿那里也得瞒着。不然，若是学士府和康王府交恶，你晓得的……"不管今上的态度再怎么暧昧不明，朱后在后宫的地位无人可以比肩，康王始终是唯一的嫡子，又有世子妃娘家这么强的后盾。而他们武家，有了她和康王妃这关系，哪里又能轻松脱得了干系？自是要替康王府多着想才是。

武进郑重应下不提。

风从田野上吹过，吹得麦穗此起彼伏，远远看去，像极了金色的波浪。麦田尽头，有一株老柳，树下放了张竹席，许扶盘膝坐在竹席上，手里持了一卷书，眼神却飘向了远处。

一条窄长的小径穿过金色的麦浪，一个佝偻着身形的青衣老仆慢吞吞地沿着小径朝着老柳树下的许扶行来。待得走近了，也不过就是一句话："人丢了，进了康王府的仆从中。"

这件事怎会与康王府扯上了关系？许扶坐直身子，瞳孔猛然缩小又放开，淡淡地道："知道了。辛苦了。"

那老仆却不走，抬起头来看着许扶道："赵家不太正常。"

"怎么说？"许扶抬起头，脸上多了几分关注之意。

那老仆道："虽不知缘由，但赵家人在第一场马球赛尚未结束的时候便匆匆退场，并不曾与许家人打过招呼，赵夫人在别苑前不讲情由地训斥了赵四爷，逼着赵四爷随她回了上京。"

　　不与小人结仇。今日所来，大家都是冲着想与康王府把疙瘩解开而来，究竟是什么原因，会使得长袖善舞的赵家人放过了这个和解的机会，就连长乐公主也不能多留他们片刻？约莫，果然是有变故了。钟氏为了当初崔家的事情挑剔樱哥，许扶也是有数的，若赵家这门亲事不成，樱哥又该有多伤心？许扶只觉得心里沉甸甸的，莫非他果然是做错了么？再怎么告诉自己，妹妹也是萧家的女儿，为父母亲人报仇出力乃是天经地义的事情，终究到了此刻，还是他这个做兄长的为她想得太少了些。

　　夜已深沉，冒氏犹自未睡，唇边带了几丝冷笑看着面前的乳娘："如你所说，今儿三娘子的新裙子是被鬼给烧了？紫霭的手也是那时候给烧坏的？"

　　那乳娘慌慌张张地摆手："三夫人，婢子不敢这么说。大夫人和大娘子都是叮嘱过不得乱传的，若她们知晓是婢子嚼舌……"

　　冒氏柳眉倒竖："你就只怕大夫人和大娘子，眼里就没我？"

　　乳娘唬得跪倒在地，瑟瑟发抖。

　　冒氏沉默许久，堆起一个笑："你放心，你平日待五郎很是用心周到，我赏你还来不及，又怎会害你？更何况，那也是我自家的侄女，莫非我这个婶娘还会害侄女不成？"

　　乳娘挤出一个比哭还难看的笑来，冒氏看得心烦，挥手命她下去。

　　灯花爆了一声，室内幽暗下来，冒氏盯着灯火，几不可闻地低声道："莫非真是鬼魂作祟么？"她此生最爱华服美饰，只要看过一眼便记得牢牢的，再也忘不了。即便姚氏什么都瞒着她，这纱的来历又如何瞒得过她？！

　　午后，许樱哥午睡起来，想着许扶的首饰铺子里该上新款了，便命青玉取了炭笔并纸张，坐在窗下细细描绘。青玉小心地把一盏茶放在她手边，悄悄退了出去。

　　紫霭正在院子里指挥着铃铛几个把残余的樱桃尽数摘下来，回头看到青玉靠在门边发怔，一副有气无力的样子，便命铃铛她们几个忙着，自己走过去轻轻撞了撞青玉的肩头，笑道："嗳，你在发什么怔？"

青玉却被唬了一大跳，待看清是她，方挤出一个笑来，嗔道："好不好的，做什么吓唬人？"

紫霭奇道："谁吓唬你来？我明明从那边走过来的，你竟然没瞧见我？"再看青玉，只见她眼下有青影，一脸的倦容，不由关心道："莫非是昨日随着二娘子出去，累着了？可要同二娘子说一声，放你半日假，歇一歇？"

青玉猛然摇头："不必！我好好儿的请什么假！"

紫霭道："别强撑着，二娘子不是不体恤人的主。我看你脸色委实不好瞧，不信，你问铃铛她们。"说着便要叫铃铛过来。

青玉瞟了一眼屋里专心画图的许樱哥一眼，轻声道："别！我不过是没睡好而已。你若真疼我，今夜便替我上夜，让我好好睡一觉。"

她二人感情极好，紫霭自不会推辞："那行。"默了片刻，四处打量一番，低声道："可是为了昨日出的事？"

青玉正色道："不是，你也莫来乱说。"

姚氏治家的手腕大家都是知道的，紫霭吐了吐舌头，道："我不过就是多句嘴吧。我继续干活去了。"

昨日之事，真的是小人作祟么？青玉仰头看着幽蓝的天际，想起昨夜那个做了大半宿，恍若亲见的噩梦，再想想自己这些年无意之中知晓的那些阴私，一点幽寒，自脚心顺着血液慢慢扩散到了全身。

三日后，学士府正院上房，武进将一包衣物亲手送到许衡并姚氏面前，沉声道："小婿无能，竟然无法查清此事。"

彼时在场的丫头婆子都是可信的，严查了这几日也不曾查出任何有用的信息，每个人都是一口咬定是在突然间就着的火，此外并不曾发现任何异常。他是带过兵的人，火烧敌营的事情不是没见识过，可也要有引子，譬如是火箭、或是火油什么的，且总会留下些蛛丝马迹。可惜的是，除了那两片松动的瓦片外，他找不到任何痕迹。而那两片松动的瓦片，谁又能说得清，究竟是什么时候松动的，怎么松动的？

姚氏脸色微变，当着女婿却是一个字都说不出来。

武进把姚氏一瞬间的变化看在眼里，字斟句酌地道："鬼神之说，小婿自来不信。还请岳父大人仔细想想，是否得罪了什么小人？"

"子不语乱力怪神！"许衡起身，背手踱步思忖许久，并不回答武进是否得罪过什么人，而是向一旁静立的许执发问："你平日爱看杂书，可知是否有什么东西，能够神不知鬼不觉地引燃物品，却不留任何痕迹？"

许执皱紧眉头："儿子这些日子也在细想此事，奈何……"

许衡便沉默下来，一时屋内的气氛有些沉寂。武进瞧见许府大管家许山在外露了个头，似是有事的样子，便起身告辞，道是自己有事，改日有了眉目又再过来。

许衡便吩咐许执送他出去，转头问许山："何事？"

许山进来行了礼，回禀道："老爷，五爷求见。"

这五爷，自不会是旁人，而是自香积寺之后便不曾上过门的许扶。他在这个时候来，指不定也是听说了什么风声，许衡正想寻他，当下便去了外头。

姚氏有些疲倦地揉了揉额头，傅氏带着丫头素素捧了只匣子从外头进来，见状忙上前去帮她捏肩膀，劝道："婆婆这几日都睡得不太好，是否要请太医来开一服调养的药？"

姚氏摇头："过了这两日也就好了。"看见素素捧着的匣子，问道："这是什么？"

傅氏忙将匣子递过去："是三婶娘娘家来人了，说是得了块好何首乌，给婆婆补补。"

姚氏想起冒氏前几日在将军府别院的做派，心里很不高兴，淡淡地道："来的是哪位？怎不请进来说话？"

傅氏笑道："来的是五郎的大舅母，那时候大姑爷正在这边，媳妇只好请她多坐片刻。三婶娘便将这匣子使人先送过来。"

冒氏的大嫂蒋氏本是个忠厚妇人，姚氏向来礼遇，听说是她，面上神色稍缓："这便请她过来吧，你仔细挑挑回礼，不要那些华而不实的，选些得用体面的。"再想想冒氏先使人送这礼过来，不由得就有几分鄙夷，难不成以为她这里没有及时延请蒋氏，是嫌冒家穷？但即便是，送了礼又如何？冒家难道就不破落了？

不多一时，蒋氏带着个才留头的小姑娘，由冒氏陪着进来。姚氏起身笑脸相迎，听说那小姑娘是吴氏的小女儿，少不得郑重给了见面礼，又让领下去和孩子们玩耍，还要留她们母女用饭。蒋氏却是委婉地拒绝了，母女俩略坐了坐，尽了客人之礼便告辞离去。

冒氏亲自送她嫂子并侄女出去，姚氏问苏嬷嬷："可知道冒家大舅母是为了什么来？"冒家早就败落了，日子不好过，虽然不喜冒氏，到底还要安抚她与许徕好好过日子，若是她娘家果然有难处，该帮的还要帮。

苏嬷嬷摇头："老奴不知，可看冒家大舅母的样子，不似是忧愁的模样。"

姚氏也就丢在一旁，却不防玛瑙在帘外喊了一声："三夫人来了。"接着冒氏就走了进来，一脸不忿地道："大嫂，赵家欺人太甚！"

姚氏正在思量，自将军府别院钟氏不告而别之后已是四日过去，赵家也该有动静了。此时听冒氏这般说，少不得请她坐了，道："怎么说？"

冒氏冷笑道："适才我娘家大嫂过来，不是为了旁的，而是受人之托，替人家打听赵四品行如何来了！这赵家，出尔反尔，把我们学士府当成什么了？"原来钟氏已经使人去打听兵部侍郎的千金阮珠娘了，这阮珠娘的母亲和蒋氏有亲，想着赵璀是许衡的门生，经常出入许府的，要知其品行如何，最好过来问这边。因此便请托蒋氏过来向小姑子打听消息。

冒氏一边说，一边打量姚氏的神色，眼看着姚氏的脸上好似罩了一层寒霜，说不出的难看，心中舒坦不少，面上却是一脸的愤慨："真没想到赵四是这么个忘恩负义的东西！以往真是错看了他！可怜樱哥……"

姚氏脸上浮起一层怒色，厉声打断她的话："三弟妹慎言！他不过是你大伯的学生，婚嫁自由，何来忘恩负义？和樱哥又有什么关系？你做婶娘也当爱惜侄女的名声，才不枉她平日尊重你，疼惜五郎。"

自己和许樱哥当然没有仇怨，无非就是想看看这个独断独行惯了的大嫂伤心难过而已。好叫她知道，并不是所有人都似自己这般好欺负的，也有人能给她脸色看，给她气受。冒氏心中冷笑不已，面上却是毕恭毕敬并委屈万分："是我不会说话。可我也不过是因为疼惜樱哥，早前他们家不是提过……"

姚氏心烦意乱，委实不想看到她，不待她说完便把脸侧了开去。傅氏赶紧上前，寻了个由头恭恭敬敬地把冒氏请了出去。

冒氏出了正院门，别过傅氏，站在路上想了想，又朝着许樱哥住的安雅居走去。

姚氏喝了半盏凉茶才把心头那股邪火压了下去，吩咐丫头绿翡："你去外头同许山说，五爷和老爷说完话后不要走，我有事要交代五爷。"又叫过苏嬷嬷："你去打听一下，是否属实。"

外书房。

许扶听许衡说完当日将军府别院的事由经过，脸已经绿了。再联想到另一件事，这心里便再也平静不下来，左思右想，终是道："小侄还有一事要禀告姨父。"

许衡见他神色慎重，不由得也带了几分慎重："何事？"

许扶起身将书房门窗四下里尽数打开，方又走回来低声道："前些日子，小侄得知，有人暗里资助崔家老幼，心想着总要晓得是什么人才好，又有什么企图，便使人去查。四日前，派去的人跟着那人一直到了将军府别院，然后看见那人隐入了康王府当日随侍的仆役之中，并进了康王府。"

"康王府？"从不曾听说崔家与康王府有什么关联，便是当年崔家风光时，康王府也与崔家没什么往来，听闻好似是康王十分鄙夷崔顺的为人。但皇室中，秘辛太多，也不是可以尽数知晓的。许衡沉思许久，叮嘱道："近些日子，你当小心些才是。"那莫名燃烧起来的霞样纱千褶裙，与其说是一个恶作剧，不如说是一个警告。

许扶应了，带了些为难道："姨父，小侄想见一见樱哥。"

才发生了这许多事，许衡哪里会阻止他们亲兄妹见面？便道："见吧。正好你姨母也有事情要和你说。"

第16章 细雨

许樱哥刚画完一组簪钗，正对图细看修改，就听见丫头婆子们在外头道："三夫人。"不由得奇了，冒氏寻她做什么？莫非又是许择想吃什么？却也不及细想，先将那套图收了放在一旁，含笑迎了出去。

冒氏一脸的凝重之色，扶了她的手上上下下打量了一番，轻轻摇头叹息。

许樱哥看她这番做作，心里微微有些厌烦。因知道她无事不登三宝殿，便故意不去问她，含笑亲手奉了茶，道："三婶娘这是打哪里来？"

冒氏接了茶，笑道："刚送走客人，从你母亲那里来。"

许樱哥道："谁来了？"

"五郎的大舅母。"冒氏说到这里，看着许樱哥欲言又止，再叹一口气。

许樱哥便道："三婶娘可是走路走急了，现下还没喘过气来？"又笑着对鸣鹿道："鸣鹿姐姐该劝着些的，累着了我三婶娘可怎么办？"

鸣鹿张了张口，什么都说不出来，便只是含笑福了一福。

冒氏见许樱哥没心没肺的样子，不知是该羡慕她心宽还是笑她懵懂，面上越发悲天悯人，怜惜地执了许樱哥的手，叹道："这么好的人才，怎会有人有眼无珠！"

许樱哥心头微微一沉，大抵有些数了，却不乐意让冒氏舒坦，便也笑着执了冒氏的手开玩笑道："这么好的人才，怎会有人有眼无珠！"

冒氏诧异道："怎么说？"

许樱哥挑眉笑道："可不是么？前几日在将军府，三婶娘没出手之前，旁人都只当你是在说笑，不信你打得好球。"

说起这桩得意事，冒氏忍不住真笑了，可她没忘了自己的来意，便拍拍许樱哥的手，道："你同兵部阮侍郎的千金珠娘可好？"

许樱哥不知她何故突然提起阮珠娘，但想总是事出有因，便笑道："说不上好，一起玩过几回，说过几句话。"

冒氏盯着她的眼睛道："这姑娘为人如何？"

许樱哥道："不清楚，但想来总是不错的。"虽然阮珠娘曾当众给过她不快，她也不乐意背后说人长短。

冒氏却冷笑了一声："侄女儿是个厚道人，不乐意说人长短，我这个做婶娘的却是看不过。那日在将军府别院我也是见过她的，不过是个尖酸刻薄，只知卖弄的人而已，哪里比得你懂事知礼？"

这话不好回答，许樱哥垂手肃立，只管静听。

冒氏见她不言不语，眼珠子一转，气愤地道："我委实是气不过。赵家……"

许樱哥见她越说越没谱，抬起头来含笑打断她的话："三婶娘，侄女知道您不爱说人长短，但旁人不知，所以咱不说了。"

冒氏被她打断了话头，又拿话逼着，再继续往下说，倒真像是自己爱嚼舌头了。可到底是不甘心，便长长叹了口气，爱怜地道："我当然不爱说人长短，这不是……"

忽听青玉在帘下道："二娘子，夫人打发人过来请您到正院去呢。"

许樱哥趁势送客："三婶娘，我便不留您了，改日再请您过来坐。"

冒氏只好起身别去，许樱哥礼数周全地把她送出了门。

紫霭嘟着嘴上前收拾冒氏用过的茶具，满脸的不高兴，青玉道："人已走了，你做给谁看？"想到冒氏带来的消息，两个人心里都很沉重。早前不见得就真希望许樱哥一定配给赵璀，但折腾了这许久，又被人不声不响地嫌弃了，真是一件让人恶心的事情。

却见许樱哥含笑走进来，道："青玉，夫人真找我？"

青玉笑笑，走到许樱哥面前福了一福，告罪道："还请二娘子莫怪婢子自作主张，欺瞒之罪。"

许樱哥笑着摆摆手："怪你做什么？她是有些过了。日后都记着，不管谁提起赵家来，都不要搭腔。慎言。"

青玉和紫霭满心担忧不平，齐齐道："那是自然，什么人值得咱们记着？"

许樱哥笑笑，复又打开画纸继续修改草图。看到那熟悉的线条，本来有些沉郁的心情渐渐平静下来，多大的事儿！活了两辈子，死里逃生好几回，婚都退过的人，还怕这么一桩小事儿？又不是说好了赵家才悔的婚，说到底不过是赵家无福消受她这个好姑娘而已。那是赵璀无福，可不是她没福。

许樱哥想到这里，欢欢喜喜地在那股双尾金钗的图样上落下最后一笔，放了纸笔，回头欲喊青玉与紫霭过来瞧好看不好看，却见两个丫头都不见了影踪。又听她院子里有动静，少不得出去一探究竟，只见两个丫头正指使着婆子把那盆早就败了的二乔抬到角落里去，不过一笑，并不管她们，转身自进了门。

紫霭忿忿地看着那盆被搬到角落里的二乔，恨不得拎壶滚水泼死了才解气。想到钟氏之前对许樱哥的百般挑剔，忍不住双手合十道："阿弥陀佛。这却省得了。"

青玉奇道："省得什么？好生生的念什么佛？"

紫霭避开众人，凑到她耳边轻声道："省得给那老虔婆挑剔。"

青玉白了她一眼，低声骂道："小心让人知晓，找骂呢。"

"好热闹，这是在做什么？"绿翡含笑走进来，问道，"二娘子呢？过几天家里待客，夫人请她过去帮着看看菜单。"

"在屋里呢。"两丫头交换了个眼色，紫霭进去传话，青玉则拉了绿翡的手到一旁，低声道："绿翡姐姐，不知三夫人说的话是否为真？"

这三夫人倒是脚快。绿翡讶异地挑了挑眉，压低了声音道："可是打抱不平来了？"

青玉叹了口气："可不是？"

在夫人身边当差，有些话却是不能乱传，这是规矩。绿翡斟酌着道："总之老爷和夫人不会委屈了二娘子。"

这相当于确认了冒氏所言不虚。青玉心里格外难受，绿翡见她红了眼圈，忙道："打住，二娘子是有福之人，用不着咱们瞎操心。"

"绿翡姐姐，都要请谁来做客？"说话间许樱哥已经收拾妥当，笑眯眯地走了出来。

绿翡见她仍旧笑着，面上丝毫不见懊恼悲伤愤慨之情，暗底下也有些佩服，难为她年纪轻轻就能做到这个地步。心里越发高看，恭恭敬敬地行了礼，笑道："回二娘子的话，是要答谢将军府亲家夫人。"

许樱哥便不多问，跟着绿翡去了姚氏房里。姚氏果然带着傅氏妯娌俩在看菜单，见许樱哥进来，便笑着叫她过去："这些日子让武夫人和你姐姐、姐夫他们忙碌了许久，总要尽点心意。记着武夫人爱吃你做的冷面，所以叫你过来商量商量。"

到底是为了自己的事情，且将军府是姻亲贵客，不能怠慢，许樱哥尽心尽力地出了几个主意。见菜单定下，傅氏便道："厨房那边还有些事要理。"黄氏则道："今儿娴卉有些不乖。"

姚氏也就不留她们："都去忙吧。晚饭不必过来伺候了。"

待傅氏与黄氏走了不久，就听红玉在外道："夫人，五爷过来给您请安。"

自香积寺一别，许樱哥很久没见着许扶，心里是有些想念了，何况此际，她有很多话想和兄长说。可想到之前自己曾答应过姚氏的话，还是打算避出去。姚氏却道:"见一见罢。"

因为赵家欲与阮家结亲的消息,姚氏的心情其实非常糟糕,但她不想让养女更加委屈,因此提也不提,说的都是安慰的话:"你大姐夫早前来过,那日梨哥之事实是小人作祟,只是还不曾拿住真凶,你也无须多心内疚,和你实不相干。"

好话一句三冬暖,许樱哥早前就担忧姚氏会受崔成冤魂作祟那套说法的影响,因而嫌弃自己给许家带来麻烦,此刻听她如此安慰体贴,饶是历经生死,看淡了许多世情,也忍不住心生感激。却不多言,只在姚氏身后站定了,替她揉太阳穴解乏。

母女相处整十年,也算是彼此相知,一个动作便知彼此的心意。姚氏轻拍许樱哥的手,故作轻松:"只要你五哥欢喜,过些日子咱们就使人说媒去。"

许樱哥闻言,倒是真生出几分欢喜来:"娘挑的没错儿,五哥怎会不欢喜?"以着许扶的性情,无论如何都不会拒绝姚氏给他挑的人。

被人信赖着,姚氏也欢喜,可这责任也更重。但姚氏自问便是给自己挑儿媳也不过如是了,便坦坦荡荡地道:"我尽力了。"

说话间,许扶已经进门行礼问安。许樱哥很久不见他,自是认真打量他究竟瘦了还是胖了,精神不精神。许扶也是关心着她,怕她受委屈,两人的目光恰对在一处,都是笑了。

许樱哥是笑他马上就要娶媳妇,许扶则是见她还是一副笑嘻嘻,没心没肺的模样,心知这几件事还不足以把她击倒,便放了心,觉着接下来的事情也就不那么难办了。

姚氏把他二人的表情看在眼里,晓得彼此放了心,便打发许樱哥下去,她自己和许扶说话。

上京西北角宜安坊,乃是商贾云集的繁华之地。许扶的首饰铺子和合楼便开在此处,两层的门楼,后头带着个院子并一排房子。一楼两间门脸摆设着寻常的金银玉饰并柜台、待客的椅子,二楼是雅间,专用来招待有钱有眼光的大主顾。工匠们则都是安排在后院的厢房里,便是制作首饰发出什么噪音,也影响不到前头。

许扶虽不曾出仕,却也是书香门第,官宦世家的子弟,四书五经都是通的，便是早年不得已操了商贾贱业，却也不曾落下过功课。呕心沥血许多年，如今这和合楼在上京已很有名气，手底下的管事伙计也得用起来，他虽不肯再轻易出面待客，但也不肯随意放纵管事伙计松活，日常便在二楼向南一角的静室里看书谋算，顺带听着铺子里的动静，监督着众人不得偷奸耍滑。除非是十分重要的客人或是故亲好友来了，他才舍得出面相见。

今日铺子里没什么生意，早有一个小伙计还不小心打碎了一支琉璃簪子。那琉璃簪子虽然不值几个钱，但生意人都讲究个彩头，大清早还没开张就弄坏了东西，谁的心里也高兴不起来，更何况后来仿佛要印证这个坏兆头一样的，生意十分清淡，稀稀拉拉来了几拨客人也是问价的多，买的少。

许扶虽然没有多说什么，只命扣那伙计的工钱抵了簪子价钱便罢，但铺子里的人都是看人脸色吃饭的，任是谁都能看出东家心情不好，脸色更是黑沁黑沁的。故此，大家伙都情不自禁地压低了声音，放轻了动作，只恐一不小心惹得东家发作丢了饭碗。如此一来，整个铺子里的气氛就很压抑。

许扶自然也发现了这种变化，但他懒得理睬，他的心犹如被放在油锅里煎熬一样的。虽然那日便知赵璀与妹妹的婚事兴许多有波折，但也不曾有从姚氏那里得到肯定的消息后的愤怒。在他心中，赵璀不一定就配得上他妹子，许樱哥不嫁赵璀还能找到更好的，被人嫌弃并无故悔亲更是不能原谅的侮辱。再想到自己好容易才劝得妹妹安心答应嫁给赵璀，现在赵家又来这么一出，倒是叫自己怎么有脸去见妹妹？还平白叫许家也跟着丢了一回脸。

许扶心浮气躁，折腾半日也看不进书去，暗想自己这样不好，便取了围棋出来，一手执白，一手执黑，想把这翻腾的心绪静上一静再思谋此事当如何处置。

心情才刚安定些，就听长随腊月在静室门前小心翼翼地道："五爷，赵四爷来了。"

听到这个名字，许扶立即火冒三丈，邪火猛地冲到喉咙口，直想说不见，让赵璀打哪里来滚回哪里去，再不然，就一拳砸到赵璀脸上。可那股邪火在喉咙口转了几转，心中虽然闷得慌，他还是淡淡地道："请进来，上茶。"

"五哥。"赵璀小心翼翼地打量着许扶的脸色，脚步轻得几乎听不见，走到许扶面前站定了，再不敢似以往那样不请自坐。原因无他，光为了钟氏背信，大张旗鼓地把想和阮家结亲的事情闹得人人皆知，他对着许扶就直不起腰来。

"坐。"许扶淡淡地看了他一眼,指指面前的椅子。赵璀身上还穿着绿色官服,额头上微微见汗,显见是刚散值就匆匆赶了过来,他这个态度,多少让许扶心里舒服了些,但不够,远远不够!

赵璀见许扶不怒不暴,心里反倒有些不安,见腊月送了热茶过来,赶紧起身接了茶壶亲手替许扶倒茶。

许扶却不要他倒,反而轻巧地夺过了茶壶,稳稳地替他倒了一杯茶,平平静静地道:"还是我来才是正理,不然可是轻狂了。"这话可以理解为两个意思。一为他是民,还是前朝余孽,丧家之犬;赵璀是官,两朝不倒的宦门子弟,不敢不敬。二为他是主,赵璀是客,不能不敬。要往哪里想,端看此时的情景和心态了。

若是往日,赵璀才不争这个,二人是知己好友,过命的交情,谁来都一样,坦然受之。今日他却是受不住,尴尬地道:"五哥……"剩下的话却是说不出,只能噎在喉咙里,然后化成各种委屈和无奈。谁会想到短短几日工夫事情便闹到这个不可收拾的地步?那日知晓张仪正威胁之语,他便去打探父母的口气,父母双亲都只说再等两日看看,他不担心父亲,只担心母亲。但钟氏惊怒之后却迅速镇定下来,反过来安慰他说总有办法解决。他虽不尽信,但便是谋算也需时间,谁知钟氏却不给他任何机会,快刀斩乱麻地瞒着家里人迅速作了决断,待他知晓,一切都晚了。

许扶瞥了赵璀一眼,见他脸上的伤心和难堪不似作伪,想了一想,暂时放过他,说道:"坐吧。"

赵璀听出许扶语气有松动,慌忙坐了。他与许樱哥的亲事虽然不曾正式下聘,但两家老人也是见过几次面,他母亲同姚氏说过,他父亲更是明明白白地同许衡提过,相当于是过了明路的。如今却闹到这个地步……不要说张仪正捣鬼威逼什么的,无论如何总是自家人做得不地道,平白叫樱哥受了侮辱,但凡有点血性,谁能忍得住?以许扶的性情,若是换了其他人,被弄死都是有可能的。便是温润大度如许衡,今晨早朝时遇到他爹也是不顾而去。两家人,多年的交情,这便要绝交了。

想到这里,赵璀暗里把钟氏怨了又怨,看向许扶的目光中多了一层真诚:"五哥,任你怎么恼小弟都行,这事儿不是小弟所愿。"

许扶静静地听着，回了一句："当然不怪贤弟，婚姻大事，父母之命媒妁之言，自己当然是做不得主的。"

他好像通情达理，但这话赵瑾绝对不敢搭，只得道："是我无能，平白叫先生师母受累，二妹妹委屈。但我的心意从未变过，我现下已有对策，不出三日便可解了这燃眉之急，然后再请大媒风光上门正式求娶。还请五哥帮我一帮。"

"三日？帮你？"许扶听到这里，微微一笑，肖似许樱哥的眉眼弯起，流露出几分风流意态，说出的话却让人轻松不起来："若朴，还是罢了。我虽心疼妹子平白受了委屈折辱，但仔细想来，原也怪不得贤弟，是怪我思量不足，贪心了。强扭的瓜不甜，更何论婚姻大事？便是你我设计让令尊、令堂不得不答应此门亲事，长辈心中含怨，日后受累的还是樱哥，你也不见得就轻松如意。护着妻子，悖逆母命是不孝。任由妻子委屈受气，为人夫却不能护得妻子周全，是不义也是无能。我在贤弟面前半点阴私全无，身家性命俱托于你，想来便是亲如手足也不过如是。我只这一个妹子，早前为了尽孝已是大大地委屈了她，她却从不曾怪过我一句，只有宽慰我的，我再舍不得她伤心。我怕日后我们连兄弟手足都不能做，可惜了这些年的交情，所以还是罢了。只当无缘，我不怨你了，樱哥是个心宽懂事的，也不会怨你，咱们还和从前一样，如何？"

这话字字句句都是实情，说得已是十二分的通情达理，情真意切，但赵瑾听不进去，想到樱哥不能成为他的妻子，他便心酸难忍，仿佛心尖都要被人活生生剜了去一般。他哀求地看着许扶："五哥，当初是我自己求来的。我是真心的，请再等等……我一定会有妥当的法子，不叫樱哥受委屈，让家中二老心甘情愿地答应。"

许扶叹了口气，拍拍赵瑾的肩头："我相信你是真心的，这件事你也没有错。奈何姻缘，姻缘，讲的是缘分。我已经拿樱哥的终身豪赌过一回，再不能让她冒险。不然，我无颜去见地下的爹娘，也枉为人兄。"说到这里，他想起赵瑾在那场长达十年的报仇行动中所起的作用，心里也有些感慨："让我以其他方式补偿你。"

"不！"赵瑾固执地瞪着许扶，"我不怕死。"

"可是我们大家都怕你死。不但你的父母亲人怕，我怕，樱哥也怕。"许扶同样固执地看着他,说话很直白,很难听,但也很真挚,"我不希望我的好友、妹夫早死,妹子成寡妇。"

两个人对视许久,赵璀终是败下阵来。还能怪谁?许扶已给了他机会,是他自己没有把握住。一切都起源于他举止轻浮,联合窈娘哄了樱哥去看那什么芍药,才会遇到那个丧门星,才会有后头的风波。如果他再慎重一些,没有使人打伤张仪正,是否张仪正的恨意就没那么深,非把他二人拆散不可?长乐公主,将军府,都不能熄了这皇孙想要报复的心思。钟氏虽然做得决绝不留余地,他却怪不得母亲爱子的一片拳拳之心,也怪不得许家人的怨愤与许扶的拒绝。

许扶见赵璀全然失去了往日的精明灵动,虽然怨他没本事,心中却也有些不忍,便轻声道:"那日,还出了另外两件诡异的事,若朴不可不知……"

房内的光线渐渐暗淡下来,窗纸"啪嗒"作响,许扶起身将窗户推开,轻声道:"下雨了。"

赵璀沉默地僵坐在桌边,心乱如麻地看着窗外半是昏暗半是明亮的天空和霏霏雨丝,满脑子都是那条霞样纱做就的千褶裙诡异自燃的情形。自他着手想娶樱哥开始,便是麻烦不断,每一件都是棘手之事,难道是,那个人的冤魂不愿看着他和樱哥双宿双飞?一股凉风夹杂着土腥味迎面扑来,吹得他情不自禁打了个寒战。

许扶并没有去关注他的神情,只继续道:"我查过,当初郴王谋反,康王府明哲保身,自始至终不曾掺和进去半点。崔家更是与康王府没有半点关联……当然兴许有什么秘辛是我们不知道的,崔家与康王府虽无关联,却难保康王府里的其他人与他家没有瓜葛。"不然那个暗里接济崔家妇孺的人如何能轻轻巧巧就进了康王府?

赵璀打起精神道:"听说王怀虚那书呆子被王中丞放出来了。"王怀虚是崔成好友,御史中丞王自有次子,当初崔家卷入到郴王谋反案中,他不顾自家安危替崔家四处奔走,许家退婚,他当街拦阻许衡辱骂许家背信弃义,落井下石,也曾寻过赵璀、许扶去帮忙,被拒绝后当面痛骂他二人薄情寡义,小人行径。后来被他爹狠狠打了一顿,及时关了起来以免祸延家族。

许扶想起那个执拗的书呆子,不由得轻轻挑了挑眉毛,淡淡一笑:"我也听说了，前日还特意去见了一面，虽然萎靡许多，却还是固执不减半点。"

赵璀惊诧于他的消息灵通之处，但这多年相交，也算是习惯许扶的出其不意与难以揣测之处，所以并不问他消息来源于何处，只道："可碰面了？他反应如何？"

许扶道："不曾。他早已视我为趋吉避凶，落井下石的卑鄙小人，我何苦自找没趣？不过是远远看了一眼。"

赵璀沉默片刻，试探地道："既如此，我便使人去盯着他，看他是否有什么动静。"

许扶点点头，道："我要定亲了，定亲之后便要出仕。"

"不知未来嫂子是谁家闺秀？可定下要去哪里？"赵璀见他不拒绝自己再次参与此事，心情好了几分，暗自决定非要顺利接了目前的死局不可。

"是祠部卢员外郎的侄女。"许扶也不瞒他，"若无意外，我当去刑部司门任主事。"

刑部司门主事，从九品，不过刚入流而已。但以许扶的身份和许衡的性情来说，也差不多就是这个样子，赵璀高高兴兴地恭贺许扶："以五哥的才能，必能一展宏图。"

许扶有些黯然，若非家仇，他便该正大光明走科举一途，而非是走举荐这条路。现下兄妹都已成人，即将成家，他不能再似从前那般依赖于许衡，必须尽早自立门户。

赵璀自是知道他迫不得已下心高气傲的一面，便安慰道："不过是时势，立国至今，朝中新进者十之六七都是举荐、门荫而来，要问文采，小弟实在不及五哥。"

许扶不想再就此事多言，微微一笑，把话头转了过去："时辰不早，该回家了，一起走？"

赵璀已经拿定主意，便去了早前的忐忑与不安，气定神闲地同许扶一起下了楼，早有一旁伺候的长随送了油衣上来，二人分别披了，骑马并肩至街口处方道别而去。

许扶养父母的家在上京西北角的一处小巷里，两进的院子，后院庭前种了两棵石榴。如今石榴已经打了花骨朵，当阳处最大一个花骨朵已经悄悄开裂，探出半片红绡一般的花瓣。许扶养父许彻正与妻子邹氏在房内闲话许扶的亲事并前途,听到外头脚步声响,少不得带了几分喜色问小丫鬟:"是五爷回来了么?"

小丫鬟菡萏不过十二岁,却伶俐得紧,早将帘子打起,欢欢喜喜地道:"回老爷的话,是五爷回来了。"

许彻便与邹氏收了话头,含笑看向刚进门的许扶:"外头雨还大?身上可湿了?"邹氏则是吩咐菱角:"快去灶下把姜汤端来给五爷驱寒。"

许扶给养父母行礼问安毕,笑道:"父母亲不必挂怀,儿子披了油衣,不曾淋湿。"

邹氏笑吟吟地让许扶坐了,道:"今日你大伯母陪着我一道去了卢家,商量好下个月初十下定。正和你父亲商量着,该拾掇房子了。"

许扶和和气气地道:"辛苦父母亲了。"又双手递过一个木匣给邹氏:"里头是给母亲打制的头面,母亲看看可否喜欢?"

邹氏打开木匣看了一眼,便被黄灿灿的金子和红彤彤的宝石闪花了眼,心中欢喜至极,口里却嗔怪道:"你这孩子,年前不是才打了一套么?怎地又破费?我又不是什么体面的官夫人,这般好东西尽给我抛洒了,留着给你娶媳妇罢。"

许扶真心实意地道:"母亲要出门,总要体体面面的才是儿子的孝道。"

邹氏还要推脱,一旁的许彻道:"既是儿子孝敬的,老婆子就别多话了。"一边说,一边看着嗣子,却是越看越爱。

他与邹氏成亲近十年,始终不见邹氏的肚子有动静,便又咬牙买了个妾,可又是十年光阴过去,休要说儿子,便是女儿也没见半个,不得已听从族兄许衡的安排,从河东绛州老家过继了许扶做嗣子。许扶来时虚岁已是十五岁,夫妻二人不是没嫌弃过许扶年龄太大,但此地远离家乡,他家无恒产,又没甚本事,厮混多年还是个才入流的九品小官,阖家都靠着族兄过日子,不能轻易拒绝,便只好勉强受了。

后头却是越相处就越觉着许扶好,不但懂事体贴孝顺,还特别能吃苦善经营。不说旁的,因着家贫,邹氏不但要带着妾梁氏一起做家务,还要做针线活补贴家用,夫妻二人又都是老实人,家穷势微,平日里家族间交往可没少受气。许扶来后不过三四年工夫,这家里便换了好宅子,买了下人伺候,此后日子更是越过越红火,族人见了也多了几分敬意。美中不足的是许扶太有主意,不肯早些成亲生子并走了商途。如今许扶将娶官宦人家的女儿做妻，还要出仕做官，想来依着许扶的能干和族兄的重视提携，许扶必然前途无量。这可不是苦尽甘来么？

许扶注意到养父炽热的目光，只抬眼一瞧，就晓得自己这个老实巴交的养父在想什么，不由得微微笑了，柔声道："爹，儿子约了云锦轩的成衣师傅，明日过来给二老裁制新衣。"

许彻心满意足："好，老头子就好生享享儿子的福。"又再三叮嘱许扶，"没事儿多往你族伯家里去瞅瞅，看看有什么帮得上忙的不要偷懒，咱们欠你族伯的太多。"

许扶恭恭敬敬地应了，见外头雨住，便道自己有事要出门，晚上兴许不回来了。他自来拿主意惯了的，又是家里的顶梁柱，许彻夫妇管不得他，便只能吩咐小厮腊月好生伺候。

许扶却不要腊月跟着，回房提了个包裹自骑了马离去。雨刚住，街上湿漉漉的，行人尚且不多，他左拐右拐，从城西绕到城南，在城南一家茶水铺子里坐了片刻，又从城南绕到城东，在城东一个酒楼里独自用了酒饭，天要黑时，才提着包裹折回了城南，进了一家妓馆，然后留下马匹，从后门出去，步行去了附近的安吉坊。

城南安吉坊西住的全是些家无恒产，专替人打短工卖水卖柴火的穷人，巷子里自来污水横流，鸡鸭狗粪到处都是，不得不垫了些碎砖头以供人走路。许扶却不嫌，轻车熟路地踩着碎砖头走到第三十七巷尽头的一家人门前，轻轻叩响了柴扉。

许久，方听见里头一个泼妇骂道："娘的，是哪个不长眼的短命儿子来敲老娘的门？想挨刀是不是？"

许扶并不见恼，只扬声道："胡大嫂，听说你有一门好手艺，织补得好衣料。我这里有条裙子要请大嫂施以援手，只要补得好，价钱好商量。"

柴扉"哐当"一声被人从里头拉开，一个满脸横肉的妇人探出头来，大声抱怨道："没见天要黑了么？怎么补？又要熬灯费油伤眼睛！"气哼哼地接了许扶的包裹，打开查看里面的霞样纱千褶裙。

许扶小心翼翼地道："我急着要。"

妇人翻了个白眼："价钱翻倍！"然后将门使劲砸上，丢下一句："明早来取！"

有邻居悄悄拉开门，小声招呼许扶："这婆娘恶得很，公子何苦要受她的闲气？"

许扶苦笑着摇头离开："听说只她有这手艺。"言罢照旧踩着碎砖头，离开安吉坊，回了妓馆。

次日清晨，许扶再次去了安吉坊第三十七巷，这回胖妇人没给他气受，一手提了包裹，一手伸出。许扶将个沉甸甸的钱袋放到她手上，妇人打开看过，方淡淡地道："前朝天机道人能以火符退敌，却不能自保，无他，故弄玄虚而已。这不过是鬼火之属。"

故弄玄虚么？和他想的差不离。若是这世间真有鬼魂，何故当初冤死的父母兄姐弟妹不曾入梦并索命？便真有了，活人他尚且不怕，还怕死人么？不管是谁，任他来！许扶唇边露出一丝冷笑，自转身离去。

第17章　连环

梨哥看着面前被烧坏的霞样纱千褶裙，忌讳着"鬼火"这个名称，手指伸出去又收回来，想摸又不敢摸，满脸好奇之色："二姐姐，真有这样奇怪可怕的东西？"

樱哥道："前朝有个天机道人，曾被前朝哀帝封为天师。传说中他极有神通，能以火符退敌。在他手里，火不知从何而起，又不知从何而终……有人觊觎他的秘术，便偷偷窥伺于他，曾见他于田间地头荒坟野地追逐鬼火……"

"啊……他就不怕？"梨哥吃了一大惊，本就有些苍白的小脸越发苍白。这些日子她口里虽说不怕，但夜里常常被噩梦惊醒，本以为这"鬼火"一说另有蹊跷，谁知还真的是"鬼火"。

孙氏淡淡瞥了她一眼，道："你急什么？听你二姐姐说完。"

樱哥不在意地道："既可以操纵，又有什么可怕的？不过是传说，谁晓得其实是道家的什么秘术？你晓得的，道人喜欢炼丹，总是知道些旁人不知道的稀罕物。"在她看来，天机道人那一套不过是利用磷的自燃现象装神弄鬼而已。但她怎么和梨哥解释"磷"是什么？只怕越解释越乱，不如含混过去还要妥当些。"

梨哥苦着小脸，却忍不住好奇心："二姐姐，然后呢？"

樱哥笑道："没有然后……这天机道人后来失踪了，这秘术也就跟着他一起消失了。这裙子想来便是有掌握了这秘术的人不怀好意，故意来吓唬咱们的。所谓人吓人吓死人，并非都是鬼神异兆，三妹妹无须担忧害怕。"既然知道了因由，便有迹可循，要追查幕后之人也好，弄清真相也好，都是许扶和许衡等人的事情了，她只需安慰好梨哥即可。

梨哥还是非常担忧："那贼人这次没害着咱们，贼心不死，下次再来怎么办？这可是防不胜防。"说到这里，便是孙氏脸上也多了几分凝重忧虑之色。

许樱哥叹道："兴许只是恶作剧，不然，只怕不只是烧了一条裙子那么简单。"这是她自从许扶那里知道真相后，寻思了好几天才下的结论。白磷有剧毒，人的中毒剂量为15毫克，50毫克就能致死，皮肤亦不能直接接触，那人既能神不知鬼不觉地引燃梨哥的裙子，也可以神不知鬼不觉地弄死她或者梨哥，甚至于毁了她们的容貌。但梨哥虽然受了惊吓，却完好无损，便是头发丝儿也没少一根。

孙氏趁机同樱哥一起宽慰梨哥，梨哥本就是个心思不重的小女孩，听自来敬重信赖的母亲和堂姐都这么说，也就放开了怀，只是郑重提出："让家里其他人都小心些吧，特别是大伯父……"

那幕后之人专挑了与崔家有关的霞样纱下手，再联想到近来的一些琐事，也不知是否与崔家之事有关，若是，倒是自己兄妹二人拖累许家诸人了。樱哥心中微沉，笑着赞了梨哥周到，起身打算辞去。

孙氏却道："不着急，我才做了藤萝饼，吃了再走。"言罢吩咐梨哥去安排吃食。待梨哥去了，孙氏方正色道："樱哥，婶娘要拜托你一件事。"

樱哥难得见孙氏如此郑重其事，不知她到底想和自己说什么，便收了脸上的笑容，坐正了，恭恭敬敬地道："二婶娘只管吩咐。"

孙氏自来是个严谨的性子，见她如此规整，心中很是满意，再加上那几分怜意，口气更软和了几分："早前你三婶娘过来同我说，想带你们姐妹去公主府，你三妹妹人小贪玩，想去得很，我说多了她便与我拧着。若是平日，我倒也不拦她，只是她这些日子身子不大好，还当将养着才是。婶娘要烦劳侄女儿，替我劝着她些陪着她些。"说着带了几分不好意思，"只是怕要耽搁你，让你也不得玩了。"冒氏小气，一个去一个不去，不去的那个便要得罪她，不如两个都不去。

虽说受了惊吓正该静养，但梨哥的情形也不至于就到了需要关门静养的地步。许樱哥虽暗自纳罕，但孙氏自来极少开口求人，也不是什么为难之事，便爽快应了："三婶娘早前也曾与侄女儿说过此事，即是如此，侄女回绝了三婶娘便是。"

孙氏见她应了，知她言出必行，也就放下心来。少顷，梨哥送了藤萝饼过来，许樱哥斯斯文文地吃了一枚饼子含笑告辞离去。

见堂姐离去，梨哥带了几分讨好和小心朝孙氏看去，正欲开口，就见孙氏收了脸上的笑容，寒了脸道："休要再多言！我才问过你二姐姐，她也不去！你二姐姐在你这般年纪早已懂事不要人操心，你也不小了，怎就不能让我省心些？"

梨哥的眼圈顿时红了，又委屈又伤心，却不敢违逆母命，恭恭敬敬行了个礼，悄声退了下去，躲到房里伤心去了。

孙氏收了脸上的厉色，抚着额头疲惫的叹了口气。非是她要让女儿伤心失望，而是冒氏早前来寻她说起要去公主府做客时的那个轻狂模样让人实在不放心。冒氏早些年还懂得掩藏礼让，近年来却是越发浮躁，越发尖刻。上次在将军府别院的行为就已经有些出格，长此以往，她只怕冒氏的轻浮会拖累了家里的名声。在她看来，姚氏便不该答应冒氏出门才对，但她为寡居之人，彼此又是妯娌，不便与冒氏直接对上，也不愿冒犯长嫂的权威，少不得动了点心思，想要通过樱哥婉转把这事给解决了。

且不谈孙氏的思量，许樱哥这边却在寻思着，这些日子连着下了几天雨，里外都有些潮湿，不如熬些薏仁山药粥去去湿。她自来是个爽利性子，想做便做了，待得粥熬好也就到了傍晚，先命人送些到二房、三房处，姚氏处则由她亲自送过去。

到得门前，只见冒氏身边的大丫鬟鸣鹿带着许择在廊下抓石子儿玩耍。许择看到青玉手里提着的食盒，眼睛发亮，立时扔了手里的石子儿，上前去牵了许樱哥的手，仰头讨好地笑道："二姐姐，我背书给你听。"

这贪吃的小鬼头！许樱哥忍不住好笑，拿帕子替他擦了额头上的汗，笑道:"好啊,背什么呢?我听着。"

"人之初,性本善……"许择麻溜地背了一段三字经,眼巴巴地看着许樱哥。

许樱哥有意要逗一逗他,便只顾夸赞他不提吃食的事,许择焦急起来,忍不住道:"二姐姐,这盒子是做什么用的?怎么这样香?"说话间,口水已经吞得响亮。

许樱哥失笑:"当然是装着好吃的,五弟想吃么?"

许择使劲点头:"想吃!"鸣鹿、青玉都被他的可爱模样给逗得笑了起来,却听冒氏声音尖锐地道:"你个吃货!成日光顾着吃!可是我饿着你了?莫不成是饿死鬼投胎来的!"接着正房的帘子被人猛地掀开,冒氏满脸通红,怒气勃发地快步走了出来,上前去对着许择就是一巴掌。

许择吃了一惊,旋即号啕大哭起来。

许樱哥既惊且怒,她实在想不通,冒氏怎能莫名就拿这么可爱的孩子撒气,于是脸色便也冷了下来,道:"三婶娘,都是我的不是,但我也没恶意,不过是见五弟可爱,想逗逗他……"

冒氏并不理她,俯身抱起许择,红着眼圈骂道:"没本事的东西,成日就知道哭!"说着豆大的泪珠滚落出来,哽咽着急匆匆地抱了许择快步夺门而去。鸣鹿脸色煞白,惊慌失措地快步跟了出去。

许樱哥的好心情被破坏得一干二净,因不知冒氏与姚氏又发生了什么冲突,但见冒氏如此失态,想来姚氏那里也必然不快活,便不想进去讨嫌了。可适才姚氏已经听到她的声音,她也不好就这样悄无声息地走了,遂将食盒交与绿翡,请绿翡替自己通传。

绿翡还未开口,姚氏便在屋里道:"是樱哥么?进来罢。"

许樱哥进去,但见姚氏坐在窗前的榻上,脸上虽看不出怒意,神色间却透着疲惫,屋里并无其他下人在场。许樱哥便道:"接着下了这些天的雨,太潮湿了些,女儿才熬了薏仁山药粥,娘要用些么?"

姚氏怏怏地道:"放在一旁罢,我等下吃。"

许樱哥见她没精神,少不得关心:"娘可是哪里不舒坦?要女儿替您捏捏么?"

姚氏挤出一个笑来:"无碍,不必担心。"顿了顿,道,"听说你三婶娘向你们姐妹许了口,要带你们去公主府?"

许樱哥道:"是这么说过来着,但女儿没打算去。正要去谢绝三婶娘的好意呢。"遂将孙氏的请求说了。

姚氏沉默着听她说完,道:"不必再去寻你三婶娘,她也不去了。"

许樱哥心里隐隐有了数,这妯娌二人肯定是为了去公主府赴宴之事生气。但早前冒氏夸口之时分明说过,姚氏答应了的,怎地突然间又变了卦?却不好多问,说了两句闲话便退了出去。

许樱哥虽然很想知道究竟是因为什么,才使得姚氏突然间改口不许冒氏出门做客,但却知道本分——该她知道的,姚氏自会告知于她,不该她知道的,使人到处打听只会惹姚氏生厌,认为她多事。遂不管不问,自跑去送粥给几个侄儿侄女,陪着他们胡吹海侃了一气,又玩了会儿游戏,直到饭点才回房。

才刚放了碗筷漱过口,就听古婆子在外头道:"三夫人,什么风把您给吹过来啦?"接着就听见冒氏带了几分轻快的声音:"东西南北风!二娘子在房里么?"

咦!刚还怒火冲天,又哭又闹,摔脸子给她瞧,转眼间就换了这样轻快的声音,还主动跑来寻她,这冒氏玩的哪一出?许樱哥慌忙将漱口的茶水放了,接过铃铛递过来的帕子擦了脸和手,示意青玉等人撤下饭桌备茶,自己含笑迎了出去,亲亲热热地道:"三婶娘,快请进来坐。"

"我没扰了你吃饭罢?"冒氏没带着许择,只带了鸣鹿一人而已。她脸上虽擦了粉,却掩盖不去红肿的眼睛,笑意盈盈间,难掩眉间的戾气。

"没有,刚吃完。三婶娘吃过了么?"许樱哥看得分明,更知冒氏自来都是无事不登三宝殿,心中暗自提防了几分,面上却不露半分,恭敬热情地请冒氏坐了,亲自奉茶,立在一旁静候冒氏道明来意。

"吃过了。"冒氏见她恭敬热情,眼里露出一种说不出是欢喜还是遗憾,又或是同情又或是怨愤的复杂情绪来,拉了许樱哥的手,口气亲热之极:"看你这孩子,小心恭敬过了头,咱们亲骨肉,又不是外人,谁要你这样拘谨?来,和婶娘一起坐,咱们娘俩说说话。"

许樱哥也就笑眯眯地在她下首坐了。

冒氏定睛打量了她片刻,见她笑得一脸的纯良无害,眼里的神色越发复杂,犹豫半晌,轻轻叹口气,道:"多谢你送去的粥,难为你什么都想着我们，这般周到仔细。"

许樱哥笑道："都是长辈教导得好。"

冒氏听许樱哥这样说，竟有些找不到话可说。长辈教导得好，那便是说姚氏教得好，可她刚才和姚氏大闹了一场，哪里又肯去说姚氏的好话？便淡淡一笑，略过了，换了一副闲话家常的语气："我适才过来，遇见大老爷，他好像心情不好。"

许樱哥忙道："可是因着太忙了？"

冒氏沉默片刻，道："听说赵侍郎来了。"

许樱哥便垂了眼。赵思程在这个当口上门来，总不会是来串门子攀交情谈诗论词的，定是为了自家的出尔反尔和不当之处上门来致歉的。既然许衡不悦，那便是没谈好。

冒氏见她垂眸不语，斟酌片刻，又笑道："听说赵四爷堕了马。"

许樱哥心头一跳，忍不住抬眼看向冒氏，却也不曾因此就露了惊慌之色，只露了几分好奇之色："好端端的，怎会堕马？没有大碍罢？"

冒氏幸灾乐祸地道："谁知道？听说伤了腿，也许会成长短腿也不定，可惜了，赵四年纪轻轻的。"

许樱哥微微蹙了眉头，心绪已是乱了。她已经从许扶那里知晓钟氏何故会雷厉风行，不顾赵思程父子的意愿和两家的通家之谊，迅速下了那么个不适宜，却是快刀斩乱麻的决断。既是为了避祸，那么赵家已经做到，不打算再和许府联姻了，张仪正便不能再有理由去害赵瓘。那赵瓘为何还会堕马？真的摔残了？这中间，可有什么外人所不知道的缘故？

冒氏面上又露出几分讥诮之色来，继续道："可笑有些人鸡飞蛋打。那阮家，才听说赵四堕了马，便再不肯做亲了。这赵侍郎前些日子不上门，现下便上了门，可不是面目可憎么？天底下的便宜都要给他一家人占尽占绝，哪里有这样的好事？难道旁人都是傻子不成？"

她说这话倒不怕得罪人——不管出于何种原因，赵家便是后悔这门亲，也有其他缓和些的法子，譬如说，绝口不再提这门亲事，只管避着许家这边，冷上个一年半载的也就淡了，学士府这边都是玲珑心思，骄傲的性子，根本不会上赶着去，男婚女嫁各自不相干。那般，大家都有余地，便是做不了亲也不至于就成仇人。现下倒好，钟氏不留任何余地地来上那么一下，两家已经和仇人差不离。这关系不是赵思程或是谁随便上几次门，赔几次罪便可以和缓的。

许樱哥只管坐着，不言不语。

冒氏见她不搭自己的话，端端正正坐着的那个姿态像足了姚氏，倒显得自己像个饶舌妇人似的，心中不由微恼。再想到姚氏对自己做的那些事情，三分不快便也成了十分不快，咬咬牙，带了几分恶意继续道："我原说要带你们姐妹二人出去玩耍，现下却是不能了。你最近也不好出门了，不知是什么小人，竟然传出，咱们家想借着大老爷是赵四的老师，硬把姑娘塞给他家……"

青玉等人闻言，脸色大变。鸣鹿则是紧张得额头上的冷汗都沁了出来，冒氏恍然不见众人的神情，语气多有愤慨，神态却是快意的："呸！却不想想，赵家算什么……"

许樱哥起身淡淡地打断冒氏的话："多谢婶娘好意。侄女不爱听这小人传的小话，怪恶心人的。"剩下的话，冒氏不用多言，她已经知道，想必是把她从前与崔家的那桩婚事也翻出来嚼了。

冒氏噎了一下，换了张忧郁的面孔，担忧地去拉许樱哥的手："看我，没得和你乱嚼这些，你莫怪我，我只是心疼你……想你一个小姑娘，平日里招人疼可人意的，从未得罪过什么人，却是家里长辈处事不当的缘故拖累了你。"

先还是饶舌泄愤，后面却是想挑拨自己与姚氏、许衡的关系了。不管是不是因为自己的缘故使得姚氏临时改口，阻了冒氏去公主府做客的路，冒氏这种行为都过了。许樱哥直截了当地自冒氏掌中抽出自己的手来，直视着冒氏："三婶娘若是真疼我，便不该和我说这些。我若是个多心的，岂不是该哭死或是气死？若是气得病了起不来身，岂不是拖累了三婶娘？"

别的不说，就是她这里"病"上一场，姚氏追根究底下去，冒氏也脱不掉干系。冒氏不敢正视许樱哥的眼睛，本想替自己辩白几句，到底还是因心虚的缘故没说出来，便只垂了眼，沉默不语。

"侄女儿有些不舒坦，就不送三婶娘出去了，还请三婶娘恕罪。"不等冒氏出声，许樱哥已经扬声吩咐古婆子："烦劳嬷嬷替我送送三夫人。"

古婆子在帘下应了一声，俯身对着冒氏道："三夫人，您请。"

被这样下了逐客令，若是平日，冒氏少不得要闹腾起来，此番她却只是变换了几回神色便悄无声息地转身离去。待出了安雅居，见四下里无人，鸣鹿嗫嚅着嘴唇，不安地小声道："三夫人，您何苦得罪二娘子？她平日……"

冒氏冷森地瞪了她一眼，道："你要说她平日待我最是尊敬，待五郎最是友爱么？你以为是真心的？不过是借机邀宠，装得自己有多贤良而已，她若真是个长情的，会如此？换了张皮她就敢高高在上……"说到这里，恍觉失言，便住了口，恶狠狠地看着鸣鹿道，"你若也同旁人一样嫌我这里不好，趁早！"

鸣鹿紧张得拼命摇头："婢子不敢！"

"谅你也不敢。"冒氏缓了缓，收了脸上的狰狞之色，淡淡地道，"我同大奶奶说过了，下个月让你小兄弟去大少爷身边当差。"

鸣鹿自是千恩万谢。

"谢什么？你是我身边人，又尽心办差，总不能亏待了你。"冒氏高贵娴雅地抚了抚鬓角，抬头看向铅灰色的天空。她非是嫉恨许樱哥，许樱哥也没碍着她什么事儿，她就是看不惯姚氏那副高高在上，什么都最行，什么都要踩着她的嘴脸。既然姚氏疼爱这个女儿，她不趁机让姚氏伤伤心，丢丢脸面，怎么对得起自己受的这几年气？公主府，她偏要去，看谁拦得住她？姚氏不过是长嫂，难道还是婆婆不成！

安雅居里，青玉担忧地劝许樱哥："二娘子莫把那些闲话放在心上。谁知道是真还是假？"

许樱哥轻轻摇头。无风不起浪，冒氏虽令人厌憎，却不是捕风捉影的性子，这些闲话想必都是真的，只是不知，这究竟是谁，这般逼迫于她？若是这样下去，她的声名铁定受损，不独是赵家的亲事黄了，只怕其他人家也要对她多加挑剔。这些日子发生的事情串联起来，并不像是偶然，仿佛是有一只手，在背后不停地搅动着，一环扣一环，就不知究竟是为了当年崔家之事刻意报复她这个女子，要叫她不但与赵璀结不成亲，终身大事也坏掉，还是要为了借着这个名头，趁机向许衡发难？

然则，不拘如何，冒氏今日所做之事都不能传到姚氏和许衡的耳朵里。她可以在言语间威胁冒氏，却不能真的拿这个去让姚氏生气伤心，再让冒氏看笑话。许樱哥想到这里，吩咐青玉："把适才伺候的几个人都叫进来，我有话要吩咐。"

刚才里外伺候的，不过就是古婆子、铃铛、青玉和紫霭四个，须臾便聚在了一起，屏声静气地听许樱哥吩咐。当听到许樱哥说不许把今日冒氏过来说的话传出去半个字时，古婆子和铃铛还好，青玉和紫霭却是满脸的不忿之色。冒氏凭什么可以这样嚣张？二娘子要如何对冒氏和许择才算是尊敬体贴？礼仪上不曾慢待半分，不管做了什么好吃的也从不曾落下过她母子，虽是隔了房的，但对待许择也和对待昀郎、娴雅一样没有任何区别。冒氏却为了不能出门就故意来恶心许樱哥，这不是恩将仇报是什么？

　　许樱哥将两个丫头脸上愤愤之色看得清楚，却知道她们不敢违逆自己的话，所以并不放在心上。且她着实被冒氏恶心了一回，心情也好不到哪里去，便打发众人下去，只要铃铛跟着，自去了园子里散步消食理清思路。

　　因着连日阴雨的缘故，园子里青石板路上多有青苔，树木花草更多了几分青翠之色，虽比不上天气晴好时的灿烂疏朗，却也有几分安静雅致。许樱哥走走停停，行了盏茶工夫，胸中的躁意便渐渐平复下来。

　　自她六岁进许家门以来，真心也好，假意也好，对每个人都尽力周到，努力想对他们好，想努力把日子过得好一点总是真。是为了自己是孤女，寄人篱下的缘故，也是感激许家收留她兄妹二人的缘故。冒氏且不说，对可爱的许择也是真心有几分喜欢，不然不会总想着给他留好吃的。冒氏为着这个缘故，从前对她也还过得去，而过于今日却为了泄愤而拿她出气的作法，说不失望是假的，但伤心却是说不上。

　　说起来，加着上辈子，她该比冒氏还要大上许多，兴许是活得久了，经历得多了，便很少有能入眼入心并在乎的东西，因为在乎的少，所以就看得开，同时心也就跟着冷硬了……许樱哥眯了眯眼，冒氏不管不顾地来她这里发作泄愤，说明冒氏已经难受到了极点，再不能忍耐，所以，可怜人还是冒氏，她就不和不懂事的可怜人计较了。

　　想到这里，许樱哥便又开心起来，抚摸着脸回头对着安安静静跟在后头的铃铛道："兴许又要嫁不出去了。"又没嫁出去，真是可惜了这副好皮囊。

　　铃铛到底年纪小，又是个老实性子，闻言愣住，好半天才反应过来，虽没说什么，眼圈却红了，闷着头想了许久，才低声道："不拘如何，婢子总是二娘子的婢子。"不管如何，许樱哥在哪里，她就在哪里，总是要跟着好生伺候许樱哥的。

　　真实在。许樱哥失笑，爱怜地揉了揉铃铛的头发。虽说有些倒霉，但她也不觉着自己全然无辜，老天全然无眼。若是那背后捣乱的人是为了崔家出头，那把气出到她头上原也没错,若那人是为了借她的事情来谋算打击许衡,那她受了许家这么多的恩惠,也是该受着的。天就算塌下来也还有高个子顶着,外面的难听话再传得厉害,也还有许衡、姚氏、许扶去操心,她急什么?骂是风吹过,打是实在货,没甚大不了的。

　　正院里,姚氏的心情就和天上厚重的云彩一样阴沉沉的,她看着同样阴沉着脸的许衡低声道:"便是为了心疼儿子,害怕儿子丢了性命的缘故,钟氏也做得太过了!她彼时便是上门来说一声,我难道不许?我是不讲理的无知妇人,非要不管不顾地将女儿嫁进赵家不成?她非要打我们的脸,可着劲儿地欺负我们樱哥!赵思程不能管好内宅不怪他,但他究竟有多忙呢?忙得这多天了,阮家那边不成了,外面流言都满天飞了,他才得空上门解释赔礼道歉?"

　　姚氏平时本不是多话的性子,今日一口气说了这么多,果然也是被气着了:"分明是故意放纵着妻子,想等造成事实后再推脱干净,只说不知,只怪内宅妇人短见识不知礼,他好照旧同你做好友。现在人算不如天算,儿子不听话,偷鸡不成蚀把米,他倒怕起我们把这流言的源头算到他赵家身上去?果然长袖善舞呢,老爷便是饶了他,妾身也断然不饶!"

　　许衡不焦不躁地听老妻抱怨完,方缓缓道:"钟氏自来便没什么见识,你和她计较呢?想来是被惊吓过度,失了分寸,想彻底断了赵四的心思,虽不得当,也是一片慈心。赵思程,他绝不会指使钟氏去做那样的事情,与他的性子和谋算不符。之后,钟氏做事不得当,已是得罪我们,他再在那当口上门赔礼,便要连着阮家和阮家那一派系的人尽数得罪,他是什么人?相交多年,难道你不知道他都做过些什么事?赵家不会乱传樱哥的闲话,我们不是深仇大恨,他们没那个魄力敢和我们结死仇。旁的不说,便是赵四也断然不会允许。该是另有其人才对。" 这个人,不但想把水搅浑了,还想要许家和赵家生怨结仇。这些日子发生的这些事,串在一起探究下来,不简单。

　　姚氏委屈道:"依着老爷说来,他们倒是全都有苦衷和难处了,可谁又体贴我们樱哥的苦衷和难处呢?她无非也就是为了尽孝道,遵兄命,和崔成定过亲罢了。怎么倒要她承受这些?"

　　许衡叹道:"你呀,我是说,金无足赤人无完人,便是我,说我不是,瞧不起我,恨我的人也不少,想必夫人和孩子们也替我委屈着呢。夫人实在不必要为了这个把自个儿给气坏了。人情交往，哪有那么多好人，那么多全合自己心意的人？一生中，合意的能有一两个便已足够。与其生气伤了自个儿，不如把那幕后之人找出来，再想想怎么把这败局拧转过来！"说到这里，许衡眼里已是带了一丝狠厉。

姚氏冷静下来，也就不复之前的怨愤，只是不解："这是谁在后头捣乱，这是要断了我们樱哥的姻缘！老爷一定要找出那个人来，出了这口恶气，断了这个祸根！"

虽不至于就真的如同姚氏所言，断了许樱哥的姻缘，但许樱哥的姻缘会因此受阻，选不到门当户对的好人家却是真的。许衡想起樱哥的年龄不小，也有些头疼，却也暂时没有其他办法，只得道："不急，你不是舍不得她么？也好多留两年。再说她前头不是还有许扶，先办许扶的亲事。"

也只能如此了，姚氏便琢磨着，要怎么不叫外头的闲话传到许樱哥耳朵里去，然后就想起了冒氏，忍不住叹了口气："看错人了。真是没想到，是个如此不安分的。我对不起三叔，对不起公婆。"

她初嫁入许家时许徕还小，那时的许徕，聪慧灵动，十分受宠，却对她这个长嫂十分尊敬，她是真有几分疼惜，后来公婆相继过世，许徕又在战乱中瘸了腿，性子变得安静孤僻了许多，但待她照旧十分尊敬，她也更多了几分怜惜。千挑万选了冒氏，不过是看重冒氏的才貌配得上许徕，也是想着冒家这个败落的前朝名门少不得要仰仗许家援手，冒氏自己也是年龄大了家贫不能出嫁，得了这门亲也不算辱没，也就欺压不起，嫌弃不起许徕。谁知刚开始那几年冒氏的确很安分，近年来却是越来越不安分。对着长嫂尚且如此，可想而知那夫妻俩私底下相处又是个什么情形。

冒氏闹腾什么？不就是不想受她压制，嫌弃许徕没出息，可要不受她压制，便要分家。分家，许衡不会放心许徕，冒氏肯定也不干，毕竟现下人家说起是大学士府的三夫人，出去以后她便只有许徕早年考的举人的娘子身份，左右都难。这样一个弟媳，是姚氏挑的，她怎么不愧疚？

许衡并没有怪姚氏的意思，反过来安慰她："人心易变，早年三弟妹并没这么不懂事，近年来才越发不稳当。可见是三弟没有管教好妻子，是他的错。我会寻个机会和他好好说说，便是为了五郎，也不能由着他们乱来。"想了想，又斩钉截铁地道，"不管怎么闹都不能分家！你得压着！不然二弟妹他们不好自处，三弟也只怕压制不住冒氏，要闹大笑话。"

姚氏叹了口气，可再怎么难，也只有受着。

许衡的心思却又落到了其他地方，沉思许久，道："过两日，你使人把杏哥接回来，我有话同她说。"总要设法弄清楚，张仪正是否真的威胁过赵家，与这事儿是否有关联，若有，又是为何？总不会就因为香积寺那点仇怨，便折腾牵扯得这般繁杂。

第18章 同仇·意外

夜幕才将降临，停了不过半日的雨便又淅淅沥沥地下了起来。这次雨季太长，便是时时开了窗户透气，潮湿微霉的味道仍然在房间里缠绵不去。赵璀躺在病榻上，百无聊赖地看着窗外随风摇摆，张牙舞爪的树木，思绪万千。听到门响，他收回目光，看向门口。看清楚来人，他眼里露出几分喜悦和期待："父亲……"

赵思程冷淡地看了他一眼，示意一旁伺候的婢女出去。

赵璀有些微不安，挣扎着准备下床行礼。赵思程淡淡地道："别挣了，难道真的想落下残疾，成了废人？"

赵璀微微一惊，呐呐地道："儿子没什么大碍。"

赵思程在他对面的椅子上坐下来，一言不发地看着他，赵璀半垂了眼帘，一动不动，背心里已全是冷汗。良久，方听得赵思程叹了口气，缓缓道："摔得可真好……她比你的命还重要么？"

赵璀茫然抬头："啊？"

"她比你的父母还重要？比你的前程还重要？"赵思程的面孔狰狞起来，猛地起身，响亮地打了赵璀一个耳光，磨着牙，喘着气，沉声道："你的孝心呢？你的忠义呢？你这个忘恩负义，见色忘义，不忠不孝的忤逆子！我白白生养了你！"

脸火辣辣的疼，嘴里一股子血腥味，但赵璀顾不得，他挣扎着跪倒在榻上，照旧一脸的茫然委屈，红了眼道："儿子不知父亲指的什么，请父亲明示。"

赵思程气得发抖，指定了他，怒道："事到如今，你还和我装！你这点微末伎俩，只好去骗你母亲！你是自己招了，还是要我替你一点点地掰出来？"

赵璀把眼一闭，心一横，大声道："儿子不知，请父亲大人明示！"

赵思程将两只手用力捏住他的脸颊，大声道："睁开眼，看着我！"

赵璀睁开眼，对上赵思程的眼睛。

茫然，惊恐，担忧，委屈都有，就是不见心虚……赵思程看了半晌，哈哈大笑，随即起身往外："好，你长大了，我错看了你。此番算你狠，能假摔落马回绝掉这门亲事，再有下次，我看你又有什么法子？我告诉你，便是你死了，只要你还姓赵，有些事就不由得你！"

赵璀闭了闭眼，大声道："父亲，您何故一定认为儿子是故意的？在您眼里，儿子就那么蠢？"

赵思程立住脚，神色不明地看着赵璀。

赵璀吐出一口浊气，缓缓道："儿子想与学士府结亲是真，但还不至于在明知母亲厌憎她到了这个地步的时候还要去做这种事，一旦真相毕露，不但母亲永无可能接受她，父亲和其他亲人也都要怨上她，永远断了这门亲！父亲再想想，如今外面都在传的那个闲话，人人都说是我们家传出去的，难道真是我们家传出去的？是您，还是母亲，还是我，还是哥哥、嫂嫂、姐姐、妹妹？"

赵思程不置可否："依你说，真是意外？"

赵璀眼里闪过一抹光，恨恨地道："若真是意外最好，若非是，那便是有人要置我于死地，要让赵、许两家世交变世仇！那人根本没想过放过我。"

赵思程冷笑道："你还敢骗我！按着你母亲的说法，那人是不许你与许家结亲就好了，我家既已向阮家传话表达结亲之意，他何故还要对你下手？"

赵璀早有准备，低了头小声道："儿子生怕老师厌弃于我，怕师兄弟看不起我，不容于我，曾私底下把受过胁迫之事传了出去。"

"你是找死！"赵思程恶狠狠地瞪了他一眼，默然立了片刻，沉声道："好生将养，其他不必操心。"言罢转身离去。

待听得脚步声渐行渐远，赵璀瘫倒在榻上，汗湿里衣的同时，唇边控制不住地漾起一丝微笑。孤掷一注，总算是赌对了。如此，赵、许两家即便中间还有许多怨气误会，也会同仇敌忾，便是他和许樱哥的亲事暂时不能提，家人也不会在短期内给他、她提及其他亲事。只要拖着，便有机会。伤处隐隐作痛，疼得他"嘶"地吸了一口凉气，他猛地一拳捶在榻上，恶声道："张仪正！"

赵思程且行且思，漫步走到了钟氏门前。钟氏正指着女儿赵窈娘骂："不许再在我面前提起那个狐狸精，扫把星！你四哥给她害得还不够？"

赵窈娘涨红了脸低声道："同她哪里又有什么关系？分明是我们两家被人给欺侮了。"

钟氏怒道："你再说！"

赵思程皱了眉头，道："做什么大叫大嚷的？窈娘回房去，我有话要同你娘说。"

赵窈娘默然退下，钟氏起身替赵思程更衣，问道："老爷怎么才回来？许家怎么说？"

赵思程道："还能怎么说？许衡的脾气你不是不知道，什么都是打哈哈，我说什么他都说好，鬼知道他信不信？"

钟氏道："管他信不信，反正那闲话不是我传出去的！他家爱怎么就怎么好了。"

赵思程勃然大怒："你还敢说！都是你做的好事，半点余地不留，两辈人的交情就这样断送在你这个无知蠢妇的手里！我不是告诉过你不要管，我会处理么？谁知你竟是等都等不得，我前脚出门，你后脚就敢使人去同阮家说。"

见他又没完没了地指责自己，钟氏掩面大哭："我有什么办法？儿子是我十月怀胎，鬼门关里走一遭才生下来的，我还指望着他给我养老送终呢……不早点断绝后患，还要等着白发人送黑发人吗？老爷不疼，我心疼呀……"

赵思程被她吵得头疼，怒道："好好，你都有理，这个家迟早要断送在你手里！你听好，这几日不许出门，家里的女眷没事也别出门！"

钟氏不服气："老爷有理，妾身早先就是按你说的做，又是什么结果？我又没做错事，怎地就连门都不得出了？"

赵思程恶狠狠地甩下一句话："夫人若是不听，只管一意孤行，且等我们家四面树敌，人人都等着来收拾我们就对了。"言罢再不理她，自去了小妾房里躲清静。

钟氏神色灰败地坐了许久，方才怏怏地歇了。

许府正院的长条案桌上堆满了各色礼品，许扶的养母邹氏穿着崭新的天青色绸裙，发髻用茉莉花香味的发油梳得锃亮，戴着金灿灿的钗子，脸上笑起许多褶子："今日是特意来谢他大伯父、伯母和两位侄儿的，五郎的事情劳你们操了许多心，我们都不好意思了。"

她这一支的亲大嫂马氏也笑着一起帮腔："要不族里怎么都说他大伯和伯母，还有下面的几个侄儿、侄儿媳妇都是热心肠呢。"

有这喜事衬着，姚氏的心情总算是好了些，笑道："自家人，说这些就外道了。"见丫头们送了茶果上来，便热情地招呼她二人吃喝，又笑问："都还顺利么？"

"顺利，顺利！"邹氏详细地描述了一遍与卢家送通婚书和送聘礼的经过，笑眯眯地道："因想着他二人年纪都不小了，耽搁不得，所以择了今年冬月十二为吉日，到时你们可都要赏脸去喝喜酒。"

姚氏自是应下不提，又有些疑问："算来才有半年光景，来得及么？"

邹氏笑道："来得及！房子是早就准备好的，什么都是现成的，说来，我们等这日许久了……"说到这里眼圈微红，无限感慨。姚氏和马氏都知道她的心事，连忙一起劝她。

许樱哥立在帘外静听，颇有些感叹，从此许扶便要多个亲人了，再不是孤孤单单的，但愿他二人琴瑟相合才好。只是遗憾，亲兄成婚这种大喜事，她这个做亲妹子的却不能登门祝贺，更不要说帮忙什么的，便是关心也不能光明正大地关心，只能立在这帘外静听，好似个做贼的一般。

绿翡领了鸣鹿从院门口进来，见许樱哥立在帘外，便俯了俯身，笑道："二娘子怎不进去？"

许樱哥道："夫人有客呢。我这便要走了。"她如何敢进去？既然张仪正一个初次见面的人都能看出她与许扶长得像，她又如何敢在邹氏面前随便晃？

绿翡隐约知道些这几日外头发生的事情，见许樱哥不肯进去，只当她不乐意见外客，也就不再多言，只吩咐鸣鹿："你在这里候着，待我进去回禀了夫人再叫你。"

鸣鹿老老实实地应了，忐忑不安地上前给许樱哥行礼问安，许樱哥便是还厌着冒氏也不会和个丫头计较，轻轻摆手叫她起来，唤了青玉自去了。

鸣鹿才站起身来，就见绿翡站在帘下朝她招手："你来，夫人有话要问你。"

鸣鹿忙低着头走进去，规规矩矩地给姚氏行礼，等着姚氏问话。姚氏皱着眉头道："亲家老夫人什么时候病的？都请了谁问诊？"冒家这位病重的老夫人，名义上是冒氏之母，却不是亲娘，乃是续弦，早年从不曾听说过她们母女情厚，冒氏更多的是怨言，怎地此番病了却要接冒氏回去伺疾？

鸣鹿见她问得仔细，生恐答得不对，便斟酌了又斟酌，小心翼翼地道："听说是前两日就不舒坦了的，请了城西仁济堂的高郎中问诊。"

姚氏倒也不含糊，道："既是老夫人病了，又使人来接，便让三夫人安安心心地去，再替我向老夫人问安。"又吩咐苏嬷嬷："去寻大奶奶，把前些日子得的好参送一盒过去。"

苏嬷嬷领命，示意鸣鹿："你随我来。"鸣鹿退下，临出门时，大着胆子迅速扫了邹氏等人一眼。

姚氏沉思片刻，吩咐红玉："去把三老爷请来。"

冒氏正坐在镜台前摆弄新制成的胭脂膏子和花粉，见鸣鹿进来，便抬了抬下巴，道："如何？"

鸣鹿双手奉上锦盒，把姚氏的话学了一遍，道："这是大夫人送给老夫人补身的人参。"

冒氏撇撇嘴，将那锦盒打开，瞥了一眼，见里头的老参根须俱全，果是好参，心里稍微舒服了些，口里却淡淡地道："打一下，揉一下，谁稀罕。"再看看，又觉着那参太好了些，心有不甘："便宜她了！"

鸣鹿沉默着只作不曾听见。

冒氏道："大夫人在做什么？"

鸣鹿道："在待客呢，来的是族里的两位夫人，就是住在西北边常福街的那一支。"

"切！什么夫人？她们也配称夫人？混吃等死的穷酸罢了，多半又是来打秋风的，就和我家这边一样儿的。"冒氏懒懒地将盒子盖上，道，"收拾起来吧。再从我的钱匣子里取些钱装上，那不穿的旧衣裳也找了包上。"兄嫂都知道她与继母关系不协，既然使人来接她，总归是为了钱财，她心中再不乐意，那也是娘家，不能不管。

鸣鹿依言领了另外两个丫鬟自去收拾行李不提，冒氏看着镜子里自己那张鲜艳娇媚的脸庞和熟透了的身体，惆怅地长长叹了口气。

门外传来许择撒娇的声音："爹爹，爹爹，再骑一回大马么。"

接着就听见许徕柔声道："爹有事要和娘说，改时再骑如何？"

冒氏脸上浮现出一丝不耐烦，站起身来对着门口喊了一声："不许胡闹！累着你爹爹！"

许择立刻没了声息，帘子被小丫头打起，穿着素青儒服的许徕一瘸一拐地走了进来。他三十四五的年纪，白面微须，剑眉星目，神情温和，看上去很是儒雅斯文，这般的人才模样本该是神仙一样的人物，奈何他走动之时的动作破坏了这种美感。冒氏见他足尖一踮一踮的那个动作，不由得心里就生烦，好容易忍住了，垂了眼上前扶许徕坐下，道："夫君今日不做学问么？怎有空到这里来？"

二人是夫妻，许徕又自来敏感，如何不知妻子对自己不耐烦？可想到一旁眼巴巴看着自己的儿子，再看看鲜花一样娇艳的冒氏，许徕的表情和语气便都软了五分，仍是和和气气地道："听说岳母病了，要接你回去。我送你去，也好探病。"

冒氏听说他要和自己一起去，一双描得弯弯长长的柳眉顿时跳了跳，勉强按捺住火气强笑道："没什么大碍，多半又是闹腾人罢了。你腿脚不便，天气又不好，就别折腾了。"

许徕想起哥嫂的吩咐，心想这夫妻总不能这样一直相敬如冰，还得自己多花些心思顺着妻子的心意才是，便又堆了笑，带了些讨好道："不碍事，来去都有车，有什么不方便的？老人家年纪大了，脾气难免怪些，且多担待着些。东西都收拾好了么？把前些日子大嫂给的那几匹好料子一起带过去罢。不是说大侄儿写得一手好字，读书还上进？再把我用的纸笔墨给他捎带些去。"

冒氏虽怨娘家人不争气，但听许徕主动说要给娘家人东西，心里也欢喜，便没那么不耐烦了："何必呢？惯得他们！"

许徕见她露了欢喜之色，心情也跟着放松了几分，笑道："这次去要住几日？择儿要跟着去么？"

冒氏掐着指尖算了算，道："我是不想多留，但上次没留，当天去当天回，七妹就讽刺我是攀了高枝嫌娘家穷不孝道，这次既然是伺疾，少不得要盘桓个两三日堵她们的嘴。择儿就不去了，那边人多房窄，哪里比得这里？上次才去半日就拉了肚子受了凉，倒叫我哥嫂内疚得不得了，还是留在家里的好。"

"也好。"许徕点点头，"到时候我再去接你。"

冒氏的脸色倏忽变了，眼睛里蹿起两簇火苗来，咬着唇道："往日你不是不耐烦动么？怎地这次待我这般好，又是送又是接的，别不是太阳从西边升起来了罢？"

许徕有些不好意思，但想到妻子同大嫂越来越恶劣的关系，便想在中间转圜一二，就道："都是大嫂提醒的我，我往日只顾着读书做学问，冷落了你和择儿，日后总是要仔细看顾着你们娘俩的。"

狗拿耗子多管闲事！她就说呢，许徕怎么突然就和狗皮膏药似的缠上了她。姚氏哪里是为她夫妻好，分明是防贼一样的防着她！真不知道，惹事儿的是许樱哥，她去一趟公主府碍着谁的什么事儿了！回娘家也要盯着防着，难道她是去偷人么？冒氏的两条柳眉顿时竖了起来。

许徕不觉，还在说个不休："我爹娘去得早，大哥大嫂扶持我长大，又是在乱世中生存，十分不容易，那年是大哥从死人堆里把我刨出来的，我的腿断了，家里没钱，还是大嫂卖了陪嫁首饰给我治的伤。她的性子虽有些好强，心地却是最良善不过的，长嫂如母，她名符其实，不管做什么总是为了我们大家好，你看在我的面子上多担待着些……"

冒氏不言不语，只顾指挥丫头们收拾东西。

无人应答，一个人说话总是无趣，许徕的声音渐渐低不可闻。

少顷，东西收拾完毕，冒家来接冒氏的车马也停在了门外，冒氏吩咐了许择两句，把他往乳娘怀里一递，吩咐乳娘："抱去二夫人那里，我早前同二夫人说过，请二夫人照料他的。"原本照料许择这事儿通常都是请托姚氏和许樱哥的，但她才同那边闹了不愉快，就连要出门都不耐烦亲自去寻姚氏，只肯派丫头去说，哪里又肯去求这二人替她照顾孩子。

许择却是不喜欢和性情清冷严厉的孙氏接触，一心就想着要去许樱哥或者姚氏那里，但他年纪虽小却也晓得母亲严厉，轻易不敢违逆。便瘪着小嘴，想哭又不敢哭，因见许徕也要跟着冒氏出去，便央求道："我同爹爹一起送娘亲。"

许徕伸手接过他，疼爱地道："好。"

冒氏柳眉倒竖，尖利地道："好什么？外头雨淋淋的，凑什么热闹？风吹了雨淋了可是要得的？病了还不是拖累我，一家子又要说我不知轻重折腾人。"

许徕闻言，脸上的笑意潮水般退了个干干净净，一言不发地抱着许择，转身一瘸一拐地离去，乳娘赶紧拾了把伞追上去。冒氏有些后悔，心里又酸又苦又涩，僵着脸在原地站了片刻，仰天吐了口气，决然地朝着外头走去。

冒家早已没落，派来接冒氏的马车虽是家中最好的，但在冒氏眼里还真是看不上。她也不管侄儿冒连是个什么心情，板着脸叫婆子把她惯常出门坐的马车赶出来，大包小裹一堆，自上了车，又叫冒连："雨淋淋的骑什么马，阿连来和我坐车罢。"

冒连倒也没觉着姑母欺负人，只觉得父母亲没坚持住，到底被小叔小婶和祖母闹着来接姑母回去，明着的打秋风实在有些羞耻，哪里又好意思坐许家的车？便拒绝了，悄没声息地骑着自家那匹老马跟着冒氏的马车往前行。待行至半途一处狭窄的街口处，忽见前头车马堵了路不能过去。冒氏听说是道路湿滑使得马车侧翻堵了路，心头不由得烦躁起来："这要什么时候才能过去？不如趁早折回去走其他路，省得后头再来车马把我们堵在这中间，进不得退不得。"

冒连没什么意见，便叫人把车马赶了转回去，冒家那辆马车不大，轻轻松松便回转过去，冒氏所乘这辆马车却是偏大了些，来回折腾了几遍都没倒转回去。冒氏被弄得头昏眼花，靠在车厢壁上只管掐着自己的脉门叹气。

"转过来了，转过来了！"丫头鸣鹤一直趴在车窗前看着，眼看车转了过去，少不得欢喜地回声报信，声音刚落，马车就剧烈地震动了一下，然后停止不动，随即车外发出一声尖锐的哭喊和愤怒的咆哮声，喊的都是撞死人了。

冒氏吓得一哆嗦，顾不上头昏眼花，疾声问道："怎么了？"

鸣鹤被那一下撞得歪倒在地，挣扎着爬起掀开车帘子看了，顿时吓得倒吸了一口凉气。但见一个白发苍苍的老妪佝偻着躺在泥泞里，头上流出的鲜血一圈一圈地在泥水里晕染开去。旁边一个浑身泥水，约三四十岁的彪形大汉，赤红了双眼，使劲推着老妪大喊几声，不见老妪有动静便猛地起身，从腰间取下一把斧头，疯了似的朝着马车扑过来，口里高喊着："狗日的，还我老娘的命来！"说话间，已经把上前拦阻的车夫掀翻在地，一斧头砍在了马腿上，马儿吃痛，嘶鸣着乱跳乱蹄，马车跟着剧烈地抖动摇晃起来。

冒氏虽然早年吃过些苦头，但终究一直都在家人的护佑下，这些年又是在许家养尊处优惯了的，哪里见过这个阵势？当下吓得尖叫一声，紧紧抱住头缩在车厢角落里，大声喊她侄儿："阿连！阿连！"可又随即想到她的侄儿也不过才是十六七岁的少年郎，哪里见过这个，别白白把小命给丢了，便又扑到车窗前厉声呵斥仆从："还不赶紧给我拦着！"

第19章 恩公

冒家跟来的仆从不过是一个车夫并一个老婆子，抵不上什么用，许家跟车的仆从也不多，除去几个丫头婆子外，就是一个车夫并个跑腿的小厮。哪里拦得住这莽汉？说时迟，那时快，那莽汉闪着寒光的斧头已经朝着车厢劈了过来，冒氏吓得闭上眼睛，几个丫头婆子拥挤着哭成一团。

"不得伤人！"冒连鼓足勇气大喊了一声，举着马鞭纵马飞奔过来拦在车厢前，可他来得不巧，那斧头挟着风，"刷"的一下便朝着他身上招呼过去了，便是想躲也没处躲。

冒氏看得分明，吓得肝胆俱裂，凄厉地大喊一声："阿连！"又只管推搡着身边的丫头婆子："你们快去拦一拦啊！"虽是这般喊着，她自己却已不敢抱任何指望，恐惧地闭上了眼睛，不敢再看。黑暗中，她只听"铿锵"一声响过，有重物倒地，随即四下里一片静寂。

冒氏只当是侄儿被那莽汉砍翻在地了，不管不顾地捂着耳朵尖叫起来："救命！救命！"想想又替侄儿难过，便又号啕大哭："阿连，我可怜的阿连！你这个天杀的……"号了几声，却迟迟不见那锋利的斧子落在自己身上，反倒被人轻轻推了几下，却是鸣鹿低声宽慰："夫人，没事了，咱们被人救啦！"

冒氏犹自不敢相信，可听见本该被斧子劈了的冒连在外面同人说话，周围也再无之前的哄闹，马车也平稳了，便麻着胆子睁开眼，看了又看，待看清楚那莽汉果然被几个彪形大汉给绑缚起来丢在一边，冒连也好好儿地立在车前同人说话，一切照旧之后，不由得涕泪横流，软倒在车厢里，有死里逃生之感。

抽泣片刻后，她方又想起有恩人未谢，便叫丫头打起车帘，自己哆嗦着挪到车窗前往外看出去，欲把那横天而降，救苦救难救命的菩萨看清楚。当先看见的是一匹高大雄壮，毛皮犹如锦缎，着金马勒，披锦绣泥障的紫骝马，马背上坐着个身材高大，戴油帽，着玄衣，五官深邃的年轻男子。那男子手里还提着一支长枪，正似笑非笑地看着自己，眉如刀裁，那双眼睛更是迥异于常人，黑中又带了灰，就似暗灰色的琉璃般，不动之时沉静如水，轻轻一转便流光溢彩，对上更叫人心慌意乱。

冒氏下意识地捏紧了袖子，将帕子擦了擦泪，挤出一个可怜兮兮的笑来，颤抖着嗓音，不胜娇怯地道："阿连，是这位壮士救了我等么？"眼睛瞟到那男子掌中的长枪，便想约莫就是这东西挑开了那莽汉的斧头，再看那男子的装扮及身后随从的装扮模样不凡，不由得暗道这不晓得是哪个世家府邸的子弟，这般的威风富贵风流。

冒连满脸都是劫后余生的庆幸："姑母，正是这位公子救了我们。若非他施以援手，侄儿只怕要身首异处了。"言罢后怕地看向那被人摁在泥水里却犹自挣扎不休、怒骂不已的莽汉，两股犹自战战。

"多谢恩公活命之恩。"冒氏要下车给那公子行礼致谢，那人看了她一眼，和气地道："不必了，这街上泥泞得很，没得污了夫人的鞋子。这泼皮寻衅生事，出手狠辣，谁见了都会施以援手，举手之劳，夫人请不必客气。"

冒氏见他平易近人，少不得对他又高看一眼，便在车上给他行礼："妾身许门冒氏谢过恩公。"

那人听她自报家门，挑了挑眉，脸上的神情比之前淡了许多，口里仍问道："不知夫人说的可是许衡许大学士府？"

冒氏见他也识得学士府，不由得骄傲地笑了："正是，那是妾身夫君长兄。敢问恩公尊姓大名，仙居何处，小妇人改日当携夫君并子侄上门拜谢大恩。"

"不必了。"那人懒洋洋地将长枪往马背上一横，长靴轻轻一磕马腹，竟然是催马就走。

冒氏和冒连不知他怎地突然换了张嘴脸，面面相觑一回，冒连赶紧追了上去，连连作揖，央求道："恩公，还请留下尊姓大名……"倒也不是他想借机和人家攀上关系，不过是受人恩惠，却连人家是谁都不知道实在不是为人之道。

那人淡淡一笑，略带了些讥讽道："不用了。既是许学士府的女眷，那我也没白帮，算是两清吧。"言罢吩咐随从："把那莽汉交给他们。"说完头也不回地去了。

那几个随从果然把那绑缚着的凶汉提溜过来扔在冒连脚边，冒连还不死心，要同那几个人打听恩公的姓名，那几个人还算得客气，却是多半个字都不肯说，各各上马，扬长而去。

冒连见实是无法，也只得暂且放下，等稍后再想法子打探，自折回去寻冒氏说话。

冒氏正使人详细询问过刚才的事故，晓得是自家马车倒车之时没注意到这莽汉背着老妪站在一旁，所以才将两人都给撞翻在地，导致老妪受伤。虽然恨那莽汉凶残，到底自家有错在先，也怕会出人命，便与冒连一起去探那老妪。

那老妪虽然没死，却也气息奄奄，兼之头上破了个洞，血流得满头满脸的，看着很是吓人，须得立即寻医救治。冒氏当机立断，让人把那老妪放在冒家那辆车里，安排冒连带着立即去寻跌打郎中救治，再另外安排个婆子奔回学士府报信，她自己则坐在车里，守着那被砍伤了腿的马儿和那被绑缚成一团，塞了嘴扔在泥泞里的莽汉，静候学士府来人。

雨越下越大，被砍伤的马儿痛苦不已，道旁还有人不畏雨势守着看热闹，议论纷纷不说还指手画脚的。出门便撞鬼，冒氏又烦又恨又担忧，却又无可奈何，身边没有人手跟着，便是她想另外租赁一驾马车先回去，也是丢不下这里，不由暗自后悔不该不让许徕送了她来。

也不晓得过了多长时间方听得马蹄声响，冒氏激动地掀开车帘，从缝隙里看向朝她疾驰而来的许徕，不由得微红了眼睛，委屈至极。许徕吃力地下了马，顾不上其他，便先掀开车帘打量着冒氏，问道："你还好么？"

冒氏猛力点头，泪眼朦胧地看着丈夫哽咽道："还好。"

许徕早从报信的婆子口中知道经过，此刻见她果然没事便放了心，先使人将马匹换上，叮嘱她道："你先回去吧。弄得这般狼狈，今日就别回娘家了，修整将养一下，改日再去。岳家那边我会使人去说。"

冒氏也是这么个想法，这种事情哪能带到她娘家去处理？自然是要由着许家处理才好，便应了："好，但阿连带人去寻郎中救治了，也不晓得他有钱没有，能不能处理下来，是不是使个得力的管事过去瞅瞅？"

许徕点点头，安排管事去寻冒连，自己则转身朝着那莽汉走去。冒氏本想与他撒撒娇，寻些安慰，但见他竟是转身便走了，此外一句多的温柔体贴话都没有，想着他约是还在记恨之前二人斗气之事，于是也生起气来，板着脸叫人赶车回去，也是一句关心体贴话都没留下。

许府上下已经知道了事情经过，冒氏的马车才到二门处便有人飞速往里通知了姚氏等人。冒氏虽晓得家里人都挂着这事儿，却也懒得先去正院说明，她心想着受了惊吓的人是自己，该得姚氏等人来瞧自己才是，难不成还要自己巴巴儿地跑去告诉姚氏等人不成？便自鼓着气回了房，慢吞吞地洗脸梳头换衣裳，又叫人熬制安神汤来吃。

安神汤尚未送上来，那边姚氏、孙氏已经领了家中的女眷过来，这时候倒也没谁去和冒氏计较那许多的小心思，个个儿都十分关切地宽慰冒氏，仔细询问事情经过。

冒氏见一群人嘘寒问暖的，姚氏还张罗着请太医来给她瞧，也就把那心气给灭了，慢慢将事情经过说起来，说到那莽汉举着斧子冲过来时，姚氏等人俱都吓白了脸，孙氏更是不停地转动手里的念珠，连声念佛。

冒氏这里却是笑逐颜开，越说越兴奋："我本以为不死也得脱层皮的，谁知命不该绝，铿锵一声响，那凶汉手里的斧头便飞上了天……"回味着当时的情形，把那救了她和冒连的恩公赞了又赞，总结道："也不晓得是谁家的公子，做了好事还不肯留名，我看他也该是生于富贵之家的子弟，难得如此仗义平和，毫无骄矜之气。"

樱哥同梨哥姐妹二人看她说得眉飞色舞的，全无众人刚进门时的娇弱模样，不由得暗自好笑，梨哥凑到樱哥耳边轻声道："还以为小婶娘被吓坏了，现在看来还好。"

樱哥点点头，冒氏是敢骑马打球和与姚氏作对的人，胆子又会小到哪里去？

梨哥听冒氏把那持枪救人的公子描述得天神一般的，不由得心生向往："这人也算是侠义了，不知是谁家的？"话音未落，就见樱哥似笑非笑地瞅了自己一眼，先就红了脸，恨恨地掐了樱哥一下。樱哥忙捏住她的手腕，姐妹二人暗里互相嬉笑，免不得发出些许声响，得了姚氏和孙氏一个大白眼方才乖了。

却听冒氏突然道："险些忘了件要紧事，大嫂，那人听说我是许家女眷，便说他也不算白帮，算是两清吧，这是何意？难不成是我们家熟识的？我却是从未见过他也。"

姚氏蹙起眉头："那人怎生模样？"

冒氏首先想起的便是那双琉璃一般的眼睛，少不得仔细描摹一番，其他人还好，姚氏与许樱哥却是倒吸了一口凉气，从彼此眼里都看到了无奈和疑虑——会这样说话的，又长成这个模样的，除了那粘上就甩不掉的狗皮膏药张仪正外，还能有谁？

只是不知今日之事到底是巧合还是故意谋算，若是巧合倒也罢了，但若是故意谋算，所为何来？最近发生的太多事情似乎都与张仪正有关，却又没有确切的证据。姚氏并许樱哥都忧郁得很，却别无他法，只能等许徕把详细情形带回家后再与许衡商量才能下结论。

但不拘如何，根据经验，似乎沾上那太岁的总没好事就是了。姚氏的心情由来沉重了几分，敷衍道："我也不知是谁，但按你说来，似他这样的人家这上京中也是有数的，我这里使人去详细打探便得知了。"见安神汤送来，便起身道："你歇着，我们就不打扰你了，需要什么，想吃什么只管使人来说。"

冒氏虽不全信姚氏的话，但也不好紧着追问，只得任由她们去了，私底下安排人去探消息不提。

少一时，许衡落衙归家，听冒连详细描述事情经过后，打发走冒连，抚着胡子坐到椅子上，忖道："……两清……按这话说来，莫非是有和解之意？"

乍看来，从当初张仪正羞辱许樱哥之事起到救助了冒氏，似是功过相抵，能两清一般，但只是从香积寺到现在出了多少麻烦事，再加上最近赵家那边传出来的，有关张仪正威胁逼迫赵家，并令得赵瓘堕马受伤之事，叫他无论如何也不敢相信张仪正真有这个意思。若真有和解之意，又何必苦苦逼迫赵家？今日的卖好，怎么都像是居心不良。

许徕斟酌着道："依小弟看，今日这起事故倒不像是有意安排的。"

但凡设局谋算，总要有好处和目的。那母子二人来历身家全都有据可查，却不是以骗为生的，那儿子虽以脾气暴戾出名，却也是个有名的大孝子，怎么想都不至于拿老母的命去替人谋这个局。若是出了人命，还好攀咬许家一口，但人却没死，那老妪醒后也没提什么不妥或过分的要求，只担心自己的儿子是否害了人命要偿命，听说他们肯管医治便千恩万谢的。总体说来，这桩事并未引起任何波澜，不过就是一个处理得当的意外而已。若说是张仪正有意为之，那对张仪正又有什么好处？至少目前看来，不曾看出任何可疑之处。

许衡沉思不语。生于乱世，能幸存下来并有今日的地位，还能护住一家周全，他并不是不谙世事的书生，尽管晓得世间不乏忠义之辈，却也晓得有时应以最大的恶意去揣测旁人。尽管目前不能证实赵家所言俱为事实，但他便要先假设这个局是张仪正刻意谋算的。往小里想，张仪正是恨着赵、许两家，要报私仇；往大里想，张仪正身后是康王府——虽然他与康王府从来井水不犯河水，但谁能保证康王府不谋算他？多半还是诸皇子争储的手段之一，要拉许家下水。再有之前许扶跟丢，暗里支援崔家妇孺的那个人，也是消失在康王府里的，若是康王府知道许扶兄妹俩的真实身份，若是知道许家与崔家的真实恩怨，以此胁迫于他，又该如何是好？

古往今来，掺和到储位之争中的臣子就没几个有好下场的。如若果然如此，那实在不是件好事，他还宁肯张仪正一直与学士府不对付着才好。一念至此，许衡的心里不由得多了几分沉重："三弟，让你大嫂准备一份厚礼，明日你领着冒连一道去康王府致谢，只管致谢，其他一概不谈，且看他家如何应对。"若果然是设局，那必然还有后手，端看康王府怎么反应。若是康王府想借机与他交好，想来就会顺着这个机会两下里往来不停，若不是，那便要另加思量了。

许徕见长兄一脸凝重谨慎，晓得这不是小事，忙应了，自去正院寻姚氏商量如何去康王府致谢一事。

多年夫妻，姚氏早就猜着许衡会有这样一番安排，因着樱哥、梨哥年龄都不小了，该学着处理这些人情往来，便亲自带了她姐妹二人在身边，教导她们在这种情况下都该备些什么礼才合适。把礼单写出来，又叫人将东西都拿到面前来仔细看过，只恐里头混了不好的，那便不是上门答谢而是上门惹嫌了。

听说许徕来了，樱哥、梨哥姐妹俩赶紧起身给许徕行礼让座奉茶。许徕虽然话不多，脾气却很好，对着两个侄女也是亲切关爱有加，絮絮叨叨地问了她二人最近是否练字习书，道："知书才能达理，可不能贪玩就扔了。"

樱哥与梨哥十分敬重这个温文有礼、学识渊博的小叔父，含笑答过才行礼退下，留姚氏与许徕说话。姐妹出了正院，梨哥见那雨下得缠绵不休，不由得抱怨道："恨透了这个天气，想玩也不得玩……"

樱哥还未答话，就听不远处有人笑道："你想玩什么？说给我听听，兴许我有法子。"却是冒氏由鸣鹿与鸣鹤二人扶着走了过来。

樱哥看见冒氏委实有些嫌烦，便收了笑容垂眼轻轻一福。梨哥则关心地道："三婶娘，您怎不在房里躺着将养？"

冒氏神色复杂地看了樱哥一眼，笑道："我有些事想同你大伯母说，等不得就先过来了。她闲着么？"

梨哥便道："三叔父在同她说事呢。"

冒氏便大着胆子，厚着脸皮看向樱哥，道："那我找樱哥也是一样。梨哥你先去忙吧。"

梨哥笑一笑，先往前去了。樱哥半垂了眼，淡淡地立在原地等着冒氏发话。

冒氏脸皮忒厚，让鸣鹿等人退后几步，自己含笑上前去握了许樱哥的手，低声道："还和我生气么？都是我不好，嘴臭惹人厌烦，婶娘同你赔礼。莫生我的气啦。"

她是长辈，既然她先低头认了错，许樱哥这个做小辈的当然不能继续拗着来，不然就没道理了。但这世上哪里有这样便宜的事情，打一巴掌给个笑脸就该凑上去？谁稀罕？许樱哥心里冷笑着，微微退后一步，挣开冒氏的手，面上却堆出比蜜还要甜几分的笑容来，道："三婶娘这是做什么？可不是要折杀我这个做侄女儿的么？侄女儿当不得。有话便请直说吧。"

冒氏也晓得自己做下的那些事情不可能轻易就得到许樱哥原谅，但她原也不指望就和许樱哥回到从前那般的光景，便直截了当地道："听说今日救我之人便是康王府的三爷，那位几岁就封了国公爷的？"

许樱哥没想到能叫冒氏屈节赔礼的因由竟是这个，乃淡笑道："没错儿，就是他。"

冒氏一脸的诧异之色："怎么会！他看着不似是那种人啊！"她也是后头才知道，原来她眼里温文可亲的英雄、英勇无敌的救命恩人竟然是先前折辱许樱哥的仇人，可她不信，分明差别太大了么。要说那人真那么好色，她自问容色不比许樱哥差半分，更有几分未经人事的小女孩所没有的风韵，怎不见那人对她有一丝一毫的失礼？便是多看一眼也不曾的。

许樱哥不由得哂笑了一声，抬着小翘下巴慢悠悠地道："依着三婶娘说来，家里人都是在撒谎咯？再不然，就是我的不是？"

许樱哥虽然在笑，态度却不善。冒氏晓得她的脾气，当着姚氏等人兴许是会忍让，乖巧得不得了，背着姚氏等人却不是什么好欺的，又惯会装疯卖傻。她早前已然让过自己一次，不可能再让二次，这里又是姚氏的院子外头，一旦闹将起来自己便讨不了好，少不得要落下一个以大欺小，为老不尊的名声。所以冒氏就是心里不信，也不敢明着说这个话，便干笑了几声，道："哪里会，我不过是好奇。"

许樱哥也不与她多言，福了一福，干脆利落地转身离开，走了一截回头去瞧，只见冒氏不但没进姚氏的院子，反倒朝着另外一个方向去了，看方位，应该是二房所在的地儿。因见青玉气鼓鼓的，一脸的敢怒不敢言，不由得笑道："看来我的脸皮还不够厚，应该再勤加练习才是。"

青玉扑哧一声笑出来。许樱哥调笑道："别板着块脸，人家看见了还以为是我不给你饭吃呢。来给姑娘我笑一个。"

青玉似喜似嗔地瞅了她一眼，道："就您是个心宽的。"

"这样不好么？她来气我，不但没气着我，反倒被我气着了，我才叫赚了么。"许樱哥心里清楚得很，冒氏这般作为，约是已经确定了自己并不是姚氏与许衡的亲骨肉，并且料定自己轻易不会拿这种事去烦姚氏，所以才会如此张狂。而她，的确也不乐意给许衡、姚氏添麻烦，也不想让许徕难受，所以太懂事，太识趣反倒是错。

第20章　朦胧·避让

雨终于停了，天边露出一丝亮蓝，映着几缕白云，看着很是赏心悦目。许杏哥快步走到安雅居的门前，笑道："你们二娘子在做什么？"

正埋头吃饭的许樱哥欢喜得一跃而起，奔将出去把她迎了进来，一迭声地道："姐姐怎么有空回来？什么时候回来的？吃过饭了么？"随即将丫头打发出去，小声道："怎么了？"此时天色已然不早，实不是回娘家的时候，许杏哥在这个时候回来，总是有事。

许杏哥低声道："听说家里出事，又是与那人有关的，所以特意过来瞧瞧。马上就要走，专来寻你说句话。"说到这里，带了些忧虑认真道，"你是否得罪过章淑？"

许樱哥见她神色忧虑，不由得坐直了身子道："也没什么，只上次马球赛时，不知何故她突然对我发难，被唐嫒她们几个给笑话了一回。怎么了？"

那些闲话迟早都要传到许樱哥耳朵里，与其她什么都不知道，骤然间被人点破笑话气个半死，还不如自己先说与她听，也好叫她有个准备。许杏哥字斟句酌地道："最近外面有些不好听的瞎话，说是爹爹仗势想与赵家结亲，赵家不肯，所以才会急匆匆去提阮家那边，还有从前崔家的事情也被人翻了出来，听说外头那些闲话就是章淑传出来的。我就猜，是不是你得罪了她，才令得她如此？"

章淑因是庶女，生母出身低微又早逝，且嫡母十分厉害的缘故，在家里过得很不如意，若非是她千方百计与冯宝儿等人交好，只怕她嫡母都不肯放她出门。所以她平日里和人相处时总是带了些谄媚或是嫉妒尖酸之意，心胸狭隘得很，往往不经意间就会莫名得罪了她。俗话说的，宁可得罪君子也不可得罪小人，讲的便是章淑这种人。

"原来是她。我并无故意找事惹事的习惯，但她莫名欺到我头上，总不能装聋作哑，任其作为。可我觉得真没到结这种死仇的地步，若她真是为了这个而中伤我，那是她的人品问题，可不是我的问题。"许樱哥早就从冒氏那里知道了此事，所以并没有太大的情绪波动。相比较这话是从哪里传来的，她更担忧姚氏等人会嫌自己给许家添了麻烦，只是早前姚氏等人并没有提起这件事，她也不好主动提起，如今许杏哥既然提出来了，她正好趁势表达自己的歉意和无奈："只是又叫父母亲伤心担忧，姐姐这里也不好看。我给你们添了太多麻烦。"

"若是怕麻烦，当初父母亲就不会收留你们。既是收留，便不怕麻烦。"

许杏哥叹口气,握住许樱哥的手轻声道:"父母亲早就知道此事,只恐你会伤心才瞒下来。只是想着瞒得过一时,瞒不过一世,所以才特意让我来和你说,看吧,果然是叫母亲猜着了,你又多想了。"

许樱哥见她说得真心,心里压着的那块石头也就跟着松了,便摆出一副猖狂样,笑道:"既是知道闲话的来处了,想必姐姐已有法子应对了罢?我就等着姐姐给我报仇了。"

许杏哥见她一脸的小人得志状,不由得也跟着笑了,捏着她的下巴道:"那是自然,来而不往非礼也,叫她多嘴多舌无事中伤人害人姻缘前程!最好以后都不要出来见人了。你且等着,怎么也得出了这口恶气,不然人家还以为许家的女儿好欺负呢。"

许樱哥想的却又是另外一桩事:"按说,和赵家议亲这件事因为从开始就不太顺利,所以并没有传出去,章淑又是如何得知的?且她往日里咬人也多是挑着家世不如她的来,似我这种就只敢过过嘴瘾。若无其他缘故,我想光凭这几句口舌之争,她不至于就敢这样狠狠得罪我。"

许杏哥道:"这个就要慢慢儿地问她了。管她因着什么缘故,总是她当了这杆伤人的枪。既要给人做枪,便要有随时折了的觉悟。"

总之是与知情人有关罢了,不拘是张仪正,还是许府、赵府的人掺和进去,都不是件令人愉快的事情。姐妹二人便都沉默下来。

许久,许杏哥方道:"赵家大奶奶说,那日在我们家别庄传话的人是个年约八九岁的青衣小童,长得眉清目秀的,左边眉梢有颗胭脂痣。可你姐夫翻遍康王府这个年龄段的童儿,就没见过有这么个人,且那日康王府带去我们别庄的奴仆随从也没有这么小的孩子。就是平日那人的身边也没有小孩子伺候,年纪最轻的小厮也是十三四岁。"

这么说,那天留下狠话的人除了是张仪正外,也可能是其他人,毕竟那天还发生了诡异的裙子自燃事件。许樱哥正想着,又听许杏哥继续道:"也曾试探过他了,他并不知道赵璀堕马之事。"当时武进试探着说起此事,张仪正先是一怔,随即哈哈大笑,说是恶有恶报,还嫌不够,说怎么没把赵璀给摔死。毫不掩饰他对赵璀的幸灾乐祸,却也没露出半点他与这事儿有关的破绽。当然,也许是他太会掩饰,可是没有证据,谁也不敢就确定与他有关系。

赵璀堕马之事,许樱哥略略知道些。事情发生后,赵璀曾通过其他途径让她知晓他的决心和歉意，他虽未明说，但她能猜着这大概是他的手段之一。此事是真的让她看到他非她不娶的决心了，但到底诡诈，又是瞒着赵、许两家家长的，见不得光。所以许樱哥不敢说给杏哥知晓，也不曾把这个账算到张仪正身上去。

送走许杏哥，许樱哥撑着下巴坐在窗下一直想到天黑，只觉得越想越迷茫。夜雾里，有个身影朦胧而又清晰，仿佛就在她面前，她一伸手就可以碰触得到，但等她真的一伸手，便又如雾气般散得干干净净。旁的她不知道，她只知道平静的好日子一去不复返了，她之前为自己规划的那份米虫人生大概也不会那么容易实现了。便是许扶不肯告诉她，她也预感得到，有人藏在暗处盯着这府里和这府里的人，要叫她不好过，要叫许家人不好过。

一弯新月半掩在乌云之中，上京城半明半暗，有风吹过学士府里参天的老树，发出下雨一般的沙沙声。学士府的大管家许山安静地立在角门处，侧耳细听外头的动静。角门上传来小动物爪子挠门一般的刮擦声，他轻轻咳嗽了一声，于是角门上响起了一声低得几乎听不见的敲击声。

许山自腰间取下一串钥匙，灵巧地打开了角门上的锁，一个穿着兜帽披风的身形迅速闪入，熟稔地朝许山点了点头，立在一旁等着许山把门锁好，方与他一起安静地朝着许衡的书房走去。

书房里灯火通明，许衡坐在案前翻看一本古籍，听到门外传来的敲击声，头也不抬地道："进来。"

才用清油保养过的门轴滑而灵活，门开时半点声息都没有发出。来人的脚步同样很轻，他边走边取下兜帽，行至书案前停住了脚步，朝着许衡深深一揖："小侄见过姨父。"

许衡虚虚一扶，和蔼地道："济困，坐。"

许扶挑了张椅子坐下，脸上的神情看着似是十分平静，眼神却有些内疚和担忧。

许衡知道他心思自来就重，晓得他不但是为许樱哥的事情担忧，也在为兄妹二人给许家添的麻烦而内疚。却不好总就此事反复宽慰他，便直截了当地道："如何？"

见他说起正事，许扶的眼睛亮了几分："有三件事。第一件是康王最为倚重的幕僚崔湜和崔家有亲,虽已出了五服,但早年崔湜母子贫苦之时经常得到崔家沈氏夫人的接济。可不知何故,崔湜之母亡故后两家就断了来往。当初崔家出事时,崔湜已成为康王的左膀右臂,但他不曾过问过崔家之事,崔家也不曾向他求助过。第二件,是有关天机道人的,据查,当年天机道人死时曾有一个心腹弟子走脱,这人至今杳然无踪,曾有传言,他是被郴王府的人带走的。第三件是自半个月前始,张仪正便应了康王的安排,每日到禁军营中操练半日,差不多也就是那个时候该回府,路线也没错,下雨时他会走这边,若不下雨就会绕远路走。"

若崔湜心中其实存了保全崔家流放的妇孺,那么他仗着康王府的势力暗里派人照顾崔家妇孺周全也说得过去,也就可以解释那个人为什么会消失在康王府。

许衡长长出了一口气,轻声道:"关于天机道人的火符袋和秘法落入到郴王手里之事,我也曾听说过,当年还有人说其实是落入到今上手中。但据我所知,今上和郴王大概都没有得到这东西,不然早就亮出来了。得到的应该是另有其人。"

许扶的神色渐渐凝重起来:"难道落入那位的手里了?这样重要的东西,怎会轻易拿出来对付我们?"

许衡轻声道:"你不觉得这几件事太过凑巧些了么?都和康王府有关。小心些,最近没事儿就不要再上门了,崔家的事也不要再过问,以不变应万变!"

帖子是早就递过来的,许徕并冒连二人到了康王府后倒也没人怠慢他们,门房很快就将他们引入花厅奉茶,接着一个姓胡的管事出来陪客,礼数虽周到,却是连连告罪:"对不住。我家三爷今日一大早就被召进宫去了,现在还没回来。"

许徕昨日便得过兄长的告诫,自是带了十二分谨慎,笑道:"不急,我们等着便是,昨日多亏了三爷出手相救,家兄吩咐了,要我今日一定要当面向三爷致谢。"虽不知张仪正是真的有事进宫不曾赶回来还是有意回避,但他既然是登门致谢,当然要当面亲自致谢才显得诚心。

那胡管事似乎早就料到他会如此,笑了一笑,陪在一旁说话,言谈举止中丝毫不见王府骄仆的嚣张气息，只是恭谨小心周到。休要说是许徕，便是一旁的冒连也不曾感到自己受了冷落。

难怪人家都说康王行事规矩端严，只可惜有那么个不着调的儿子，但这儿子也暂时还是自己妻子和内侄的恩人……许徕正自感叹间，就见门外进来一个穿宝蓝色圆领长袖衫，戴玉冠，眉清目秀，神态温煦的翩翩少年郎。

许徕见他气质打扮不似常人，便起了身，冒连也赶紧跟着站了起来。那胡管事笑着上前介绍道："这是我们四爷。"

许徕上门之前曾把康王府内的情形仔细打探过一遍，晓得这位四爷张仪端乃是侧妃宣氏所出，没比张仪正小多少，却是自小爱读书，十五岁起便才名彰显，很受康王器重，为人更是圆滑周到，便是康王妃也经常会安排他做事，远非张仪正那混吃等死，只会争强斗狠，吃喝玩乐无不精通的纨绔可比。于是许徕打起十二分精神上前仔细应对。

张仪端却是个亲近和蔼的性子，先是不肯受许徕的礼，随即又随意说起许徕早年修订的一本书，口称先生，虽不曾刻意称赞吹捧，却叫许徕心中好生欢喜——他年少便有才名，十三岁中举，只可惜后来在兵乱中瘸了腿，便从此沉寂下来，不再追求功名，一心只做学问。那本书集正是他最得意的成果之一，却是没想到张仪端这王府皇孙竟然知道并认真研读过，怎不叫他欢喜？于是看着张仪端越发顺眼。

寒暄过后，张仪端方道："今日实不凑巧，昨日三哥得了府上递来的帖子，本是要在府中候客的。谁想宫中突然宣召，却是怠慢了贵客。"

许徕并无官职在身，冒连更是白身，张仪正虽不曾见他们，但张仪端亲自出来待客，也是给足了学士府脸面。茶水已经续过三遍，还不见有张仪正回来的消息，总不能叫张仪端就陪着自己喝一下午的茶，许徕猜着今日大抵是见不到正主儿了，便命人奉上拜匣："烦劳四爷替在下转交三爷，区区心意，不成敬意。"

张仪端向胡管事使了个眼色，胡管事赶紧上前接过。许徕又说了几句改日再登门拜谢之类的客气话，起身辞去。

张仪端含笑起身送客，遗憾道："原本还想趁机向先生讨教些学问上的事情，但既然先生还有事在身，也不好强留。只盼日后能有机会同先生讨教一二。"

张仪端长得斯文清秀，说话总带了三分笑，态度谦和，令人如沐春风。许徕心中委实受用，十分赞叹，却还记得长兄曾说过的话，连说不敢，并不因此就失了分寸多亲近半点，照旧不远不近着，十分守礼。张仪端一直送他到门前方才回去，宾主尽欢。

张仪端接过胡管事递来的拜匣，打开看过，不过是些药材、茶叶、布帛之类的寻常礼品，分量十足，品质上乘，中规中矩，既不打眼也挑不出半点不是。张仪端不由得翘了翘唇角，这学士府还真是"规矩"得很，不怪人家都说许大学士是个深藏不露的老狐狸。正想着，就见张仪正从一旁大踏步走过来，劈手夺过他手里的礼单，半是讽刺半是玩笑地道："四弟可真够关心我的，帮了我老大的忙。收礼这个小忙就不烦劳你了，我自己来。"

这个不讲理的恶徒！张仪端心头暗恼，面上却半点不显，照旧的温煦和气："三哥开玩笑了，这是应当的。听说您应召去了宫中，总不能叫客人空等着，王妃便命小弟出来待客。若是知晓三哥这么快就能回来，小弟当留许家三爷再喝一杯茶的。"眼睛一转，打量着张仪正身上微有褶皱的月白色家居袍子笑道："三哥这是才从宫中来？"

张仪正看也不看他，大喇喇地自往椅子上一坐，吊儿郎当地跷起二郎腿，垂着眼只管看手里的礼单，淡淡地道："不是。"

张仪端早就知道他进宫是假，乃是刻意避开许徕的，却想着他多少会找点理由搪塞一下自己，只要他随口"嗯"一声，自己便可追着问问他宫中的情景如何等等，谁知他竟是这样一个态度——搭理你了，而且十分坦诚，但明显就是不把你放在眼里心上。张仪端心里越发不舒坦，面上却笑得越发的甜，带着些刺探道："这许家三爷学问真好……他提起昨日三哥的勇猛，真正敬仰感激呢。前些日子武家表哥和我一起喝酒时，还曾说起担忧三哥恼着他岳家，他在中间不好为人，要是他知晓此事，少不得十分欢喜……"

张仪端话未说完，就见张仪正不耐烦地站起身来打断他的话："少管闲事，有空不如多在父王跟前卖卖好。什么武家表哥，他与你可半点亲都没有。"言罢将礼单往拜匣里一扔，示意身边小厮抱起拜匣扬长而去，只留了半屋子奢靡的龙涎香味儿。

瞧这话说得，言下之意便是，你就是小妾养的，千万别把自己当盘菜。张仪端再好的涵养也给气了个半死，半天才喘过气来，铁青着脸将牙磨了又磨，却也无可奈何。张仪正话虽说得难听，却还是实话。只因这府中，他的亲娘再受宠也还只是个受宠的侧妃，这侧妃在外人面前还可以装装，但在正妃面前实在是天和地比。而他再能干也不过就是能搏个好些的封爵，至于其他，有前头两位能文能武，备受父王倚重的大哥、二哥在，还有这个投了金胎，活得自在肆意，莫名受宠的三混账在，就什么都轮不到他。他再在外人面前讨好卖乖都不起作用，还不如在父王面前老老实实扮个孝顺儿子能得些实惠。

张仪端想明白这个道理，蔫巴巴地转身朝他亲娘宣侧妃的院子走去。才到院门前，就听见有人怪腔怪调、不住口地说着吉祥话或是诵诗，伴随着年轻女孩子银铃般清脆的说话声，宣侧妃的笑声不停。

张仪端便住了脚步，招手叫看院门的婆子过去，问道："谁在里面？"

婆子忙道："回四爷的话，是冯家大娘子来了。"

原来是冯宝儿。这可真是瞌睡来了就有枕头在，张仪端的眼睛亮了起来，潇洒地掸掸袍角，悠然自得地朝着里面走去。但见廊下花团锦簇的一群女子，永远都是盛装的宣侧妃将一柄翠玉柄花鸟纨扇掩去了半边精致的脸庞正开怀大笑，穿着十二幅石榴罗裙，碧色宽袖衫子的冯宝儿粉面桃腮，眉眼灵动，正举着把长柄银勺子在逗弄廊下挂着的一架色彩艳丽的鹦鹉。

原来适才那怪腔怪调的说话声便是这鹦鹉发出来的，它每说一句吉祥话，或是背一句诗词，冯宝儿便将银勺子里的干果子喂它一颗。也不知那鹦鹉是被饿了多久，此时便似个饿死鬼般的拿出浑身解数，翻来覆去不停地说，不停地讨要吃食，逗得一院子的女人花枝乱颤。

这宣侧妃院子里之前并无这鹦鹉，可见是冯宝儿带了来讨好宣侧妃的，这手腕和心思也真不错。张仪端轻咳一声，笑声便停了，宣侧妃看到是他，脸上的神色越发欢喜，朝他招手道："四郎，快来瞧瞧宝儿孝敬我的这架鹦鹉，怪讨人喜欢的，难为她调弄了那么久。"

说话间，冯宝儿已经娉娉婷婷地走了过来，对着张仪端盈盈拜了下去："宝儿见过表哥。"

难为一个将门老粗家能把姑娘养成这般风流标致模样，张仪端的眼神不露痕迹地在冯宝儿脸上身上一溜，暗赞了一声后，笑眯眯地虚扶一把："自家人，何需如此客气。"又亲热地道，"表妹怎么有空过来？姨母、姨父可好？"

冯宝儿笑道:"多谢表哥挂念,家父母都好,就是母亲挂念姨妈啦,只是她家务缠身,要伺奉祖母,不好常来,所以我便替她走这一趟。"

"表妹难得过来,可要玩得开心点才是。"张仪端笑笑,回头问宣侧妃,"母亲这里可有冰碗?"

宣侧妃奇道:"今儿虽晴了,却不是太热。你刚才不是听王妃安排去替你三哥待客了么?又不曾骑得马出过门,好好儿的你吃什么冰碗?没得寒了肠胃。"

"正是要败败火。"张仪端摇摇头,欲言又止。

宣侧妃奇道:"这又是为何?难道许家的人对你无礼?"

第21章 挑拨·丑闻

"那倒不是。"张仪端见冯宝儿虽还是一副温文端秀的模样,睫毛却是连着快速扇了好几下,便晓得已经引起她的注意了,心中暗笑不已,半遮半掩地道:"许家三爷才名在外,为人也是再端秀风雅不过,守的君子之礼,又是登门拜谢,如何会对孩儿无礼?"

既然不是许家人无礼,那还会有谁?宣侧妃仔细一想,便想到了另一个可能,便不再追问,悻悻然地摇着纨扇"哼"了一声,满肚子的邪火当着冯宝儿不好说出来,便只道:"听说这位许家三爷是个瘸腿的?"

"腿脚是有些不方便,真是可惜了,长得一表人才,风度学识都是绝顶的。"张仪端不动声色地打量着冯宝儿的神色,见她先是沉思,随即恍然大悟,然后一脸的怅然和不甘,便晓得她已是上钩,便又状似无意地道:"三哥也真是的,分明自己在家,却偏要寻了借口避着,等人家才走便又匆匆忙忙地赶出来看人家送了他些什么谢礼。"笑了一回,又道:"从前还真不知道他竟是个害羞的人。"

更不晓得他还是个会仗义而为的人,多半又是使坏呢。宣侧妃把这句话隐在心里,笑而不语,眼神深邃起来。

冯宝儿虽然坐得稳稳当当的,握着扇柄的手指关节却发了白,只盼张仪端能再多说些这事儿才好。张仪端却偏不说了,换了个话题问她:"表妹适才可往王妃那边去请过安？"

冯宝儿挤出一丝笑来，有些干涩地道："去了的，是姨妈领着去的。"

张仪端别有深意地道："王妃是个和蔼的性子，最是喜欢知礼明理，大方爱笑，能干有才的小姑娘。前些日子我还听她赞过表妹呢。"

冯宝儿的眼睛亮了几分，半垂了头将扇子摇了摇，羞涩一笑，低声道："多是看在姨妈的面上罢了。"

张仪端道："表妹本就是一等一的人才家世，又何必妄自菲薄？"

宣侧妃捏着扇子，若有所思地在张仪端和冯宝儿的身上来回看了一遍，笑道："你表妹最是懂礼，也送了王妃一只鹦鹉，那鹦鹉还是雪白的，我这辈子就见过这么一只，也是伶俐得紧，王妃见了实在喜欢呢，把她夸了又夸的。"

冯宝儿的脸一红，窘迫地将扇柄捏了又捏，小声解释道："其实是祖母的意思。那只鹦鹉是人家调教好了孝敬她老人家的，姨母这只却是我亲自挑选，亲手调教近两年的。"

宣侧妃一笑，轻轻拍拍她的手，带了几分亲热嗔怪道："瞧你这孩子，巴巴儿地解释什么？王妃身份高贵，好东西当然要先紧着她来才是正理。难道我会不依？我们乃是至亲骨肉，你便是空着手上门来，我也不会不疼你，只有欢喜的。"

冯宝儿闻言，臊得脸上的红色迅速蔓延到了耳朵根，坐立不安，可怜兮兮地看向张仪端，试图向他求助。

张仪端看得明白，却是不想理睬她，只顾低头闷声喝茶。虽则他知道冯家的做法无可指摘，毕竟正妃的身份地位本就比侧妃高贵得多，且冯家还带着另外的目的——不独是长辈想撮合冯宝儿与那混账东西，便是冯宝儿自己也莫名其妙地对那吃喝玩乐无不精通的混账青眼有加。但只要一想到，那正妃是他春风得意，地位牢固的嫡母，那侧妃是他永远低人一等的亲娘，而冯家这边本是他母子的亲戚，有力的外援，可他的亲姨母和亲表妹却看不上他，只顾巴巴儿地去补贴一个除了脸蛋好看以外一无是处的混账东西，他心里就十分不舒坦。

冯宝儿善于察言观色，见他这样作态，自然晓得自己得罪了人。于是十分后悔，心想自己干吗做这种蠢事，非得都送鹦鹉？早知如此，便送康王正妃白鹦鹉，自己的姨妈一只可爱的小狗或是小猫不是就错开了么？但现下也没地儿找后悔药吃，便红了眼圈，要哭似的低了头，手指微颤着也去端茶喝。

宣侧妃眼看着火候差不多了，便给儿子使了个眼色，起身入内更衣。

张仪端这才轻声道："表妹莫怪，我娘这些日子心情不好，便是我也经常莫名让她失落。"

冯宝儿见他肯安慰自己，赶紧跟道："表哥说哪里话，都是我蠢笨不会做事。"说着滴下两滴晶莹的泪来，声情并茂地道，"我娘常同我说姨妈待我们姐弟好，要我好生孝敬姨妈，可我尽做些傻事儿……"因见张仪端并不接她的话头，便收了泪关心地道，"姨妈可是遇到什么不顺心的事情？若是我帮得上忙，表哥只管直言。"

张仪端蹙了眉头道："也不是什么大事，不过是寂寞，没人说话罢了。二姐姐嫁得远，不能陪她说话，小五不懂事又还要读书，我则经常在外办差，总是留她一个人孤零零的。表妹若能经常来陪她说话，倒是比什么都要好。我已是许久不曾听见她似今日这般笑得开心了。"

冯宝儿收了戚色，正色道："若能经常在姨妈膝下承欢，我是求之不得。但我一个女孩儿家，不好经常出门。且姨妈虽慈爱，王府门第却高贵，不是想来就能来的。"

这话有几分意思。张仪端叹道："也是。为难你了。"不等冯宝儿开口，便转了话头，故作轻松地笑道："说起来，昨日有桩子好玩的事儿。"遂将昨日张仪正自斧头下救了冒氏的事情叙述了一遍，带了几分玩味道："如今家里都在笑，三哥自香积寺回来后就有些怪，经常往武家跑不说，还常在有几条街上来回溜达，我们私底下还在开玩笑说他的魂儿是不是给人勾走了。"

这话男人们私底下调笑可以，当着一个未出阁的小姑娘说却是有些轻薄不尊重。冯宝儿的嘴唇颤抖起来，脸色十分难看，低声道："表哥何故与我说这个？我便是行事蠢笨，也不该被表哥这样轻瞧。"

张仪端忙起身深深一揖，赔礼道："表妹莫怪，是我的不是。只因为是至亲骨肉，不小心说溜了嘴，我给表妹赔礼了。"

冯宝儿哪里敢受他的礼，少不得起身侧开，又还了一礼。

张仪端偷眼打量着她，见她脸色虽然还难看，眼里多见凄色，却不是冲着他来的，便试探着继续道："其实，我不过是替表妹不值而已。"

冯宝儿眼睛一酸，忍住了，强笑道："表哥说笑了，我有什么能让表哥替我不值的？"

张仪端并不正面回答她，只一脸好奇地道："三哥一向是眼高于顶的，不知那位学士府的千金究竟是个什么样子的仙女？我委实好奇得紧。上次在将军府别院就想看看，却没机会。听说表妹与她也是相熟的，是怎生一个模样？怎能盖过表妹的美名去？"

想起许樱哥不同于自己的高挑丰满健美，还有那一头黑幽幽的丰厚长发，颇有特色的小翘下巴，亮闪闪、总是充满了欢乐的眼睛，冯宝儿难掩心头的嫉恨，气得几乎不想回答张仪端的话。但见张仪端满脸期待地看着自己，便改了初衷，微笑着道："自然是极好的。容色还要胜过武家大奶奶五分有多，难得是打得一手好球，听说骑术也十分了得，更是心灵手巧，每年寒食时她镂刻浸染的鸡子总是最好看的。"

张仪端是见过许杏哥的，在上京的这些豪门女眷中，许杏哥也算是人才出众了，这许樱哥竟然还要胜过她五分有多，可见真是个大美人，又听说许樱哥打得好马球还心灵手巧，那几分别有意味的用心里便也多了几分真心好奇，乃笑道："好表妹，你可要瞅个机会让我长长见识才是。"

冯宝儿正色道："表哥又说笑了，她是正经的大学士府千金，大家闺秀，怎么好随意让你见她？我找机会倒不难，但我成什么去了？要是人家知道，我以后要不要做人？"

张仪端便冷笑起来："表妹也在说笑。那白鹦鹉是好送得的？送去却又是为何？咱们是至亲骨肉，我和我母亲胳膊肘不会往外拐，自是要帮着你的。但表妹这般作态，倒似是把我们当成傻的，真叫人心寒。不过是看一眼而已，难道我就能把她怎么了？表妹不肯就算了，我又不是只能求你一个人。"

话说到这个份上，冯宝儿便不能再装，且她也等的就是这样一句明明白白的话。这么个要求么？让张仪端见一见许樱哥也好，兴许能把这潭水给搅得更乱，正好浑水摸鱼呢。只她到底还是个未经人事的少女，面皮儿薄，有些话不好宣之于口，便低垂了头轻声道："只是见一见么？"

张仪端笑道："不是见一见还能怎么样？我就远远地看一眼，绝不为难你。怎么样？你自来聪慧，一定有法子的罢？"

冯宝儿沉默半晌方作了为难状，轻声道："我前些日子在武府别院时曾和她约过，要在马球场上一分高下。如今天晴了，再晒两日正好打球。只是她前些日子才被人传了流言出来，想必要躲风头，不会出来。"

"那你就等到她肯出来的时候再约她出来，左右我又不急等着米下锅。"张仪端挨近了冯宝儿，斜着眼睛小声道："外头传的什么流言？可不会与表妹有关吧？"

冯宝儿大吃一惊，往后让了让，将扇子隔在二人中间道："表哥可不好乱说这个话。我是那种人么？总是她自己太过骄傲，得罪了人。休说我与她没什么龃龉，便是有，我也不是那种多嘴舌的小人。"

那可说不清楚，旁人不知，他却知道这可是个亲妹子无意间得罪了她，她都能假装无意把亲妹子推下水害妹子生病的狠主儿。张仪端笑笑，也不点破冯宝儿，只道："那我等表妹好消息。我还有差事要办就先走了，烦劳表妹同我母亲说一声。"言罢起身自往外头去。

冯宝儿站起身来倚着翠绿银钩的窗帘子，慢悠悠地摇着扇子，怅惘地看着窗外明媚的阳光。想起那个表里不一的男人，再想起早前自己的丫头无意中听到他说的那些话，心中又酸又痛，难过得几欲流泪，却又隐隐抱了几分期望，只搅得心烦意乱。

张仪端这边却另是一番心思，若是文武双全，英雄了得的大哥、二哥倒也罢了，凭什么那草包就要死死压着他一头？就凭着投了个金胎么？那草包越是想要的，他就偏不让其得到，他是真想看看那草包若是娶了他这个心眼多多的表妹会如何。张仪端且行且想，待行到外院，刚好看到康王身边一个深受信任的长随抱着个拜匣走出去，便叫住了那人，笑道："辉哥儿，王爷回来了么？"

他自来在这些人面前就极为和气，那叫辉哥儿的长随见是他便停住了脚，笑着与他行礼："小人见过四爷，王爷才刚进的门，使小的出去办事儿呢。"

张仪端眨了眨眼，道："我正好有事儿要去寻王爷禀告。不知这会儿他老人家书房里可有客人？"

辉哥儿笑道："四爷只管去，王爷书房里没外人。就是三爷在里头同王爷说话呢。"

张仪端不动声色地打发他："你只管忙去，别耽搁了。"

谁都知道，康王与张仪正水火不容，父子二人一旦见面必然要生事，每逢此时，大家伙儿都是能躲多远就躲多远的。今日这辉哥儿却叫他只管去，那就说明这父子二人今日相谈甚欢。能有什么事情会让康王对张仪正另眼相看呢？张仪端想来想去也只有许家登门道谢这件事，不由得诸多思量，难道这事儿是张仪正得了父王的意思去做的？

张仪端再想到先前张仪正不在府里，王妃却特地点名叫他去陪许徕，还盼咐不许怠慢的事情，不由得更多了几分思量。于是便寻了件需要向康王禀告的事情，快步去了康王的书房。半途遇到张仪正施施然走过来，忙笑道："三哥从哪里来？"

张仪正看似心情极好，难得不曾挖苦奚落他，正儿八经地回答了他的话："才从父王书房里来。"

张仪端目送着张仪正的背影，只觉得风把他的袍子吹得也太张狂了些，真是碍眼睛。待进得书房，但见康王正独自立在书案前写字，写的狂草，酣畅淋漓，锋芒毕露。便赞了一声，讨好道："父王写的好字，赏给儿子好么？儿子的书房里正缺一幅字呢。"

康王看了他一眼，将那字举起来看了又看，三把两把揉烂了扔到地上，道："你既然想要，我便好好写一幅给你，你想要个什么？"

真可惜了那幅好字。张仪端心中遗憾，面上却不显，上前边替康王研墨边笑："父王赏什么就是什么。"

康王想了想，换了支笔，端端正正地写了"光风霁月"四个字，笔势大不似之前的锋芒毕露、寒峭骨力，显得圆润端和、庄重严整。张仪端回忆着适才那幅被揉烂了，杀意几乎要破出纸背的字，再看看面前这副完全变了个样子的字，不由得暗自心惊。笑着赞了几声好，又行礼谢过，见康王心情不算差，方假作无意地说起今日许徕上门道谢的事情来，连连赞了许徕几番，试探着道："父王，孩儿今日与许三先生相谈甚欢，有茅塞顿开之感，便想着，若能得到许三先生这样的人做老师……"

却见康王的眉毛皱了起来，沉默地看着他，张仪端的掌心渐渐汗湿，面上的神情却更加柔和期待，肩膀也越发放松。他知道，康王早就想和许府交好，只是苦于没有机会，如果他能婉转通过许徕与学士府交好，也算是不大不小的功劳一件，可不比张仪正只会捣乱，四处结仇的好？

康王收回了目光，淡淡地道："拜师一事日后再说。你三哥才刚帮了许家的忙，你就说要拜师，是叫人家应了好呢还是不应的好？怕是连你三哥才做的人情都要被人看作是有意为之了。"

张仪端心头咯噔一下，满头大汗，羞窘欲死："是孩儿思量不周，孩儿只是自来喜欢许三先生的诗词文章，敬仰他的为人，但他又深居简出，轻易不出门，儿子也不敢寻机与他交好，只恐做得不妥，给府里添麻烦……"

康王轻轻一摆手："不必解释，我晓得了。你若真喜欢，日后总有的是机会。你不是要说正事么？这就说罢。等下我还要出去。"

张仪端抹了一把冷汗，赶紧禀告起来。

在王府的另一端，张仪正冷笑道："四爷真是这么和冯家大娘子说的？"他身边的俏婢雪耳蹲在地上替他整理着那件潇洒飘扬的儒服，微笑着道："当然是真的，婢子什么时候说过假话？"

"很好。继续，总有你的好处。"张仪正捏了她的脸一把，接过她递来的折扇，对着镜子沉默地端详了自己许久，施施然出了王府大门，跨上那匹雄俊异常的紫骝马，向着那日与冒氏姑侄相遇的街口处而去。冒氏才受过惊吓，自不会出现在这个地方，但张仪正也只是在这个地方经过而已。若有人认得出他来，将会发现，那日横枪立马的康王府三爷今日意态闲适，风流儒雅，却是一个舞得枪棒，弄得笔墨的双面风流真儿郎。

许衡刚由姚氏伺候着把官服换成了家居的道袍，正半躺在椅子上用热帕子敷脸，见许徕来了，忙三下两下收拾完毕，招呼他坐到自己面前，问道："如何？"

许徕把经过详细叙述了一遍，其间情不自禁地赞了张仪端好几遍："实在是不错呢，真是难得。"也不怪他觉着张仪端稀罕，实是因为当今圣上是马背上得来的天下，膝下的儿子孙儿猛将太多，各个王府里都是尚武的多，似张仪端这样温文儒雅，还有几分文采的真算是异类了。

许衡却不似他常日总关在房里做学问的，想到的内容就更多一些。虽然不曾见着张仪正，但康王府的态度不可说是不好。这张仪端的表现，更像是投其所好的意思。许衡权衡再三，道："过两日再送个帖子过去，看他见是不见。"他倒要看看张仪正是不是真的要一直躲着避而不见。

过不得两日，许徕果然再次准备了帖子让人送过去，这次提前三天告诉张仪正，他要登门当面致谢，礼数做得足足的。谁知康王府那边照样礼数充足地回复，道是张仪正已经随康王出城办差了，三日后并不在家。

　　许衡得知，不由拈须而笑。不管张仪正其实是个什么态度，康王对学士府目前都只有善意，也并没有顺杆往上爬的意思，他总算能得以缓上一口气。既然人家不肯见，他也就不多事了。

　　人都相信自己看到的，冒氏听说张仪正始终避而不见，越发坚定了这就是个好人的信念，或许说，不算是个好人，但也没许樱哥她们说的那么坏。

　　许樱哥却觉着这事儿当还不算完。她相信自己不会看错张仪正当初看向她的那种眼神，那就像是小时候和她抢冷包子的恶狗一样的眼神，她绝对不会看错。她也不会忘记张仪正给赵璀的那刻骨一刀，若那真是个愿意息事宁人，轻易就放下此事的人，用得着这样么？

　　但不管众人是怎么想的，这件事继续朝着另一个想不到的方向发展。不知皇帝是听谁说起的，也知道了疯汉当街行凶，张仪正仗义勇救学士府女眷的事情。于是在一次君臣一家亲的宴饮中用闲话家常的语气问起许衡，可否谢过他这个勇敢的孙儿，都送了些什么。在许衡如实回答后，皇帝心情十分欢快地夸赞张仪正勇武懂事不居功，并且轰轰烈烈地赏了他一匹配着金鞍的汗血宝马。

　　这个懂事不居功，仁者见仁智者见智，在不同的人听来就有不同的感受。见皇帝年老，四处钻营，拉帮结伙的胆战心惊，认为这是警告；飞扬跋扈，欺男霸女的认为皇帝这是要提倡新风尚；自认为老实憨厚，不招事不惹事的则暗里嗤之以鼻。但无论如何，张仪正借此事小小地出了个风头不假。

　　与这件事相比，另一件在上京名门闺秀圈子中突然爆出的丑闻也颇为引人注目。兵部侍郎章世瑜家的庶女章淑在与女伴们玩耍时，突然疯病发作，挠花了女伴的脸不说，还口吐无数的疯话，在精心治疗了一段时间后，药石无效，不得不被送到京郊的净心庵里学佛养病。

第22章　妇德·相对

　　人是被送走了，事情却没平息，不过几日工夫，就有无数的人知道，从前经由章淑这个疯女的口，编造出了无数的流言，其中就有关于赵、许两家和许樱哥的一些闲话。若只是这个闲话，那倒有些欲盖弥彰之意，但并不独只是这个闲话，另外还有好几家人都受到了牵连，其中就包括员外郎府的几户亲戚和章淑从前交好的几个女孩子。就是冯宝儿，也落了个工于心计、心胸狭隘，容不得人，算计亲妹子的名声。

于是大家都愤怒了，这不就是那传说中弄脏了一锅汤的耗子屎么？员外郎府怎么教出这样的女儿来？

冯家一门军将，个个都是吃不得气的，可比不得许家那么隐忍。冯老夫人坚决不肯让嫡长孙女儿吃这个亏，旋风似的带着几个孙女盛装出行，到处做客。冯府的女儿们个个娴静温柔，姐妹情深，情比金坚，谣言不攻自破。然后某日冯老夫人偶遇章员外郎夫人，当众义正词严、劈头盖脸地狠狠教训了章夫人一顿。章夫人被说得无言以对，只能含泪深深赔礼道歉。

那么，只给冯家赔礼道歉够不够呢？不够。还有其他被得罪的人家，总要上门赔礼，给人家正名才是，不然可就算结了仇。丢脸？是真的丢脸，但只要还想继续混下去，就必须把脸抹下来揣在裤兜里头，假装自己没脸。

于是章夫人接下来的日子就是惨兮兮地挨家挨户地登门赔礼道歉，先是怪自己教女不严，没有尽到责任，然后又把事情都推到庶女疯了上去。但女儿家的名声岂是三言两语、一份礼物可比的？多数时候她都是吃的闭门羹。便是她家的亲戚也是故意让她在大门口等着，好借此告诉旁人，自家姑娘之前传出的那些不好听的闲话就是这家人胡乱编造出来的。

章夫人好歹也当了些年的官夫人，何曾受过这种奇耻大辱？几天时间就气得眼睛都凹了下去，头晕眼花，气短胸闷，只要一听到不好听的话就会当场晕厥，人事不省。

但因为女儿出丑，得罪狠了人，借病躲在家中不敢见人的章世瑜也没有因此就体谅她，仍然是责怪她没有教导好女儿，没有尽到嫡母的责任，又怕影响自己的宦途，照旧逼着她去给人赔礼道歉。冯家是把场子找回来了的，亲戚总有一日会和好的，其他几家人也不怎样，就是学士府，必须得把事情说清楚才行。

虽然学士府不接招，姚氏只推自己没有空闲，但这礼非赔不可。于是章夫人拖着病体，带着半车礼物，摇摇晃晃地去了学士府。她倒是做足了准备，一大早就堵在了许府门前递帖子进去求见姚氏，表示自己大清早的就来了，真是诚心。门房倒是接了帖子，就是不肯挪窝，一连得了好些赏钱之后才为难地道:"不是不肯通传,而是这时候太早,我家夫人还没起身呢。这位夫人再急,总不能叫小的丢了差事罢?"

谁不知道官宦人家的女眷们都是不兴睡懒觉的,男人们要起早参加朝会,或是要去衙门里办差,女人们就得起身伺候,接着就要理家。哪有男人都出了门,女人还躺着的?明显都是借口。章夫人腹诽不已,却不能戳穿这门房说的假话,只能委委屈屈地躲在轿子里不敢露面。多亏得是夏天,又是清早,不然冷不死她也得热死她。

许府正院里,姚氏心情大好,先是吩咐大儿媳妇傅氏:"今日杏哥要来,让厨房精心准备饭菜。"眼看着太阳升起来了,笑眯眯地亲自开了妆盒,在里头取出一支红宝石莲花钗子来,对着镜子比了又比,苏嬷嬷接过去替她簪上,笑道:"夫人,那位可在外头晾了近一个时辰啦。"

"咱家门口这条街太清净了些,行人稀少,想来也惊吓不着她,且让她再看看风景,这早上的凉风吹着可舒坦。"姚氏半点不心软,冷笑道,"她只当不管教庶女就是看庶女的笑话,岂不知如今人家就是看她的笑话。看她的笑话倒也罢了,实不该招惹我们樱哥。"

苏嬷嬷道:"可不是么?一家人向来都是一荣俱荣,一损俱损的。不说嫡母没有教导好,那位章姑娘也太心毒了些。便是小姑娘们之间有什么龃龉,也不当就坏了人家的名声,坏人姻缘一生。"

外头传来许樱哥、许梨哥姐妹俩同孩子们的说笑声,主仆二人便都住了口,换了张笑脸,等她们进来。

梨哥照旧是羞涩文静的模样,笑着给姚氏见了礼,问道:"大伯母,我听嫂嫂说今日要行家宴,可是有什么喜事儿?"

姚氏还未回答,就听冒氏在门前笑了一声,道:"自然是咱们二娘子的名声得以昭雪这桩好事了!"紧接着,穿着檀色大袖衫子,十二幅纱罗长裙,打扮得花枝招展的冒氏就卷着一股香风走了进来。她进来,也不看其他人脸色,只管朝着许樱哥笑:"这回你总算是扬眉吐气了。"

许樱哥晓得她面甜心苦势利眼,再多的周到、尊敬、小心讨好也换不来她一分真心意,已是寒了心的,根本不愿意再和她有过多牵扯。虽笑眯眯地起身给她行礼问安,却不肯接她的话头,只低头挑了块糕点递给靠过来牵她手的许择。

一个寄人篱下,冒名顶替,来历不清不楚的孤女端着架子给谁看呢?冒氏见许樱哥对自己冷淡，自是也不耐烦花心思讨好，只管坐到姚氏身边，接过玛瑙奉上的茶，满脸兴奋之色，一连串地道："大嫂，听说那章侍郎家的还在外头候着？真是解气！这番怎么也得让她出够了丑才许她进门。我听说她早前去冯家赔礼时，可是连着去了三日，冯老夫人才许她进门的。她家害得最多的是咱们府里的名声，可她今日才来，也太不把咱们学士府放在眼里了。"

　　这中间涉及前朝旧臣与当朝新贵之争，章家本来就是那个阵营的人，且冯家风头更盛，章家如此反应再自然不过。姚氏并不搭理冒氏的挑唆，淡淡地道："我也不是要争她把谁放在眼里或是不放在眼里，不过是要叫她晓得，敢做就要敢当。害了人，不是随便掉几滴眼泪，说几声抱歉，再送点东西就可以把过错尽都抹平的。"

　　原来今日许杏哥回娘家，家里办家宴，都是因着在这件事上反转一局出了恶气的缘故。许樱哥听明白章侍郎夫人还在门口等着赔礼，隐隐地松了口气，这事儿总算是告一段落了，她真怕再继续下去会影响了梨哥的姻缘，进而影响了一家人的情分。

　　冒氏挑唆这几句，无非也就是想让姚氏心里不舒坦而已，谁想却得了姚氏义正词严的这么几句，便觉着有些无趣，正想另外找个话题，就听姚氏叫孩子们安静，正色训诫道："你们都记着，行事当三思而后行，更不要歪了心思行那害人之事。若是骨肉至亲，中间连着血脉，时日长了总还能谅解，若是外人，可没那么好打发，不小心就是结的死仇。特别是樱哥和梨哥，你们大了，日后总要出门，妇德是要的，切记不要犯口舌。"

　　这话听着似是教导孩子们为人处事的道理，但冒氏听了却怎么都觉得姚氏是意有所指，便暗自揣测是不是她那日为了泄愤跑去欺负许樱哥的事情给姚氏知道了，姚氏趁着这机会敲打她来着？于是偷偷看看许樱哥，又小心打量姚氏，却见那母女俩都是一本正经的，听的听，说的说，并无人多看她一眼，遂把心放稳了，笑嘻嘻地在一旁喝茶，偶尔还帮腔两句，无非是说许樱哥太过跳脱，梨哥太过沉默木讷，连六岁的娴雅也被她说得顽皮无双，没有女儿家的样子。

　　姚氏近来与冒氏相看两相厌，见她不自觉，心中更是生厌，索性转头对着她道："三弟妹，你也是出身名门大家的，关于这妇德你想必也是最清楚不过，趁着今日这机会好好教教孩子们。来，你来说。"又盼咐许樱哥等人："你们可好好听听你们三婶娘是怎么说的，她平日又是怎么做的。"

冒氏一口茶水呛进嗓子眼里去，赶紧将帕子捂住嘴，侧开身子剧烈地咳嗽了好几下才算缓过气来，悻悻地摆手道："有大嫂教导就够啦，我多什么嘴？我都是被人说道的呢。"

姚氏本来也是故意怄她的，见她没脸显摆，也就趁势收了，道："看你，喝点水也能呛着，就和孩子似的。五郎，快给你母亲顺顺气，孝敬孝敬她。"

许择果然仰着笑脸凑过去，将那胖嘟嘟的小手在冒氏背上揉了两把。娴雅、昀郎、娴卉三姐弟瞧见，也凑过去小猴儿一样地围着冒氏，纷纷伸出粉嫩的小手往她身上揉，咧着嘴笑道："我给三叔祖母顺气。"

孩子们实在太过天真可爱，把每个人心里的那点不舒坦都给冲淡了许多，许樱哥最是喜欢孩子们的天真可爱，只在一旁瞧着，面上就情不自禁带了笑意，接着手就痒痒，想弄点好吃的犒劳这些孩子们。梨哥听说，立即随了她一起去。

樱哥自己做的牛舌饼，教梨哥做了猪皮冻，然后理所当然地又引起了围观。因着她这个吃货的缘故，前世太常见不过，此处此时却不曾出现过的许多简单易做的小吃点心菜肴都成了她心灵手巧，独创出来的美味佳肴。早年她的脸皮还没有现在这么厚实，得到众人的赞美每每还知道害羞心虚，现在却已经坦然受之，谁叫她能吃还能做呢？这也是一种能力么。

许樱哥惯常是不藏私的，美食需要推广才能随时随地都吃到好吃的，不然什么都要自己动手，若是病到动不了，偏偏又很想吃的时候怎么办？这里才教会专司点心的厨娘烤了第一盘出来，紫霭便进来笑道："大娘子回来了。夫人请二位娘子这就过去呢。"

正院里，许杏哥正和姚氏描述自己在门前遇到章夫人时的情形："我老远就瞧见她的马车在前头横着，把路都给挡了。我就猜，她是不是故意的？我便装作不认识她，使人上去请她让路。她可厉害，我这边的人才开了口，她就自己找了过来，我把脸转开只顾逗着如郎要，她倒好，礼节都不要，只管扒拉着我的轿帘朝我笑，不停地夸赞如郎。我想着，她好歹也是一把年纪见孙子的人啦，不好当着孩子做得太绝，这才答应她帮她与母亲通传。"

姚氏看看日已近中天，想着这半日工夫也把人晾得差不多了，便道："她既是心诚，就让她进来好了。"苏嬷嬷闻言，忙退出去让人请章夫人进来。

冒氏在一旁瞧见许杏哥那得意的模样，猜着这件事少不得她母女在中间谋划并推波助澜，再想起自己日常总被姚氏压得死死的，着实有些不是滋味儿，便作了十分感兴趣的模样道："杏哥，你消息灵通，和我们说说那章淑怎会突然间就犯了疯病？想必是有人在中间做了手脚吧？"

冒氏早年还好，近年来却总是显得与这个家有些格格不入，许杏哥深得姚氏真传，自来谨慎小心惯了的，又如何肯轻易和她说其中的细节阴私？便笑着推托道："三婶娘说笑，我哪儿知道这个？兴许是她本来就有病，只是从前没被人知道，如今当众犯了而已。"

冒氏见她不肯说，晓得她是在敷衍自己，心里实在不高兴，便撇撇嘴，道："骗我呢，那章淑我上次在你们家别院也是见过的，好好儿的一个小姑娘，精灵着呢，打球也打得极出彩的，哪里会是有疯病的人？分明是有人在中间做了手脚。"

许杏哥只是笑而不语，姚氏只管埋头喝茶，冒氏只当自己猜中了，便意有所指地道："依着我说，她犯下恶行该受惩罚不假，但她其实也怪可怜的，小小年纪没了亲娘不说，又是庶出，嫡母还这般厉害。没有长辈教导，偶尔犯糊涂说人几句坏话也属正常，教训几句，叫她知道对错厉害，当众赔个礼就好。现下她疯病一犯，这辈子可就完了，日后谁家还敢娶她？这做手脚的人心太狠了些，丝毫不留余地，水灵灵的姑娘就这么赔上了一生，好生可怜。"

姚氏听她这个话和看她这般模样，倒似是在影射指责自己和杏哥心狠害了章淑一生似的。虽觉着十分的难听，但因她没明说，也实在是不想再与她就这些事情产生新的矛盾，便只管垂了眼喝茶，装作没听见。

孙氏却摸着腕间的佛珠淡淡地道："三弟妹这话说得太偏颇了些，她是可怜，但被她无辜害了的女子就不可怜？坏了名声就是一辈子的事情，这是几句话行个礼能解决的？我虽吃斋念佛，但谁要是无缘无故在外头中伤梨哥，我杀了她也不解恨的！凡事都有因果，正是因为她德行有差，错在前头才会有这个结果。"

冒氏讪讪地道："二嫂说得是，我只是觉着一来一往没个头，实在没意思。"

"侄女有些糊涂了，早前三婶娘还觉着解气呢，这会儿工夫却又可怜上了章淑。您到底是心疼您的侄女儿呢还是心疼那章淑？"许杏哥笑看着冒氏道，

"我可是个护短的性子，不拘是人在外头中伤我的儿女也好，还是中伤我的家人父母姐妹兄弟也好，我是必要出这口气的。若是个个儿都去做菩萨，这坏人可就没法没天了！"这话说得尖锐，却是没给冒氏留脸面。

从前这杏哥虽然性子爽利，却从不曾这样当着众人不敬自己这个婶娘，今日这般还是头一遭。冒氏不由生气地去看姚氏，看姚氏可要给个什么说法，最少也得斥骂几句杏哥不敬尊长吧？却见姚氏没听见似的把头别开，只顾专心同孙氏说话，孙氏这个自来最讲规矩的也装作没听见，便觉着所有人都孤立欺负她一人，不由得怒火中烧。

她不思量自己这段日子的所作所为和刚才的言行是否有不得当之处，只顾去揣测许杏哥为何会突然改了态度这样对待自己。思来想去，觉着也只有她得罪许樱哥的那件事了。

这姐妹二人自来交好，在家时便是焦不离孟，孟不离焦，许杏哥出嫁后也是三天两头地使人互相问询送东西的，情分并不曾淡了半点。许杏哥护短，许樱哥自来狡猾不肯吃亏，表面上装着大度，背里暗自向姚氏告状，再撺掇着许杏哥为她出气也是有的……要不然今早好生生的，姚氏干吗说自己来着？冒氏越想越是那么回事，便给许樱哥定了罪。

再想因着许樱哥这个麻烦精的缘故，害得她白白错过长乐公主府的宴会，错过与贵人亲近的机会，冒氏越发不舒坦，十二分的愤恨。她被姚氏欺负也就算了，谁叫她嫁得不好，男人不争气，凭什么外头来的一个父亲还不知是个什么东西的低贱孤女也过得比她光鲜，也能算计她，骑在她头上作威作福？正在不舒坦间，就见樱哥、梨哥姐妹二人手挽手地走了进来，笑靥如花。冒氏心头鬼火蹿起，便板了脸把眼睛转开，不耐烦多看许樱哥一眼。

许杏哥看到两个花朵似的妹妹，心情大好，起身一手一个拉住了，笑眯眯地道："听说你们去厨房里做好吃的去了，都做了什么？如郎小馋猫，可是提前就念叨起呢。"

许樱哥笑着命紫霭把还是热乎乎的牛舌饼端出来："这不是么？"话音才落，几个孩子便簇拥过来，围住了樱哥、梨哥姐妹俩，个个儿的口水吞得响亮，却还记着要先孝敬长辈。冒氏还气着许樱哥，自是不耐烦吃的，她那块便被许择不客气地淌着口水咬了一大口。

姚氏起身正了正发钗首饰，道："我往外头待客去，你们先说着话，等我回来就摆饭。"言罢自带了红玉和绿翡两个丫头往外头而去。

许樱哥有些日子没见着许杏哥，便挨着许杏哥坐了，一时把玩许杏哥腕间的镯子，一时又任由许杏哥帮她理理头发，又一时调笑梨哥几句，姐妹三人着实亲热。

孙氏见她姐妹三个亲热，只有欢喜的，傅氏和黄氏忙着张罗家务，没空过来凑热闹，独留话多却又找不到人陪自己说话的冒氏觉着自己受了冷落。冒氏岂是甘心被人遗忘的角色？便朝许樱哥笑道："樱哥，还不赶紧向你大姐姐行礼道谢？你大姐姐才说了，为了你可以去外头杀人呢，瞧你这小模样儿，怎么就这么招人疼呢？"

许樱哥闻言，怔了一怔，果然起身对着许杏哥福了下去，笑道："大姐姐这样待我，我自然也这样待大姐姐。"

许杏哥还未说话，冒氏便将扇子掩了口，左右看看，笑道："哟，你们姐妹二人这是怎么啦？这般杀气腾腾的。谁要不小心招惹了你们，可真是倒霉透顶了。"

许樱哥自问这些年来对冒氏没有丝毫不敬之处，但近来冒氏就似吃错药似的，一而再，再而三，变本加厉地逼迫欺负她，竟半点不把她的隐忍退让当回事，实在是惹人厌烦透了。便挑眉笑道："三婶娘说得没错儿，是杀气腾腾的。我才做了好些牛舌饼，想象着那就是多嘴之人的舌头，要给大家伙儿分着把它给嚼碎了，吃光了！看它还能不能作怪？"

这是威胁她么？她倒要看看这鸠占鹊巢的假货能把她怎么样，冒氏阴着脸正要寻话反讽回去，孙氏忙拦在头里道："三弟妹，她们姐妹说体己话，咱们这些做婶娘的就别掺和了，没得让人嫌我们唠叨。坐过来咱们说咱们的。"

今日所有人都在欢喜着，许樱哥那话只有她能听明白，其他人听上去却只是平平常常一句话，自己要真是不依不饶，这一大家子少不得要怪自己无事找事。冒氏思及此，也不敢做得太过招人嫌弃，便借着孙氏给的梯子下了坡，但始终觉着自己就似是个多余的一般，实在没趣，午饭也不肯留下来吃，把许择扔在这边自去了。孙氏劝了一回劝不住，也就懒得管她。

第23章　因果

少一时，姚氏从外头进来，吩咐傅氏和黄氏摆饭，低声同孙氏道："那章夫人，我以往也曾打过交道，却不似今日这样单独相处过。啧……真没想到会是这样一个人，全不要脸面了，扯着我的袖子一把鼻涕一把泪的号，说章侍郎不饶她，非得要我说不怪她，不然她就不能回家了……都推到庶女生病上头去，她这个做嫡母的没半点儿错。再不然，就夸我们樱哥好品貌，说是章淑交错了朋友，被人撺掇着做了糊涂事，替人当了那出头的刀，实在是冤枉。"

孙氏皱眉道："这话可不好乱说。传出去又要招祸。"谁不知道章淑平常就爱和冯宝儿等人玩耍？但章淑倒霉后，最不肯饶她的就属冯宝儿，章夫人这话乍看是在推脱，却又有些影射暗指不平的意思在里面。若按着章夫人这话细究起来，冯宝儿便是那首当其冲的第一个被怀疑对象。

姚氏道："可不是么？我只装作不曾听懂，把其他话来敷衍她，再三保证我们大老爷绝对不会为了这个和章侍郎过不去，好不容易才把她打发了出去。"便真是冯宝儿使坏，也轮不着章家来把许家当成报复冯家的刀。

许樱哥在一旁听得分明，自然也想到了冯宝儿这一层，便给许杏哥使了个眼色。

少顷饭毕，许樱哥瞅了空问许杏哥："姐姐说要替我出气，我却没想着会做到这个地步。"要让一个正常人当众犯疯病伤人，那是要怎样厉害才能做到？

许杏哥道："哪里是我做的，我虽有谋算，却没有这样精妙的手段。我只是在后期浑水摸鱼了一回，借机把章淑多口舌爱造谣中伤人的事情传出来而已。她也不是犯疯病，而是被吓傻了，一时间缓不过来，刚好建昌侯家的小七娘子和她开了句不太得体的玩笑，她便发作起来，不知怎地二人就抓扯在了一起，等到众人把她二人分开，小七娘子的脸已经给她挠花了。建昌侯家势大，章家生怕她牵连到其他人，便谎称她得了失心疯。"所以章淑"犯了疯病"这个说法还是章家人自己传出来的。

既不是许杏哥下的手，那还会有谁？许樱哥隐隐猜到了几分，便小声道："是我哥哥做的？"

许杏哥点点头："正是，不晓得他用的什么法子，着实把章淑给吓得够哈。只因此刻正是风口上，不好露了行藏，所以他还不曾探听得章淑究竟是如何得知咱家同赵家议亲一事的，只等过些日子又再问。他让我转告你，不拘是谁，只要他能做到的，总不叫人欺负你。"言罢笑着捏了捏许樱哥的下巴，道："你是个惜福的，所以才更有福，个个都心疼你。"

"还要烦请姐姐替我同哥哥说，今后嫂嫂若是进了门，他便再不可似从前那般肆意乱交朋友，随意在外头喝酒留宿了。"许樱哥笑着，心里却不由得添了几分愁绪。早年为了报复崔家，许扶交往的人三教九流都有，辛辛苦苦挣来的钱除了往她这里填以外，绝大部分都花在了这些人头上。当光棍时还好，日后新嫂子进了家，他若还这样，家庭便要不安稳了。

这是正理，许杏哥自是应了。

傍晚时分，许衡等人并来接许杏哥母子、顺便吃饭的武进一起回来，听姚氏说起章夫人的一番表演，都是摇头叹息。武进对众新贵知之甚深，断言道："得罪了建昌侯府与冯府，这章世瑜的前途便算是到头了。"

许执不关心章世瑜的前途，只关心许樱哥才刚从崔家那件事中走出来，又倒霉催地惹了这场冤枉官司，便道："虽然可怜，但让她在门前站足三天三夜也不能弥补回来。"消息灵通的知道是章淑嚼舌，不灵通的却会总记着那些闲话，可总不能特意去和人家辟谣吧？所以还是憋气。

姚氏想起前段日子在武府别院时遇到的那几户有意结亲的人家近来都没了消息，便也有些黯然，可转过眼去看到许樱哥没心没肺地带着一群孩子玩耍吃喝捉弄人，笑容比谁都灿烂，心情便又好了些，可还是担心孙氏会嫌弃樱哥拖累了梨哥。孙氏乃是知情人，虽然樱哥无辜，到底差了那层骨血关系，谁不是更疼自己的女儿些？

孙氏倒没表现出什么不欢喜的来，只正色道："梨哥该学厨艺了，和她二姐姐比起来什么都不会，我思量着，明日起便请她两位嫂子和樱哥一起教导她厨艺罢。"

她既然还肯让梨哥跟樱哥学厨艺，那便是对樱哥没太大的想法，这比冒氏那般口花花地说些无用的好听话更实在。姚氏打心眼里欢喜，笑眯眯地应了。

这时候许揭、许抒、明郎几个上学的都下学了，见大姐、大姐夫和小外甥都来了，家里又做了好些好吃的，不由得都带了笑脸凑上来，一家子欢聚一堂，十分热闹和谐。

许衡看着自己这一大家子人，男的温文好学上进，女的秀雅和气知礼，孩子们聪明活泼可爱，只觉得自己平日所受的那些委屈实在算不得什么，十二分的满足。一转眼，看到许择在那里和明郎几个玩得满头大汗，大呼小叫地跑进跑出，却独不见他的父母，不由皱了眉头道："三弟和三弟妹怎么还不来？"

傅氏忙道："回公爹的话，已经使人去请了。想来也快啦。"

说话间，就见许徕一个人走了进来，面上虽带着笑，但那笑容怎么看都觉着有些勉强，进门就解释："择儿的母亲身子有些不爽利，我让她歇着了。"

姚氏与孙氏对视一眼，都晓得冒氏又在作。孙氏倒也罢了，不想管也管不着。姚氏却是老大不高兴，但也不好说什么，便只吩咐傅氏："把每样菜都拣些给你们三婶娘送过去。"等傅氏把冒氏那边的饭菜都安置妥当了，才又吩咐开饭。

少顷饭毕，许杏哥寻了姚氏说悄悄话："女儿瞅着三婶娘近来对樱哥的态度有些不对，先前还以为是樱哥年岁小，不小心得罪了她，可适才问过樱哥，樱哥却说是不曾。母亲可知是怎么一回事？"

姚氏冷笑道："怎么回事？无非就是记恨上次长乐公主府请她去做客，却因恰逢那闲话传得到处都是，使得她不曾得去的缘故。她仿似是觉着我们阻碍了她的锦绣前程和荣华富贵一般，不敢把气出到我身上，便去欺负樱哥罢了，她是晓得樱哥懂事，不会与我说。"

许杏哥摇头："不独是这么回事，她最是欺软怕硬，最善虚张声势。表面上极凶，实际上一戳就泄气，上次她说话得罪了梨哥，梨哥一哭，二嫂一板脸一瞪眼，她先就软了半截。二妹妹自来是个爽利性子，比不得梨哥那个绵软脾气，何故她就这么笃定了二妹妹可以欺负？笃定了二妹妹不会与我们说？"

"是我有些疏忽了，我只当她不敢也不能的。"姚氏惊出一身冷汗，回想起早前冒氏连着几次刺探许扶的事情来，立时就坐不住了，想了一回，吩咐许杏哥："天色不早，你们该回去了，你婆婆虽待你宽和，你也不好就放松。"

许杏哥应了是，依言出门与许樱哥等人别过，唤上武进，抱着如郎登车而去。

许家没有贪杯之人也不许有贪杯之人，娇客即是走了，许衡这里便也吩咐散了。姚氏本待留下许徕问上几句,但看他明明没喝多少酒,却似已然半醉,双眉紧锁的样子,便满怀内疚,觉着他可怜,心想就是与他说了也不起什么作用,反倒是让他徒生烦恼。索性不提,打算另寻个机会再探冒氏的口风,暗里更是叫了心腹仆妇仔细关注冒氏的行止言谈。

这边许樱哥被几个孩子缠着讲了一回故事方才得以脱身,回到安雅居时太阳已经完全沉了下去,天边虽只剩下一抹灿烂的晚霞,但还看得清周围的物事。今日连着解决了几件事,她的心情很不错,加之适才在家宴上被那一杯果酒给勾起了馋虫,想起自己还私藏了些自酿的葡萄酒,便谋算着等下要关起门来好好享受一回才是。

许樱哥的脚才踩上安雅居的台阶,正张罗着叫丫头们点灯的古婆子便抢前几步,讨好地挑了盏灯笼过来,笑道:"二娘子仔细脚下。哎呦,这里是台阶。"

青玉掩口笑道:"古妈妈,二娘子可没喝醉,还看得清脚下。"

古婆子笑道:"老婆子这不是为二娘子欢喜么?"

许樱哥便叫她:"嬷嬷今日既然不当差,便早些回去罢。"

古婆子上了年纪,这些日子为着许樱哥受了委屈的缘故,当差非常谨慎小心,很是熬神,早就有些乏了,听许樱哥发了话,也就笑眯眯地谢了许樱哥的好意。

许樱哥环顾了院子里的诸人一遍,想起她们自到自己身边以来,也算是经过了好几桩大事,但不拘是谁,都是尽心尽力办差,从不把外头传的难听话传进来,也从不曾给自己在外头惹过祸,添过口舌。心中很是感激,便又吩咐青玉:"拿些钱给大家买酒喝。"

听见主人有赏,安雅居里上上下下都欢喜成一片。许樱哥笑眯眯地等她们领了赏钱,等古婆子去了,便吩咐紫霄:"准备关门!"

第24章 战书

紫霄打发了粗使婆子和丫头子,叫铃铛关紧了院子门,自己从小库房里抱出一只瓷坛子,贼兮兮地走入许樱哥房里。青玉已经在小桌子上头摆了卤花生、油爆核桃仁、盐焗松仁、栗脯等四品干果，并放好了一只琉璃盏并三只瓷杯。

许樱哥则弯着腰在放杂物的柜子里翻找出一套骰盘令来，笑眯眯地道："都满上，都满上。给你们个机会多喝点酒。"于是盘膝在榻上坐了，青玉与紫霭打横，铃铛立在榻下，以骰子论输赢罚酒。

许樱哥同样是个吃喝玩乐尽皆精通的主儿，当仁不让地第一个抱起骰盅晃了一回，口里喊着："豹子通杀！"

果然便是豹子，几个丫头摇着头叹息着每人饮了满满一杯。如是再三又再三，年纪最小，技艺最差的铃铛便被灌得醉眼朦胧，乜斜着眼睛往酒坛子里看了一眼，见那葡萄酒已经去了约有三分之二，便替许樱哥心疼："二娘子，这酒是您想喝的，如今却大半都落了婢子们的肚子，您不划算。"

许樱哥一张白玉似的脸微微泛着些粉红，眼睛亮亮的，饱满的嘴唇鲜艳欲滴，风情万种地笑道："不要你替我着急，我就喜欢看你们喝。能喝就喝，只是明日不要误了差事，落了闲话。"她爱吃喝，却从来不肯过量，每年都要自酿一回葡萄酒，大半都是落了旁人的肚子，她却是乐在其中，最爱还是看人喝得醺醺然的憨态醉态。

青玉最是稳重，见着小铃铛不行了，忙起身看了看桌上的铜漏壶，笑道："时辰不早啦，查夜的嬷嬷们怕是快要来了，睡了罢，不然明早铃铛起不来身，又要挨古嬷嬷说道。"

紫霭手气臭，也喝得不少，闻言抚着额头笑道："正是，今夜该是婢子当值，喝得晕乎了，一觉睡过去，怕是二娘子口渴了喊都不知道。"

"那就散了吧。"许樱哥并不勉强，本来就是图个高兴，点到为止最好。

紫霭站起身去收拾桌子，不小心绊着了脚踏就是一个趔趄，青玉忙扶住她并接过她手里的琉璃杯子，嗔怪道："看你，晕乎了就别动，谁还硬要你来？打坏了二娘子的琉璃杯，看你怎么赔。你和铃铛先下去歇着，我来收拾，再替你值夜。"

紫霭不好意思地道了声谢，又拉着铃铛给许樱哥行了个礼，轻轻退了出去。

一夜好眠，鸟儿刚叫第一声，许樱哥便自动醒了过来。

廊下的灯笼还亮着,天边已经露出了一丝鱼肚白,晨雾还未散去,枝头上鸟儿发出的鸣叫声不但没有给人喧闹之感,反倒衬得四处格外宁静。许樱哥深呼吸,配合着颈部运动,张开双臂做了几个扩胸运动,清新微凉的空气透过鼻腔进入到肺腑之中,令人精神百倍。

"二娘子,怎地又起这么早?"青玉值夜的时候从来不敢熟睡,所以许樱哥才有动静她便醒了过来,微微掩口轻轻打了个呵欠,手脚利索地收拾好值夜用的铺盖,就着铜壶里的凉水净了手,自去替许樱哥收拾床铺,道:"那两个丫头想必是喝多了,醒不过来,婢子这就去把她二人叫醒来伺候您洗漱。"

"不必了,等我打完拳再喊她们也不迟。"许樱哥已经自己打开镜袱,梳了个简单结实的双髻,脸也不洗就去了院子里。一套广播体操做完,厢房的门便响了,紫霭探头探脑地出来,羞道:"睡死了。"

许樱哥笑笑:"意料之中的。"

说话间,晨雾已经完全散去,天边的鱼肚白也变成了红霞满天,一只不知什么时候飞来的喜鹊立在房顶上"喳喳"地叫了起来。才被放进来的一个管洒扫的粗使婆子笑道:"喜鹊喳喳,必有贵客至。"

许樱哥仰头看向屋顶上的那只喜鹊,微微一笑。果不其然,她才刚用完早饭就有人送了帖子进来。

鎏金的粉紫色花笺散发着淡淡的幽兰香,华丽的簪花小楷用貌似亲切慰问,实则挑衅的语气邀请她于后日到京郊冯府别苑的马球场上一决高下。

想起冯宝儿那副故作清高的小模样儿,再想到她在章淑事件中的嫌疑犯身份,许樱哥啐了一口,随手就把那张精心制作的花笺扔在了地上。那也算得是贵客么?这喜鹊是没睡够昏了头吧。

青玉把那花笺捡起来放在桌上,笑着道:"夫人那边该禀完事情了,二娘子要过去给夫人请安么?"

许樱哥站起身来道:"要的。"

青玉一边蹲下去替她整理身后的裙褶,一边建言道:"其实二娘子应了冯家大娘子的邀约出去走走也好。左右现在真相大白,也没人说得起。"

许樱哥道:"你说得是,我正要去同夫人说这个事情。"边说边揽镜自照,作出一副忧愁的样子来:"自去年秋天以来,我似乎就没顺利过,总犯小人，莫非是我在香积寺还愿的时候心不诚？我要不要跟着二夫人学着吃素啊？"

青玉和紫霭不知道她是真的忧愁还是假的忧愁，紫霭正要开口劝她，却见她把镜子一放，笑道："得，生就一副俗相，还是不要扰了佛祖的清净。"言罢将桌上那张帖子拿了，脚步轻快地去了正院。

青玉和紫霭二人面面相觑，无声苦笑，快步跟了上去。

到得正院，恰逢傅氏并黄氏带着孩子们从里头出来，见了许樱哥就笑道："二妹妹来了，婆婆正念叨着你呢。"

许樱哥笑着给她二人行礼见过，又逗了逗孩子们，才进了姚氏的房间。先是问过姚氏的起居，歪缠了一会儿才把冯宝儿下的战书拿给姚氏瞧。

姚氏看过那战书，冷哼道："她倒是会挑时候。她既请你去玩，你便去，怕什么？认认真真地打，一定把她给我打输了。"昨日听了章侍郎夫人的话，她就怀疑冯宝儿与章淑传出流言中伤许樱哥一事有关系，心中早就不平，今日看了这名为邀请，实则为战书的帖子，更是忿忿。她也是从小姑娘家过来的，岂能不晓得这些姑娘们彼此之间的那点嫉妒和算计？

许樱哥最是喜爱姚氏这永远都充满了斗志，十二分护短的模样，笑道："女儿也是这样想的。只是这件事还需唐媛她们几个在旁帮衬，所以明日女儿想请她们来家做客，母亲看如何？"冯宝儿也是流言事件的"受害人"之一，此番绝不会单独就请她一人，她们日常交往那群人里头大半都是被牵连了的，想必都得了邀约。一群"受害人"聚在一起玩耍说话，旁人不但说不得半个不是，还会起到意想不到的辟谣作用，这才是冯宝儿的一箭双雕。

"好，我这就同你大嫂说，让她吩咐厨房给你们备吃食，再让你二嫂帮着你准备，怠慢不了客人。"姚氏给许樱哥出谋划策："你们早前是约定过怎么打的是吧？可要小心她做手脚，这就让人去给你看过马匹，你这两日自己先跑两圈，晚上等你大哥他们回来，帮你练练，后日让你三哥送你去。"

许樱哥忙道："三哥要读书，不好耽误他。"孙氏对许抒管教得要有多严就有多严，为了她的事儿耽误许抒念书，孙氏表面上一定不会说什么，但心里难保不会有想法。

姚氏为难道："冯家的别院虽然离城不算远，到底是出了城，你大哥、二哥要当差走不掉，总不好叫你四弟送你去？"她说的许揭，乃是她的第三子，在家中行四，比许樱哥还小二岁，今年虚岁才十五，虽然稳重，到底年纪还小，当不得大用，她实在不放心。

许樱哥就笑："女儿又不是出门打老虎，母亲要不放心，再派两个得力的管事和几个有力的护院跟着也就是了。"

姚氏点点头："也好。"正说着，就听玛瑙在外头笑道："二夫人和三娘子过来了。"

接着孙氏领了梨哥进来，手里也是捏着张粉紫色的洒金花笺，一眼瞧到姚氏手边放着的那张花笺，不由"咦"了一声，道："樱哥也收到这帖子啦？也是冯家大姑娘送的？"

姚氏点点头，把花笺递过去给她瞧："你瞧，这小姑娘可真会措辞，咱们樱哥要是不赴约，日后都没脸见人了。"

孙氏草草看过一遍，笑道："换个方向想罢，有她起头，不正好把章家那事儿的因由拆得更分明些？也算是好事。但只是这打球真要骑马打么？依我说，男人们倒也罢了，姑娘家玩这个委实凶险了些。"

姚氏的想法不似她那般古板，却也不好和她争，便只是笑道："哪能像男人们那般厮杀？花架子罢了。姑娘们会骑马也好，早年我便是因着会骑马的缘故，才能逃出生天呢。"

她说的是早年乱世时的情形，孙氏也有耳闻，也就不再多言，笑着道："如今可不会再乱了罢？"

梨哥见她二人说来说去，只是不提自己收到的这张花笺，微微有些着急，悄悄扯了扯樱哥的袖子，使了个眼色。樱哥笑笑，道："二婶娘，我看看三妹妹这张帖子？"

孙氏这才把手里捏着的那张花笺递给许樱哥看："也差不多，只是语气客气得多。我本不待让你二妹妹去，但想着她性子太过软善，日后总要与人交往的，没得被人随便两句话就哄得晕头转向不知所谓。既然你要去，便叫她跟着你去，一是给你做个伴，二是好好认识一番这些人的嘴脸，让她晓得人心险恶，看人不能只看表皮。"

孙氏自来性子严苛，此前更是一直都把梨哥约束得死死的，如今能这样想实在是让姚氏和许樱哥惊喜。许樱哥拿起冯宝儿给梨哥的那张帖子看了，见其语气十分的亲昵，便是闺中密友、嫡亲姐妹也不过如此了，暗自感叹孙氏慧眼如炬,微微一笑便又递给姚氏。

姚氏看过,道:"正是呢,姑娘大了不能只关在房里,得长长见识。只是这冯家的别院是在城外,得好生安排个妥当人送她们姐妹二人过去。"

孙氏想也不想,直接就道:"如今极太平的,老三近来功课吃紧,不如让老四去,再派两个得力的管事并几个有力的护院跟着就好。"说完了才想起来自己舍不得儿子耽误功课,旁人想必也是舍不得的,便微微红了脸道:"只是要耽搁老四的功课。"

果然与许樱哥猜想的差不多,姚氏暗叹一声,也体谅孙氏孤儿寡母的只这一个指望,便不与她计较,反而和和气气地道:"适才樱哥也是与我这般商量,老四年纪不小,该让他学学这些庶务了。不然将来只晓得躲在哥哥们下头,不懂得理事。"

孙氏想起自家的许抒这些年来只管读书,其他的庶务是一概不管,全都丢给了堂兄们打理,更是脸热,颇有些坐立不安。

姚氏本是想表示好意,不期孙氏敏感,多说多错,一时之间也找不到其他话好说。许樱哥看得分明,忙从中转圜道:"三妹妹不会骑马,要不要我请大管事替她寻匹温顺的小马学着玩一玩?"

孙氏想也不想就拒绝了:"不必啦,她胆子小,又笨拙。再来我也怕她有个什么闪失,将来没有脸面去见她父亲。"

可想而知,有了孙氏这句话,不要说是学骑马,便是学着步打也不能,毕竟那球不长眼睛的,争的就是输赢,只要一下场,谁能保证不会磕着碰着?梨哥一脸的失望,难过得眼泪直在眼眶里转,却不敢表示反对,只能低垂了头,一言不发。

孙氏虽然注意到女儿的情绪,却是半点不肯退让,不言不语、淡淡地瞥了梨哥一眼,威严自现。

姚氏虽然感叹怜惜梨哥,却不能插手,便顾左右而言他,找些其他话来说,笑道:"昨日杏哥送了我两盒香,说是御香,闻着挺不错的。樱哥,你和你妹妹一起去寻苏嬷嬷,让她找出来替你们姐妹俩熏衣。"

不过是个借口,樱哥牵了梨哥的手出去,先请苏嬷嬷寻香,然后低声安慰她:"我等下要去遛马,你来瞧,我带着你骑,咱们瞒着不让二婶娘知晓。"三言两语便哄得梨哥破涕而笑,与她手牵着手捧了苏嬷嬷寻来的香料进了屋。

孙氏瞧见梨哥换了笑脸，虽不知道樱哥是怎么哄的，但也还是高兴。

待得中午时分，许樱哥午睡起来，换好衣服才要叫人去喊梨哥一起去看后日要骑的马匹，就听铃铛进来禀告："二娘子，唐家四娘子来了。"

原来这喜鹊还真没有白叫，许樱哥不由得乐了："快请！"一边说，一边迎了出去，在半途中遇着了唐媛，二人手挽着手叽叽喳喳一阵说笑，把话题转入了后日的马球赛上。

唐媛正色道："你可不能不去，这些日子你没出门，是不知道，冯宝儿那伙人四处传言，说是一定要把你打得落花流水。我是早就想上门来，但又怕你心烦不见外客。"

许樱哥欢欢喜喜地把好吃的都翻出来招待唐媛，笑道："当然是要去的，你来得正好，我正要去遛马。你歇歇，陪我试试手脚。"

唐媛笑道："安谧她们几个也想来，但又觉着没得你邀请，一大群人就这样咋呼呼地跑来不太好。"

其实是许樱哥因为寄人篱下的缘故，不敢经常呼朋唤友来家麻烦人，所以平常除了与唐媛往来密切些外，与安谧等人来往就要淡了一层，彼此间恭敬有加，亲密却不足。加之为了崔家之事，这半年多来她都是躲在家里养病闭门不出，不见外客，与众人更加疏远，时间一长，大家便都觉着她有些冷情，便是想要来寻她玩耍也不敢轻易就登门。

许樱哥自是晓得这中间的缘故，却不能承认，找了个最妥当，最大义不过的借口笑道："难道我是那脾气怪的？我也是个喜欢热闹的，但咱们与冯宝儿她们又不太同，走一步得想三步，要家里好了才有咱们的好……虽不能经常在一起，我心里却觉着你们很亲近。今日本就想请你过来商量的，喏，帖子都备好了，只是还没来得及送出去。"

她虽说得隐晦，唐媛却听懂了。她们这些前朝留下来的旧臣人家，本就是被人猜忌的对象，大人们平日里来往都小心翼翼地避着嫌，小姑娘们的闺阁游戏是没人太关注，但也不好日日纠缠在一处。特别是许府这样的人家最容易被人攻讦，不能不小心谨慎。唐媛思及此，看向许樱哥的眼神便多了几分同情理解："我娘说你最谨慎懂事不过，让我和你多学学。我还不信，觉着你还不是和我一样的张狂，如今看来，你是比我懂事多了。"

妄议时事政务可不好，点到为止即可，许樱哥笑笑，不动声色地转了话题："伯母谬赞了，她是没见过我疯的时候。既然你我灵犀相通，我便厚着脸皮烦劳你替我邀约她们明日都来我家里喝茶，咱们商量一下后日要怎么应对。"

后日不独是她与冯宝儿二人对峙，其他人也要配合，乃是一场恶战，想赢就不能掉以轻心。人活一张脸，树活一张皮，唐媛是个争强好胜的性子，加之很快便要出嫁，嫁人后日子再没这般随意舒心，所以对这场球赛也是看重得紧。二人当下便联名写了帖子，使人分别送出去，又带梨哥去前院牵出了马儿出来溜达了一圈，比画商量了半日方才散去。

第二日巳时刚过，唐媛与安谧等人结伴而来，骑的就是马，只都戴了帏帽遮脸。饶是如此，一群如花少女身着鲜艳华贵的胡装，骑着高头大马一起来做客在许府始终是件不大不小的稀罕事，不可避免地引起了许府诸人的关注和兴奋。

三房所居的院子里，冒氏正对着镜子挑了胭脂膏子细细化开抹在脸上，眼看着镜子里的美人顾盼神飞，娇艳夺目，不由得心生怅惘，花再美也要有人赏，人再美也要有人看。她白白生了这张脸和这副身材……想起对着旁人口若悬河，对着自己就没几句话，等闲也不到自己房里来的许徕，她突然说不出的厌烦，"啪"的一下就把手里的菱花镜盖到了妆台上。

鸣鹿和鸣鹤对视一眼，都垂下眼屏住呼吸装死。却听窗外传来小丫头的说笑声："你去看过了么？客人们可真好看呢，有匹马用了七彩璎珞装饰，有匹马的辔头是银的……还有个小娘子的马鞭上镶嵌得有玉，还是胡服好看……"

冒氏突然多了几分活气，问道："怎么回事？家里有客人？我怎么不知道？"心里就怨上了姚氏，家里要请客也不和她说一声，还瞒着，这是真正不把她放在眼里呢，难道要把她与外人隔绝起来么。

鸣鹿忙道："回三夫人的话，是二娘子请客，来的都是往日与她交好的小娘子们。听说是都穿了胡服，骑了马来，打扮得十分好看，明日还要去冯将军府上的别院里打马球呢。"

冒氏睁大眼睛沉默半晌，又是羡慕又是嫉妒又是恨的，讥讽道："她倒是过得舒服自在。早些时候夹着尾巴做人，门都不敢出，恨不得人家都记不得有她这样一号人才好。如今倒好，外头的名声才刚好点，便又这般张狂！"

鸣鹿与鸣鹤都不敢答话，冒氏独坐了片刻，自己也觉得没意思，更没有法子似上次武家请客那回一样厚着脸皮硬混进去玩耍。但青春年华，这样日日在房里对着镜子枯坐委实是没意思，不由得又想起了错过的长乐公主府的邀约，把个姚氏和许樱哥母女俩恨得牙痒痒的。

但她再恨再怨，也是拿姚氏和许樱哥没有任何办法，分家是不可能的，一是许徕不许，她还记着自己撒娇撒泼拿这个威胁许徕时，一贯温和好脾气的许徕那副要吃人的模样；二来她也晓得就凭着自己夫妻俩，单独开户出去过日子，永远也不可能似现在这般风光宽裕——这会儿出去，人家总要说是学士府的三夫人，等出去了，谁晓得她是谁？只认得是个小小的举人娘子，经济钱财上更不要说似现在的宽裕。

想到这里，她便说不出的恨许徕那条瘸腿，要是许徕的腿没瘸，就凭着他十四岁就能中举，那天资才气还能只是个小小的举人？少不得也是位列朝堂的官儿，还轮得着姚氏、许樱哥在她面前猖狂？

第25章　对手

许樱哥着了一身火红的胡服，神清气爽地朝着自己那匹大白马走去。大白马是许扶送她的生辰礼物，来的时候还是小马驹，现在已经长成了极通人性的漂亮大马。看见主人，它欣喜而温顺地将大头垂下，在许樱哥的身上蹭了蹭。许樱哥抱着它的大头蹂躏了一会儿，喂了它一块糖。

梨哥在一旁艳羡地看着，小声道："二姐姐，你是要骑马去吗？"

许樱哥心想自己来了这么多年，一直都是小心谨慎，还从未像唐嫒等人昨日那般肆意风光张扬过，既然她们都可以这样，自己是不是也可以试试？正要说是，就见许揭朝她挤眼睛，回头一瞧，但见孙氏神色严肃地站在她身后不远处，便将那句话咽了回去，笑道："不，我和你一起坐车。"又干笑着道，"还是坐车比较像样。"

孙氏上前两步，正色道："正是这个道理。你可别同昨日来的那些小姑娘们学，一个女儿家像男人一样的扬鞭飞马而过，引得众人侧目，像什么样子？现在的人越来越不像话了。"

"二婶娘放心，我晓得轻重。"许樱哥只好把大白马交给小厮双子牵着，自己在孙氏的监督下老老实实地上了车，和梨哥坐到了一处。梨哥见她蔫头耷脑的，不由得掩口而笑："叫你在我面前现。"

"等着稍后收拾你。"许樱哥瞪了她一眼，吩咐许揭："辛苦四弟。走罢。"

许揭一笑，调皮地小声道："不辛苦，多谢二姐姐给机会让我出来玩耍。以后再有这样的机会，可不要便宜了其他人，记得一定要留给我。"他是姚氏最小的一个孩子，秉承家族遗传，是个非常安静温和体贴大度的男孩子，小时候总是像条尾巴似的跟在许樱哥和许杏哥的身后，轻易不哭，大气得很，许樱哥很是喜欢他，一直到年纪大了，许揭读书并搬到外院居住，二人才不似从前那般总在一处玩。

"小心叫父亲知道打不死你。"许樱哥微笑，她不知道许揭究竟晓不晓得她的真实身份，但不管怎么样，他从来没有因为许衡和姚氏对她的疼宠而敌视过她，对她一贯的体贴温和。她想，他兴许也是知道的，所以就连孩子间最爱做的，普通的争宠他都没有做过。

行不多远，就听有人在车前道："四弟，你们这是要去哪里？"原来是许扶一身素青长袍独立在街边，他脸上虽然带着温和的笑意，但却莫名透出几分冷清来。

许樱哥好久不曾看到兄长，心中很是激动，连忙掀起车帘，笑眯眯地喊了一声："五哥。"

许揭日常虽与许扶接触不多，幼年却承蒙许扶救助才从荷花池里捡得了一条小命，是以对许扶别样的敬重。才看到人就赶紧下了马，认真同许扶行礼见过，说明因由。

许扶闻言，微蹙了眉头，拍拍大白马被扎缚起来的尾巴，担忧地看着许樱哥道："这是要骑着马打么？"

许樱哥晓得他担心自己，但这场球赛是怎么都躲不过去的，便含笑道："不是结队打，只是单门球赛。"眼瞅着许扶竟像是又瘦了些，不由得很是心酸，有心想劝他两句，却又碍于当着这许多人不好开口。

许扶听说只是单门球赛，微微松了口气，但还是担忧，非常隐晦地道："都商量好了？"

"商量好了。昨日都请了来家，整整商量了一日。"许樱哥明白他的意思。这单门球赛不似那分组对抗的双门球赛般激烈，需要同一个球队的队员马匹互相配合，这只是争夺个人优胜的多局赛事。也就是一群人上场，各凭本事争抢，能在第一局中率先把球击入球门的人便算拔得"第一筹"，随即此人退出球赛，余下的人继续进行第二局比赛，在第二局中得球入球者便算拔得"第二筹"。以此类推，每一局球赛只进一个球只有一个优胜者，然后按先后顺序排列名次，拔得第一筹之人自然就是最终胜利者。

明面上是她与冯宝儿争夺这第一筹，众人都是各为其政，但实际上两方阵营的人都要上场，所以还是两个队伍间的比赛。为了让队友率先赢出，彼此间的配合是少不了的，到时候肯定有各种算计，各种拦阻，光靠一个人不要想赢。是以许扶才会有此一问。

许扶颇有些忧虑，但看到清晨的日光落在许樱哥自信的笑脸上，照得她的头发一片金黄，亮亮的眼睛里犹如洒入了一片金子，他的心情突然轻松了许多，便道："小心些。"眼睛看向负责给许樱哥照看马匹的小厮双子，双子沉默地抿了抿唇，微不可见地点了点头。

许樱哥不曾瞧见，只认真应了，以开玩笑的口吻道："五哥最近都没吃饭的么？"

许扶不明白："嗯？"

许揭却晓得许樱哥的意思，便解释道："五哥，她是说你又瘦了。"

许扶心中一暖，晓得妹妹这是在委婉地劝自己注意保养，却也找不到什么可说的，便笑笑，让到一旁："天色不早，不耽误你们了。"

马车走出老远，许樱哥回过头去瞧，看到许扶瘦高挺拔的身影犹自停在远处朝这边张望。

梨哥抱着樱哥的胳膊，将下巴放在她的肩膀上跟着她一起往后看，好奇地道："这就是他们经常说的那个开了和合楼的族兄吧，他家的首饰可真好看。"

"嗯。"许樱哥收回心神，把今日的战术又仔细斟酌了一遍。

冯将军府的别院坐落在离京郊十多里远的地方，与武家一样的都是御赐且可以继承的，却又比武家的别院离上京近了许多。今上为了表示一碗水端平，中间便作了平衡——这别院比武家的别院近，面积却小了好些，更没有引入活水做湖的好事儿。但冯家岂是甘于落后之人？引活水不便，那总可以修大些，修得精美些吧？于是把别院周围的地不拘手段地弄来，广置花木奇石，亭台楼阁不说，还修了个特别大气精美，夜间可以照明打球的马球场。

这球场有来历，曾得过御驾亲临，至今讲武榭正中那个今上坐过的，高高在上的位置还是特别用黄绸围覆起来的，周围用了绸带隔离，并不许人靠近。

此刻一身象牙白绣金线骑装的冯宝儿正领着早到的武玉玉、阮珠娘、赵窈娘等人站在球场上，用看似漫不经心，实际无一不是炫耀的语气向她们描述当初御驾亲临时的那场盛大的球赛。也就是在那场球赛中，她第一次见识到表里不一，球技精湛的张仪正，从此魂牵梦系，就想嫁给他。

冯宝儿回想着当年在球场后头的柳树下，高大俊朗的张仪正对着自己含情脉脉的那一瞥，温和体贴的那一句问话，不由得脸红心跳，颇有些魂不守舍。忽听得管事禀告道："大娘子，许府的二娘子，唐府的四娘子等人来了。"

冯宝儿忙敛了心神，道："快请进来。"然后笑着同武玉玉等人道："想来她们是结伴来了，你们要同我一起去接她们么？"

严格说来，今日早到的这一群人里头，武玉玉与许樱哥等人是没有半点芥蒂的，而莫名被请来，然后发现自己很孤独的赵窈娘则是早就盼着这一刻。其他人等则自来都唯冯宝儿马首是瞻，当下一群人都含笑迎了出去。

许樱哥最先看到冯宝儿那身与众不同的骑装。其他女子穿的要么是胡服，要么就是那种仿男款的窄袖长袍并长裤、长靴，冯宝儿却不同，她身上这身骑装款式实在新颖，上头是用金线挑绣的交领窄袖短襦，下头系着只及脚踝的宽幅长裙，脚下一对精工制作，小巧玲珑的红皮靴子。她身材本就纤细高挑，这样看着是亭亭玉立，想来骑在马上更是裙摆飞扬，好看得紧，倒显得许樱哥身上这套火红的胡服有些俗了。

冯宝儿看到许樱哥的装扮硬生生被自己比了下去，要说不得意是假的，但她惯会装，先是热情地把许樱哥等人挨个儿赞了一通，又持了梨哥的小手亲热地道："没想着你会来，姐姐可真欢喜。"又把自己的两个妹妹介绍给梨哥认识："这是月儿，是我二妹妹，这是珍儿，是我三妹妹。你们年纪相仿，想来会很谈得来。"

梨哥有些不适应,微红了脸,笑着只往许樱哥身边靠。许樱哥拉着她,把她往前推,同时也亲热无比地同冯宝儿的两个妹妹说些面子话。接着又从武玉玉身后发现了赵窈娘,不由露出些惊奇来:"窈娘你也来啦?要是晓得你要来,咱们就该一同约着来的。"

周围人等见她同赵窈娘说话,便都停下来有意无意地打量着她二人,侧耳听她二人说话,尤其是差点就与赵璀议了亲的阮珠娘更是含了一丝别有意味的笑在一旁看着。

赵窈娘心想,这事儿怎么都是自己的老娘对不起人,便是成不了亲家也不该断了这多年的情分。自己因为身体孱弱的缘故,平日并不参与这种活动,与冯宝儿等人更是八竿子都打不着的交情,今日人家突然把她请了来,又请了阮珠娘,想来都是不怀好意,欲看好戏的多。

赵窈娘心里怨怪着冯宝儿不怀好意,脸上发着热,笑容却是比什么时候都灿烂,亲亲热热大大方方地迎上去执了许樱哥的手道:"我是不知道你们也要来,不然可不约着你们一起来?省得我一路上孤零零的。"

许樱哥就道:"上次你要我替你画的小像已经画好了,等裱好就使人给你送过去。"

二人都很有默契地不提起之前的不愉快,就如从前每一次见面时那般亲热无间,并无任何局促或是不自在,倒叫想看笑话的人们都歇了心思。

唐媛委实看不惯冯宝儿这些小气巴拉的手段,把马缰潇洒利落地扔给专司马匹的小厮,嚷嚷道:"别磨叽了,快弄些茶水吃吃,歇口气,趁着天色还早,日头还不算辣,该动手就动手了。"

"请,请。"冯宝儿一笑,将众人引入了球场旁临时搭建起来的帐篷里。

与冯宝儿互为对手多年,许樱哥还是第一次到她家里做客,更是第一次真正见识到冯家人的富贵。地上铺的地衣是所谓"一丈毯,千两丝"的厚重加丝毯,一脚踩上便觉着脚陷入了一半,茵席更是讲究,乃是冰蚕丝织就,隐然现出芙蓉花纹,触之冰凉。另有几个散放在四周的杌子,华贵非同凡响,不但凳面衬以宫样锦缎,四周更是用的前朝金框宝钿工艺,金子、红宝石、蓝宝石、祖母绿交相辉映,闪闪发光。

冯宝儿傲然打量着许樱哥等人的神情,隐隐有些自得。冯氏新贵,这些东西多是她家中父兄军功累积所得赏赐,今日拣着可用的尽数搬了来放在这里,为的就是让许樱哥、唐媛等这些所谓的旧朝世家女见识见识,省得她们总是轻视自己这群人等。这般富贵之物,也许她们曾经见识过,但不过是旧日黄花,历经两朝,她们早穷了,想必只能心生不平吧?

果然唐媛等人面上多少露出些鄙薄加愤恨的神色来,梨哥则是微微露了新奇惊异之色到处张望。阮珠娘自来捧冯宝儿惯了的,晓得冯宝儿这会儿最需要什么,当下便笑道:"宝儿,你这茵席可真好瞧,且触之生凉,想必是冰蚕丝织造的吧?"

冯宝儿"嗯"了一声。却听一直没出声的许樱哥突然感叹道:"哎呀呀,这就是那什么一丈毯千两丝的地衣吧?还有那金框宝钿的杌子,闪得我眼花。这得多少钱啊,宝儿,你们家果然富贵至极!"

阮珠娘自赵家寻她家议亲并拒绝了赵家,再传出许家想与赵家结亲而不得的流言后,她便自觉着打败了许樱哥,面对着许樱哥就有些高高在上之感。此刻因着许樱哥大惊小怪的这一嚷嚷,更觉着许樱哥村了,当下掩口笑道:"樱哥,你真不愧是大学士府出来的,一眼就认出来了,我是没认出来,想必你们日常在家也经常用的。"

明知道人家没有,还故意这样寒碜人。唐媛等人不由忿忿,许樱哥的脸皮却厚,半点儿不好意思都没有,坦然自若地道:"哪里,我家用不起这样华贵的宝贝。一大家子人就靠着父兄的俸禄过日子呢,有点儿余钱都买了我们喜欢的书纸笔墨了。便是有御赐之物,家父也是郑重藏之,不敢拿出来用。是以我识得,却不曾用过。"

全场鸦雀无声。两府都是高官,一户清贫恭敬,不以家贫为耻而以书香为荣,一户奢华张狂,以豪奢为荣大肆炫耀,彼此间高下立现。在场众人都是官宦人家的女儿,这个道理都是懂的,许樱哥这话说是酸吧,她那表情不像,满脸的羡慕,说她是暗讽,别有用意吧,她又一脸的诚恳。

不知是谁"噗……"的一声笑了出来,冯宝儿大怒,迅速扫视了全场一遍,却见人人神情严肃,根本看不出是谁在偷笑,不由得暗骂了一声装模作样的臭穷酸。

冯宝儿脸皮虽没许樱哥厚,但也不是省油的灯,当下淡淡一笑:"我家也是靠着父兄的俸禄过日子,宽裕不到哪里去。这些都是父兄凭着军功得的赏赐，只因难得请到诸位姐妹上门做客，我怕失礼被人笑话，就拿出来给大家用了。"话锋一转，望着许樱哥道："姐姐若是觉着我张狂，我便收了换上日常用的来。"

许樱哥连连摆手："哪里，哪里，宝儿错了，我是感叹你太好客了。我是平日没有机会，如今有了这机会，怎能不尝尝这富贵的滋味儿？"笑着把冯宝儿按在了主位上，道："你这个当主人的不坐，我们便是想坐也不敢坐。现在好了，终于可以坐啦。"自己跟着坐下，舒服地眯了眼自来熟地招呼唐媛等人："你们还站着干吗？不要辜负了宝儿的一番心意。"

唐媛等人眼看着她不动声色就华丽丽地掰回了一局，心情大好，笑嘻嘻地跟着坐下，很有风度地恭维了冯宝儿一通，安心享受冯宝儿免费提供的豪华用具，还喊着要吃好的喝好的。

把人损一顿，该享受的还不落，这个女人脸皮真是厚到没底儿了。她才不和小人斗呢，冯宝儿腹诽着，暗想今日在口舌上是无法占到许樱哥便宜的了，索性不再耍小花样，大大方方地命人上茶水果子，言语间也不再暗含机锋，热情待客，展现为主之道。许樱哥等人是来应战打球的，不是来和她吵架生气的，见她收敛，自不会张狂，该说就说，该笑就笑，宾主间倒也显出几分和煦来。

茶水添第二回的时候，就有人进来在冯宝儿耳边轻声说了两句话，冯宝儿眼里闪过一丝惊喜，随即又有些黯然愤恨，忍不住看了许樱哥一眼。

许樱哥自进了冯府始，便一直密切注意着周围的情形，见冯宝儿神色复杂地看向自己，便笑嘻嘻地举着茶杯朝她敬了敬。冯宝儿挤出一个笑来，告了声罪，走了出去。须臾，又进来，脸上已经换了开心的神色，道："姐妹们歇息得差不多了吧？"

得到众人肯定的回答后，冯宝儿就道："那差不多啦，咱们也该开赛了。"

唐媛笑道："慢着，先说好了规矩再动手也不迟。"

冯宝儿风情万种地朝许樱哥斜了一眼，慢吞吞地道："要什么特别的规矩？就是单门赛的规矩。不组队，不论人数，一人一队，各扫门前雪，谁先拨得头筹就算是今日的赢家。至于彩头么，各凭心意。"

"得有人裁判才行，不然起了纷争伤了和气可怎么好？"安谧纤指点向梨哥并赵窈娘："就她们俩吧。"

阮珠娘见她挑的都是与她们有利的人选，肯定不服气："不成！她们都不懂得规矩，一次球赛也没打过呢。"

安谧挑着眉毛笑："那就再添一个懂的，玉玉来吧。珍儿也跟着。"

武玉玉是两边都占着好的，谁也没意见，她自己也乐得不掺和进去，当下道："好，既然姐妹们信得过我，我就上了！但咱们先说在前头，是怎样就怎样，可别要我偏袒谁或者又是怪我偏着谁什么的。"将手拉过梨哥、赵窈娘、冯珍儿来，郑重道："三位妹妹不曾打过球，但也是看过的，晓得是怎么回事儿。你们就来监督我，要是我徇私舞弊，偏着谁了，只管朝我脸上吐唾沫。"

她话说得死，其他人等就没什么好说的，纷纷表示不会。阮珠娘算了算人数，去了武玉玉一个，她们这边就比许樱哥那边少了一个人，四比五，肯定要吃亏。当下道："好事成双，再来一个人添上才好。"

京兆尹家的女儿杨七娘是属于她们这个阵营的，当下便道："那让谁添上呢？今日这里左右就这么几个人。"

冯宝儿指了指她庶妹冯月儿身后一个二十来岁的婢子，道："香香来罢，她日常是陪我们姐妹骑马玩球的，她的彩头由我添上。"

许樱哥这边一个叫高蓝的，见那婢子身强体壮如男子一般，晓得不是个善角儿，更怕冯宝儿使诈，便不屑冷笑："你们乐意和个丫头一起玩，我却不乐意。我不打了。"言罢自去放彩头的盘子里取走了自己的东西。左右她是一群人里最弱的一个，多她一个不多，少她一个不少，只要能去了这劲敌，便是赚着了。

冯宝儿从善如流："那也好。就八个人，打七局。"

许樱哥又笑道："我还有一句话要说。今日说来不过是为了玩乐，但若是为了玩乐伤了人，那伤的可就不仅仅只是人，伤的更是两家人的和气。我是个粗鲁的，手脚比心眼快得多，姐妹们悠着点，离我远些，小心我伤着了你们，可不是罪过？"其他人她不怕，都是些胆子小顾惜命和容貌的，独怕这深藏不露的冯宝儿姐妹二人。冯宝儿倒也罢了，杨柳腰肢纤细身材，想来灵活居多，力量大不到哪里去，但她那个庶妹冯月儿却是高大丰满之人，想来极为辣手。

冯宝儿只觉着许樱哥等一群人明里暗里都在防备自己，口里说的也尽是威胁话。但她们哪里又能猜着自己其实是要做什么？遂不以为然地一笑，道："樱哥说得是，姐妹们挥杖的时候可都小心谨慎些，休要惊了马匹伤了人。一旦发现不对就要赶紧停下来，知道了么？"

第26章　暗算

众人齐齐出了帐篷，各自提杖上马奔入场中，武玉玉则带着梨哥、赵窈娘一起上了讲武榭，寻了个阴凉的地方坐定了，接过仆妇递来的铜锣，先重重地敲了那锣一下，随即把球抛入场中。众女皆发一声喊，纷纷策马持杖奔向那个球，努力想率先争到那球。

许樱哥按着早前商量好的，不理前来围追堵截她的阮珠娘等人，不管不顾地只是纵马朝着那球冲过去，其他善后工作全交给唐媛等人处理。冯宝儿不甘落后，在她那个丰满有力的庶妹的护持下不管不顾地往前冲，冯月儿的马上技术着实好，力气又大，凶悍十足，将那球杖抡圆了左右一扫，便吓得唐媛等人花容失色，纷纷乱了阵脚，喊道："这蛮子懂不懂规矩？哪儿能这样打球？冯宝儿，你管不管？不打了！"

阮珠娘与杨七娘见状不由大笑起来，唐媛并安谧，还有另一个叫李秋华的气得要死，互相使了个眼色，同样抡圆了球杖冲将上去。谁怕谁啊？

转眼间冯宝儿已经率先抢到了那球，运杖往前流星赶月般地朝着球门处一击，提马再次跟进。许樱哥从斜刺里冲将过来，举起球杖，看似轻巧，实则精确无比，力度极大地将那球拦腰截住，往旁边带了过去。冯月儿见状，凶悍地纵马往许樱哥身边靠过去，与冯宝儿一道呈夹击之势，将许樱哥给挤在了中间。

唐媛见状，娇叱一声，双脚一磕马腹，硬生生地挤了进去，将手里的球杖同样凶蛮地撞击上了冯宝儿伸出去的球杖。带得冯宝儿纤瘦的身子剧烈地一歪，险些从马上跌落下来。与此同时，安谧并李秋华壮着胆子挤上去隔开了冯月儿与许樱哥。见唐媛等三人围攻一个冯月儿，冯月儿再是勇猛也抵挡不住了，阮珠娘和杨七娘不可能一直在旁边看笑话，当然也纵马追了上去。

梨哥和赵窈娘见势头不好，忙看向武玉玉，不等她们开口，武玉玉已经急得大喊："不是这样的，犯规了！"许杏哥是她的亲嫂子，她便是不会偏帮许樱哥也不会让许樱哥吃亏。然而场上人等却是谁都没听见似的，闷着头往前冲的照旧往前冲，互相赌气较劲的照旧互相较劲赌气。

只是阮珠娘二人平日虽爱骑马，但却没怎么玩这马上打球的技术，更是爱惜自己，于是看似尽了全力，却只是做个花样子，比不过唐媛等人心眼实在，往往都是刚靠近便又躲了开去。

如此再三，冯宝儿姐妹二人如何不懂得这中间的玄机？冯宝儿虽然心中暗骂阮珠娘等人狡诈，不堪重用，却也并不多么生气，不顾许樱哥的球杖已经触到地上的球，反倒主动提缰站住了，举起手里的球杖拦住她妹子冯月儿，笑道："二妹妹，不该这样打球的，你这样要是惊了马，又或是伤了人怎么办？快把球杖收起来。"

冯月儿果然依言收了球杖，勒马停住，学着男子般的抱拳给众女子团团赔礼道歉："小妹我从前只是和家里人随便瞎打，原不懂得规矩，各位姐妹休要和小妹一般见识。小妹这里给各位姐妹赔礼啦。"

见她们如此作为，众人都吃了一惊。阮珠娘和杨七娘是不明白一向争强好胜惯了的冯宝儿今日怎地轻易就放了手，但却不敢问，只能暗自庆幸，不需要再似之前那般拼命——她们虽然只是装装样子，但那样野蛮的打法，谁知道接下来会出什么意外？

许樱哥虽然想赢冯宝儿，却不耐烦授人以柄，将手中的球杖猛地把那球击了出去，接着也站定了，含笑眯眼看着冯宝儿姐妹接下来如何作为。

唐媛则是直截了当地道："冯宝儿，你们姐妹太不厚道啦！明明之前就说好了的，不许胡来。月儿却上场就胡来，你们姐妹俩以二对樱哥一个，眼看着便是如此也争不过樱哥，樱哥已经抢到了球，却又来这一招缓兵之计，倒叫樱哥这个守着君子之道的人着了你们的道儿。接下来，是不是又要重新开球，然后再来这么一回，直到你率先拔了头筹为止啊？既如此，你明说就好，咱们怎么也得给你这个地主这份脸面，就不必拿姐妹们开玩笑了！"

她这话说得太难听，便是冯月儿的脸上也忍不住露出些怒色来，难为冯宝儿脸上一派云淡风轻，和和气气地再次给场上众人团团行了个礼，笑着解释道："唐媛，你误会啦。我妹子虽然个子高力量足，其实年幼，才不过十四岁都不满。往日就跟着家中下人玩玩，大家都让着她，她就成了习惯，一上场就忘了规矩……"说到这里，冯宝儿脸上露出一丝不好意思的笑容来，用商量的口气道，"要不，我让她先下去，就咱们七个人打如何？"

唐媛张目结舌，冯宝儿今日这样好说话？虽然冯宝儿脸上的笑容很真诚，冯月儿也真的做出了想要退场的模样，但她怎么都觉得似乎这里面隐藏了什么阴谋。她迅速和许樱哥对了一下眼神，很肯定地说："明说了吧，虽然是单门球赛，但实际上大家都晓得，就是你和樱哥两个争输赢。我们三个是向着樱哥的，她们三个也是向着你的，月儿若是下去，便是以四敌三，便是胜了也是胜之不武。月儿不必下场，你们自己商量着办，她再犯规便算她提前出局！你们可不许找酸话说！"

冯宝儿感叹道："真是君子啊。月儿，快给你几位姐姐行礼谢过。"

许樱哥微笑着，心里很不赞同唐媛，但是无力阻止。她就想顺着冯宝儿的意思，让冯月儿出场来着，以便看看突然装扮起知礼明事的淑女来的冯宝儿到底想干吗。以四敌三很可耻吗？不可耻。强龙不压地头蛇，她们可是在人家地盘上哇。但多一个冯月儿与否也算不上什么大事，她也就安然受了冯月儿的礼，半真半假地道："月儿，你的力量很好，能不能一杖击碎马儿的膝盖啊？"

冯月儿的胖脸一僵，干笑道："不能。许家姐姐能么？"

"哪能？我可没那本事，只是听人说过而已。"许樱哥摇头轻轻叹息，靠近她耳语一般地低声道："姐姐不才，最多就能把马儿吓疯。"说完一笑，纵马离开，朝着从讲武榭上下来的武玉玉大呼小叫："玉玉，重新开球！你这个裁决官半点威风都没有，要是谁要再像月儿那样，你就该直接把她赶下去才是！"

武玉玉尴尬而后怕地重新开球，一群女人继续投入反复争球、击球、运球的斗争中，这次再不似之前的野蛮，大家都凭着真本事，很守规矩，努力不惊旁人的马，不将球杖高高抡起去伤人。

"就这样么？我还以为宝儿会给咱们看一台精彩绝伦的好戏呢。最好是弄场美人堕马遇险，咱们飞身救美的戏码。"马球场附近一座用来燃起大火，以作夜里照明用的高台上，有两个年轻贵公子坐在阴凉之下，专心地关注着马球场里的态势。

其中一人着竹叶青的圆领缺胯袍，戴银色小冠，坐姿端正，手里摇着素折扇，笑容闲适，眼睛里却闪着不高兴的小火苗。他左边坐着的人则穿着玉色宽袖袍服，梳得油光水滑的发髻上只插着一支古朴到了极点的沉香木簪子，手里同样拿着一把素折扇，打扮得和个儒雅温润的书生差不多，坐姿却是极其难看的，懒洋洋地摊在椅子上，唇角还带着几丝讽刺一般的笑意。适才那话便是从他口里说出来的，见同伴不回答他的话，他坐起身子，侧脸看着同伴，琉璃一样的眸子里闪着恶作剧的光芒，探询地道："四弟，你不高兴我这么说宝儿？你放心啦，我没其他恶意。她要是做我的弟媳，我会很高兴的。"

谁要娶那个心机女做老婆？冯家看不起他们母子，他们也看不起他冯家！张仪端恼火之极，心里的怒火一跳一跳的，恨不得把面前这个闻风而动，不要脸的狗皮膏药张仪正给一针一针地戳死了事。但偏还不能，他挤出一个比哭还难看的笑容叹气哀告："三哥莫拿弟弟开玩笑。弟弟倒是无妨，但宝儿未曾婚配，不好坏了她的名声。弟弟心里一直都只当她是表妹的。"

张仪正不置可否地点点头，将手里的折扇潇洒利落地合拢，虚虚一指场中来回奔跑的诸女，笑道："四弟一大早就做贼似的偷偷跑到这里来看她们打球玩耍，总不会只是想看马球赛了罢？既不是为了宝儿来的，那肯定是来看其他女子的。让我猜猜，你这是为了谁？"眼睛狡猾地瞟了张仪端一眼，道，"是你自己说，还是我替你说？"

张仪端哪里肯告诉他自己是为了许樱哥来的？自是不肯承认，只管打哈哈："那三哥巴巴儿地跟着小弟来，又是为了谁？"

张仪正微笑着打了个呵欠，懒洋洋地道："我么，你不知道啊？我最是贪花好色，自然是来看女人的。"

张仪端尴尬地干笑了两声，不再言语。其实他很怀疑，张仪正就是防着他，特意跟着他来看许樱哥的，他还怀疑，自己身边大概被安插进了什么人，这才使得自己的一举一动都落在了张仪正的眼里，处处受制。但张仪正不承认，他也不能主动提及。何况张仪正接下来很忠实地显现着他那"贪花好色"的本色，一会儿说冯宝儿的腰细风一吹就会断，一会儿说冯月儿的胸大不知跑得动跑不动，不停地追问冯月儿是不是真的还未满十四岁，一会儿又夸唐媛的腿长就不知是否直溜，最后还说阮珠娘的表情风骚，不晓得手段如何。

张仪端心里鄙夷着，咒骂着，但同时又不能不承认这花花太岁的眼真毒，面上还得维持着一个合适的表情表示自己在倾听，而且有点赞同。为什么要保持合适的表情呢？因为如果表现得太附和，就显得他和这花花太岁是一个德行，要是表现得不屑呢，那明显就是想得罪这花花太岁了。他暂时两样都不想，所以就只好专心地维持那个度，祈祷着最好突然发生点什么事儿把这太岁给弄走。

张仪正却是全无自觉性，越说越开心，眉飞色舞，和当年的荒唐样儿比起来越发荒唐。

张仪端受不了，只觉得耳旁有一千只麻雀在乱飞乱叫，让人心烦意乱，难以忍受。突然间，他注意到张仪正把场中所有女子都品评了一遍，唯独就没有提到过许樱哥，便来了精神，笑道："三哥，你怎么独不品评许二娘子？虽然隔得远，但许二娘子可真是个不折不扣的大美人儿！你看她，胸大腰细腿长……"他清晰地看到张仪正的眼底有一点红色慢慢地浸了上来，唇角原本放荡不羁的笑意也逐渐变得冷冰，然后凝结。

张仪端立刻聪明地闭了嘴，沉默而专注地看着张仪正。他能感受到，来自张仪正眼里深处那种冰寒，很吓人，但是同样让人兴奋。要知道，在此之前，就算所有人都知道张仪正对那个女人感兴趣，但他自己是从来都不肯承认也未曾当众提及的，现在总算是露出马脚来了吧？那到底是个什么程度呢？是和他从前那些女人一样？还是一个不一样的存在？又或者，只是为了父王那远大的筹谋和理想？

张仪端一点一点地笑开了，畅快地继续刚才的话题："肤色也白净，容貌很甜美，我看她马上技术也不错，腰部很有力……"他满意地看到张仪正的整个眼球如同发狂的公牛一样全红了，接着张仪正黑着脸朝他扑了过来，高高举起的擂钵大小的拳头夹杂着一阵风，飞速朝着他的头脸砸了下来。

张仪端害怕得两股战战，背心里全是冷汗，却仍然不改初衷，反而微微有些得意和期待地把脸对着张仪正的拳头迎了过去。很久没挨张仪正打了，在他的记忆中，虽然每次挨打之后张仪正不一定会被父王厌弃，但一定会挨罚，同时他也会得到父王更多的怜悯和关爱——他的前面有三个各有特色的兄长，使得他就像一个只会吃饭呼吸玩耍的东西，除了是康王四子，证明康王正妃贤良淑德外没有任何作用。

正是张仪正一次次的暴打，才让父王把目光落到了他的身上，然后发现了他的优秀孝顺并开始培养他，让他有了更多的希望。所以挨张仪正的打是有好处的，这种好处很直接。如今，就为了他夸了个不相干的女子两句，这当哥哥的就要毒打弟弟，这是多么不可原谅啊……

张仪端痛苦并快乐地感叹着，期待着，可是这一次，预料之中的疼痛没有落到他的脸上，张仪正的拳头堪堪擦着他的头皮飞了过去，一拳砸在了他头顶那个小巧精致的银冠上。银冠被砸得凄惨地哀鸣了一声，然后变形，脱落，"哐啷"一声跌落在地，咕噜噜不知滚到哪里去了。接着他的头发散落了满脸满肩，同时头皮也仿佛是被碾压过一般的疼。

张仪正好整以暇地收回拳头，掏出一块洁白的丝帕，细心地擦拭着手，看也不看他，微微带着些让人憎恶恼火的得意淡淡地道："四弟你怎么会想起戴这么个发冠的？实在太难看了，就像是一坨屎一样的，让人看了就想把它砸扁。怎样，哥哥给你开的这个玩笑没吓着你吧？"不等他回答，便又理所当然地道，"想来也不会，你是张氏子孙，又不是孬种，怎可能会被这么一下子就吓破了胆？若真是那样，可是滑天下之大稽了。"

真是白挨了这一下，头皮火辣辣的疼，但一定看不出伤痕来！告状肯定无门。张仪端握紧拳头，愤怒地瞪着张仪正。张仪正眼里先前浮现出的那点红色已经渐渐淡去，再也看不见。这人自从病了那场之后，似是真比从前稳重多了，便是这般被激怒，也还能收发自如……机会已经错失，不可再来，于是张仪端半真半假地喊道："三哥你又欺负我！我这样子可怎么去会美人？"

张仪正转身准备离开，淡淡丢下一句："什么美人？都是些蛇蝎心肠的红粉骷髅而已。"

看在瘟神终于要走的份上，张仪端重新拾起了好心情，惬意地示意贴身伺候的小厮上前给自己整理头发，自己舒舒服服地往椅子上一靠。

马球场上一声清叱，许樱哥冲破冯氏姐妹的封锁，旋风般地把抢到的球连击十几下，最后一次举起球杖，预备向着球门击过去，然后拨得头筹。而此时，阮珠娘惊恐地看着自己的胭脂马不受控制地朝着许樱哥的大白马冲了过去，她拼命想要把马拨开，一向温顺听话的胭脂马却似发了狂，根本不听她的指挥。女人的直觉让她觉得很不妙，她正要大声示警，一直跟在许樱哥身旁、如影随形的冯氏姐妹也挤了过来，接着唐媛等人也到了，一片热闹的混乱。

不过是一个呼吸的时间，两马便已相撞，许樱哥杖下的球飞出一条漂亮的弧线，高高越过球门后落空。冯氏姐妹发出一阵庆幸的欢呼，许樱哥抬起头来诧异地看向阮珠娘，似是想不通她何故突然间就变得如此勇猛了。阮珠娘却顾不上，拼命想要控制住胭脂马，但就在这个时候，她的手肘被人猛地一撞，球杖脱手而出，直直向着许樱哥那匹大白马的脸面上砸了过去。

大白马受惊，长嘶一声，烦躁似有暴怒的迹象，胭脂马却仍然不管不顾地继续逼了过去，冯氏姐妹不知是有意还是无意，一左一右把许樱哥的退路截断。许樱哥脸上闪过一丝戾气，果断挥动球杖朝着胭脂马砸了过去，阮珠娘下意识地睁大了眼睛，恐惧到喊不出来。胭脂马大概是发现许樱哥厉害不可侵犯，长嘶一声之后转身往另一个方向奔去。许樱哥抱着大白马的脖子，在它耳边轻声安抚。

这时候所有人都发现不对了，冯宝儿勒住缰绳，立在许樱哥身前高声道："樱哥，这是怎么回事？"许樱哥冷冷地看了她一眼，突然间用力一磕马腹，高举球杖，旋风似的从冯宝儿身边掠过，与此同时，球杖精确狠准地飞快砸下去又扬起，电光石火间，冯宝儿只觉得自己的左臂一阵火辣辣的疼痛，疼得好像断了一般的。"啊！"她痛喊出声，却只能看见许樱哥那火红的身影已经离她极远，目标正是险象环生的阮珠娘。冯宝儿死死咬着嘴唇，脸色苍白，愤怒而不甘地朝冯月儿使了个眼色。

阳光灼热起来，但有帷帐遮挡着，再有微风吹过，便只是温暖宜人。果然要坐得高才舒服，张仪端微闭着眼，舒服地享受着小厮手里的梳子不轻不重地在他的头上轻轻刮过，他正想舒服地轻叹口气，梳子就落到了先前被张仪正弄疼的地方。"嘶……"他疼且怒，正要发作就听得场中突然传来一阵女子的尖叫声和马儿的嘶鸣声。出事了！他精神起来，兴奋地一把挥开小厮手里的梳子，飞速起身奔向高台边缘，朝着下面看过去。

已经即将走到楼梯口的张仪正则迅速转身，飞快往前走了两步，又硬生生地停住了，背着手往下看过去。

场上马嘶人叫，一片混乱。他们看不清楚具体的细节，却能根据众女所穿的服色分辨出大概是怎么回事——一匹胭脂马嘶鸣着往场地边缘狂奔而去，马背上身穿粉红色衫子的阮珠娘张皇失措地紧紧抱着马颈，几欲被颠落下来，惊险万分。穿着火红色胡服的许樱哥打马跟上，小心谨慎却又十分大胆地挨近了那发狂的胭脂马，随即左手持缰，右臂探过去捞阮珠娘，阮珠娘却只是哭喊着拼命摇头，胭脂马则越发癫狂。如此三番，冯月儿也试探着打马上去，试图帮助许樱哥救助阮珠娘。不知许樱哥大喊了一声什么，阮珠娘终于松开了马颈，侧身朝许樱哥扑过去，许樱哥顺势一带，将她接住横放在身前，催马离开那匹发狂的胭脂马。

第27章　质问·收获

　　许家这女子的骑术胆识果然过人，果然有些意思，此番这混账东西总算是看对了人，便是他自己也觉着真不错。张仪端虚抹了一把冷汗，看向张仪正笑道："许家二娘子真是个妙人儿。如此胆识，恐怕能和姑姑年轻时比一比了。真是想不出来，许衡那腐儒怎会养出这样的女儿？"

　　张仪正神色漠然，一双眼睛幽然深邃，抿得紧紧的嘴唇此时方放松了些，淡淡地道："她也配和姑姑比？不过玩的巧劲儿和傻大胆。你这话不要让姑姑晓得，省得姑姑说你辱没了她。"

　　他们说的姑姑，专指与康王一母同胞的长乐公主，而不指其他任何女人所生的任何人。长乐公主得宠并不只是因为她是朱后所出的唯一嫡出公主，更是因为她类似今上的勇猛果敢。用勇猛这么个词形容一位公主似乎有些不妥，但用在长乐公主身上还偏偏很恰当——长乐公主还是如花少女的时候就亲手诛杀了谋刺今上的刺客，虽然身受重伤，却始终不皱眉头，所以几十年的荣宠，她受之无愧。

　　张仪端讪讪一笑，正要说话，却又听场中再次传来惊呼声，这又是怎么了？二人都敛了神色，迅速朝场中看过去。

　　只见阮珠娘那匹本已朝着场地另一端奔过去的胭脂马因被冯府的奴仆拦阻，便又折回来，朝着许樱哥和阮珠娘狂奔而去。而许樱哥却以一种诡异的姿态坐在马背上，右臂无力地下垂着，不见提缰避开，仿佛是任人宰割一般的。能下场打球的马儿都是温顺的性子，也通人性，懂得自己闪避，但今日大白马的情形也很古怪，虽然暴怒地长嘶着，动作却不灵活，往旁闪避的动作也显得很笨拙。

"这是怎么了？难道竟然避不开？"眼看着这如花似玉，骑术精良，胆识过人的勇敢女子遇险，张仪端很是替许樱哥着急，也顾不上张仪正就在一旁看着，下意识地就喊了出来，只恨自己离得太远，不能飞身去救佳人。

"那些吃屎的奴仆是干什么的？就这么干看着？"张仪端觉着自己已经不敢再看，便把一腔怒火都发到球场周围乱成一团的各府奴仆身上去。却见一条青灰色的身影矫健地自人群中奔出，飞身朝着那匹暴烈的胭脂马扑过去，堪堪拦在了许樱哥的跟前，紧接着双手如铁爪一般紧紧扣住了胭脂马的辔头，胭脂马无论怎么挣扎，那人都像是一颗钉在地上的钉子，牢固不可轻移。

尘埃落定，有惊无险。

许樱哥俯身安抚大白马，大白马平静下来，安然地载着她与阮珠娘二人向一旁走去，有人迅速把二人接下来并把大白马牵下去治疗。但已经没有人关注许樱哥这里，包括许樱哥在内，目光都被球场正中搏斗的一人一马给吸引了。那人身形魁梧，却异常灵活有力，不屈不挠地和胭脂马比着勇气和力量，胭脂马终于败下阵来，软绵绵地侧翻倒地，大口喘气。众人齐齐发出一阵欢呼。

"许二娘子的右臂一定是在接阮珠娘的时候脱臼了！虽然神勇，到底只是个娇滴滴的女孩子，哪里能有男子的臂力？她那白马肯定是受伤了，而且伤得不轻，想必是腿伤。那个小厮身手不错，胆识过人，不知是谁家的奴仆？有意思啊，有意思。今日总算没白跑这一趟。"张仪端也是个玩家，这会儿见惊险已过，便来了兴趣，兴致勃勃地点评推论着刚才的事情真相。

他叽叽呱呱地说了许久，始终不见身边的张仪正有任何动静，不由得奇怪地看向张仪正，笑道："三哥适才不是要看美人堕马遇险么？怎地看到了却没声儿了？是被吓着了？还是心疼坏了？"

张仪正沉默地注视着球场里，眉头紧锁，嘴唇紧紧抿成一条线，下颌紧绷，神色间似有一种说不出的怅惘。肩膀似是在微微抖动，鼻尖似有细汗，还真像是一副被吓坏了的表现。

莫不是自己眼花？张仪端眨了眨眼，聚精会神地再次看向张仪正，欲把他的神态看得更清楚些，却见张仪正已经迅速转过身去大步往下走，淡淡地道："早前想看，真看到了却觉得无趣，不过是个无知狂妄的女子自以为是，妄图借机谋名谋利,伪善本性发作而已!"

张仪端莫名其妙地目送着张仪正远去的背影,暗道这人莫不是有病吧?人家一个小女子又不需要建功立业,本身又是名门之女,便是再有她的理由,以身犯险救人也值得人认真夸赞两句,怎地在张仪正的眼里却成了谋名谋利的伪善行止?这到底是在乎还是不在乎?

但张仪正怎么想的,张仪端实在管不了。他现在更关心,今日这马球场中究竟发生了什么可怕的事情?他看着站在场地一旁,白裙飘飘,神仙一样沉稳地指挥众人处理事宜的冯宝儿,不由得饶有兴味地翘起了唇角,暗叹了一声,好大胆的女人!明明知道他们兄弟俩就在一旁这么看着,她还敢把手脚动到这个地步! 这样的女人若是进了康王府,若是将来康王府真的有那么一天,她会起到一个什么样的作用呢?对自己究竟是有好处还是坏处?

张仪端微闭着眼睛,任由小厮将他一头长发梳理好了,起身往下走,吩咐身边人:"看看三爷去了哪里,再去告知冯家大娘子,我往后边去了。"

马球场边的帐篷里,许樱哥和阮珠娘被众人团团围在中间,嘘寒问暖。阮珠娘还在昏昏沉沉间,根本无法站立,只能全身软弱无力地靠在自家的丫鬟身上,一句话也说不出来。许樱哥沉默地坐在杌子上,左手扶着脱臼无力的右臂,额头背心全是疼出来的冷汗。

"樱哥,珠娘,你们且忍忍,太医马上就来了。"冯宝儿跑进跑出,先是张罗着人抬了白藤肩舆过来将许樱哥并阮珠娘抬到后面去歇息,又安排其他人等去检查阮珠娘的那匹胭脂马,显得十分的主动尽责。

梨哥后怕地守在许樱哥身边抽泣,许樱哥满脑门的官司,实没心思宽慰她,便示意赵窈娘把她带到一旁去安置,当着众人的面,严肃地看着冯宝儿道:"凡是能下球场的马,无一不是温顺安静不怕惊吓的马,那匹胭脂马为什么会突然发狂,我想总有原因。"女儿家金贵,这所用的马匹定然是家中精挑细选,仔细豢养的,便是她这匹白马也是打小儿用鸣锣在旁边敲着,轻易惊吓不得的。就凭早前阮珠娘那个得过且过的模样,哪里会是在这种情境下敢主动伤人的?多半内有隐情。

冯宝儿一怔,虽然她早想到许樱哥迟早都会追查这件事,但始终不曾想到会这么快就发难。她的手臂隐隐生痛,心中更是恨意滔天,面上却仍然保持着得体的微笑:"总不能还有谁特意害咱们吧?这事不急,这会儿你的手臂不是还伤着么?先等太医来正过骨再说。在我看来,这就是个意外,樱哥你最清楚不过。想那胭脂马只是畜牲,珠娘技艺不精,一时失手也是有的,却没想到会这样……你们觉得呢?"

说了这句话,冯宝儿含笑看向周围众人,虽然她没有把余下的话说出来,但也把意思表现得很清楚——刚才大家都看得清楚明白,争球击球到了白热化的时候,混乱中阮珠娘的马不知怎地就撞上了许樱哥的大白马。球场之上,互相冲撞本是寻常事,但令人想不到的是阮珠娘手里的球杖也跟着落到了大白马的脸上,大白马受惊,胭脂马却仍然蒙头蒙脑地逼了过来,而后许樱哥杖击胭脂马,安抚大白马。大白马倒是安静下来了,胭脂马却发了狂,于是才有了后头的故事。冯宝儿这样说话,倒似是暗示众人,明明是许樱哥报复了阮珠娘那无意中的一击,这会儿却来找人背黑锅推卸责任似的。

场中很安静,好像是这么回事,但又好像不是这么一回事。只因当时混乱,若是有人趁隙做小动作,他人不见得就能看清楚。差点就出了人命,这可不是小事儿,便是冯月儿与杨七娘也知趣地成了闷嘴葫芦没有附和冯宝儿的话,更不要说是安谧等人。

唐媛吸了口气,朗声道:"我们自是看得清楚,是阮珠娘莫名其妙去撞樱哥不说,又将球杖击打在大白马的脸上,若不是胭脂马疯了,那便是阮珠娘疯了……樱哥不计前嫌冒着风险救了她,又差点落入险地,宝儿你这个做主人的就没有话可说?"

"阿媛……"许樱哥打断了唐媛的庇护,再将那条受伤的手臂往众人面前挪了挪,看向阮珠娘和气地道:"珠娘你有什么话说?我适才听了宝儿这话,只感叹万幸我还有那个胆子,万幸我还算赶得及时,不然今日你若落马,我可浑身是嘴都说不清了。还不晓得外头又会怎么传呢。"如果今日任由那奸计发展下去,想必新一轮的流言说的必然都是她和阮珠娘为了一个赵璀,如何醋海生波,互不相让。

那时候,许家人的脸面将往哪里搁?她的脸皮虽厚,却不能总让梨哥平白受委屈,更不能总是拖累姚氏和许衡。许樱哥感受着脱臼的右臂上传来的痛苦,隐然有几分痛快惬意,真是值得,现在还有谁能说得起她?她倒要看看谁还能中伤她的名声?

阮珠娘茫然抬头，看了许樱哥一眼，又看看冯宝儿，神色复杂地垂了眼睛低声道："我没什么话可说，只是多谢你了，樱哥。然后我要和你说，我也不知道自己怎么就冲过去了，那球杖是真收不住，马也不听招呼。"她苦笑了一声，道："兴许你不相信，我这个人最是爱惜容貌和性命，哪里敢去做这种事？我打得你，你也打得我，这可和吵架不一样，非死即残的事儿，我没那么大的胆子，和你也没那么深的仇……"

冯宝儿突然间红了眼圈，哽咽着道："你们的话我听不懂，敢问我适才的话哪句错了？难不成因为我是主人，出了意外就全是我的错？我哪里担当得起这么大的罪名？究竟是意外还是人祸，左右现下樱哥你家的人也守着胭脂马的，请人看过不就知道了？说来我这个做主人的更怕出事儿呢。"

许樱哥懒得和这朵美丽狠辣的白花多说，只叹道："你的话全没错儿，我只是真心觉着这手臂伤得可真值。另外，我得说清楚一点，我的大白马后来之所以跑不开，是因为它的前左腿膝盖被人击伤了！那个人是谁，她自己心里明白。"

她的目光缓缓在场中众人脸上扫过，众人不由得都互相打量起来，试图找出些蛛丝马迹来。然而不管是谁，都是一副茫然无辜的模样，冯宝儿则是拭去了眼泪，朗声道："樱哥，你说是谁，咱们总要把她揪出来，再替你讨个公道。"

公道？虽然不够，但也算是出了口恶气。许樱哥沉默地看着冯宝儿，一言不发，神色暧昧不清。

冯宝儿十分不自在，手臂上的伤疼得她愤怒无比，她差点就忍不住当场质问许樱哥是什么意思，但她看到周围众人的眼神，终究什么都问不出来，便只是努力睁大眼睛，委屈而又无辜倔犟地盯着许樱哥，互相僵持着。

却见旁边的阮珠娘突然间捂住了嘴，"哇"地一声吐了出来，脏物朝冯宝儿身上那件神仙裙子喷射过去，馊臭味儿瞬间布满了整个帐篷，冯家那奢华的加丝毯更是遭了殃。

冯宝儿又是厌恶，又是心疼，一张巴掌大小的俏脸扭曲得变了形，还要装着格外关心的样子招呼人给阮珠娘收拾，又告罪下去换衣服，也就趁机躲开了许樱哥沉默而犀利的眼神。

许樱哥忍着痛走出去立在帐篷外，沉默地看着一群人乱进乱出，唐媛摸到她身边，接过青黛手里的丝帕替她擦去额头上的冷汗，轻声道："你何必救她？白白让自己吃这么大的苦头。她自己挑衅在先，什么都是活该！只是你啊，什么时候这般烂好人了？"

许樱哥叹道："我哪里是想做什么好人？我是觉着，阮珠娘也是被人给算计了，我也差点儿就被人扣了屎盆子。"她从来都不是那舍身求仁的好人，只是因为她若不救阮珠娘，今日她便输了，名声一败涂地，后患无穷。她亦不知大白马的膝盖是何时被砸伤的，又是谁下的手——但总归离不了冯氏姐妹中任意一人；更不知道后来胭脂马朝她冲过来究竟是有意为之，还是无意为之——若是无意倒也罢了，若是有意，那便是想要毁了她，这得多大的仇恨？为什么？

唐媛沉默片刻，小声道："大白马的膝盖是不是那对蛮子弄的？"她伸出两根长短不一的指头，暗指冯家姐妹二人。冯家久在军中，这些折腾马儿的技术肯定是比她们这些人高明许多的。

许樱哥笑而不语，等同默认。

"这烂心肝的害人精！"唐媛柳眉倒竖，招呼了安谧等人，抓起马鞭就要去寻冯宝儿。许樱哥厉声喝道："站住！"

唐媛倔犟回头："凭什么？"

许樱哥笑着朝她们招手："你过来，听我细说。"推论只是推论，没有证据就是没有证据。正如她抽冷子狠狠砸了冯宝儿的手臂那一下，冯宝儿始终不曾嚷嚷出来并亮给众人看一样的——没有人看见，她不承认冯宝儿就拿她没办法，本来就是大家都知道凶险的马球赛，为这么一个伤吵来吵去反倒落了下风。而冯宝儿姐妹既然敢这么做，那多半也是查不出什么来的，与其和冯家无意义的死磕，还不如就这么朦胧着，任由其他人去猜想，杀人于无形才是最高境界。

唐媛不甘心："就这么便宜了她？"

许樱哥轻声道："便宜不了她，她迟早要付出代价的。"阮珠娘可不是什么好人笨蛋，哪里会白白吃这个暗亏？许樱哥把目光落到球场上，牵马小厮双子正忠实地守候在那匹胭脂马的旁边，同时眼巴巴地朝她这个方向张望。

许樱哥朝他轻轻颔首，微笑，表示赞赏和宽慰。双子是许扶打小就买来放在她身边的，本分忠厚实心眼，万事以她为先，因为男女有别的缘故，才会被安排去照顾大白马。她不方便做的，不方便指使青玉等丫头做的事，往往都是通过他去做。几年间从来没有出过任何纰漏，为了这个，双子深得她与许扶的信任。今日，这小子可又帮了她一个大忙。此刻许樱哥看着双子那憨厚的模样，觉得格外的亲切。

双子羞涩地抓了抓头皮，露出一排参差不齐的大白牙。

唐媛瞧见，忍不住叹道："你这个牵马小厮真是好样儿的，把他给我吧？我拿十两金子给你换。"

许樱哥作势踢了她一脚，笑道："走开，看见好的就想要，少打我的主意。不要说是十两金子，便是百两也不换的。"又叫安谧和李秋华："替我捶她一顿！看见我伤着，偏还来招惹我。"

安谧和李秋华只是笑："你就省省吧，既然伤着，还乱动什么？"

唐媛道："我不和你说着这些事，你就会光想着手疼，所以还是我疼你呢。"

"啧啧……"武玉玉走过来，道："这么活蹦乱跳的，看来是没什么大碍了。"可看到许樱哥惨白的笑容，便什么话都说不出来，只是叹息了一声，将手稳稳地替许樱哥托住了右臂，笑骂青玉："真是个傻丫头，就记得掉眼泪，却不懂得照顾你们二娘子。"

接着就见杨七娘走了过来，满脸的诚恳和钦佩："樱哥，很疼吧？你还忍得住么？"

人心是肉长的，她们本来没有深仇大恨，只不过是年少轻狂的意气之争。许樱哥今日能冒险救下阮珠娘，可能明日就会拉她一把。杨七娘不是糊涂人，就算不知实情，但也丝毫不影响她对许樱哥第一次真正生出些钦佩和好感来。

许樱哥最是懂得看人脸色，自然不会平白拒绝这送上门来的好意，何况这是她右臂脱臼应得的利息。所以许樱哥朝着杨七娘露出一个灿烂到了极点，真诚到了极限的笑容："还好吧。不过是脱臼，并不是断裂。"

杨七娘叹息了一声，道："真没想到你竟然这样有胆识。"

许樱哥微微蹙了眉头，小声道："其实我也害怕，但总不能眼睁睁地看着她倒霉。都是女子……总要试试才甘心。"剩下的话她没说，因为已经够了。

这京兆尹乃是天底下最难担任的官职之一，而杨七娘的父亲却在这个位置上稳稳当当地待了四年，看似还有继续担任下去的迹象。那只能说明他老人家是个聪明绝顶之人，杨七娘作为他的爱女之一，当然不会是个傻子，她想到了很多事情，从前段时间突然倒霉的章淑开始，一直到今日差点就残了或者死了的阮珠娘，她觉得她似乎窥到了真相的一角。但她既然聪明，就不会掺和进去，相反，她还想尽快，尽力地离冯宝儿远一些。但这并不影响她对许樱哥的好感，所以她在很有礼貌，很真诚地表达了自己的善意和尊重之后，目送着许樱哥坐上冯府仆从抬来的白藤肩舆离开，照旧平平静静地回到了阮珠娘的身边。

阮珠娘虽没受到什么实质性的伤害，但她的精神似乎比许樱哥这个真正受伤的人还要差了许多。她病恹恹地斜靠在软榻上，淡淡地打断冯宝儿的话头："宝儿姐姐还是去陪着许樱哥吧，她比我伤得重，又是外人，总要仔细看顾着的，我这里不用担心。"

冯宝儿小心翼翼地打量着她的神色，见她虽然情绪低落，但表情还算平静，语气里并没有其他不该有的情绪，便微笑道："是，我们是好姐妹，打小儿的交情，不折不扣的自己人。那我就去陪着她了，算来太医到来还有些时辰，总不好就叫她们独自呆着。"

冯月儿在一旁突然插话道："姐姐，一定要等太医来么？那得多久啊？疼也疼死了。咱们庄子里不是有个正骨郎中的？他的手法也不错，还曾经给小叔看过呢。"

冯宝儿不悦而凶狠地瞪了庶妹一眼，认真地道："马郎中到底只是个民间的游医，下手没个轻重，许家二娘子身份不同，哪里能和皮糙肉厚的军中男儿比？万一不小心，可不是害了她一生？为了慎重起见，还是等太医来的好。"

冯月儿垂了眼退到一旁，小声道："姐姐明见。"

冯宝儿看向阮珠娘和杨七娘，像是解释又像是自言自语一般地道："等到太医来了，想必许家的人也来了。也不知道我这个当主人的，能不能逃得了怒火？"

第28章 断腿·善意

杨七娘清清嗓子，说道："许大学士府声名在外，自不会为了意外而迁怒于你。"

冯宝儿勉强笑了笑:"但愿吧。二位妹妹且歇着,我去探探许二娘子。"

冯月儿像一个沉默的影子,悄无声息地跟着冯宝儿离开。阮珠娘抬起头来看着杨七娘,轻声道:"宝儿还是一样的谨慎小心。只是许樱哥要疼死了。其实只是正正骨,算什么?"

冯宝儿此举不过是为了不担嫌疑,等到许家人来现场监督着太医动作,日后许樱哥的手臂就算是出了什么错,也怪不到冯家头上。但是多少有些不厚道,冯家久在军中,治疗跌打损伤的医生不敢说是最好的,也肯定是很好的,却要让许樱哥这样的疼,要说冯宝儿不是深恨许樱哥,要借机折腾许樱哥,谁也不信。

杨七娘看看周围伺候的人,一语双关地道:"是啊,我想想都害怕得慌,背心里凉幽幽的。"这个害怕,当然还有另外一层意思,指的是冯宝儿的心机和狠毒。

"你哪里有我害怕?真是想不到的,防不胜防。"阮珠娘的眼神有些迷离惊恐,许久才又低声道:"不知道章淑现在怎么样了。她平日虽然有些刻薄小气,但实际上没有这么大的胆子,她是吃错药了么?"

杨七娘叹息了一声,也没去追问阮珠娘当时的真相如何,只道:"想必得不了什么好。你呢,就不要想太多了,毫发无损地捡回这条命不容易。"二人目光相接,都看明白了彼此的意思,然后不约而同地保持沉默,决定疏远冯宝儿其人。

阮珠娘闭上眼睛,心想道,冯宝儿的年纪不小,冯家却一直不曾替她看配婚姻,这大抵是在等待着某一门很好的亲事。她频频下狠手算计许樱哥,多半是因为许樱哥碍了她的路……对于大华来说,最好的亲事莫过于嫁入皇室,许家一个女儿已经由今上做媒嫁进了武家,下一个女儿嫁入皇室好像也是理所应当的事情,何况许樱哥真不错,品貌皆佳。阮珠娘回想起马球赛中电光石火的那一霎那,轻轻打了个寒战,诅咒冯宝儿将来狠狠地败在许樱哥手里,而且摔得头破血流,再身败名裂。

日光艳艳,照得光洁平整的马球场上一片雪白,让人无法直视。球场边缘的拴马桩旁,双子流着汗,老老实实地守在那匹同样受不了这炎热、显得没精打采同时又十分焦躁不安的胭脂马身边，一心一意地等待着许家来人。不是没有人劝他到阴凉处去歇着，但他固执地不肯听，因为许樱哥说这匹马被人动了手脚，那就一定被人动了手脚，他要是去了阴凉处，说不定这马还会被人继续弄手脚。

双子很沮丧，他的任务就是保护好许樱哥，听许樱哥的话，不让她出差错。但许樱哥还是遇险并手臂脱臼了，虽然这个和他没有直接关系，由他精心养大的大白马非常争气，可他还是觉得沮丧。

为此他很是迁怒于冯家那些看上去就贼精贼精的下人，就连他们给他的茶水，他也固执地不去喝。没有人会喜欢这样的人，何况只是个低贱的马夫，于是冯家的仆人们便都蹲在阴凉处喝茶说话，懒得把他当回事。

双子觉得自己的额头上和背脊上已经被烤出了一层油汗，他眯起眼睛，将粗布袖子使劲擦了一下快要滴落到眼里的汗水，然后舔了舔干得快要开裂的嘴唇。突然间，有清幽的香味扑鼻，接着一只指甲修剪得很干净整齐，同时又显得修长有力的手把一囊水递到了他的面前。

这明显不是只普通人的手，双子吃惊地抬起头来看向来人。来人身材高大，穿着件玉色竹纹宽袖长袍，神情很倨傲地站在那里俯瞰着他，微微透了些古怪灰色的眼珠子里满是不耐烦，见他不接，很干脆地把水囊扔在了地上。

双子吃了一惊，下意识地捡起水囊来，发现这个水囊非常讲究，做工材料都不必说了，用来塞囊口的软木塞子上方竟然包了一层夺目的黄金。这得花多少钱啊？双子还没反应过来，就听见胭脂马悲惨地长嘶并暴跳起来，他回头，看到那个灰眼珠的陌生男人变戏法似的摸出一根球杖，正向着胭脂马的后腿骨上狠狠击打过去，不管胭脂马怎么暴烈，怎么躲避，也逃不开马缰和沉默坚硬的拴马桩，同时那个灰眼珠的男人总能很准确地击打在同一个地方。

双子急得满头大汗，再顾不上那个镶着金子的软木塞有多么夺目，他把水囊一扔，慌乱地上前去拦阻那个袭击马的陌生公子哥儿："您不能这样！"

那个人不为所动，手臂一震就将他推出去老远，再次连续击打了胭脂马无数下，然后将球杖一扔，转身扬长而去，并且很快就走得不见了踪影。

胭脂马悲惨地嘶鸣挣扎了片刻，轰然倒地，大眼睛里蓄满了痛苦的泪水。双子满头大汗，跪在胭脂马身旁仔细检查它的后腿骨。他不是个只会喂马刷马的普通马夫，他也懂得给牛马畜生看看病，检查伤骨。摸索之下，他晓得，这胭脂马的两条后腿给刚才这个人硬生生地打断了，这马从此废了。

双子其实有些高兴，这惹祸的胭脂马终于挨了罚，这个人做了他想做却不敢做的事情。但看到胭脂马可怜的模样，他心底深处的良善被激发，又让他忍不住把刚才那个人拼命往坏处想，这个人不会是和使坏的人一伙儿的吧？这是来消灭罪证的？双子气势汹汹地捡起那个水囊，朝着阴凉处那群看傻了眼的冯家奴仆走过去，大声质问道："刚才那个人是谁？"

冯家奴仆面面相觑，想不通这个看似老实巴交，木头一样的小马夫怎么能有这样大的胆子质问他们？很久之后才有个老成些的翻着白眼道："睁亮你小子的狗眼看清楚！什么那个人？那可是贵人。康王府的三爷，正儿八经的龙子凤孙。"目光落到双子手里那个水囊上，换了几分可惜："你个臭小子运气好，天屙屎在你嘴里头了。"

双子张大了嘴，傻呆呆地看着手里那个水囊，贵人怎么会突发善心赏他水囊？贵人怎么会想打断胭脂马的腿？为什么？他使劲挠了头皮两下，想到，难道贵人也觉得他先前的举动很英武？他快乐地傻笑起来。

冯氏虽然是行伍出身，以军功累积而见著的人家，这座别苑却是重金聘请名家所建，造得十分的清幽。许樱哥被安置的这间叫作"槐院"的小院子就是个十分适合人休养的地方，此时午后的日光虽然暴烈，但庭院正中所植的那株古槐却亭亭如盖，如同墨绿色云团一般的浓密枝叶覆盖去了大半个庭院，使得这院子里阴凉安静无比。风一吹，树叶哗哗作响，枝叶间一串串雪白中微带嫩绿的槐花随风舞动，散发出甘冽的甜香味儿，让人赏心悦目之际不由得再生出些安乐舒适之感。

但斜靠在树下软榻上的许樱哥却没有因为这种清凉安静舒适而减轻疼痛。过了最初的装逼的谈笑风生阶段，现在她已经疼到暴躁，暴躁到不能忍受梨哥的哭声和唐媛等人的聒噪，只留了沉稳的武玉玉一个人陪着她。之所以会留武玉玉在身边，她自然是经过慎重思考的，首先肯定是因为武玉玉可信，其次是因为武家和冯家其实算一个阵营的，冯宝儿便是花样再多，也不敢当着武玉玉的面太放肆。

武玉玉当然也明白这种安排的目的所在，于是出谋划策："不知道太医要什么时候才来……要不，咱们就请冯家先寻个正骨郎中看着如何？既然建了这样好的球场，便时常都有人来打球，我想他们家总会养着几个这样的能人才是。"

许樱哥的嘴唇咬得雪白一片，手臂处传来的剧痛让她心烦意乱，根本不想说话，但武玉玉的话不能不回答，她哆嗦着道："别浪费精神了，她家不会答应的。"自冯家的奴仆把她抬进这里来以后，冯宝儿来打了一趟酱油就不见了影踪，按她想，冯宝儿这会儿心里不知道有多高兴她受折磨呢，又哪里会给她寻医生？

武玉玉沉默片刻，言不由衷地转圜道："她也为难。"

许樱哥不置可否地笑了笑。大家都有眼睛，她自然不会和武玉玉去谈论刚才的意外，逼迫着武玉玉旗帜鲜明地站在她这边。但不管怎样，听到武玉玉下意识地替冯宝儿说话转圜，她是舒坦不了的。

武玉玉自己也觉着有些尴尬，她是夹心的，一边是父亲的袍泽，多年的交情，一边却是大嫂的亲妹子，正儿八经的亲戚，两边都不能得罪，两面讨好更是高难度，便果断转了话题："我们家庄子里也有个正骨的老大夫，要不，我这里使人去请他来应应急？总比等太医慢吞吞地来得好。"

许樱哥哆嗦着点了点头，自觉自己这情形就像是内急了忍无可忍似的，便有些好笑，也稍微有了点心情。因见武玉玉的大丫头锦绣频频朝武玉玉使眼色，晓得这丫头是在提醒武玉玉这种事情沾不得，索性半开玩笑半认真地道："其实谁来都不怕，不过是复位，大不了拉开重新接咯。"

武玉玉笑道："不会那么笨。"淡淡瞥了锦绣一眼，道："你随我一同去给许二娘子要些热水来。"锦绣晓得要挨骂，垂着头乖巧地跟着武玉玉去了。

整个槐院里就剩了许樱哥、青玉并两个看院子的婆子。那两个看院子的婆子安静得仿佛不存在，青玉见许樱哥疼得受不住，便将她搂在怀里低声道："二娘子平日里那么聪明的人，今日怎地犯傻了？"

许樱哥舒服地靠在青玉柔软芬芳的胸前，因疼终于生出了些怅惘，低声道："因为不能不如此，要是她因我而坠马，就会牵连三娘子。"就会牵连到许府，不劳而获是可耻的，这世上哪有无缘无故的爱和恨？哪有不付出就能轻松获取到的幸福？她享受着许家人的信任和疼爱，她就要付出相应的回报。

冯珍儿怯怯地走了进来，乖巧地立到许樱哥身边，探着头瞧她的右臂，关怀地道:"许二姐姐,你好些了么?"

许樱哥点点头,懒得说话。

冯珍儿眨巴着纯洁的眼睛,天真地道:"我姐姐说必须得等到上京的太医来给您正骨,我想着,一来一去那得多久啊?可不疼死了?"

许樱哥不知道这大白花家的小天真妹妹想干吗,便又赞同地轻轻点点头。

"所以我自作主张啦。"冯珍儿换了副有些害羞和担忧的表情,小声道,"其实我们这别院里有人能正骨。要是许二姐姐放心,或许可以让他试试。我已经把人给带来了,就在外头候着,只要您肯,我就让他进来。"

怪事年年有,今年特别多,许樱哥顿时警惕横生。大的不出面,小的莫名其妙带了个身份不明的正骨郎中来,是要干啥?

许樱哥擦了一下额头上的冷汗,道:"让你姐姐来和我说。"根本没问是什么人,也没有让人进来的意思。

冯珍儿红了脸:"我姐姐不知道。是小妹我不忍心让姐姐这样疼。"然后天真而认真地劝许樱哥,"不疼的,只需要一下就好了。"

许樱哥懒得和这个小丫头玩心眼子,直截了当地道:"多谢,不用。"

冯珍儿的嘴委屈地瘪了起来,院门处传来一阵脚步声响,接着一个陌生的年轻男子不请自入。不待青玉喝问,那人已对着许樱哥浅浅一揖,朗声道:"许二娘子有飞马救人的胆识,难道就没有这正骨的勇气么?"

许樱哥眯了眼睛沉默地打量着来人。竹叶青的圆领缺胯袍,衣料上乘,做工精细,眉眼有些类似张仪正般的深邃漂亮,却比张仪正更多了几分柔和,笑容温和,举止文雅自若,胆子奇大,不是个普通人家的子弟,非富即贵,但既然敢不请自入,想必不会是什么好人。许樱哥沉默着不言不语,青玉上前将她掩藏在身后,正色同冯珍儿道:"冯家三娘子,男女有别,还请您把这位公子领出去。不然嚷嚷起来,大家面上都不好看。"

冯珍儿为难地看向那男子,得到首肯后方低声道:"他不是坏人。他是我的表哥,是因为钦佩许二姐姐义气勇敢才乐意施以援手的,不然,他也不是多管闲事的人。"

许樱哥已猜到此人为谁——多半是康王府那位宣侧妃所出,据说温文儒雅,十分知礼懂礼的康王四子张仪端。虽不知他为何会突然间对自己感兴趣,并试图以这种方式来套近乎，但她没有白痴到沾沾自喜地认为雄性生物往雌性身边靠拢就是因为异性相吸。在她的认知中，她此生但凡遇到皇室子弟，就没有一次是好事。

许樱哥趁着冯珍儿还没有直接表明来人的身份，就赶紧扶着青玉的肩膀起身往里走，摆出一副十分惹人厌恨，并十分冷淡的态度道："没有哪家的姑娘会莫名其妙把自家表哥私底下引到女客面前。冯珍儿，我念你年龄小，不和你计较，你若再不懂事，就不要怪我不给大家留脸面了。梨哥她们就在隔壁的院子里吃茶，我一喊，她们就会马上过来。不想丢脸就赶紧走。"

冯珍儿红了眼圈楚楚可怜地道："我不过是好心，许二姐姐就算是不肯接受，也不要说这种难听话，难道我是起心不良？你爱疼着，我却怕过后有人怨怪我们家狠心，不会待客呢。"

许樱哥自是懒得理睬，目不斜视地往里走。根据她在镜子前的多次比较，晓得自己此刻的面目肯定是假装清高而虚伪，倨傲而惹人厌憎的。要是个正常的有自尊的公子哥儿，都该厌憎地拂袖离去才是。

一旁的张仪端却不按她的剧本演戏，虽然恼了却赖着不走，反倒闪身上前拦在她主仆面前笑道："医患不避嫌，今日我还偏就要管这个闲事了，我就想不明白了，好好一桩事儿，我怎么就成了坏人，珍儿怎么就得罪了许二娘子？我们就成了不守规矩的人？还请二娘子说道说道。"

许樱哥微微皱眉，觉着此人果然是和张仪正一锅熬制出来的狗皮膏药，一样的黏糊。一般人要听了这话，肯定要么解释，要么就和他争论，但不管怎样，总要和他纠缠不清，也就上了他的贼当。许樱哥果断将左臂扶定了右臂，"哎呀"一声就往青玉身上歪过去，她装死总成了吧！

这位许家二娘子果然是个妙人。张仪端出身王府，什么把戏没见过？哪里是那么好打发的？暗自好笑着正待要戳破许樱哥的把戏，就听门口有人长笑一声道："哟哟，四弟什么时候成了正骨郎中？哥哥我怎么不知道？"接着张仪正走了进来，身后还跟着一脸紧张无奈的武玉玉。

因着自己出门就撞鬼，不得不引了这个太岁到这里来，武玉玉本就十分的抱歉，此刻看到许樱哥的样子更是顾不得，先就跑上前去扶住了许樱哥，连声道："快扶进去，可怜的，这是疼的吧？"

青玉又委屈又气愤，半是告状半是倾诉地道："可不是，疼也疼死了的，更不要说还要被人这样的欺负。"

冯珍儿柳眉微竖，随即又放平了，将帕子捂住半张脸，微泣出声："玉玉姐，这都是误会，我真是好心，我表哥说他会正骨……"

张仪端则有些恼火，但还是带了笑道："你这小丫头叫什么名字，怎地睁眼说瞎话？"

"你问人家名字干吗？"张仪正袖手旁观，唇角微带讽刺，笑道，"四弟，不要吓唬人家小丫头么？瞧，一个给你活生生吓死了，一个给你吓得哭。不要太凶哦！不是我做哥哥的说你，你和珍儿这样鬼鬼祟祟地潜行而来，又硬逼着要给人看病，吓不死人才怪。"

许樱哥悄悄掐了青玉一下，青玉伤心地哭起来："武家娘子，还烦劳您使锦绣姐姐去隔壁院子里把我们三娘子请过来，二娘子像这样儿，婢子是怕了……"

武玉玉无奈，只得使唤锦绣去把梨哥等人请过来，自己跟着青玉一起把许樱哥扶进了里屋。

张仪正沉默地打量着许樱哥的背影，微微蹙了眉头。却听一旁的张仪端愤愤不平地道："弟弟要和三哥请教，我正大光明，好心好意，哪里是鬼鬼祟祟的？三哥最懂礼，又如何会来这里？这是什么礼？"

张仪正掸掸袍袖，施施然在先前许樱哥坐过的软榻上坐了下来，好整以暇地道："当然是正理。谁不知道我最是懂得正骨之术？我可是武家表妹三请四揖，求了又求才请了来的。你却是不请自来，人家赶你走也厚脸皮地赖着不走，胡搅蛮缠，啧……康王府的脸面都给你丢光了……"

真正强词夺理不说还倒打一耙，谁才是脸皮厚的那一个呢？张仪端被气得倒仰，真想好生质问张仪正一回，但他晓得此人歪缠功夫向来了得，又不要脸，且习武之人当然懂得正骨之术，自己武功比不过他，当然不能和他比。既然缠不过他，便不再缠，张仪端垂了眼帘掩去眼里的情绪，深深吸了一口气，抬头展颜一笑，道："既然如此，小弟告辞了。"

他说走就走，干干脆脆地转身离去，冯珍儿犹豫得很，咬着嘴唇想跟了他走，却又舍不下张仪正这里，有心厚颜跟着喊一声表哥，却又不敢开这个口，正自绞着丝帕在那里为难，张仪正已经不阴不阳地乜斜着眼睛望着她一笑："珍儿妹妹芳龄几何呀？"那模样实在太不正经。

冯珍儿吓得花容失色，话也不敢答一句，提溜就跑了。张仪正懒得搭理她，站起身来伸了个懒腰，大喇喇地大踏步往里走。冯家留在一旁伺候的两个婆子面面相觑，然后一个往前堆了满脸谄媚的笑容去拦阻张仪正，笑道："三爷您要什么？奴婢这就给您送过来。"另一个则转身飞速奔出去通知冯宝儿。

张仪正不理那婆子，在门前默然立了两个呼吸的时间，便凶蛮地一掌推开那婆子，"刷"的一下掀起湘妃帘来，大步进了里屋。

第29章　骚扰·真美

青玉正将帕子投在盆里，准备给许樱哥擦擦脸上的冷汗，一时看见张仪正闯了进来，一双鹰眼虎视眈眈地朝着斜躺在坐榻上的许樱哥看过去，怎么看都不怀好意，不由吓得大叫一声，不假思索地就端起铜盆把一盆子清水朝着张仪正泼了过去。

"你找死！死丫头！臭丫头！"张仪正虽然躲避及时，但半边袍子和两只靴子还是给水泼湿了，于是暴跳如雷地往前一步，气势汹汹地将两只手给攥成了拳头。

青玉吓得青嘴绿脸的，瑟瑟发抖着半闭了眼睛，只等着他的拳头砸下来。张仪正的睫毛颤了颤，两只握得紧紧的拳头渐渐放松下来。

武玉玉看不分明，只当他今日绝不会轻饶了这丫头，想起他从前的凶名，不由得惊慌失措地站起身来，三步并作两步拦在了他的面前，低声央求道："表哥，饶了她吧？她不是有意的。"

武玉玉的神色显得十分的害怕，张仪正微微一怔，瞟了犹自斜靠在坐榻上，一动不动装死的许樱哥一眼，已经放松的拳头又握紧了，并高高扬起来，凶神恶煞地道："走开！这死丫头原来就拿泥巴砸过小爷，今日又拿水泼小爷，实在是狗胆包天！自寻死路！小爷今日非叫她长长教训不可！"一边说，一边气势汹汹地探手去抓青玉。

青玉吓得哭出声来，却固执地咬紧了嘴唇，不肯求饶。张仪正嚷嚷得越发大声，还一脚把那铜盆踢得翻了几个跟斗。

"慢着。"一直装死的许樱哥这时候终于活了过来，白嘴白脸地托着伤臂走过来，挡在青玉面前，对着张仪正福了下去，语气十分谦卑地道："家中婢子无礼且瞎了眼，居然不识贵人且冒犯了贵人！还请三爷准许小女子替她赔礼，望三爷看在她年幼无知，并且不是故意的份上，大人大量，姑且饶了她这一遭，小女子感激不尽。"

张仪正的睫毛微微颤动了几下，居高临下，沉默地看着许樱哥。既没有更近一步的动作，也不喊她起来。

他不开口，许樱哥便一直安静地蹲着，她身上的胡服火一样的红，却不能让她的脸色好看些，越发衬得她一张脸素白如玉，头发和眉毛青黛一般。她的额头有细汗，嘴唇一直在哆嗦，表情却十分平静讨好，不见悲愤委屈，有的只是真心求饶的恭顺和谄媚。全然不见书香门第名门闺秀不切时宜的傲气和骨气，有的只是小人物在现实面前的讨好卖乖，屈服恭顺，仿佛做了几千次般的自然顺手。

一个高门千金女，书香门第养出的娇贵女儿，怎会把求饶这种事做得如此的顺手？张仪正沉默地看着许樱哥，眼里的灰色越来越浓，浓到成墨。

武玉玉紧张地看过去，只见窗外的日光透过茂密的槐树枝叶，再透过半卷的湘妃竹帘，斑驳地投影在张仪正的脸上身上，令得他整个人都似是藏进了阴影里，半明半暗，看不真切，却又莫名让人觉得忧伤。他这种人怎会忧伤？生来就含着金汤匙，一生顺心遂意，只会让人忧伤，绝不会被人弄得忧伤……武玉玉晃了晃头，把这种荒谬的感觉赶走，准备开口求情。

青玉已经缓过气来，终于跪倒在地，使劲向张仪正磕头："都是婢子的错，都是婢子的错，还请三爷高抬贵手。三爷要是打婢子能出气，就打婢子吧。"

武玉玉小心翼翼地上前一步，再次央求道："三表哥，求您看在我母亲的分上……"

张仪正冷冷地看了武玉玉一眼，眼神与之前死皮赖脸非要跟着她来时的亲近讨好完全不同，全然的陌生冷淡。武玉玉吓得后退了一步，却不甘心就这样放弃，正要再次开口，就见张仪正变戏法似的突然换了张笑脸，道："算了，起来吧。倒显得我是个坏人似的，和老四没有区别了。"

屋里一片安静。不要说武玉玉同青玉一时之间转不过弯来，只顾傻乎乎地看着他，便是许樱哥也吃惊地抬起头来睁大了眼睛看着他，一脸的不敢相信，不敢相信他就这样高举轻放，轻易地放过了她们主仆。

张仪正捕捉到许樱哥眼里那抹更深的防备，笑着道："怎地，许二娘子不肯起来，是要我亲自扶你起来么？"

"小女子卑微，哪里敢劳动三爷？"许樱哥迅速收了异色，微笑着迅速站直身子，准备往后退去。却见张仪正闪电般地伸出双手，牢牢抓住了她那只受伤的右臂！

"啊！"屋子里的三个女人同时惊叫出声。只不过青玉和武玉玉是给吓的，许樱哥是疼的。时隔多年，她终于再次体会到这种被别人攥在手心里，无力挣扎，不敢挣扎，害怕绝望的滋味，甚至超过了之前她在马球场时的感受。那时候，她最少是知道她能掌握自己的，现在她却知道，她的手，她一生的健康，就这样毫无预兆地落到了面前这个面目狰狞，内心黑暗，居心叵测的坏人手里。

许樱哥的额头滚落下黄豆大小的一滴汗珠，她的嗓子又干又疼，全身的肌肉僵硬得仿似不是她的，而是一块块坚硬的石头。她艰难地挤出一个讨好的笑，想让自己的表情看起来妩媚温顺些，希望能最大程度地博得他的好感和同情，低声恳求道："三爷不要和小女子开玩笑，怪吓人怪疼的。您适才不是说会正骨么？请您高抬贵手……"声音反射回耳朵里，明明白白的如同砂纸摩擦的声音，格外粗粝难听。

张仪正玩味地看着她，拉着她的右臂恶作剧地轻轻晃了晃，许樱哥疼得倒吸一口凉气，瞳孔放大，手掌心全是冷汗，再也笑不出来。他恨她，想毁了她的手，她很确定她从一开始就没有看错他眼里的憎恨和厌恶。怎么办？怎么办？许樱哥害怕得汗湿里衣，她见识过张仪正的凶悍野蛮恶毒暴躁，晓得要和他比蛮横凶残，自己绝对不是他的对手。她只能以柔克刚，不挣扎，一直示弱也许会减轻不少痛苦，为自己多谋得一分机会。于是她不再强撑，将所有的痛苦害怕惊恐显露无遗，一双泪汪汪的眼睛可怜巴巴地看着张仪正，仿佛小狗一样的无辜无助。

张仪正拧了拧眉，没有再继续晃动许樱哥的手，但也绝对没有松开的意思。

"三表哥，我求您，您先松手好么？"武玉玉害怕得眼泪狂喷而出，差点没跟着青玉一样跪下去求张仪正了。她实在想不出，许樱哥当初到底做了什么天怒人怨，让张仪正这样痛恨，穷追猛打的事情。

又一滴黄豆大小的汗珠从许樱哥的额头滴落下来，她眨了眨眼，眼圈瞬间红了，她委屈地望着张仪正，然后张嘴，准备开哭。忽听门外传来一阵脚步声和唐媛等人的说话声，张仪正的眼睛眯了眯，将许樱哥的右臂抬起来，很迅速的一推一送，伴随着"咔"的一声微响，许樱哥不要命地尖叫起来，青玉和刚进门的梨哥先是一怔，随即不顾一切地朝她身边奔过去，也跟着哭了起来。武玉玉也不知哪里来的胆子，猛地把张仪正一推，泪眼模糊地道："表哥你太过分了！"

唐媛等人虽不知情由，却都清楚明白地看到了刚才的那一幕，不由全都紧张地奔过去把许樱哥团团围住，睁大眼睛惊恐地看着张仪正，仿佛他就是洪水猛兽。

张仪正眼里根本没有其他人，自顾自温和地朝着许樱哥一笑，借着袖子的遮盖，看似隐秘，实则放肆地在许樱哥的手心里挠了又挠，专注地盯着许樱哥的眼睛，慢慢松开她的手，沉声道："许二娘子，可好了么？"

许樱哥呆若木鸡，就连眼睛都忘记了怎么眨。她那一声尖叫半是疼半是被吓出来的，尖叫过后她就很快回过味来——她的右臂不疼了，张仪正真的把她脱臼的手臂给接好了！然后这坨狗屎居然当众调戏她！很出乎意料，也很丢脸，还很让人憋屈。

但她的脸皮实在是厚，那呆和恨很快就变成了兴奋和惊喜，她小心翼翼地晃了晃右臂，惊喜万分地抬起头看着众人笑："真的不疼了。看，好了。"不等众人反应过来，她已经十分感激，郑重其事地向着张仪正福了下去："多谢三爷施以援手。"又真诚地赞道，"三爷这手真是神仙手啊，手到伤愈。"神仙手？啊呸！猪扒手，祝您早日成仙，早登极乐！

她的神情真诚自然，充满了感激和喜悦，仿佛从来就没有和张仪正闹过不愉快，而刚才被挠手心、被调戏的那个人也不是她。便是梨哥也被骗过了，什么都来不及思索便跟着她一同福了下去，真诚地感谢张仪正，并且为刚才的误会而道歉。

张仪正沉默地观察着她脸上精彩的表情变化，似是极累极疲倦地缓缓道："不客气。举手之劳而已。你一个女子都有那般的胆识飞马救人，我便帮帮你又算什么？刚才多有得罪了。"声音也仿佛被砂纸磨砺过一般，粗哑难听。

一个坏人突然间摇身一变成了个好人，这实在太过诡异，许樱哥讪笑一声，道："多谢，多谢。"但张仪正明显并不想再和她继续说下去，自顾自地转头看向武玉玉，温和地道："表妹，你看我这个正骨郎中可丢了你的脸面？"

今日的事情真是比唱大戏还要精彩上几分，武玉玉最是精明，当着这么多的人，不愉快的、有可能引起风言风语的事情当然最好是掩盖过去。既然当事人都有和解的意思，她乐得跟着打掩护，便虚擦了一把冷汗，嗔怪道："表哥的手法自然是好的，但也太过分了些。要知道我们女子的胆子本来就小，你还吓唬我们，也不说一声就直接动了手，可把我们吓得够呛……"一笑一嗔之间，自然而然地把刚才乱纷纷的那一幕引导成了一个美丽的误会。

没有人是傻子。唐媛等人就算是看出不对，也不会不识趣地追问，便都只是沉默而矜持地同张仪正行礼，然后退到一旁。

张仪正笑了笑，道："你们不知道，这给人正骨，就是要出其不意才能一招见效。还没觉得疼呢，就已经好了。"

许樱哥笑道："都是我太过紧张，一惊一乍的。"

武玉玉见张仪正并没有走的意思，索性大大方方地把张仪正介绍给唐媛等人认识，也等于是间接地解释，他为什么会突然出现在这里："这是我表哥。我也是病急乱投医，见樱哥疼狠了，想起他因事刚好停驻在这边，又是刚好会这个的，便大着胆子，厚着脸皮去求他。"

她虽不曾明说她这位表哥姓甚名谁，但唐媛等人只看张仪正的长相装扮，便隐约猜到几分他的身份地位，谁也不敢造次，只能再一福而已。

众女行礼毕，便沉默地站在一旁，十二分的不自在。不知是谁低喊了一声："宝儿，你来了？"众人这才看到冯宝儿姐妹三个神色各异地站在门前，也不知来了多久，又看了多久。

见众人发现了自己，冯宝儿这才笑着走过来，先是坦然自若地给张仪正行了个礼，然后亲切地拉起许樱哥的手，左看看右看看，眉间充满了庆幸欢喜之色："阿弥陀佛，上天保佑。我正想着姐姐这样生疼下去也不是事儿，得想个妥当些的法子才是，便听底下人来说，治好啦！"

唐媛等人闻言，便都讥讽地挑起唇角垂下眼去。许樱哥笑得比她还甜，语气更加亲热："有劳宝儿挂念。其实之前珍儿也想过法子了，虽然未必是什么好法子，但你这个做姐姐的也要体谅妹妹替你分忧之心才是，不要怪她。"

"哦？还有这回事儿？"冯宝儿笑着看向冯珍儿，眉眼间说不出的风流，"你想了个什么法子啊？"

冯珍儿垂了眼，作了害羞的样子小声道："不是什么好法子，没能帮了许二姐姐，不提也罢。"然后上前给许樱哥行礼："二姐姐，都是小妹思量不周。"

许樱哥本来也只是想提醒一下这对白花姐妹，别把旁人都当傻子，也就到此为止。

冯宝儿这便又笑吟吟地看向张仪正："国公爷，府里使人来寻，道是有事，要请您回去呢。"

张仪正这才点点头，转身出去了。冯宝儿匆忙去叫武玉玉："玉玉，烦劳你陪我送一送国公爷。"

武玉玉沉默地走出，跟着冯宝儿姐妹三人把张仪正送到了院子门前。接着有人来寻冯宝儿禀事，武玉玉便自回了房里。许樱哥同众人商量："虽然我没事儿了，但今日之事还没个说法，还要烦劳各位姐妹再等一等，等到阮家来人时帮着说明一二才是。"

众人皆称好，你一言，我一语地问询许樱哥的手臂。

离槐院约十丈远的地方，便是先前唐媛等人歇息的地方。这院子背阴处的院墙下种满了半人多高，茂密到了极致的玉簪花。此时玉簪花尚未到花季，心形的叶片十分油绿可爱，把冯宝儿那身初换上的淡粉色衣裙衬得格外娇艳。冯宝儿的脸上却不见任何娇艳之色，她忧郁地看着面前的张仪正，低声道："三爷，为什么？"

张仪正负手望天，一脸的不耐烦："什么为什么？"

冯宝儿的眼里控制不住地流露出几分痛苦幽怨来，终是忍住了，无声地深吸了一口气，态度比刚才恭顺了十分还有余："宝儿是问，国公爷何故要把那胭脂马的腿捶断了？"男人都爱柔顺的女子，越是身份高贵的越是喜欢柔顺的，便是有疑问，也要以柔顺的姿势说出来，这是她从小耳濡目染得到的结论。

张仪正笑了笑，垂眸看着脚边的玉簪花。午后的轻风吹过，玉簪花油绿漂亮的叶片随风摇曳，婀娜多姿，一只小小的蓝绿色豆娘飞过来，轻盈地落到玉簪花最嫩的那一片叶子上，随着叶片起起伏伏。张仪正曲起手指，猛地一下弹在那片叶子上，豆娘受惊，惊慌失措地起身飞走。张仪正含笑看着它飞远，淡淡地道："因为爷想捶。"

这混账话……但他果然是有实力说这个话。冯宝儿轻轻垂下头，掩去眼里的怒火，玉白的脸上浮起一层淡淡的忧伤，声音是落寞而哀伤的，还带着一丝令人心碎的可怜："国公爷让宝儿冒着风险折腾这么久，就是为了最终能做这个人情么？"

难道说今日她所做的一切，就是为了能让他在最后关头华丽出场，再替许樱哥接上右臂，以博得许樱哥的欢喜？冯宝儿很愤怒，很想知道如果许樱哥知道真相后还会不会让他如愿。但她知道，她目前不但不能做这件事，更不能威胁张仪正，甚至连一丝这样的倾向都不能表露出来，所以她越发伤心落寞柔弱。

张仪正终于瞟了她一眼，然后他发现从他这个角度看过去，冯宝儿很美丽很柔弱很诱人，那半垂微侧、小巧可爱的头脸，红润芬芳的、微微噘起的朱唇，白净纤细、让人很想握在掌心里轻轻抚摸的颈项，还有掩盖在粉色纱衣和葱绿抹胸之间微微起伏着的酥胸，都很诱人。一个柔嫩的，痴心的美貌少女，同时也有着吓人的大胆和恶毒，野心勃勃的将军府千金。他如是想。

冯宝儿注意到他在打量自己，并且眼神很专注，心中微微得意，不露痕迹地将她本来略显得小平了些的臀部扭了扭，送到一个更好的角度，以便让他看过来时曲线更美好一些。

只听张仪正喟然长叹了一声，道："真美啊。"

冯宝儿的脸瞬间火热，虽然她做了，也无比地渴望能达到这样的效果，但实际上真听到他这样直白地说了，少女本能的羞涩和大家闺秀的矜持还是让她羞红了脸，然后就是全身火热以至于微微发软。

却听张仪正接着道："你后悔了？"

这前后两句话之间跳跃得太快，快到冯宝儿不能及时回转思维，她下意识地"啊？"了一声，那声音听上去与其说是惊讶的，倒不如说是呻吟邀请一般的，只要是个正常的男子，听了多半都会有点想入非非。但张仪正没有，他很平静地直视着她重复了一遍问题:"你后悔了?"

见了他的表现,冯宝儿多少有些沮丧,但她很快就振作起来,轻轻摇着头,严肃认真端庄地道:"怎么会?既是答应过国公爷的事情,又怎会轻易反悔?宝儿只是觉着,国公爷似是后悔了。"自下请柬那日起,她便计谋早定,张仪正让她设法使得阮珠娘和许樱哥大闹一场时,她只当是瞌睡来了就有枕头在,能够借机光明正大地铲除掉那块绊脚石,去掉那可能发生的变数。可从没想过他后来竟会突然间改变了主意,不但捶断了胭脂马的后腿,还跑去给许樱哥正了骨。

人家说的是女人心海底针,按她看来,张仪正这心思做法才真正令人难以捉摸,难以理解。今日她必须弄清楚,张仪正是真同他早前和她说的那般,厌憎并痛恨着许樱哥,非要让其吃点苦头,再给许家一个教训呢?还是他欺骗了她,其实他一直就盘算着想要许樱哥?知己知彼,方能百战百胜,她若弄不清他的真实想法,又如何对策?冯宝儿用温顺的,充满了爱意的眼神仔细地观察着张仪正的一举一动,连他最细微的一个眼神变化都没放过。

但张仪正只是半垂了眼,不悦地道:"我的主意从来没有改变过,我只是想警告某些人,不要自作主张,更不要试图在我面前耍花样。不然就和那胭脂马一样的下场!"威胁的话才刚说完,他便抬起眼来,睥睨着她质问道:"是老四让你趁乱击伤大白马?是他想要许樱哥的命还是你想要?"

"什么?大白马?许樱哥的大白马?许樱哥的命?"果然是这样……冯宝儿一脸的吃惊,一颗心直往下沉,然后拼命摇头否认:"没有。我没有。"

张仪正沉默地看着她,一言不发。

第30章 坏人·好人

冯宝儿脸上的血色一点点地褪去,又一点点地回到脸上,然后整张脸涨得通红,她忘记了摆造型,愤怒而屈辱地辩解道:"我怎会做那种事呢?之前胭脂马的事情就已经令得我害怕得不得了啦,若不是因为您……"说到这里,她瞟了张仪正一眼,聪明地住了口,转而伤心流泪,直指要害:"我那时候因为害怕,所以特意离她老远,哪里有动手的机会?您站得高看得远,应该看到的。况且……"

冯宝儿哀怨地举起左臂，将袖口滑下，露出一截手臂。本该是欺霜赛雪，纤巧可爱的手臂此时却显得格外吓人，上面红肿了一大片不说，还泛着青绿之色，可以想见它曾经受了多么沉重的伤害。冯宝儿微微蹙着眉间，似哀怨又似告状撒娇一般地道："况且我受了伤，您不知道许樱哥有多么凶狠狡诈，口里威胁着说球杖无眼，让我远些，然后就狠狠打了我一下，那么多的人，竟然没一个发现的，我也只有硬生生吃了这个暗亏。差点就断啦……"

"那时候老四正在气我挑衅我，我哪儿有空去看你们在做什么？"张仪正半点怜香惜玉的意思都没有，似还有些幸灾乐祸地道："早说过她不是什么善人，是个黑心肠的恶毒泼妇，你却不信非往她身边凑，活该！"

他竟然这样形容许樱哥？难道他们很熟？冯宝儿吃惊地微微张大了樱桃小口，半晌方自嘲一笑，跳过这个话题，低声建议道："我真没碰她，不信您可以问问其他人，大家都看到了的。"她说的这个，自然不是指她的伤处，而是指她究竟有没有暗伤许樱哥一事。

张仪正道："既然不是你，那就是你妹妹咯？"

冯宝儿断然否认，不忘替庶妹辩白："不是，月儿纯善，虽然一直跟着她，却只是为了帮着救人。"

"你们姐妹可真是情深。"张仪正讥讽的一笑，随手摘下一片玉簪花叶，把玩着转身去了。

冯宝儿见他竟然就这样便要走了，而她要说的话一句都没说，且他刚才那诡异的一笑也令得她心中十分不安，她忍不住轻轻喊了一声："三爷……"

"唔？"张仪正顿住脚，微微侧头："还有事？"

冯宝儿当然还有事，但她说不出来，她踌躇良久，方忍着羞意轻声道："日后，我会劝着表哥不要与您置气的。"其实也就是劝张仪正不要再和他争的意思，这句话已经是她目前这个身份所能表达的最大限度的诚意和善意，也算是明明白白地告诉他，只要他愿意，她就会站在他这边。她的祖父，她的父亲，手握着这京城三分之一的兵权，各大王府都争相交好，她就不信他不动心！

张仪正静静地站在那里看着她，许久之后，轻轻摇头，叹息一般地道："虽然你也不是什么好人，但我更不是什么好人。我们日后还是不要再见面了吧，不然两个人在一起，越来越坏，天诛地灭可怎么好？"

冯宝儿的眼睛一下子睁圆，她控制不住地跨前一步，一双放在身侧的手紧握成拳，微微颤抖。张仪正下意识地后退了一步，有些紧张地看着她，仿佛是怕她会突然朝他扑上来一样。

冯宝儿却站住了，苦笑了一声后轻声道："您为什么会觉得我不是一个好人呢？是因为我答应了您的要求么？早知道这样，我就不该答应您才是。我实在是糊涂得很。"在他心中，大概只有那个明明被人算计，却不计前嫌，冒着坠马的风险愚蠢地救了阮珠娘的许樱哥才是个好女子吧？冯宝儿确认了某件事实后，心里又酸又痛，越发地痛恨许樱哥，恨不得许樱哥就此消失才好。

有一只百灵鸟从空中飞过，留下一声悠扬婉转的低唱，张仪正半眯了眼睛，目送那只鸟变成一个小黑点快乐地消失在天边，方淡淡地道："当然不是为了这个，你我都明白得很。我再重复一遍，我不是什么好人，我不管怎么对付她，都有我的理由，不要再试图打听。"他顿了顿，谨慎地观察冯宝儿的表情，用很肯定的语气缓缓道："你当然也不是什么好人。能够踩着亲妹和好友往上爬的人，又会是什么好人？所以今日你虽帮了我的忙，我却并没有欠你的人情，因为你只是做了自己想做的事情，并且违背了我的意愿。我不喜欢口是心非，两面三刀的虚伪女子。"

冯宝儿的脸有些发白。她当然明白他的意思，而且很明白。她有一种在人前被剥光了衣服的赤裸感和羞耻感。但她不肯认输，她试图挽回些什么，便轻声道："不知您何故一定要说自己不是好人。前年的春天，就在我们家这个马球场上，您曾经和我说过……"

张仪正轻描淡写地打断了她："是么？我说过什么了？我记不得了！"

他既不肯承认，冯宝儿深知不可再勉强，便只能沉默地目送他离开，然后转身，深呼吸，挺胸直腰，含笑走向槐院。因为算来许家和阮家的人都快到了，被她使人拖住的张仪端也会有很多不满要朝她发泄，她还有一场硬仗要打。

远处的张仪正停下，回头，看到冯宝儿那个虽然瘦弱却完全不娇弱、并且看上去比之前更多了几分锋利的背影。他侧着头想了想，把手里那片玉簪花叶子扔在地上，然后离去，再不回头。

将近申时，太阳仍不遗余力地把所有的光和热尽数洒落到上京的每一条街巷里，热得人流汗，狗喘气。街上的铺子多半都用布帘子或是竹帘子挡去了炽热的日光，铺主和伙计们喝着凉茶或是白水，懒洋洋地扇着折扇或是破蒲扇，歇着凉，热到懒得动弹。街上的行人不多，偶有几个卖水的或是做其他小营生的穷人推着水车或是挑着货担，有气无力地喊上那么一嗓子，摇一摇铃铛，令得这个炎热夏日越发的闷燥，令人心烦。

一辆马车从一条狭窄的小巷子里小心翼翼地驶了出来，车上坐着一脸烦躁之色的冒氏，鸣鹿跪坐在一旁，小心翼翼地拿把大蒲扇给她扇着，小声劝道："夫人莫生气了，想想大舅老爷和大舅奶奶吧。"

她不说这个还好，说起这个，冒氏越发生气："就是想到这个我才更气！也不知我大嫂成日在做些什么，都快要做婆婆的人了，还当不起这个家，由着那寒门敝户出来的老妖婆和小妖精成日胡闹！"

鸣鹿和鸣鹤闻言，都垂下了头。鸣鹿越发卖力地扇着蒲扇，扇到鼻尖上都冒出了细汗，鸣鹤则转头隔着窗纱往外看，小声道："前面就是和合楼了，三夫人不是早就念叨着要去逛逛的么？今日正好去瞧瞧，想来这个时辰里头也没什么人，真正清净。"

想起前不久许樱哥所戴那条出自和合楼的花丝镶嵌工艺红宝石项链，冒氏不由得意动，正想开口让马车过去，却又突然想起了什么，轻轻摸了摸鬓角，眼里闪过一丝懊恼和愤恨，恨声道："去做什么？我的头面首饰都给那不要脸的抢了去，怎么见人？"

她这骂的是她继母老高氏所出的儿子所娶的媳妇儿小高氏。小高氏是高氏的侄女儿，婆媳二人沆瀣一气，成日欺负老实憨厚的冒老大夫妻俩，把个冒家折腾得不成样子。她今日归家探病，心想着太医是许家请的，药钱也是许家出的，老高氏的病也该好得差不多了，想来不会再折腾她。许樱哥姐妹俩潇洒出去打马球，她虽无人邀约，却也能回娘家散散心吧？谁想小高氏竟会不要脸到那般地步，假意把个一岁多的孩子塞到她怀里，硬生生抓住她头上的赤金步摇就不放，说是借去玩会儿，然后就说掉了，找不到了。

明显就是活抢么，冒氏哪里又是肯吃这种亏的，当下便说那是当初许徕给她的定礼，掘地三尺也要找到。小高氏就开始打孩子，又哭又闹的，说要卖了嫁妆来赔她，老高氏听说，就在病榻上一把鼻涕一把泪，喊着她的死鬼老爹，寻死觅活的，妹妹们则阴阳怪气。她大哥看不过就劝她算了，她大嫂还要把自己的金钗来赔她，她再不高兴也只有算了。现下她发髻上光秃秃的，连件像样的首饰都没有，怎么逛首饰铺子？

拍马屁却拍在了马蹄子上，鸣鹤见冒氏不但没有高兴起来，反而更愤怒了，不由得有些讪讪地垂下了头。马车驶过和合楼，冒氏也似乎热得不想说话，从而停止了抱怨，鸣鹤忍不住又抬眼往外看过去，眼尖地从街边看到了一个熟悉的身影，不由得真地笑了起来："夫人，您瞧那是谁？"

冒氏的心情糟糕到了极点，懒得动弹："我管他是谁啊？"

鸣鹤道："是上次救了咱们的那位国公爷。"

冒氏吃了一惊，迅速起身靠过去，贴在车窗边往外看。但见街边一株老柳树下立着两三个人并三匹装饰华丽的马，内里就有张仪正。他今日的装扮与那日肃杀英武的黑衣劲装完全不同，穿的是件玉色宽袖袍服，手里拿着把折扇，看上去十分儒雅风流，风度翩翩。柳树旁还有一辆翻了的旧水车，水洒了一地，一个一看就很穷的中年妇人带着两个半大小子，正在那里哭眼抹泪地和张仪正说着些什么，张仪正眉头微蹙，好似是有些不耐烦。

乍然见到这位给她留下极好印象、象征着另外一个世界的恩人，冒氏心里说不出的欢喜，面上却丝毫不显，低声吩咐道："他们好像是遇到麻烦了，把车停在街边。"又吩咐送她归家的冒连："阿连，你去问问是怎么回事，看我们能不能帮上忙？"

受人之恩当涌泉相报，虽然不见得能帮上忙，但不闻不问却是不对。冒氏这个做法十分正常，所以从跟车的许家下人到冒连在内，谁都没有觉得不妥，而是很顺从地选了个阴凉的地儿停下了车，冒连快速整过衣裳之后立即就朝着张仪正等人奔过去了。

冒氏觉得天更热了，更闷了，令人喘不过气来，她嫌弃鸣鹿打的扇子不好，一把夺过使劲扇了起来，扇了两下又觉着自己一个美丽如画的女子拿着把大蒲扇实在不好看，便又扔了蒲扇，问鸣鹤要过自己的花鸟纨扇，半掩着粉面，微微期待地透过窗纱看着柳树下正和冒连说话的张仪正。至于期待些什么，便是她自己也不知道。

当看到张仪正抬起头朝她这个方向看过来的时候，冒氏忍不住往后缩了缩，随即又想起，隔着这么远，还隔着窗纱，他是看不见自己的，便又往前靠了靠,将纨扇把脸更挡去了些。她看到张仪正十分有风度地朝她这个方向微微颔首,表情很温和,然后回了头,留给她一个秀挺的侧脸和一道挺拔魁梧,却又不失风流儒雅的身影。

真是文武皆宜。谁家少年足风流……冒氏的脑子里突然冒出这么一句话来,不由羞耻地红了脸,一时间不由有些走神,就连冒连来回话都没发现,还是鸣鹿提醒她才回过神来,忙笑道:"阿连,可问清楚是怎么回事了?"

冒连笑道:"回姑母的话,并非是国公爷遇到麻烦事儿了,而是那对靠卖水为生的母子车轴断了,一家子没钱修车,家里却还有个病人等着卖了水买药买粮呢,做娘的一时气急便打了儿子,儿子不忿,哭闹着要撞死在这柳树下。恰逢这国公爷从此经过,见闹得不像话,就过去问是怎么回事。我看国公爷的意思,大概是想帮这母子。可真是心善。"

冒氏沉默片刻,轻笑一声:"他倒爱遇到这些破事儿。"还有一句她没说出来,仿似是她一出门就能遇到他,然后他每次都在做好事。上一次是救了她们姑侄,这次却又是要帮一对可怜的穷人母子,怎么就这么巧呢?

冒连笑道:"不当是他爱遇到这种事儿,而是他仗义,爱管这种事儿,若是不肯管,不就什么都遇不上了么?这位三爷瞧着脾气不太好,明明是好心,可也总是一副不耐烦的样子。要不是因为他早前救过咱们,侄儿真不敢凑过去亲近。可真的亲近了,也没觉得他有多傲气,还是很和气的人。"

冒氏眼看着窗外,心不在焉地"嗯"了一声,却也真的有些赞同冒连的说法,其实张仪正还是心善。

柳树下,张仪正身边一个长随模样的人约莫是递了些钱物给那个中年妇人,又帮忙把那坏了的水车弄到了柳树下,那中年妇人同她两个半大小子都感激涕零地跪在了张仪正面前,用力磕头。张仪正却是摇摇头,蹙着眉头让开了,然后翻身上马扬鞭而去,玉色的袍子随风飞舞,真是一个浊世佳公子。

这样的好人,又怎会莫名去招惹许樱哥?定是许樱哥和赵家的人先得罪了他才是。天家贵胄,岂容随意冒犯?冒氏目送着张仪正离去,怅然若失地把纨扇上的流苏绞了又绞,轻声道:"拿两吊钱去给那妇人,怪可怜的。靠卖水过日子,还要养病人,哪那么容易?"

冒氏虽然平日爱撑面子,但因为娘家穷的关系,其实手十分的紧,这样主动施舍人钱财还真是少见。鸣鹿微微有些吃惊,却不敢多问,低头应了一声,取了两吊钱，用帕子包了，下车亲自送到那妇人手里。

冒连笑道："姑母也是心善。"

"善什么？这天底下可怜人多了去，我又管得过多少来？不过遇上了便是她的运气。总不能叫康王府的人说咱们太小气。"冒氏有气无力地道："走吧。"

马车驶过长街尽头那座上京久负盛名的酒楼狮子楼时，看着狮子楼旁那两只汉白玉石雕狮子，冒连艳羡地道："姑母，听人说这狮子楼里的席面贵得要死，一桌上等席面就够一户寻常人家生活月余了呢。"

冒氏道："你有些出息好不好！早年这狮子楼也是你祖父和父亲常来的地方，但那也只是为了应酬。咱们家里寻常是不耐烦吃他们做的东西的。"

冒连见她又说起昔年的荣光，好脾气地笑了："那时候侄儿也出世了，却是记不太清了，只记得小时候最喜欢玩的一个白玉玲珑球实在是可爱，后来搬家时就不知往哪里去了。"

不是被人偷了就是典卖了呗。冒氏叹口气，道："你一定要好好念书，孝敬你爹娘。"若是娘家子侄成器，她在许家腰杆也能硬一点。

狮子楼三楼雅间，张仪正立在半卷的湘妃竹帘下，沉默地目送着冒氏的马车离开。有人轻轻敲了敲门，进来轻声道："三爷，许家三夫人的侍女送了那对母子两吊钱。"

随即又是一阵脚步声传来，又有人进来道："三爷，王家的公子已然到楼下了。"

"唔，就按先前说的办。"张仪正转身往外，朝着另一间雅间走去。才推开门，里面丝竹声、男女的笑闹声和着一股浓郁的熏香味儿就飘了出来。

张仪正轻轻咳嗽了一声，满脸堆笑地道："你们倒是玩得欢乐，也不晓得等等我。"

这雅间装饰得很雅致，名人字画，幽兰名器都是有的，正中一张大圆桌子，周围坐了四五个衣着华贵，神态肆意，一看就不是寻常人家出身的公子哥儿，另有五六个打扮得或是妖娆，或是清丽，容颜娇媚，体态绰约的姐儿陪在一旁，有斟酒的，有弹琵琶的，有唱曲儿的，有撒娇的，还有一个穿绿襦石榴裙的独自坐在一旁，将扇子掩了半边粉脸，微笑着沉默地看着众人。

见张仪正推门进来，那几个公子哥儿便都将身边的姐儿给推开了，起身笑道:"谁叫你这时候才来?看得到,吃不着,可也叫人急死了。你放心,给你留着呢。"一边说,一边唤那独坐在一旁的女子道:"悠悠,还不来捧着你的金主?给他满上三大杯,看他日后还敢迟到么?"

那叫悠悠的女子闻言,方放了扇子,含笑起身行至桌边,先娉娉婷婷地行了个礼,才将素手执了玉壶,寻出三只小巧玲珑的玉杯,满满斟了三杯酒,满面春风地双手递到张仪正面前。

张仪正朝她笑笑,正要接过就有人来捣乱:"干什么?干什么?说是三大杯,哪里是这一口都不够喝的小杯子?换大杯来!"

张仪正也不计较,由着他们换了大杯,然后干脆利落地把三杯酒一一喝了个干干净净。众人不由得笑着鼓掌,将他迎到主位坐下,纷纷问询他从哪里来,因何迟到。

张仪正道:"适才在街上遇到点事,故而耽误了。"正说着,就有朱贵进来禀告:"三爷,外头有位王公子要寻您。"

张仪正一脸的茫然:"哪个王公子?不认识。"

朱贵笑道:"他说他是王中丞家的,行六。"

张仪正想了片刻,脸上露出几分笑意:"原来是他啊。请他进来。"

旁边一个穿蓝袍的纨绔就笑道:"是王怀虚那个傻书呆么?听闻他有个友人,是去年搅入郴王案的崔家儿子,这傻书呆傻乎乎地为那短命鬼鸣冤,当街痛骂许大学士,险些得罪了人。王中丞怕他惹祸,狠狠打了他一顿,一直把他关在家里,最近才放了出来。三哥你怎会认识他?"

张仪正有些不高兴地摊摊手,表示无奈:"莫名就认识了。这小子就像块狗皮膏药似的贴上来,我又有什么办法?我待要甩他几鞭子,又恐我家老爷子不饶我。"又正色道,"死都死了的人,说他做什么?留点口德。"

那个纨绔就笑:"三哥说得是。我家老爷子也如是说。"又道,"老爷子们是不能轻易得罪的。"另外几个也纷纷表示赞同,说起自己的父亲如何厉害难伺候。张仪正只是含笑听着,并不多言。

说话间,门被人推开,一个穿着青布儒生袍服,年约十七八的年轻男子带着几分不自在,由着朱贵领了进来,正是他们所说的那个王书呆王怀虚。王怀虚一脚踩到厚厚软软的锦绣地衣上,不由得呆了又呆,飞速退回去,弯腰将手放到了鞋子上。

众人饶有兴致地打量着这个穿着打扮与周围环境格格不入的年轻书生，想看他到底要做什么。却见王怀虚垂着眼，老老实实地将脚上的青布鞋子脱了一只，然后穿着袜子踩到了地衣之上。张仪正身边那穿蓝衣的纨绔见状，用力捶了桌子一下，猛然发笑，哈哈道："瞧，瞧，他这是要做什么？莫非以为这地衣踩不得么？"

王怀虚听得清楚，脸一下子涨得血一样红，提着只青布鞋子进也不是，退也不是，尴尬到了极点。

第31章 知己·不安

张仪正脸上含着笑，淡淡地道："有什么好笑的，王中丞清廉，治家极严，男子身边没有婢女伺候，夫人带着家中女眷织布，十余年如一日，从不曾有所改变。纵观大华满朝文武，没有哪家能够如此，圣上也曾亲口赞叹过好多次。王公子不识得这富贵之物实不是什么好笑的。"

王怀虚闻言，才刚生出的那一丝窘迫隐然消退，换作了几分骄傲。却又听张仪正盼咐身边那叫悠悠的姐儿："去替王六公子把鞋穿上，请他过来坐。"

那悠悠果然笑眯眯地走过来，俯身下去，莺啼一般地道："王公子，请让奴家替您穿鞋。"

王怀虚的脸便又红了起来，死死护住自己的鞋和脚，结结巴巴地道："谢过姐姐，不敢有劳姐姐。"

众女子皆都哧哧娇笑起来，悠悠回头看着张仪正，张仪正朝她招手："既然王公子不乐意，就不要勉强了。"待悠悠回去，便大喇喇地将她搂在了怀里，满脸坏笑地看着一脸呆滞相、脸涨得通红、身子僵硬、眼睛都不知该往哪里放的王怀虚道："王书呆，你怕什么？难道还怕我们会吃了你？"眼风一扫，两个二八佳人一人执壶，一人执杯，硬生生将王怀虚拥到桌边坐下，拿起酒就要往他口里灌。

众纨绔都看笑话似的看着王怀虚左支右挡，狼狈不堪，还有人起哄道："他不喝就给他做个美人酒杯！"

王怀虚是个死倔性子，说不喝就不喝，死死咬着嘴唇，任由酒水淋了满身。那两个姐儿哧哧笑着，果真有一个将檀口含了酒，要做那个美人酒杯上前去口对口地喂他，王怀虚大叫一声，把两个美人一推，仰面倒地。

众人齐齐大笑，张仪正以手支颌看戏，面上的坏笑并不比旁人少半点。还是悠悠看不过去，娇笑着替他求情道："三爷，您就且饶了这书呆子罢，瞧着也是个害怕家中老大人棍棒的大孝子呢。"

"就依你。"张仪正捏捏悠悠的脸颊，抬了抬下巴，笑道："放开他。王书呆，你寻我何事啊？"

见他们要说正事，两个姐儿笑着起身走开，王怀虚使劲咳嗽了几声，用袖子擦了擦脸上、脖子上的酒水，起身对着张仪正行礼下去："三爷，在下有事相求，还请借一步说话。"

张仪正沉默片刻，起身道："你随我来。"

二人一前一后，去了早前那间临街的雅间，分宾主坐下。张仪正道："王六，这里没有外人，有啥事儿就说吧。"

王怀虚吸了口气，突然朝着张仪正深深一揖："在下有个不情之请，不管三爷是否愿意伸以援手，都请先听在下说完。"

张仪正摆摆手，示意他说。

王怀虚低声道："听说府上二爷前些日子去了林州任节度使，统帅林州十万儿郎。"

张仪正饶有兴致地道："那又如何？"

王怀虚踌躇片刻，道："在下有位挚友的家眷流落在林州，想请托三爷给个人情，求二爷帮着看顾一二。"

张仪正沉默地看了他片刻，道："谁？"

王怀虚豁出去似的道："在下这位挚友姓崔名成，他家去年被奸人所害，卷入到郴王谋反案中……"

张仪正笑了起来，摇头叹息着打断他的话："王书呆啊王书呆，你难道是在质疑圣上的圣明么？竟然求到我这里来了，好大的胆子！莫非是想害我？！"说到后面，已是勃然变色。

王怀虚呆了一呆，嗫嚅着道："不是……我不是这个意思。"

张仪正冷笑："那你是什么意思？你何故不去求旁人，就专来求我？说，是不是有人指使你来的？"话音未落，朱贵便带了几个人冲进来，一下子把王怀虚给按翻在地上。

"放开我！"王怀虚涨红了脸，使劲挣扎了几下，见挣不脱，便愤恨地嚷嚷道："呸！什么人能指使得了我？你不肯帮就算了，不要拿这种话来折辱我！"

朱贵大怒，进言道："三爷，待小人教教这书呆子学学怎么说话。"

张仪正往椅子背上一靠，吊儿郎当地将脚高高抬起放在桌上，笑着摇头道："下去。"

朱贵便行了个礼，悄无声息带了人退下去。

王怀虚忿忿地整理着被弄皱了的青布衣衫，骂道："你们这些仗势欺人的膏粱子弟，真真欺人太甚……"

张仪正好笑地看着他，道："没被打够是吧？是不是不想求我了？"见王怀虚讪讪地住了口，方道："听说当初你为了崔成险些为家族招祸，更被你父亲打折了腿，关在家中近半年。这才刚放出来你就蠢蠢欲动啦？就这么相信那崔成不是坏人？这可是圣上亲自裁定的，不会有错。"

王怀虚道："我与崔成一起长大，他为人如何我岂能不知？不管他父兄做了什么，他可是从未害过人。至于妇孺，她们成日坐在家中，这些事又与她们何干？"

张仪正淡淡地道："他便是再好，谋逆大罪也当连坐！还是不曾冤枉了他！他父亲生养了他，难道要叫他独善其身么？那还叫人？"后面这句话低不可闻，倒似是感叹一般的。

王怀虚梗着脖子道："不管如何，我就觉得他冤枉不该死！"

"替谋逆之辈鸣冤，你这是在找死呢！"张仪正冷笑一声后沉默下来，许久方再次提高声音问道："你何故不去求旁人，就专来求我？"

王怀虚侃侃而谈："一来你们府上的崔先生与崔家有故，当初崔家女眷按理该没配入官操贱役，但不曾，只判了个流放，想来是托了他的福；二来因为府上二爷管辖着林州，十分便利；三么……"他看了张仪正一眼，轻声道，"听说三爷与许、赵两家有怨……那许家背信弃义，赵璀卖友求荣……"

张仪正冷笑着打断他的话："谁说小爷与许、赵两家有怨？谁说的？！"

王怀虚不知他何故如此喜怒不定，并不与他争辩，只从怀里取出一方古砚，小心翼翼地放到桌上，轻声道："听说康王爷寿辰将近，这方古砚有些年头了……"

张仪正已经不耐烦："拿走,拿走,谁要你的砚台,肯定又是偷你父亲的,讨打呢。"

王怀虚见他态度坚定,看都不肯看这砚台一眼,是真不要这方砚台,一直挺直的背脊突然弯了下来,低声哀求道："三爷究竟要如何才肯帮这个忙？"

张仪正眯着眼睛看了他片刻,不耐烦地翻了个白眼道："不就是看顾几个孤寡么？好为难的事情呢,小爷应你了。"

峰回路转,柳暗花明,王怀虚大喜过望,朝他深深一揖,真心实意地道："三爷,您可真是个好人。"

"什么好人坏人？小爷就是图个痛快！"张仪正懒洋洋地朝他摆摆手,道,"快走,快走,别扰了小爷的好宴。"

王怀虚还有些不踏实,朱贵却悄无声息地走出来,朝他笑着一弯腰,一摆手,恭恭敬敬地道："王六公子,请。"

斜阳透过半卷的湘妃竹帘洒入室内,有微尘在光柱里翩翩起舞,张仪正在桌旁独坐沉思良久,方执起酒壶满满斟了两杯酒,然后拿起一杯,轻轻碰碰另外一杯,低声道："人生难得一知己,虽然他只是个笨蛋书呆子。干！"一口饮尽,唇角有笑,眼角有泪。他丢下酒杯,站起身来,将袖口用力擦了擦眼角,微笑着大步走了出去,走进丝竹喧嚣脂粉酒香中。

日影西斜,七八辆马车由衣着整齐的仆役们簇拥着进了上京城,在街口互相道别后各自散去。学士府的马车里,许樱哥斜靠在靠枕上养神,梨哥坐在一旁耐心地拿着蒲扇替她打着扇子。

许樱哥看着梨哥那认真的小模样儿,忍不住微笑着摸摸她柔软的鬓发,柔声道："怪累的,我不热,不要忙活了。"

梨哥想起今日惊心动魄的一系列遭遇,犹自后怕不已,小心地扶住了许樱哥的右臂,道："今日可吓死我了。多亏那位康王府的国公爷帮姐姐正了骨,不然要一直等到三叔父和太医去,岂不生生把人疼死？"

看着梨哥那双清澈透明不曾受过污染的眼睛,许樱哥犹豫再三,还是决定把实情告诉她："其实,今日我最凶险的不是在马球场上,而是在那位国公爷闯进去以后。"

梨哥吃惊地睁大眼睛："这是怎么说？"

许樱哥缓缓把经过详细说了一遍，梨哥听得脸色煞白，几乎不敢相信："这是为什么？"因为家里人有意无意的保护，在她的世界里最了不起的事情就是父亲去世，以及前段日子的裙子自燃事件，哪里又曾遇到过这种丑事恶事？她虽知冯珍儿等人不怀好意，却不明白冯家姐妹为什么要这样做，张家兄弟俩又是什么目的。

许樱哥道："自己想想今日看到的听到的。"

许久，梨哥有些不好意思地垂着眼道："我有个想法，那位三爷不见得就是一心想报复姐姐啊。他若真有心，便不用给你接手臂，只管看你疼就够了，且双子不是说了么？他把那惹祸的胭脂马后腿都给敲断了……"

许樱哥脸上的笑容倏忽不见。

许樱哥心里头说不出的烦躁，隐隐还有一种说不清，道不明的不安。但她自来稳惯了，笑道："咱们要透过现象看本质。他替我接手臂，应该是不想让他兄弟出风头；敲断胭脂马的后腿，指不定是为了掩盖罪证。反正绝对不会是好心，不要忘了他当初是怎么和我们起冲突，又是怎么对待赵璀的。便是他不恨我了，也不至于突然就变得这么好。下次遇到他就赶紧地跑远些，出门做客时身边更是不能没人陪着，也不要往人少处走，谁叫你去都不要听，便是用了我的名义也不要信。"

"知道啦。我一定不会乱走的。"梨哥不懂她那句透过现象看到本质具体是什么意思，但也懂得大体的意思，确认许樱哥的伤臂果然不疼后，便从车厢抽屉里取出早前许揭买的人偶，一一摆放在膝盖上赏玩，缠着青玉几个一起玩过家家。

马车从狮子楼下驶过，楼上有人大声说笑。许樱哥仰头隔窗看去，但斜阳的光线太过刺眼，她并看不清楚那人的容貌，只依稀看出是个身材高大的年轻男子斜倚栏杆，也不晓得是谁家的浪荡子。

夜已深沉，学士府的正院里灯光犹自明亮。

姚氏在新请来的那尊菩萨像前恭恭敬敬地敬上香，又神色肃穆地拜了几拜。

"夫人还不歇息么？"许衡披了件半旧的道袍，趿拉着鞋子走进来，见老妻两条纤细的弯眉间蕴藏着一层淡淡的愁意，晓得她在忧虑什么，便安慰道："不要想太多。两个孩子不是都平安回来了么？樱哥也没吃什么大亏。"

姚氏叹道："她再聪慧隐忍，也不过是个小女孩子。今日之事虽处置得体，却是她冒了极大风险换来的。如果当时不小心出了意外……我单是想想就吓得慌。"许樱哥说起来虽不当回事，但她这个局外人听来却是惊出了一身冷汗。不拘是前面的阮珠娘失手、许樱哥飞马救人、白马被暗伤、惊马冲撞，还是后头的康王府两位小爷的现身和诡异作派，都是惊心动魄。

男人看问题总和女人不太一样，许衡对许樱哥今日表现出来的果敢和顾全大局非常非常满意，觉着便是男子也不过就是如此了。想到这个女孩子是他和妻子一手教导出来的，许衡心里便忍不住有几分骄傲："除非把她关起来，不许她出门，不然总有护不住的地方。这丫头胆大心细脸皮厚，我倒是比较放心……"

姚氏将头靠在他的肩膀上，低声道："我怕那太岁真是看上她了。那可怎么办？我一想到这么好的女儿要给人糟蹋，心里就难受得紧。"虽不是亲生，但这个女孩儿的所作所为不能不让她发自心底地疼惜。

若真是那样，上头那位金口一开，便不是学士府能控制的事情，什么不能卖女求荣之类的话，在无路可去的一家子老小面前就是一句笑话。旁的不说，许杏哥就是前车之鉴。这还不同，那时候他们都知道武进不是纨绔子弟，但这位却是个不折不扣的混蛋。可这不是他的亲生女儿，总不能就这样算了，不然如何有脸去见故人？为了活下去，他虽做了许多违背本心的事情，并且在有些人的心目中，他已经是个没有操守的人，但他到底还有底线在。便是一株竹，被冰雪压到极致后，也是会反弹的。许衡沉默良久，轻声道："车到山前必有路，不是还没到那个地步么？睡吧。"

一弯新月淡淡地挂在天际，夜风把忍冬花的甜香味送到许樱哥的枕前。旁边值夜的紫霭已经进入深眠，呼吸声平稳而几不可闻。许樱哥微闭着眼，将左手轻轻抚在右臂上，心情很怪异。虽然已经时隔半日，但她却仿佛还能感受到张仪正那双满是冷汗的手用吓人的蛮力紧紧握住她的手腕，然后又在她的掌心里暧昧地挠动。当时不觉得，这时候她才想起来，当时他的呼吸都吹到了她的脸上。许樱哥有些不适应地抚了抚手臂上生起的鸡皮疙瘩，拉起薄被一直盖到下巴下，才觉得安心了些。

微熙的晨光里，双子把一桶洁净的清水放在大白马面前，又在马槽里加入新鲜的草料和豆饼，然后抱着大白马的头，在它脸上轻轻拍了拍，询问道："好些了么？"

大白马轻轻打了个响鼻，仿佛是在回答他一般。双子微笑着道："好多了是不是？昨日你可争气，不然连我都没脸见人了。"

"有什么不能见人的？又不是你的错。"许樱哥领着青玉走过来，热情地抱了抱大白马的脖子，含笑看向双子："它的腿没什么大事吧？"她今日穿了套淡青色的短襦窄袖高腰裙，唯有领口处绣了一圈银白色的忍冬花纹，鸦黑的发髻上也不过几朵珠花，面上未施脂粉，打扮得很是素淡。

但双子却从她脸上看到白玉兰花一样的皎洁美丽，他微微红了脸，不敢直视许樱哥的笑靥，低声道："回二娘子的话，没，没什么大碍。"

许樱哥仿佛不曾注意到他的结巴和窘迫，自顾自地蹲下去检查大白马的伤处，漫不经心地道："昨日康王府的三爷砸断胭脂马的腿时，你一直都在旁边？和我仔细说说，不要漏掉任何一个地方。"

这个问题，在冯家时许徕等人就曾经问过他一遍，回到府里后许衡并姚氏也叫他过去问了一遍，现在许樱哥又问。双子不明白这件事究竟有什么干系，但还是认真地、详细地把每一个细节说给许樱哥听。

朝阳照在水囊那个金灿灿的塞子上，折射出黄金才有的迷人光芒，许樱哥垂眸看了又看，道："这是他赏你的？"

双子为难地挠了挠头，不确定地道："应该是吧？"想想当时张仪正的模样以及冯家奴仆们的艳羡嫉妒，再加上过后也没人问他要这东西，双子便又添了几分肯定："多半是的。"

许樱哥笑起来："为什么？"那可不是一个看到路人口渴就会主动递上清水并分享的好人，坏蛋做好事，总是有原因的。

这样的对话从前有过好几次，双子立刻就明白了许樱哥的意思，道："也许是看小人的身手不错，觉得顺眼？"

张仪正这样的豪门贵公子们，经常会为了一些莫名其妙的理由就赏人，似双子这种勇猛忠心的奴仆，一般最是受欢迎。这个理由似乎说得通，但如果这个杀局是张仪正伙同冯宝儿设下的，那便又有些说不通了。许樱哥把那只水囊还给双子，示意青玉把一个沉甸甸的钱袋子递过去："多谢你拦下了胭脂马。"

能得到主人的夸赞并感谢，是件非常令人喜悦的事情，双子骄傲地笑了起来，却诚心诚意地推辞道："小人没什么要花钱的地方，上次二娘子赏赐的钱都还没动呢。"说到这里，他猛然住口，小心翼翼地看向许樱哥，一脸的后悔和忐忑。他不该提起上次的事情，他没办好差事，害得那个人无辜丧命，但许樱哥却没有责怪过他，照旧给了他很多赏赐并且诚心诚意地感谢他，实在是令人太惭愧，太有压力。

许樱哥却只是一笑："用不了就存起来，将来总有用到的时候。"仿佛早就忘了上次的事情。

青玉笑道："既是二娘子给的，你接着就是，磨叽什么？"

二娘子实在是好心肠，好脾气。双子暗自感叹着无比恭敬地对着许樱哥行了个礼，双手接过钱袋，和她说起闲话来："那位三爷下手真狠，那胭脂马废了。"

许樱哥默不作声地听着，突然道："你觉着那位三爷怎么样？"

双子怔了一怔，看着许樱哥的眼睛谨慎而诚恳地道："小的很高兴他砸断了那胭脂马的腿。"

许樱哥道："并不是胭脂马的过错，有错的是人。"

双子固执地道："可养马的是人，打断了胭脂马的腿，能让那些人知道什么能做，什么不能做。"由许扶教养出来的人，身上或多或少都会有那么一股子固执狠厉的味道。

歪楼了，她原本要说的是张仪正这个人和他的行为而非是该不该打杀胭脂马，许樱哥果断终止讨论这个问题，反问道："那如果他就是暗中使坏的那个人呢？"

双子不能回答许樱哥的话，即便是他有不同的看法，但身份有别，他只能恭恭敬敬地听着，不敢多言。

许樱哥已经总结性地下了命令："离他远点。他不可信。以后要是他和他身边的人再对你做什么，你都要回来说给我听。"想了一夜后，她所得来的结论是不管张仪正是什么心思，她身边的人不能有任何喜欢或者觉得他不错的想法存在。不知为什么，她总觉得张仪正看向她的那种目光像极了小时候和她争抢行人丢落在地上的半个包子的恶狗。

双子温顺地应下来:"是。"

许樱哥扫了默默退到一旁,眼睛一直望着别处的青玉一眼,轻声道:"今日五爷休沐,你抽空去把这件事说给他知晓。"章淑那件事也该有个结果了。即便是到了现在,许樱哥仍然固执地认为,凭着她平时的为人,她和章淑不可能结下那么大的仇,这件事背后必然有推手,冯宝儿难逃其咎,但背后是不是还有其他人影子?

双子应下来,叉手恭送许樱哥离开,利索地把马厩里收拾干净,去和管事说了一声,自去了和合楼。

第32章 愤怒·酸意

一日之计在于晨,在这个风和日丽的早上,许扶这个勤勉的人当然不会还躺在床上,或是坐在某处看风景享受。何况他自定亲之后便去了刑部任主事,公务缠身,他又太努力,寻常并没有太多的空闲来管这边,今日既然休沐,他当然要好好理一理这边的事情。少年时期的遭遇让他知道,缺了钱财是万万不能的,再看不起这商贾贱业,和合楼也是他和许樱哥安身立命,尽量多地挺直腰杆的根本。因此他坐在和合楼后面的工坊里很认真仔细,甚至是苛刻地查看验收工匠们根据许樱哥的图纸新制出的一批货。

和合楼依靠款式新颖和手工精细而立足,谁都知道许扶在这种时候有多么怕打扰,脾气又有多不好。双子不敢影响他,便在和合楼那个小小的天井里寻了个角落蹲下来,叼了一根草茎安静地等待许扶。

赵璀只带了福安一人,静悄悄地走了进来。他一眼就看到了蹲在角落里的双子,略想了想,含笑走过去,道:"双子,你怎会在这里?"

双子一纵而起,规规矩矩地给赵璀唱了个肥喏,垂着眼道:"回赵四爷的话,小的是奉命来替二娘子取东西的。"

"很久不见你,你倒长能干了。"赵璀笑笑,仔细将双子打量了又打量,轻声道:"昨日的事是怎样的?"

双子的眉毛轻轻蹙了蹙,抬起头来看着赵璀,一脸的迷惑:"什么事?"

前面说过，双子其实是个固执的老实人，他并不太懂得巧妙地掩饰自己的情绪，所以这敷衍推诿被他做得太明显了些。赵璀眼里掠过一丝不悦，面上笑容半点不减，好脾气地道："我是问昨日冯将军府别苑的惊马事件。听说是你拦下胭脂马，也是你一直守在一旁的？你小子可真不错！改日我要重重赏你。"他亲昵地拍了拍双子的肩膀，表示嘉奖。

双子抿紧唇，并不太愿意回答赵璀的话，但终究还是道："都是小的应该的，不敢要四爷的赏。"他是许家的人，要赏也是许家人赏，干赵家什么事？

赵璀看着双子那双乱草一样的眉毛和眉毛下面那双微垂执拗不耐烦的眼睛，微不可见地轻轻皱了皱眉毛，从福安手里接过拐杖，示意福安退远些，语气和蔼柔软，却不容拒绝地道："一定要赏的。能不能和我说说经过？"

其实具体经过他已经从赵窈娘口里听了不下两遍，他很愤怒，愤怒许樱哥所遭受到的暗算，愤怒张仪正的出现，当然最让他愤怒，也特别痛恨的是张仪正怒伤胭脂马的暧昧举动和替许樱哥正骨时二人的接触。他只想知道，为什么张仪正一个男人会在后院里突然出现？在这中间冯家和武玉玉到底扮演了什么角色？为什么许樱哥会允许张仪正那样的杂碎碰到她？赵窈娘带回来的那些肤浅的解释远远不能减轻他的疑惑与愤怒，他迫切地想知道点别的什么来减轻那种隐藏在心灵深处的不安与愤怒。

赵璀从来都是个聪明人，从认识张仪正开始，他就从中嗅出了一丝不同寻常的危险，如今这件事不过是为他的怀疑更添上一份重量而已。就算是这个局面是张仪正一手操纵的，从同是男人的角度去看这件事也会得到另一个不同的结论——如果张仪正只是因为香积寺之事想要报复毁掉许樱哥，他只需要躲起来不露面就万事足矣，所有的矛盾自然都会指向冯宝儿等人，他可以漂亮脱身。可他却高调地用毁掉胭脂马，再替许樱哥正骨的行为证明了一件事，不拘好意还是恶意，他眼里都有许樱哥这个人。

赵璀愤怒地想，有人想抢走他心爱的女人，并且这个人手段卑劣无耻，出身还高贵不可摧，拥有他绝对招惹不起的恐怖实力。但又如何？他不信命。就如当初一样，如果不是他有一双善于观察发现的眼睛和一个思维缜密的头脑，哪里又会敏锐地发现许扶兄妹最大的秘密，不但活下来还成功地以值得信赖的好兄弟的身份参与到那场复仇活动中去？所以他一直都坚信，在事情没有发生之前，可以做的事情实在是太多，不到最后一刻，不能轻言失败。

他轻轻吸了一口气，和缓了一下心情，耐心十足地加重了威压，再同双子说了一遍："你把当时的情形和我说一遍。"

双子抿紧了唇，沉默而固执地把目光投向门口。二人无声地僵持了半炷香的工夫后，许扶终于从门里走了出来。双子松了口气，绽开一个发自内心的笑："五爷！"

许扶的眉间还带着疲累，但看到双子和赵璀之后，那点疲累很快就变成了疑虑，他微微皱了眉头，先看向赵璀："不是在家养伤的么？怎么来了？"随即示意双子："你先候着。有事等下再说。"

双子此刻表现出与他忠厚老实的外貌完全不同的机灵，飞快地答应了一声后迅速走开。赵璀抬头向着许扶微微一笑，开门见山地道："五哥，我是为了昨日冯将军府的惊马事件而来。听说双子目睹了整个过程？"

许扶沉默地看了他一眼，叫住正准备遁走的双子，用不可辩驳的语气道："你过来说说看，发生了什么事？"

双子在许扶面前就像是一只顺从的羔羊，把在冯家别院里发生的所有事情和盘倒出，独独只隐去了许樱哥的吩咐。

赵璀一直沉默地打量着许扶的神色，然后满意地看到许扶的眼睛里浮起那道早年他最熟悉的亮光，看到许扶本就有些薄的嘴唇仇恨地抿成了一条细线。他想，虽然许扶肯定是不愿意那个王八蛋把脏手伸向许樱哥的，但不见得就会站在他这边，所以他一定要让许扶站在他这边才行。

双子陈述完毕，许扶未作任何表示，只垂下眼帘转身往楼上走去，轻声道："上楼说话。"

一个时辰后，许扶站在和合楼二楼的窗口处目送赵璀离开。

楼下街道上，赵璀正由福安扶着坐上马车，仿佛是感觉到许扶的注视，赵璀抬起头来朝他微笑，一如既往的信任和气。但许扶知道不是这样的，今日的赵璀眉眼里更多了几分戾气和焦躁。这戾气和焦躁因何而起，他自然很懂也很能体会。但这不是许家人也不是他的错，赵璀怪不上他们任何人，所以他很自然不过地把赵璀的怒气和愤恨引到了那个莫名其妙的膏粱子弟王八蛋张仪正的身上。

龙有逆鳞，他不是龙，但许樱哥就是他的逆鳞。她是他在这世上唯一的亲人，也是这世上最心疼他的人，他好不容易才让她活下来，视如珍宝地护着，好不容易到了要看到她开花结果的时候，怎么能被这样一个纨绔毁了呢？何况这个纨绔，用这样可恶的方式，一而再，再而三地戏弄羞辱折腾她，其间全然看不到半点尊重。而赵璀这个曾经被他看好的未来妹夫，也因为钟氏不切时宜的举动而让他心生犹豫。

早前他之所以答应赵璀的恳求，并不只是因为赵璀知道他们兄妹最大的秘密，也不只是因为赵璀是他的好兄弟好朋友，而是因为他觉得赵璀对许樱哥足够真心，可以确保许樱哥的下半生过得比较舒坦。而今亲事未定，许樱哥和他便已经不舒坦了，这门亲事自然还需要更多思量才是。

但愿赵璀和上次那件事一样，不会让自己失望。许扶如同往常一样，回了赵璀一个让人安心的笑容，然后回头沉声吩咐小厮腊月："收拾一下，马上出城。再派人回去和老爷说替我请明天的假。"他的语气里同样充满了愤怒。

真正考验自己的时候到了。赵璀坐上马车便把那根除了装饰外起不了多大作用的拐杖狠狠扔到车厢里，然后抿紧唇，微闭双眼沉思起来。刚才许扶说答应他的事情一直都记着，但樱哥不能就这么一直等下去，在明年春天前，他要是不能说服父母，不能打消那个人的觊觎和恶意，就不要再想了。

已经到了这个地步吗？赵璀悲哀地想，他已经没有太多的时间和机会。如果他不能证明自己有足够的能力护住许樱哥，他就不配得到许樱哥，许扶从来不做多余的事情，更不会同情他。至于那所谓过命的交情……兴许在他生出不利于许家人的心思来的同时，许扶便可以和他玉石俱焚吧？能够在乱世家仇中拼杀出一条血路来的许扶不是什么善男信女，更不是什么恪守古礼的谦谦君子。许扶只做他认为对和好的事情，并且一旦下了决心，便再难撼动。

两败俱伤，谁也得不了好，那也不是自己所求的结局。赵璀苦笑了一声，心想不管怎么说，许扶这时候还是向着他的，也不会容忍那太岁把手伸到樱哥那里。这便够了。

福安体谅主人的心情不佳，轻声道："四爷，是回府还是去哪里转转？"

赵璀微眯了眼睛狠声道："去城东安宁坊第十四街。"俗话说得好，以毒攻毒最是毒，他惹不起张仪正，自然有人惹得起。既然俯首将就不能得到想要的，便要用其他方法去解决。

两盏茶后，赵璀拄着拐杖出现在安宁坊第十四街深处的一座不起眼的宅子前。这时候虽然已到中午，那户人家的房门仍然紧紧闭着，可门外却有个身强力壮的杂役躲在墙角的阴影里呼呼大睡，旁边一只膘肥体壮，毛皮油亮的小黄狗舒服地趴在那杂役的脚边打盹儿。看到走近的赵璀，小黄狗用它那从小熏陶出来的眼光和鼻子迅速辨认出这个人身上的衣服是好衣料，味道也是好味道，于是讨好地站起来，先就呜呜地摇着尾巴替主人欢迎起了客人。

杂役听到这叫声，迅速清醒过来，虽然立刻就从赵璀的长相气度、衣裳随从以及其手里拿着的拐杖上判断出他不是普通人家的子弟，但也并未因此就高看他一眼，而是冷淡地道："不知这位公子有何贵干？"

赵璀自然是不会纡尊降贵地亲自和这种人打交道的，他淡淡地看了福安一眼，福安忙上前去偷偷塞了些钱物给那杂役，轻声向他打听起来。

两盏茶后，那杂役方慢吞吞地把赵璀领到了宅子的正堂里，不卑不亢地道："安六爷才刚起身，要请您稍等。"

赵璀沉默地往座椅上坐了，接过丫头递来的香茶，耐心地等待。又过了约有半盏茶的工夫，一个年轻男子披散着件还带着美人胭脂痕迹的轻袍，趿拉着鞋子，打着呵欠走出来，斜靠在椅子上吊着眼睛笑道："哟，这不是年轻有为的正人君子赵若朴么？怎地找到爷这里来了？"

赵璀站起来，微笑着对那个人深深一揖，轻声道："因为下官听说六爷在这里。"

或许是他礼数周到，态度诚恳的缘故，那个人只扫了一眼他放在旁边的拐杖便诡异一笑："说，你想做什么？"

赵璀笑道："下官被逼得走投无路了，想寻六爷给条活路。"

安六爷扫了他一眼，轻轻打了个呵欠："你得罪的是那太岁，帝后眼里最疼宠之人，便是我父王遇到他也要说他好的，我能拿他怎么样？"

赵璀笑道："若是六爷也没法子，下官便只有去死了。但真是不甘心。这样的人，活着是浪费粮食。"

安六爷想了许久，轻笑一声："办法不是没有，就看你有没有那个胆子。"

赵璀眼里闪过一丝厉色，道："民不畏死奈何以死惧之。"

安六爷便朝他招了招手："你过来，听我说……"

许府正院。

此时正当晌午，姚氏的房里照例围满了小孩子。当许樱哥出现在门前，孩子们便都兴奋起来，笑眯眯地围了上去，好奇地伸长了小脖子，探头往紫霭手里的那个食盒看过去。

"香不香？"许樱哥最享受的便是此刻，洋洋得意地将食盒盖子打开，端出一碟子水蒸蛋糕在孩子们面前炫耀了一圈。

"不是手才受过伤么？怎地又动上了？"姚氏带了几分嗔怪，拉起许樱哥的右手左看右看。

许樱哥笑道："娘又不是不知道我是什么人，只动口不动手的懒人，哪里就累着我了？"

姚氏笑笑，叹着气把她的手握在掌心里轻轻拍了拍，高兴地道："适才阮家大公子送了谢礼过来。礼很重。说是等阮珠娘好些，阮夫人还会亲自带她登门道谢。"

礼很重，这代表了阮家态度的改变。即便不能在大面上改变什么，但最起码也能让许衡在朝堂上稍微轻松一点点。最主要的是她撞破了某些人阴谋，成功地使她的声名镀上了一层贤良勇敢的金光。许樱哥开心地笑了起来，亲手捏了一块松软喷香的蛋糕喂到姚氏口边："您尝尝？"

"咦，我只当樱哥还在房里休养着呢，正请了二嫂一起过来商量说给她弄点什么压压惊，这丫头却在这里自在。"冒氏含着笑，一前一后地同孙氏走了进来，眼神飘忽地往许樱哥身上扫了一遭，掩口笑道："看来是没什么大碍。"

当着姚氏的面，许樱哥从来都是知事明理的乖宝宝，立刻就含笑起身行礼，道："劳两位婶娘挂心，是没什么大碍。"

"虽只是脱臼，但也要小心养着才是。"孙氏十分慈爱地将许樱哥扶起来，拉她在自己身边坐下。

冒氏拈了一小块蛋糕喂到口里，笑道："咱们樱哥人才好，手艺好，就不知将来会便宜了谁！不是我夸口，这要是个普通人家，怕是福薄承受不起呢。"

许樱哥垂眼不动，恍若不曾听见半句的样子。

这话听在姚氏耳朵里，却又是另外一番滋味。便宜谁也不能便宜那个混账东西，她责怪地瞪了冒氏一眼，道："当着小孩子说这些有的没的。"

"不说了，不说了，都是我的错。"冒氏打量着姚氏的神色，笑道，"听说昨日是那位帮樱哥正的骨？"

这种事情也没什么好瞒的，何况也瞒不住，这长舌妇指定早打听清楚了。姚氏也就坦然道："是武玉玉见樱哥太疼，所以求来的。"

冒氏又捏了一块蛋糕，斯文秀气地咬着，笑道："听说他挺仗义的，把那惹祸的胭脂马都给打残了……"

许樱哥见冒氏越来越有往长舌妇方向发展的趋势，便转头看向孙氏："怎么不见三妹妹？"

孙氏道："她今日的功课没做完。"看看冒氏，体贴地道，"不过算来也差不多了，你领了孩子们过去找她玩吧。"

许樱哥也就趁势起身辞去，前脚才跨出门槛，就听到冒氏道："听说冯家有意同康王府联姻，咱们樱哥这不是挡了谁的道吧？"

原来便是一块茅坑里的臭石头，入了人眼也是宝贝。那两个，一个心黑爱装，一个心黑暴虐，倒是天造地设的一对狗男女。许樱哥垂头快步离去。待她从许梨哥那里回来已是半个时辰后的事，早就等着的青玉手脚轻快地伺候她洗过脸换了轻便的衣裳，递上一杯梅子汤后方轻言细语地汇报着双子带回来的话："五爷说，听说二娘子一切安好，他很欢喜。他这就起身去京郊的净心庵，算来便是一切顺利，也要明日才能回来，到时候他会使人过来传话。此是其一。五爷又问，这两套首饰做得如何？可否要制作一批出来，安排在七夕前上市？"

两套首饰，一套主题为荷，一套主题为梅，纤细的金、银丝被工匠用了掐、填、攒、焊、编织、堆垒等技法制成各色花丝底座，再把蜜蜡、红宝、祖母绿、青金石、猫眼等各色宝石镶嵌其上，实在是难以言述的美丽精致，瑰丽奢华。虽离许樱哥的要求还远，但和从前比起来已经好太多，这般看着也足让人赏心悦目，爱不释手。这若是流出去，上京只怕又要兴起一股新浪潮，和合楼的门只怕要被挤破。但这个世道并不是什么太平盛世，学士府也不是什么权势滔天的豪门，只怕和合楼越是红火就越是死得快。所以还是该继续照着原来的计划走，稳打稳扎，每个季节只推出一两件新品，工艺要精致，却不能太与众不同，重点在款式上下功夫就行。

"知道了。"许樱哥将装盛着首饰的檀木匣子仔细锁好，交给紫霭："收仔细些，这东西我有大用。"

待紫霭抱着匣子进了里屋，青玉上前一步，小声道："双子说，他在楼里遇到了赵四爷。赵四爷想是从赵小娘子那里知晓了昨日的事情，一直追着双子问，看模样很是生气。"

许樱哥的眉尖好看地蹙了起来："是五爷让双子和我说的？"事情到了现在，尽管赵璀的态度和决心很鲜明，但她已不认为自己还有和他再续前缘的可能。经历了那么多，她早就明白这世上有些东西是强求不来的，更明白家庭对于婚姻那种可怕的影响力。

譬如说，钟氏对她的厌憎和嫌弃大概是永远也改不了的，若是在那层纸没有捅破之前，她还有决心要努力弥合，但在经过阮家事件之后，她便再不想讨好钟氏，因为讨好不了。如果不求富贵，她可以选择嫁个门户低的人家，同样能过得幸福自在，既如此，又何必把许扶和自己辛辛苦苦，只求尽量挺得直一些的腰主动俯下去送到人面前去供人任意踩踏？如若不然，便是不嫁人又如何？

青玉看得出她很不高兴，忙微笑着道："不是。是这样……"把从双子那里听来的经过详细地描述完之后，补充道："后来五爷便请了赵四爷登楼喝茶议事，至于说了些什么，双子就不知道了。但他自己觉着，赵四爷出门的时候非常不高兴，可没了平日的斯文模样。"

如果许扶给了赵璀什么有力的保证，想必赵璀就不会非常不高兴，看来许扶的某些看法和她差不多。许樱哥不由得微笑："是谁说双子是个老实孩子的？我看他挺聪明的。"

青玉抿着唇赞同地一笑。若双子真是个老实木讷的，又怎会懂得主动看赵璀的脸色并回来汇报？

许樱哥纤长的手指轻轻敲了敲桌面，自言自语一般地道："看来双子不太喜欢赵四。"

第33章　死讯·云遮

青玉也深有同感，却本分地没有搭话。

"如果有机会，你问问他，这是为什么？"许樱哥指了指面前的坐墩，和颜悦色地道，"坐，我有话要同你说。"

青玉带了几分忐忑，斜着身子入座，笑道："二娘子有话只管吩咐就是。"

许樱哥不说话，只是撑着下巴静静地看着她。

青玉被许樱哥看得发毛，却仍然把整张脸抬起来给她看，同时却又谦恭地垂下眼睛，微微弓腰表示恭敬顺从。里屋传来紫霭翻箱倒柜的声音，许樱哥轻轻笑了一声，挪开眼神，道："紫霭这丫头是属耗子的，我让她把东西收好，指定把箱子里东西全都翻出来，要压到箱子底下去呢。"

"待我去瞧瞧。"青玉笑着起身走到里屋门前打起帘子扫了一眼，果见紫霭蹲在箱子前头收拾得认真，便回身走到许樱哥面前照旧坐下，道："二娘子没猜错，果然是这样的。"

许樱哥微笑着轻声道："你跟了我很多年，很多事情并瞒不过你的眼睛，如果你不笨，想来也大概能知道些什么。"

这话不好回答，一瞬间的工夫青玉便汗湿里衣。她再明白不过面前这个总是笑眯眯，仿佛没心没肺穷欢乐的女孩子其实有多么细致果敢周到。

但许樱哥也不是非得要她回答不可，接着又道："人不必太明白，你这样就很好。要记得将来无论到了什么地步，就这样懵懵懂懂的，忠心老实便是最好的。"

青玉有些心惊，这话似是告诫又似是提醒，仿佛什么都说了，又仿佛什么都没说。她正想说两句什么以表忠心，许樱哥已经干脆利落地结束了谈话："去做事吧，我要休息了，记得我和你说的话。"

青玉沉默地起身，行礼告退，走到门口忍不住又回头，低声询问道："二娘子没有什么事要交代婢子去做么？"

许樱哥娇俏一笑："有，晚上你亲自下厨，做点好吃的来吃。一定要用心，用心做的饭菜和不用心的味道不一样的。"不过轻轻一句话，就把刚才那种沉重的气氛一扫而光。青玉爽朗地笑了起来，屈膝道："是！"

第二日中午，许樱哥才睡着不一会儿，就听到有人在耳边轻声唤道："二娘子，您醒醒。"

许樱哥睁眼，看到青玉垂手立在帐前，虽然竭力表现得平静，眼里却透着几分慌张。看来是有事发生了，许樱哥坐起，揉揉眉头，道："什么事？"

青玉低声道:"五爷来了,夫人请您过去。"一边伺候许樱哥穿衣,一边低声道,"听说是净心庵出事了,那位章家娘子死了。"

许樱哥正在结裙带的手猛然抖了一下,不敢置信地抬眼看向青玉,哑着嗓子道:"什么时候的事情?"

青玉听见她的声音不好,晓得她误会了,忙解释道:"听说是前天夜里的事情。适才红玉姐姐过来传话时婢子打听得很清楚。"

前天夜里,那时候许扶还不曾到净心庵呢,这件事应当和他没有什么关系。许樱哥轻轻出了一口气,沉默地把裙带结好,由着青玉拿篦子替她抿了抿鬓发,接过紫霭递上的巾帕,胡乱擦了一下脸便快步朝着正院走去。

许扶优雅地品了一口茶,抬头看着姚氏笑道:"姨母这里的茶总是最好的。"便是经过多年风霜雨雪,他身上那种世家子弟、书香门第的从容优雅也不曾少了半点。姚氏赞叹着,亲执了茶壶给他斟茶,道:"我倒是想你经常过来喝茶,但也晓得不过是白日做梦罢了。稍后给你装些带回去,也让你父母亲尝尝。"

许扶恭敬地欠身接过茶,就见许樱哥快步走了进来,同二人见过礼后不及多言便先侧着头低声问许扶:"五哥,章家那事儿你没搅进去吧?"许扶总是表现得太过固执凶悍冷情了些,她最怕他又搅了进去,章淑可恶,应该受罚,却不该因此送命,许扶的手上也不该无休止地沾上这种血。

"没有。我没那么蠢。"许扶摇头,对许樱哥眼里另存着的那份情绪颇有些不赞同。在他眼里心里,章淑这样造谣生事,妄图毁了许樱哥名声的人乃是自作自受,死不足惜。他唯一可惜的是,没能赶在章淑死前问清楚她究竟是从何得知赵许两家议亲之事,又因何会对许樱哥发难,除了冯宝儿以外,究竟那太岁有没有掺和进去。

许扶是在傍晚时分赶到净心庵的,原本是借着替人带东西给章淑的名义,预备私下里见见章淑问上几句话。结果小厮腊月奉命收买了老尼姑说要见见章淑身边伺候的嬷嬷,在庵庙侧屋里等了半晌后却等出来个男管事。那男管事声色俱厉地追问腊月到底是谁家派来的,又是带什么东西。腊月见势头不妙,二话不说便捧出了提前准备好的一包针线,随即寻了借口迅速走脱。过后一打听,才晓得章淑已经在昨天夜里上吊身亡。他便当机立断,迅速走人,没有留下任何痕迹。"

姚氏轻轻叹息一声，道："好狠心的父母。"正当年华的少年女子之所以会选择走这条绝路，总归是因为走投无路，绝望到了极点。可仔细想来，因章淑的缘故，章家得罪了太多的人，章夫人也不是个谨慎聪慧的性子，当此情形下，休要说章家顶梁柱章士瑜的前程，便是章家其他儿女们的前程都即将毁尽，章淑似乎是只有一死才能平息某些人的怒火。

许扶冷酷地道："给人做枪，最忌讳刺了对手又折回来刺主人，是她自己断了自己的退路。这人是蠢死的。"

听了这话，许樱哥不期然地想起许杏哥的那句话，既然给人做了枪，便要有随时折断的觉悟。章淑是枪，怎地她就成了靶子呢？这些年她虽说不上处处与人为善，但也真没刻意得罪过谁，怎地最近就总招小人？她有些烦躁地把茶杯里的茶水倒了些在青竹桌面上，伸出手指蘸着那茶水开始乱画。

"总是父母没尽到职责。"姚氏摇摇头，叹息着起身入内更衣。

许扶垂眸看着青竹桌面上那些杂乱无章的图案，轻声道："和你无关。手不疼了么？"

"不疼了，我能照顾好自己。"许樱哥正色道，"只是我近来总有一种心神不宁的感觉，总觉得有什么大事会发生，或者已经发生了。前后综合起来，章淑这件事和冯家脱不掉干系是一定的，昨日我还听三婶娘说，冯家有意和康王府联姻，不知真假？"

要知道，冯宝儿作为宣侧妃的姨侄女大概没有资格成为康王府嫡子的正妻，但她作为右卫上将军冯彰的嫡长孙女，却是完全有资格做张仪正的正妻。如果能证明这个消息的可靠，许多疑问便可迎刃而解，更可以把很多事情的主动权把握到手里，再不用似目前这般被动挨打。

"我会去查。"许扶道，"你也不要想太多，无非就是赵家那门亲事不成了而已，有那种不懂事不记情的老太婆隔着，不成未必不是好事。"

许樱哥轻声道："那怎么和他交代？"最过无情是许扶，最是念恩也是他。相处多年，许樱哥对他的性情也算是比较了解，早在昨日青玉把话传给她听时，她就已经猜到了许扶对于赵家这门亲事的态度已经发生了改变。

许扶傲然道："不用交代。我给过他机会，是他自己不能把握住。他既没那个本事，又有什么资格娶你？我之所以愿意促成这桩亲事，是因为觉得你嫁入他家会过得不错，既然现在证明不能，反倒将你拖入泥潭之中，我又为何要帮着他把你往坑里推？"他压低了声音，道，"我答应过你的，只有那么一次，再不会有下次。"

许樱哥抿唇笑笑，追问道："如果他还能证明自己有本事呢？五哥又给他留了多大的余地？"

许扶被她看穿，不由得有些泄气："说的是明年春天之前。一旦不成，谁也怪不得谁。他答应了。"说到这里，他有些欣慰，"不说赵家人如何，这点风度和见识赵璀还是有的。"

这样才正常。赵璀到底是出过大力的，不能想踹就踹了。但在当前的形势下，他真能赶在明年春天之前解决这两个棘手的问题么？许樱哥并不认为他能做到，可为了还未发生的事情和许扶争论实在有点可笑，她便不再提此事，和许扶说了一回和合楼生意的事情，问过他在刑部的差事可还顺利，最后再三叮嘱许扶："冯家这边哥哥就不要随意动作了，冯家不比章家，树大根深，兵权在握，又得宠信，怕不小心牵扯出其他的事来。"

许扶不以为然："我知道。"

许樱哥正色道："我晓得哥哥总是护短，舍不得我吃亏，谁要碰我一下，你便想双倍还回去，非是这样你便不舒坦。但再厉害，能把手伸到王府里么？"

许扶的脸上浮起一层黯然之色，沉默好一歇才道："那你怎么办？"

许樱哥灿然一笑："不怎么办。你们男人有男人的方法，我们女子也有我们女子的方式。这件事总的说来是我里子面子都赚足了，她偷鸡不成蚀把米，白白挨我那一下，还不能喊出来，我却可以尽情地喊疼赚尽了好处。只要姨父不倒，只要许家一直稳着，她就只能咬着牙暗自恨我而已，其他又能奈我其何？我要是心情好，还能拿她开开心，难道哥哥不信我？认为我就是个只会给人欺负的大草包？"

许扶听明白她的意思，不争一时之长短，重要的是不能为了这种小事情动摇了许府的根本。许衡是许府的顶梁柱，许府是他们兄妹遮蔽风雨的大树，许衡好，许府好，便一切都好。许扶沉重而认真地缓缓点头："你放心，哥哥大你那么多岁，难道还不晓得这些厉害关系？"

许樱哥笑道："我当然放心的。"她只是怕许扶一时冲动，她活了这么久，两世为人也有心浮气躁不能忍的时候，何况他呢？再隐忍，经历再复杂，到底也还是个热血青年，总会冲动，何况其人还有个偏执阴沉护短的性子。

许扶脸上有了笑意："我就只管查清楚事情的来龙去脉，不打草惊蛇。有话我会让双子传进来，你没事就让他多往外头跑跑。这小子不错，可信。"

始终不便久留，许樱哥要和许扶说的话也说得差不多了，等到姚氏一出来便告辞离去。

见她走远，许扶收了脸上的笑容，用低不可闻的声音道："侄儿想来想去，她这亲事再耽搁不得了，赵家那边不能抱多大的指望，还要请姨母帮着看一看才是。"

姚氏眼睛一亮，颇有些不谋而合的喜悦，也压低了声音道："那位肯善罢甘休么？"

许扶垂眸给姚氏倒了一杯茶，笃定地道："现在也只是打听相看一下而已，又不做什么。明年春天，他若能让我刮目相看，自当遵循诺言。若是不能，他只能怪自己没出息。"他只是个小人物，不能手眼通天给许樱哥幸福安宁，却也会竭尽全力，替她扫清前面的障碍。

"你斟酌着办，总要让他心服口服才是，不然你们朋友一场，结成仇人可不好。"姚氏同样不看好赵璀。现在离明年不过半年，和康王府对上可和当初对付崔家父子不同，难度不知增加了多少。但许樱哥的亲事的确也让人头疼，谁能扛得住张仪正？

姚氏越想越觉得难，莫非还要再结一门权贵？再结权贵也不可怕，但若张仪正真的看上了许樱哥，以他的性情必是千方百计要弄到手的，能和康王府对抗的人，将来必是康王府的死仇，许府必将陷入危地。最完美的办法莫过于张仪正死……不知许扶可否想到这个了？姚氏抬眼看向许扶，却见许扶垂着眼，盯着茶盏，一动不动，本就瘦削的两颊因为表情冷硬而显得更瘦削了些，整个人像是一把才出鞘的匕首，又冷又利。

姚氏忍不住心头一颤，试探着轻声道："济困，这件事你究竟是怎么看的？"

许扶恍似才从梦中惊醒过来，抬眼看着她微微一笑，轻快地道："没什么，小侄适才仔细想过了，那人应该不是真的打樱哥的主意，兴许只是一时好奇。要知道，许家的女儿做得他的正妻，却不可能为妾，他若真有那个心思便不该如此。只要他不是真正想娶樱哥为正妻，樱哥提前定亲，不再出门应该能避开。康王府与将军府关系密切，非同一般，想来那两位也不会由着他乱来。"

姚氏看不透他的真实想法，只能顺着他的话道："我也是这样想的。"

许扶看出她不安，微笑着给她斟了一杯茶，沉声道："姨母，侄儿如今也是快要成家要奔前程的人了，再不会似当初的。若姨母、姨父不好，我们兄妹也不能好。"

姚氏安下心来，保证道："我不会让樱哥受气的。"

许扶起身，郑重其事地理了衣帽，对她深深一拜。

过得两三日，章淑暴病身亡的消息才在上京传开来。却没有怎么关注这事儿。做错了事，拖累了家人，不去死还能怎么样？死了倒是解脱。很快，上京的贵女们便忘记了曾经有个女孩子叫章淑，也跟着忘记了章淑曾经说出的那些流言。

上京的夏天，照旧炎热繁华，傍晚时从各个王公贵人府邸间吹过的风里照旧充满了各色名贵的熏香味和热闹喜庆，或是悠扬的乐曲。要说最近上京城中最大的一件盛事，当属长乐公主的寿宴了。

公主好命，容貌肖似母亲，性情肖似父亲，平日里的聪慧孝敬能干都不必说，更不得了的是竟然敢在关键时刻领兵持剑砍向刺客。她没有皇位继承权，却是这个皇朝最受宠最得信任的皇女，她是唯一的嫡女，却不只是与一母同胞的康王相处得好，她的身影出没在彼此明争暗斗的各大公主府、亲王府间，被各位亲王、公主心甘情愿地奉为座上之宾。这样的公主，每年一度的生辰当然值得朝野上下的重视。

大华建朝十余年，每一年许家都不会少了长乐公主府的这份厚礼，姚氏更是会领着长媳亲自登门拜寿。今年也不例外，这寿礼早早就准备妥当，只等到时候便要送出去。可是公主府今年送给许府女眷的请柬却与往年不太一样。那触手留香的紫色暗荷纹请柬一共有七张，不独是姚氏并长媳傅氏拥有，便是孙氏、梨哥、冒氏、樱哥、黄氏都各有一张。每个人的名字都用漂亮的簪花小楷非常仔细地写在上面，充分显示出主人对这份邀请的重视与盛意。

公主府一次发了这么多请柬给学士府，几乎把府里的女眷一网扫尽，而且是人手一张，可是从未有过的事情，姚氏怎么看怎么都觉得诡异。在当前的情况下，无论是她还是许樱哥、许扶，都认为许樱哥还是躲在家里的好。她便试探着开口："这次殿下生辰，想必请的客人很多吧？"

公主府那位姓宋的女史似乎知道姚氏的想法，含着笑，彬彬有礼地道："并不是。是公主殿下近来总听人提起贵府二娘子勇救阮侍郎府小娘子的事情……夫人也知道，殿下对这样英勇磊落的女孩子最是喜欢不过，所以想请夫人带着二娘子过府去给她看一看。"

姚氏正想再找个不得罪人的借口试探一下，那宋女史又道："公主殿下晓得学士府规矩严，也知道二娘子上头还有两位婶娘并一位嫂嫂，所以便把府中的女眷都一并请过去喝杯素酒，这样夫人便不为难了。"

"怎么敢烦劳殿下挂念？到时候我一定领了小女去给公主拜寿。"姚氏无奈地苦笑起来。其他人都是陪衬，都是沾了许樱哥的光，她们可去可不去，许樱哥却是必须要去，不容推辞，不容辩驳，真的只是为了许樱哥勇救阮珠娘？

宋女史笑道："公主殿下一直都赞夫人容貌气度少有人及，经常教诲身边亲近的夫人们要同您学呢。"

"惭愧，殿下谬赞了。"姚氏微微颔首表示谦虚，她虽然确信以自己的行止完全当得起这声赞，却不会把这种话太放在心上，而是微笑着静静等待宋女史的下文。宋女史果然话锋一转，接着道："府上的三夫人打球打得极好，殿下爱才，很是喜欢她。上次便邀请她过府打球做客，怎奈她恰好病了不得去，这次总是好着的罢？"

她上了些年纪，本身在长乐公主面前也得脸。姚氏不好太得罪她，暗骂了一声后满脸堆笑地道："当然是好的。能得公主挂念，真是她的福气。还请宋女史稍候，我让她出来拜谢公主殿下。"

宋女史果然就笑眯眯地坐着不动，并无半点推辞的意思，姚氏只得耐着性子使人去把冒氏请来，冒氏兴奋得要命，但该有的教养还有，十分体面得当地感谢了长乐公主的好意，表示自己一定会去。那宋女史见今日此行的任务已经完成，便起身告辞，姚氏少不得厚厚打赏，让傅氏亲自把人送出门去。

宋女史出了学士府便低声吩咐身边一个小厮道："去康王府同三爷说，幸不辱命。"那小厮得令，一溜烟跑得不见了影踪。宋女史自车窗中回望清净幽然的学士府，面上淡然无波。

姚氏把请帖递到许樱哥面前："点名要你去，据说是因为听说你勇救阮珠娘的事情，所以心怀好奇。又特地说了要你三婶娘也去，也不晓得到底是为了什么？我左思右想，打算只带你大嫂和你，你三婶娘一起去，其余人等就不要凑热闹了。"

许樱哥替她捏着肩膀，轻言细语地道："我们从未得罪过长乐公主吧？想必也没有什么利害冲突？"

姚氏很肯定地点头："那是自然。"之前虽没有刻意亲近，但一直恭敬有加，又有赵家的关系在那里，更谈不上什么得罪。要说长乐公主会为了张仪正而生许家的气，但上次的事情也不见她有多偏袒张仪正，况且听说赵璀堕马之后，长乐公主还亲自登门看望过他。即便是没有明白地说出来，这种作态本身也能说明很多问题。

第34章　炎夏·惊恐

许樱哥柔声道："我那里有一套我画的，和合楼才做好送来的首饰，正好用作公主殿下的生辰礼，也许能叫她喜欢。若她欢喜了，但凡能让手的地方想来也不会太过为难我们。不知娘意下如何？"女人最爱的就是华服美饰，长乐公主再权势滔天也脱不掉女人天性。若送礼的只是一般人，这当然不够，但若是学士府送的，长乐公主少不得会更高看一眼，便是不能，也能把某些信息传达到长乐公主那里。不求太多，只求关键时刻偏那么一分分，就已经足够。

这些年和合楼出来的首饰不乏精品，便是她早过了那个爱俏的年纪，看了也忍不住会怦然心动。姚氏沉思片刻，觉着这个法子大致可行，便道："拿来我瞧瞧。"

须臾，紫霭小心翼翼地捧了匣子过来，许樱哥亲开了盖子递到姚氏面前："还是新款式，外面一件也无，专留着送贵人的，就不知道哪一套更适合公主殿下，这个还要由娘来定夺。"

"怎么这样巧的心思？难为也做得出来！"姚氏定睛看了一回，赞叹不已："现下正是荷花初放的季节，且公主殿下闺名中有个莲字，就送这套荷的罢。想必她一定会很喜欢的。"

许樱哥倒是小小吃了一惊，又觉得有些凑巧的好运。因见姚氏虽在笑，其实眉间愁色不减，心中有些惭愧又有些感动，却不多言，只小意温柔地凑在她身边孝敬讨好，只想让她开心些。

天气炎热不改，许樱哥一路走得出汗，回到安雅居也不想直接进屋，便在廊下坐了歇凉看星星。大概是没有污染的原因，这个时代的星空远比她所来的那个时代更美丽壮观，她能看到大片光彩奇幻的星云在夜空中横亘而过，也能看到银河里许多美丽的星星如同强光下的美钻一样光彩夺目。许樱哥睁大眼睛，把那些早就熟记在心，一目了然的星座看了一遍又一遍，那些星座越是清晰，她越是觉得自己离那个时代和从前的生活越来越遥远。似乎永远也回不去了，她想。

青玉在一旁给她轻轻打着扇子，把几个被井水湃得冰凉的李子递过去，小声道："双子傍晚才回来的，又带回来几个鎏金银香囊，说是五爷让您拿去送给小姐妹们玩耍的。还有就是听说那位死去的章姑娘家里嫡出的小五娘子，被冯将军的一位远房子侄看中了，只等章姑娘的孝期一过便要下聘。将军府的这位旁支子弟，虽然年纪大了些，也死过一房妻子，却已经是福王府的功曹参军事了。"

许樱哥脆脆地咬了一口李子下来，"咯嘣、咯嘣"地嚼着，冷冷地笑了起来。章世瑜不过是个正六品的员外郎，却得了个亲王府的从五品功曹参军事女婿，而且这个女婿还姓冯，瞎子都能看得出这件事是将军府在中间牵线。要说章淑之死同冯家没有关系，她真是不信。章淑已经落到了那个地步，冯宝儿何故还一定要逼死她？这冯宝儿看来倒真是个不容小觑的狠角色，想必此番在公主府里又有一场好戏将要上演。突如其来地，许樱哥又想起张仪正在她掌心里那暧昧的一挠，顿时说不出的郁闷。

"你把那几个香囊拿来我瞧。"许樱哥吃完一枚李子，把果核使劲扔进水晶碗里，又嫌紫霭烧在一旁熏蚊子的艾蒿不好闻，让灭了。

果核把水晶碗打得"叮当"一声脆响，一连在碗里转了几个圈才算安静下来。青玉和紫霭对视一眼，都感觉得出许樱哥的心情很糟糕，于是越发小意周到，纷纷凑在她面前赞那几个香囊漂亮，或是说起大白马的伤势已好转了许多。

许樱哥注意到她们紧张，深深吸了口气，及时收敛了自己的心情，点评了那几个香囊一回，又叫她们取出自己藏的几样香来试香。这种香囊，就同她前世在博物馆里看到的一样，银质镂空，中有机环，机环中的小圆钵装盛了香料后怎么颠倒都不会洒落出来。且许扶送来的这几个香囊做工十分精美，花纹讨喜，确确实实是送人的好东西。如果再配上合适的香料就更完美了，想来唐媛、武玉玉等人将会十分喜爱。

一夜无话，不觉就到了六月二十六这日。公主府从早上巳初开始开门纳客，姚氏与武夫人熊氏约好，两家人先碰了头后一道去的长乐公主府。

已是进了三伏，天热得不行，不过巳初光景，那太阳便照得到处白茫茫一片，从学士府到公主府小半个时辰的工夫，许樱哥已然觉着车里头闷热得不行。待到了公主府外，又见人山人海，无数的香车宝马在外排成了纵队，黑压压一片看不到头，后头的人要想上前，就要等前头的人让出来。有那品级高的不耐烦等，只管吆喝着往前挤，挤是总能挤过去的，但难免引得怨声载道，生些闲气结些怨恨出来。这还是大多数人家都有所准备，特意精简随从车辆人员的情况下才能有现在这个景象。比如许府就只派了二辆车，姚氏与傅氏同车，许樱哥则与冒氏同车，武家也是同样的安排，若非如此，还不知那车队要排到哪里去。

本不当至此，但公主府门前的街道略窄了些，不由得人。同样的情形每年都要上演一次，可很神奇的事情是长乐公主并没有把对面的民宅买了拆了，把道路扩宽的意思，所以众人要么就拿出威风往前挤，要么就老老实实等。以姚氏和武夫人的品级本也可以小小的威风一下，但她们都不约而同地选择低调排队等候，需知这能到公主府赴宴的人又有几个是小虾米？就算是小虾米，你能说得清将来他又是什么人？能够不得罪人的时候还是不得罪人的好。

冒氏穿着件轻薄的银红色纱襦，里头的宝蓝色抹胸半透半掩，酥胸一片雪白，配的杏色八幅罗裙，脸上脂粉鲜妍，梳得高高的望仙髻上垂下许多细碎晶莹的水晶珠子，被阳光一照，流光溢彩。她将车帘子掀开一条缝，兴奋地往外偷窥着，一脸的艳羡："啧啧，真是好生气派，好生热闹！难怪人家都说长乐公主不得了。"

许樱哥淡淡地瞥了她一眼，只将扇子扇了又扇，觉得太阳热得不行，只巴望车队能挪动得快些才好。

冒氏自言自语一回，不见许樱哥答话，便觉着有些没面子，又抱怨："这么热的天，明知有这么多的人，就该早些来的。不然这时候早都进去了，哪里用得着在这里干晒？"见许樱哥还是不理睬，便板着脸问鸣鹿："我的纨扇呢？"

鸣鹿忙把扇子双手递过去，冒氏呼呼地扇着，斜瞟着许樱哥皮笑肉不笑地道："樱哥，你看上去好像很不高兴？是不喜欢来给公主殿下拜寿？"

许樱哥懒懒地将扇子摇了摇，把脸侧开朝着车窗外看过去，同是皮笑肉不笑地道："三婶娘究竟是从哪里看出来我不高兴，不喜欢的呢？"

冒氏被她问住，顿了顿，方道："这个还要从哪里看出来？谁都看得出你不高兴？不信你问丫头们。这样可不好，给人看见还不知要说些什么出来……"

许樱哥只管抬眼看向鸣鹿、青玉等人，呲着牙道："你们看出我不高兴了么？"

鸣鹿飞快地看了她一眼，把头垂下，不敢说是也不敢说不是，只能装哑巴。青玉则是乖巧地举起一把大蒲扇，微笑着道："想来还有些时候才轮得着咱们，怪热的，婢子给二娘子打打扇子罢。"

许樱哥却没有顺着青玉的意思把话头转过去，而是望着冒氏道："瞧，三婶娘年纪大眼花了，谁也没看出我不高兴，就您看出来了。不要乱说，省得给人听去了不知要说些什么出来。"不等冒氏反应过来便径直下了车，直接上了后头许杏哥的车，青玉慌忙把她的随身物品抱起也跟着下了车。

她年纪大眼花了？许樱哥居然敢嘲笑她老？！冒氏气得倒仰，恨恨地将手里的纨扇扔在车厢板上，骂道："什么玩意儿，欠管教的东西！"却也晓得自己不可能把这事儿嚷嚷到姚氏面前去，只能生生忍了这口气。正烦躁间，窗外传来一阵骚动声，冒氏好奇地靠在车窗前看出去——穿着紫色圆领窄袖衫子，系着玉带的张仪正骑着那匹御赐的，配了金鞍的汗血宝马走了过来，所过之处，行人无不避让。风流偶傥自不必说，更兼气势迫人，特别是那抹象征着身份地位的紫色更显得他鹤立鸡群，叫人见之难忘。

他怎么也来了？好似也是朝着这边来的？冒氏的心顿时一阵狂跳，险些气都喘不过来，又觉得一张脸红热不堪，忙将扇子掩了脸，偷偷打量鸣鹿，只恐这情态被鸣鹿给看了去。因见鸣鹿眼观鼻，鼻观心地跪坐在一旁整理东西，并没有往她这里看，便又放心地看了出去，却见张仪正径直朝着后头武家的马车去了。

许杏哥低声斥骂许樱哥："这么多的人，可有谁像你这样随便跑上跑下的？往日你总是最稳重的，怎地今日这般毛躁？"又骂青玉："也不知道劝着二娘子。"

许樱哥垂眸作温顺状，一迭声地道："我错了，好姐姐，我错了。"

武玉玉看不过去，便帮她说话："大嫂，算了吧。总是想你了呗。"说来也奇怪，她与许樱哥从前并没有这样亲近，但自从经过上次许樱哥手臂脱臼之事后，二人竟比从前亲近熟稔了许多。

当然不是因为想她了，而是冒氏太过难缠，许杏哥明白得很，也就顺势不再说许樱哥的不是，只轻轻叹了口气。却听有人在外笑道："见过大表嫂、三表妹。"

一听到这再熟悉不过的声音，车内众人都坐直了身子怔住，好一歇，许杏哥才反应过来，示意蓝玉将车帘子掀开一条缝，客气而不失亲昵地道："原来是三爷，您怎会在这里？"

张仪正垂手立在车前，一派不同寻常的温驯斯文，微笑着道："是来晚了，适才听人说是姨母被堵在这里，特意过来瞧瞧。若是不嫌，我领你们从侧门进去，让管事留在这边记礼就行，省得都在这里干晒，若是中暑了怎么办？"一边说，那眼睛就越过许杏哥落到了坐在角落里，垂着头一言不发的许樱哥身上。

许杏哥看到他的眼神，心口突突直跳，下意识地就挪了挪身子，试图把妹妹掩藏在身后。张仪正笑了笑，索性道："许二娘子也在啊，不知你的手可好些了？"

许樱哥无奈，只好垂着眼眸道："多谢三爷挂念，已是大好了。"她现在严重怀疑，这厮就是看到她从冒氏的车上下来再上了这车后才闻风而来的。

张仪正却没有什么要多纠缠的意思，轻笑着道："贵府送去的那些茶很好，实在是太过多礼了。其实我只是希望许二娘子能忘了从前那些事，那次是我不对。"说完居然深深一揖。

这下子，不独是许樱哥大吃一惊，就是许杏哥和武玉玉都石化了。张仪正，眼睛自来长在头顶上，只有旁人错，他从来不会错，嚣张得不得了的泼皮无赖居然当众和许樱哥赔礼道歉，承认错误？

　　许樱哥抬眼看向天边，太阳还在该在的地方，并没有出现什么异象。她不想就这么原谅了张仪正，但张仪正不能一直就在这马车前这样弓着腰。不知是否心虚，她觉得周围无数双眼睛盯着这里，无数只耳朵在偷听这里的谈话，于是她很干脆地还了张仪正一礼，笑道："都是小女子有眼无珠，怠慢了贵人。"

　　许杏哥的掌心里全是冷汗，见该走的过程走完，便迫不及待地打圆场："三爷快别这样，她怎么担待得起？"

　　张仪正倒也没为难她们，施施然立起身来，笑看着许樱哥道："那我们算不算两清了？"

　　不算。许樱哥心里说，嘴里却违心而欢快地道："只要三爷觉得算，那就算。"

　　张仪正很满意她的答案，笑着点了点头，一本正经地道："二娘子，听说前些日子赵家四郎堕马，不知好些了么？"

　　赔礼是假，找事儿是真吧？许杏哥不由恼了，正待要说赵璀堕马与否，好些没有，和许樱哥又有什么关系？许樱哥已经甜甜一笑："最近不曾听说，三爷若是想打听，稍后不妨使人去问问，想必他一定会来给公主殿下拜寿的。"

　　这话委婉地表示许家已经早就没有和赵家有亲密的来往，也就间接地表示她和赵璀不是那么一回事了，不然她可是才见过赵窈娘不久的，若是想知道，又如何能不知呢？张仪正看了她两眼，略带嘲讽地笑了笑，那表情仿佛是在说，也不过如此。

　　不知怎地，许樱哥看到他的笑容就突然想起那日在香积寺的芍药花圃前，给他看去听去的那件事，再想起他当时愤恨的指责和怒骂，直觉他就是在嘲笑她薄情寡义的，由来就有几分不悦。可转念一想，这未尝不是件好事，这世上，有几个人会喜欢薄情寡义的人呢？于是她笑得越发灿烂谄媚，活脱脱就是个薄情寡义得不能再薄情寡义的人。

　　张仪正沉默地看了她片刻，收了脸上的笑意，朝许杏哥一本正经地道："大表嫂，待我去前头同许夫人问个安，问问她是否愿意随同我们一起先进府。"

许杏哥忙道:"怎么好意思劳动您?我这里使人上前去问就好。"

张仪正不容拒绝地道:"不必,前番我在香积寺里遇险,承蒙许夫人照料,这点礼节还该有。"言罢果然大步往前去了。

他承蒙姚氏照料?怎地仇怨突然就变成恩情了?许杏哥惊恐地回头看向许樱哥,从许樱哥的眼睛里同样看到了惊恐。

武玉玉在一旁一直沉默地看着,突然插了句话道:"早前听人说,今日康王妃也要来的。"

以长乐公主同康王府的关系,康王妃出现是件很正常的事情,但武玉玉这话却似是别有隐情,许樱哥看向许杏哥,试图从她的脸上看出点什么来,却只看到许杏哥眼里一闪即逝的怒火。许樱哥只觉得右掌心处有一条蛇,冰凉冰凉地顺着她的手臂往上爬,令得她几乎想夺路而逃。她沉默着接过青玉手里的大蒲扇,使劲扇了起来。

许杏哥将车帘子拉开一小条缝往外看出去。这一看,不由得皱起了眉头,说是要去寻姚氏说话的张仪正居然站在冒氏的车前,貌似在和冒氏说话的样子。不沾亲不带故,这冒氏当着这么多人就敢和张仪正搭腔,胆子也忒大了些!许杏哥不由得暗自冷笑一声,平静地盼咐蓝玉:"二爷似乎弄错了,你去前头同他说,夫人的车驾还在前头。"

蓝玉应了一声,忙快步往前头去了。

她做得隐秘,武玉玉毫无所觉,许樱哥则敏感地发现有些不对劲,顺着她的目光看过去,不由得也皱起眉头来。却见还不等蓝玉赶到,张仪正已经又回身快步朝着姚氏的车驾去了,接着满脸堆笑地立在姚氏车前说个不休。他那身刺眼的紫袍配着腰间的玉带,弄得他和姚氏的车都格外引人注目。

蓝玉回来,轻声禀告道:"果然是弄错了呢。"

太阳晒得周围白花花一片,令人眼睛都不能完全睁开,四下里没有一丝风,周围有好几辆车都因为热得受不了的缘故而掀起了车帘,大喇喇地往外看热闹。许樱哥同样觉得热到呼吸都不顺畅。她觉得张仪正就像是一块又臭又硬的山石,蛮横而无礼,不要脸地横在她面前,阻拦了她前行的路。

张仪正突然回头,两个人的目光相对,张仪正仿佛有些吃惊,怔了片刻后脸上慢慢浮起一个微笑。许樱哥眨了眨眼,装作没有看到,漠然地把眼睛转开。张仪正却仍然高深莫测地笑着,这笑容落在后头冒氏的眼里,就如同阳光穿透乌云再照在晶莹剔透的极品琉璃上，光华璀璨。

冒氏脸色苍白地垂下眸子，坐在窗前一动不动，良久，她抬起头来，唇边带了一丝了悟而自信的微笑。贵胄子弟，最重品级规矩，又怎会不知姚氏的车一定、必然停在前面？那在车前的一停留，那一声询问，那一眼相望，难道不是有意为之么？难怪许樱哥会指责说他是个登徒子呢，原来那一本正经都是装出来的。

忽听外头车夫道："三夫人请坐好，车要动了。"接着车就动了起来，冒氏一瞧，只见前头姚氏的车被张仪正引着出了长长的队伍，向着另外一个方向行去，而后头武家的车马也紧随其后。冒氏有些明了，这大概是沾了张仪正的光，不用她们排队，直接从另一道门进公主府的意思了。她忍不住暗叹一声，这权势可真是个好东西，就连给贵人拜寿都可以走后门的。

车到了地头，众人依次下车，张仪正彬彬有礼地同熊氏、姚氏道过别方含笑往前头去了。姚氏眯着眼睛目送他走远，招手叫许樱哥过去，轻声道："黄鼠狼给鸡拜年，千万小心仔细些。"

许樱哥抬起头来看着姚氏，欲言又止。

之前既然没有装病躲过，现在就更躲不过去，姚氏轻轻叹口气，默然拍拍她的手，回头对着亲家熊氏笑道："亲家，沾了你的光。樱哥第一次来，若是有我看顾不到的地方，还要请你帮帮忙才是。"

都是人精，熊氏怎能不懂姚氏的意思？她看着垂头不语的许樱哥，想起堂姐前几日私底下同她说的话，沉默片刻才笑道："亲家只管放心，这是公主府，没人敢乱来。"

什么才叫乱来？在许樱哥看来，一切不如她意的盘算和用强权压制下来的都叫乱来，但明显这些人并不这么看待。许樱哥看着那位含笑迎上来的公主府管事，只觉得天上的太阳又热辣了几分。

第35章　初见·飞汤

公主府虽然大宴宾客，门外的贺客人山人海，却不是所有人都有资格在公主面前有个位置的。更多的人在辛辛苦苦排队进入之后，只会被衣着光鲜，神态倨傲的公主府管事领去吃流水席，唯有少部分的人才会被引进正堂，享受和公主殿下闲话家常并同室吃饭的殊荣。

许家和武家理所当然地能够享有这份殊荣，作为公主干亲家的赵家也当仁不让。所以在管事把许、武两家人引入正堂后，理所当然地遇到了以钟氏为首的赵家众女眷。

两方都是有心理准备的，姚氏早就拿定主意，今日以及今后再见到钟氏也全当没见到；钟氏则更不用说，先就把脸侧到了一旁，装作兴味十足，满脸欢喜的模样同长乐公主的小姑子说笑个不休，仿佛生怕人家不知道她从来都是公主府上的贵客，身份不一样。

姚氏本就看不惯她，见她如此做派更是嗤之以鼻。谁知今日这座次排得太有意思，姚氏等人的座位恰恰就被安排在了钟氏的上首，熊氏等人的座位则被安排在姚氏对面。钟氏气得脸都绿了，常规来说，这座次本该按照品秩来排，姚氏、熊氏二人都是郡夫人，品秩的确比她高，但她不同，她可是公主府的贵客干亲，安排的人既然把她安排在这前面，就不该把姚氏等人排在她前头。

姚氏也不满意，两家人挨得这么近，倒叫她不好弄，若是不理钟氏，岂不是无形中验证了那流言，让人白白看了笑话？若是主动和钟氏搭腔，只怕钟氏又要自作多情，以为她许家的女儿嫁不掉。但她这一生见过的风雨太多，不过片刻就拿定了主意，微笑着与周围相熟的人点头招呼，那笑容让人如沐春风，似是针对所有人的，又似是不针对所有人。

许樱哥等待姚氏等人入座后，尽量深地把自己掩藏在了众人身后。赵窈娘下意识地想起身同姚氏和许樱哥问好，却被她长嫂龚氏悄悄按住，接着又挨了钟氏一个大白眼，再看许樱哥也是一副眼观鼻鼻观心的木头样，并不好打招呼。赵窈娘无奈，只得忍到两边大人都不注意她们了，方悄悄扔了颗枣子到许樱哥怀里去，朝许樱哥抱歉地笑了笑。

许樱哥侧头朝赵窈娘一笑，示意青玉把一个绸布包着的卷轴悄悄递过去。赵窈娘猜着是她早前答应自己的那张小像，喜不自禁地打开看了一眼，满意得眼睛都笑成了弯月亮，悄声道："我只当没机会得到了。"

许樱哥轻轻摇头，表示虽然两家人现在已经没来往了，但她答应过的事情总会想办法做到。钟氏是钟氏，赵窈娘是赵窈娘，她分得很清楚。

二人正在眉来眼去地暗通消息，就听太监唱了一声，接着众人纷纷起立，原来是长乐公主并几个年纪不等的贵妇说笑着走了进来，其他人倒也罢了，其中一人，年约二十八九，身上的石榴红裙子格外艳丽，容颜更是艳光四射，非常人可以消受。

虽无人与许樱哥说道这些人是谁，但能与长乐公主如此亲密，并坦然接受各位命妇行礼问安的，身份必然尊贵，不是公主也是各府的王妃们。许樱哥觉着似是有几道目光时不时往她身上扫来，便越发把头更往下低了些，小心地把身形藏到姚氏和冒氏、傅氏身后。

少顷，众人落座，长乐公主笑着吩咐众人坐下，说了几句场面话后亲切地挨个儿和众人拉起了家常。待到了姚氏这边，冒氏眼巴巴地看着长乐公主，巴不得她赶紧发现自己来了，再和自己说上那么一两句话。果然长乐公主也没忘了她，笑着道："夫人好福气，不但儿子媳妇女儿都出色，便是妯娌也是一等一的才女。"

见点到她们的名，冒氏忙与傅氏、许樱哥一同站起身来，连称不敢。长乐公主微笑道："是就是，不是就不是，谦虚什么？"冒氏正想开口卖弄一下自己的文采和应对能力，却见长乐公主已经把目光从她身上挪开，指着许樱哥道："若是我没记错，这就是那位飞马勇救阮侍郎家千金的许二娘子？上次在武将军府见过的。"

"刷"的一下，所有人的目光都落到了许樱哥身上，许樱哥只觉得脖子都僵硬了，却也只得一福。姚氏忙笑道："这孩子是个傻大胆，冲动粗鲁……"

长乐公主摇头道："非也，我听说她也只是脱臼，可见她对自己的能力还是很有数的。这哪里叫什么傻大胆？有勇有谋，又义气大度，她这个年纪的女孩子中实在不多见。"回眸看向许樱哥，笑道："好孩子，你上来我瞧瞧。"

姚氏无言以对，见阻止不得，只好给了许樱哥一个安慰的眼神。许樱哥只得硬着头皮上前，她哪里会想得到，被逼无奈中的一次冒险竟会给自己带来这种麻烦？

她站得不前不后，那距离和态度都拿捏得很恰当，既显得恭顺又不谄媚，长乐公主满意一笑，向她伸手道："再上前来些。"

许樱哥见躲不过去，索性微笑着走到了长乐公主面前，长乐公主理所当然地握住了她的手,上下打量了一回,回头对着身旁的一众贵妇微笑道:"真不错。"

主人开了口,客人就要给主人面子,其他人不管心里其实是怎么看的,都或多或少地跟着表示赞同。忽听一人缓缓道:"有多大年纪啦?"语气十分和善,并无半点骄矜之气。

听见这声问,众人便都安静下来。许樱哥悄悄从睫毛缝里看出去,只见开口的是个穿银泥大袖衫,年约半百,长得面善白净的贵妇,其座次紧紧靠着长乐公主,显见二人关系就算不是十分亲密也还过得去。就不知是公主还是王妃?许樱哥暗自忖度一回不得要领,索性不猜不管,只垂眸规规矩矩地道:"今年虚岁十七了。"

那妇人片刻后才道:"年龄不小了。"

许樱哥垂眸,满脸的温顺,腹诽道,姑娘我十八还未满,正是一朵含苞待放的花骨朵呢,怎么就不小了?

那妇人却不再说话了,倒是长乐公主又问道:"平日在家都喜欢做些什么?"

这是查户口?许樱哥想回头看姚氏的暗示,但她知道不能,主要是姚氏离她太远,回头太明显,从眼角看过去又达不到有效距离。这世道,左右死活都不由人,千般筹谋万般思量敌不过一个压死人的身份,不如爽性些,想到此,许樱哥索性微笑着朗声道:"回殿下的话,也没做什么,因不擅长针线活,蠢笨不能帮着母嫂理事,书也读得不好,就是喜欢做点吃的,带着小孩子们玩玩。"

长乐公主仿佛是没想到她会这样回答,愣了一愣,许久没有言语。许樱哥正想开口请退,只见一个女史上前,在长乐公主耳边轻声说了几句话,接着长乐公主笑道:"听说你画得一手好画?"不待许樱哥回答,那女史已下去从干瞪眼的赵窈娘手中拿走了那幅小像,打开放在了长乐公主案前。

"这画的不是窈娘么?啧,可真画得不错,就和活人似的。"长乐公主看过,转手递给她身旁那位穿银泥大袖衫的妇人,又指指下面的赵窈娘道:"四嫂,你瞧,画的就是她,可不是画得像极了?"

许樱哥方知自己从进府开始一切行迹便落了旁人的眼,再听见这声四嫂,心里已是乱了,却知道自己无路可退,只有勇敢面对。

"的确很像,好似看着镜子里的人一般。"那妇人看看赵窈娘,又垂眸安静地看了片刻,将画轴卷起递还给女史,示意还给赵窈娘,抬头温和地看着许樱哥道:"我从没见过这样的技法。是谁教你的?"

许樱哥在那里肠子都悔青了,心乱如麻,面上却微笑道:"小时候调皮,总爱用树枝在地上乱画,父亲见了就手把手地教,教来教去就成了这个样子。"许衡就是最好的挡箭牌,谁也不会怀疑这话会是假的,何况当初她这手画技的确也是经过这样一个缓慢的过程慢慢显露出来的,并不怕有人追究。

"果然是书香门第,家学渊博。但无论男女,太过谦虚总是不太好。"那妇人说了这一句后便不再言语,长乐公主这才笑道:"好了,去吧。"

考问总算结束,许樱哥行礼退下,眼睛一扫,但见钟氏一脸丧色,好似是借了她的米还了她糠,赵窈娘、武玉玉若有所思,姚氏眉尖微蹙心事重重,冒氏一脸的不服气,熊氏眼观鼻鼻观心,许杏哥则是满脸的安慰鼓励之色。

许樱哥见此,已经确定自己那糟糕的感觉不是多想。事已至此,多想无益,她安抚似的朝着姚氏笑了笑,默然入座。片刻后,只听外头一阵笑闹,接着两个服饰明丽的少女牵着个穿大红短衣裳绿绸裤,戴大头娃娃面具的人走了进来。众人纷纷好奇地低声议论起来,却见那大头娃娃走到堂中,对着长乐公主倒头便拜,口里大声喊道:"孩儿恭贺母亲大人千秋!"声音清脆,是少女的声气。

长乐公主先是一愣,随即哈哈大笑,指着那大头娃娃假嗔道:"真是没规矩!还不赶紧起来给你各位伯母姨母们见礼?"又望着另外那两个少女道:"你们也是的,平时都是稳重的性子,怎么这时候就由着她胡来?"那两个少女中穿胭脂色衫子月白裙子的那个只是微笑不语,穿翠兰衫子的那个却盈盈一福,微笑道:"殿下,这可是郡主的一片孝心,咱们只有跟着学的,哪里会拦她?"

许樱哥看得清楚,穿翠兰衫子的这个正是冯宝儿,穿胭脂色衫子的那个却是有些眼生,仿似是第一次见到。

"不要怪她们啦,这是女儿的孝心,难道母亲不喜欢?"那大头娃娃取下面具,露出一张浓眉大眼,英气勃勃的笑脸来,撒着欢儿地在长乐公主面前讨好。

许樱哥知道这是长乐公主的独女惠安郡主,也是今上几位公主所出的所有女儿中唯一被封为郡主的一个特殊存在。赵窈娘趁着没人注意自己,悄无声息地往许樱哥身边挪着杌子,待得近了,鄙夷地看着冯宝儿低声道:"瞧瞧她那谄媚样儿,一朝攀上位郡主就忘记自己是谁了。可惠安哪里又是会任由她摆布的人?"

许樱哥不予置评,只将扇子遮了半边脸,轻声道:"那穿胭脂色衫子的有些眼生。"

赵窈娘也是经常出入公主府的人,对公主府中的情形也算清楚,当下笑道:"不怪你不认识她,她可不是京城人氏。她是朔方节度使王俊的嫡孙女,族中行六,人称六娘,自小长在灵州,前些日子才随父母回到京中。"说到这里,越发压低了声音道,"听说公主殿下有意为幼子肖令求娶。"

作为一个勉强算得上是土生土长的大华人,许樱哥自然认得这位名满天下,为大华北拒晋王、西镇梁王的名将王俊,也当然知道王家的女儿回京自是因为到了该出嫁的年纪。与其说是长乐公主想为幼子求娶,还不如说是上头那位的意思。一代名将,重兵在握,这样人家的女儿不是嫁入各王府,反而是嫁入公主府,这也从侧面说明上头那位果然如许衡所述一般,老了老了,开始防备儿子儿孙们了。正想着,就听赵窈娘低不可闻地道:"我四哥让我和你说,让你不要担心,一切有他。"

许樱哥回眸,赵窈娘已经迅速把杌子搬回了原地,一本正经地拿着纨扇轻轻摇着,仿佛从来就没靠近过她并和她说过悄悄话。钟氏似有所觉,回头左看右看,什么都没发现后不忘厌恶地瞪了许樱哥一眼,其中的厌恶憎恨毫不掩饰。许樱哥沉默地看回去,寸步不让,钟氏先是吃惊,接着怒火中烧,二人对视片刻,钟氏冷哼一声,悻悻回头。许樱哥平静地收回目光,缓缓摇着扇子,微笑着捏起一枚甜糯的金丝蜜枣,咀嚼了又咀嚼,然后狠狠咽下,硬是吃出了几分决绝之意。

不多时,有女史引了一众华服子弟来给长乐公主拜寿,分别为各王府、公主府的众年轻子弟。许樱哥心里恐惧,不得不关注张仪正。张仪正今日与往日的嚣张霸道格外不同,脸上始终带笑,除了和和气气地和周围的同伴说话外,还不时低声同身边一个穿宝蓝圆领窄袖衫,年约二十许,皮肤微黑的男子说着什么，神态颇有几分亲密。

　　长乐公主并惠安郡主的眼神三五不时总从那穿宝蓝衫子的男子身上扫过，惠安郡主多见羞涩之态，长乐公主则是多有威严探究之意，而那男子则根本不敢抬头，耳垂微红。许樱哥观其形态，猜着大抵这又是长乐公主为女儿选的女婿，只不知道又是谁家的子弟。正自八卦间，忽觉有人一直注视着自己，她抬眼看去，只见赵璀居然也立在人群后头，想来是同长乐公主的几个儿子一起进来的，与上次见面时相比，他明显消瘦了许多，倒是没有再拄拐杖了。

　　目光相对处，许樱哥干脆利落地垂下眼，选择视而不见。赵璀眼里的亮光迅速黯淡下去，抿紧了唇沉默地垂下了头，但不过片刻，他便又抬起头来，目光冷肃地看向站在离他几步远的安六爷。安六爷淡淡地看了他一眼，沉默地打量了前头正在长乐公主面前讨好卖乖的张仪正一回，再看看许樱哥，低下头，轻轻弹了弹袍袖上根本不存在的灰，转身悄悄走了出去。

　　须臾，有人来请，道是马球场上都准备好了，请长乐公主擂鼓开赛。长乐公主大抵是对未来儿媳和新女婿很满意，欢欣鼓舞、热情洋溢地带着众人往球场上去看马球比赛。许樱哥同姚氏等人才起身，就见那惠安郡主含着笑走过来招呼赵窈娘："六娘从灵州带了个杂戏台子来，演的好杂技，那些小孩子可以叠罗汉，一层叠一层叠老高，又能一气把许多个碗碟耍得团团转，你去看不？"

　　赵窈娘笑道："当然要去的。"说着便悄悄拉了拉惠安郡主的袖子，眼睛看向许樱哥。

　　许樱哥猜着赵窈娘大抵是还要替赵璀传话并替赵璀说好话，可她已经不想再听了，赶紧虚掩着朝姚氏身后躲，却听惠安郡主已然道："你就是那个救了阮珠娘的许樱哥？"

　　许樱哥见躲不过，索性大大方方地上前福了一福，笑道："是我。"

　　惠安郡主好奇地打量了她片刻，回头看着赵窈娘道："不怪经常听你夸赞她，果然生得好，人也大方。我喜欢。"

　　许樱哥暗道，我不想要你喜欢。但惠安郡主明显听不到她心里在说什么，只微笑着道："你和我们一起去不？我介绍几个新朋友给你认识。"

　　许樱哥微笑着道："想是想去的，但就怕耽误郡主在公主殿下跟前尽孝……"这么重要的日子，你赶紧去陪着你老娘吧。

惠安郡主道："不怕，我的孝心已经尽到了，母亲不会怪责于我。只要我把你们招待好了便比什么都要好。"说着便主动伸手去拉许樱哥，笑得眉眼弯弯地对着姚氏道："许夫人，可否借您的女儿一用？"

姚氏火眼金睛，早就把赵窈娘同惠安郡主之间的小动作看得一清二楚，便想着与其让不知道的人来算计许樱哥，倒不如现下把人交给惠安郡主，有赵窈娘帮着看顾还要更妥当些，当下半开玩笑半认真地道："郡主，我们樱哥是个老实孩子，又是第一次来公主府，还要烦劳您多看顾着她些，不要让她闯祸才好。"

惠安郡主是个爽朗性子，当下笑道："我知道么，稍后保准囫囵个儿还回来。夫人就放心吧！"

许杏哥还不放心，暗里推了武玉玉一把，武玉玉便厚着脸皮道："什么好玩儿的也带上我。"

于是几个女孩子邀约着一同往后头水榭上去看杂耍，惠安郡主果然说话算数，当真把那王六娘郑重介绍给许樱哥同武玉玉认识，又把几个与她交好的宗室之女并几个公侯府邸的女孩子介绍给许樱哥认识。这王六娘很有几分意思，她本与冯宝儿一样的出身军将之家，也是一样的长得义弱，但与冯宝儿那装出来的斯文秀气完全不同，她是真的文静懂礼，对于文学上的事情十分感兴趣，听说许樱哥是许衡之女，只恨不得把许樱哥拉到一旁去细说那风花雪月才好。

许樱哥不想搭理冯宝儿，又想避着赵窈娘，便对王六娘多有迎合照顾之意，二人一时间竟然说得火热。冯宝儿含了几分酸意道："看她二人一见如故，倒叫我们这些大老粗插不上话了。"

王六娘微微红了脸道："宝儿你又笑话我，许二娘子是真的家学渊博，我不过是粗通皮毛。"

惠安郡主大笑："你还粗通皮毛，我却是只会写我的名字。那些字，它认得我，我却认不得它！"原来她打小一怪，怎么都学不会读书识字，长乐公主戒尺打断了好几根，皇后亲自接去教养了一回，都只是摇头叹息。后来还是她亲祖母心疼，说她实是得了驸马的真传，怪不得她，这才罢了。这么多年，她可从来不因为自己不识字而觉得丢脸，说起来就当一个笑话。

许樱哥颇有几分喜欢惠安郡主这爽朗性情，便笑道："郡主身份尊贵，又不用做官，识不识字也无所谓。"

"就是这个意思！"惠安郡主很喜欢这说法，越发热情。

王六娘从灵州带来的这杂耍班子果然不错，一众人津津有味地看了半晌，惠安郡主觉着口渴了，便叫人送上绿豆冰碗来消暑。许樱哥因觉着今日公主府之邀太过蹊跷，自是长了许多个心眼子，接了冰碗后并不吃，只假意沾了沾唇便将碗放下，起身走到一旁远远看着众人吃喝。

才不过片刻，就听王六娘低喊了一声并迅速站起身来。原来她见那装盛绿豆冰的水晶碗晶莹可爱，不由得拿着多看了几眼，不期一个丫头没注意，把冯宝儿端着的半碗绿豆冰碰倒在了她的裙子上。

冯宝儿连声道歉，赶紧掏出帕子替她擦，但王六娘穿的衣裙都是轻薄的纱罗面料，哪里又能擦得干净？眼瞅着那一坨绿色的浆糊糊把那裙子糊得不堪入目，王六娘窘得满脸通红，惠安郡主一个耳刮子就朝着那鲁莽的丫头扇了过去，还要叫人拿鞭子来，那丫头自然知道这王六娘是贵客，早就唬得跪在地上连连磕头求饶。

王六娘却是个性情温厚之人，匆忙拦住惠安郡主温言道："不是她的错，是我自己没注意撞着了宝儿的胳膊肘。"

赵窈娘也忙给惠安郡主使眼色，小声劝道："惠安，你闹得越大六娘越尴尬。"

惠安郡主这才罢了，亲同王六娘道了歉，又吩咐身旁得用的大丫头爱菊陪王六娘去换衣裳。眼看着王六娘等人越走越远，许樱哥斜倚在水榭栏杆上，将扇子轻轻摇着，想到，以往小说里、电视里，要出事之时总是有那么一碗莫名其妙飞泼而来的汤或者茶。只是她早前以为这碗汤或者茶会是泼在自己身上的，却没想到竟然是泼在了公主府贵客王六娘身上。随即她又失笑，这可是宫里头那位内定给长乐公主的儿媳妇，又是在公主府里，能出什么事？自己真是想得太多了。

第36章 螳螂·黄雀

公主府的马球场上红旗飘扬，鼓声阵阵，两队人厮杀到白热化，将整个气氛掀到高点。冒氏坐在姚氏身边激动地感受着周围热烈的气氛，觉得自己天生就该属于这种万众瞩目的场合。

只可惜……她抬眼看着主位上的诸公主王妃贵妇们，只恨命运弄人，于是场上欢乐的气氛便与她也没什么关系了，剩下的只有抱怨愤恨和不甘。正垂头丧气之时，忽见那日登门送帖子的宋女史含笑走了过来，贴在她耳边轻声道："许三夫人，听说您最擅茶道，公主殿下偶然得了些好茶，却苦于无人识得其品种，可否请您移步一观，帮着判定一下？"

冒氏装作惴惴不安，小心翼翼的样子看向姚氏："大嫂，你看？"

那宋女史便笑着同姚氏行礼，道："求夫人行个方便。"

姚氏虽不知冒氏何时与这宋女史勾搭上的，却晓得在这种场合下，对方又是打着长乐公主的旗号，自己实是没有办法拒绝并控制，更何况冒氏特意作出这副可怜兮兮的鬼模样来？便忍着气含笑应了，照旧吩咐冒氏小心谨慎。

冒氏见姚氏肯放自己，自是百说百应。那宋女史与冒氏说说笑笑，将她引至后园一处僻静的草堂里，请她入了座，摆上清茶，笑着请鸣鹿："天热，我在前头伺候了贵人半晌，脚都肿了，烦劳姑娘替我往隔壁院子里跑一趟，寻里面的晴明把那竹根罐子存着的茶叶送过来，如何？"

冒氏一心就想与公主府的人交往，自不会在这种事情上拂宋女史的意，当下便安排鸣鹿去了。待鸣鹿去后，二人又说了些风花雪月，诗词酒茶之类的雅致话题，颇有相见恨晚之意。忽见一个丫头走过来朝宋女史招手，宋女史告了声罪，起身往外头去。冒氏等了一歇不见她回来便有些不安，有心想离开，鸣鹿却又不曾归来，正在为难之际，就见一人大步走了进来，一时见了她，便惊讶地"咦"了一声，马上折身就往外走。

冒氏看得清楚明白，这来了又走了的人不是张仪正又是哪个？冒氏吃了一大惊，却又隐隐有些窃喜，那心里面犹如有七八只猫爪在挠一样，嘴里已经忍不住想要喊一声"恩公"，却又硬生生停了下来，强迫自己坐在凳子上纹丝不动，一派的娴雅端庄。暗想道，他若真是对她有意，便该再折回来，主动些儿，他若对她无意，走了便走了罢，也省得她总是胡思乱想。

半晌，门外动静全无，她忍不住往外看去，正正地看到张仪正背手而立，老老实实地立在离草堂大约十来步远的地方，刚好也正回头朝她这个方向张望。二人目光相对处，冒氏那颗一直高悬着的心一下子就落了下来，她忍不住微笑起来，大大方方地起身施了一礼，脆声道："恩公是来寻宋女史的么？她有事出去了，大约很快就能回来。"

张仪正笑笑，也大大方方地道："我是来替一位朋友向她求药的，却不防许三夫人会在这里，适才多有唐突。"

冒氏柔声道："恩公太过客气，实是妾身吓着您了。"说到这里，眼波流转，飘飘儿地勾了张仪正一眼。却见张仪正的眉毛跳了跳，冒氏只恐被他看轻，一颗心又高高悬将起来，正在担心间，却又见他唇角眼里的笑意越来越浓厚。接着人就朝着她走过来："这里太阳太大，三夫人若是不怕小子唐突，小子便在这草堂的阴凉下坐坐歇歇凉。"

好个翩翩少年郎！冒氏看着那一袭紫衣离自己越来越近，龙涎香萦绕鼻端，不由得口干舌燥，含羞带怯地道："您说笑了，这草堂又不是我的，我也只是客人呢。"一边说，一边就低头去洗茶杯，倒了杯茶双手递过去。

张仪正在离她约有三步远的地方停下来，双手接过茶喝了，眯了眼睛赞道："好茶！饮之忘忧。"

冒氏一张粉脸娇艳欲滴，心跳如鼓，一时之间竟有些手足无措，好一歇才缓过气来，强作镇定地将那日雨中张仪正勇救他们姑侄的事拿起来说，语中颇多赞叹喜爱之意。

张仪正默默听着，笑道："原来那个勇敢的少年郎是令侄啊，真不错。"

见他称赞冒连，冒氏也有几分骄傲，赶紧趁机狠狠地称赞了冒连几句。张仪正笑问道："可有功名了？"

冒氏道："已是中举了的。"

"真是英雄出少年。"张仪正又问起冒氏的兄长，"不知尊兄是任何职？能教出这样的儿子，想必也是极出众之人。"

冒氏便有些黯然，轻声道："他么，闲着的。"

张仪正满脸的惊讶之色："难道没有功名？"

冒氏带了几分骄傲和愤然道："他是进士。"不过是前朝的，但许衡、赵思程等人的运气就极好，偏到了她冒家头上就倒霉。

张仪正越发惊讶："是进士怎么还闲着？我父王天天喊无人可用，太可惜了。许大学士也是的，都说举贤不避亲，他怎地……"见冒氏的神色不对，便及时改了口，"令兄不过明珠蒙尘，假以时日当大放光彩。若是不嫌，改日可让他去康王府寻我，定要替他寻个好差事。"

冒氏感激莫名，一下子想起自己曾苦苦哀求过许徕，让许徕求许衡替兄长寻个差事，许徕却是想也不想就断然拒绝了，如今这人却如此爽快！她嫡亲的兄长没人管，那八竿子打不着、半点功名全无、只会拨算盘做买卖的许扶偏就能进刑部司门任主事！这人比人可真气死人。她左思右想，咬着唇轻声试探道："我们家也没什么拿得出手的……"

张仪正豪爽地一摆手，笑道："夫人太小看我了。我既然称许大学士一声长辈，您自然也就是我的长辈，为长辈做件小事值当什么？不值一提！"

冒氏听他说当自己是长辈，莫名有些怅然，却又见张仪正把那空了的茶杯递过来，三分带笑三分轻薄四分探究地看着她轻声道："烦劳夫人再替小子倒杯茶，可否？"

冒氏脸上突然间绽放出一朵璀璨到了极致的花来，翘起白玉兰花一样的纤纤玉指，笑眯眯地给张仪正倒茶。即将满时，手一抖，便将那茶泼洒在了张仪正的手上。

"呀！"冒氏轻呼一声，忙忙放了茶壶，掏出块桃红色的丝帕急急去替张仪正擦拭，擦了一半，却又缩了回去，红着脸低声道："对不住，妾身一时情急失了分寸。还请三爷见谅。"说着就要起身往屋里躲。不期一只手轻轻扯住那帕子，张仪正一本正经地看着她道："茶泼了，还请夫人再替小子满上。"

冒氏含羞带怯地看向张仪正，有些遗憾那只手怎不是扯住她的手而只是扯住了这帕子。远处传来一声轻响，冒氏吓了一大跳便要逃开，张仪正却不放开她的帕子。下一步就该是握住她的手了……冒氏气都喘不过来，紧张地盯着张仪正，整个人都微微颤抖起来，暗想他若是对自己示好，自己是该义正词严地拒绝并呵斥他呢？还是该……却见张仪正的睫毛颤了又颤，那只扯住帕子的手骨节都发白了也没有进一步的行动，反倒有些松开的意思。

有贼心无贼胆么？冒氏说不清是惆怅还是失望，想了一回，轻声道："三爷不放开妾身的帕子，妾身怎么倒茶？这样拉拉扯扯的给人看见多不好。"

张仪正笑笑，轻轻松松手。冒氏定了定神，执壶为他满上。二人你喝光了茶，我便给你满上，默契地喝光了一壶茶水后，相对无言许久，张仪正只是拿着冒氏打量，冒氏被他看得忍不住，索性抬起俏丽光洁的尖下巴道："三爷究竟想要做什么？"

张仪正的眉毛轻轻蹙了起来，盯着她轻声道："其实也没什么，我不过觉着大学士府的二娘子真不错，堪为良配。怎奈我名声在外，又有早前那个误会，她总不肯正眼看我，只怕此生无望。夫人若能助我，小子定然铭感五内。"

什么？！冒氏猛然抬头看向张仪正，却见张仪正那双璀璨如琉璃一般的眸子灰色浓厚到几乎成黑。还是为了那个人么？冒氏虽然早有准备，却还是忍不住酸涩愤恨屈辱悲伤到一颗心急速缩成了冰冷的一坨。竖子太过可恶！既然无意，何故要来这样招惹羞辱她？！冒氏咬牙切齿，指甲深深掐进掌心也不觉得疼。

张仪正见冒氏久久不语，满脸掩盖不住的愤恨之色，之前一直紧锁的眉头便渐渐松开了，叹息一声后，一脸黯然地起身准备往外走："对不住，是我唐突了。我本觉着夫人面善，是个好人，所以才斗胆……"

"樱哥么？"冒氏突然间笑颜如花，捧定面前的茶杯，端起了名门贵妇的架子，"三爷真是动了将她明媒正娶进府做正头娘子的念头？"

张仪正凝眸看向她，诚恳地道："当然是真的，她貌美良善能干，又多才多艺，我此生还不曾对一个女子如此动心。但大学士和大学士夫人……"他苦笑着摇摇头。

冒氏咬了咬牙，轻声道："樱哥当然是个才貌双全的好姑娘，但您救过小妇人的命，有句话，我若不说与您听便是昧了良心。"

张仪正似是有些吃惊，但还是谨慎地道："夫人请说。"

冒氏不管不顾地道："不知三爷可曾听过鸠占鹊巢之说？"

张仪正的瞳孔缩了又缩，哈哈大笑起来："这个玩笑不好笑，夫人便是不肯帮忙也不该乱说。你可是她的亲婶娘。"

冒氏气得丰满高耸的胸脯一耸一耸的："我岂是那信口胡诌之人？"

张仪正肃了神色，一本正经地道："空口白牙，说的又不是小事，你叫我信什么？怎么信？夫人今日若不说出个子丑寅卯来，我很难相信你。"说着有些嘲讽地瞟了瞟冒氏，"难不成，夫人是嫉妒自己的亲侄女？不是我多管闲事，实是过了些。听说当年许三先生深受兄嫂之恩，三夫人便是对兄嫂再不满，也不该拿家族血脉开玩笑。"

冒氏被张仪正说中心思，想着自己那点见不得人的小心思尽数给这该千刀万剐，莫名来招惹自己，却又不肯拿出真心来的臭男人知晓了，不由得越发羞愤，冷笑道："难道三爷就没发现我们这位二娘子同她亲娘老子，亲哥亲姐就没半分相似的？"

张仪正皱眉道："没啊，我觉着眉毛就长得同我表嫂一个样，性子也颇似。夫人若说她是鸠占鹊巢，总也要说出点子丑寅卯来，譬如，她是谁家的？生母为谁，生父又是谁？从何而来，又因何而鸠占鹊巢？夫人若说不出来就是污蔑，就是嫉妒。"

冒氏见他只是不信，还拿鄙夷的眼神左右打量自己，气得要抓狂，可要她真说出点什么子丑寅卯来，她却又委实说不出来，一切还不过是她的猜想，尚未验证，于是冷笑道："三爷，小妇人本是念在您救了小妇人和侄子之命的分上，冒着被一家子人痛恨仇视的风险提醒您这一句，不期却被当成了驴心肺，反倒说我污蔑人嫉妒人。您可以不信，但小妇人的人品却不容被人如此怀疑轻视，您且候着，过几日再听我消息，看我骗你还是没骗你？"

"夫人不必再多言！不拘如何，早前我答应夫人之事还是作数，过两日请令兄到我府上来寻我罢。"张仪正的眉头越蹙越紧，摇摇头，叹息一声，起身自去了。冒氏独坐在那里愤交加，想也想不完，气个半死，懊悔个半死，将指甲啃了又啃，咬得嘴唇出血，恨声道："装模作样的狐狸精，我定要把你那层皮给揭了，看你又能风光到几时？"

张仪正远远回头，看到冒氏两条弯弯的细柳眉蹙得几乎连接在了一处，满脸嫉妒恨色，几欲发狂，不由得鄙夷一笑。宋女史从道旁的竹叶林中缓缓走出来，笑道："三爷这就要去了么？"

张仪正朝她点点头："如何？"

宋女史的脸色不太好看，有些忐忑地道："她防范得太紧，步步仔细，没得手。今日只怕是难以成事。"

前方马球场上的擂鼓声，欢呼声一阵紧似一阵，想见是马球赛到了最关键的时刻，张仪正将脸色沉郁下来，默不作声地转身朝着马球场走去。走到半途，忽听得一群人在道旁亭子里高声说笑，有人扬声喊道："三哥！三哥快来！"原来是一群宗室子弟正在那里喝酒说笑。

张仪正本不想去，但真宁公主的小儿子韩彦钊已奔出来热情地拖住他："三哥这是去哪里来？适才满场子找你总不见你。"

张仪正打了个哈哈，道："里头太晒太吵，出来走走吹吹凉风。你们又如何在这里？怎不看球赛？"

韩彦钊笑道："经常都在看的，又有什么看头？倒是大家伙许久不曾聚在一处了，我便斗胆同姨母要了这些酒菜，喊上几个相熟的一起说说话。来，满上，满上，我们敬三哥这杯酒。说来三哥如今忙了，极少同我们一处玩了呢。"

张仪正心中有事，并不想与他们多作纠缠，当下将那杯酒一饮而尽，亮了杯底，笑道："我前头还有事，这便要去了。"

众人只是不肯放他走，又拉着他生生灌满了三大杯才肯放人。张仪正辞去，独行了约有半炷香工夫，突感一阵眩晕，头重脚轻竟是站也站不稳，心中暗道不好，挣扎着往前踉跄了几步，模糊看到前方有个人影，便朝那人伸出手，未及出声便软软倒了下去。

片刻后，有人缓缓走过来，轻轻踢了踢他，见他纹丝不动，只是牙关紧咬，满脸潮红，不由得轻笑一声："永远都只长个子不长脑子。把这只会吃喝玩乐的糟糠氏给我抬起来！"

后园。

有风自水池上吹来，吹得池中荷叶荷花翩翩起舞，荷香四溢。王六娘自小长在西北边城，哪里见识过这种景象？不由得赞道："真是好瞧。"

那爱菊有心卖弄讨好，将手扶住王六娘的胳膊，笑道："六娘子不知，我们公主殿下最爱莲花，这府里的莲花少说也有十几个品种，有些是宫中御赐的，有些是驸马爷寻来的，有些是公子爷和郡主尽孝寻来的，喏，那边还有睡莲呢。六娘子要不要过去看看？"

王六娘低头看看自己脏兮兮的裙子，推辞道："还是先去换衣服吧。"

爱菊便不多言，麻溜地领着她往前走，顺路把沿途的风景居处指给她瞧，王六娘自是看得出这公主府里的人待自己不同，不由得羞红了脸。行至一处院落前，爱菊利落地把王六娘引进去，自有王六娘身旁的丫头婆子伺候王六娘换衣，她自己则往外头阴凉处去歇了，寻些凉茶来喝。一口茶才下肚，就听一人在门前叫道："爱菊！"却是个衣着光鲜的婆子站在那里朝着爱菊招手。

爱菊本来颇不耐烦，但认出那婆子是皇七子福王正妃跟前第一得意的邱婆子，此人最是胡搅蛮缠不过，福王妃脾气又不好，并不敢轻易得罪，便换了张笑脸道："邱嬷嬷，怎地是您老人家？"

邱婆子笑道："是我们王妃中了暑气，就在这隔壁院子里歇着呢，我有心要找个人去前头寻我们王爷过来，却总是找不到个妥当人儿。"言罢带了几分央求之意道，"不知爱菊姑娘可否替老婆子想个办法？"

爱菊笑道："这事儿好办。我替嬷嬷找个人往前头跑一趟也就是了。"

邱婆子道："不瞒你，我们一连寻了这院子里伺候的两个丫头，都是有去无回，也不知是怎么一回事。怕是还要个爱菊姑娘这样得力能干之人才能顺顺利利把人请过来。"

这意思，便是要自己亲自跑这一趟了。爱菊为难地看了屋子里一眼，轻声道："不知嬷嬷可等得片刻？我这里奉了郡主之命伺候着王家六娘子的，马上就好了。"

邱婆子倏忽变了脸色，冷笑着提高声音道："那是，我们王妃自然比不得这位王六娘子身娇肉贵的，开国公家的嫡孙女儿是吧……"

爱菊脸色瞬间煞白，只恐给里头的王六娘听去，便苦笑着做低伏小央求道："嬷嬷这又是何必？不过是片刻工夫，等六娘子一出来，我这就去……"

却听门"吱呀"一声响，王六娘身边伺候的马婆子走出来道："我们六娘子吩咐了，爱菊姑娘有事只管去忙，她认得路。换好衣服自会回去。"原来已是全给王六娘听去了。

爱菊又羞又窘，正想表示歉意，邱婆子已然笑道："还是王老将军家教好，老奴先替我们王妃谢过王六娘子了。"

马婆子不卑不亢地道："不敢有劳嬷嬷，王妃身份尊贵，我们六娘子不敢受。爱菊姑娘，你自去忙。"言罢朝二人一礼，转身便往后走，她身材粗壮，神色冷厉，举止干脆利落，这一番下来虽让人挑不出错，却也让人如鲠在喉绝对不好受。

"什么土鳖！"邱婆子见她骨头硬，冷嗤了一声，只管催着爱菊走。爱菊无奈，只得吩咐留在院子里的另一个丫头好生看着，自往外头去了。

马婆子听得身后脚步声渐渐远去，停住回头，脸上浮起一层怒色和忧色，却见本是紧闭着的门被人从里头"哐当"一下拉开，丫头小夕面无人色地扶着门框望着她，双眼无神，嘴唇剧烈地抖动着低声道："嬷嬷……不好了！"

马婆子吓了一大跳，但她到底是经过事的老人儿，不然家主也不会把六娘子交给她。她迅速回头看了院子里的公主府下人一眼，沉着冷静地进了屋，迅速将门掩上，一把扶住将要软倒在地的小夕，拖着她往里屋走，沉声道："怎么了？"

小夕上下牙磕得乱响，眼泪已是流了满脸，跌跌撞撞地跟在她身后，惨然道："嬷嬷，六娘子不见了。"

马婆子差点一口气上不来，三步并作两步冲进里屋，只见里屋窗户大开，早前还在里头换衣服梳头洗脸的王六娘踪影全无，地上散落着那两件才换下来的衣衫和裙子，又有一个负责打水拧帕子的公主府丫头昏倒在地。

第37章 捉捕·癫狂

"作死的小蹄子，你给我守好这里！"马婆子迅速将屋里搜索了一遍，不得，便又利索地顺着窗户跳了出去，遍索不得，又从原路返回，凶神恶煞地一把揪住小夕的衣领恶狠狠地压低了声音道："怎么回事？我出去的时候六娘子还好好儿的，片刻工夫怎地人就不见了？你说不出来你全家都等着陪葬！不许号！叫人听见我割了你舌头！"一边说，一边从袖笼里掏出把匕首拍在了桌上。

小夕抖成一片："嬷嬷出去后，六娘子担忧您同她们起争执，便叫婢子去瞅瞅，道是若看到不对就要来喊她。婢子便依言出去，才在窗边看了两眼就听见里头有响声，觉着不对赶紧来瞧，六娘子却已经不知所踪了。"

马婆子咬着牙，将一盆凉水往那晕倒在地的丫头脸上泼去，又使劲掐住那丫头的人中。那丫头的面皮都差点掐破了，人才悠悠醒过来，一问却是茫然三不知，甚至连小便都吓出来了。

这吃人的上京城！马婆子晓得多耽搁一刻王六娘就多一分危险，悲愤地照着自家胸窝子使劲捶了两下，厉声道："不许声张！要是传出点什么去，我杀了你！"这话却是对着公主府那丫头说的，那丫头刚点头，就被马婆子与小夕一左一右扑上去，塞住口牢牢绑了起来扔在床上，面朝里躺着把被子蒙上。

马婆子这才整了整衣衫，厉声吩咐小夕："死死守着，就说六娘子病了。我去寻人。"于是大摇大摆出了房门，将王六娘突然病了的话说给外头的人知晓，自己顺着原路急匆匆去寻惠安郡主。

张仪正在茫然中醒过来，只觉得头痛欲裂，视线模糊，鼻端甜香萦鼻，令人不由得就有一种冲动，搅得人坐卧不安，口干舌燥，只想不管不顾地发泄出来。

脑中残存的一丝清明让他意识到这是中招了，他本能地想离开这里，强撑着想爬起身来，却是全身酸软无力。他徒劳地将手在身旁乱抓着，不期却碰到了一具软绵绵，温暖暖的身体，指尖才触到，他脑子里就"轰"地一声响，无数的白光炸开，像闪电一样地顺着四肢百骸游走而去，他一门心思就只想做一件事，就只想一个人。

他听见自己的呼吸越来越粗，感觉到自己的身体和思想被撕裂成了两部分，一种凶猛的力量在他脑子里，身体里横冲直闯，身旁之人传来的温香芬芳带着致命的魔力，引得他控制不住地想靠近，发泄。

但他知道不可以，他痛苦地低吼了一声，对着舌间用力咬下，有血从唇边流下，他剧烈地喘息着，左右手紧紧相握相扣，憋得全身颤抖，青筋鼓绽。他最怕就是身旁之人会主动缠上来，若是那般只怕他会控制不住，幸亏身旁之人无知无识一般，一动不动。

门外传来一阵说笑声，有人道："王妃，这边阴凉。是，这里就是放着那御赐的八宝象牙床的地方……"

女子骄矜的声音不急不缓地响起来："听说这象牙床上头雕满了九九八百一十只佛，佛相各不相同，又镶满了无数珍稀的珠玉宝石，乃是前朝哀帝皇后的爱物，冬暖夏凉，奢华天下无双，可惜早就被圣上赐给了你们公主，今日我倒要好好瞧一瞧，究竟好在何处？"

虽然糊涂，但张仪正也能听明白这是谁的声音。这是他那位最小的叔父福王的正妃，这位福王妃出名的美貌难缠和随心所欲。这样精心设计的局，只怕自己身旁这个无声无息的女子也是绝对碰不得的，要是给福王妃撞见这一幕，他似乎离死也不太远了。时间不多了，张仪正全身冷汗直流。

声音越来越近，他已能听到女子身上的环佩交击之声。他不想死！他不想就这样莫名冤枉地死！不知是从哪里来的力量，张仪正终于挣扎着爬起身来，不及去看身边女子的长相便跟跄着朝窗边走去，窗却已被人从外面封死，他发疯一般地抓起一个凳子狠命砸着窗棂，天可怜见，他浑身蛮力，还可殊死一搏。窗棂四散，他挥几拳，连滚带爬地翻了出去，神挡杀神，佛挡杀佛，哪里又顾得身后惊叫声一片，哪里又顾得发髻散乱、脸颊手掌上全是血痕？

后园里，杂耍已经结束，换上了兰陵王入阵曲。众女纷纷被那戴假面，着紫衣，腰金带，手执鞭，指挥千军万马冲锋陷阵，英勇无敌的兰陵王迷得忘记了燥热，更忘记王六娘已经去了很久却还没回来。

忽见一个管事婆子疾步走过来，伏在惠安郡主耳边轻声说了几句。惠安郡主神色变得极其难看，勉强笑着起身道："来了位远客，母亲使我过去拜见。你们且玩着，务必要玩得尽兴。"不待众人回答，她已起身离去。先时还记得保持风度，走了十几步后便再顾不得，飞快走到浮桥尽头与一个穿青衣，身材粗壮的婆子低声交谈起来。

许樱哥眼睛毒，立时便认出那婆子乃是之前一直随侍在王六娘身边之人。想着王六娘一去便不复返，再想到那莫名飞来的半碗绿豆冰，许樱哥不由得心情沉重起来。难道真是被人算计了，遇到了什么可怕的事情？

武玉玉也注意到了这个情况，但却知趣地不问，只顾看着台上取下面具的兰陵王，同相熟的宗女们低声议论："真不错。可谓是色艺双绝了。"

冯宝儿自来精明，自是也察觉不对。想到那半碗绿豆冰是经自己之手打泼在王六娘身上的，由来便有几分心虚，便讪讪地干笑着掩饰："当然不错，这可是自小就养在公主府里的。"

她们几个说得欢乐，赵窈娘趁机靠到许樱哥身边去，轻声道："樱哥，我四哥……"

许樱哥立时轻声打断她的话："窈娘，其实我一直有句话想问你。"

赵窈娘笑道："什么？"

许樱哥回头看着她，笑道："如若这件事不成，你是否还当我是朋友？抑或，从此相见不相识？"

赵窈娘一怔，随即急道："呸呸……哪有这样诅咒自己的？人家都说好事多磨，你要相信我四哥，他一直都在想办法，很快就能解决的。"

"不是我不信，而是人要学会认命。"许樱哥认真道："我和他无缘，做再多也不过是徒劳无功，你替我带句话，让他忘了我吧。"这话说出来真轻松，不然在赵璀和赵窈娘心里、眼里她都是应该等着并且应该嫁给赵璀的，而在钟氏眼里，她就是那个扫把星。

赵窈娘吸了一口凉气："樱哥，你……"

许樱哥微笑起来，肉呼呼的小翘下巴越发可爱："说啊，你会如何？要是你真的不把我当朋友了，我会伤心的。"

赵窈娘垂下眼，想了许久方轻声道："我不怪你，只要不是你的错。"

许樱哥不再言语。如何才能不算是她的错？这个界限真不好判定。好不容易活下来，她不会轻易为了谁，或是为了什么事去折腾自己，前世的她早夭已经让父母伤心欲绝、老无所依，此生她也曾答应过这个真身的亲娘和亲姐，一定要好好活下去，替她们好好活下去。更何况她从来都是一个贪生之人。

只是一句话，便令两个人之前的亲密无间转瞬间便变了滋味。武玉玉发现，忙凑过来扯扯许樱哥的袖子轻声道："怎么了？"

许樱哥笑笑："没什么。"

兰陵王入阵曲结束，貌美无双的兰陵王退场，众人打赏，忽有宗女道："惠安怎地一去就不复返？"又有人突然想起王六娘来了："还有王六娘呢，换条裙子就换了半日工夫。莫不是迷路了罢？"

却见一个女史笑眯眯地走过来行礼道："前头贵人们请诸位娘子往前头去凑兴呢。"

有那在家娇宠惯了的宗女推脱道："不去，又热又吵，就在这里看戏吹风喝茶吃冰碗最好。"

那女史为难之极，赔笑道："贵人们说，今日是公主殿下生辰，就图一个高兴……"

许樱哥隐约猜着这是要清场，也猜着王六娘大抵是出了大事，便第一个站起身来准备配合，却不多问，因为她深知有时候不问远比追问的好。

冯宝儿有心要在众人面前卖弄自己的周到体贴，只顾揪着那女史道："王六娘还未回来呢，她才到京中不熟悉，恐她回来找不到我们会无措，是不是请女史派个人去找找她，同她说我们往前头去了？"

那女史面上看不出一丝端倪，和颜悦色地道："王六娘子此时与郡主在一起，冯大娘子不必担忧。"

众伎人已经散去，再坐在此处也无意思，于是几个宗女带头往前走，许樱哥等人落后一步，跟在后头。冯宝儿有心表露自己与宗室的关系亲密，与那几个宗女打得火热。另几个公侯府邸的女儿自成一体，许樱哥与武玉玉、赵窈娘三人并肩而行，相顾无言。

公主芳名为莲，也最爱莲，府中最多莲花，更多浅塘。众人行至一片浅塘边，塘内睡莲花开，五彩缤纷，堪为美景。赵窈娘鼓起勇气想缓和气氛，便道："这些睡莲的颜色都是独一无二的，外面轻易看不到，有些是进贡来的，有些是重金寻来的……"

正说着，就听众人一阵惊呼，但见前方浅塘里摇摇晃晃地站起个人来，长发披散，不见其面，一身浓艳的紫色长袍上滴滴答答直往下淌水。

那人似是站也站不稳，却固执地勉强站住了，半垂着头，自杂乱的头发中朝这边看过来。真像是只鬼啊，还是只索命的厉鬼……许樱哥与武玉玉对视一眼，都从彼此眼里看到了忧虑和担心。虽看不清脸面，但她二人却是清楚明白地记得张仪正早前就是这样一副打扮，且身材也像得很，但就不知他如何会落到这个地步？

事发突然，各府丫头婆子们最先做的事就是上前把各自的主子护住。但实际上，公主府中哪里又容得下多少他府的下人？似许樱哥等人也不过就是一人一个随侍的丫头而已，哪里又真能护得住？故而一群女人反应过来后就是尖叫着作鸟兽散，各自朝着自认为相对安全的地方逃散，但周围一面是假山，一面是池塘，又能往哪里去？所以只能要么往前冲，要么就往后退。

许樱哥与武玉玉等人也相携准备往前逃离，武玉玉走得特别急，她有百分之九十的把握确认这就是张仪正，但她知道自己处理不了，须得立即往前去给康王妃报信才是。

那公主府的女史看清来人身上的紫袍并玉带后，已经知道非同常人，便战战兢兢地上前一步做出拦阻的样子并出声相询："敢问尊驾何人？可有什么需要吩咐的？"

那人不言不语亦不动。

女史壮着胆子又问了一声，那人突然间动了，一把将那女史给推开，然后脚步踉跄虚浮、摇摇晃晃地冲着众女走了过去。退无可退，避无可避，于是鸡飞狗跳、鬼哭狼嚎，女人们差点没把喉咙喊破，那人却充耳不闻，只管往前挤。靠得近了，众人便认出了那张脸——尽管上面血痕污泥交加，但凡是宗室女儿，谁又认不得这张混账脸？

因为这样，她们更加惊恐了，这可是有名的太岁啊！虽然之前从没传出过他对自家姐妹感兴趣的恶话，但看他这模样明显就是醉狠了，谁能说清楚他是不是糊涂到癫狂了会乱来一气？有人哭喊着挤成一团，有人试图上前拦阻，有人好心地喊着"三哥"试图唤醒他，但多数人都是在躲，包括武玉玉也不敢轻易上前，而是拉了许樱哥只管往后退，往人堆里藏。

只有冯宝儿，虽满脸惊恐却不曾往后退一步，相反还朝前行了几步，仰着脸看着张仪正担忧无比地大声喊道："三爷！您这是怎么了？怎会满脸的血？要不要坐下来歇歇再请太医过来瞧？"一边说，一边又叫身旁的丫头去扶人。

张仪正阴沉着脸，一双眼睛里满是血丝，恶狠狠地瞪了冯宝儿一眼，蛮横无礼地将她猛地推开，准确无误地在人群中找到了许樱哥，虎视眈眈地盯牢了，几欲吃人。

冯宝儿被他推倒在地，撞在假山石上痛得惊呼一声，抬眼看着张仪正的背影，顿时泪眼婆娑。

许樱哥一颗心七上八下，掌心里全是冷汗，只管木着脸把自己往人群深处越藏越深。越是冷静清醒，她越是本能地感到害怕和担忧，便只徒劳地默默念叨着："天灵灵，地灵灵，太上老君来显灵，阿弥陀佛，上帝保佑，他不是冲我来的，不是冲我来的。"

张仪正突然仰头大吼一声，宛若狼嚎。

众人齐齐吓了一跳，全都息了声息互相拥挤着傻呆呆地看着他，暗想他莫不是疯了？却见张仪正赤目张臂猛地往前一扑，连挤带撞，准确无误地拨开青玉和武玉玉等人，扯着许樱哥的胳膊，轻而易举地将她从人群中扯了出来，提着领子放在了面前。

完了！她完了！许樱哥颤抖得像一片风中的叶子，如同早年被抄家灭门之时，年幼的她被人高高举起，准备生生砸死时一样的害怕无助。只是那时候有母亲和姐姐舍了命救她，这个时候谁又能来救她！每临大事有静气，说的是英雄,说的是能在谈笑间取人首级,武力超群的英雄豪杰,说的是高高在上,一呼百应的大人物们,而不是她这样平凡的,贪生怕死的小女子。

许樱哥颤抖着从牙齿缝里挤出一句:"你要做什么?"

张仪正没有回答,只是居高临下恶狠狠地瞪着她,呼吸灼热,眼中灰色浓厚成墨。

虽身在人群之中,却只有她一人,周遭风和日丽,花香鸟语,远处马球场里欢声雷动,许樱哥却只能听见自己一人的心在跳,孤寂而清冷。没有人能帮得了她,没有人会在这种时候舍身成仁救下她。而真正想要得到这种待遇的冯宝儿,已经被拒绝,此刻还趴在地上泪眼婆娑,满怀怨愤地瞪着她。

她要活下去!吸气,吐气,深呼吸……许樱哥努力睁大眼睛,沉默地看着张仪正的眼睛。她听不见周围所有的声音,看不见周围所有人的反应,她只是默默地看着张仪正的眼睛,想从那双充满了血丝和愤怒的眼睛里找到他的薄弱之处,然后攻破,再尽量自保。

张仪正很愤怒,张仪正神志不清,张仪正很激动,张仪正很茫然,张仪正很疲惫,张仪正很害怕,他像是一头暴烈的公牛,冲杀了很久之后成了强弩之末,可能舍命发狂,也有可能就此倒下。

两个人默默地对视着,都想从彼此眼里找到自己想看到的,从外人的角度看上去,竟是有些诡异的安静协调。

人群安静了片刻后,"嗡"的一声响了起来。在确认自己安全后,众人交头接耳,热烈地讨论着面前的异象,虽然言语隐晦,但其中不乏恶毒的猜测。赵窈娘涨红了脸,几乎要哭出声来,武玉玉抿紧了嘴唇,剧烈地做着思想斗争,上前还是不上前?上前了又该怎么才能把事情做得漂亮?

青玉一声哭了出来,往前扑上,张口就朝张仪正的手臂上咬去,张仪正毫不犹豫地一掌扇开青玉。"啪!"许樱哥突然抬起自由的那只手臂,响亮地抽了张仪正一个耳光,做得十二分的自然顺手,干脆利落。

人群再次安静下来,就连风吹过荷叶的声音都显得很大很吵人,武玉玉差点中暑倒下。张仪正的眼睛变得更红,一丝炱色从他眼里迅速蔓延开去,额头脖子上的青筋迅速鼓起,他一手对着许樱哥高高举起,蒲扇大小、满是血痕污泥的手掌挡去了直射到许樱哥脸上的日光。

此人天生蛮力,他一巴掌就能扇翻她。许樱哥明白得很,也很怕疼,却知道自己无路可退，再退就是悬崖峭壁，她抬头仰望着张仪正，表情沉默，眼神冷凝平静鄙夷，本该是很有威慑力的一个表情，偏那肉呼呼的小翘下巴破坏了女王气质，反倒似是有些装模作样，外强中干。

张仪正高高举起的那只手并没有如意料之中地落到许樱哥脸上，反而是缓缓落下来抚在她的脸上，然后往下移动，捏了捏她的下巴，再停在了她的脖子上。他没有用力，而是用有些粗糙的指腹反复摩裟着许樱哥耳垂附近的肌肤，或轻或重，急促灼热的气息甚至于将许樱哥额边的碎发吹得飘了起来。

那是许樱哥最敏感的地方，一种说不出滋味的恐惧和阴寒，从被张仪正接触到的肌肤顺着神经往下爬，她想拼命尖叫，想用力挥开他的手，她不知道自己的脸和唇已经变得惨白，更不知道自己发上所插的那支碎玉步摇已经抖得如同风中的落叶。哪怕是被他暴打一顿也比被他当众做出这样下流危险的举止好吧？

许樱哥猛地挥开他的手，英勇而壮烈地大声喊道："士可杀不可辱，你要是个男人就干脆些杀了我吧！免得给我许氏家族门庭蒙羞！"那一瞬间，她觉得自己真像是个振臂高呼的烈士，但烈士是因为不怕死不要命所以才一直高喊，她却是因为怕死，怕吃苦受累，所以才不得不破釜沉舟地装一回烈士。

张仪正却只是回答了她一声轻蔑而讥讽的嘲笑，手指微微颤抖，越发用力。

"放开我！疯子！你去死！"许樱哥觉得耳畔火辣辣地疼，又恨又羞又怒又耻辱，不假思索地狠狠踢了张仪正的小腿胫骨两脚，又嫌不够，便又使劲跺了他的脚两下。她看到张仪正的瞳孔缩小又放大，听到身后传来一阵倒吸气的声音。

张仪不闪不避，定定看了她半响，突然俯身捏着她的下巴贴在她耳边轻声道："真是个不畏权贵，视死如生，冰清玉洁又热情似火的好姑娘，真令我喜欢。我可舍不得就这样杀了你，你我的人生都且长着呢，你就等着好好享受吧。"

他微带了些酒气和熏香味、血腥味、泥腥味的气息呼到许樱哥的耳朵上，鬓角边，脸颊上，激得她再次控制不住地颤抖起来。许樱哥前所未有地害怕，使劲挥落张仪正的手,迅速去拔头上那根又粗又壮,磨得尖溜溜的金簪:"我的人生与你何干?你要是再敢动我,我便让你血溅当场!"

第38章 冲突·吃肉

张仪正却似是知道许樱哥想要做什么,不及她动作便猛地紧紧攥住她的手,轻声道:"血溅当场?你倒想!"见许樱哥面色雪白惨然,心有不甘却无力挣扎,不由畅快地大笑三声,将她腰间垂着的银香囊一把扯下再将她推开。

许樱哥一旦脱离他的掌控便飞速后退,被迎上来的武玉玉和青玉扶住。

"你没大碍吧?"武玉玉惭愧而紧张地打量着许樱哥,没帮忙就是没帮忙,什么借口和歉意都说不出来。许樱哥摇摇头,全身无力地靠在武玉玉身上,汗湿得如同才从水里捞出来的一般。

此时公主府的女史才恍然惊醒过来,叫了几个人战战兢兢上前,讨好卖乖地上前去劝张仪正,问他需不需要请太医,试图将他哄离这里。张仪正掸了掸袍袖,将许樱哥的那只银香囊放入怀中,淡淡地扫了众人一眼,高傲地仰首走开。他走得很慢,每一步都似乎很是吃力,却固执地不肯让人扶。

许樱哥眼看着他越走越远,周围人却把所有奇形怪状的目光落到自己一个人身上,心中忿恨不已,左右逡巡了一回,在地上看到块鹅卵石,一把推开武玉玉和青玉,弯腰捡起鹅卵石向着张仪正的背影使劲砸了过去:"恶徒,下流坯!还我的东西来!你去死!你等着,我与你没完!我要告御状!"

隔了那么远,那鹅卵石当然没能把张仪正砸成什么样,不过是虚虚地挨着他的肩膀便飞了出去,然后落入浅塘中,"扑通"一声响后只激起几个小小的浪花。张仪正停住脚,回头看向许樱哥。就在所有人都以为他又要发飙的时候,他却出乎意料地回了头,沉默着继续慢慢往前走。

没有人想到许樱哥会如此大胆泼辣,有人恶意揣测遗憾故事就此结束,默默谋算着要再挖掘出点内幕并发扬光大才好;也不乏有人同情地替许樱哥松了口气,有人说她:"你也太大胆了!"也有人说:"你傻了,告什么御状?他要是怕就不会这样嚣张了。"但更多的人选择保持沉默观望。

三人成虎众口铄金，许樱哥晓得自己虽是那个被恶棍欺负侮辱却很烈性的可怜小女子，但她此前辛苦经营，舍生忘死，苦苦经营来的好名声却只能就此一落千丈，几乎没有找回来的可能，大抵除了这混账外，其他人就算是想，也没脸和胆子娶她了。这种时候，强硬与解释都没用，莫不如示弱，何况这事儿真的值得好好哭上一场。于是许樱哥蹲到地上，把脸埋在膝盖上凄凉地大哭起来："我好倒霉……"这个千刀万剐的混蛋，她是上辈子欠他的吧？她要杀了这个混蛋——当然，如果有机会的话。

这丫头果然很倒霉，简直就是个麻烦体。武玉玉叹了口气，蹲下去将许樱哥抱在怀里，轻声安慰道："不要哭了，别给人看笑话。"

赵窈娘站在一旁拼命绞着帕子，要哭出来似的轻声道："不要哭了，哭也没什么用。"一边说，一边偷偷打量周围人的表情，越看越心慌，越看越难过，也恨不得替她四哥大哭一场。

许樱哥当然知道哭是没用的，但这个时候她就需要哭。不哭人家如何能知道她的委屈凄惨和怨愤，无辜可怜和倒霉？如何能衬托出张仪正的可恶霸道恶毒不要脸？

冯宝儿与一群宗女站在一处，神色复杂地看着许樱哥低声同身边人说了几句什么。接着就有人开口道："许二娘子，你别光顾着哭，快和我们说说你究竟是怎么得罪他的？"一群人便都竖起耳朵，想听听这中间的故事。

适才发问之人乃是自来都与康王府不对盘的皇二子贺王的女儿敬顺县主，所问绝不怀好意。武玉玉皱着眉头暗忖，无论许樱哥怎么回答都会被有心人给找出闲话来说，要是答得不好，只怕之前还站在许樱哥这边同情她的人也要倒戈。要知道，自郴王死后，康王府与贺王府明争暗斗便十分厉害，双方明里暗里都在想方设法削弱对方的力量。经过今日此事，若按照正常的套路来走，不管许家乐意与否，许府与康王府联姻的可能性都特别大，那便意味着康王府的势力又将往前朝故旧中推进一步，贺王府当然不能容忍，所以这时候该出手的都出手了，便是逼不死许樱哥，也要叫她名声尽毁。

武玉玉理所当然地要替许樱哥出头："县主见谅，樱哥当然没有得罪过谁。今日这事大家都看得到，实是三爷喝醉了酒，糊涂癫狂了。大家都受了惊吓，只是樱哥特别倒霉些而已。"她看看冯宝儿："便是宝儿，不是也摔伤了么？"

冯家一直都似是亲近康王府的，冯宝儿从前和刚才的表现都可以理解为嫉妒，人之常情，但在这个关键时刻，武玉玉很希望冯宝儿能站在她们这边，她甚至想，倘若冯宝儿在这个时候替许樱哥说了话，她可以考虑改变对冯宝儿的某些看法。但她失望了，冯宝儿只管垂着眼沉默不语。

敬顺县主不怀好意地笑道："是啊，我们都看到了，他是喝多了，但怎地这么多人，他就只冲着许二娘子去了？我想这里面总是有什么特别的缘故才对。许二娘子你莫光顾着哭啊，冤家宜解不宜结，你说出来，我们也好替你周圆。"她顿了顿，见许樱哥丝毫没有回答的意思，便环顾四周大声道："我听说，好像你们从前就是认识的？刚才他悄悄和你说了什么啊？可否说给我们大家听听？"

许樱哥想起那个著名的2B言论，苍蝇不叮无缝的蛋，女人之所以会被男人调戏和侮辱，是因为这个女人没管好自己，长得太漂亮或是打扮得太妖艳，男人则都是被勾引并且没有错的。这些人不就是想把这个言论往她身上套么？她左右已经成了这个模样，什么纸都捂不住这团火，她既然敢打张仪正，抱的就是破罐子破摔，鱼死网破殊死一搏的念头。想借机逼死她？她死也要拉个垫背的。

许樱哥狠狠一拭眼泪，猛地站起身来看着敬顺县主冷笑道："以往我曾听人言，但凡是女子受了侮辱委屈，世人不但不去找罪魁祸首的麻烦，反倒要往无辜的女子身上泼脏水。那时候我就认为这种说法是狗屁不通，是畜牲言论，却有人振振有词地说是苍蝇不叮无缝的蛋，不知县主意下如何？"

敬顺县主没想到她如此直接并且出言不逊，先是一怔，随即觉着自己被蔑视了，便冷笑道："你才打了皇孙，现下又要辱骂我？学士府的家教就是这样的？懂不懂什么是尊卑贵贱？我不过是想做好事才问一问。他若与你清清白白，你又有什么不能当众说出来的？这样的凶悍行径莫非就是那做贼心虚，欲盖弥彰？我们可是经常听见有人以死明志的。"

这不是个讲文明礼让的年代，也不是个纯玩嘴皮子就可以获胜的年代，这些新贵多从乡间街头起家，哪怕是富贵了这些年，也学会了几个成语，却始终更信奉拳头和直接。人生何处不拼搏？总要赌上一把才是。许樱哥眼睛瞟过其他沉默不语，各怀心事的各府贵女，声音和软了几分："在死之前，容我先谢过适才替我担心忧虑的诸位县主和姐妹们。"言罢深深一福。

行礼完毕,她沉着地将袖子挽了又挽,淡淡地道:"既然县主适才看到我打人了,想来也看得到事情从何而起,更该知道我其实不怕死。我运气不好,又没学会忍,为父兄添了麻烦,名声也被败坏了,似乎已是末路穷途,但真就随便死了却不甘心,所以这时候很想再拉个想逼死我的人一起死。谁想我死只管上来。"

本来现在诸王府的关系就很微妙,宗女们的来往总要顾着父辈们之间的顾忌。即便是不容得下臣之女冒犯皇室尊严,却也不会莫名就把自己扯进去当了贺王府的枪,于是众人皆保持沉默。至于各公侯府邸的女公子就更不必说了,早就远远地躲到了一旁,就生恐自己会被牵扯进去。

这时候许樱哥从前结下的善缘便起了作用,不知是谁低声起头道:"一个酒疯子发酒疯也值得这样折腾?这日头这么毒辣,全站在这里做什么?前头不是早就使人来唤了么?怕是早就等急了,都走罢。"

有人去拉敬顺县主,敬顺县主冷笑着拂袖道:"你们要走自己走,我今日倒是要看看她到底想让我怎么死!什么时候卑微的下臣竟然敢冒犯起天家来了?是要谋反么?"

许樱哥抬头直视着她往前行了一步,冷冷地道:"圣上圣明得很,县主不要什么都往谋反上套,这会寒了老臣的心,不利于团结,更不利于对抗外敌。"

"对,这话说得对极。咱们小女子就别去管什么谋反不谋反的事了。"惠安郡主快步赶来,先就伸手去拉着敬顺县主劝道:"姐姐给我个面子,念在她被气糊涂了的面上,饶她这一遭好么?"

敬顺县主傲然抬起下巴,冷笑道:"要我饶了她也行,让她给我跪下磕三个响头,赔礼道歉,说她错了,我就饶了她这遭!她要不磕头,惠安你别怪我不给你面子。"

许樱哥气极反笑,慢悠悠地从头上拔下那支先前没派上用场的粗壮尖利的金簪,朗声道:"我前面就说过,士可杀不可辱,天地君亲师我都跪得,但你这个是非不分,昏庸不堪,享受着祖宗基业却只知吃饭捣乱的蠢人却还轮不到我来跪……"

她虽在笑,那尖溜溜的金簪却闪烁着不怀好意的光,她的狠厉大胆也早在飞马勇救阮珠娘和刚才怒斥打骂张仪正的时候就显露出来了,没人怀疑她是随便说说。穿鞋的从来都害怕光脚的，敬顺县主吓得往后退了一步，尖声叫道："你想干什么！"

许樱哥冷笑着将簪尖对准她，大声道："自然是干想干的事。"言罢作势欲扑。武玉玉等人当然不会任由许樱哥胡作非为，早就一左一右将她牢牢抱定，许樱哥洪亮的声音传出去老远："放开我！死了大家都干净！"

赵窈娘尖叫着央求惠安郡主："惠安！她可是你们家的客人，早前你曾答应过许夫人要护得她周全的，怎么就任由她被人这么一而再，再而三地欺辱？人家都当公主府没人啦！你还忍着？"

惠安郡主的脸色极其难看，看着敬顺县主道："你当真不给我面子？"

敬顺县主见许樱哥已被人拉住，便又得意起来，冷哼了一声后，倨傲地道："她要杀我呢，你叫我怎么给你面子？倒是惠安你有什么说法？依我说，就该把这胆大包天的下作坯子拉下去乱棍打死才好！看谁敢说什么？"

惠安郡主摇了摇头，缓声道："今日是我母亲的好日子，你们既然不给我们面子，我也不给你面子。敬顺，你给我滚！"说到最后，声音猛然拔高，便是已经走了老远的人也听见了忍不住回头来看。

有气质！许樱哥顺势收了金簪，暗赞一声的同时纳闷得不得了。虽然她之前让姚氏送那套首饰给长乐公主时的确抱了交好之意，但却不认为就凭那样一套首饰，就能让惠安郡主为自己得罪敬顺县主，看来是另有内幕。

敬顺县主气得脸色发白，浑身颤抖地指着惠安郡主道："惠安，你竟然这样对我？我才是你的亲表姐！"

惠安郡主撩了撩眼皮子，道："表姐？有你这样做客和当亲戚的？你不走是要我让人请你走？不是我说，你们今天闹得实在太狠了！我就叫你滚了，怎么着？你要不服就找人来教训我。"

许樱哥听得明白，惠安郡主几次提到的都是"你们"而非是"你"，不由暗想道，莫非除了敬顺县主外还有人另外在闹腾？仔细一想，想起那莫名消失不见的王六娘和张仪正的异常，便隐隐明白了些——大抵是张家人的内斗白热化了，她们这些人不过是遭了池鱼之殃。

"你怎能如此欺辱于我？"敬顺县主的嘴唇抖了又抖，最终无奈地掩着脸干号起来，她当然不是真伤心，而是觉得没面子下不来台罢了。其他人见情况不妙，便都上前去劝敬顺县主，硬生生把敬顺县主给拉走了。冯宝儿想了又想,终是不曾随着众人离开,而是选择留下来。

惠安郡主却淡漠地道:"宝儿,请你往前头跑一趟,帮我看着敬顺她们,不要由着她们满口胡诌。"

冯宝儿的脸色微微发白,却仍然恭顺地应了好,随即转身默默离开。

惠安郡主又看向赵窈娘,轻声道:"窈娘,不知那起子东西去了前头会如何乱说,所以还要烦劳你往前头去同许大学士夫人说,许二娘子在我这里,安然无恙。我会替她照顾好,请她好歹坐到席终再来后院接人,感激不尽。"

"好。"赵窈娘不放心地看了看许樱哥,也跟着离开。

许樱哥朝惠安郡主施了一礼:"多谢郡主解围。"

"我答应过许夫人要把你完好无损地交回去的,出了事我这个当主人的自然难逃其咎。"惠安郡主淡淡看了她一眼,疲惫地道,"你们都随我来。"

武玉玉和许樱哥沉默地跟上惠安郡主。穿过已经安静无一人的花园,走入一座僻静的小院,惠安郡主示意二人坐下,又叫人给许樱哥净面梳头。

日光透过水晶帘子,在许樱哥的鹅黄衫子柳绿罗裙上折射出一片五彩斑斓,衬得她一张素白的脸格外安静美丽,惠安郡主目不转睛地看了片刻,沉声道:"许二娘子这样娴雅的容貌,看不出竟是这样烈性的人。"

所谓烈性,就是泼的文雅说法,惠安郡主身上到底流着张氏的血液,即便是张家人做得不对,她肯定也是看不惯自己打骂并拿出金簪刺向这些龙子凤孙,冒犯他们所谓天家尊严的。许樱哥不卑不亢地一笑:"如若可以做淑女,谁人想做泼妇?如若可以舒舒服服活着,谁又肯轻言生死?我不是不懂规矩,也不是目中无人,只是被逼得走投无路而已。"

惠安郡主沉默片刻方道:"之前我三哥那件事是他不对,但你也不要怪他,事出有因,他是旧疾复发迷了心智,并不是故意的。康王妃已经知道此事,让我同你说,总会给你一个交代。"

许樱哥不以为然地扯了扯唇角,能有什么可交代的?充其量不过是抽一顿鞭子,再来个负荆请罪之类的滑稽把戏掩耳盗铃罢了,又怎么补得起她的损失?

有人在帘子外头露了个脸,惠安郡主一脸的难色,犹豫再三方起身道:"我有急事要处理。你二人且在这里安心歇着,不会再有人闯进来胡作非为。"因担心许樱哥会拒绝,便又道,"今日是家母的生辰,宫中也有人来。

你总是女子，有些事情闹得太大不见得就是最好，万事都等许夫人来了再说，可否？"

这也还算妥当。武玉玉扯扯许樱哥的袖子，许樱哥不置可否。

见她没闹腾，惠安郡主松了口气，语重心长地看着武玉玉道："都是亲戚，要烦劳你替我照顾宽慰好许二娘子了。"若是许樱哥羞愤交加一时想不开死在公主府，这事儿可就闹大发了，许衡必然会闹到御前，两败俱伤不是他们想要的结果。

武玉玉当仁不让的同时心中隐隐又有惊喜，人家都说长乐公主不偏不倚，但看今日这光景，到底是一母同胞，总是向着康王府的。有长乐公主的助力，康王府和自家的父兄便又多了一层保障，实在令人欢喜，武玉玉遂顺从地应了。

须臾，惠安郡主离去，公主府的下人送上香茶果品后安静退下。武玉玉问许樱哥："累了吧？要不要睡一睡？我守着你。"

"怎么睡得着？"许樱哥轻声道，"玉玉，跟着我总是麻烦事多多吧？辛苦你了。"

"我没照顾好你，羞也羞死了，哪里敢说什么累？"武玉玉暗道你只要别寻死觅活的就好，但看着许樱哥这模样好像又是不会。又见其情绪并不算太差，便小心翼翼地试探道："不是我偏帮，我真觉着他今日有些不对劲，说他醉了吧，我瞧着不像，若说没醉，又似是醉了，站都站不稳，好像神智都有些不清楚。你离得近，可看出什么来了？"

许樱哥冷笑道："身上有酒味，有熏香，还有泥腥味，满脸血痕，披头散发，状如疯狗，乱咬乱吠，做的都是下三滥的事，当然不对劲。"但要说神志不清那倒未必，最起码后头也是清醒了的，不然如何能说得出那安享人生之类的混话，还记得去夺她的香囊？

武玉玉从中听出许多厌恶反感之意，犹豫半晌方低声道："我有句话不知当说不当说。"

许樱哥道："这几次我倒霉时你总陪在身旁，说来我二人也算半个生死之交了，有话但说无妨。"

武玉玉小心翼翼地打量着许樱哥的神色道："有些事情可由不得你，也不由得许大学士。事到如今，躲是难躲过去了，你也该有个打算。这样硬碰硬的可不好，这时候倒是觉着解气，但将来总是你吃亏。今日之事本是你先有理，但若他被你所伤，你觉得事情会往哪个方向发展？"说白了，身份地位差别太大，你若不想真死就别闹腾得太过分，留点余地对大家都好。

许樱哥知道这姑娘稳重，从来不会乱说话，既然能说出这话，总是有凭据有想法的。斟酌半晌方道："谢谢你提点我，但我信命却不认命，更不愿意就引颈就戮。他们是龙子凤孙不假，我却不是路边的稀泥，蚂蚁可以被踩死，却不能任由人践踏。"她就不信那要杀人的话传出去，金簪亮出去，康王府还敢要她进门，不是龙子凤孙都金贵么？有道是家贼难防，强扭的瓜不甜，就算是康王杀人如麻胆子大不害怕，康王妃这个做娘的也得担心她一时想不开，拿着刀剪一下子把张仪正给刺个透明窟窿。

这话掷地有声，武玉玉深有感触，将帕子触触额头叹道："那你这辈子可怎么办？"经过今日之事，这上京城中未必再有人敢随便向许樱哥提亲。许樱哥不嫁入康王府，难道还要独自终老一生不成？

许樱哥微笑道："我平生最恨吃肥肉，后来之所以吃，是因为肚子饿不得不吃，可是那滋味真不好受。嫁人犹如吃肉，赵璀还算是半肥半瘦五花肉，他却是全肥，咽不下去。就算是勉强咽下去，消化不了也会吐出来，吐的滋味不好受。"

武玉玉虽不知以许樱哥的身份怎会被逼着吃肥肉，但后面这形容却是明白易懂的，因为咽不下去，所以宁愿不吃。

第39章　后悔・难题

马球场边，姚氏莫名就觉得眼皮跳得厉害，先是担心被那宋女史叫去的冒氏会做出什么不合时宜的举动，但看到冒氏安然无恙地回来，虽然脸色不好看但也没弄出什么动静，心里也就松了口气。可接着看见先是长乐公主起身离去，不久后康王妃也跟着起身离去，而且久久不见归来，便开始心慌，遂让许杏哥去找人："我右眼皮跳得厉害，你想办法把你两个妹妹带出来，我得看着才放心。"

许杏哥立刻起身去找人，才同一个女史搭上话，就见球场边走来一群女孩子。一群人见了她，个个儿的脸色都很古怪，仿佛都憋了满肚子话似的，还有那位贺王府的敬顺县主更是眼刀子都能杀得死人。

许杏哥记得这群人都是早前同许樱哥等人一起，此时却偏不见许樱哥并武玉玉二人，心里不由得"咯噔"一下，上前笑问冯宝儿："宝儿，你们散了？怎不见我们家玉玉和樱哥？"

冯宝儿看到她就想起许樱哥来，本待不想回答，但武、冯两家却是多年的交情，只得不情愿地道："她们被惠安郡主留在后头了。"

不等许杏哥开口细问，就听那敬顺县主冷笑起来："下作东西！"

这泼皮无赖养出来的无知蠢妇！仗着祖坟冒青烟，得个封号便成了头上的虱子，晓得趴在人头上作威作福了！许杏哥本来骨子里就有些瞧不起这些行事粗鲁的新贵，闻言不由得大怒，好容易生生忍住了，无视敬顺县主，只管直直地盯着冯宝儿道："可是出了什么事？"她的模样十分严肃，冯宝儿也感到了几分压力，正想该怎么回答这问题，就见赵窈娘步履匆匆地从后头赶了上来，便将此事推给赵窈娘："你问赵窈娘罢。"

赵窈娘忙上前来贴着许杏哥的耳朵轻声说了几句话。许杏哥脸色微变，握握她的手，低声道："谢了。"言罢转身去寻姚氏想办法。

赵窈娘寻到钟氏等人，垂着头才刚挨着嫂子坐下，就被钟氏一把掐住了胳膊，恨声道："你鬼鬼祟祟地做什么？"

赵窈娘吃痛，作势要喊："疼死了……我这么大的人了，当着这么多人的面，娘亲还要脸面不？"

钟氏立即松了手，板着脸道："出了什么事？"尽管此刻到处热闹一片，但又怎能瞒得过有心人去？

赵窈娘只是摇头："不知道。"

钟氏恨极，但在大庭广众之下又拿她没有办法，便恶狠狠地低声道："既然你喜欢同那小妖精交好，你便替我传句话，让她趁早死了这条心。只要我还活着，她就别想进我赵家门！"

赵窈娘幽幽地道："人家不见得就那么想进。"

钟氏以为自己听差了，道："什么？"

赵窈娘却只管闭紧了口，四处寻找赵璀的身影。

看台另一边。

"你说什么?"姚氏猛地捂住心口,气得一口气上不来,差点就此倒在坐席上,傅氏赶紧扶住了替她揉着心口。许杏哥红了眼圈,死死掐着姚氏的脉门,挡去周围人的目光,轻声唤道:"娘啊,且忍着,不能乱。"

冒氏隐隐约约听到一耳朵,没弄清楚具体是怎么回事,但也晓得许樱哥绝对遇到了什么不好的事,只觉得解气之极,假惺惺地道:"怎么了?可是樱哥出了什么事?我听见那边很多人都在提到她的名字呢。"

姚氏本来气得半死不活,反被她这声问给激起性子来,当下推开傅氏坐直了,板着脸冷笑道:"你倒是巴不得她出事?可惜了,她好好儿的。"

冒氏被她莫名一阵抢白,气得脸都红了:"大嫂,不是我挑理,你不该这样待我。"

姚氏虽知自己失态,但哪里又有心情安抚她?冷哼一声便回了头,死死盯着一旁的武夫人看。许杏哥赶紧安抚冒氏:"三婶娘,樱哥与敬顺县主生了些龃龉,我娘这是急的。"

冒氏冷哼一声,也把脸歪到一旁去。

武夫人被姚氏盯得发毛,只得赔笑道:"亲家母您千万别急,有我们玉玉跟着出不了大事,您若实在不放心,待我入内去替您看看。"

姚氏要给她压力,便作势起身道:"我同亲家母一起去瞧瞧。"

武夫人赶紧按住了,示意许杏哥快劝劝,许杏哥忙轻声道:"娘啊,这么多人盯着的,咱们要是也去了,还不知道要怎么传呢。何况惠安郡主不是都带话出来了么,樱哥什么事都没有,好好儿的,恳请您千万坐到席终?"

姚氏也就顺势坐住了,忍着泪悲苦地同武夫人道:"亲家母,儿女是娘的心头肉,您也是有儿有女的人,晓得我的难处……"

武夫人被她说得眼酸,认真应了,又略坐了片刻方借着更衣去寻康王府的人,说自己要见康王妃。她同康王妃的关系非同一般,自然没有人会为难她,很快康王妃便传了消息回来,道是请武将军夫人进去。

此时正当午后,日光白艳艳一片,晒得马球场上的红旗也似是蔫了一般,观球的客人们却似是不知疲倦,拼命吼叫着,激动着,一旦看到自己押了宝的那支球队入球,便要兴高采烈地吼上那么几声。马球场上的人和马仿佛也不知疲倦，人喊马嘶，都拼命想要进球，竞争太过激烈，不时总有人坠马受伤，但并无人过多关注伤者，他们只关心输赢。这可谓是大华上京城的一大特色，更是皇族张氏的一大特色。今上起于乡间，年少时起便最是好赌，几位皇兄皇弟不遑多让，连带着皇子皇孙们、大臣武将们也好赌，这两支球队，统统都是被押了赌注的。

赵璀神色复杂地看看身旁正因为赛事而激动得想骂娘的长乐公主第三子肖令，又抬眼看看不远处才从场外归来的惠安郡主，再看看原本属于康王妃的那个空位，兴奋而期待。一转眼看到武夫人起身离座，姚氏面如寒冰，诸女归座，唯独不见许樱哥同武玉玉，一种不好的预感油然而生，不由得抬眼看向赵窈娘。果不其然，赵窈娘拼命朝他递眼色，一脸的沮丧。

赵璀使劲咽了口唾沫，叫过小厮福安轻声吩咐了几句，带了些紧张不安探询地看向远处的安六爷。安六爷却坐得稳稳当当的，看也不看他一眼。须臾，赵窈娘那边的消息传了过来，赵璀脸上青筋暴起，眼睛血红，死死咬着牙关，袖子里的手紧握成拳，费尽全力才算是勉强按捺住。

"赢了！赢了！"肖令猛地一拍他的肩头，兴高采烈地指着场中大喊道："若朴！我们赢了！看吧！听我的果然没错吧？"

"啊！"赵璀猝不及防，被他给吓了个半死，勉强笑道，"呵呵……恭喜！"

"恭喜什么，你傻了啊？我们一起下的注！"肖令乐完，突然觉得不对，皱着眉头道，"你怎么了？脸色这么难看，莫不是病了？"手一摸，见他手上冰凉，不由得道："怕是中暑了，叫人弄丸药来吃！"

赵璀心回电转，转瞬间想了若干，眼泪一下子就出来了，拼命忍住了，哽咽着道："我……我，心里难受。"言罢迅速转身离去，留下肖令莫名其妙。

赵璀疾步离开球场，行到一处僻静处，等了约有盏茶工夫，方见安六爷身边的长随探头探脑地走过来。

"六爷呢？"赵璀正待要发飙，那长随已然将手摆了摆，语重心长地道："赵副端你好不知事！六爷身金体贵，怎能随意进出？且那么多双眼睛盯着的，进进出出岂不是自己找事儿？"

赵璀怄得想吐血，血红了眼睛嘶声道："那如今待要如何？"要早知道那混账东西竟能逃脱这几乎是必杀的陷阱，并且这麻烦最后会落到许樱哥身上，他怎么也不能答应。但世上哪里又有后悔药可吃？

那长随冷笑道："所谓谋事在人，成事在天，不是最终结果还没出来么？且等着罢！赵副端与其在这里伤春悲秋，还不如去想想怎么补救，再想想是否留下了蛛丝马迹？"言罢竟然是扬长而去。

他不甘心！他不甘心！赵璀无声地呐喊着，呆呆地立在那里，想哭哭不出，想喊喊不出，狠命捶了墙壁几十拳才算是缓过气来。马球场上欢声雷动，鼓锣齐鸣，一场球赛又将开始，赵璀抿紧了唇，狠狠地整理着衣衫，闭上眼睛深吸一口气，换上一脸哀容，耷拉着肩膀蔫巴巴地走了出去。

武夫人不急不缓地带着两个亲信嬷嬷游着园子，跟着来人进了公主府里一间安静雅致的院子。才进门她就发现事情不对劲，似乎远比赵窈娘传回来的更严重。这院子里明松暗紧，而以她对康王妃的了解，若非是出了什么不得了的事情，必不会如此。

想到这里，武夫人更急，恨不得立刻见到康王妃问个究竟。可才往前行了几步，就见康王妃身旁的亲信大丫头秋璇快步走过来，往她跟前一福，低声道："王妃那里有客，夫人请先同奴婢暂到隔壁厢房歇一歇。"

武夫人再急也只得随秋璇去了左厢房，脚才踏进左厢房的门槛，就听见正房里一个女子高声喊道："四嫂！若要人不知除非己莫为，我看得清清楚楚的，不要想赖账！可不能就这样糟蹋了人却跑了，我既然遇到了总要替她做主！"

武夫人立时听出这是那位美丽近妖，飞扬跋扈却始终屹立不倒的皇室奇葩福王妃，不由得惊出一身冷汗来，她这是要替谁做主呢？张仪正又糟蹋了谁？正想着，就听康王妃冷笑着一迭声地质问道："赖账？赖什么账？七弟妹倒是说说看到了什么？证据在哪里？人在哪里？你替谁做主？人家有父有母要你做主么？"

福王妃寸步不让："我身边的人都是证据！一个姑娘家好不好地被人打晕抢走成了那模样就是证据！四嫂怎知她不要我替她做主？她面皮儿薄不好意思说出来，你们就这样欺负她？这就是四嫂口口声声的仁义礼让？笑死人了！"

这仁义礼让，乃是康王打出的旗帜，大抵是因为福王妃的话杀伤力度颇强，所以康王妃的声音低沉而愤怒："我可不懂了，是个人都看得见许家二娘子之前一直都在后头院子里看杂耍，什么时候又被人打晕抢走了？"

福王妃道："我说的不是她！我说的王六娘，这么说，四嫂可听懂了？你真得我把人证物证摆到面前才肯认？"

长乐公主不急不缓地插话道："其实要说证据，我也找得出若干，七弟妹要知道，不管你要什么证据我都找得出来。但就不知七弟妹究竟想做什么？想要什么？明明没发生什么事，你却偏要败坏人家姑娘的名声和姻缘，非得往人身上扣个屎盆子，你究竟想干什么？见不惯皇父给我儿指婚？"

福王妃冷笑道："别给我戴大帽子！这是在你府里，当然由你说了算。你姑嫂二人不就是要颠倒黑白么？我可不怕。长乐，你不觉得羞，只怕肖令也觉得羞死人！"

康王妃平静地道："你既然说长乐只和我是姑嫂，我也懒得和你瞎扯，随你！要命有一条，只管来拿去！我和我们家王爷随时恭候。"

福王妃拔高声音道："四嫂这是在威胁我？"

康王妃的声音还是那么平静到气死人："你可以这么看。"

长乐公主又发话了："七弟妹，这是老七的意思？我在想，这事儿怎么就那么巧，早前你说你中暑了，现在却活蹦乱跳的，你早不去、晚不去，偏就在那个时候跑去看那什么象牙床再撞上那姑娘换衣裳……明明除了那姑娘外空无一人，你偏要一口咬定说看到了小三儿。黑白颠倒，无中生有，你到底想干什么？你肯定要说我没资格盘问你，但想必母后总有这个资格。"

四下里顿时一片安静。

武夫人赶紧蒙着头往里走，生怕再听见什么不得了的东西，坐了片刻就听见脚步声响，环佩叮咚，似是有人离去，不多时便有人过来请她过去。

武夫人起身，她的两个随侍嬷嬷正要跟上，就被秋璇委婉留下。武夫人越发觉得焦虑紧张，要知道，这两个嬷嬷都是她从熊家带出来的老人儿，深得信任，她从来去见康王妃都只带这二人，今日被拦下却还是第一次。

此时屋内已无其他人，唯独康王妃一人坐在椅子上流泪，看见武夫人进来，便拭了泪道："你随我进来。"

里屋一架紫檀大床，床前一架连地六曲花鸟屏风，床上雪青纱帐低垂。曲嬷嬷守在床前，见康王妃并武夫人进来，默不作声地福了一福，将帐子勾起。

武夫人定睛一瞧，不由又吃了一惊，只见张仪正面色潮红，紧闭双眼，一动不动地躺在榻上，虽然已经清洗并整理过，但脸颊上的伤痕却仍然触目惊心，那双放在被子外的手更是皮开肉绽。

"这是怎么回事？谁人竟敢向他动手？"武夫人吃惊地看向康王妃，心里忧虑得很，莫不是许家那二丫头动的手？可也不至于啊，许樱哥再怎么凶悍也不会是张仪正的对手。

康王妃将帕子拭拭眼角的泪，面上闪过一丝厉色，恨声道："还能有谁？上次就险些要了他的命，没要成。这次又差点逼死他，更是差点就祸延全府！"

武夫人才落下去的心又提了起来，攥紧帕子低声道："这么凶险？"

康王妃怜爱地摸摸张仪正的额头，轻声道："这孩子，总是他老子欠他的。谁都说他顽劣不知事，却只有我和他父王才知道他从小受了多少委屈。"

曲嬷嬷上前劝道："王妃，三爷才服了药睡着，咱们还是外头去说，不要吵着他。"

武夫人忙扶了康王妃往外走："说得是，天可怜见，孩子平安无事就是万幸。"

康王妃有些难以启齿："……这计策实在太过恶毒……那女孩子是王老将军家的六娘，本已由圣上做主定给长乐家的肖令，就只差下定了。可怜的，被那起子黑良心的生生给迷晕了去做局害人。幸亏三儿定力过人，聪慧坚韧，没有碰她，发现不对劲就咬破舌尖砸破窗子逃了，不然不只圣上会猜疑我们，便是与长乐也会生出罅隙。若非那位不是在自家地盘上，凑不出合适的人手兴不起风雨，又想借机拿这事儿来要挟我们……只怕又是一场血雨腥风，王爷不死也得脱层皮，说不得，还要连累娘娘。"

最近宫中新晋的美人颇多，皇后再受敬重也是年老色衰，至亲至疏夫妻，天家更无骨肉，枕头风吹多了难保那位不生疑心，特别是近来朝中莫名鼓吹起一股所谓立嫡的风潮，更要谨慎低调。武夫人听得胆战心惊，喊了一声阿弥陀佛，道："没碰就好，没碰就好。不然岂不是一团乱麻？"

"我们小三儿可不是草包混账，从小我都知道他极聪明，就是有些死心眼儿。"康王妃骄傲完毕，推心置腹地拉着武夫人的手道，"九妹，这件事情太过紧急，我不得不寻你拿个主意，虽是小三儿不对，但也是情有可原，且许家那事儿不发生也发生了,说来也是小三儿太喜欢那姑娘才会如此,不然那么多姑娘中他怎地就不找旁人独独只记着她一个?那姑娘的人品样貌我也满意,我想就此向许大学士夫妇提亲,也好把这边的风头避一避,不知你觉得可合适?"

既然问她的意思,那就意味着要她去做这得罪人的媒人……武夫人顿时一个头两个大。这二人家世门第不用说了,但其他方面着实不般配,姚氏那模样恨不得把张仪正给撕来吃了才解恨,许衡又是那么个看着软实则硬的性子,怎么会在被羞辱之后轻易答应这桩亲事?可一边是亲家,一边是至亲,她夹在这中间可怎么好?武夫人不由得想起武玉玉经常抱怨自己是个夹生的,日子太难熬,果然难熬。

武夫人正在为难间,就听曲嬷嬷从里间走出来道:"老奴斗胆,还请王妃三思,许家那二娘子虽然不错,但性子太过刚烈泼辣,并不好收服。听说刚才她就当众把三爷给打了。"

康王妃自我安慰一般地道:"娇养的女儿家有些小脾气也是有的,成了亲生了孩子就好啦。"

曲嬷嬷摇头叹道:"不是这么简单的。老奴适才听说,这姑娘不独早先打了三爷,后又因敬顺县主羞辱她,她便要拿着金簪追杀县主,若非是其他人拦住了,还不晓得怎么收场。那金簪又粗又磨得溜尖,时下的小姑娘们谁会戴那种笨重簪子?可见是随身携带早有准备。老奴斗胆,这般却更是要防着才是,女子还是娴静柔顺的好。"

康王妃此时恨透了贺王府的人,冷笑道:"杀得好!杀了才干净!坏透了的东西……"突然一凛,想起许樱哥既然会刺敬顺县主,将来也可能会拿着刀追杀自己的儿子,遂不再言语。人家就是冲着张仪正未婚且名声不好,王老将军兵权重,圣上疑心重,才能做就的这个杀局。张仪正在人前轻薄许樱哥,虽然招数拙劣,但若应对得当,便可以反败为胜,可许樱哥那脾气果然是个难题,便是娶进了门又怎么放得下心?总不能日夜使人盯着吧?

武夫人忙轻声道:"我看这事儿急不得,与其这时候提亲,不如先同许家人赔礼,尽力把今日的事情弄平顺些再谈其他。"

康王妃盘算许久,起身道:"没这么简单,既是祸害了人家的姑娘,这亲事必须要提,不然就是得罪了整个前朝故旧,至于他家应不应又是两说。阿曲你好生守着这里,九妹你同我先去看看这许家二娘子。"

许樱哥捏着块白玉荔枝酥,就着今年的新茶慢吞吞地填肚子,不忘不时递一块给青玉,劝道:"多吃点,把你被蹭破的那块皮补起来。"

武玉玉心头有事,自是看不惯许樱哥那好吃好喝的模样,便上前将她手里的半块荔枝酥给夺走,嗔道:"什么时候了,你就光顾着吃。这么甜腻的东西,也不怕腻死你。"

许樱哥白了她一眼,从她手里夺回那半块荔枝酥,道:"那不然你要我怎么样?天大地大,吃饭最大!我早上起得早,又惊又吓,还哭了一场,早饿了。难不成你要我寻死觅活给你找点事做你才满意?"

丫头锦绣在外面低咳了一声,二人赶紧正襟危坐,许樱哥不忘先拿帕子把嘴角擦得干干净净。

水晶帘子被人从外面勾起,端庄和气的康王妃由着武夫人扶了进来,众人皆称"王妃万福金安"。

没等着姚氏,倒等来了这位。再不情愿,也要先留余地再图后事,许樱哥垂着眼,跟着武玉玉一道福了下去。

"好孩子,委屈你了。"康王妃亲手将许樱哥给扶起来,未语泪先流,"他做下这样的事情,我也没脸替他说话……"

第40章 角力·不配

这是要走悲情路线,打感情牌么?许樱哥垂着眸子木着脸一言不发,气氛便有些尴尬,武夫人适时插进来感叹着道:"姐姐不要哭啦,这孩子早前就被吓坏了,只怕这会儿更怕,先坐下再说话。"

许樱哥不由得暗赞这武夫人真会说话啊,先点明她被吓坏了,那么无论是之前的打人刺人行动还是将来的失礼失态就都是情理之中,可以被原谅的;然后又说自己这会儿只怕更怕,就又间接地告诉她,面对康王妃她应该懂得怕,应该有敬畏之心才对。

"是,看我就光顾着哭了,却没想到这孩子最是委屈无辜。"康王妃紧紧攥着许樱哥的手不放，亲切地示意她坐下。身份有别，立刻就有人很有眼色地抬了个杌子放在康王妃的下首，许樱哥坐了，照旧地垂眸不语。

康王妃拉着许樱哥的手不露声色地细细打量了一回，这双手骨肉匀称，温暖柔软，细腻白净，唯有指腹上有些微薄茧，想来不是握笔、握针便是握缰持鞭留下的。再看其人，虽然浑身都露出防备谨慎的姿态，眉眼却仍然十分生动安静，眼神清澈，五官十分耐看，脸上有肉是福相，那肉肉的小翘下巴也极可爱，身段发育得更是好，不但是个美人坯子，还有个好生养的身段，更紧要的是有个最合适不过的好家世。真是太可惜了……康王妃长叹一声，终是缓缓松开了许樱哥的手。

看来赌对了，许樱哥微喜，却又觉得欢喜得太早，想起自己这前生后世的遭遇，眼眶便自然而然地红了，湿了，却不是朝着康王妃去的，而是歪着歪着就朝武夫人怀里去了："夫人……"

武夫人没想到她竟会如此，手张了片刻后才将她拥在怀里，却不好多说什么，只能抚着她的发顶轻声道："有什么委屈就说出来，王妃会为你做主的。"

许樱哥哪有什么委屈要同康王妃说的？多说几句都害怕自己会被这些把玩心眼子当成家常便饭的老狐狸给绕进去，便只管趴在武夫人怀里无声流泪，以不变应万变，反正沉默狂哭都是受害者的特权。武夫人无奈，只好望着康王妃苦笑："这孩子到底年纪还小，终究是被吓坏了。"

"是吓坏了。都是我没管教好那混账东西，但说来也是事出有因。"康王妃和蔼地朝武玉玉招手，"玉玉来同我说说究竟怎么回事，我听旁人说起，也是说得不明不白的。"

武玉玉细声细气地把当时的经过说了一遍，末尾顾着康王妃的面子，也是想尽量消弭许樱哥对康王府的恶感，便特别强调道："正如姨母所述，我们都瞧着三表哥的情形有些不对劲，似是神志不清的，不然也不至于如此……樱哥也是被吓坏了……"

康王妃立时便顺着往下说："你们看得没错儿，他的确是旧疾复发，他自己做了什么、说了什么都不知道的。才走开没多远就一头晕在地上了，这会儿都还没醒呢。"一边说，一边观察许樱哥的表情，但许樱哥只管把头紧紧埋在武夫人怀里，头也不抬，休要说什么表情眼神，便是脸皮也不得看半眼。

康王妃有些烦躁，但有些话，同一个小姑娘家也不能说得太深，还是要寻许衡夫妇面对面说的好。左右也只能做到这个地步，再多坐下去也无用。康王妃干脆利落地起身："许二娘子，今日之事无论千条理由万般情由都总是我儿子不对，坏了你的名节。我知道你心中有怨气，但事已发生，便是把他弄死给你出气也不能挽回，不如想想怎么解决补救才是正事。你有什么想法和要求不妨直说，但凡是我能做到的，总要做到。"

对方在等她开条件，她却暂时还不想和对方摆明车马。因为对方好像是十分诚恳地把底牌都翻出来了，实际上却只是虚晃一枪。她不想与那混蛋扯上干系，人家其实也怕她扯上干系，但却想要她把这话主动说出来，然后才好顺水推舟了事，这世上哪里有这样便宜的事情？许樱哥只赖在武夫人怀里低声道："我想见我娘，想回家。"

这话虽不大声，却十分清晰，大家都听明白了。这丫头无论性子如何，总是有几分聪明谨慎，康王妃沉默而探究地又细细打量了许樱哥一回，朗声道："自然是要见的，我也还要亲自同许夫人赔礼道歉。但只是，此刻外面的话传得不好听，这会儿就让许夫人接你回去，未免不太好。且等片刻，我自会妥帖安排，如何？"

这回不等许樱哥回答，武夫人便替她应了。

康王妃便不久留，照旧匆匆离去。武夫人方自怀中把许樱哥扶起来，亲自取了帕子给她擦脸，叹道："你这孩子委实冲动了些，那皇子皇孙是那么好打骂刺杀得的？一个大不敬扣下来，你一个女儿家待要如何？"

许樱哥带了几分感激道："知道夫人是为了我好，但那时候被气急了，哪里顾得这许多？本来就已经够倒霉了，我再软弱可欺，不是告诉别人，我好欺负，都来欺负我么？总要凶一点，狠一点，才好叫那些没来得及开口的想清楚了再开口。"见武夫人的眉头越蹙越紧，声音便低了下来，"好歹我也是公主府请来的客人，父亲也算薄有名望，我若一味谄媚忍让，岂不让人连带着小看了我父母亲？旁人我不知道，但康王妃出名的讲理，您又心善体贴，总不会不管我……"说着说着眼圈又红了。

见她说得如此可怜，武夫人也只得叹息了一声，道："罢了，不要再难过啦，且安心歇着罢，你娘还等我消息呢。你有什么话要我和她说的？"

许樱哥想了想，道："请夫人同我娘说，我一切安好，请她不必挂怀。"

武夫人倒有些吃惊，本以为她怎么也要说上几句让姚氏快来接她，自己多么委屈的话，没想到就是这样简简单单一句话，再看许樱哥，神情照旧温婉着，眼神却是坚定平静的。虽不赞同许樱哥之前的那些做法，却不由得也要叹服这是个孝顺的好女儿。

武玉玉送武夫人出去，悄声道："娘，三表哥到底是怎么了？"

武夫人板着脸严肃地道："不该多问的就别问。好好看顾樱哥，开导她，再把她完好无缺地交回亲家夫人手里就是了。"压低了声音道，"他二人曾低声说过几句话，都是说的什么？"

武玉玉拧着衣角道："我没好意思问。"

武夫人戳了戳她的额头，恨铁不成钢地道："你呀，让你跟着她做什么的？什么作用都不起。"

"表哥疯了，樱哥又是个狠的，我又有什么办法？"武玉玉缩了缩脖子，一溜地跑回去，与许樱哥二人面对面地发呆。等到开宴，二人默默吃过公主府送上的席，才刚撤了桌子就听见外面脚步声响，接着那位康王府的二奶奶王氏陪着姚氏和许杏哥走了进来。

姚氏早将此事思量了一遍又一遍，待看到许樱哥满脸的歉疚不安和委屈，不等她开口便将她抱在了怀里，低声道："都怪我早前允了你随惠安去，不然如何会落到这个地步？"

许樱哥怔了怔，鼻头一酸，控制不住地流下泪来，所有的不安忐忑都化作了委屈依恋，终于确认自己人品果然很好，孤身飘了那么远却真的遇到了几位内外兼修的好人。姚氏从未见她哭得如此伤心过，也不由得低声哭了起来："我苦命的孩子。"

这声苦命，包含了太多内容，许杏哥闻言也忍不住陪着默默流泪。

"夫人快别哭啦，哭多了有伤身体。"王氏立在一旁好不尴尬，她本来准备好了若干的好听话，只等着许家人一开口便要按着步骤来，但此时许家母女什么话都没说，就只是抱头痛哭，反倒令她不好开口，只得暗里把张仪正骂了一遍又一遍。

姚氏不是个眼泪多的性子，少一时便停住了，将许樱哥拉到光线明亮处左看右看。许樱哥温顺舒服地伏在她怀里，任由她打整。

王氏咳了一声，低声道："许夫人，本该让那混账东西立时来与您和令千金赔礼请罪才是，但他身体有些不妥尚未醒来，所以要请夫人多多见谅。妾身替他给您赔礼了。"说罢果然深深一福，见姚氏木着脸不言语，便又厚着脸皮道，"不知夫人和许二娘子可有什么吩咐？我们马上照办。"

姚氏冷着脸道："哪里敢有什么吩咐？只求女儿不要再被人欺辱我就烧高香了。"言罢拉了许樱哥往外走："这不是我们留得的地方，我们走！"许杏哥给武玉玉递了个眼色，也赶紧追着出去。

王氏往前跟了两步，又觉着实是没脸，只得停住了脚。却听外头传来康王妃情真意切的声音："许夫人，都是我对不起你！我给你赔礼了！"

自家婆婆再怎么说也是堂堂王妃，既然说出这话，礼也必然认真行将下去的，那姚氏再怎么傲气也不至于就会轻易拂了王妃的脸面，至于事情最后谈成什么样，那又是另一说。王氏赶紧走出去加入战斗，舌灿莲花地又是道歉又是赔小心："是啊，夫人息怒，有什么屋里慢慢细说也不迟。"

暑气渐消，残月上梢头，公主府内张灯结彩，越发热闹。长廊栏杆上，许樱哥半倚在许杏哥身旁，安静地看着院墙角落石缸里的那一枝半残的荷花。许杏哥并不言语，只将手里的纨扇轻轻替她扇着，竖起耳朵听屋里的动静。姚氏与康王妃已经在里面密谈近一个时辰却还没出来，难不成真要便宜那恶棍？可若是不嫁，谁还敢娶？难道许樱哥要像当初那位苦命的姑母一样，孤身守上一辈子？许杏哥悄悄看向安静得出奇的许樱哥，不由得打了个寒战。

许樱哥注意到她的神色，翘起唇角低声道："姐姐不要替我担心，这事成不了。"

许杏哥气急："你懂得什么？！你这个傻子！"

许樱哥笑笑，并不辩驳。她什么都知道，什么结果都想过，这不是太平盛世，活下来不太容易，想要活得好更不容易，事事顺心？万事如意？怕是龙椅上的那位也还不能。先避过去这一关，明日又有明日的说法，难道她两辈子都要霉到底不成？

忽听水晶帘子发出一阵清脆的撞击声，姚氏板着脸怒气冲冲地走了出来，厉声道："回家！"接着武夫人快步追了出来，想劝什么终究是没说出来，只沉声吩咐许杏哥："陪着你母亲和妹妹回去罢，明后日我再使人去接你。"

姐妹二人不敢多问，一左一右地将姚氏扶住了往外走。惠安郡主从一侧小路上追上来道："母亲脱不开身，特意使我替她来送夫人，又有话要传，事已至此，该当如何，还请夫人同许大学士三思。"

姚氏仰着头淡淡地道："有劳公主殿下挂心！该当如何，妾身有数！"言罢仰头离去。

许府大门前一切如旧，两扇久经风雨的朱漆大门仍然陈旧黯然，门房照旧的安静老实，仆人们也还照旧地各司职守，沉默而不多语。但自二门后，整个气氛便再不复平静，往常里时不时提着灯笼走动的丫头仆妇们不见影踪，四下里一片黯淡静寂。许衡与许执立在花径尽头，神色平静地迎接着姚氏、许杏哥和许樱哥。

姚氏看到丈夫和儿子，眼泪忍不住再次流了出来，张口欲言，却是泣不成声："都是我的错……"

"我已听大媳妇说了。"许衡叹息一声，拍拍姚氏的肩头，又温和地摸摸许樱哥发顶，轻声吩咐许杏哥："陪你妹妹回房歇息去。"

许樱哥仰头看着他低声道："父亲，我……"

许衡温和地道："你是否问心有愧？是否后悔？"

许樱哥直视着他，坚定地摇头："不愧，不悔！"这世道上就是有那么多的不公平，古今皆同，她可以务实地承认并接受这种不公平，但在精心细算之余，做人还该保留几分血性才是，不然与蝼蚁何异？

许衡便笑："既如此，还有什么好说的？我许家的女儿就该是这个样子的。"

许执也给了许樱哥一个安抚的笑："二妹妹没丢家里人的脸。"

许樱哥立在路口目送许衡夫妇并许执离开，对身旁的许杏哥微笑："走罢，我请姐姐吃好吃的。想必姐姐今日也没吃好？"

许杏哥狠狠一戳她的额头："你个吃货，就光想着吃。"言罢也笑了起来。

"你是说，康王妃向你提亲了？"烛光摇曳下，许衡紧皱双眉，探询地看向姚氏。

姚氏怒道："她并不是诚心诚意的，更像是为了表示康王府其实很讲道理一般！话里话外都嫌樱哥脾气不好，动不动就喊打喊杀，怕伤了她宝贝儿子。真是笑话，难道要我们家孩子被人欺负却不许还手？"

许衡慢条斯理地道："夫人的意思是要他们非得追着求娶樱哥才好？"

姚氏没好气地道："我哪有这个意思？我不过是气愤他们欺人太甚。"

"人在矮檐下不得不低头，当今之世，命如草芥，做人不如做畜牲，能勉强留着脸面活下来就是一件了不起的事。"许衡捋了捋胡子，平心静气地道，"再说，塞翁失马焉知非福？她之前又发帖子又叫樱哥去相看，定是起了心的，若非意外，他们来请旨强娶，你待要如何？想闹都没机会。你瞧，现在樱哥不是还好生生地活在我们面前？这便是大善。今日永远也猜不到明日会发生什么样的变化，不如顺势而为。"

姚氏想了一回，道："那我得早点睡，明日还有硬仗要打。"

康王府。重重帘幕之中，一盏产自越州的精美珠灯散发着十分柔和的光芒，张仪正仰卧在睡榻之上，沉默地听着身边的康王妃说话："你姑母还是决意要娶王家六娘进门，肖令尚且不知此事，但也未必将来不知，倘若他被人挑唆要寻你麻烦，你总要让着他些才是……"

张仪正冷笑道："凭什么要我让他？我又没碰王六娘！我们清清白白的。说来还是他们自己门户不严，让小人钻了空子，我差点就被害死，怎地倒成我欠他的了？"

康王妃见他太过暴躁，不悦地垂了眼一言不发。

张仪正见她不搭理自己，渐渐安静下来。

康王妃又晾了他一阵子方道："我们是一直没承认，王家六娘也一口咬定没见过什么男子，倒反过来问你七婶是什么意思。可你七婶一口咬定亲眼瞧见你碰了王六娘，你从那里面跑出来时又被好些人看见了，真要追究起来你能脱得掉干系？若是你姑母不肯娶王六娘，王家不肯饶你，你待要如何？"

张仪正冷着脸高声道："我没碰她！没碰就是没碰！这个可以查。"

"当然查过了，不然你以为你逃得掉？总之你遇到肖令就躲开些！记得念你姑母的好。若非是公主府下人得力，你今日怎么也逃不掉！"康王妃沉声道，"现下我要问你的不是这件事，是谁害的你也不用你去管，自会有人去追究。我只问你，许家这事儿你要怎么办？总要有个交代才是。"

张仪正抿紧了唇，看着那盏珠灯一言不发。

康王妃试探道："我今日已向许夫人提亲了……"话音未落，就听张仪正愤怒地一声吼了起来："谁要娶她？！"

康王妃被他吓得一跳，虽十分不解他何故如此反复无常，却又隐隐有些欢喜，觉着一个原本很棘手的难题又被解决了，遂追问道："你不肯？"

张仪正冷笑："我娶谁也不耐烦娶她，她也配？"

却听"嘭"的一声响，门被人自外头猛力踢开，康王板着脸大步走进来，满面寒霜地厉声斥道："孽障！那你招惹她作甚？"

张仪正先是吓得一缩脖子，随即把眼一闭，心一横，冷声道："我当时迷糊了，什么都不知道。"

康王气得将手点着他，连声道："混账东西！我怎会有你这种蠢笨到不可救药的儿子？"

康王妃见事情不妙，赶紧抱住康王的手臂颤声央求道："王爷，不是孩子的错，他也吃了大亏，关键时刻也挺住了。"又拼命给张仪正使眼色，张仪正只得爬起来跪在床上听训。

"慈母多败儿，你还纵着他！无缝的蛋不生蛆！人家何故不挑别人下手，就专挑他下手？因为他品行败坏，名声在外！说他做什么传出去人家都相信！"康王随手将手边一壶温茶尽数泼到张仪正脸上，冷笑着道："你迷糊了？迷糊了就专在一群人里把人家给拖出来歪缠半天？你迷糊了？迷糊了挨了耳光挨了骂还记得去扯人家的香囊？你觉得她配不上你，那是谁才配得上你？不要脸的混账东西，怎不自己撒泡尿照照自己是副什么德行！"

张仪正冷着脸垂眸不语，背脊挺得直直的。

康王看得气不打一处来，左右逡巡一番，顺手扯起瓶子里的鸡毛掸子就朝着张仪正劈头盖脸地狠狠抽了下去。张仪正疼得一哆嗦，眼泪汪汪地看向康王妃，却死活不肯开口求饶。

康王妃一瞧，康王下手太狠，只一下就把张仪正给打得破了相，立时母鸡护小鸡似的张开手臂拦在康王面前，大声道："我不许！我不许小三儿娶她！强扭的瓜不甜，这时候就知道拿簪子刺人，将来就会拿着刀子剪子刺人！王爷是想害死儿子么？他可为了您死过几次了！难不成要我白发人送黑发人？"说到后面已是哽咽不能语。

康王的手便软了下来，良久方神色复杂地看着张仪正冷声道："你可知那许衡有多少门生故旧？他那率先降了圣上的骂名又是白来的？明日早早起身，随我一起去学士府赔罪！叫你跪你就跪，叫你站不许坐！如若许家答应把女儿嫁给你，你就该感谢祖宗积德，老老实实给我娶回来当菩萨供着！再敢作妖我弄死你！"言罢将鸡毛掸子往地上狠狠一砸，转身大步走了出去。

"王爷！"康王妃看看曲嬷嬷，赶紧转身追了出去。

曲嬷嬷会意，板着脸把张仪正房里伺候的管事婆子并丫头训了一遍，又看着张仪正收拾好躺下了才又去寻康王妃。

夜风吹得窗外的花木簌簌作响，房里一片安静，张仪正气息急促地从噩梦中惊醒过来，满头满身冷汗，一脸的厌恶憎恨之情。守夜的俏婢雪耳听见动静，先赤着脚撒着绫花裤脚喂他吃了半盏温水，又要拿帕子给他净身换衣裳。张仪正一把按住被子，冷声道："放着。"

第41章　负荆·三问

雪耳却已经闻到了一股熟悉的味道，不由粉脸微红，身子酥麻。犹豫半晌，拿了个精致的缠枝葡萄镂空银香囊上前，软声道："三爷，这东西哪里来的？好生精致。赏婢子了好么？"一边说，一边就往他身上挨过来。

张仪正一把夺过她手里的香囊，横眉怒目："什么东西，也敢管小爷的事？吃多了撑着了就往院子里扫地去！"

雪耳唬了一跳，站在床前抖着肩膀轻声抽泣着，晶莹的泪珠一颗一颗往下滚，轻声道："从前三爷最是疼婢子的，如今却是嫌烦了，想是三爷心里有了人，若是嫌婢子不顺眼，趁早打发出去大家都干净。"

张仪正不耐烦，冷冷地道："那就滚！"

雪耳的脸白一阵红一阵，便是哭声也不敢有了。张仪正将手里的银香囊捏了又捏，一直捏得面目全非方长长叹了口气，摸着脸上那道康王所打，已经起了棱子的伤口自言自语地道："的确是太蠢笨了，不该如此。"

天边才露出一丝鱼肚白，学士府的大门便被人敲响，扰人清梦的都是恶客,门房带了几分不耐烦,揉着惺忪的睡眼将门打开一条缝,待看清楚来人后,大叫一声便快步往里通传。

昏暗的灯光下,神色冷肃的康王背手立在学士府的台阶上,身旁跪着袒肩露背、绑着一把荆条的张仪正。再一位身负重任的陪客,则是那位许府的亲家,许杏哥的公爹武戴武大将军。

"跪在大门前负荆请罪?!"许衡是常参官,没事儿没生病的时候总是要伴驾的,自是早就起了身,这会儿正与姚氏面对面地吃早饭,听说来了不速之客,在听了详细场景后,不由讥讽地冷笑了一声,淡定地继续吃饭。

拿乔是可以的,毕竟自家是受害者,但对方身份到底不一样,且似是诚意更甚,所以还当留些分寸。姚氏虽然气愤,却更务实,便小声道:"到底是亲王皇子之尊,又有亲家公陪着的,且跪在那大门前闹得人尽皆知也不是什么好事,是不是好歹先让他们进来再说?"

"夫人此言差矣,此时学士府还有什么面子可言?不跪才没面子。他既大张旗鼓地来,便是为名,得不到又怎会轻易离去?武戴既要讨嫌跟来就该有挨冷脸子的准备,怪不上我。我许某人天生就这样,当初对着圣上,比这样惹人厌恨的事情也不是没做过,头却还在。"许衡慢条斯理地吃了一碗碧粳米饭外加两个松仁鹅油卷才放下碗筷,又把胡须梳得一丝不苟才慢悠悠地踱着方步走了出去。

许衡和康王相逢在微凉的晨风里,一个以皇子亲王之尊严肃认真地作揖赔礼,一个以前朝旧臣、当朝大学士的身份,倨傲到眼睛望天,倒理不理。等到武戴居中调停许久,二人总算互相搭理,进入你推我挡的正常程序时,被忘在一旁很久的张仪正已经跪到满脸通红,不敢抬头。

"孽畜!你原来还知道羞的。"康王适时厉声道,"还不赶紧给你许世伯赔礼道歉?"

张仪正沉默地高高举起荆条,向着许衡膝行了两步。

许衡看也不看张仪正,哂笑一声:"不敢,老朽不才,哪里当得起龙孙的世伯?王爷实是高抬老朽了,老朽却不敢。"

武戴忙道:"总在这门前也不是事,里面吃茶说话不是更好?"

"请。"康王面上丝毫不见愠色,不等许衡同意便大步往里走,许衡瞪了武戴一眼,也紧随其后,三人都似是忘了门口的张仪正。

既然都走了，张仪正便放下荆条，懒洋洋地跪坐在小腿上，眯起眼睛认真地看着头顶那"许府"二个大字。才刚看了两眼，就听身旁有人低声道："三爷对不住了！王爷早前曾吩咐过老奴，若是三爷懒散不知事，便要替他行家法。"

张仪正回头瞧去，但见最受康王器重的大管事盛昌弯身弓腰，双手高高捧着康王那根镶金错银的马鞭，于是复又高高举起荆条，跪得溜直，满脸的忏悔羞愧之情。

天色渐白，已是到了该上朝的时候，康王、武戴与许衡走出来，康王十分通俗易懂地道："儿女之事就好比是种庄稼，种的时候都精心伺弄，但天有不测风云，总有长歪了的或是会被鸟雀小兽啄食拔去，虽然痛心却没有办法。"

武戴叹道："尽人事知天命。"

许衡仍然是那副死人脸："王爷慢行，不送。"又朝武戴拱了拱手，什么都没说。

康王扫了眼巴巴地看着自己的张仪正，见他跪得溜直，态度不错，微微有些满意，却不多说什么，径直上马走了。武戴便邀请许衡："平正兄，一起走？"

许衡翻个白眼："坐轿的追不上骑马的。"

武戴无法，只得叹息一声，自往前头去追康王。

张仪正抿了抿唇，面向许衡再次高高举起手中荆条："请许世伯责罚……"刚开了个头，就见许衡视若无睹地从他的身边经过，自上了轿子扬长而去，于是剩下的半截话头便堵在了喉咙里。

接着又见许家大门里走出几个人来，当头的正是许执同许拙兄弟俩，旁若无人地低声交谈着从他身边经过，自上了马而去。

过不多时，里面再依次走出几个年龄大小不等的读书郎，有人厌弃地道："大清早的就有恶狗当道，莫非今日不宜出行？"接着一只破旧的水囊砸在张仪正面前，里面的水四溅而出，腥臭不可闻，溅得张仪正满脸满身。张仪正咬牙抬眸试图找出罪魁祸首，却只看到大大小小几张严肃无表情的脸，斯斯文文地按着长幼尊卑的次序排着队从他身边走过，阵型绝对不乱半分。

接着许府大门重重关上，震得门楣上存了多年的灰尘都落了下来。张仪正眨了眨眼，吐出一口气，把头埋得更低，只是那高高举着荆条的手却微微抖了起来。

安雅居里，许樱哥坐在窗前细细绣着一幅鸳鸯戏水的枕套，有一搭没一搭地同许杏哥说话："姐姐还是回去罢，如郎还小，会想娘的。"

许杏哥之前留下来，是因为不放心许樱哥和家里，现在看到家里一切顺遂，正主儿也过得悠然自得，什么寻死觅活想不开之类的事情似乎都与她无缘，便应道："也好，与其留在这里，不如回去打探消息。总这样僵着不是事。"张仪正跪在那门前，短时间里是康王府的诚心低调，时间一长便是许衡目中无人，不给上头那位面子。

许樱哥道："正是呢。不低头气人，头太低也难人。"心里却觉着许衡做事从来都有他的道理，且火候拿捏得最是恰当，要不然也不会屹立不倒。既然康王要把张仪正当成一面旗帜，许衡当然也可以把张仪正当成一面旗帜，各取所需。虽晓得不太可能，但她还真想看看康王府能做作到什么时候，张仪正又能做到哪个地步。

许杏哥刚起身，就见姚氏身边的苏嬷嬷走进来，面有愁色地低声道："康王妃来了。要请二娘子过去问话。"

康王妃来了，不管康王再是一个多么明辨是非，刚正不阿的好皇子亲王，他也还是皇子亲王的身份，他的儿子可以在他威逼下给学士府负荆请罪，却不可能一直跪下去，不然不但兄弟姐妹们看不惯会嘲笑他，政敌也会说他沽名钓誉，圣上更会问他处心积虑，意欲何为？所以算着时辰差不多，康王妃就很有诚意地来救场了。陪同康王妃来的还有若干上好的药材补品，以及那位生产才出月子的世子妃。

而且康王妃此来，态度与昨日的含蓄委婉完全不同，和康王今早向许衡提亲时的态度如出一辙，十分的坚定和迫切，把许樱哥夸得天上无双，地下独一。原来的泼辣凶狠危险变成了率性高洁贞烈，总而言之一句话，就是这姑娘人品太好啦，不谄媚，立身正，有担当，有才有貌，就是要这样的人才能把她这个混账儿子管制起来，她就需要这么一个儿媳妇，只有把那混账交到许樱哥手里她才放心，其他人她都不放心。而且最重要的一点是，她儿子其实仰慕许樱哥很久了，诚心之下，石头也会捂热的，何况许樱哥这样深明大义，自尊自爱的好姑娘呢？一旁的张仪正也配合地猛点头，不顾姚氏的冷脸和孙氏鄙夷的目光，十分深刻地自我检讨了一番，表示自己是真心求娶，并且日后将会如何如何。

　　经过姚氏左推右挡表示不愿结亲之后，康王妃要求亲自问许樱哥的意思。再经姚氏和孙氏阻挡再三之后，康王妃以势压人，病了就亲自过来探病，想不开就亲自过来开解，总之非见许樱哥不可。

　　苏嬷嬷道："夫人的意思，二娘子不乐意见就不见，天塌不下来。"

　　许家能为她做的都已经做了，剩下的只能靠她自己。许樱哥站起身来，看过身上的装扮确无不妥之处，镇定地道："我见，请姐姐陪着我，嬷嬷前面引路。"

　　康王妃定睛看着面前的少女。

　　许樱哥穿的七成新湖水蓝纱襦配青碧色六幅罗裙，腰间一条鹅黄色满绣牡丹纹裙带，垂髻上只各簪了一支梅花珠钗，耳边一粒小指尖大小的明珠，不过是家常打扮，却难掩清新明丽。神色虽安宁静默，但脸色明显是憔悴苍白的，怎么也比不过昨日的明艳生动，白里透红。

　　不过是这么个年纪，能做到这个地步已着实不易，康王妃经过和康王的一夜交流深谈，不得不承认许家教养儿女着实有一套，既然已下决心求娶，便要多看对方好处，不然便是自己为难自己。于是看许樱哥也多了两分顺眼，和颜悦色地温言道："好孩子，都是我们的不是，你受委屈了。"第一句必然是问候，但却不能问，你是否好些了？那不是废话么，换谁去试恐怕都好不了，所以最聪明的做法莫过于直接就承认对方委屈了。对方气顺些，下面的话也好说些。

　　"劳王妃记挂。" 委屈是肯定委屈的，所以不用多说，许樱哥福了一福，起身站定，静静等待敌人发招。

　　康王妃直截了当地把站在身后的张仪正推了出来："孽障！还不赶紧给许二娘子赔罪？"

　　张仪正缓步走到许樱哥面前，一双鹰隼一样的眼睛牢牢盯住了许樱哥，沙哑着嗓子低声道："都是我的不是，污了二娘子清名，虽万死不能赎罪，但还请二娘子看在我是旧疾复发，神志不清才犯了大错的份上饶了我这遭，再给我一个补救的机会……日后……天长日久……总会叫你看到我的心意，总不会，总不会负了你。" 这段话前头说得顺溜，后头却似是咬着了舌头，听上去不情不愿，晦暗不清。许家人听得皱起眉头，康王妃也有些不悦和着急，张仪正自己也似是注意到了，索性埋下头去对着许樱哥深深一揖。

许樱哥微微蹙起眉头，撇过脸看着窗外沉默不语。窗外阳光正好，满院子翠色荡漾，一只圆滚滚的小猫伏在花丛边，正瞪圆了眼睛聚精会神地盯着一只上下飞舞的彩蝶，作势欲扑，彩蝶却似不知，犹自上下百般舞弄。许樱哥的眉头渐渐松开，全神贯注地看着窗外的一猫一蝶，仿似是全然忘了面前的人和事。

康王妃不由得皱眉，却不好开口相逼，便朝长媳使了个眼色。世子妃李氏收到，连忙温言道："三弟，你平日里大咧咧一个人，怎地今日话也说不利索？可是真心悔过了？"

张仪正站直身子，看着许樱哥线条柔美的侧脸嘶声道："我自是悔的。万分后悔，悔不当初。"想想又添了一句："诚然，此时恶果已然酿成，说什么都没用，但请许二娘子说一句，想要我怎么办？只要我能做到的，总要叫你消气。"

姚氏沉声道："樱哥，你怎么想的就怎么说。"

许樱哥收回目光看向张仪正。他的脸上肿起拇指宽一条棱子，也不知是被什么东西所伤，此时看上去又紫又肿，很是狼狈吓人，眼睛微微泛红，却闪着迫切的亮光，唇角微微下垂，表情似是嘲讽又似是悲苦。很矛盾的神情，想起他昨日在她耳畔气势汹汹说的那些疯话，许樱哥怎么也不能把面前这个"乖巧可怜"的儿子同昨日的疯子联系在一起，便淡淡道："国公爷说得对极，恶果已然酿成，说什么都没用，那便不用说了。昨日之事，既然王爷与王妃都说是事出有因，非是有意为之，那也不用再提了，礼也赔过了，人也探过了，我没什么要国公爷做的，请回吧。"

张仪正有些发愣，眯了眼睛沉默地看着许樱哥。

康王妃再次看向世子妃。世子妃清了清嗓子，同情而羞惭，理解而诚恳地看着许樱哥道："二娘子，请容妾身多句嘴。"世子妃李氏，出身于在西北只手遮天的梁王府，娘家家大业大，却是别样尴尬，类似于质子般的身份，惯常低调做人，且已是三个孩子的母亲，棱角早就磨平了，是以表情得当，语气恰当，很难引起人的反感。

许樱哥敛衽一礼，淡淡道："世子妃多礼，不敢。"

李氏便道:"实不相瞒,我等今日是诚心上门赔罪并诚意求亲的。本来此等大事当为父母之命媒妁之言方显尊重,但又因事出有因,所以想听二娘子当面说一句实话。"见姚氏准备插话,便微微欠身道:"夫人疼爱女儿,自是不肯委屈女儿半分,此乃慈母心肠,天下母亲一般无二。可其实委屈不了,一则,贵府累世书香,名声闻达,我家富贵,正是天作之合;二则,我公婆明理宽容,绝不会偏帮儿子薄待媳妇;三则,浪子回头金不换,我这小叔虽然早年多有荒唐,但现在已知悔改,对令千金更是倾慕已久,昨日之事虽是无心之过,却是真情流露。年貌相当,家世般配,又是真心实意,还有什么比我们两家永结通家之好更好的呢?红颜易老,青春易逝,女子嫁人乃是终身大事,马虎不得,是以,还望许二娘子三思,千万不要因一时之气而误了一生。"

　　这话委婉,却给足了保证和点出了许樱哥面临的窘境——嫁吧,嫁吧,我们两家正好合作,我家公婆也都会护着你,没人会欺负你的。不然谁还敢娶你?姑娘你真的想孤独一生?你确定一定以及肯定?趁着年轻的时候早早拿定主意吧,不然等到年老珠黄了想后悔也没办法呀!许樱哥不由得认真打量了这世子妃一通,世子妃不过三十出头,养得白净圆润,团脸挺鼻,一双眉毛长得极好,目光沉稳圆润不见锋芒,整个人和气端庄,人方稳重,的确堪当世子妃、长媳、长嫂一职。

　　许樱哥不由得想起了康王府的二奶奶王氏,爽利活泼精明大方周到,也是丝毫不见骄矜之气。听闻王氏出身不高,其父不过是一乡间富户,但因早年于康王有救助之恩,所以结成儿女亲家,亲事初成,无数人盛赞康王有君子之风。而这亲事成就之后,王氏夫妻恩爱,并无任何闲话传出。这样密不透风的一家人……偏偏有了这么个拖后腿的东西,想来他们一家子也很苦恼吧。许樱哥的目光从张仪正身上扫过,唇角轻轻弯起,露出一丝淡到看不见的嘲笑:"既然世子妃推心置腹,我再推三阻四反倒显得我小气做作了。"

　　此话一出,屋里人心里便都一紧,姚氏等人的担忧自不必说,康王妃有了几分兴致,世子妃则眼里有了几分笑意:"请,早知二娘子是个爽利性子,果然名不虚传。"

　　许樱哥道:"康王府自是富贵的,王爷、王妃、世子妃都是公道正直的好人,国公爷龙子凤孙也是极尊贵的,这桩亲事更是打着灯笼没处找的好亲事,这点毋庸置疑。若能得到这样一桩亲事,实是几世修来的福分。"

张仪正蹙起眉头，目光沉沉地看着许樱哥，唇角越发下垂得厉害。

"可要说这亲事是天作之合却未必可见。"许樱哥轻轻叹了口气，大大方方地看向张仪正，"我有三问，要问国公爷，还请国公爷照实回答，可否？"

总得让人把心气放平才是，且康王妃也很好奇许樱哥究竟想问张仪正什么，便给张仪正使了个带着威压的眼色，示意他要配合听话。

张仪正却根本没看康王妃，只把眉毛扬起又放平，看着许樱哥平声道："你问。"

许樱哥吸了口气，正色道："第一问，敢问国公爷可是真心求娶？"

张仪正静默许久，方嘶声道："自是真心。"

许樱哥接着又问："何以见得？"

张仪正哑然，屋里众人绝倒，这怎么辩证呢？口说无凭，我说我的心是红的，你偏要说是黑的，怎么办？总不能剖开胸口给你看。张仪正沉默片刻，挑起眉头道："这是第二问？"

许樱哥点头："算是第二问。"

张仪正咬牙切齿许久，恨恨道："我自是真心，从见你第一眼始便再也忘不了你，所以被赵瓘打得半死还厚着脸皮替你婶娘解围将功折罪，并不敢居功；在将军府别苑见你手臂脱臼便立即替你打残胭脂马出气，再为你正骨免除皮肉之痛；旧疾复发，快要半死也只记得你一人，初初清醒过来，便立即央求父母双亲上门赔罪求亲，弥补过失，你可满意？"越说越顺溜，越说越得意，仿佛真就是那么一回事了。

许樱哥不置可否，继续道："第三问，世人皆重名声，女子更甚，国公爷既如此真心，何不早早禀明父母，遣媒提亲？可不比这样总是窥伺孟浪捉弄小女子的好？"

张仪正的脸一下子板了起来，随即挺起胸膛，直视着她沉声道："我怕大学士嫌弃我名声不好，不敢轻易开口。"

"所以国公爷便几番坏我名声？"许樱哥一脸的悲苦，惶恐地看看康王妃并世子妃李氏，再回头看着姚氏悲声道："夫妇匹敌，要般配才是良配。女儿蠢笨，冲动小气，着实不堪重任。与其日后令家族蒙羞，拖累父兄，不如请父母亲准许，容女儿入家庙清修，替父母祈福。"言罢长拜不起。

第42章　真情·秘辛

此言一出，众人神色大变。姚氏定定地看着许樱哥的后脑勺，许杏哥恨不得提着许樱哥的耳朵将她拉起来逼她把适才那话咽回去，孙氏长叹一声，垂眸低头飞速转动腕间念珠，康王妃惊疑不定，世子妃目露不忍。

张仪正忍了又忍，终是忍不住质问道："我说错了什么？你要问的我都照实答了你，你还待如何？你要怎样才满意？"

许樱哥看也不看他，泪水涟涟地轻声道："没说错什么，多谢国公爷垂爱，是小女子无福消受。"

张仪正死死盯着许樱哥，脸色阴沉难看到了极点，不咸不淡地道："二娘子是手臂脱臼也不曾呼痛的人，在昨日那般情形下也敢动手打骂皇孙的女中丈夫，此刻却如此惊吓悲痛柔弱，想是果然乱了分寸。"

皮肉之痛焉能与终身大事相提并论？何况她是个闺阁女儿，胆子再大又能大到哪里去？许樱哥差点就反唇相讥，转念一想，真正伤心，万念俱灰之人哪里又有心思与人斗口舌！自己该表现的已经表现完了，于是索性当张仪正刚才放了个臭不可闻的屁，只望着姚氏哀哀道："女儿不孝，望娘成全！"

姚氏闭了闭眼，吐出一口浊气，起身走到康王妃面前福了下去，沉声道："康王府非是寻常人家，国公爷龙子凤孙，当配温柔敦厚，福德双全之人才是大善。小女福薄，且自小娇养，实在难当大任，还请王妃和国公爷看在她父亲殚精竭虑、鞠躬尽瘁的分上，放她一条生路。"

得，事情又绕回去了，虽然亲事还在攻防战之中，但两家人已经对彼此的苦衷初步表达了理解，"旧疾复发"乃是不可控制之事，能怎么办呢？既然康王府这么诚心地来赔罪，那学士府也不能完全不给面子，能揭过去的就尽量揭过去吧。可是一转眼，许樱哥便被逼得要出家了！姚氏也郑重把事情的高度提升到生死上去。

康王府这是来赔罪还是来逼死人的？如若许樱哥真因此出点什么事，康王府的名声就整个儿坏掉了，而康王之前所有的作为都更像是笑话，等于是把把柄主动送到政敌手中。一不小心把儿子给生笨了，还有什么办法呢？康王妃敏锐地意识到今日之事不可再行，于是当机立断扶住姚氏沉声道："都是妾身的不是，教子无方，叫府上看笑话了。本是令媛气质高华，人品贵重，所以才诚心求娶，愿结通家之好，但既是不肯，也没有强逼的道理。"一边说，一边严厉而警告地看向张仪正，勒令他当哑巴，不许再生事端。

世子妃李氏乖觉，早就亲自把许樱哥扶了起来，慈爱地亲执了帕子给她拭泪，柔声安慰："你这孩子真任性，不成就不成，大好年华怎地随口就说那什么清修之事？父母双亲养大你，难道是要看你孤寂一生的？快把眼泪收了，有话好好说，不要惹你母亲伤心。"

许樱哥给她哄得眼睛一眨一眨的，差点生出世子妃其实就是许家亲人的错觉来。却见一旁的张仪正唇角凝了几分冷笑，往前一步走到她身旁，俯瞰着她一字一句地低声道："你宁入家庙清修也不肯嫁我，可是还想着要嫁那姓赵的？"

他身形高大，这俯将下来，生生把许樱哥整个人给尽数掩入阴影中，许樱哥只觉得气息都不顺畅起来。这个问题着实阴毒，里头陷阱深深，她无论辩白与否都是错，于是满脸惊惧，捏着帕子尖叫一声，一下子朝姚氏扑将过去，紧紧攥着姚氏的袖子惊恐地大声道："他又犯旧疾，胡说八道了！"

满室静默，俱都看向张仪正。张仪正却只顾死死盯着许樱哥，一双眼睛里犹如有两簇火苗在跳动，越烧越旺。

姚氏颤抖得厉害，悲愤地看着康王妃高声道："这就是康王府的诚意？我清清白白的好女儿，岂容人如此糟践？若是想要她的命，请王爷、王妃吩咐一声，我许家双手奉上！"

"混账东西！你给我清醒清醒！"康王妃怒不可遏，辩无可辩，一掌打在张仪正的脸上，张仪正不闪不躲，只睁大眼睛定定地看着许樱哥，眸色渐成深灰。

世子妃立即挺身而出，放下身段连连给姚氏赔礼道歉，好话说尽："夫人息怒，我家老三是个痴儿……他虽性情暴躁，却自小便是至情至性之人，这，这，说句丢人的话，不过是小儿女眼红嫉妒，口不择言罢了……"一个至情至性与眼红嫉妒，便轻描淡写地将张仪正所犯的严重错误朝着另一个有些暧昧的方向引了去。

歪楼了！严重歪楼了！她们讨论的是人命问题以及张仪正是否用心险恶，世子妃却说这其实属于感情问题。谁要和这头顶生疮脚底流脓的坏东西谈感情？许樱哥愤恨得咬碎了一口银牙，躲在姚氏身后愤怒地瞪着张仪正，却见张仪正若有所思，面上的厉色竟然渐渐消散，气息也渐渐平顺下来。

康王妃见儿子的神色渐渐恢复平静，晓得他稳住了，便松了口气，厉声道："孽障！还不赶紧赔罪？说人话，再敢犯浑你老子头一个就不饶你。"

张仪正果然也就从善如流，走到姚氏面前，撩起袍子端正跪下，直视着姚氏道："是我糊涂，行事不得体。但我实是真心倾慕令媛，只因晓得府上最重名声且疼爱女儿，害怕亲事不成，所以接二连三地犯糊涂。我生来鲁钝，不会说好听斯文话，只知不快便要发作出来。却也晓得分辨明珠与砂砾，许家累世书香，名门望族，二娘子果敢坚毅，才貌双全，堪为良配。如若夫人成全，我日后必将善待她，改了从前的混账行径再不混来。一片真心，日月可鉴，请夫人成全！"

他此刻神情诚恳，带着许多期待与窘迫，脸还应景地红了，与世子妃适才的描述十分搭调，人虽鲁莽蛮横，却是真性情，真痴情。姚氏左看看，右看看，果断昏倒在许樱哥怀里。"娘啊！别吓唬女儿呀！"许樱哥、许杏哥齐齐大喊一声，抱着姚氏哭成了泪人。孙氏立即安排姐妹二人把姚氏送进内室休养，她自己则文质彬彬、有礼有节地赶人。

斗智斗勇了这半日，康王妃身心俱疲，眼看着许家人哭天抹泪顷刻间便走得干干净净，顺理成章地把自己一群人晾在了这里，便晓得这事儿也就这样子了，见好就收对大家都好，遂顺着孙氏递过来的梯子往下走，留下了满屋珍贵的药材补品，带走了长媳与张仪正。

此役，没有胜利者。

姚氏听说瘟神走了，当即起身和两个女儿一起在菩萨面前拜了又拜，然后把许樱哥叫到面前："你真动了去家庙清修的念头？"

许樱哥笑笑，道："娘亲使苏嬷嬷来叫女儿之前，女儿正坐在窗前绣枕套。"

苏嬷嬷忙道："二娘子绣的鸳鸯就和她画的画儿一样的鲜活。"

若非是招惹上张仪正这丧门星，樱哥现下本该亲事已定，安安心心坐在家中绣嫁妆备嫁才是。姚氏又难过又好笑，心倒是稳稳放了下来，斟酌再三，低声道："你父亲说了，塞翁失马焉知非福，今日不知明日之事，只需静待机会即可。但你可仔细了，我有话要交代你，第一，与赵家不要再有任何往来了，便是赵窈娘也不要再往来；第二，你称病吧，待过了这个关口又再谋其他。"

许樱哥自是点头应下，转身把许杏哥赶回了婆家，回房关了门躺着生起了病。孙氏做主，安排许徕高调去请太医。

三房所居的院子里。鸣鹿跪在地上用银剪小心翼翼替冒氏修整她那被生生啃坏了的指甲，鸣鹤则在一旁小声回禀外头的情形，但如今姚氏与傅氏治家甚严，鸣鹤再多的也打听不出来，只能说些表面上的事情。

但也不用说得太仔细，事情闹到这个地步，冒氏也能猜出个十之八九，不由得微微冷笑："学士府好大的体面呀，竟能让一位皇孙在门外负荆请罪，长跪不起。又能得亲王、王妃、世子妃几次三番亲自上门赔礼道歉求亲，真是这上京城中头一份。"丑事是包不住的，难道以为瞒着她把她提前打发回家就能瞒得住一辈子？这下可好，丑都丢到家门前来了，上京城的人不出半日就会全晓得。

恰逢许徕过来吩咐冒氏去照顾姚氏与许樱哥，听着这话不对味儿，便冷声道："不是学士府体面大，他跪的本是康王。他们赔罪求亲更是理所应当，难道我们还该感到不胜荣幸才对？"这事儿是康王的主张，张仪正能在那府门前跪着，除了是因为害怕康王又能为什么？康王虽是想图名谋利，确也说明很看重兄长，但话却不可说明了。

想到孙氏便可与姚氏一道见客应对康王妃等人，自己却被人隔在这角落里，什么事儿都要瞒着藏着掖着冷着，便是自己的丈夫也不与自己一条心，开口便是质问讥讽，冒氏心头火起，冷幽幽地道："妾身是头发长见识短，三爷倒是懂，就是没什么用。"

"你……"许徕愤然起身，却不屑与她争辩，拂袖离去。

冒氏冷笑一声，垂下眼帘咬紧了唇，暗道那贱男果然说得出做得出，竟叫他用这种不要脸的赖皮法子缠上了许樱哥。这时候许家倒是端着架子不应，难保过后上头一张金口便成了，鸠占鹊巢还要变凤凰，叫人好不甘心！遂厉声道："云霞呢？这早晚了怎还不见她？"

冒氏话音未落，就听帘外有人急急忙忙地道："来了的，夫人，婢子来了的。"接着门帘被掀起，一个年约十七八，皮肤微黑，细长眉眼，嘴唇微厚的女孩子捧着一叠花样子进来。边行礼边小心翼翼地解释："这些花样子前些日子被人借去了，婢子的娘才去讨要回来，是以婢子来得慢了些。"

见冒氏冷着脸不语，鸣鹿只管朝她使眼色，云霞便赔着笑讨好地一一在桌上铺开给冒氏看，建言道："夫人那抹胸是翠绿的底儿，配这花开并蒂或是那五彩鸢尾的花色都不错。"

冒氏沉默地将一叠花样子从头看到尾，并不表态。云霞想着她只怕要发作自己，正在担心间，就见冒氏收了脸上的厉色，和和气气地道："我记得你老娘从小就是在府里长大的吧？"

云霞松了口气，带了几分骄傲道："是，婢子一家人几代都是府里的，从老老太爷那时候就在了。"只可惜后头她老娘犯了大错，被停了差事，连带着她也跟着倒霉，被分到了冒氏这里当差，不是不勤奋，不是不能干，却只能做个二等丫头就再也上不去。

冒氏笑道："我记得，简三嫂子还曾经伺候过老夫人，后来被老夫人赏给了……"她佯作想不起来，扶着额头作冥思苦想状，"赏给了……大夫人并一直陪在大夫人身边？这些年风风雨雨的过来，正是没有功劳也有苦劳。"

云霞连忙纠正："不是，是赏给了已经过世的姑夫人。"说到这里她便不想多说了。只因这位已过世的姑夫人不但是许衡兄弟唯一一个姐妹，更是这家里轻易不能提的一个人。

传说中，这位姑夫人长得温柔贤淑，美丽动人。饱览群书，富有文采，声名动京华。是一位不可多得的才貌双全的女子，可惜红颜薄命，时运不济，在乱世中被贼兵掳走，与家人失散。多年后许衡找到她，她已是病入膏肓，却坚决不肯回府拖累兄侄。许衡无奈。只好在外头给她买了个小院子，请名医延治，但这位姑夫人已是油尽灯枯，不过半月时光便悄没声息地死在了一个春雨绵绵的夜里。

从此后，许府等闲不会提起她来。只有在逢年过节祭祀时，许家的子侄们才会默默地在她灵前磕上几个头，烧些香烛纸钱，许衡会哭着浇上一壶好酒。便是冒氏，进门后也曾在这位未见过面的大姑姐灵前上过香，敬过酒，更是看着许择磕过头。她本是个好奇的性子，哪能不打听这位姑夫人的事情？只是人人都不太愿意提起来，便是许倰对着她也是语焉不详。可见这位姑夫人身上实有见不得光的事情发生。想想也是，一个娇滴滴的大美人被乱兵贼子给掳了去，还能得什么好？

"是这样啊，那是我记错了。"冒氏看出云霞的犹豫和害怕，也就不再追问，转而道，"我听说你娘做得一手好针线活儿。秋天我母亲要过寿，我得给她老人家做身衣裳，但我手脚不灵，你且去把她叫来，让她替我做这件衣裳。只要做得好，日后不免多劳动她，工钱也不会少她的。"

能多这样一份工钱补贴家务那是好事，云霞喜不自禁，忙应了："婢子这就使人家去同我娘说。夫人什么时候有空呢？"

冒氏道："择日不如撞日，你这便去把她给我请过来。"

许府凡是成了家的下人都是住在学士府后街，学士府后头就有一道角门直接通向后街，传递消息叫人都非常快，故而云霞的老娘简三家的很快就收拾妥当到了冒氏面前。

冒氏待她很是和气，先让丫头们上了茶水果子，使人取了一匹织金寿字的暗红色锦缎，把继母的尺寸给了简三家的，打发走鸣鹿等人，三言两语便引着简三家的说起了从前，并表示十分同情："简三嫂子，我看你也是个能干人，且年纪轻着呢，怎地就不来府里做活了？听云霞说你们家孩子还多，过得不容易吧？"

简三家的一提起这事儿就是满肚子心酸事，推脱再三推不掉，只得叹息道："三夫人，不是老奴偷懒，实是做了错事儿。"

冒氏不信："我看云霞就是个老实孩子，你也生就的一副老实相，能犯什么错儿？你要是不好，当初老太太会使你去伺候姑夫人？按说，便是看在姑夫人的面上也该给你留几分余地才是。便是云霞，在我这里做个二等丫头我也觉着委屈了她，想着等明年一定要给她配门好亲事。"

钱财动人心，何况是女儿的终身大事。简三家的忍了又忍，红了眼圈轻声道："老奴就是对不起姑夫人。这些年老爷夫人宽厚不与老奴计较，老奴却是没脸在主子们面前晃。"

这是委婉的说法，其实就是许衡与姚氏都不耐烦看到她，所以才夺了她的差事。冒氏心知肚明，也不戳穿她，只做了万分惊异的模样道："不是说姑夫人是病死在外头的么？那时候你不是在府里的？又怎会对不起她？"

简三家的只是摇头不肯说。

冒氏问不出来，只好退而求其次："算来姑夫人已是没了十余年吧？夫家怎不见有人上门？"

简三家的明明白白地道："是在天福一年的春天没的。姑夫人的夫家早在乱兵中死绝了，哪里能有人来？"

什么夫家，野男人倒是不知凡几。许樱哥这个因病一直养在乡下的二娘子就是在天福一年的夏天被接回来的。冒氏默默计算着时间，道："这么多年过去，你再有什么错也该被淡忘了。你放心，待我替你在大夫人面前求情。"

简三家的不见欣喜，只见慌张："老奴谢过三夫人的菩萨心肠，但老奴没这个福气。还是罢了。"

冒氏又假意说了几句，见简三家的神色都变了才放过了她，道："听说这位姑夫人当年才貌双绝，名满上京。叫我好生倾慕。只是伊人已逝，不得一睹她的风采。咱们家的这些姑娘们都是一等一的样貌，不知道谁更长得像她们姑母呢？"

简三家的想了许久。方道："要说这个，还是二娘子如今的风貌才气颇有几分类似姑夫人，性情还是三娘子要似些。"

冒氏越发来了精神："二娘子长得最像吧？那的确是大美人了。不知当初姑夫人……"她想问那死去的姑夫人是否留得有骨血，简三家的却是什么都不肯说了，只推不知。

冒氏无奈，只好重赏了简三家的，吩咐道："我就是那日五爷指着姑夫人的牌位问起我来。我竟是不知怎么回答，所以多了几句嘴。既然家里人都不喜欢提起，三嫂子就不要多嘴了。"

简三家的哪里有不肯答应的？自是好生应了不提。

苏嬷嬷送走郭太医，折身回去交差，行到僻静处。便见夹道内侧的花木下侧身站着个婆子眼巴巴地看着自己，待认出来，便淡淡地道："是你。"

简三家的左右看看，快步上前低声道："好姐姐，我有要事禀告夫人。"

姚氏面无表情地看着垂手肃立在下首的简三家的，淡淡地道："依你所见，三夫人如何会突然问起姑夫人来呢？"

简三家的本是尽自己的本分，哪里又愿意多生事端？便赔着笑低声道："兴许是三夫人闲了，好奇。老奴只是记着当初老爷和夫人曾吩咐过，谁要是追根究底此事，便来禀告。"

姚氏挑起眉头冷笑道："说得对，她就是闲得吃饱了撑的。"娶冒氏进门，是她这辈子犯下的最大错误，当真搅得家宅不宁，但此刻要退货却还不那么容易。转念一想，既然冒氏已对许樱哥的身世生疑，不如借机引着她往那个方向去想，总比许樱哥兄妹那越发见不得人的身份被人深挖了又深挖的好，便轻轻叹息一声，软了声气道："你做得很好。"

简三家的因着一个不小心便被冷落这多年，此时乍然得了主母这一声夸赞，喜得什么似的，立即就猛表忠心："这是做奴婢的本分……"

姚氏静静听她说完，温和地道："都说娶妻娶贤，你女儿在三夫人房中伺候多年，想必该知道的都知道。三夫人日常不是打狗骂鸡，便要徒生事端，她若是真好奇，便可直接问到我面前，一家人没什么好瞒的，说来不过是姑夫人命苦可怜。可她如此鬼祟行事，便是无事生非了！想我许氏诗书传家，最重规矩名声，岂能由着这无知妇人胡来？"

简三家的心里"突"的一下，抬起头来看着姚氏道："多年前奴婢本该给姑夫人偿命，但老爷夫人不但容奴婢活下来，还不曾薄待折磨。奴婢每每想起此事总是愧疚不已，常常想着，若有机会能让奴婢将功折罪，那奴婢死也值了。"

"你的忠心我是知道的，不然也不会一直留你女儿在内院当差。"姚氏很满意地朝一旁伺立的绿翡使了个眼色。绿翡立即含笑把简三家的引出去："妈妈难得来，正好指点一下我的针线。"待得绿翡等人出去，姚氏便收了脸上的笑容，沉声问苏嬷嬷："贱人无事生非，我待打老鼠，又恐弄翻了玉瓶儿，你怎么看……"

第43章　晦日·多情

苏嬷嬷作为当年这些事情的经手人和见证人之一，焉能不知姚氏是打个什么主意？便道："三夫人早前几番刺探五爷之事，想必也是看出五爷和二娘子长得极像，且五爷也是在次年春天去的常福街。会不会……？"

许扶在天福二年的春天被过继给常福街的许彻家并不是什么秘密，两个孩子出现在人前的时间虽被许衡有意错开了，当年知晓此事的人已被发落得七七八八，但只要有心，手腕够强，也不是不可以被查探到蛛丝马迹。

姚氏镇定地道："绛州老家如今是晋王的地盘，可没那么好查。她不是自诩聪明能干却明珠蒙尘么？旁人说的她又如何轻易肯信？且让她自己慢慢去想去推，这样她才当真。"恨恨地冷笑了一声，道，"我只不知，究竟是她自己要和我们过不去，想拿捏住我和老爷，还是有人在后头挑唆，居心不良。也罢！既然躲不过去，我们便顺水推舟。"

可以引着冒氏把许扶兄妹俩当成死去的姑夫人留下的骨血，让她以为许家因这俩孩子生父不详，将来不会有什么好前途，所以才用这样的方法给两个孩子谋前程。但又不能一下子都抛出来，而是要一步一步地来，先是许樱哥，等到冒氏又去追查许扶了，才又给她露个边角，引着她自己去查，自己去信。然后才好去追探她身后究竟有没有人。

苏嬷嬷在姚氏身边多年，乱世与太平都经过，穷日子富日子也都过了，见多识广，自有其手段。当即出了正堂，与简三家的密谈许久，又是吓唬警告，又是称赞许诺，最后再给了些关键的技术性指点，如此这般地教了一遍。悄悄送走简三家的后，又着人把冒氏的举止盯了个严严实实。

六月二十九。晦日。

已将傍晚，风吹过窗前的桂花树，桂花树上稀稀拉拉地结了几串花苞，被风一吹，那清香便幽幽地散发开去，沁人心脾。许樱哥端坐在窗前，专心致志地将特别烧制的细炭条在纸上描了又描，改了又改，就连许杏哥从外间进来都不知道。

许杏哥止住要出声提醒的紫霭，轻手轻脚地走到窗前，只见许樱哥画的是一组图案，花纹别致复杂，有龙有凤，又有牡丹莲花。祥云瑞草点缀其间。难得层次分明，繁而不杂，当真是富丽堂皇，贵气十足，忍不住道："你又要做什么？"

许樱哥太过专心，居然没反应。许杏哥忍不住戳了戳她："在干什么？呆头呆脑的。"

"养病之人，闲来无事，给自己找点乐子。顺便赚点小钱花用。"许樱哥这才放了炭条笑道，"姐姐才回家不久，怎地又回来了？"

许杏哥接过紫霭奉上的茶，叹道："能如何？又当说客来了。做亲戚的总觉着以和为贵才好。"

许樱哥晓得她此行不过是借机回家要一趟，偷偷懒，便笑着打趣道："他们总是好心，何况亲家夫人和玉玉也算厚道了，姐姐是有福之人。"

许杏哥懒洋洋地扇了扇手中纨扇，道："这康王妃刚走，咱家就病倒了两个，至今也还没痊愈。朝堂上康王被斥，罚了一年的俸银，张仪正降为县公并被赶到邢州去办差，爹爹偏还得了一对御赐的金筷子，又被夸为忠君爱国。现下说什么的都有，向着我们的可不少，这样下去怎么得了？他们当然要我来劝你们早些好起来。"又把自己从武夫人那里知道的关于王六娘那事拣着不甚紧要的地方略说了一说，道："所谓的旧疾，便是如此了，与父母亲、你我猜测的差不离。"倘若那最后受害的不是她妹子，她也要赞张仪正一声好定力。

她便算是倒霉催的，王六娘更是躺着也中枪，所谓炮灰的由来便是如此了。许樱哥听说张仪正被遣走，先是有些开心，接着又皱了眉头："何故这里头就没其他家的事儿？只是我们俩家？"例如贺王府？

许杏哥摊摊手，叹道："谁知道呢？王六娘的事情一击不中之后，大家都不想扯出萝卜带起泥，所以齐齐吞了抹掉。现下倒是我们两家站在风口浪尖上了。"

许樱哥想了片刻，眼睛亮了起来："我记得前朝武宗皇帝曾赐大臣金筷子，褒奖其刚直。如今爹爹在这当口得了一双金筷子，是不是说，我们家拒亲，那位很满意？"只要上头那位不满意这桩亲事，那是不是说，假以时日，风平浪静之后，她最少是可以远嫁别处去过小日子的？以许衡的能力名望，许扶之小心谨慎，她应当也还可以嫁个人品不错的殷实富足之家。

许杏哥有些同情地看着她，轻声道："应当是。"

许衡曾暗里和许执分析过，认为圣上现今处在一种十分矛盾阴暗的心情中。张氏之所以能造反成功，成功夺了大裕的天下，来源于除了今上本身厉害以外，还有一群厉害的儿子，个个武力值超群，都是带兵打仗的好苗子，就没一个屎包。早年父子一条心，儿子是财富是实力，越多越好，攻城掠地越凶越好，自己生的不够多还要再收几个勇猛能干的做义子。但得到天下后，厉害能干的儿子多了就不是福气了。

立长，长子郴王生母出身低微卑贱到上不了台面，且年长势大劳苦功高还刻薄歹毒，不但当父亲的素来不喜，暗中猜忌防备许久，下面的弟弟们更是不服；立嫡，嫡子只一个，势单力薄，生出来的时候前面的哥哥们已能上战场杀敌了，凭什么他们要辛苦打天下给这么个半途插进来，身份地位凭空就比他们高一截的人呀？既然没死在战场上。不是也该有机会分一杯羹才是？而后头生出来的庶子们也赶上了好时候，他们有个造反成功的典范老爹，英雄不论出身，只要有本事就能出头，于是都奋勇拼杀在第一线上挣军功，挣资历，拉人马，觉得自己才是天命所归的那一个。

幸亏朱后会教，康王这个嫡子既不是最出挑的找风摧残的那棵树，却也不是拖后腿垫底被人瞧不起可以随便踩的软蛋。最乖巧，最纯善，最孝顺，最友爱，最谦让的总是他。渐渐地他也就站稳了脚跟，有了自己的实力，踏实稳重地走到今日。名声、地位、实力，一切都很好，深得帝心。如果一切按部就班地来，似乎最后康王总能胜出，但是关键时刻郴王反了。

于是今上突然间发现自己老了，有些衰弱，力不从心。而儿子们则正当壮年。野心勃勃，全都虎视眈眈地觊觎着他的位子，盼着他早死，好享受这花花江山，真是不可忍耐！既然看谁都不顺眼不放心，那就再看看再等等吧，吊根肉骨头在那里，等你们自己撕咬去。抢的时候还要注意风度招式速度。得让他看得顺眼舒心，不然便是自寻死路，天不灭你，老子来灭你！

在这种情形下，曾经已然隐隐胜出的嫡脉康工府也受了牵连，康王身后有第一贤能的朱后撑着，品行无差，又有梁王府嫡长女做世子妃，父子又都手掌军权且能干，今上犹不服老，怎能容许康王的势力再往军中延伸？是以山野小户人家的女儿王氏能凭着父亲的恩德顺利成为康王府的二奶奶；所以冯家多方筹谋许久，冯宝儿的婚事却仍然只能是反复蹉跎；所以前来联谊的王六娘只能嫁入貌似中立，只知孝顺父皇母后的长乐公主府中。

许杏哥想起丈夫昨夜同自己说的那句话："如今建朝已逾十年，得讲究门楣般配了，总不能皇子皇孙的正妻还不如臣下之妻出身高贵，那当不是乱了尊卑？康王府中有个王氏就够了。小三儿自小便得宠于帝后跟前，自不能随意找个小门小户了事。大学士府门第声望都有，原本这门亲事帝后都该是满意的，可普天之下莫非王土，率土之滨莫非王臣。应当是圣上给，他们才能要，而非是这样谋算着强要，所以岳父大人此举深得圣心，堪当刚直二字。"

也就是说，这桩亲事只是因为张仪正的"造成事实"引起了圣上的不快，连带着生了康王的气，可不是真的不乐意许樱哥嫁入康王府。除非是康王府自己改变主意，不然等到那位贤后出手，必是一击而中，许樱哥是逃不掉的。许杏哥想到此，不由得苦笑着摸了摸许樱哥柔软的鬓发，安慰加祝福道："大难不死必有后福。无论如何，他被送走总是好事。"

许樱哥盯着许杏哥的眼睛看了片刻，赞同地笑了起来："那是。"待送走许杏哥后，许樱哥疲惫地在窗前坐下来，撑着下颌看着窗外渐渐暗黑下来的天际，沉重地吐出了一口气。许久，她轻轻笑了起来，今日不知明日事，既然那么多人盯着那太岁，也许明天那太岁就死了呢？

夜深，空中无月，上京城沉浸在一片阴暗之中。和合楼后院厢房里一盏冷灯如豆，把隔桌相对的两个年轻男子的脸照得一片惨绿。

许扶慢条斯理地搓着手里那粒花生，瘦削清秀的脸上面无表情。赵璀猛地将手里的酒一饮而尽，轻声道："他后日出京，身边侍卫一共五十人。"

许扶警觉地看了他一眼："你要如何……"

他能如何？之前本以为必杀的陷阱，倒过来却害了樱哥。虽后悔莫及，却再不能回头，只能一条道走到黑。康王府与公主府这些天一直暗里紧锣密鼓地追查那件事，明里暗里死了多少人，虽有贺王府挡在前头，不见得就会泄露出他来，但祸根一日不除，他便睡不安稳，只有张仪正死才能让他踏实。且，如若有朝一日许扶知晓此事，他又当如何？赵璀握着酒杯的手骤然收紧，沉默地看了许扶很久，方从牙齿缝里挤出一句话："樱哥为我竭尽全力，我焉能眼睁睁看着她落入火坑而不闻不问？"

许扶垂着的眼里闪过一道寒光，不置可否地道："如今康王府该罚的都被罚了，大学士得了金筷一双，假以时日，总可以应付过去。只是樱哥要被耽误几年而已。"眼见着赵璀的眉头松了松，又重重道："但只是，你与樱哥今生恐怕无缘了！"

赵璀猛地坐直，直视着许扶低声道："五哥，我知你心疼樱哥，但你现如今还不明白她的心意么？"

许扶挑了挑眉："如何？"

赵璀缓缓道："那日在公主府中，我让窈娘与樱哥说，让她放宽心，她却害怕牵连我，让我忘了她，便是见了我也是不理。过后在那般威逼下，她也没答应康王府的亲事……"他满足地笑了笑，低声道，"她总是为了我着想，她一个弱女子既能做到这种地步，我又如何能辜负她？此生，我必竭尽所能，风光娶她进门,让她过上好日子,给她一世安稳。"

许扶的眉毛跳了跳,停下搓花生皮的动作,抬起头来不确定地把赵瑾看了又看,缓缓道:"你真是这样想的?你没觉得她拖累了你?"

赵瑾摇头,低声道:"本就是我求来的,又如何怪得了她?"想到许樱哥在公主府中那决绝的神情,又是心酸难过,又是感叹沮丧,却又隐隐有几分期待,外加几分不服。难道他还比不过那人么?当年在那种情形下,许樱哥尚且还记着要留那人一条命,更何况是自己?她必然也是为自己着想才如此决绝的,想到此,他便又坚定起来。

许扶目光闪烁,唇角慢慢翘起来,轻轻拍拍他的肩头,低声赞道:"好!有担当!我没看错你。"

赵瑾得了这声赞扬,眼里顿时光华流转,继续说起前面的话题:"邢州说来不远不近,很容易就回来了,主事的是以老成能干周密闻名的郭侍郎,那混蛋只要老老实实跟着,轻轻松松就能捡个大功劳。圣意难测,到底是嫡脉一系,康王素有德行名声,又有贤后在宫中主持,浪子回头总是大家都喜欢看到的。樱哥还很危险。"

许扶沉默不语,只取出一把小巧玲珑却锋利无匹的匕首把那粒花生米切成了渣渣。

赵瑾有些着急,试探着轻声道:"邢州离晋可不算远,听闻那边最近有些不太安稳,有饥民山匪作乱。"他的声音越来越低,"小弟听说一个不得了的消息,说是晋王世子黄克敌最爱乔装潜行至我大华境内为乱,那邢州民乱与他有关也不定!黄克敌可是个了不起的人物,智勇双全,勇猛不下当年的圣上,大华罕有人能匹敌。要是遇上那混蛋就好了!"

有风从窗棂缝隙里吹进来,吹得桌上的灯一阵乱晃,许扶也不去管它,抬起头来板着脸冷冷地道:"你好大的胆子!为着你一人的私欲,你便想把许氏一门尽都拖入到地狱中么?你这是为她好?害她还差不多吧!"

摇曳的灯光把许扶的脸照得半阴半暗,神色模糊不清,赵瑾不知他究竟是个什么打算,急急辩争道:"我……"

"住口!"许扶冷冷地横了他一眼,声色俱厉,"我警告你,我兄妹受许氏一门大恩,至今未报,断然没有为一己之私将许氏一族尽数拉入泥沼的道理!快快打消念头,不然……"

许扶没有说下去，只因赵璀眼里已经含了泪，拽住了他的袖子急急告饶道："那五哥告诉小弟该怎么办？难道要生生看着樱哥白白耽误了青春，耽误了一生？小弟焉能不知此中凶险？小弟难道就是石头缝里蹦出来的？难道就没有父母亲人的？可是别人已经把刀架在了我的脖子上，如今已是要了我两次命，有朝一日他势大，哪里还有我的活路？"

许扶脸上的神色柔和了些许，正色道："正因为你我都有家人族人，所以不能行此险招，否则一个不小心，便是血流成河，他日地下相逢，哪里又有面目去见父母亲人？我不同意你的想法，也不许你去做。"语重心长地扶着赵璀的肩头轻声道："放手吧，你和她没缘。你还年轻，家世才貌俱佳，未必不能寻到一个比她更好的女子。"

赵璀心如刀割，厉声道："那她怎么办？"

许扶静默片刻，轻声道："我相信姨父。拖些日子，替她寻一门远些的亲事，慢慢访着，一年两年，两年三年，总能找到一个不嫌她的人。有许家护着，有我看着，她又是聪明人，总能把日子过得很好的。"言罢长叹一声，怜惜地看着赵璀道："你们俩都是我的至亲至信之人，我总盼着你们都好才好。忍一忍，也就过去了。"

不，他忍不了，安六爷也不会让他忍下去。一旦他止步不前，贺王府得不到想要的，他便将失去一切。倘若长乐公主和自来与他交好的肖令知晓那事，他，乃至赵家，还有活路可言？许扶再精明能干，他也不能一辈子都跟随依附于许扶，他得靠自己去搏未来！赵璀的双手在袖中紧握成拳，不再试图说服许扶与他一路。

二人相对无言许久，赵璀扶着桌子慢慢起身，满脸疲累地沙哑着嗓子道："夜深了，再晚就回不去了，我先走啦。"

许扶满腹心事："我就不送你了，更深露重，小心些。"

赵璀点点头，一言不发地转身离去。

许扶收了脸上的所有表情，将那柄又细又锋利的匕首放在灯上，将灯芯拨了又拨。灯火每每要灭之际，他便松开手，待到灯火旺盛起来，他便又去拨弄，如此反复再三，他方长长吐了口气，用力将匕首狠狠插入桌面。

赵璀出了和合楼，翻身上马向前，途经学士府，驻马打量了浸在如水夜色中的学士府许久，低声吩咐长随福安去安宁坊第十四街送了一个口信。

清晨，薄雾将上京城中的青石地板浸得微湿，道旁的青草尖上犹自挂着晶莹的露珠，几辆不起眼的青幄小车从学士府里驶出，向着城门处驶去。

许樱哥坐在车窗前隔着雨过天青的窗纱往外看。天还早，但因是夏日，所以街上行人已经不少，各色做买卖的正热火朝天地吆喝着，才从城外进来的商队正急急忙忙地往里赶，有睡眼惺忪的少妇站在街边买热水和馒头，为了一文钱两文钱和人娇声讨价还价着，也有贪睡不起的少儿被母亲提着耳朵拿着笤帚追着打。很热闹，生气勃勃，许樱哥的唇边不由露出一丝微笑。

梨哥将雪白细腻的小手掩着小嘴优雅地打了个呵欠，带了几分激动轻声道："二姐姐，我听说这乡下的庄子真的很好玩。上次娴雅她们得的那笼小白兔就是那边送过来的。"

许樱哥笑道："是，还有个鱼塘，里头鲫鱼胖鳖极多，咱们可以去钓了来吃。"

梨哥来了兴致："你会钓？"

许樱哥带了几分得意卖弄道："当然会的。我呀，便是没有鱼竿，给我一根鱼线一颗针，我便能钓上鱼来。"她朝梨哥挤了挤眼睛，"想学？要交束脩的。我也不要多的，听说你会做鞋了，先做双鞋来我穿穿。"

梨哥噘起小嘴，伸出白玉一般娇嫩的小手，撒娇道："这样细嫩的一双手，二姐姐你怎忍心要它给你做鞋？"一边说，一边悄悄打量许樱哥的神情。这次许樱哥在公主府中的遭遇家里没有再瞒着她，阖家上下都知道许樱哥受了大罪。便是委屈，便是生病，在上头那位做出判决之后也不能继续委屈下去，所以在那太岁被贬去邢州后，许衡便安排姚氏带着女儿去乡下静养散心，避避风头。梨哥作为家中唯一一个与许樱哥差不多大小，素来感情又极好的女孩子，当然要陪着去，所以插科打诨，哄着许樱哥开心是一件很重要的事情。

许樱哥注意到小女孩的小心讨好，心中有些感动，板了脸道："你自己算算穿了我多少双鞋，吃了多少我做的东西？哼哼，如今你会做鞋了，我好不容易厚着脸皮问你要，你竟然推三阻四？"

梨哥假意推了几回，摊手笑道："好罢，做就做吧，谁让我有这么厉害的姐姐？"却见许樱哥面上的笑意渐渐不见，只管盯着窗外看。

梨哥凑过去，但见不远处，赵家四公子赵璀拉马立在道旁，正痴痴地朝着这边看过来。晨风将他身上的素色袍子和腰间的丝绦吹得上下飞舞,他离马车明明很近,却又极远。

第44章 风雷·截杀

"赵四哥他……"梨哥才开口,就见许樱哥已经收回目光坐直了身子,微笑着说道:"如今赵许两家已断了往来,你若在外面遇到赵家人,无论是赵四公子还是赵窈娘,都不用打招呼了。可记住了?"

这么多年的情分就这样算了么?梨哥心中有无数疑问和遗憾:"那要是他们和我打招呼怎么办?"

许樱哥笑笑:"敷衍过去即可。"这种事情总是当断则断的好,既然她与赵璀再无可能,便要趁早打消赵璀的心思才好。

马车继续前行,毫不停留地从赵璀身旁驶过,梨哥看了看许樱哥的脸色,没有再多问。

许家的庄子离京较远,马车整整行了大半日工夫才到,早有庄头领着管事候在门前等着,前呼后拥地把姚氏一行人送入主屋。落座后,姚氏象征性地问了庄头几句庶务,便起身入内梳洗。才匀过脸,奉命来打前站的苏嬷嬷便从外头走进来,接过绿翡手里的篦子给姚氏挽发:"去看看三夫人、二娘子她们休整好了么?饭菜已备齐,立即就可开饭。"

绿翡领命出去,姚氏低声道:"都安排好了?"

苏嬷嬷镇定地道:"安排好了,不拘三夫人怎么问,怎么打听,也就是那么个结论。"冒氏在家明里暗里折腾了好些天,手上还欠缺若干人证物证,有些证据非得是来当年许樱哥养病的这个庄子才能探查到,姚氏与许衡商量后索性成全了她。

姚氏闭上眼睛:"这些日子虽不曾见她与何人往来,但还得越加小心谨慎才是。"

苏嬷嬷笑了起来:"夫人放心。她翻不出浪花来。"

过了约半盏茶工夫,许樱哥含笑走了进来,姚氏招手叫她过去,语重心长地道:"这是你小时候养病待过的庄子,你从三岁起,在这里一直住到六岁,可还记得？"

许樱哥一怔，心想自己去许府前不过是在这里住了两个月的光景，见过的人少之又少，姚氏和苏嬷嬷又不是不知道，怎地这时候突然说起这个来？可也知道姚氏不是啰唆之人，便把多年前就背得滚瓜烂熟的那一套说出来："自是记得的，我还记得乳娘就埋在后山上呢，我正想明日去看看。"

姚氏点点头："很好，她虽是仆，但好歹照顾了你那么多年，又是因照料你才染病死的，她没有后人，你给她烧些纸钱香烛也是该的。我已让苏嬷嬷替你准备好了香烛纸钱，明日便让庄头陪你去。"边说边朝着窗户边看过去。

许樱哥顺着她的目光瞧过去，却什么都没看见。正在纳罕间，就听红玉在外间道："三夫人来啦？饭菜都好了，夫人才使绿翡去催呢。"接着就听冒氏跟着笑道："来得早不如来得巧……"那笑声，竟然就在窗外。

许樱哥的心"突"的一跳，抬头看向姚氏，姚氏轻轻叹息了一声，朝她点了点头。难怪做得如此刻意……她还以为这次出行就真的是来散心休养的，谁想也是身负重任。许樱哥苦笑起来，眼看着笑嘻嘻走进来，眼神闪烁不定的冒氏，恨不得质问冒氏，自己到底碍着她什么了？怎地就如此容不下她？

冒氏面上含笑，心里暗自冷笑，姚氏这种刻意的提醒和安排也做得太拙劣了些，这许家二娘子可谓是孤煞星转世啊，六岁归府前身边伺候的所有人都死光光了。需知这世上之事，雁过留声，总有蛛丝马迹可循，掩盖得了一时，掩盖不了一世。

姚氏不动声色地打量着冒氏的神态，暗道虚则实之，实则虚之，就凭你这点本事也敢在我面前翻筋斗？你还差得远呢。

众人各自肚肠，除了天真烂漫的梨哥和什么都不知道的许择外，其他人这顿饭都吃得味同嚼蜡。待得饭后众人散去，许樱哥回房坐了片刻才又折回姚氏房里，姚氏看见她也不惊奇，招手叫她坐下，沉声道："想必你也看出来了，此行专为一件事而来，最近你三婶娘在打探你的出身来历，你自己警醒些，前些日子家里乱七八糟的，你的心情也不好，我就没和你说，现下一切安排妥当，你只管按着我说的做就是……"

次日，许樱哥按照姚氏的安排，上山给那位从未谋面，却担了虚名的乳母上坟，又同几个据说小时候伺候过她的媳妇子说笑了几句，各有赏赐关怀。冒氏冷眼旁观，过后便以各种理由去寻这些人说话解闷，姚氏先不管她，瞅准机会拿住冒氏的一点错处大发一顿脾气，寻了个由头要赶冒氏回去。本来众人以为冒氏怎么都会大闹一场，结果冒氏却只是坐着哭了一回，意思意思地略略反抗了一回便乖乖地领着许择回了上京。

冒氏去后不久，姚氏便跟着回了上京，换了孙氏前来领着两个女孩子住在农庄中静养。许樱哥每日伴同孙氏抄抄经书，与梨哥一起做做针线，偶尔指点一下梨哥画画，过上几日，再听听来送东西的许揭说说有关京中的各种八卦传闻，日子倒也过得安宁快乐。

八月初的天气，风云多变，前一刻还是阳光灿烂，下一刻便乌云滚滚，狂风四起，电闪雷鸣，暴雨如注。乡下的庄子远远没有上京城里的大学士府那般讲究地铺满了漂亮整齐的青石板，而只是夯实了的黄泥地，雨水一激，难免成了黄汤汤的一片，叫人脚都下不去。

天色越来越昏暗，那雨却仍然没有停歇的意思，草草吃过晚饭后，孙氏便打发众人回房歇息。主屋的灯一灭，整个庄子便寂静下来，除了风声雨声雷声外什么都听不见。时辰尚早，许樱哥睡不着，歪在灯下看了一回书，睡意不但不曾上头反倒引起无数心事，索性披衣起身推窗看雨。

一阵狂风袭来，墙边那株槐树被狂风吹得枝叶翻飞，几乎要折断一般，叫人看了便不由得生出一层害怕。白纱灯笼中的烛火一阵乱晃，险些熄灭，青玉忙放下手里的针线活俯身护住烛火，紫霭打着呵欠去关窗，嗔怪道："一场秋雨一场凉，这么大的风雨，二娘子还敢立在这里吹冷风，若是有个头痛脑热的，可不是我们伺候不力？"

青玉也半开玩笑半认真地道："倘若人家不知，只当您还没想开，一病缠绵至今呢。若是引得夫人担心来看，想必二夫人又要自责了。"

许樱哥笑了一笑，任由她二人将窗子关紧，自回了床上躺下，拥紧被子闭上眼睛入睡。青玉与紫霭等了片刻，听见她睡安稳了，方轻手轻脚地起身去了外间展开被子躺下。

一道闪电将天上厚重的乌云劈开，照得四处亮如白昼，接着轰隆隆一声巨响，一个惊雷猛地砸了下来。雷声尚未消歇，不知是什么地方又发出一声脆响，仿似是树枝被雷劈断一般的声音，却又似是近在耳旁，许樱哥惊得满头满身的冷汗，猛地自床上坐了起来。

伸手不见五指的黑，雨声越发见大，潮湿的冷风不知从什么地方吹进来，把帐子吹得乱晃，一股陌生的夹杂着铁腥味和臭味的危险气息自床前散发出来。许樱哥本能地往床铺深处急缩，同时手自枕下摸出那支锋利的金簪，握紧再握紧。

一道闪电划破夜空，把屋里的情形照得透亮，不过眨眼的工夫，许樱哥却看清了立在床前的人。赫然就是本该在邢州的张仪正！她顾不得去想张仪正怎会突然出现在她床前，只顾大喊一声，兔子一样地纵起往床下跳去，不及落地，张仪正已凶狠地朝她扑了过去。

"扑"的一声闷响，许樱哥被他扑倒下去，下巴砸在床沿上，砸得她满嘴的血腥味，头昏眼花，疼不可忍。感受到来自身后的那层瘆人的寒意，许樱哥顾不上疼，灵巧地翻身，举簪，刺入，同时手肘、膝盖往上横撞过去。

"唔……"张仪正一声闷哼，虾子一样地蜷缩起来，双手却是丝毫不放松，顺着许樱哥光滑的双臂滑下，夺走金簪，再将她的双手反剪至身后，欺身而上将她牢牢压在身下。许樱哥动弹不得，索性一口咬了下去，这一口下去，却险些没把她熏得吐出来。

说不出的恶臭，许樱哥恶心得要死，却听张仪正伏在她耳边恶毒无比地轻声道："你刚好咬在我腐烂了近半月的伤口上，有没有吃着蛆？没觉得嘴里有东西在爬么？"

"呕……"果然是肉质腐烂了的味道，来自记忆深处的某些片段潮水一样地袭入许樱哥的脑海，许樱哥想吐却吐不出来，只能干呕，呕到眼泪都流出来。

张仪正沉默地扭着她的手臂，靠在床边大口喘气，仿佛也是累极。

外间传来极其轻微的一声响动，许樱哥的眼皮跳了跳，却听张仪正恶声恶气地道："谁敢乱动，我就让她陪着我一起死。"

外屋立即静止无声，天地间唯独剩下风声雨声狗叫声。

一道闪电将天空撕裂成两半，将屋内照亮些许，许樱哥偷眼看去，但见张仪正靠在床边，脸上满是胡楂，眼睛紧闭，头发纠结，面色惨白。身上穿的不是往日里的锦缎华服，而是一件湿透并看不出本来颜色的圆领窄袖衫。便是一瞬的工夫，许樱哥也能看得出来他的情况很糟糕，身上滚烫，神色萎靡虚弱，想来是在发高烧。

许樱哥试探着动了动身子，才刚挪动一下，就觉得两条手臂生疼，张仪正把头靠在她的肩头上，以额头紧紧顶着她的头轻声道："不要自讨苦吃。你的那些小聪明在我眼里什么都算不上。也不要多嘴，我不会相信你的，我晓得你惯会骗人。"

黑暗里，许樱哥虽看不到他的神态举止，却知道他一直在盯着自己，他的一只手紧紧攥着她的手臂，另一只手则在她的背上仿似情人一般地轻柔摩挲。许樱哥很清楚，在离他的手不到两寸远的地方必然藏有利器，困兽之斗，鱼死网破，他既然这样直接地闯进来找到她，说明他早有准备，他若死了，她大抵也活不成……许樱哥害怕得瑟瑟发抖。

可是，为什么？他为什么会落到这步田地？他为什么会知道她在这里？为什么会找到这里？为什么非得这样死咬着她不放？若是他想要她死，进来第一件事便该是干脆利落地杀死她，她相信他绝对有那个能力，若他不想要她死，真对她有那种意思，便不该如此待她。他从认识她开始，所作所为皆为矛盾……事情发展到这里，许樱哥便是傻子也觉得有些不对劲。她吸了一口气，努力把纷乱的思绪平静了又平静，将语言组织再三之后，拼命让上下交击的牙齿安静些，试探着道："你好像受了很重的伤，你想喝水么，桌上有温水，是山泉……"

话音未落，手臂上又是一阵剧痛，张仪正冷笑："叫你不要多嘴！"声音很凶，却虚弱无力。

伤重高热之人焉能不想喝水？！从此刻起，他便要好好想着喝水这件事。许樱哥为自己一击中的而满意地笑了起来，笑得娇媚而放肆。

"你笑什么？"张仪正狐疑而愤怒，攥着她的手又紧了几分。

许樱哥曼声笑道："我笑你有胆子来杀我，却不敢听我说话，难道我是洪水猛兽么？既然这样怕我，你又何必来寻我？你不是说你真心求娶我，想与我家结亲的？看来都是假话。"

"……"张仪正静默片刻，恶声恶气地道，"别想勾引我！"

勾引？这个词在这个时候这个地点说出来可真好笑，真不知道这人的脑结构是什么。许樱哥越发确定了某些事实，刻意将声音放柔，低声道："你的伤很重，你觉得自己大概快不行了，所以你想见我一面，对不对？"

张仪正冷嗤道："呸！自作多情！你当这天下除了你便再无其他女人

了?"

许樱哥恍若未闻,继续道:"那你就是想要我和你一起死?可是为什么呢?我和你可没杀父之仇。"

又是一阵静默后,张仪正咬牙切齿地道:"小爷来这世上一遭,当然要拉个女人一起去阴间做伴。本来不见得是你,但既然刚好你在这附近,我就勉为其难,当是为民除害了。"声音低沉而颤抖,语气凶狠却飘忽,说到后面已经低不可闻。

许樱哥反复揣摩着这些微小的变化,轻声道:"理解。但为何是我?我们无冤无仇,你却一直纠缠不休,至死,你总要叫我做个明白鬼才是。"

张仪正沉默不语,许樱哥继续道:"你和我说过的话屈指可数,又怎知我惯会骗人?莫非之前我们曾经认识?"

张仪正冷笑一声,表示不屑。

许樱哥等了片刻不见他回答,而靠在她肩膀的那颗臭烘烘的头却是越来越重,钳着她手臂的手似乎也有松开的迹象,鼻端的血腥味越来越浓,他越来越不成了……许樱哥的心狂跳起来,却谨慎地没有采取任何举动,而是继续放柔声音劝说道:"其实三爷糊涂了,这里离上京不过几十里,等我唤丫头进来喂您吃水喝药处理一下伤口,再连夜送您进城,太医们轻轻松松便可救得您了。日后荣华富贵,娇妻美妾,大好前程,应有尽有……"

张仪正却只是不语,头甚至往她肩膀下滑了一滑,许樱哥顿了顿,发现他攥着自己手臂的手并未如同他的头那样失了控制,便继续道:"又或者,三爷是遇到了什么麻烦事?我们两家之前虽有些误会,但我们最是懂得轻重,只要三爷开口,我们便立即穷全家之力,救助三爷并护送您入京……"虽然这个破庄子里头只有些寻常管事、家丁和庄户,但也得把话尽量说得有力些才是。

外间传来一声巨响,但不管是青玉还是紫霭,都没有发出任何声息。许樱哥正全神贯注地对付身旁的疯子伤患,乍听得这声巨响也不由吓得抖了一抖。张仪正仿佛是才从梦中惊醒过来一般,猛地坐直身子,利落地自地上抓起一件物事,一手警告地掐在许樱哥的脖颈上,侧耳静听。

"啪嗒、啪嗒"窗外传来一阵仿佛是树枝砸在墙上的声音,在哗哗的雨声中显得格外清晰而有规律。明明是风雨交织,却四下一片诡异的冷寂,许樱哥暗自叫苦,多年养尊处优丧失了警觉性,她怎么忘了最紧要的一桩事,他既然伤重而来，那后头必有追兵，这下子可好，便是她没死在张仪正手里，后头的人既然敢杀张仪正大概也会杀了她灭口。她不想枉死，也不想外面的青玉和紫霄，还有住在附近的孙氏和梨哥等人死。最好就是这祸根赶紧走远些罢……他只是想要她受罪，她便跟着他走远些……她试探着抓住张仪正的袍袖，不及开口，就听张仪正低声道："不想死就别出声。"

许樱哥倒愣住了。

张仪正犹豫了一下，将放在她脖颈上的手松开，又将袍袖自她的手中抽出，似是想说什么却未曾开得口，而是拿着手中的兵刃缓缓起身，沙哑着嗓子道："自己躲。"

他把恶人引到此处，她该恨他怨他才是，不然，他自己挺身而出也是应该，但不知怎地，许樱哥心里某处却急速缩了一下，冲口而出："你想问我什么？或是谁害的你？"他跑来寻她，既然不是真的想要她死，便总是有话要问，而这个时候她很乐意回答他。要不然，便是告诉她谁害他至此，若她能活下来，便可以告知康王府。

张仪正默了片刻，突然大喊一声，似哭又似笑，猛地向前冲去，接着房门发出一声凄惨的怪叫，兵器交击之声四起，家具发出可怕的撞击声，许樱哥再顾不得别的，抱着头连滚带爬地爬到了床底下，双手抱住赤裸的双臂，瑟瑟发抖，缩成一团。

而当此时，庄子另一端发出一阵大喊："抓贼啊！抓贼啊！贼往东边跑了，不要叫他逃掉……"敲锣打鼓，声音之大，便是窗外的风雨之声也小了许多。屋子里正在交手的人却恍若未闻，照旧杀得兴起。

许樱哥只能听到带着不祥意味的兵刃撞击声，压抑的惨呼声不绝于耳，鼻端的血腥味越来越重，她不知道外面的情景如何，只知祈祷张仪正不要死在这里，不然他们所有人可就都完了。

"滴答……滴答……"不知是窗外房檐上滴下的雨水还是房中死人身上流下的血，一声接一声，催得许樱哥心烦意乱，几欲发狂。房间里已无其他声息，捉贼的庄丁们也再听不见响动，她想爬出去探探究竟，却发现自己全身酸软无力，小腿肚子抽筋到不能行动，她想喊，那声音却只是在喉咙里堵了又堵，最终无声无息地消散开去。

一只冰凉的手突然握住她的脚踝，许樱哥"啊……"的一声尖叫起来，小腿也不抽筋了，发狂地用力往外蹬着，双手紧紧攥住床脚，大声喊道："张仪正！张仪正！"他妈的，他把她的金簪扔到哪里去了？

"是我。"熟悉的声音在她耳边响起来，许樱哥怔了一怔，从床脚下飞速爬出，循着声息朝许扶扑过去，紧紧搂住他的脖子大声哭了起来。不管她怎么努力，她还是那么软弱，还是那么没本事。

许扶紧紧搂住妹妹，轻轻拍着她的背心，低声哄道："过去了，过去了。不要怕，哥哥在。"

许樱哥死死攥住许扶的衣襟，哭得上气不接下气，许扶见劝不住，便由着她去哭。他知道她是吓狠了，还有家的时候，她是个快乐漂亮的乖娃娃，家和父母亲人都没了之后，她号啕大哭到差点昏死过去，然后就成了一个安静乖巧的乖娃娃，努力地迈动两条短腿跟在他身后奔逃，从不喊苦喊累喊饿，尽可能地不给他添麻烦，但在睡梦之中，他经常看得到她小小的眉头蹙在一起，脸是湿的。后来与他分别，入许家门，他才又看到她大哭了一场，再之后，崔成死的那日，她把自己关在房里无声哭泣，大病一场。

许扶觉得自己的唇角有点咸湿，想起这一连串的事情，他困难地说："都是我不好。"

第45章　来龙

雨渐渐停了，天边露出一丝鱼肚白，云层依然很厚，丝毫没有放晴的迹象。已经穿戴妥当的许樱哥把头埋在一只大碗里，用力地吃着热热的鸡汤面。

明明有小巧精致的碗，她偏要这么大一只碗……坐在对面的许扶蹙起眉头看着她："不用吃得这样用力吧？"

许樱哥喝了一大口鸡汤，热得鼻尖额头都是细汗："哥哥嫌我吃相难看？"许扶自小就是根深蒂固的文雅作派，便是才与野狗打了一架，再坐到生霉的稻草上，吃着发霉发硬的冷馒头，他也能似吃山珍海味般地文雅享受。她却不同，上一世就是平民家庭出身的，虽然吃饭不至于咀嚼出声，也不至于唾沫四溅，但当学生的时候在食堂里抢饭菜，上班以后飞速吃完再加班、或是边走边吃边追公车早就成了习惯。到了这里后，虽受了多年的熏陶纠正，但在要命的时候就会露出本性，仿佛这样放开了吃才能对得起自己，才能畅快些。

许扶看着她此时方有些血色的脸，心中一软，口不对心地道："没有，我只是怕你吃太快，噎着了。"

许樱哥不置可否，将面碗推开，沉默很久后抬起眼看着许扶："现在五哥可以和我说说这究竟是怎么回事了。他不是去了邢州的，怎会突然在这里出现？又如何会知道我在这里？那些人是谁？你又如何在这里？"

许扶回头看了站在门口眼观鼻、鼻观心的青玉一眼，青玉收到，立即进来收走兄妹二人面前的碗筷准备出去。许樱哥低声道："紫霭怎样了？"之前两个丫头听到房内响动不对，便留了紫霭在房里守着听动静，青玉则去叫人。后来事发，青玉倒是无碍，紫霭却受了伤昏迷不醒。

青玉的眼里迅速浮起一层薄雾，忍了忍，轻声道："还没醒。"言罢不等许樱哥发话便快步走了出去，将碗筷交给外头的粗使婆子，自己走回去守在院子门口。

"你放心，我已使人快马奔驰去上京，此时当已到城门前，不出午后便会有太医过来，到时候无论如何也会让他替紫霭看伤，我总不会眼睁睁看她就这样送了命。"许扶很满意青玉的聪敏，却仍然不够放心，起身将所有门窗尽数打开，要叫周围来往的人无处遁形。

潮湿微凉的空气一下子吹了进来，把屋里的热气尽数吹散，到底已是初秋，凉风一吹，骨头缝里便觉着凉了几分，许樱哥抽出丝帕侧身打了个喷嚏，许扶有些担忧地看着她问道："冷么？"

许樱哥慢吞吞地将丝帕轻轻擦拭了一下唇角，道："昨晚我咬了张仪正一口，却咬着了他身上腐烂的伤口，他问我有没有觉得嘴里在动，当时我觉得真恶心，以为自己将会什么都吃不下去，结果这会儿却吃了一大碗面。"

所以过去了就过去了，许扶已经习惯她用这样的方式佐证她其实有一颗强大的心，便笑了笑，在她对面坐下来，轻声道："从哪里说起呢？这事儿有些复杂。"

"从头说起。"许樱哥眼里露出几分不高兴，指责道，"第一件，这事儿和哥哥有没有关系？我记得我曾经和你说过，不要试图把手伸进康王府。"

许扶有些愠怒，但知道她需要发泄，便针锋相对地道："在你眼里，我就那么蠢到底？你一个成日在家里绣花画画的女子都能想得到的事情，我会不知道？"

这种指责有点伤人自尊，何况她果然不是运筹于帷幄之中，决胜于千里之外的奇人。许樱哥的气焰往下压了一压，随即又鼓了起来："那你怎会出现在这里？还准备得这样充分？你就是没参与，也定然是个知情的。"

许扶这回没反驳，修长的手指在桌面上敲击了几下后，皱起眉头压低了声音："你说得没错，这事儿我是知情的。"

许樱哥虽早有心理准备，但还是吃惊地坐直了身子，睁大眼睛看着许扶，却没有再出言相问，而是静待他发言。

许扶轻声道："兹事体大，必要与你说清楚才是。这件事与赵璀有关……那一夜，赵璀提出那个建议开始我便留了心，他虽是应了我，但你我都知道，他从来都不是那么容易就改变主意的人，我阻止不了他，便用尽全力追踪探查他这些日子都和什么人来往，预备做些什么。要知道，光凭着他一个人断然没有能力做这件事，赵家又向来都是长乐公主府的人，我想看看和他合作的究竟是谁，日后也好有个数，总不能让他这样平白把我们一大家子人拖进去。但他很小心，我虽日日使人盯着他，却始终不曾见到他有异常举动，可见他也是防着我的。我思来想去，觉着最好的办法莫过于使人跟着张仪正。"

说到这里，许扶停下来喝了一口茶："我当然不在意那个人的死活，如若他能就此被顺利除去那是最好。"倘使赵璀等人不得力，他更乐意在后头捡个漏，出其不意地将张仪正毙于刀下，从此天下太平，再不会有人给许樱哥造成困扰。但是他不能眼睁睁看着因赵璀等人的愚蠢牵连到学士府，所以他很遗憾地成了张仪正的救命恩人。

许樱哥轻轻吁出一口气："所以哥哥很遗憾。"这就是许扶的风格，这件事风险太大，牵涉太广，不管赵璀的提议多么合他的心意，他也不会和赵璀合作，将把柄交到赵璀或是任何人手里。他宁愿远远看着，等到合适的时候加把柴火，又或是发现这把火会危及自身，便及时浇上一桶水。

许扶将牙齿磨了又磨，恨声道："他的贱命当然不能和这一大家子人相提并论，暂且留他多活几日。"谁也不知道，当时他对着已经人事不省的张仪正，忍得有多痛苦才没有把刀挥下去。

许樱哥也不再就此事多论，继续轻声道："那么哥哥可知他如何会到此处？此处离上京不过一步之遥，他何故已到了此处却不肯再往前一步？即便是知道追兵将至再不能行，也该是有所察觉，所以死也要死在这里，拉着许家垫背？"

许扶的脸上带了几分凝重："据我所知，他当是在离开上京奔赴邢州的第十天便带着十多个人悄悄离开了郭侍郎一行人。按说，他这种行为属于违抗圣命，但郭侍郎非但不曾声张，反而多有掩盖。接着我的人在第三天发现了他被追杀的痕迹，虽死伤连连，却始终不曾发现他的踪迹，一直到前天，我方在离这里约百里的地方发现了他所乘的紫骝马倒毙于山野之中。我本当他要回京，便使了人四处搜寻……"

"那他逃到这里，反倒是误打误撞了。"许樱哥心知肚明，这搜寻的目的当然不是为了要救张仪正，而是想借机合理而迅速地把人除去，再把这场事故顺理成章地栽到赵璀身后之人身上。至于张仪正怎会知道许家的庄子和她在这里，只有等他醒过来才能问清楚了。

"也不见得就是误打误撞。"许扶皱紧眉头把思虑了许久的想法说出来："我在想着捡便宜，谁又知道后头谋划的人不是图谋更多？张仪正虽深得帝后宠爱，却不是康王府的要紧人，若只他一人死，康王府的对头得利并不多，康王府的损失也不是最大，反倒容易引起圣上震怒。他死便死了，却该死得有价值，死得有道理，若是他死在许家的庄子上，你的房间里，那康王府便永远也不可能和许家走到一起，姨父若想护佑家族平安，便只有另寻他途……"

譬如依附于其他王府，那么隐藏在赵璀身后的人也就呼之欲出了，许樱哥深感头痛："赵璀这是与虎谋皮，自寻死路。哥哥还当寻个机会和他说清楚，我此生不会嫁他！"

许扶似笑非笑地道："这个话，便是你自己同他说他只怕也不信，只当你是心疼他……"说到这里，笑容一收，轻声道，"他怕是已经无路可退了。只怕那边是怎么谋算的他都不知道，还做着美梦呢。从前我当他是个聪明人，谁知却是愚蠢到这个地步！"只要赵璀还想与许樱哥一处，就只有引着张仪正离许家的庄子越远越好的，又如何会故意把张仪正引到这里来？

毕竟是为了她的缘故，许樱哥的嘴唇动了动，想替赵璀说两句话，却什么都没说出来。兄妹二人俱都陷入沉默之中。

青玉在外轻声道:"二夫人来了。"

脸色憔悴的孙氏独自一人走进来,见了这容貌相似,态度恭谨的兄妹二人,再想到昨夜的半夜惊魂,心绪颇有几分不平静:"再有几个时辰便有人从上京赶来。这样的大事,死了这么多人,我们总要先商量一下怎么应对才不出漏子。"

许樱哥忙把孙氏扶到桌前坐下,亲手上了茶,道:"是,譬如五哥怎会突然在这里出现,带着的那些人又是什么身份这些都是必须要说清楚的。"说到这里,她担忧无比。